Zu diesem Buch

«Gillian, erfolgreiche Gag-Schreiberin in L. A., kommt allmählich jeder Sinn für Humor abhanden. Kein Wunder: Mollie, ihre Mutter, ist kurz davor, den Verstand zu verlieren. Chris, ihr Ehemann, will sich von ihr trennen. Und Tochter Clare empfindet nichts als Verachtung für sie. Am Krankenbett der Mutter grübelt Gillian, wie es zu diesem Familien-Finale kommen konnte.

Mollie – Gillian – Clare – drei Frauen, deren Schicksale eng miteinander verbunden sind. Klingt nach banalem Schmöker. Zumal Elaine Kagan in ihrem Roman eine Reihe melodramatischer Szenen einstreut, vom plötzlichen Kinds- bis zum schleppenden Alzheimer-Tod. Und doch hat diese witzige Autorin ein brillantes Buch geschrieben: Ihre rasant aneinandergeschnittenen Szenen und Rückblenden verdichten sich zu einer Story über das engmaschige Psycho-Gewebe zwischen Müttern und Töchtern, ihren Partnern und Expartnern. Ein Geflecht, in dem sich alle schwer verheddern und nur mit Mühe freistrampeln. Wenn überhaupt.» («Brigitte»)

«‹Neues Spiel, neues Glück› ist ein großartig gelungener, schonungsloser Dialog zwischen drei Frauen aus drei Generationen. Über die Liebe und die merkwürdigen Situationen, in die Frauen durch Männer geraten können. Am Ende der mal witzigen, mal melancholischen Auseinandersetzung zieht die jüngste das Fazit: Es lohnt sich, im Leben hoch zu pokern.» («Cosmopolitan»)

«Ohne moralinsaure Psychologie, aber auch ohne jene bemühte Burschikosität, die man so häufig im neuen deutschen Frauenroman findet.» («Kölnische Rundschau»)

Elaine Kagan, geboren in St. Louis/Missouri, spielte mehrere Filmrollen (unter anderem in Martin Scorseses «Good Fellas») und arbeitete für den Regisseur John Cassavetes. Ihr erster Roman «Girls» («... ein tolles Buch», Süddeutscher Rundfunk) liegt bereits als rororo Nr. 13699 vor. Elaine Kagan lebt in Los Angeles.

Elaine Kagan

Neues Spiel, neues Glück

Roman

Deutsch von Petra Post und Andrea von Struve

rororo

Rowohlt

Die Originalausgabe erschien 1996
unter dem Titel «Blue Heaven»
bei Alfred A. Knopf, Inc., New York
Redaktion Tamara Trautner
Umschlaggestaltung: Susanne Müller
(Foto: Tony Stone Images / Peter Correz)

31.–40. Tausend Mai 1998

Veröffentlicht im Rowohlt Taschenbuch Verlag GmbH,
Reinbek bei Hamburg, Januar 1998

Gesamtherstellung Clausen & Bosse, Leck
Printed in Germany
ISBN 3 499 22277 9

Für Milly und Jewel

Danksagung

Für ihre geduldige Unterstützung und ihr Engagement danke ich Razel Ronne, David Freeman, Eric Lax, Carole Smith, Eve Kagan und Deborah Kagan.

Für ihre klugen und inspirierenden Anregungen danke ich Iva Rifkin, Milly Zeff, Isadore Zeff, Earl Goren, Miriam und Ruben Kraal. Ohne sie wäre dieser Roman nicht entstanden.

Für ihren fachkräftigen Rat danke ich Ted Witzer, Bob Mills, Jeffrey Fiskin, Dr. Michael Bush, Dr. Louis Fishman, David Thompson vom Los Angeles Fire Department und Ray Simmons.

John Cassavetes,
Tonto, immer,
und natürlich Bob Gottlieb.

Matthew beobachtete schweigend, wie sie sich über den Tisch hinweg ansahen. Amanda lächelte schüchtern und streckte Kate ihre Hand entgegen. Kate zögerte einen Moment lang und nahm dann wortlos die Hand, ohne ihre Augen von Amandas Gesicht abzuwenden. Er hatte das Gefühl, daß etwas zwischen ihnen ausgetauscht wurde, als Kate Amandas Hand in ihre nahm. Eine Liebe, ein Verstehen, etwas, das er nicht ergründen konnte, etwas wie …

Er schüttelte den Kopf.

Eine Art Vermächtnis, hatte er gedacht.

«Iß deine Kartoffeln, mein Sohn!» sagte er.

Evan Hunter,
Mütter und Töchter

Montag

Gilliana

«Gillian, ich gehe.»

Er ist mir gefolgt und steht in der Tür. Ich bin in Clares Zimmer und räume ihre warme, gefaltete Wäsche in die Kommode. Sie ist nicht zu Hause; es ist der dritte Tag der Weihnachtsferien, und sie rennt gerade mit drei anderen hysterischen Teenagern in irgendeinem Einkaufszentrum herum, heilfroh, die Schule endlich hinter sich gebracht zu haben.

Ich rieche Lavendel. Die Schubladen sind mit Schrankpapier ausgelegt, das nach Lavendel riecht. Ich rieche Lavendel, Dash und Weichspüler. Und den Hund. Unseren Hund Murray. Er liegt auf dem Teppich am Fußende von Clares Bett. Er rollt sich auf die Seite, streckt alle viere von sich und erstarrt – wie Sonja Henie am Ende einer Kür.

Sonja Henie... Mein Gott, was ist wohl aus Sonja Henie geworden? Lebt sie noch?

Vielleicht ist sie als Hund wiedergeboren worden. Ich sehe Murray an – und wie durch Zauberkraft bewegt er eine Pfote.

Moment mal... daraus könnte man doch was machen. Ein Hund mit Schlittschuhen und einem norwegischen Akzent. Einem norwegischen Bellen. Wuff. Jaul. Nein, das ist zuviel. Das ist wirklich zuviel, Gillian.

«Gillian?» wiederholt Chris.

Also, was haben wir hier? Wir haben Sonja Henie und Murray, den Hund...

«Gillian?»

Verdammt. Laß mich in Ruhe, ich bin beschäftigt!

«Was ist?» frage ich, ohne mich umzudrehen. Was ist das jetzt wieder für ein Höllenfeuer? – das sagte Dorothy Parker immer, wenn ihr Telefon klingelte. Aber das sage ich nicht zu Chris.

«Du, Chris», sage ich und schiebe Clares Pyjamaschublade zu, «kannst du vielleicht 'ne Selleriestange mitbringen? Ich wollte Thunfischsalat machen, und unser Sellerie ist vergammelt.»

«Gillian...»

«Christopher, ich hab dich nur darum gebeten, etwas Sellerie mitzubringen, okay? Keine Charlotte russe.»

Es müßte solche Drive-in-Läden geben wie McDonald's oder die Bank – man fährt rein, nimmt sich eine Packung Milch, ein Brot, eine Selleriestange, vielleicht auch zwei, und schon ist man wieder draußen. Das läge doch voll im Trend, wäre typisch für L. A. Ich hasse L. A.

Ich streiche noch einmal liebevoll über Clares Socken und lege sie in die obere rechte Schublade. Ich halte immer noch einen Stapel Sweatshirts im Arm. Ihr Zimmer ist sonnendurchflutet; es geht nach Osten, und am späten Vormittag ist es praktisch gelb vor lauter Licht. Es ist zwar Dezember und kurz vor Weihnachten, aber das ist L. A. – die Sonne scheint einfach immer. Hier könnte man eingehen vor lauter Sehnsucht nach einem grauen Himmel, einem Gewitter oder einem Platzregen – man könnte Chili oder vielleicht auch ein Rindergulasch kochen, Mahler hören oder sich eine Klippe hinunterstürzen... nein, hier kann man sich nicht einfach eine Klippe hinunterstürzen, hier muß man erst auf die Klippe hochfahren, und dann könnte man sich hinunterstürzen – hier geht man nirgendwohin zu Fuß.

Dieses gelbe Licht in Clares Zimmer ist wirklich schön, das muß ich zugeben. Goldgelbes Licht und zartblaue Wände, und alles andere ist weiß.

«Ich hätte es gern ruhig und friedlich, Mom. Wie eine Insel in einem Traum. Wie in einem Bild von Monet», sagte sie zu mir und lächelte. Clare ist sogar noch schöner als dieses goldgelbe Licht.

Aber das war im Sommer vor zwei Jahren, als sie und ich noch miteinander redeten. Damals war sie vierzehn; jetzt wird sie bald siebzehn, und ich bin es nicht mehr wert, daß man mit mir redet. Es scheint, als hätte ich plötzlich absolut *keine Ahnung* mehr vom Leben. So redet sie mit mir, in Sätzen, in denen bestimmte Wörter hervorgehoben und übermäßig betont sind, als wären sie besonders bedeutungsvoll – und alles höchst dramatisch und theatralisch. «Ich hab doch *gesagt,* daß ich's mache» oder «Du *weißt* doch, daß ich das nicht esse» oder «Ich habe *versucht*, dich anzurufen, aber es gab nirgends ein *Telefon*.» Und natürlich gab es da noch ihren Standardsatz: «*Alle* gehen hin; was ist eigentlich dein *Problem,* Mutter?» Ich wurde zur *Mutter* befördert, früher war ich bloß die gute alte Mom. Vor hundert Jahren war ich sogar Mommy. Ach ja, die gute alte Zeit.

Aber vor drei Jahren, als ich noch Mom war, redete Clare noch mit mir, und damals strichen wir auch ihr Zimmer, das war im Sommer, bevor sie in die High-School kam. Um bei der Wahrheit zu bleiben, nicht wir strichen es, sondern Phillie, der Maler, aber Clare suchte die Farben aus kleinen Quadraten in dem Prospekt aus, den er ihr aus dem Geschäft mitgebracht hatte. Sie entschied sich für «Lavendelblau», ein zartes Blau, wie der Morgenhimmel. Sie ging jetzt auf die High-School und wollte kein «Babyzimmer» mehr haben.

Wir räumten ihre Puppen weg, verstauten ihre Spielsachen in Tüten, die deutlich mit Leuchtstift beschriftet wurden, und verschenkten jede Menge Sachen. Ich weiß noch, daß die ganze Angelegenheit mich weit mehr mitnahm als sie. Sie war glücklich, nicht mehr das «Baby» zu sein; ich war weniger glücklich, mich von dem «Baby» trennen zu müssen.

Und so verschwand der leuchtende Regenbogen, den sie und ihr Daddy an die Wand gemalt hatten, unter «Lavendelblau», ebenso wie der Klebstoff, wo ihre Klebebildchen gehangen hatten, und die großen purpurnen Blockbuchstaben, in denen sie als Dreijährige «C-L-A-R-E» an die Wand buchstabiert hatte. Es störte mich nicht, daß sie ihren Namen an die Wand gemalt hatte, aber Chris war stinksauer. Ich fand das ziemlich mutig für eine Dreijährige. Ich konnte meinen Namen nicht an die Wand schreiben, bis ich über dreißig war. Vielleicht auch fünfunddreißig. Eigentlich habe ich meinen Namen noch nie an eine Wand geschrieben, aber langsam freunde ich mich mit dem Gedanken an.

Wie auch immer, die Patchwork-Decke wurde durch weiße alte Spitze ersetzt, die bunten Kissen verschwanden in strahlend weißen Bezügen mit elfenbeinfarbenen Borten, eine weiße leichte, gewebte Baumwolldecke lag jetzt lässig über einer weiß-zartblauen Couch (sehr monethaft), weiße Regale wurden aufgestellt, ich malte einen altmodischen Toilettentisch mit einem duftigen, bauschigen Volant weiß an, und Clares «Erwachsenenzimmer» war perfekt – eine weiße Zufluchtsstätte, ein weißer Wattebausch am Himmel.

«Gillian?» wiederholt Chris.

Als ich mich umdrehe, sehe ich mein Gesicht im Spiegel über Clares Kommode. Ich sehe noch ganz passabel aus. Nicht schlecht für siebenundvierzig. Großartig für siebenundvierzig. Wie zum Teufel sieht man eigentlich mit siebenundvierzig aus?

Ich sehe Chris an, der in der Tür steht.

«Ich verlasse dich, Gillian», sagt er zu mir.

«Hmm?»

Ich versuche seinen Gesichtsausdruck zu entschlüsseln. Entschlossen, amüsiert, ärgerlich – oder wie sonst? Ich kenne diesen Mann seit zwanzig Jahren; eigentlich sollte ich doch wohl in der Lage sein, in seinem Gesicht zu lesen.

Keinerlei Anhaltspunkte. Er steht nur da. Mit einem ganz normalen Gesichtsausdruck.

Und dann runzelt er die Stirn.

Aha! Ein Anhaltspunkt.

«Ich verlasse dich», sagt er noch einmal.

Ich lache. Ich werde lustig sein. Ich werde seine Stimmung ändern. Ich meine, das kann doch nicht sein Ernst sein. Schließlich sind wir seit neunzehn Jahren verheiratet.

«So wie auf dem Cartoon in der Küche?» frage ich.

An unserer Küchenwand klebt ein Cartoon aus einer alten Ausgabe des *New Yorker*. Die Frau sitzt am Frühstückstisch, vor ihr steht eine Kanne Kaffee; sie trägt ein Kleid und eine Perlenkette und hat ein Bein über das andere geschlagen, in der Hand hält sie eine Tasse. Der Mann steht vor ihr, im Anzug, mit Schlips, Hut und Aktentasche; er ist von Koffern umgeben. Sie blickt zu ihm hoch, und ihre Augen sind weit aufgerissen. Sein Mund ist geöffnet, er ist derjenige, der redet. Die Bildunterschrift lautet: *«Adieu, Emily. Heute ist der 19. Mai. Du wirst dich vielleicht erinnern, daß ich vor einiger Zeit erwähnte, daß ich dich am 19. Mai verlassen würde.»*

Ich versuche mich daran zu erinnern, wer es ausgeschnitten und an die Wand geklebt hat. Ich war es. Ich fand es damals komisch. Und er fand es auch komisch. Er lachte. Das weiß ich noch genau. Wir haben zusammen darüber gelacht. Haben wir das wirklich?

Ich sehe ihn an. «Ja?» frage ich. «Wie auf dem Cartoon?»

«Sei nicht albern, Gillian», sagt Chris.

«Ich bin nicht albern, ich frage dich nur.»

Aber das stimmt nicht. Ich versuche lustig zu sein. Aber es funktioniert nicht. Vielleicht wird es nie mehr funktionieren. Vielleicht werde ich den Rest meines Lebens als Trauerkloß herumlaufen. Das wäre nicht so gut. Sie zahlen mir einen «Haufen Kohle» dafür, daß ich komisch bin. Na, vielleicht nicht gerade einen Haufen. Dafür, daß ich für jemand anderen lustig bin. Dafür, daß ich für jemand anderen lustige Sachen schreibe, damit er die Lacher auf seiner Seite hat. Und seinerseits einen «Haufen Kohle» damit verdient.

«Ich kann nicht mehr so weitermachen», sagt er. «Es macht mich fertig. Ich kann einfach nicht mehr.»

Es ist ihm Ernst. Es ist ihm verdammt Ernst. Das sehe ich jetzt. Und ich rühre mich nicht. Das ist das Komische. Ich rühre mich nicht vom Fleck.

Ich stelle mir vor, wie ich mich bewege, aber ich tu es nicht. Ich stelle mir vor, wie ich die Sweatshirts in die Luft werfe und durchs Zimmer hechte. Ihn packe, ohrfeige, küsse, anspucke, umarme, erschieße – irgendwas –, aber ich tu es nicht. Ich halte mich an den Sweatshirts fest wie an einem Rettungsring, so wie die Frau in dem Cartoon an ihrer Tasse. Emily. Sie heißt Emily, die Frau auf dem Cartoon. Adieu, Emily. Ich verlasse dich.

Da fällt mir wieder ein, daß Emily einer der Namen war, den wir uns für Clare überlegt hatten. Das hatte ich ganz vergessen. Mein Gott, was wäre, wenn wir sie Emily genannt hätten – würde ihr Schicksal dann bereits an der Küchenwand kleben?

«Willst du nicht bis zum 19. Mai warten?» frage ich ihn.

Ich weiß, daß er die Bildunterschrift auf dem Cartoon genausogut kennt wie ich.

«Sei nicht albern, Gillian. Ich bitte dich!»

«Okay», sage ich. «Was soll ich dann sein?»

Schließlich bin ich anpassungsfähig. Ich muß nicht komisch sein. Ich kann auch anders sein. Glaube ich zumindest.

Er sieht mich an.

«Hm, Chris? Wie soll ich sein?»

«Also, um ehrlich zu sein... es ist mir völlig egal.»

Das sagt er zu mir. Völlig ruhig. Er sagt es noch nicht mal in seinem wichtigtuerischen Ton, sondern ganz normal. «Es ist mir völlig egal.» Und dann dreht er sich auf der Schwelle zum «Erwachsenenzimmer» unserer Tochter um und geht durch den Flur davon.

Und ich stehe da.

Ich rühre mich nicht.

Ich sehe den Hund an; die Sonnenstrahlen zeichnen goldene Streifen auf sein Fell. Ich blicke auf meine Stiefel, ich fühle die weichen Sweatshirts auf meiner Haut.

Du verläßt mich?

Moment mal, ich dachte, wir hätten eine Übereinkunft. Du bist der Denker, und ich mache die Witze. Du bist schlau, und ich bin komisch. Ist es nicht so? Seht nur, was für ein perfektes Paar sie sind. Chris und Gillian, der Gehirnakrobat und der Clown.

Und wie war das mit den guten und den schlechten Tagen? Bis daß der Tod uns scheidet, hatte es doch geheißen. Und daß wir gemeinsam stark sind.

Was ist mit den ganzen Thanksgivings und Geburtstagen, den Koffern voller Vergangenheit? Hast du vergessen, daß ich weiß, daß du gegen Essig allergisch bist und ich dich heimlich mit einem stinknormalen Salat vergiften könnte? Hast du vergessen, daß ich die einzige Stelle kenne, an der du kitzlig bist, daß ich weiß, daß du seekrank wirst, daß du gern lang schläfst und keine Pistazien magst?

Und was ist mit dem gemeinsamen Altwerden? Hm? Was ist damit?

Was soll das heißen: «Es ist mir egal»? Ich bin schließlich siebenundvierzig. Dir ist das alles egal? Was soll das heißen?

Moment mal. Hat das nicht Rhett Butler gesagt? Es ist mir egal? Nein, halt, Moment mal. Er sagte: Es ist mir scheißegal. «Ehrlich gesagt, Scarlett, ist es mir scheißegal.»

Wie bitte? Rhett Butler? Bin ich etwa völlig verrückt geworden? Das ist doch ein Film, Gillian. Aber das hier ist das wirkliche Leben. Das ist kein Sketch, Gillian.

Was sagt Clare immer zu mir? Reiß dich zusammen! Reiß dich zusammen, Mom! Ich drücke mir ihre Sweatshirts gegen die Brust. Ich blicke auf den Berg vor ihrem Fenster. Ich blicke auf die Bücher in ihren Regalen. Ich blicke auf das Bild von Chris und mir auf dem Tisch neben ihrem Bett. Ich blicke zur Tür hinüber, wo Chris eben noch stand.

Warum stehe ich hier? Ich bin seit neunzehn Jahren mit diesem Mann verheiratet. Warum stehe ich also hier und halte mich an den Sweatshirts meiner Tochter fest? Warum gehe ich nicht durch die Tür?

Moment mal. Rhett Butler stand doch auch in einer Tür, als er das sagte. Oder nicht?

Ja, natürlich. Das darf doch wohl nicht wahr sein! Er stand in der Tür und sagte seinen Satz, und dann schloß er die Tür und verschwand im Nebel. Man sah ganz deutlich, daß er im Türrahmen stand, weil man den Nebel hinter ihm erkennen konnte, bevor er die Tür schloß.

Ich blicke zur Tür, wo Chris stand. Kein Nebel. Nur Sonnenlicht und Holzdielen.

Und anders als Rhett Butler hat Chris auch nicht die Tür hinter sich zugemacht. Er hat sich bloß umgedreht und ist davongegangen, ohne die Tür zu schließen, und neblig war es auch nicht.

Natürlich gehört eine gewisse Großspurigkeit dazu, eine Tür hinter sich zu schließen. Ein gewisser Pep. Man muß schon ein draufgängerischer Typ sein, um «Es ist mir scheißegal» oder «Es ist mir egal» oder «Du kannst mich mal, Gillian» zu sagen und dann die Tür hinter sich zuzumachen. Ich verlasse dich, und dann einfach Tür zu. Ein Mann muß großspurig sein, um so etwas zu tun, ein Mann muß schwarze Augen, schwarzes Haar und einen Schnurrbart haben, um so etwas fertigzubringen.

Chris hat keinen Schnurrbart. Er hat auch nichts Großspuriges an sich. Er ist nun mal ein Intellektueller. Er ist ein *summa cum laude.* Die mit *summa cum laude* sind keine Großkotze, das weiß doch jeder.

Ich stehe immer noch da.

Ein Schnurrbart. Schwarzes Haar und ein Schnurrbart.

Ich stehe da und rühre mich nicht.

O Gott.

Mein Vater hatte einen Schnurrbart.

Mein Vater hatte einen Schnurrbart *und* schwarzes Haar.

Paßt ja wunderbar.

Ich stehe da. Ich sitze nicht auf Clares Bettkante. Mir wird nicht schwindlig. Ich fange nicht an zu weinen. Ich übergebe mich nicht. Ich mache überhaupt nichts.

Ich erinnere mich nur.

Ich will mich nicht erinnern; das ist das letzte, was ich im Moment gebrauchen kann. Ich sollte den Flur entlanglaufen, um meinen Mann aufzuhalten, ich sollte mich über die Schwelle der Haustür werfen, um meine Ehe zu retten, ich sollte wie eine Wahnsinnige vor dem Schrank herumtoben, um ihn am Packen zu hindern. Aber ich stehe nur da.

Und ich erinnere mich. Ich kann nichts dafür. Es überkommt mich. Es ist wie ein Puzzle – nein, nicht wie ein Puzzle, nicht in Teilen – eher verschwommen, wie ein Film, der unscharf ist, und dann hantiert der Typ hinten am Projektor herum, und plötzlich ist das Bild scharf.

Aber das ist es auch nicht.

Es ist wie Schlagsahne. Wie man eben Schlagsahne macht. Man kippt die Sahne in eine Schüssel und schlägt sie mit dem Mixer, und die Schläger sind kalt, und die Schüssel ist kalt, und man schlägt und schlägt, und die Sahne schwimmt noch immer in der Schüssel herum und dann plötzlich nicht mehr. Sie nimmt Form an, wird steif, und es ist... mein Gott... es ist geschlagene Sahne, und du beobachtest das Ganze. Es ist stinknormale Sahne, aber es geschieht direkt vor deinen Augen, und du bist verblüfft. Genauso ist es mit der Erinnerung.

Ich komme ins Zimmer und höre sie. Oder höre ich sie und gehe dann ins Zimmer? Wo war ich? Habe ich geschlafen? Habe ich einen Schlafanzug an? Ich weiß es nicht mehr.

Sieh an dir hinunter, Gillian. Was hast du an?

Ich sehe nichts, ich weiß es nicht.

Ich weiß nur, daß ich ins Zimmer komme und sie sehe.

Sie weint. Meine Mutter weint. Er reißt Kleider aus dem Schrank und stopft sie in einen Koffer.

Es riecht nach Fisch. Wieso riecht es nach Fisch? Was ist mit mir los? Bin ich verrückt?

Sie hat ihre feinen Schuhe an. Ja, wirklich. Stöckelschuhe und ein Hauskleid. Ein Hauskleid? Also wirklich, Gillian! Nein, ich sehe sie ganz deutlich. Hochhackige Tanzschuhe. Warum trägt meine Mutter am hellichten Tag Tanzschuhe? Ich weiß es nicht.

Schreit er?

Nein. Mein Vater schreit nicht.

Er sagt, daß er geht.

Wohin geht er? Verreist er?

Sie weint. Warum weint sie, wenn er doch nur verreist? Was ist daran so schlimm? Es ist doch nur eine Reise.

Sie sagt, geh nicht! Warum denn nicht, wenn es doch nur eine Reise ist?

Er dreht sich um und geht. Er geht zur Tür.

Ich renne los. Meine Mutter rührt sich nicht, aber ich renne los und packe sein Bein.

Laß mich los! sagt er zu mir. Sagt er das? «Laß mein Bein los, Kleines.» Ja, genau. Das sagt er. Kleines, er nannte mich immer Kleines. Ich liebe ihn so sehr, daß ich nicht mehr klar denken kann, und er sagt: Laß los, Kleines.

Ich kralle meine Finger in sein Gabardinehosenbein, und er versucht, sie wegzuziehen. Dicke Kleinmädchenfinger mit rotem Nagellack, damit ich aussehe wie sie.

Geh nicht, Daddy! Sage ich das wirklich? Ja, das sage ich.

Sie sagt es auch. Geh nicht, Jules! sagt sie, aber sie rührt sich nicht.

Sie rührt sich nicht.

Ich stehe da, halte die Sweatshirts im Arm und erinnere mich ganz deutlich daran, daß sich meine Mutter nicht gerührt hat. Meine Mutter stand neben dem Spülstein. Ich stehe neben dem Bett. Verdammter Mist, *sie rührt sich nicht. Ich rühre mich nicht, und meine Mutter rührt sich nicht.*

Sie weint.

Ich weine.

Weint er? Nein. Nein, ich glaube nicht.

Nein.

Er versucht, meine Faust zu öffnen.

Bitte, Kleines...

Und dann...

... dann ist er zur Tür hinaus.

Peng.

Ist er wirklich zur Tür hinaus? Einfach so? Das war's?

Was zum Teufel ist eigentlich los? Das ist noch keine Schlagsahne.

Versuch es, Gillian! Komm schon! Du kannst dich erinnern. Versuch's mal!

Wo ist sie? Kommt sie zu mir? Umarmt sie mich?

Wo bin ich? Liege ich am Boden wie ein Häufchen Elend? Schreie ich, brülle ich? Trete ich mit den Füßen um mich? Schließlich bin ich erst sechs, ich könnte schreien, wenn ich wollte.

Ich weiß es nicht. Ich kann mich nicht erinnern. Ich kann mich wirklich nicht mehr daran erinnern.

Ich trage Rattenschwänze, zwei kleine, abstehende Schwänzchen rechts und links. Ganz schön scheußlicher Name, wenn man darüber nachdenkt. *Daran erinnere ich mich?* Daß ich diese verdammten Rattenschwänze hatte? Was bin ich? Eine Idiotin?

Wo ist die geschlagene Sahne? In meiner Schüssel schwimmt immer noch flüssige Sahne. Das reicht nicht. Ich krieg es nicht hin. Sie wird einfach nicht richtig steif.

Ich krieg es einfach nicht hin. Das ist die Wahrheit. Ich schaffe es nicht alleine. Ich muß sie fragen.

Ich bewege mich. Endlich. Nicht, daß ich einen Schritt täte. Nichts Großartiges. Ich beuge nur die Knie und setze mich auf die Bettkante. Der Hund hebt den Kopf, sieht mich an und legt seinen Kopf auf meinen Stiefel.

Ich muß sie fragen. Es ist alles blockiert. Die Schläger sind nicht kalt genug. Das Datum auf der Packung ist schon abgelaufen. Und in diesem Moment weiß ich, was ich zu tun habe.

Ich weiß nicht, warum es gerade jetzt sein muß. Oder was es mit mir und Chris zu tun hat. Oder was es mit unsrer Ehe zu tun hat. Es ergibt keinen Sinn.

Schließlich habe ich nicht dasselbe getan wie sie, ich habe

nicht dasselbe getan wie meine Mutter. Ein braves jüdisches Mädchen hat keinen Italiener zu heiraten. Ich weiß das, obwohl ich sozusagen nur zur Hälfte Jüdin bin. Und ganz gewiß keinen feurigen, gutaussehenden Italiener in einem Trenchcoat und mit einem Ring am kleinen Finger und einem strahlenden Lächeln – jedes kleine Kind weiß, daß man so etwas nicht macht. Du heiratest irgendeinen umwerfenden italienischen Typen, der dir sagt, daß er dich liebt, und ehe du dich versiehst, sagt er, du kannst mich mal, und spaziert durch die Tür, macht sich einfach aus dem Staub mit seinem Schnurrbart und seinen schwarzen Haaren, und du stehst in einer Küche, die nach Fisch riecht, und siehst dein Kind an.

Ich berühre den herrlichen, weißen alten Spitzenüberwurf auf dem Bett meiner Tochter. Ich streiche mit der Hand über den seidigen Stoff. Ich weiß, daß ich dem da oben ewig dankbar sein werde, daß Clare nicht zu Hause ist.

Ich schließe eine Sekunde lang die Augen.

Es waren feine Schuhe, die meine Mutter an dem Tag trug, als mein Vater sie verließ. Daran kann ich mich erinnern. Es waren rote hochhackige Tanzschuhe aus Eidechsenleder, mit Knöchelriemchen. Ich sehe sie noch an ihren Füßen. Ich habe keine Ahnung, warum sie sie trug, aber ich sehe sie ganz deutlich vor mir, als würden sie auf Clares Teppich stehen.

Mollie und Jules gingen oft tanzen. Sie tanzten für ihr Leben gern. Ich erinnere mich noch an die Gutenachtküsse. Old Spice und Camel-Zigaretten; sein schwarzer Schnurrbart kitzelte mich in der Nase, wenn er mir einen Kuß gab.

«Nacht, Kleines», flüsterte er mir zu.

Und dann lösten ihre kühlen Lippen seine ab, ihre makellosen roten Nägel mit den weißen Monden berührten meine Wange.

«Gute Nacht, mein Schatz», sagte sie dann, «schlaf gut...»

«...und träum was Schönes», sagte er von der Tür aus und zwinkerte mir zu. Zwinkerte mir zu. Mein Gott.

«Komm, Liebling, wir müssen los!» Seine Manschettenknöpfe funkelten im Flurlicht, wenn er seinen Schlips geradezog.

«Ich komm schon, Jules!» Sie zog die Decke um mich herum fest und strich mir eine Locke von der Wange.

Eine Wolke aus Zibelene, das Rascheln von Taft, und fort waren sie. Ich lag im Dunkeln, im schwachen Schein meines Hopalong-Cassidy-Nachtlämpchens, und betete, daß ich schnell erwachsen würde, damit ich auch so etwas Romantisches erleben könnte.

Tanzen. Anzüge und Schlipse und Gardenien. Cocktails. Straß. Elegante Hüte. Kurze raschelnde, schräg geschnittene Cocktailkleider. Manschettenknöpfe und Knöchelriemchen.

Aber so etwas habe ich nicht geheiratet.

Ich habe damit gespielt, das schon, ich bin herumgezogen, ich habe mich amüsiert; aber ich wußte, daß diese Typen nichts für die Ewigkeit waren.

Die, die dir in die Augen blicken und dir all das sagen, wonach du dich sehnst, aber morgens, bevor es hell wird, verschwunden sind. Die, die in einem Smoking phantastisch aussehen, aber um nichts in der Welt deinen Kopf übers Klo halten würden, wenn du dir die Seele aus dem Leib kotzt, weil du dir den Magen verdorben hast. Die, die wie Fred Astaire tanzen, aber nicht zuhören, wenn du was zu sagen hast. Das waren keine Männer fürs Leben. Das wußte ich und heiratete deshalb auch keinen von ihnen.

Ich habe nicht meinen Vater geheiratet.

Ich habe nicht dasselbe gemacht wie Mollie.

Ich heiratete einen verläßlichen, geradlinigen Mann – ehrlich und treu –, einen Kuchen ohne Rosinen. Ich heiratete einen *summa cum laude*. Einen Mann, der die Börsenkurse studiert und nicht die Wettergebnisse. Einen Mann, der Preiselbeersaft trinkt, mit vielleicht einem winzigen Schuß Wodka darin – aber nur bei ganz besonderen Gelegenheiten –, keinen, der jeden Abend ein paar Whiskeys hinunterkippt. Ich heiratete einen Mann, der zweideutigen Bemerkungen nichts abgewinnen kann; keinen, der zwinkert. Christopher William Hall hätte kein Zwinkern zustande gebracht, selbst wenn man ihm eine Million Dollar dafür geboten hätte. Er ist schließlich Episkopalist. Also, was geht dann hier vor? Was meint er mit: «Ich verlasse dich»? Episkopalisten verlassen einen nicht – Episkopalisten gehen überhaupt nirgendwohin.

Ich blicke auf den Goldring am Ringfinger meiner linken Hand. Schlicht. Keine Diamanten. Nichts Glitzerndes. Nicht mal eine Gravur auf der Innenseite.

Ich trug noch nicht mal ein Hochzeitskleid. Kein richtiges Hochzeitskleid, kein *weißes* Hochzeitskleid. Es lag ihm soviel daran, nicht viel Aufhebens zu machen, er wollte auf keinen Fall, daß es aussah wie eine Hochzeit, so daß es im Endeffekt eher einem Geschäftsessen ähnelte.

Ich trug Rostbraun. Jawohl, Rostbraun. Ich gebe zu, es *war* aus Seidenjersey und es *war* teuer, aber trotzdem war es *rostbraun*. Ich hatte vorher nie Rostbraun getragen. Ich habe nachher nie mehr Rostbraun getragen. Was für eine Art von Hochzeit ist das, zu der man Rostbraun trägt? Ganz bestimmt nichts Atemberaubendes, richtig? Ganz bestimmt nichts, was Sturm und Drang verspricht. Ganz bestimmt nichts, wo jemand irgendwann sagt, es ist mir egal und ich verlasse dich und dann einen Flur entlanggeht und die verdammte Tür zuknallt oder auch nicht.

Ich bin wütend. Natürlich bin ich wütend. Welche Frau wäre nicht wütend, wenn ihr Gatte ihr aus heiterem Himmel mitteilt, daß er sie verläßt.

Ich bewege meinen Fuß ein bißchen, und der Hund hebt seinen Kopf von meinem Stiefel und sieht mich an.

Nein, ich bin nicht wütend; wenn ich wütend wäre, würde ich die Sweatshirts hinschmeißen, statt mich daran festzuhalten wie an einem Rettungsring. Ich bin nicht wütend, ich fühle mich eher, als wäre ich von einem Elektroschocker getroffen worden... das ist es... bewußtlos... wie narkotisiert... starr... vor Angst.

Ich muß nach Hause zu meiner Mutter.

Ich sitze im goldenen Licht auf dem Bett meiner Tochter, drücke ihre Sweatshirts an mich und weiß plötzlich, was ich tun muß. Ich muß nach Kansas City fliegen und Mollie nach dem Tag fragen, an dem mein Vater wegging. Nach ihrer Ehe. Und warum es so kam. Ich bin diesen Fragen immer aus dem Weg gegangen. Ich bin den wirklichen Warum nie auf den Grund gegangen. Ich glaube nicht, daß ich es wirklich wissen wollte.

Es gab da einen Teil von mir, der es einfach als gegeben hinnehmen wollte; ich esse gerne Cheeseburger, ich habe das College abgebrochen, mein Vater hat uns verlassen, als ich sechs war, ich kann Saxophon spielen, ich mag keinen Spargel... als wäre es nichts. Eine Bagatelle. Unwichtig, Mom, überhaupt kein Problem.

Aber jetzt muß ich es wissen.

Ich muß nach Hause fliegen und herausfinden, warum mein Vater weggegangen ist.

Ich drehe mit dem Daumen den Ehering an meinem Finger.

Ich werde es herausfinden. Und ich werde mich besser fühlen. Sie wird mir einen Anhaltspunkt geben.

Und dann werde ich über Chris nachdenken.

Und darüber, warum er mich verläßt.

Morgen.

Morgen werde ich über Chris nachdenken.

O mein Gott. Schon wieder. Scarlett und ich, Schicksalsgenossinnen.

Dann fange ich an zu weinen. Zuerst lache ich darüber, daß mir überhaupt so ein Gedanke kommt, und dann fange ich an zu weinen. Der Hund steht sofort auf und legt seine Pfote auf mein Knie. Er hängt sehr an mir und erträgt es nicht, wenn ich weine.

«Alles in Ordnung, Murray», beruhige ich ihn schluchzend. «Mach dir keine Gedanken, mein Kleiner! Noch bin ich kein Trauerkloß – mir schwebt da was vor – Rhett und Scarlett und ich, ich weiß nur noch nicht, wie es ausgeht.

Clare

Meine Mutter fliegt nach Kansas City, um meine Großmutter zu besuchen. Einfach so – komisch, oder?

Irgendwas ist passiert. Keine Ahnung, was, aber es muß schon was Wichtiges sein, und keiner redet drüber; ich meine meine Eltern. Und wenn sie drüber reden, dann jedenfalls nicht mit mir.

Ich war mit Lisa und Jenny im Einkaufszentrum, und als ich heimkam, war alles anders. Meine Mutter hat mich nicht angeguckt. Sie hat gesagt, sie würde Großmutter besuchen, aber sie hat mich dabei nicht angeguckt. Es ist mir zwar egal, ob meine Mutter mich anguckt, aber ich meine, schließlich guckt sie mich sonst immer an und ich sie nie, und dann plötzlich guckt sie mich nicht mehr an. Ist doch merkwürdig, oder? Jedenfalls war mir klar, daß irgendwas faul war.

Und sie hat auch nicht gesagt, daß ich mitkommen soll. Echt merkwürdig. Nicht, daß ich mich darum gerissen hätte. Okay, ich mag meine Großmutter und meinen Großvater, aber Kansas City ist wirklich das Letzte. Es kommt einem so vor, als wär bei denen die Zeit stehengeblieben. Als würde man in Zeitlupe rumlaufen oder unter Wasser oder so und nur darauf warten, daß endlich was passiert, daß die Zeit rumgeht und man endlich wieder weg kann.

Also hab ich sie gefragt, ob ich mitkommen soll. Ich hatte

zwar keine Lust, aber ich dachte, sie würde sich freuen, und schließlich wird meine Großmutter Weihnachten achtzig, und da wär's doch ganz nett, wenn ich sie besuchen würde, schließlich geht's ihr nicht besonders, und vielleicht lebt sie ja nicht mehr lange, aber meine Mutter wollte nicht. Sie hat gesagt, sie will lieber allein fahren. Nein, stimmt nicht, sie hat gesagt, sie *muß* allein fahren. Das hat sie gesagt. Und sie war ganz ruhig, irgendwie reserviert – als würde sie meinen Vater nachahmen, sie war irgendwie gar nicht sie selbst. Ich meine, meine Mutter ist ein ziemlich verbaler Typ. Und sie ist witzig – nicht immer das, was ich unter witzig verstehe, aber irgendwie witzig. Und sie hat so was Gewaltiges an sich – ich meine, nicht körperlich, eigentlich sieht sie eher magersüchtig aus, ist sie natürlich nicht wirklich, sie ist einfach nur dürr – es ist mehr ihre Art; wahrscheinlich würde man es leidenschaftlich nennen. Zum Beispiel schmeißt sie mit Sachen um sich. Nicht, daß sie Leuten was an den Kopf schmeißt, das nicht gerade, aber sie explodiert leicht. Manchmal, wenn sie die Schnauze voll hat, dann nimmt sie einfach ein paar Bücher aus dem Regal und pfeffert sie auf den Boden. Wahrscheinlich geht's ihr dann einfach besser. Als ich klein war, hat mir das immer angst gemacht, aber heute nehm ich das einfach so hin. Wenn sie mal wieder randaliert, kümmer ich mich nicht weiter drum. Und manchmal redet sie so, als wäre sie total wütend auf mich – als hätte ich irgendwas ganz Furchtbares gemacht, als wär sie total sauer, aber dann sagt sie, sie hätte sich nur deutlich ausgedrückt und wär überhaupt nicht wütend. Ich weiß nicht, sie behauptet, ich würde immer gleich an die Decke gehen, aber wenn jemand an die Decke geht, dann sie.

Aber was immer zwischen ihnen passiert ist, jedenfalls ist niemand ausgeflippt, keiner hat gebrüllt oder mit Büchern geschmissen. Sie saß nur auf der kleinen Couch in ihrem

Schlafzimmer; es ist bloß so eine kleine geblümte Couch unterm Fenster, aber sie mag sie sehr. Sie liebt sie über alles. Sie sagt immer, sie hätte ihre ganze Schwangerschaft auf dieser Couch verbracht. Als sie mit mir schwanger war, meine ich. Sie war danach noch mal schwanger, aber da hatte sie eine Fehlgeburt. Ich bin das einzige Kind, das es geschafft hat. Aber egal, jedenfalls saß sie immer da, als sie mit mir schwanger war, auf dieser geblümten Couch, und dachte an mich oder machte, was auch immer man in einer Schwangerschaft so macht. Und jetzt sitzt sie noch manchmal da, wenn sie über etwas nachdenkt, wenn sie irgendwas ausbrütet – meine Mutter ist nämlich Autorin. Sie schreibt keine Bücher oder so was. Sie schreibt die Gags für diesen Typen. Er ist ein richtiges Arschloch, dieser Andy Minkoff. Also, der kommt ja dauernd im Fernsehen, hat sogar seine eigene Show. Alle Welt hält ihn für was Besonderes, aber die haben ja keine Ahnung. Ich jedenfalls mußte mit ihm *essen*. Er ist einfach widerlich. Aber egal, jedenfalls schreibt sie seine Texte. Das ist ihr Job.

Mein Dad macht diesen Börsenscheiß, irgendwas mit Aktien und Finanzberatung und so. Er ist irgend so ein Finanzfreak und auch noch ein Mathegenie. Es ist wirklich zum Kotzen. Ich meine zum Beispiel meine Hausaufgaben. Der braucht bloß einen Blick drauf zu werfen, egal, ob es Logik oder Trigonometrie oder sogar Differentialrechnung ist, und rechnet es im Kopf aus. Das ist kein Scherz, er kann das wirklich im Kopf.

Egal, jedenfalls kam ich vom Einkaufszentrum heim und war natürlich zu spät und hatte auch nicht angerufen. Ich war sicher, daß sie total sauer sein würden. Ich wollte ja anrufen, aber dann hat Lisa die Stiefel, die sie gekauft hat, bei Mac liegenlassen, wo wir Lippenstifte ausprobiert hatten. Also mußten wir den ganzen Weg wieder zurück, und sie hatte die ganze Zeit Panik, daß jemand die Tüte mit den Stiefeln mitgenommen hat, und als wir endlich am Auto waren, hab ich nicht mehr dran gedacht. Lisa ist gefahren. Jedenfalls war ich sicher, daß mich zu Hause ein Donnerwetter erwarten würde, weil ich nicht angerufen hatte und gesagt hatte, ich wäre um drei zu Hause, und es war schon nach fünf, aber im Haus war's totenstill; ich meine, keiner hat auf mich gewartet, keiner hat mich angeschrien, schon komisch, oder?

Also, ich sage hallo, aber keiner antwortet. Ich gehe hoch in mein Zimmer und hab irgendwie das Gefühl, daß meine Mutter da ist, also gehe ich in ihr Schlafzimmer, und da sitzt sie auf der kleinen geblümten Couch, die sie so mag. Sie sitzt da im Dunkeln. Ich meine, sie hat kein Licht angemacht, und draußen ist's schon dunkel. Wir wohnen zwar in Kalifornien, aber auch hier wird's im Winter früh dunkel – im Dezember so um vier. Und weil es schon zwanzig nach fünf ist, ist es natürlich stockdunkel. Und plötzlich kommt mir dieser wahnwitzige Gedanke – ich meine, sie wird doch nicht schwanger sein? Also im Ernst, das ist doch lächerlich. Immerhin ist meine Mutter schon alt – nicht richtig alt, aber immerhin... und ich muß dreimal *Mutter* sagen, bis sie mich auch nur ansieht, und dann sagt sie: «Ich fliege morgen zu Großmutter.» Und ich frage: «Ist was passiert?» Ich meine, ist irgend jemand gestorben oder so? Natürlich meine ich nicht meine Großmutter oder meinen Großvater, ich meine, so direkt würde ich das auch nicht sagen, aber wir haben da massenweise Verwandte, und einer hätte ja tot sein können, und außerdem mußte es schon was Wichtiges sein, weil wir nämlich über Weihnachten nach Aspen fliegen wollten, zur Farm von diesem Arschloch von Andy, und wir hatten auch schon die Tickets, und es war alles abgemacht. Aber sie sagte nein, alles okay, sie würde einfach nur so fahren. Sie muß fahren, hat sie gesagt. Und das war alles. Sonst hat sie nichts gesagt. Sie saß nur da.

Und ich stand da und mußte mindestens noch dreimal *Mutter* sagen, bis sie endlich reagiert hat: «Was ist?» Und dann hab ich sie gefragt, ob ich mitkommen soll, und sie hat nein gesagt. Und dann hab ich sie gefragt, wo Dad ist, und sie hat gesagt, sie weiß es nicht. Und ich stand noch eine Weile da, und dann bin ich gegangen. Ich hab noch die Lampen angeknipst, auf beiden Seiten vom Bett, aber weil sie nichts mehr zu mir gesagt hat, bin ich gegangen. Sie hat einfach nur in die Luft gestarrt. Also bin ich gegangen.

Ich hab keine Ahnung, wie's jetzt weitergeht. Ob Dad und ich über Weihnachten ohne sie zu diesem Arschloch fahren oder nicht. Mal ganz ehrlich, mein Vater paßt da sowieso nicht hin – er ist nicht gerade ein Witzbold. Ich meine, er ist schon ganz okay und wirklich ziemlich intelligent, aber er fühlt sich tausendmal wohler, wenn er klassische Musik hören kann oder über irgendwas furchtbar Schwieriges diskutiert, über Chaucer oder so jemanden oder über amerikanische Geschichte, oder wenn er sich über die Theorien von Marx den Kopf zerbricht, jedenfalls steht er nicht drauf, mit irgendwelchen Hollywood-Heinis herumzusitzen und Witze zu reißen. Auf jeden Fall könnten die Leute, die Weihnachten immer bei Andy sind, nie im Leben über Marx diskutieren, vielleicht über die Marx Brothers, aber bestimmt nicht über Marx.

Egal, von mir aus können wir ruhig zu Hause bleiben. Ich hatte sowieso keine Lust wegzufahren. Ich bin sowieso viel lieber mit Scott zusammen.

*D*ienstag

Gilliana

«Also, was willst du wissen, mein Schatz?» fragt mich meine Mutter in meinem Tagtraum in der USAir.

«Was ist passiert, Mom? Was ist schiefgelaufen? Wie ist es dazu gekommen, daß Dad dich verlassen hat? Warum passiert mir so was? Ich hab nicht denselben Typ von Mann geheiratet wie du – warum passiert mir dasselbe? Ist so was erblich? Steckt es in unseren Genen? Wie die Warze auf meiner linken Schulter, die genauso aussieht wie deine? So, wie wir beide Kraft in den Armen haben, ohne etwas dafür zu tun? Was ist es, Mom? Was habe ich falsch gemacht?»

Und sie erzählt es mir. Alles. Sie erzählt mir von sich und meinem Vater und wie alles gekommen ist. Sie erzählt mir von mir und Christopher und wie alles gekommen ist. Sie erklärt mir alles ganz logisch, und ich verstehe es, und *ich bin nicht schuld daran.*

All das lege ich mir in meinem Kopf zurecht, während ich im Flugzeug sitze. Vor allem den letzten Satz: *Ich bin nicht schuld.*

Ich kippe die letzten paar Tropfen aus dem Smirnoff-Fläschchen in meinen Plastikbecher.

Aber an irgendwas muß ich schuld sein, oder?

Ich blicke aus dem Fenster.

Nein, Gillian, halt den Mund! Sei still! Hör auf deine

Mutter, sie weiß Bescheid! Ich höre Teile des Dialogs, den ich mir ausgedacht habe, während ich zusehe, wie die kleinen Quadrate aus braunem und ockerfarbenem Farmland größer werden.

«Du hast alles richtig gemacht, mein Schatz, du hast getan, was du konntest, und es ist nicht deine Schuld.»

«Ach, dann ist es ja gut.»

Ich gebe meinen Plastikbecher zurück, lächle die Stewardeß an; in wenigen Minuten werden wir landen.

Natürlich kommt immer alles anders, als man es sich vorstellt, ist doch so, oder? Jedenfalls, wenn man es mit meiner Familie zu tun hat.

Ich bin mit dem Taxi zum Flughafen gefahren. Christopher hatte mich gefragt, ob er mich hinbringen solle, aber ich hatte nein gesagt; sonst war kein Wort zwischen uns gefallen. Er kam gestern abend nach Hause, weil Clare am Telefon war, als er anrief, und ihm sagte, daß ich heute morgen nach Kansas City fliegen würde. Ich nehme an, daß er deshalb heimkam – ich weiß nicht, ob das der Grund war oder ob er sowieso nach Hause gekommen wäre; ich brachte es einfach nicht über mich, ihn zu fragen. Was hätte ich sagen sollen? – ich dachte, du wolltest mich verlassen – was machst du dann hier? Er hat im Gästezimmer geschlafen. Das erste Mal, seit wir verheiratet sind. Und das Lustige daran war, daß ich nicht wußte, wo ich mich hinlegen sollte – auf seine Seite, auf meine Seite, mitten ins Bett, die Beine gespreizt wie ein Nußknacker, so daß ich mit den Fersen beide Bettkanten berührte; zu gern wäre ich zu ihm ins Gästezimmer gegangen und hätte ihm erzählt, wie komisch das war, hätte mich aufs Gästebett gesetzt und vielleicht sogar seine Hand gehalten, während ich es ihm erzählte, und wir hätten gemeinsam darüber gelacht.

Ist das vielleicht der Grund? Daß es irgendwann nicht mehr lustig war? Daß ich Christopher nicht mehr zum Lachen bringen konnte? Geht das auf mein Konto?

Vielleicht brauchen wir jetzt einfach neues Material...

Ich halte mich am Tisch fest und versuche tief durchzuatmen. Jetzt hätten wir neues Material genug.

Meine Mutter faltet eine Serviette; es ist eine weiße Leinenserviette, passend zu den anderen dreiundzwanzig, die vor ihr auf dem Eßzimmertisch liegen. Feines irisches Leinen, blütenweiß und handgesäumt, mit einer Borte aus Blumen und Schleifen; eine vollkommene Serviette, das ist nicht übertrieben. Meines Wissens hat sie noch nie bei einer Dinnerparty alle vierundzwanzig verwendet, nur bei Büfetts. Sie faltet die Serviette zu einer Ziehharmonika. Dazu pfeift sie zwischen den Zähnen «Harvest Moon».

Meine Mutter hat zwei Pfeifarten – eine zwischen den Zähnen und eine schöne. Die schöne hört sich an wie John Wayne in *Es wird immer wieder Tag*, oder wer auch immer gepfiffen hat, jedenfalls hat John Wayne die Lippen gekräuselt. Sie pfeift so gut wie Ukelele-Ike als Jiminy Crikket. Besser sogar. Aber jetzt pfeift sie zwischen den Zähnen.

Sie trägt keine roten hochhackigen Eidechsenleder-Tanzschuhe mit Knöchelriemchen. Sie trägt bequeme rosa Lederslipper mit Keilabsatz, dünne weiße Knöchelsöckchen, eine graue lockere Polyesterhose mit Gummizug und ein blaues Sweatshirt, das ihr meine Freundin Carole Rose von einer Fernseh-Show aus Kalifornien geschickt hat, für die sie vor Jahren arbeitete. «CAGNEY AND LACEY» steht in großen gelben Buchstaben quer über der Brust meiner Mutter, «CAGNEY AND LACEY», und darunter ist die Dienstmarke eines New Yorker Polizisten gedruckt. Soviel zu schräg geschnittenen Cocktailkleidern, soviel zu dem verheißungsvollen Rascheln von Taft, soviel zu heutiger Romantik.

In vier Tagen ist Weihnachten und der Geburtstag meiner Mutter; ich bin gerade rechtzeitig gekommen. Herzlichen Glückwunsch, liebe Mom und lieber Jesus. Mollie wird dieses Jahr achtzig – man sieht es ihr nicht an, sie sieht aus wie eine Achtundsechzigjährige, die sich gut gehalten hat.

Sie beendet die letzte Falte in ihrer Serviette, blickt zu mir hoch und lächelt. Ein breites, strahlendes, wunderschönes Lächeln. Ich lächle zurück, ich kann nicht anders.

Irgendwie werde ich den Eindruck nicht los, daß ich es hier nicht mehr lange aushalte, daß es gut möglich ist, daß ich wie eine Leuchtkugel aus ihrem heißen Eßzimmer in den kalten Dezemberhimmel hinaufschieße. Eine kleine brünette Frau explodiert über den öden, braunen winterlichen Feldern von Kansas, meine Ellbogen und Brüste und Zähne fallen auf geparkte Autos und festlich gekleidete Menschen, die rote und grüne Päckchen tragen, wie Lametta, das man über einen Weihnachtsbaum wirft. Oder vielleicht bleibe ich auch nur hier sitzen und fange an zu schreien.

Meine Mutter und ich starren uns einen Augenblick an, ihre braunen Augen blicken in meine, als wäre alles in bester Ordnung. Aber ich lasse mich von diesem Moment der Normalität nicht täuschen, ich weiß, was als nächstes kommt. Ich habe sie beobachtet, und ich weiß Bescheid. Sie wird die Serviette sehen. Ich warte.

Sie sieht die Serviette. Aus ihrem Augenwinkel sieht sie die Serviette, sieht, daß sie gefaltet in ihrer Hand liegt. Ihre Augen werden groß. Diese Serviette ist eine vollkommene Überraschung für sie, ein regelrechter Schock. Ein Stück weißes Leinen hat sie verraten.

Sie schüttelt vehement mißbilligend den Kopf, mit einem Ruck reißt sie die perfekt gelegten Falten auseinander und schüttelt die Serviette energisch neben ihrem Stuhl aus. Die Runzeln zwischen ihren Augenbrauen ziehen sich zusammen und werden tiefer. Meine Mutter ist wütend. Ich würde sogar behaupten, daß sie stinksauer ist. So etwas würde sie natürlich nie sagen. «Stinksauer» ist ein Ausdruck von mir, nicht von meiner Mutter. Das Wort «stinksauer» käme nie über Mollies Lippen, es wäre ihr zu primitiv.

Sie beugt sich vor und blickt argwöhnisch die Serviette an. Sie wirft ihr einen bösen Blick zu. Sie mustert sie. Sie kräuselt die Lippen. Und dann klatscht sie sie mit einer theatralischen Geste auf ihre Knie. Sie breitet das Tuch aus und versucht, es wieder glattzuziehen, reibt mit der Hand darüber, streicht es glatt, zerrt an den Ecken des weißen Stoffs, um die Knitter herauszubekommen. Sie ist jetzt ganz aufgeregt und atmet schwer. Und dann, wie auf ein Zeichen hin, das ich nicht deuten kann, etwas, das ich nicht sehen kann, hält sie inne. Urplötzlich.

Geschafft. Es genügt ihren Ansprüchen. Die Probe ist bestanden. Ich weiß nicht, warum – das weiß nur sie allein. Und sie gönnt es sich, wieder von vorn anzufangen. Sorgfältig faltet sie die Serviette von neuem. Ihre Finger bewegen sich gleichmäßig, verschwinden, kommen wieder zum Vorschein, während sie eine Falte nach der anderen legt. Bedächtig mißt und prüft sie, mustert erneut die Kanten, vergewissert sich immer wieder, daß eine Falte wie die andere ist. Während sie das tut, entspannt sie sich, ihre Schultern lockern sich, ihre Stirnrunzeln glätten sich, und sie nimmt wieder ihre durch die Zähne gepfiffene Version von «Harvest Moon» auf.

Ich schmecke Blut. Ich habe mir eine hübsche, kleine Wunde mitten in die Unterlippe gebissen.

Es ist mir bewußt, daß ich darüber eine Menge Witze machen könnte, die Situation provoziert Witze geradezu. Sie strotzt nur so vor Komik – gäbe mehr als genug Material für einen Gastauftritt von Andy bei Letterman, und dann würde immer noch genug übrigbleiben für ein oder zwei Zugaben. Aber mir ist nicht zum Lachen zumute. Mein Herz tut so weh, daß ich kaum atmen kann.

Ich habe meiner Mutter ungefähr *zweieinhalb Stunden* lang dabei zugesehen, wie sie diese Serviette gefaltet und wieder entfaltet hat. Diese Tatsache ist für mich so niederschmetternd, daß ich plötzlich erkenne, warum es meiner Tochter manchmal ein Bedürfnis ist, bestimmte Wörter theatralisch hervorzuheben. *Zweieinhalb Stunden*. Seit dem Moment, als das Flugzeug landete, seit mein Stiefvater mich abholte und sagte, daß er Mollie gern mitgebracht hätte, daß sie aber einen leichten Schnupfen habe und er gedacht habe, es sei keine so gute Idee, wo es doch draußen so kalt sei und überhaupt. «Ein leichter Schnupfen», nicht schlecht. Laß dir gesagt sein, Lewis, das ist kein leichter Schnupfen. Das ist auch kein starker Schnupfen. Das hier ist völlig jenseits von Schnupfen.

Aus irgendeinem Grund hatte Lew beschlossen, mir nicht zu sagen, daß es mit meiner Mutter schon so rapide bergab gegangen war, daß sich ihr Zustand so verschlechtert hatte... schließlich habe ich sie doch erst im Sommer gesehen... oder? Nein, Moment mal... ich hatte vorgehabt, sie auf dem Rückweg von New York zu besuchen, und es dann doch nicht gemacht, oder? Nein, ich habe sie nicht mehr gesehen seit... seit Februar... stimmt das? Sicher... nein... Moment mal... habe ich sie etwa doch nicht im Februar gesehen? Nein, es war nicht im Februar, es war vor Thanksgiving... mein Gott... dann ist es ja schon eineinhalb Jahre her, daß ich Mollie das letzte Mal gesehen habe. Wie ist das möglich… über ein Jahr… und sie haben uns letztes Jahr auch nicht besucht, oder? Warum sind sie letztes Jahr nicht nach L. A. gekommen?

Mein Gott… ich weiß es nicht, ich habe nicht die leiseste Ahnung, warum sie letztes Jahr nicht nach L. A. gekommen sind. Warum weiß ich das nicht?

Ich habe doch zumindest mit ihr telefoniert… jede Woche, richtig? Nun… fast jede Woche… aber auf jeden Fall alle vierzehn Tage… Ich habe mit ihr gesprochen, ich habe mit ihm gesprochen… Aber meistens mit ihm, oder?… ja… meistens habe ich mit ihm gesprochen… Immer gab es eine Ausrede… Sie ist gerade in der Badewanne… Sie ist mit dem Hund draußen… Mein Gott… wo war ich bloß? Ist es die ganze Zeit mit ihr so gewesen? Wo war ich denn bloß?

Ich habe Lew nicht gefragt, warum er es mir nicht erzählt hat. Ich habe kein Wort gesagt, seit ich hereingekommen bin, mich hingesetzt habe und versucht habe, mit ihr ins Gespräch zu kommen. Ich habe rein gar nichts getan, außer ihr beim Serviettenfalten zuzusehen. Ohne ein Wort zu sagen. Kein Wort von Gillian. Gillian, die Schweigsame. Ganz was Neues.

«Na, was macht ihr zwei Hübschen denn, Gillian?» fragt Lew und kommt mit einem Salami-Sandwich ins Eßzimmer. Die eine Hälfte liegt auf einem Teller, und die andere hält er in der Hand. Er hat schon ein Stück abgebissen. Ich sehe die Salami zwar nicht, aber ich rieche sie, deshalb weiß ich, was sich zwischen den Roggenbrotscheiben befindet.

Ich blicke zu ihm hoch, aber ich antworte nicht. Ich kann es nicht. Die Worte stecken irgendwo hinter meiner blutigen Zunge. In diesem Moment fällt mir auf, daß seine Augen trauriger geworden sind. Sie sind traurig, seit die

Geschichte mit meiner Mutter angefangen hat, aber jetzt ist es fast unerträglich, sie anzusehen. Ich hätte nie geglaubt, daß so etwas möglich wäre – daß Augen trauriger werden können –, aber irgendwie hat dieser erstaunliche Mann dieses Kunststück fertiggebracht. Beim Anblick seiner traurigen Augen finde ich meine Stimme wieder.

«Du sollst doch eigentlich keine Salami essen, Dad!»

Er zuckt mit den Schultern. «Ändert das irgendwas?» fragt er.

Der Mann hat recht. Vor allem, wenn man sich überlegt, womit wir es hier zu tun haben – soll er ruhig essen, was ihm schmeckt!

Er beißt wieder in sein Sandwich und tritt hinter meine Mutter, legt das Sandwich auf den Teller und tätschelt ihr zärtlich die Schulter.

«Wie geht's dir, Mol, Liebes?» fragt er sie.

Er spricht laut und deutlich, als hätte nicht ihr Gehirn, sondern ihr Gehör gelitten. Ich lächle, weil ich es auf diese Weise auch schon probiert hatte. Als ich ankam, bombardierte ich sie mit ein paar Fragen, volle Lautstärke. Nichts.

Sie blickt von ihrer Serviette auf. Es ist offensichtlich, daß sie sich freut, ihn zu sehen. Sie ist begeistert. Ihr Gesicht hellt sich auf. Sie schenkt ihm ihr strahlendstes Lächeln, dasselbe schöne Lächeln, das sie mir schenkte. Sie lächelt Lewis, ihren Mann, an, ihren dritten Mann, mit dem sie seit über fünfunddreißig Jahren zusammenlebt. Sie sagt kein Wort, aber sie lächelt. Und er lächelt zurück. Dann senkt sie wieder den Kopf und arbeitet an ihrer Serviette weiter.

Ohne den Blick von dem Stück Leinen zu wenden, das sie faltet, läßt sie «Harvest Moon» langsam zwischen den Zähnen verklingen. Kaum merklich beugt sie sich zu mir herüber. Ich rieche ihr Bellogia; Zibelene wird nicht mehr hergestellt. Mit dem Ellbogen stupst sie meinen Arm an, und ich meine, einen Laut zu hören, wie leises Kichern. Und dann, als wären wir Freundinnen, flüstert sie mir verschwörerisch zu: «Du hast recht, Dell, sieh nur, er lächelt mich an, bestimmt fordert er mich gleich zum Tanzen auf!»

Mir bleibt das Herz stehen.

Meine Mutter weiß nicht mehr, wer ich bin.

Meine Mutter denkt, ich sei Dell, ihre beste Freundin.

Dell, die seit mindestens zwölf Jahren tot ist.

In diesem Augenblick wird mir klar, daß meine Mutter weder bei sich noch bei uns ist. Ich sehe die Frau an, die mir gegenübersitzt, und mir wird bewußt, daß sie zwar Mollies Gesicht und ihre Hände hat und daß Mollie irgendwo in ihr sein mag, hinter diesen braunen Augen, die mich anlächeln, hinter diesem gütigen Gesicht und in diesen schönen Händen, aber es sieht ganz danach aus, als könnte ich sie nicht mehr zurückholen. Es sieht ganz danach aus, als wäre meine Mutter nicht mehr da.

Mollie

Mollie sitzt auf ihrem Stuhl und hält ihre Serviette fest. Ihr Gesicht ist friedlich und entspannt, ein Lächeln umspielt ihre Lippen, als sie die Augen schließt. Es mag zwar so aussehen, als säße sie in ihrem Eßzimmer in Kansas City, vier Tage vor Weihnachten und ihrem achtzigsten Geburtstag, aber so ist es nicht. In Wirklichkeit ist sie auf einem Schiff auf dem Mississippi in St. Louis, sie ist siebenundzwanzig Jahre alt, und es ist ein glühendheißer Junitag.

Es war der dritte Tag einer Hitzewelle, selbst für St. Louis ein Rekord, da der Sommer gerade erst angefangen hatte. Das Thermometer an der Spitze des Globe-Democrat-Turms zeigte 38 Grad an, obwohl es bereits Abendessenszeit war.

Auf dem Schild am Ende der Wharf Street stand:

Die *Admiral*
freies Parken
vollklimatisierter Saal
kostenloses Wasser
Livemusik
große Tanzfläche
alles für nur einen Dollar Eintritt

Die *Admiral* war früher in Vicksburg, Mississippi die Eisenbahnfähre *Albatross* gewesen. Eine Gesellschaft namens Streckfus hatte sie 1937 erworben und laut eigenen Angaben zum «schönsten Vergnügungsdampfer in ganz Amerika» umgebaut. Sie pries sie als preisgünstiges Freizeitvergnügen für Familien und romantische Paare an; in ihrer Broschüre stand tatsächlich «romantische Paare».

Sie legte an der Wharf Street im Hafenviertel von St. Louis ab und dampfte flußabwärts zur Jefferson Barracks Bridge, wendete und kehrte wieder zur Wharf Street zurück. Diese Strecke fuhr sie x-mal hin und her. Jeden Abend außer montags; und samstags und sonntags sogar zweimal – nachmittags und abends. Viereinhalb Stunden lang konnte man jede Menge kostenloses Wasser trinken und auf der «großen Tanzfläche» zu «Livemusik» tanzen. Deutschland mochte in Polen einmarschiert sein und Belgien, die Niederlande und Frankreich besetzt haben, Bomben mochten auf England fallen, aber Pearl Harbor lag noch in weiter Ferne, und Amerika marschierte noch nicht mit; an jenem Samstagabend im Juni amüsierte man sich.

Die *Admiral* maß 125 mal 30 Meter und faßte 4400 Passagiere, und es schien, als drängte sich mindestens die Hälfte davon in der Damentoilette auf dem Oberdeck.

Mollie Kramer bückte sich, richtete die Nähte ihrer Strümpfe und drehte sich dann mit dem Rücken zum Spiegel, um mit einem Blick über ihre Schulter zu überprüfen, ob sie gerade waren. Bei den unzähligen Mädchen war es schwierig, ein Stück vom Spiegel zu erwischen. Sie hatte Dells Handtasche und ihre eigene unterm Arm, und ihre beiden Strickjacken, falls es kühl werden sollte. Es bestand nicht viel Hoffnung, daß es abkühlen würde; der Vorhersage nach sollte die Hitze bis Dienstag andauern, aber man hatte für alle Fälle immer eine Strickjacke dabei. Und Handschuhe, sie hielt Dells und ihre weißen Baumwollhandschuhe in der Hand. Sie legte alles ordentlich auf die Ablage und öffnete ihre Tasche.

Ein dickes blondes Mädchen in einem roten, viel zu engen Tupfenkleid wurde von einer Frau angerempelt, die sich gerade umdrehte, fiel gegen Mollie und bürstete ihr dabei mit der Haarbürste über die Wange.

«Oh, das tut mir aber leid. Entschullldigung.»

«Schon gut.»

«Haben Sie sich auch nichts getan?»

«Alles in Ordnung», sagte Mollie.

«Sind Sie sicher?»

«Ja, wirklich.»

«Es ist so schrecklich eng hier.»

«Hm-hm.»

Eine der Toilettentüren öffnete sich, und drei Frauen stürmten gleichzeitig darauf zu.

«He, nur keine Panik!» sagte Dell und beeilte sich, aus der Toilette herauszukommen. «Meine Güte», stöhnte sie und quetschte sich neben Mollie an den Spiegel, «hier geht's ja zu wie im Irrenhaus.»

Sie öffnete ihre weiße Unterarmtasche und kippte den Inhalt auf die Ablage.

«Also, wie gesagt», sagte sie, nahm ihren Kamm und fuhr sich durch das kurzgeschnittene, glatte braune Haar, «er hat dich angesehen.»

«Hat er nicht, Dell.»

«Er hat dich angesehen, er hat dich beobachtet, und er wird dich bestimmt auffordern. Glaub mir, Mol!»

«Sei nicht albern!» erwiderte Mollie. «Ich bin mit Benny zusammen.»

«Na und? Was kümmert ihn das?»

Mollie drehte ihren Lippenstift hoch. «Enny ird hiin

humbringn», sagte sie mit weit geöffnetem, zu einem Oval geformtem Mund, während sie ihre Lippen mit einem kräftigen Tiefrot bemalte.

«Hm? Waas?»

Mit dem ausgestreckten kleinen Finger ihrer rechten Hand verstrich Mollie etwas von der Farbe auf ihrer Oberlippe.

«Ich hab gesagt, daß Benny ihn umbringt.»

«Klar», gab Dell zurück, «Benny, der große Killer. Benny könnte nicht mal ein totes Pferd umbringen. Die einzige, die er umbringen könnte, bist du, weil du dich von ihm so rumschubsen läßt.»

«Dell, bitte!» Mollie warf Dell einen warnenden Blick zu.

«Moment. Eins sag ich dir: wenn dieser Fiesling dich noch einmal anfaßt, komm ich rüber und versetz ihm einen Kinnhaken.»

«Dell...»

«Egal, wie gesagt, dieser junge Mann wird dich zum Tanzen auffordern!»

«Entschuldigung», sagte der blonde Pummel und streckte den Kopf vor, um Mollies Mund zu inspizieren. «Was für eine Farbe ist das? Die ist ja todschick.»

«‹Bravo›», antwortete Mollie.

«Todschick», sagte das dicke blonde Mädchen.

Dell sah das dicke Mädchen an, das dicke Mädchen lächelte zurück.

«Finden Sie sie nicht todschick?» fragte sie Dell.

«Todschick», wiederholte Dell trocken.

«Es ist so schwer, ein richtiges Rot zu finden, finden Sie nicht?»

Dell gab keine Antwort.

Das dicke Mädchen lächelte Mollie an. «Wie heißt die

noch mal – Bravo? Wie romantisch… Ich frag mich immer, wer sich solche Namen ausdenkt, Sie nicht?»

«Darf ich mal, Mollie?» fragte Dell und streckte ihre Hand aus. Mollie gab ihr den Lippenstift.

Der Pummel sah zu, wie Dell die rote Farbe auf ihren Mund auftrug. «Es ist zuviel Orange drin für Sie», sagte sie zu Dell.

«Ach, wirklich?» entgegnete Dell. «Was Sie nicht sagen.»

«Ist ja nur meine Meinung», antwortete das dicke Mädchen und zuckte die Achseln. «Bei ihr sieht's viel besser aus. Ihr Gesicht ist viel zu rosa.»

«Sonst noch was?» sagte Dell.

«Entschullldigung», sagte das dicke Mädchen beleidigt. Sie rückte etwas von Dell ab, sammelte ihre Sachen ein, zupfte ein paarmal an ihrem Kleid und kämpfte sich zum Ausgang vor.

«Du hättest ruhig ein bißchen freundlicher sein können, Dell», sagte Mollie.

«Ich muß mir doch nicht von dieser fetten Kuh sagen lassen, daß mein Gesicht zu rosa ist.»

«Ist ja gut.»

«Außerdem erwartet man von mir, daß ich kein Blatt vor den Mund nehme. Schließlich bin ich aus New York.» Sie zog im Spiegel eine Grimasse, und Mollie lachte. «Jedenfalls wird er dich zum Tanzen auffordern.»

«Hmm…» Mollie brachte die dunklen Wellen in ihrem Haar etwas in Form.

«Und er ist Italiener.»

«Er ist *Italiener*? Woher weißt du das?»

«Ich weiß es eben. Ich hab Nat gefragt.»

«Hast du nicht! Was hast du gesagt?»

«Ich hab gesagt: ‹Wer ist dieser Typ an der Bar, der Mollie die ganze Zeit so anstarrt?›»

«O Gott. Das ist doch nicht dein Ernst!»

«Natürlich nicht, du Dummerchen. Ich hab nur gefragt, wer ist das? – weil es klar war, daß sie ihn kannten.»

«Wer kennt ihn?»

«Nat und Benny kennen ihn; sie haben zusammen im Forest Park Ball gespielt.»

«Benny kennt ihn? Du machst Witze!»

«Keineswegs.»

Mollie kniff sich in die Wangen, damit sie ein bißchen Farbe bekamen.

«Willst du was von meinem Rouge?»

«Nein danke.»

«Und?» fragte Dell.

«Was?»

«Willst du nicht wissen, wie er heißt?»

«Ist mir egal.»

«Klar, völlig egal. Sein Name ist Julius Ventimiglia, er ist Junggeselle und verkauft Schuhe.»

Mollie sah Dell im Spiegel an. Dell zwinkerte ihr zu.

«Schlag's dir aus dem Kopf, Dell», sagte Mollie und kicherte. Sie nahm ihre Handtasche, ihre Handschuhe und die Strickjacke. «Komm, laß uns gehen.»

«Mol?» Dell warf einen letzten Blick in den Spiegel.

«Was ist?»

«Sag mir die Wahrheit! Ist meine Haut wirklich zu rosa?»

«Nein, Dummerchen, sie ist sehr schön. Elfenbeinfarben mit einem Hauch von Rosé.»

«Na, prima», sagte Dell, schnappte ihre Sachen und hakte Mollie unter. «Also doch rosa, stimmt's?»

Es gibt Momente im Leben, über die man achtlos hinweggeht und die sich erst später, wenn sie vorüber sind, als Wendepunkte herausstellen. Und wenn man jung ist und sein Leben noch vor sich hat, hat man eine völlig andere Vorstellung davon, wie sie aussehen; man denkt, sie seien mit bestimmten wichtigen Ereignissen verknüpft, wie sie so hübsch auf Glückwunschkarten festgehalten sind.

Zum Beispiel der High-School-Abschluß, wenn dir alle Glück wünschen und das ganze Leben noch vor dir zu liegen scheint. Nun, am Morgen meiner Abschlußfeier starb meine Mutter, und die Frau, die uns helfen sollte, sie zu pflegen – die Frau, die später meine Stiefmutter wurde, was natürlich eine andere Geschichte ist –, die mich bereits damals haßte, kochte eine Kanne frischen, heißen Kaffee und schüttete ihn mir über mein neues weißes Kleid. Nicht gerade ein Glückwunschkarten-Ereignis. Keineswegs ein Kodak-reifer Moment, wie meine Tochter Gilliana wahrscheinlich sagen würde.

Oder die Hochzeit – man malt sich aus, wie man vor all den vielen Menschen steht, zitternd, mit einem langen, weißen Satinkleid und einem weißen Schleier, die Arme voller weißer Orchideen. Und dann siehst du, wie er den Mittelgang auf dich zukommt, und blickst ihn durch den Spitzentüll an, und du weißt – er ist der Richtige. Der einzige Grund, warum ich Larry heiratete, war, daß meine Mutter Tuberkulose hatte und so gern noch die Hochzeit ihres einzigen Kindes erleben wollte. Larry war zehn Jahre älter als ich und wirklich ein netter Kerl, aber ich wußte nicht, ob ich ihn liebte, ich war nie mit jemand anderem zusammengewesen. Ich wußte überhaupt nichts, ich war gerade mal siebzehn. Zwei Monate später starb meine Mutter. Larry und ich waren dann vier Jahre lang verheiratet, aber es stimmte nicht zwischen uns. Das wußte ich ganz sicher. Er war nicht der Richtige.

Und so ließ ich mich scheiden. In der damaligen Zeit war eine Scheidung etwas Furchtbares. Ein braves jüdisches

Mädchen ließ sich nicht scheiden. Es war eine *schandeh* – so nannten sie es –, was soviel heißt wie Peinlichkeit, Skandal, Schande eben. Und mein Vater – der wirklich besser vor seiner eigenen Tür gekehrt hätte, vor allem, wenn man bedenkt, was er mit dieser *kurbeh* – die man wohl als «Halbweltdame» bezeichnen würde, nur viel schlimmer – gemacht hat, während meine Mutter im Sterben lag und er noch mit ihr verheiratet war –, mein Vater besaß die Dreistigkeit, mir einen Vortrag über Tugendhaftigkeit zu halten.

Aber ich habe es trotzdem gemacht. Ich wußte, wenn ich mit Larry zusammenbliebe, würde ich ersticken. So empfand ich es, also ließ ich mich scheiden. Und wurde zur *schandeh*.

Als ich dann mit Benny zusammen war, glaubte ich nicht mehr daran, jemals so einen Glückwunschkarten-Wendepunkt zu erleben. Ich war geschieden, siebenundzwanzig Jahre alt und arbeitete als Buchhalterin in einer Textilfabrik, und ich war allein. Ich wußte, daß Benny nicht mein Traummann war; ich versuchte mir einzureden, daß er ein netter Kerl wäre, aber im Grunde meines Herzens wußte ich, daß er ein Scheißkerl war. Er hat mir sogar mal eine hübsche Ohrfeige verpaßt, um es zu beweisen. Es war zwar nur ein einziges Mal, aber einmal ist genug, und ich hätte mich danach überhaupt nicht mehr mit ihm treffen sollen, aber er flehte mich an, bei ihm zu bleiben. Nach diesem Abend mimte er immer den großen Beschützer, als wäre er so ein harter Bursche, der sich um mich kümmern müßte, was, wenn man darüber nachdenkt, ein schlechter Witz war, denn der einzige, vor dem ich beschützt werden mußte, war er.

Es war an einem Samstag, und wir waren auf der *Admiral*. Ich, Benny, meine beste Freundin Dell und ihr Mann Nat. Dell und ich arbeiteten zusammen bei Carlee im Büro. Carlee war ein Textilfabrikant, der elegante Kleider herstellte, keine Abendkleider und auch keine, die man zum Arbeiten trägt, sondern irgend etwas dazwischen. Es war ein furchtbar heißer Tag, der dritte hintereinander, was einer der Gründe dafür war, daß ich mitging. Ich hatte keine Lust, in einer heißen Wohnung eingesperrt zu sein; der andere Grund war, daß Benny mich bekniete, und ich beschloß, daß es das letzte Mal sein würde, daß ich mit ihm ausging und daß ich es ihm auf dem Schiff sagen würde, mit Dell und Nat als Rückendeckung.

Dell und ich waren zusammen auf der Toilette, und als wir in den Saal zurückkamen, hatten Nat und Benny einen kleinen Tisch direkt an der Tanzfläche ergattert. Benny reichte mir einen Whiskey sour mit zwei Maraschinokirschen darin, eine rote und eine grüne – er wußte, daß ich Maraschinokirschen für mein Leben gern aß; das gehörte mit zu seiner Ich-kümmer-mich-um-dich-Masche.

Ich nahm einen kleinen Schluck von meinem Drink, und dann sagte Dell irgendwas Lustiges, und wir lachten alle, und dann passierte es. Wir vier saßen da, einfach so, und die Tanzkapelle beendete gerade ein Lied, und man sollte doch meinen, daß ich noch weiß, was für ein Lied es war, aber es fällt mir im Moment nicht ein. Natürlich weiß ich noch, was sie als nächstes spielten, weil wir dazu tanzten, aber ich kann mich nicht mehr an das Lied erinnern, das gerade zu Ende war, als der große Moment kam. Ich hatte gerade den Zahnstocher mit den Kirschen genommen – er hatte an einem Ende so einen kleinen gelben Papierwedel – und wollte mir gerade die rote Kirsche in den Mund stecken; sie berührte schon meine Lippen, ich roch den Kirschsaft und den Whiskey sour, und meine Hand war kalt von den Eiswürfeln im Glas, als er zu uns herüberkam und sich hinter mich stellte, so daß alle anderen ihn vor mir sahen. Und dann sagte er: «Darf ich um den nächsten Tanz bitten, Mollie?» Und ich drehte den Kopf, und da stand er direkt vor meinem Stuhl, direkt vor mir. Und lächelte. Er war mir schon vorher aufgefallen, ich hattte gesehen, wie er mich quer über die Tanzfläche ansah, als er noch an der Bar stand. Dann sagte er irgendwas wie, daß er Benny gefragt habe, ob er mit mir tanzen dürfe, als Dell und ich weg waren, und Benny habe gesagt ja, okay, und nun würde er gern um diesen Tanz bitten, oder so ähnlich. Ich weiß nicht mehr genau, wie er es sagte, ich sah seine Augen an, sah in sie hinein. Sie waren braun, dunkelbraun, und sein Haar war schwarz, und sein Schnurrbart war ebenfalls schwarz – er hatte nämlich einen Schnurrbart –, und mit seinem dichten schwarzen Haar sah er ein bißchen aus wie Clark Gable. Nicht genau so natürlich, er sah wie er selbst aus, aber doch ein kleines bißchen wie Gable. Wir schwärmten damals alle für Clark Gable.

Er beugte sich etwas herunter und hielt die Lehne meines Stuhls fest.

«Die Kirsche hat dieselbe Farbe wie Ihr Lippenstift», sagte er lächelnd und streckte seine Hand aus. Ich war so verblüfft, daß ich sie ergriff; ich weiß nicht, wieso, aber ich nahm seine Hand, die Hand dieses Fremden. Ich sagte kein Wort zu Benny, Dell oder Nat. Das weiß ich noch. Und ich stand auf. Und ich aß die Kirsche, das weiß ich auch noch, die rote. Er nahm meine Hand, und ich stand auf, aber wir gingen nicht zur Tanzfläche. Vielleicht war das der erste Wendepunkt in meinem Leben, meine erste Glückwunschkarte.

Wir gingen nicht zur Tanzfläche, weil er mich direkt an unserem Tisch in den Arm nahm, um mit mir zur Tanzfläche zu tanzen. Ich kaute die Kirsche, wirklich... und wir tanzten, und ich konnte sein Rasierwasser riechen, meine

Nase war direkt an seinem Kinn, und seine Hand lag auf meiner Taille, seine Finger waren gespreizt, und seine andere Hand hielt meine, und mit leiser Stimme flüsterte er mir ins Ohr: «Ich heiße Julius Ventimiglia, Mollie», und ich sah nicht mal zu ihm hoch, ich wußte: Er war der Richtige.

Clare

Also, wir fahren nicht zu diesem Arschloch von Andy. Wir bleiben zu Hause. Allah sei Dank.

Scott kommt gleich vorbei. Wir gehen ins Kino oder ziehen ein bißchen um die Häuser, weiß noch nicht, ist auch egal.

Meiner Großmutter geht's richtig schlecht, hat meine Mutter am Telefon erzählt. Ich meine, sie erkennt meine Mutter nicht mal mehr. Das hat mir natürlich nicht meine Mutter erzählt, sondern mein Vater, meine Mutter würde mir nie was erzählen, selbst wenn man ihr die Pistole auf die Brust setzen würde, das steht fest. Ich hab mit meinem Großvater Lew gesprochen, er hat sich fürchterlich angehört. Ich meine, er hat versucht, ganz normal zu klingen, so richtig munter, aber ich hab's trotzdem gemerkt. Wahrscheinlich geht er innerlich langsam kaputt. Ich meine, wie soll er ohne sie weiterleben? Die sind doch quasi schon hundert Jahre zusammen.

Ich weiß nicht, ob ich es mit einem Typen so lange aushalten könnte. Nicht, daß ich Scott nicht lieb hätte oder so, aber richtig *lieben* tu ich ihn wohl nicht. Ich meine, ich hab ihn sehr lieb, aber ich weiß nicht, ob ich in ihn verliebt bin.

Meine Großmutter war dreimal verheiratet, sie hat vor meinem Großvater schon zwei andere Männer gehabt, was damals echt fortschrittlich war. Aber mit meinem Großvater Lew war sie eine Ewigkeit zusammen, schon seit meine Mutter so alt war wie ich.

Egal, jedenfalls hat mein Großvater am Telefon vor sich hin gesummt, so als wäre alles in bester Ordnung. Er summt nämlich immer. Das merkt der gar nicht. Also, ich find das irgendwie süß. Er summt sogar, wenn man mit ihm telefoniert und er einem zuhört. Ich meine, er kann einen hören, er ist nicht laut oder so, er summt einfach nur leise vor sich hin. Hmmmm hmmm hmmmmmm hmmmm, so ungefähr, wie eine kleine Melodie, aber keine, die man schon mal gehört hat oder so. Nicht, daß ich dieselben Melodien kennen würde wie er. Er summt eben einfach irgendwas vor sich hin. Echt süß, mein Großvater.

Es gibt jede Menge Geschichten über ihn. Und die kennt inzwischen wahrscheinlich Gott und die Welt, weil meine Mutter irgendwelche Nummern für dieses Arschloch draus gemacht hat. Das ist doch unglaublich, oder? Der erzählt diese ganzen Sachen über seinen Vater, und in Wirklichkeit redet er über meinen Großvater. Das macht mich total sauer. Wie kann meine Mutter so was machen? Das ist doch wie Verrat.

Ich paß immer genau auf, was ich sage oder tue, wenn meine Mutter dabei ist. Echt. Ich meine, es kann passieren, daß man irgendwas sagt, und im nächsten Moment taucht es in einer von Andys bescheuerten Nummern auf. Meine Mutter schlachtet alles aus – aber wirklich alles!

Es gibt eine ganz tolle Geschichte über meinen summenden Großvater. Wahrscheinlich kennt die auch schon jeder, aber im Fernsehen war's ja Andys Version. Aber ich kenn sie in allen Einzelheiten, ich kenn sie praktisch, seit ich laufen kann, weil unsere Familie die Geschichte bei jeder passenden oder unpassenden Gelegenheit wieder aufwärmt.

Besonders bei Familienfesten wie Thanksgiving oder Pessach ... also wir feiern wirklich alles. Ich wüßte ja gern, was ich eigentlich bin. Meine Mutter ist zur Hälfte Italienerin und zur Hälfte Jüdin, und mein Vater ist ein fanatischer Episkopalist, und was bin dann ich? Keine Ahnung. Steinbock, oder? Sollte ein Witz sein.

Na ja, auf alle Fälle spielte sich das Ganze am Abend vor diesem hohen jüdischen Feiertag ab. Jom Kippur. Da büßen alle für ihre Sünden. Eigentlich viel praktischer als bei den Katholiken – die Juden erledigen die ganze Angelegenheit in nur einem Abend und einem Tag. Egal, jedenfalls heißt der Abend vor Jom Kippur auf jiddisch «*erew* Jom Kippur», und so fängt die Geschichte immer an. Wir sitzen also mit der ganzen Familie bei meiner Großmutter, und irgend jemand sagt garantiert: «He, wißt ihr noch, wie damals am *erew* Jom Kippur, als Lew noch den Laden hatte, die schwarzen Typen Lew und Mollie ausgeraubt haben?» Und dann lachen alle. Ich meine, sie kennen die Geschichte natürlich alle schon und lachen deshalb gleich, aber sie erzählen sie sich trotzdem immer wieder.

Mein Großvater hatte so ein kleines altmodisches «Textilgeschäft» – ja wirklich, so hieß das ganz früher. Na, jedenfalls hatte er so einen kleinen Laden mit Klamotten für die ganze Familie, ziemlich billig, aber irgendwie niedlich, ich meine, man konnte mit der ganzen Familie hingehen und sich mit Schuhen und Jeans und so was eindecken, er war eben nur ziemlich klein. Und dann kamen diese beiden Afroamerikaner – natürlich würde keiner aus meiner Familie Afroamerikaner sagen, sondern Schwarze – also, jedenfalls kamen diese beiden schwarzen Typen am Abend vor Jom Kippur, vor dreißig Jahren oder so, genau in dem Moment, als mein Großvater den Laden zumachen wollte, um in die Synagoge zu gehen. Er und meine Großmutter sind schon fertig angezogen, und außer ihnen ist keiner mehr im Laden, und da kommen die beiden Schwarzen rein und wollen sie ausrauben. Sie scheuchen meinen Großvater und meine Großmutter ins kleine Hinterzimmer, wo mein Großvater den ganzen Extrakram gestapelt hat, Jeans und Hemden und so was, und binden ihnen die Hände auf den Rücken und kleben ihnen Pflaster auf den Mund und schmeißen sie auf den Boden. Wahrscheinlich waren sie stocksauer, weil Großvater nicht genug Geld in der Kasse hatte.

Na ja, jedenfalls ist das die Stelle, wo meine Großmutter immer unterbricht und allen erzählt, wie nervös die beiden Räuber waren. Und dann hat der Mann, der keine Pistole hatte, dem anderen, der meinem Großvater die Pistole an den Kopf hielt, zugerufen: «KNALL DEN SCHEISSER AB! KNALL IHN AB!» Und die Pistole fängt an zu zittern. Wenn meine Großmutter die Geschichte erzählt und an diese Stelle kommt, sagt sie «Knall den Scheißer ab», immer total ruhig, als wüßte sie nicht, was sie da eigentlich sagt, als würde sie den Satz in einer fremden Sprache sagen. Also, jedenfalls die ganze Zeit, während die beiden schwarzen Typen sich anbrüllen, summt mein Großvater vor sich hin. Dabei guckt er Großmutter in die Augen, denn sie liegen sich auf dem Boden gegenüber, auf dem kalten Beton, und haben die Hände auf den Rücken gebunden und Pflaster auf dem Mund, und er sieht sie an und summt. Ist doch irre, was? Summt einfach vor sich hin. Wie gesagt, mit einer Pistole am Kopf. Einer zitternden Pistole. Summt einfach vor sich hin. Witzig, was? Na ja, und dann kommt das Beste an der Geschichte. Die beiden Schwarzen streiten sich immer noch drüber, ob sie Großvater nun erschießen sollen oder nicht, und dabei verliert der eine den riesigen Ehering von meiner Großmutter. Also wirklich ein riesiges Ding.

Mit lauter Diamanten und so. Den hatten sie ihr nämlich vom Finger gezogen. Und sie hatte ihn überhaupt nur an, weil Jom Kippur war und sie sich für die Synagoge feingemacht hatte. Also der Blödmann, der den Ring verliert, merkt's gar nicht, aber mein Großvater merkt es. Er rollt sich herum und legt sich einfach auf den Ring drauf. So, als wär er Arnold Schwarzenegger oder Bruce Willis oder so. Ich meine, mit zusammengebundenen Händen und zugeklebtem Mund rollt sich mein kleiner Großvater – ich meine, er ist gerade mal eins sechzig – auf den Diamantring, direkt vor der Nase dieser beiden schwarzen Typen und mit der zitternden Pistole am Kopf. Und summt. Er rettet den Ehering meiner Großmutter mit seinem Körper. Und hört nicht auf zu summen. Also, das ist doch echt witzig, oder? Aber auch irgendwie süß. Also, ich finde das wahnsinnig süß und irgendwie romantisch. Guckt ihr in die Augen und so… echt.

Sie haben nämlich eine tolle Beziehung. Ich meine, deswegen frag ich mich ja auch, wie er ohne sie weiterleben soll. Und irgendwie ist es bestimmt schlimmer für ihn, zu erleben, daß sie nicht mehr ganz beieinander ist, als wenn sie wirklich tot wäre. Ich kann mir nicht vorstellen, jemanden so zu lieben, wie die beiden sich lieben, und dann mit anzusehen, wie der andere langsam verfällt, sein Gehirn und alles. Ich meine, sie liebt ihn so sehr und weiß noch nicht mal, wer er ist. Ist doch Wahnsinn!

Na ja, auf jeden Fall muß sich meine Mutter jetzt überlegen, was sie mit ihr macht. Ob sie sie in ein Heim gibt oder was. Also, ich kann mir das nicht vorstellen. Ich war mal in so einem Heim. Ich mußte mit meiner Kusine Sarah Jane ihre Tante Pauline besuchen… Das hat mich total geschockt. Ich meine, die haben die Leute an ihre Stühle gebunden, mit Laken und so. Kleine alte Frauen, die mal jung waren und die jetzt mit Bettbezügen an ihre Stühle gefesselt sind, weil sie nicht mehr wissen, wie man geradesitzt. Mann, das ist doch so was von entwürdigend.

Also, meine Großmutter hatte wirklich ein tolles Leben. Drei Männer, eine Tochter und eine Enkelin, also mich, und hat gearbeitet und so – sie war Buchhalterin, glaub ich – und konnte sagenhaft kochen, bis sie irgendwann nicht mehr wußte, wie es ging.

Sie hat es einfach vergessen. Es war schrecklich. Als wir mal bei ihr in Kansas City waren – meine Großmutter war nicht nur eine Superköchin, sondern sie richtete auch immer alles toll her, deckte den Tisch mit Weingläsern und Blumen und so –, machten wir uns zum Mittagessen ein paar Brote, nur wir beide, stinknormale Salami-Sandwiches. Und sie kriegte es nicht hin. Sie wußte nicht mehr, wie man ein Salami-Sandwich macht. Meine Großmutter, die ein achtgängiges Feinschmeckermenü kochen konnte, wie so ein französischer Meisterkoch, steht vor der Spüle, hält in einer Hand eine Scheibe Salami und in der anderen eine Scheibe Brot und starrt einfach nur drauf. Ich bin fast durchgedreht, als ich das gesehen hab. Ich war echt total fertig.

Und sie war immer so lustig. Sogar lustiger als meine Mutter. Ehrlich. Nicht, daß sie Witze erzählt hätte oder so, ich meine die Art, wie sie über bestimmte Sachen gedacht hat, ihre Lebenseinstellung und so. Meine Großmutter hat das Leben immer irgendwie von der leichten Seite genommen. Nicht wie meine Mutter. Jedenfalls hat meine Großmutter wahrscheinlich nie in ihrem Leben irgendwelche Sachen zerschmissen. Sie hatte einfach diese tolle Einstellung zum Leben. Was für ein Jammer. Sie war eben eine richtige Persönlichkeit. Sie hat viel erlebt. Sie hat was von ihrem Leben gehabt.

Aber das ist nicht alles. Ich hab grade dran gedacht, daß

ich hier sitze und auf Scott warte und es kaum abwarten kann, ihn wiederzusehen, ich meine, ihn einfach nur anzugucken. Und so was hat meine Großmutter auch erlebt. Ich meine, irgendwann in ihrem Leben war sie genau wie ich, war jung und hatte das ganze Leben noch vor sich und hat auf irgendeinen Jungen gewartet. Vielleicht ihre erste Liebe, so wie Scott. Also, meine Großmutter hat genau dasselbe erlebt wie ich. Das macht mich einfach fertig.

Ich meine, es ist doch Wahnsinn, was einem im Leben passieren kann – gerade hat man noch auf einen Jungen gewartet, und im nächsten Moment binden sie einen an einem Stuhl fest.

Das macht mich einfach fertig.

Gilliana

Ich stehe im Gästezimmer im Haus meiner Mutter und blicke in den Spiegel über der Kommode. Ich sehe mein Gesicht, Mollies Gesicht, Clares Gesicht – alle drei schauen mich an. Drei braune Augenpaare, drei sinnliche Münder, drei passable Nasen und drei Stirnen, über die sich drei lange Falten ziehen. Drei weinende Gesichter.

Keins dieser Gesichter weiß eine Antwort.

Was ist mit meiner Mutter passiert?... Wie konnte es dazu kommen? Wie konnte Mollie einfach verschwinden... irgendwo in ihrem Körper verschwinden? Wenn wir Perry Mason auf den Fall ansetzen könnten, würde er sich vielleicht in ihren Körper hineinstehlen, die richtige Mollie finden. Oder die Typen von der Royal Canadian Mounted Police; war das nicht sogar ihr Motto? – Wir finden jeden Mann? Ob das auch für Frauen gilt? Oder sind die Mounties mit ihren komischen Hüten und Stiefeln etwa Sexisten?

Ja... ich sehe es genau vor mir: Andy sitzt vor dem Schreibtisch eines massigen Mountys mit diesem witzigen Hut auf dem Kopf. Andy fragt ihn: «Glauben Sie, daß Sie Mollie finden werden?» – «Beschreiben Sie sie!» antwortet der Mountie...

Genau, Gillian, mach einen Sketch daraus, das hilft uns jetzt bestimmt weiter!

«Es ist zu spät für Sketche», flüstere ich in den Spiegel und setze mich aufs Bett.

Ich sitze auf der Bettkante und schaue zum Fenster hinaus. Ich starre auf die winterkahlen braunen Äste von Mutters Pfirsichbaum, bis sie mit dem Himmel verschwimmen.

Natürlich gab es Anhaltspunkte. Anhaltspunkte und Anzeichen. Anzeichen für Mollies schleichenden Tod. Signale, Sirenen... Neonschilder, so grell wie am Broadway, so groß wie die Reklametafel mit dem Marlboro-Mann, der Rauch in die Luft bläst. Aber ich wollte sie nicht sehen. Ich nicht. Lange nicht.

Kleinigkeiten. Hier ein Aussetzer, da ein Aussetzer. Manchmal fiel es einem auf, dann wieder nicht. Sie vergaß zum Beispiel mitten im Satz, was sie sagen wollte – das ging lange Zeit so; sie brach zwischen zwei Wörtern einfach ab, sprach mit einem und dann, bums, war Stille. Und dann sah sie einen an und lächelte, als sei man selber derjenige, der gerade geredet hätte, und sie diejenige, die höflich abwartete, bis man seine Gedanken wieder beisammen hatte. Und man hat zurückgelächelt, und dann war der Augenblick vorüber, und irgendwie wußte man nicht, was man zu dem, was gerade vorgefallen war, sagen sollte. Ich meine, was hätte ich denn schon sagen können? «Du hast mitten im Satz aufgehört zu reden, Mom, du entfleuchst mir»?

Ich doch nicht. Ich hatte zuviel Angst.

Dann kam es manchmal vor, daß sie einem eine falsche Antwort gab, eine Antwort, die richtig komisch war. Manchmal sogar so komisch, daß man einfach losplatzen mußte, daß man sich kaum noch halten konnte vor Lachen. Und das war mein Hintertürchen. Statt über diese schrecklichen kleinen Ausfälle entsetzt zu sein, beschloß ich, sie als Gags anzusehen. War doch viel einfacher für Gillian. Mollie hatte ja schon immer eine komische Seite gehabt. Mollie, meine liebe, wunderbare Billie-Burksche Mutter, konnte einen jetzt wirklich zum Lachen bringen. Zwölf Lacher, siebenundzwanzig Lacher. Ich konnte sogar über sie schreiben, ich konnte ihre entsetzlichen kleinen Ausfälle in Gags, in Material verwandeln. Ergiebiges, witziges Material, das Andy zum Lachen bringen würde, und wenn Andy darüber lachen konnte, würde er Millionen andere zum Lachen bringen. Ich beschloß, mich von Mollies Ausfällen nicht erschrecken, sondern inspirieren zu lassen.

Erst als die Sache mit dem Kühlschrank passierte, mußte ich mir zum erstenmal eingestehen, daß wirklich etwas mit ihr nicht stimmte, und dazu kam es auch nur, weil ich beschlossen hatte, mit Clare nach Kansas City zu fliegen, damit sie Mollie und Lew wiedersah. Und das Herbstlaub sah. Clare war zwei Jahre alt. Sie war keine von diesen unausstehlichen Zweijährigen, sondern ein entzückendes kleines Mädchen, das sich für alles begeisterte: Sie wollte alles kosten, sehen, riechen, anfassen – eine kleine Eidechse, einen riesigen, ekligen Käfer, ein Stück Fell, einen Klumpen Erde, Sushi oder ein fremdes Portemonnaie – was es auch war, Clare wollte es erforschen. Und ich wollte nicht, daß ihr das Herbstlaub entging. Es war schließlich schon Oktober. In Los Angeles gibt es im Oktober keine Blätter, jedenfalls keine, die von den Bäumen fallen. Es gibt dort keinen Herbst, keine Eichen und Ahornbäume, die sich rot, bernsteingelb und golden färben; es gibt ihn einfach nicht. In Los Angeles gibt es nur Grün. Grüne Blätter, die ewig leben und an Bäumen wachsen, die keine Seele haben. Natürlich ist das nur meine bescheidene Meinung.

In Kansas City gibt es eine Menge Blätter, und im Oktober fallen sie alle herunter. Es wimmelt dort von Blättern und Bäumen – große, üppige, ausladende, imposante Bäume. Manche reichen sich über breite Straßen hinweg ihre Äste zu und berühren sich über den Dächern der Autos. Ich nahm Clare mit nach Hause, damit sie im Laub herumtoben konnte.

Wir häuften es überall auf – im Garten, im Swope Park und im Loose Park, wo wir mit ihr die Enten fütterten. Sie war selig. Sie rannte mit emporgestreckten Armen durch die Blätterhaufen, rannte und sprang herum, lachte und kreischte vor Vergnügen. Und ihre Begeisterung war ansteckend. Ich rannte und kreischte ein bißchen mit, und meine Mutter auch. Drei verrückte Weibsbilder spielten im Herbstlaub Fangen. Falls uns irgend jemand beobachtet hat, muß er uns beneidet haben, denn wir hatten viel zuviel Spaß, als daß man uns hätte für verrückt halten können. An einem dieser herrlichen, ausgelassenen Oktobertage passierte die Sache mit dem Kühlschrank.

Als wir vom Loose Park zurückkamen, kochte Mollie das Abendessen, während ich Clare badete und Lew summend irgendwo herumwerkelte, und bald zog der Duft von Mollies Spaghettisoße durchs Haus... dann gab es Essen: das würzige Aroma von Knoblauch, Tomaten und Olivenöl mischte sich mit dem Geruch von Babypuder und Shampoo. Clare saß abwechselnd bei einem von uns auf dem Schoß und sorgte dafür, daß sie jeden mit Nudeln und Soße bekleckerte. Sie liebte Mollies Spaghetti. Ich auch, bis heute. Natürlich hat meine Mutter seit Jahren nicht mehr so gekocht, aber damals kochte sie wie eine Italienerin. Man wäre nie auf die Idee gekommen, daß sie aus einem jüdischen Elternhaus stammte; man hätte eher gedacht, daß sie geradewegs mit dem Schiff aus Sizilien gekommen sei.

Ich legte Clare in ihrem taubenblauen Pyjama schlafen – ein zusammengerolltes Knäuel in der Mitte des Gästebetts, dasselbe Bett, auf dem ich jetzt sitze.

Im Haus war es ruhig und friedlich – wir spülten das Geschirr und gingen dann ins Schlafzimmer, um uns die Ringe anzusehen. Das ist ein festes Ritual. Mollie hat eine Leidenschaft für Schmuck, besonders für Ringe; sie hat eine ansehnliche Sammlung in der Schmuckschatulle auf ihrer Kommode. Sie trägt jeden Tag andere Ringe, und immer wenn ich auf Besuch zu Hause bin, gehen wir sie zusammen durch. Ich probiere jeden an, zeige ihr, daß mir die großen nicht stehen, daß sie an meinen kleinen Händen nicht wirken. Ich habe nicht die Hände meiner Mutter geerbt. Sie hat schöne Finger mit langen, ovalen Nägeln. Ich habe kleine, breite Hände und kurze Nägel. Ich kann machen, was ich will, ich könnte so viel Gelatine essen, daß sogar einem Pferd davon schlecht würde – macht man aus Pferdehufen nicht sogar Wackelpudding? Woher weiß ich das eigentlich? Na, egal, ich kann jedenfalls machen, was ich will, meine Nägel werden einfach nicht länger. Ich bin mit den Händen meines Vaters gestraft.

Jedesmal wenn ich meine Eltern besuchte, mußte ich mit ihr die Ringe durchsehen, weil sie sichergehen wollte, daß ich wußte, wer welchen bekommen würde, wenn sie nicht mehr da wäre. Natürlich verstanden wir damals unter «nicht mehr da», daß sie eines Tages tot sein würde und nicht, daß sie «nicht mehr ganz da» sein könnte, so wie jetzt.

Wir vollzogen dieses Ritual bei jedem meiner Besuche, seit ich mit vierundzwanzig Jahren ausgezogen war. Als ich vierundzwanzig war, war Mollie erst siebenundfünfzig, und der Gedanke, daß sie eines Tages «nicht mehr da» sein könnte, schien absurd, aber sie fürchtete nicht den Teufel an der Wand, sie wollte schon immer lieber auf Nummer Sicher gehen.

«Das hat nichts mit dem Alter zu tun, Gilliana, man kann nie wissen, wann es einen erwischt.»

Meine Mutter nennt mich Gilliana, das ist mein richtiger

Name; ich benutze ihn nie, ich habe mich nie als Gilliana gesehen, ich sehe mich einfach als Gillian. Egal, so hat sie es jedenfalls immer ausgedrückt – «wenn es mich erwischt». Und deshalb sind wir jedesmal, wenn ich nach Hause kam, die Ringe durchgegangen, damit ich wußte, was ich mit ihnen zu machen hatte, falls es meine Mutter erwischte.

«Deine Kusine Chava will unbedingt diesen Aquamarin haben, sie kriegt ihn aber nicht, der Topas reicht allemal für sie.»

«Aber, Mom, der ist doch viel zu groß für mich.»

Ich hebe die Hand mit dem von kleinen Diamanten eingefaßten, riesigen blaugrünen Stein am Mittelfinger. «Guck mal, der sieht doch scheußlich an mir aus!»

«Ist mir egal. Behalt ihn! Gib ihn der Kleinen, wenn sie groß ist!»

Was soll ich dazu sagen? Der helle blaugrüne Stein schimmert an meinem Finger. Ich stelle mir vor, wie Clares kleine Hände größer werden. Vielleicht hat sie Glück und bekommt die Hände meiner Mutter und nicht meine. Ich streife den Ring ab und halte ihn in der Hand.

«Den Aquamarin hab ich deiner Mutter auf den Bermudas gekauft», sagt mein Stiefvater. «Hat verdammt viel Geld gekostet», sagt er vor sich hin summend, während er die Tagesdecke auf ihrem großen Bett zurückschlägt.

Lew summt. Immer. Er macht es schon so lange, daß es ihm gar nicht mehr auffällt.

«Verdammt viel Geld», murmelt er, als er mit der großen Decke im Arm an uns vorbeiwankt.

Er war schon im Schlafanzug, obwohl es erst zehn nach neun war. Lew geht jeden Abend um halb zehn ins Bett und steht um fünf Uhr auf. Ich habe keine Ahnung, warum. Ist wohl auch so ein Ritual. Um halb zehn schlafen gehen und um fünf Uhr aufstehen, komme, was da wolle. Sein beigefarbener Schlafanzug aus Sea-Island-Baumwolle war tadellos gebügelt. Die Hosen hatten sogar Bügelfalten.

«Also, du gibst Chava nur den Topas. In Ordnung, Schatz?» sagt meine Mutter zu mir. Sie nimmt mir den Aquamarin aus der Hand und legt ihn zurück in die Schmuckschatulle.

«Ach je, da wird sich die arme Chava also mit dem mickrigen Topas zufriedengeben müssen», sage ich. Ich mache natürlich nur Spaß, der Topas ist immerhin so groß wie der Grand Canyon.

«Das ist ein verdammt schöner Topas», läßt mein Stiefvater vernehmen. Seine Stimme klingt gedämpft. Ich drehe mich um. Er liegt mittlerweile im Bett und hat sich die Decke über den Kopf gezogen, damit ihm der kleine Pudel, der auf dem Bett herumspringt, nicht das Gesicht ableckt.

«Lewis», sagt meine Mutter, «jetzt reicht's aber mit dem Verdammt.»

«Na ja, es ist wirklich ein schöner Topas», murmelt er unter der Decke. «Wo haben wir das verdammte Ding eigentlich gekauft? In Mexiko?»

«Lewis!» sagt meine Mutter und er lacht. Dann lachen wir auch. Mollie grinst mich an.

Sie weiß nicht, daß ich weiß, daß sie Lews Schlafanzug nicht nur bügelt, sondern auch vorwärmt. Sie steckt ihn ein paar Minuten lang in den Backofen, damit Lew, wenn er aus der Dusche kommt, nicht in einen kalten Schlafanzug steigen muß. Wenn das kein Stoff für einen Komiker ist! Ich habe jedenfalls noch nie gehört, daß man Schlafanzüge vorwärmt. Davon hat wahrscheinlich noch nie jemand gehört. Ich kann mir nicht vorstellen, jemandem den Schlafanzug vorzuwärmen, nicht mal Chris, aber vielleicht hätte ich ja genau das tun sollen, vielleicht wäre dann noch alles in Ordnung.

Und dann erzählt uns Lew von dem Sears-Mann.

«Morgen kommt jemand von Sears und bringt den neuen Kühlschrank», sagt er unter seiner Decke. «Ich hab's vergessen zu erzählen.»

Mollie strahlt. «Oh, wie schön! Wann denn?»

«Früh, mit der ersten Lieferung, zwischen acht und neun.»

Und das war's, nichts Besonderes, nur eine Ankündigung – trari, trara, der Sears-Mann ist da.

Wir legen die Ringe zurück, und Lew sagt uns gute Nacht; sie gibt ihm einen Kuß, wir drehen das Licht aus und gehen zusammen den Flur entlang. Wir sehen gemeinsam nach der Kleinen. Wir betrachten sie von der Türschwelle aus, ein kleiner, schlafender Engel in einem großen Bett, umringt von Kissen. Mollie berührt meine Hand, und wir lächeln uns an. Die Welt ist in Ordnung. Ich gehe in die Küche, um mir einen Drink zu holen, nehme ihn mit ins Wohnzimmer und schalte den Fernseher ein. Ich lasse meine Mutter in der Küche allein, wo sie eifrig herumhantiert, zufrieden in ihrem kleinen Reich herumwerkelt, und es ist alles in Ordnung. Alles in Ordnung, wie Clare sagen würde. Mit meiner Mutter war alles in Ordnung.

Ich sehe mir etwas im Fernsehen an, ich weiß nicht mehr, was, irgend so einen albernen Film, irgendeinen Schwachsinn. Ich sitze auf dem Sofa und nippe an meinem Drink. Und dann wird es mir schlagartig bewußt: Ich höre sie nicht mehr. Es ist ganz still in der Küche. Was macht sie nur?

Ich stehe auf und gehe in die Küche. Keine Mollie. Wie kann das sein? Man kommt nicht aus der Küche heraus, ohne durch das Wohnzimmer zu gehen, wo ich vor dem Fernseher gesessen habe.

Das ist doch lächerlich.

«Mom?»

Die Küche ist blitzblank. Man riecht immer noch die Spaghettisoße; es ist so ein anheimelnder Geruch, ein beruhigender Geruch – alles ist gut, alles ist in Ordnung. Aber Gerüche können täuschen; seitdem traue ich dem harmlosen Geruch von Spaghettisoße nicht mehr.

«Mom?» rufe ich noch einmal, wie eine Schwachsinnige. Herrgott noch mal, es ist doch schließlich nur eine kleine Küche.

Und dann sehe ich, daß der Kühlschrank an einer Seite von der Wand abgerückt ist. Ich gehe hin und schaue nach. Meine Mutter liegt auf dem Boden hinter dem Kühlschrank und hat einen nassen Lappen in der Hand. Ihre Augen sind geschlossen, und sie liegt auf der Seite, die Beine angezogen, als würde sie schlafen.

«Mom?»

Wieso schläft meine Mutter hinter dem Kühlschrank? War sie zu müde, um sich ins Bett zu legen? Was geht hier vor?

Ich knie mich neben sie.

«Mom?»

Einen Augenblick lang denke ich, daß sie tot ist. Ich bin wie vor den Kopf gestoßen. Ich strecke die Hand aus und berühre ihr Haar. Langes, dunkles Haar, so dunkel wie meins, aber sie hat ihres immer zu einem Knoten zusammengesteckt, einem schönen Knoten im Nacken, wie eine Ballerina oder eine reiche Lady.

Sie öffnet die Augen und lächelt mich an, als sie meine Hand auf ihrem Haar spürt.

«Laß mir noch fünf Minuten, Gilliana», sagt sie und schließt wieder die Augen.

Mein Herz hämmert wie wild in meiner Brust.

«Mom, bitte – was machst du denn hier?»

«Ich putze», flüstert sie. Sie hat die Augen geschlossen, aber sie lächelt immer noch.

«Mom, ich geh jetzt», sagte ich an ihrer offenen Schlafzimmertür, bevor ich morgens in die Schule ging. Und sie lächelte mich mit geschlossenen Augen an. «Oh, ja gut, Schatz, schönen Tag. In fünf Minuten bin ich auf den Beinen, laß mir nur noch fünf Minuten.»

«Klar, Mom», und dann hupte vor dem Haus ein Auto, und ich rannte nach unten, wobei die Bücher unter meinem Arm gegen meinen Hüftknochen schlugen.

Sie genoß es, noch fünf Minuten länger zu schlafen; Schlafen war schon immer Mollies Lieblingsbeschäftigung gewesen.

Aber diesmal lag sie hinter dem Kühlschrank und nicht im Bett.

«Mom, bitte, was machst du hier?»

Ich knie jetzt dicht neben ihr.

«Mom?»

Sie öffnet die Augen und sieht mich an.

«Oh», sagt sie leise.

Das ist alles. Das ist alles, was sie sagt. Einfach nur «Oh». Und sie sieht mich an. Ein oder zwei Sekunden lang sagt keine von uns etwas.

Dann setzt sie sich auf. Sie setzt sich einfach auf und hält den nassen Lappen in der Hand; ihr scheint überhaupt nicht schwindlig zu sein, sie richtet sich einfach so auf.

«So, jetzt ist es besser», sagt sie.

«Was ist besser?»

Ich möchte schreien. Ich möchte wieder im Laub herumtoben und vor Übermut schreien. Was immer es ist, ich möchte nicht, daß es passiert.

«Na ja, ich wollte hier hinten saubermachen», erklärt sie mir, «damit es nicht so schmutzig ist, wenn der Mann von

Sears kommt und den alten Kasten wegräumt.» Sie klopft mit dem Lappen auf den Kühlschrank.

«Mommy, du hast geschlafen.»

Mommy. Ich sage Mommy zu ihr, es rutscht mir einfach so heraus. Ich will, daß sie wieder meine Mommy ist. Mommy, mach, daß es vorbeigeht!

«Hab ich nicht, Gilliana, sei nicht albern! Ich habe den Boden geputzt.»

«Du mußt in Ohnmacht gefallen sein...»

«Gilliana, hör auf damit, es geht mir gut!»

«Mom, du warst bewußtlos oder hast geschlafen oder so was...»

«Bitte», sagt sie zu mir, «es geht mir gut.» Sie nimmt mit dem nassen Lappen ein Staubhäufchen auf und steht auf. Einfach so. Sie steht auf, und ich knie noch auf dem Boden.

«Na komm, Schatz», sagt sie.

Ich blicke zu ihr auf. Es geht ihr gut. *Gut?* Wie kann es ihr gutgehen? Gerade hat sie noch hinter dem Kühlschrank geschlafen. Ich knie immer noch da, und mein Herz rast. Ich weiß nicht, was ich machen soll.

«Gilliana, komm schon, hilf mir, ihn zurückzuschieben, und dann decken wir für Lew den Tisch.»

Sie deckt jeden Abend für ihn den Frühstückstisch. Ganz gleich, wie spät es ist, ganz gleich, ob draußen ein Tornado wütet, der Tisch wird gedeckt. Ein Schälchen für seine Cornflakes und einen Löffel, ein Messer, um die Banane kleinzuschneiden, eine schöne zusammengefaltete Stoffserviette unter dem Löffel und dem Messer, der Toaster, ein Glas für seinen Saft, eine Tasse und eine Untertasse für seinen Kaffee, alles auf einem hübschen Platzdeckchen arrangiert.

Gerade noch lag meine Mutter wie tot hinter dem Kühlschrank, und jetzt will sie den Tisch decken? O Gott, bitte hilf mir.

«Komm jetzt, Schatz. Steh auf.»

Sie sieht mich mit ihrem Schluß-mit-dem-Unsinn-Blick an, dreht sich um und geht mit dem Häufchen Staub auf ihrem Lappen weg. Und weil ich nicht weiß, was ich sonst tun soll, stehe ich auf und schiebe den Kühlschrank wieder an die Wand, wasche mir die Hände, gieße mir noch einen Wodka ein und sehe Mollie beim Tischdecken zu.

Meine Mutter hatte hinter dem Kühlschrank das Bewußtsein verloren. Das wußte ich. Sie hatte kein Nickerchen gemacht, mit einem nassen Lappen in der Hand und einem Häufchen Staub vor der Nase. Das wußte ich auch. Meine Mutter hatte sich nicht «noch fünf Minuten» gegönnt. Meine Mutter hatte einen der ersten von wahrscheinlich über hundert stillen Infarkten – so nennt man sie tatsächlich – gehabt, netter Name für eine so vernichtende Angelegenheit, was? Stiller Infarkt. So still, daß ich am liebsten losgeschrien hätte. Natürlich wußte ich nicht, daß es das war, gar nichts wußte ich damals. Ich wollte nichts wissen, und sie weigerte sich, darüber zu sprechen, und so stellten wir uns beide dumm, und damit ich es ertragen konnte, machte ich eine komische Nummer daraus. Einen Monolog. Es wurde sogar meine beste Nummer, die, mit der Andy und ich den Durchbruch schafften, mit der Andy ganz groß herauskam, so wie Steve Martin mit dem Pfeil im Kopf. Andy brachte eine Nummer über *seine* Mutter, die hinter dem Kühlschrank schläft, *seine* Mutter, die *seinem* Vater den Schlafanzug vorwärmt, während *sein* Vater vor sich hin summt, und die Leute lachten Tränen.

Sogar Mollie und Lew lachten.

Alle lachten, nur ich nicht.

Das war vor vierzehn Jahren, als Clare erst zwei war. Diese schreckliche Geschichte mit meiner Mutter geht nun schon vierzehn Jahre, aber das war damals das erste richtige

Anzeichen; als Mollie hinter dem Kühlschrank schlief, als Mollie «noch fünf Minuten» brauchte, ging bei mir zum erstenmal eine Warnlampe an, es war das erste Mal, daß mir fast das Herz stehenblieb und ich wirklich Angst hatte.

Clare

Multi-Infarkt-Demenz. Das hat meine Großmutter. Ich mußte das Wort nachschlagen. Natürlich nicht erst jetzt, sondern als ich alt genug war, um zu merken, daß sie ab und zu ein bißchen neben der Spur war. Nicht richtig verrückt. Sondern einfach nicht mehr ganz so, wie sie früher war. Also frage ich meine Mutter, und sie antwortet: «Multi-Infarkt-Demenz», und ich sage nur: «Aha»... und dann hab ich's nachgeschlagen, weil es nicht dasselbe wie Alzheimer ist. Das hat sie mir wenigstens gesagt.

«Multi» heißt soviel wie mehrere oder viele, das weiß ich auch so. Also fang ich mit «Infarkt» an und finde: «Nekrose eines Gewebestücks oder Organs nach Unterbrechung der Blutzufuhr», also muß ich nachgucken, was «Nekrose» heißt, wovon ich noch nie was gehört hab, und da steht dann: «das Absterben von Zellen, Gewebe- oder Organteilen». Darunter kann ich mir schon mehr vorstellen. Ich meine, ich bin ja schließlich nicht blöd. Es kommt kein Blut ins Gewebe, und das Gewebe stirbt ab. Okay.

Aber es kommt noch besser: Demenz – «irreversible Verminderung der intellektuellen Fähigkeiten bei gleichzeitigen affektiven Störungen aufgrund einer organischen Hirnerkrankung.» «Affektiv» hab ich schon gehört, hat was mit Gefühlen zu tun.

Das heißt also im Klartext: Es kommt kein Blut ins Gewebe, und weil das Gewebe ohne Blut nicht leben kann, stirbt es ab, und das Gewebe ist ausgerechnet in ihrem *Gehirn*. Und dann das Wort, bei dem man richtig Gänsehaut kriegt – «irreversibel» – das heißt, daß es vorbei ist, irreversibel, nicht mehr rückgängig zu machen... aus... Ende.

Das ist es also, was seit Jahren mit meiner Großmutter Mollie passiert; Teile ihres Gehirns sterben ab und können nicht mehr repariert werden – Multi-Infarkt-Demenz, das ist es also. Das muß man sich mal vorstellen. Ich meine, daß einem Menschen so was passiert. Mann, wie soll ein Mensch denn so was aushalten?

Und dann hab ich die Ärztin gefragt, als ich die Fragebögen für das Ferienlager ausfüllen mußte – jedesmal wenn man ins Ferienlager fährt, muß man diese bescheuerten Fragebögen ausfüllen, und dann verpassen sie einem eine Tetanusspritze, und man kriegt Blut abgenommen und lauter solchen Schwachsinn, sonst darf man nicht mit – ich hab also ganz cool meine Ärztin danach gefragt; also eigentlich ist sie ja meine Kinderärztin, aber ich geh trotzdem noch hin, obwohl ich fast siebzehn bin, und es ist ja auch schon Jahre her, daß ich sie gefragt hab, zwei oder drei Jahre, nachdem ich über Weihnachten in Kansas City war und die Sache mit Großmutter passiert ist.

Also, jedenfalls hab ich so getan, als hätte ich keinen blassen Schimmer, als wüßte ich nicht, daß mit dem Gehirn meiner Großmutter was nicht stimmt, daß das Gewebe in ihrem Gehirn nicht genug Blut kriegt und so weiter. Ich wollte sehen, wie sie es mir erklärt – ich wollte, daß sie es mir mit einfachen Worten erklärt. Und dann antwortet sie mir:

«Das sind viele kleine Verletzungen im Gehirn, Clare.»

Ist das zu fassen? Genau so hat sie es genannt: *kleine Verletzungen*. Ernsthaft. Ich weiß nicht, wie jemand den Nerv haben kann, das Absterben von Gehirnzellen als kleine Verletzungen zu bezeichnen, und ich hätte ihr am liebsten eine gescheuert, schließlich ging es um die Gehirnzellen meiner Großmutter, aber ich hab nichts gesagt, ich hab's einfach auf sich beruhen lassen. Ich meine, ich bin nicht gerade scharf darauf, mit meiner Ärztin ein echtes Gespräch zu führen. Sie ist ja ganz nett und so, aber schließlich ist sie nicht meine Freundin, warum sollte ich ihr dann irgendwelchen privaten Kram über meine Großmutter erzählen? Das ist schon irgendwie eine komische Sache mit Ärzten – ich meine, die wissen so viel über einen, steht alles in der Krankenakte, Puls und Blutdruck und wieviel man seit letztem Juni gewachsen ist, aber was wissen die eigentlich wirklich über einen? Nichts, oder? Na ja, ich hab die Sache jedenfalls auf sich beruhen lassen.

Die Geschichte zwischen Großmutter und mir ist passiert, als ich vor Jahren in den Weihnachtsferien bei ihr war. Ich war acht und Großmutter war siebzig, aber man hat es ihr nicht angesehen. Ich meine, keiner Frau in unserer Familie sieht man ihr Alter an, was wohl ein Glück ist, wenn man älter ist, aber bis jetzt fand ich's absolut nervig; ich werd immer für jünger gehalten, als ich bin. Das ist doch wirklich nervig, oder?

Wir wollten zum Mittagessen ins Plaza, nur sie und ich, wie bei einer richtigen Verabredung. Meine Eltern waren auch in Kansas City, aber sie haben mit Großvater irgendwas unternommen, damit Mollie und ich mal für uns sein konnten. Egal, auf alle Fälle sind sie zuerst weggefahren, und Großmutter und ich haben uns richtig feingemacht, ich meine, wir wollten schließlich zum Mittagessen in ein vornehmes Restaurant im Plaza – das Plaza ist ein richtig edles Einkaufszentrum in Kansas City, wo es echt gute Läden gibt und so – eigentlich kein richtiges Einkaufszentrum, eher wie ein abgeschlossenes Wohnviertel, sieht aber echt super aus, im spanischen Baustil und mit roten Dachziegeln und so; keine Ahnung, warum sie mitten in Kansas City ausgerechnet was Spanisches hinbauen – na egal, jedenfalls hab ich geduscht und mein weinrotes Samtkleid angezogen, mein Lieblingskleid, und meine feinen Schuhe, mit so kleinen Absätzen, keine richtigen natürlich – ich war ja erst acht –, und dann bin ich in ihr Schlafzimmer gegangen, um mich mit ihr zu unterhalten, während sie sich im Badezimmer schminkte, und dann haben wir uns unterhalten, aber ich hab sie nicht gesehen, ich meine, ich hab sie nicht angeguckt, nicht drauf geachtet, was sie angehabt hat, bis sie aus dem Bad kam.

Ich hab mir ihren Schmuck angeschaut. Meine Großmutter hat eine riesige Schmucksammlung – wirklich Unmengen von diesem sagenhaften Zeug –, und als ich mir ein paar von den Ringen angucke, sagt sie: «Warum trägst du keine Perlen, Clare? Die würden wunderbar zu deinem Kleid passen.» Und ich antworte, daß ich keine Perlen habe, und sie sagt, daß sie ihre meint – sie hat Perlenketten in allen Längen, die kürzeste geht bis unters Kinn und die längste bis zur Hüfte –, und ich freu mich natürlich und sage, o ja, toll, ich meine, sie sind echt schön, die Perlenketten von meiner Großmutter, und sie sagt, gut, sie würde sie gleich holen, und kommt aus dem Bad und lächelt mich an, weil sie mich lieb hat und ich ihr einziges Enkelkind bin, und ich hab sie auch lieb, und sie freut sich riesig drüber, daß ich eine von ihren Perlenketten tragen will.

Und sie sieht echt super aus. Hat sich von Kopf bis Fuß rausgeputzt. Das kann meine Großmutter wirklich gut; sie hat richtig edle Kleider, eine zierliche Figur und sieht immer spitzenmäßig aus. Sie hat sich also ganz in Schale geworfen. Aber der Haken ist, daß sie sich *völlig verkehrt angezogen* hat. Es sind bestimmt minus zehn Grad draußen, ich meine, es ist Weihnachten und draußen liegt haufenweise Schnee, und sie hat weiße Sachen an. Ich meine weiße Sommersachen, als wäre sie auf Hawaii oder auf irgendeiner tropischen Insel: eine tolle weiße Sommerhose aus so einem fließenden, weichen Stoff und eine wunderschöne schwarzweiße, kurzärmelige, leichte Sommerbluse und weiße Sandaletten mit schmalen Absätzen – wahrscheinlich von Chanel oder irgendeinem dieser Modefritzen.

Und ich starre sie nur an. Ohne was zu sagen. Ich bin sprachlos.

«Laß mal sehen», sagt sie und holt lauter chinesische Satinbeutel aus ihrer Schublade, «wir brauchen etwas, das genau da aufliegt», und sie berührt meinen Hals direkt unter der Stelle, wo man schluckt, wo man so eine kleine Delle hat. Sie hat schöne Hände, meine Großmutter, mit schönen roten Fingernägeln, die immer tadellos aussehen. Als ich noch klein war, hat sie mir immer den Rücken gekrault, wenn ich's mir gewünscht hab – ich meine, stundenlang. Ich konnte mich aufs Sofa legen und fernsehen und meinen Kopf in ihren Schoß legen, und sie hat mich stundenlang gekrault. Meistens bin ich irgendwann eingeschlafen, weil's so toll war.

Na, jedenfalls nimmt sie die ganzen Satinbeutel und setzt sich damit ans Fußende von ihrem Bett. Ich gehe hinterher und setze mich neben sie. Sie macht jeden Beutel auf und läßt die Perlenketten in ihren Schoß fallen.

«Großmutter...», sage ich schließlich.

«Was denn, mein Schatz?»

Ich wußte nicht, wie ich es ihr sagen sollte. Ich war damals immerhin erst acht, und ich war total geschockt, weil sie mitten im Winter Sommersachen anhatte, und deshalb ist es einfach aus mir rausgeplatzt...

«Das kannst du nicht anlassen.»

«Was?»

Sie sah an ihren Sachen runter.

«Gefallen sie dir nicht, Clare? Ich finde sie eigentlich sehr schick. Natürlich hatte ich wegen der Hose Bedenken... Frauen, die sich nicht ihrem Alter gemäß kleiden, finde ich unmöglich... findest du, daß sie zu jugendlich für mich ist?»

«Nein, ich find sie toll, Großmutter, aber...»

Sie legte die Perlenketten hin und guckte mich an.

«Was ist, mein Schatz?»

«Großmutter, du trägst Sommersachen, und draußen ist doch Winter.»

Sie sah wieder an sich herunter, sah ihre Sachen an, als würde sie sie zum erstenmal sehen.

«Oh», sagte sie.

«Du kannst so nicht zum Mittagessen gehen, du wirst dich totfrieren.»

«Oh», sagte sie noch einmal.

Das war alles, nur ein Oh, und dann runzelte sie die Stirn.

«Nun...», sagte sie, und sie war, wie gesagt, irgendwie nicht ganz beieinander – nicht verrückt oder so, aber nicht so, wie sie sonst war.

Natürlich hab ich damals noch nicht gewußt, daß ihr Gehirn schon was abgekriegt hatte, daß es sogar in dem Moment, wo wir zusammen geredet haben, was abkriegte.

Mollie

«Wos trachtstu? Is nischt genug far dir, du host aine get? Itzt wilstu a Taljaner farharetn?» brüllte mich mein Vater an. Was ich mir eigentlich dächte? Ob es nicht reichte, daß ich schon einmal geschieden sei? Und jetzt wollte ich auch noch einen Italiener heiraten?

Einen Talajner. Mein erstes Glückwunschkarten-Ereignis war ein Talajner.

«Was war es?» fragt mich meine Tochter Gilliana. «Was war an ihm?»

Was war es? Seine Augen? Sein Gesicht? Seine Hände?

Jules sah gut aus, sehr gut sogar. War es das? Wie kann man solche Dinge erklären? Er war eben einfach der Richtige, das ist alles. Dell sagte einmal zu mir: «Ich weiß schon, Mol, mir brauchst du das nicht zu erklären, genauso geht's mir mit Nat … ich will immer da sein, wo er ist.»

Da sein, wo er ist – genauso war es bei Jules und mir. Es spielte keine Rolle, was wir machten, solange wir nur zusammen waren. Ich konnte ihm stundenlang beim Zeitunglesen zusehen. Er konnte mir stundenlang dabei zusehen, wie ich mir die Nägel lackierte. Es ging ihm genauso wie mir.

Wie kann man solche Dinge erklären? Manchmal denke ich, daß die jungen Leute heutzutage viel zuviel verstehen wollen, sie sollten manche Dinge einfach genießen, statt zu versuchen, ihnen auf den Grund zu gehen.

Wir heirateten. Meine Familie war unglücklich darüber, seine Familie war unglücklich darüber. Wir waren glücklich.

Außer meinem Vater gab es noch eine ganze Reihe von Leuten, die mir davon abrieten, Jules zu heiraten. Nicht weil er Italiener, sondern weil er ein Spieler war. «Er wird sich nie ändern.» Das sagten sie alle. Benny, Tamie Markinson – Jules' erste Frau, die mit meiner Kusine Chava befreundet war –, meine Kusine Chava und ihr Mann Howie Karpf, mein Chef Augie Pellerino und sogar Jules' bester Freund John Padrelli und noch viele andere. Sie alle sagten dasselbe.

«Ich spiele nicht mehr, Liebling, das war einmal», sagte er lächelnd zu mir, «das ist aus und vorbei, hörst du?» sagte er und küßte mich.

Die vielen warnenden Stimmen drangen nicht zu mir durch, sie prallten einfach an mir ab. Wie konnte ich mir deswegen Sorgen machen, wie konnte ich mir wegen seiner Spielleidenschaft Sorgen machen, wo ich mir doch dringend ein Kleid kaufen mußte.

Ich trug Rosenrot. Als ich Larry heiratete, trug ich Weiß, weil es das erste Mal war, und als ich Jules heiratete, trug ich Rosenrot. Das Kleid war aus Seidenjersey, mit einem Faltenrock, Puffärmeln und einem weichen Wildledergürtel, der etwas dunkler war als das Kleid. Obwohl ich es in einer Textilfabrik zum Einkaufspreis bekommen hatte, kostete es mehr als einen Dreiwochenlohn bei Carlee. Dell und ich fanden Schuhe im Farbton des Gürtels, hochhackige offene Pumps. Ich hatte ein Ansteckssträußchen aus Maiglöckchen, und meine Lippen waren natürlich «Bravo»-rot geschminkt, das Rot von Maraschinokirschen, genau das Rot, das Jules so liebte.

Wir gingen aufs Standesamt – wir beide, Dell und Nat und John Padrelli und seine Freundin Angeli. Keine Familie. Wir fanden es besser so. Wir ließen uns im Standesamt trauen und feierten anschließend im Chase-Hotel, wo wir auch übernachteten. Das Hotel war sehr teuer, und unsere ganzen Flitterwochen bestanden aus einer Übernachtung mit Frühstück. Mehr konnten wir uns nicht leisten.

Ich fand es wunderbar – ich war wunschlos glücklich.

Ich heiratete.

Und dann wurde ich schwanger.

Und dann bombardierten die Japaner Pearl Harbor.

Einfach so – holterdipolter – erwartete ich ein Kind, und Amerika zog in den Krieg.

Jules wurde nicht gleich eingezogen, zuerst kamen die Jüngeren an die Reihe. Sie zogen ihn zwei Jahre lang nicht ein.

Wir nannten unsere Tochter Sandra Lee, nach meiner Mutter, deren jüdischer Name Surahleah war. Sie hatte den Namen und die Haare meiner Mutter – ein kräftiges Kastanienbraun –, aber ihre Augen waren nicht braun wie die meiner Mutter, sondern blau. Wir konnten uns nie erklären, von wem sie die blauen Augen hatte; Jules zog mich immer damit auf, daß vielleicht der Milchmann der Vater war.

Wir hatten sie acht Monate lang.

Wir hatten uns beide und das Baby, und alles war gut. Besser als gut, es war wie in einem Liebeslied, wie in einem Gedicht auf einer Glückwunschkarte.

Und dann starb sie.

Völlig unerwartet.

An einem Sonntag, einem kalten, klaren Sonntagnachmittag im Februar. Jules sprach danach immer vom «schwarzen Februar». Erstaunlich, an was für Dinge man sich erinnert, egal, wie lange sie her sind, Dinge, die man nie vergißt.

Wir sprachen mit dem Arzt auf der Kinderstation im Barnes Hospital. Ich trug ein braunes Kostüm, einen Mantel und einen schokoladenbraunen Hut mit einer hübschen braungrünen Feder vorne an der Krempe. Unsere Kleine liebte die Feder, sie brachte sie zum Lachen.

Es würde schon nichts sein, gar nichts. Aber nein, es war doch etwas; etwas Schlimmes, ich konnte es in den Augen des Arztes lesen. Sie nahmen sie mir weg, und dann ging alles ganz schnell, wie im Zeitraffer, und die Leute flitzten herum wie bei Dick und Doof.

Sie sagten irgend etwas von einer Transfusion, etwas, das ich nicht verstand, es hatte irgend etwas mit ihren Nieren zu tun. Sie erklärten es mir, aber ich verstand es nicht. Gilliana würde sicher sagen, daß ich es verdrängt habe. Ich weiß nicht. Damals wußten wir noch nichts von Verdrängung, aber vielleicht hatten sie damals ja auch noch keinen Namen für das, was ihr fehlte; 1943 wußte man noch nicht soviel. Ihre kleinen Nieren lösten sich einfach auf, das war alles. Gerade eben war sie noch putzmunter, lachte in den Armen ihres Daddys, und dann wurde sie plötzlich weiß, schneeweiß. Ich konnte praktisch durch sie hindurchsehen, als wir im Taxi saßen, konnte die kleinen blauen Adern unter ihrer weißen Haut sehen.

«Mach dir keine Sorgen, Liebling, es ist bestimmt nichts weiter, bloß eine Erkältung.»

Jules war fast so weiß wie sie und versuchte mich anzulächeln, mit weit aufgerissenen, verwirrten Augen.

«Aber sie hat kein Fieber und keine verstopfte Nase. Jules, guck doch. Was ist los mit ihr, Jules? *Julie, bitte!*»

Ich weinte, und er brüllte den Taxifahrer an, er solle schneller fahren, und er preßte die Finger fest in den Sitz, ballte die Hand und schlug mit der Faust heftig gegen die Rückenlehne des Fahrersitzes. Den anderen Arm hatte er um mich gelegt, hielt mich so fest und angstvoll umklammert, daß ich einen blauen Fleck bekam, einen violett-gelben Fleck, der sich bis zum März hielt.

Wir fuhren mit dem Taxi ins Krankenhaus, weil wir kein eigenes Auto hatten. Wir hatten überhaupt nichts. Wir hatten einander und eine kleine Wohnung in der Gambleton Street Nr. 6114 im ersten Stock. Wir hatten uns und eine Wohnung in der Gambleton Street und eine wunderhübsche kleine Tochter mit den rotbraunen Haaren meiner Mutter, die wir an einem Sonntag ins Krankenhaus brachten und am Dienstag verloren. Unsere Sandra Lee war tot.

Gilliana drängt mich immer, ihr alles ganz genau zu erzählen.

«Schließlich war sie meine Schwester, Mom», sagt sie dann zu mir.

Als könnte ich es ihr so einfach erzählen. Ich konnte ihr nichts darüber erzählen, weil ich nichts wußte. Selbst bevor ich anfing, vergeßlich zu werden, wußte ich nichts darüber.

Sie war einfach gestorben, meine Sandy. Was spielt es da noch für eine Rolle, wie es passiert ist?

Sie starb.

Und wir beerdigten sie.

Mit Unterstützung der Chewra Kaddischa. Wir beerdigten sie auf einem jüdischen Friedhof, weil ich wollte, daß sie bei meiner Mutter war; Jules hatte nichts dagegen.

In einem kleinen Sarg in einem kleinen Grab. Ich wußte nicht einmal, daß es so etwas überhaupt gab. Ich wußte nur, daß ich keine Luft bekam und daß Jules und ich uns aneinander festhielten und uns in die Augen sahen, damit wir uns überhaupt aufrecht halten konnten.

Sie starb an einem Dienstag, und wir beerdigten sie an einem Mittwoch. Wir wußten nicht, wie uns geschah. Wir standen in der tristen Kälte an ihrem Grab, bis uns jemand, ich weiß nicht wer, fortzog und man uns zu einem Auto brachte und nach Hause fuhr.

Ich erinnere mich noch daran, daß ich dachte, daß ich mein Kind unter der Erde zurückgelassen hatte. Ich kam nicht darüber hinweg. Und ich erinnere mich noch daran, wie viele Stufen es bis zu unserer Wohnung im ersten Stock waren. Elf. Und ich erinnere mich noch an ihr Bettchen, ihr leeres Bettchen. Erstaunlich, woran ich mich noch erinnere; ausgerechnet ich, die ich mich normalerweise an nichts erinnern kann.

Die Ärzte erzählten mir später, daß sie keine zwölf Jahre alt geworden wäre, ihre Nieren hätten in jedem Fall irgendwann versagt. Ich habe nie verstanden, warum sie mir das erzählt haben – dachten sie etwa, es würde mich trösten? Sie wurde nicht einmal ein Jahr alt.

Und im Mai wurde Jules einberufen.

Einfach so. Hatte Amerika eine Ahnung davon, was wir gerade durchmachten? Hätte es irgendwen interessiert?

Er ging zum Einberufungsausschuß und bat um Aufschub, damit er noch eine Weile bei mir bleiben konnte, und der Beamte billigte ihm zwei Monate zu, um seine Angelegenheiten zu regeln. Seine «Angelegenheiten» hatte es der Mann vom Einberufungsausschuß genannt; ich wußte nicht, daß man ein totes Kind als Angelegenheit bezeichnen kann. Interessant, was man so alles im Leben lernt.

Ich wußte, daß Jules sterben würde. Ich wußte es einfach. Meine Mutter war tot, mein Kind war tot, und ich wußte, daß mir Gott auch Jules nehmen würde. Er konnte sagen, was er wollte, um mich zu beruhigen, ich war sicher, daß er nicht mehr zurückkommen würde. Und wenn das passierte, würde ich mich umbringen. Ich sagte es ihm nicht, aber ich hatte es mir genau überlegt.

«Ich komm zurück, Mollie, ich versprech's dir. Ich liebe

dich. Ich komm zurück. Glaub mir, Mol. Ich komm zurück.»

Klar, Jules. Sicher. Du kommst zurück.

Ich glaubte ihm nicht.

Sie schickten ihn zur Grundausbildung nach Kalifornien, ins Fort Ord bei Salinas, und ich zog zu meinen Schwiegereltern. Es blieb mir nichts anderes übrig. Ich wäre niemals zu meinem Vater und seiner *kurbeh* gezogen – wir sprachen nicht einmal mehr miteinander –, und ich wußte nicht, wo ich sonst hätte hingehen sollen. Nat war zur Marine gegangen, und Dell lebte bei ihrer Familie. So war das damals eben, man zog wieder nach Hause. Also zog ich zu Jules' Eltern.

Die meiste Zeit verstand ich kein Wort von dem, was sie sagten, weil sie entweder italienisch oder einen Mischmasch aus gebrochenem Englisch und Italienisch sprachen. Aber es machte mir nicht viel aus, weil ich sowieso mit niemandem reden wollte; ich hatte nichts zu sagen. Ich wartete nur. Sie würden Jules nach Übersee verschiffen, und dort würde er umkommen – und dann würden sie mir ein Telegramm schicken:

«Sehr verehrte Mrs. Ventimiglia,
wir müssen Ihnen leider mitteilen,
daß es Ihren Jules in tausend Stücke gerissen hat.»

Und dann könnte ich mich umbringen. Ich konnte an nichts anderes mehr denken, ich wartete nur darauf, daß es endlich vorbei war, das war alles.

Meine Schwiegermutter drang schließlich zu mir durch, nicht mit Worten, sondern mit Essen. Sophia brachte mir das Kochen bei. Dazu brauchte man keine Sprache, man machte es einfach. Ich konnte noch nicht mal ein Ei kochen, bis Sophia mir zeigte, wie man Nudeln selbst macht, alle möglichen Arten von Nudeln, und wie man sie zum Trocknen über die Lehne eines Küchenstuhls hängt. Nach vier Wochen kochte ich wie eine Italienerin. Ich war wahrscheinlich die einzige jüdische Frau, die nicht wußte, wie man geschnetzelte Leber oder Kohlrouladen macht, weil meine Mutter bis zu ihrem frühen Tod zu krank gewesen war, um es mir zu zeigen, aber ich kochte Cacciatore oder Osso buco so gut wie meine Schwiegermutter. Ich glaube, der eigentliche Grund, weshalb Sophia mir Kochen beibrachte, war, daß sie mich zum Essen animieren wollte. Beim Kochen und Würzen mußte ich ständig probieren, und so schaffte sie es, daß ich wenigstens etwas zu mir nahm.

Ich verbrachte viel Zeit auf dem Friedhof. Ich nahm Jules' Briefe mit und las sie meiner kleinen Tochter in ihrem Grab vor. Ich konnte nicht anders, sie war meine einzige Verbindung zu ihm, und deshalb mußte ich immer wieder hingehen. Ich glaube, das war der Grund, weshalb mir Sophia und Alfonzo Geld gaben, damit ich nach New York fahren konnte; sie dachten wohl, daß ich den Verstand verlieren würde, und das stimmte wahrscheinlich auch. Heute hätten sie mich sicher zu einem Arzt geschickt oder, noch besser, in eine Selbsthilfegruppe. Heutzutage gibt es ja für alles mögliche Selbsthilfegruppen; wahrscheinlich gibt es auch eine für Frauen, die ihr acht Monate altes Baby verloren haben und sich dann auch noch von ihrem Mann trennen müssen; das würde mich nicht wundern, bei dem, was es sonst so alles gibt. Wahrscheinlich haben sie auch schon mal irgendeine Talkshow darüber gemacht; aber damals mußte man mit so etwas allein zurechtkommen, man lebte weiter, bis man über den Berg war oder bis man verrückt wurde und sie einen aus dem Verkehr zogen, so war es eben.

Jules hatte seine Grundausbildung abgeschlossen und

sollte nach Übersee verschifft werden, allerdings nicht von Kalifornien aus, sondern von Fort Dix in New Jersey. Sie schickten die Männer mit dem Zug quer durchs ganze Land bis zur Ostküste, und Sophia und Alfonzo gaben mir Geld, damit ich mit dem Zug von St. Louis nach New York fahren konnte, um Jules vor seiner Abreise noch einmal zu sehen.

Ich weiß nicht mehr, wie wir herausfanden, welchen Zug ich nehmen mußte, damit ich auch rechtzeitig dort ankam, und woher wir wußten, an welchem Tag ich dort sein mußte; ich erinnere mich nicht mehr daran, woher wir das alles wußten und wer die Reise eigentlich organisierte. Ich weiß nur noch, daß sie mich in St. Louis in den Zug setzten und mir Proviant mitgaben, mit dem ich eine ganze Kompanie hätte versorgen können.

Alles roch nach Olivenöl; Sophia hatte mir für die Reise ein Brot mit einem Omelett mit Zucchini und Käse gemacht und liebevoll in den *St. Louis Post Dispatch* eingewickelt; das Öl sickerte durch das Zeitungspapier, so daß die ganze Schrift verlief.

Ich verbrachte einen Tag, eine Nacht und noch einen Tag auf meinem Sitzplatz, bis ich in New York ankam.

Ich sollte aus dem Zug steigen, mich auf den Bahnsteig stellen und nicht von der Stelle rühren, bis mich Jules in der Menschenmenge gefunden hatte.

Und das tat er auch.

Wir hatten eine Stunde.

Eine Stunde. Am 30. September 1943.

Uniformen – noch nie in meinem Leben hatte ich so viele Uniformen gesehen. Und Matchsäcke. Gegen Bänke, Wände, Beine gelehnt, überall Berge von Matchsäcken.

Soldaten und Matrosen, Marineinfanteristen und die Küstenwache. Mütter und Väter, Ehemänner und Ehefrauen.

Babys und Kinder, Großeltern und Freunde. Überall. Ich hatte noch nie in meinem Leben so viele Menschen gesehen.

Menschen, die sich küßten.

Sich umringt von anderen Menschen küßten. Fremde, die sich vor Fremden küßten.

Und sich umarmten. Sich fest im Arm hielten bis zum Schluß.

Taschentücher wedelten durch die Luft, und durch den hallenden Lautsprecher verkündete eine verzerrte Stimme Gleis- und Zugnummern, die niemand verstand; es hörte sich an, als säße der Ansager in einer großen Blechdose.

Auf Wiedersehen, Liebling.

Schreib mir, Schatz, schreib mir jeden Tag.

Ich versprech's dir, Liebes.

Bis bald, Mom.

Mach's gut, Dad.

Ich hörte Fetzen aus den Gesprächen anderer Menschen ringsum. Fetzen ihrer Hoffnungen und Träume.

Sag Daddy auf Wiedersehen, Liebling.

Sag Daddy guten Tag, Liebling.

Das ist dein Daddy – sag guten Tag, Schatz.

Jules zog mich schnell hinter sich her, durch die riesige runde Halle der Grand Central Station in New York; ich versuchte, mit ihm mitzuhalten, während meine hohen Absätze über den Marmorfußboden klapperten; er lächelte mich an, und ich folgte seinem Lächeln durch die Menschenmenge.

Vergiß nicht zu schreiben, mein Sohn.

Bitte, schick mir Plätzchen, Mom.

Bis dann, Joe.

Mein Gott, Mutter, guck nur, da ist er, mein Gott, da ist unser Junge.

Ich hörte alles.

Männer, die mit den Füßen auf dem Marmorboden scharrten, den Hut in der Hand; Frauen, die ihre Söhne an die Brust drückten, bis sie sie gehen lassen mußten.

Und Tränen. So viele Tränen. Überall weinten die Menschen.

Und die Decke glitzerte; ich blickte nach oben und sah, daß sie über und über mit Sternen bemalt war, die auf uns herabfunkelten.

«Wünsch dir was, Liebling», sagte Jules, und ich wünschte mir etwas und blies es in die Luft.

«Komm zurück, Jules, bitte komm zu mir zurück.»

«Ich komm zurück, Liebes, ich versprech's dir. Eh du dich versiehst, bin ich wieder da.»

Er hielt mich fest und küßte mich. Hob mich hoch, und meine Füße schwebten über dem Boden.

«Ich liebe dich, Mollie, ich liebe dich. Ich werde dich immer lieben.»

Bis bald, Liebster, paß auf dich auf, mein Schatz, ich liebe dich. Ich liebe dich, Schatz, ich werde dich immer lieben.

Eine Stunde. Das war alles, was wir hatten.

Wir saßen auf einer Holzbank. Jules aß einen Hot dog, und ich trank eine Orangenlimonade. Unsere Blicke lösten sich nicht voneinander. Ich konnte meinen Hot dog nicht essen, ich hielt ihn nur in der Hand und sah Jules an. Ich war sicher, daß ich ihn nie wiedersehen würde – ich versuchte, mir alles genau einzuprägen.

Sein Lächeln, sein Stirnrunzeln, seine Brauen, die sich fast berührten, seinen Schnurrbart, sein dickes, schwarzes, gewelltes Haar, seine braunen Augen und seine Wimpern, seine Hände, seine Finger – kurz und breit –, die Linien seines Gesichts, die Breite seiner Schultern, die Härte seiner Brust, während er sich an mich preßte, der Druck seiner

Rippen gegen meine Brüste, sein Kuß, die Berührung seiner Lippen auf meinen, die Art, wie er roch, wie er schmeckte, wie er sich anfühlte – ich versuchte mir alles einzuprägen. Ich, die sich an nichts erinnern kann, versuchte alles in Erinnerung zu behalten.

Der Senf durchweichte das Papier, in das der Hot dog eingewickelt war, und färbte die Spitzen meines linken weißen Baumwollhandschuhs goldgelb.

Wir durften sie nicht begleiten, nicht mit ihnen die Stufen zum Zug hinuntergehen. Man verbannte uns hinter eine Sperre. Dicht zusammengedrängte Frauen, wie betäubt, weinend, winkten einem verschwommenen Meer aus khakifarbenen und blauen Tupfen nach. Wiedersehen, Wiedersehen. Menschen umklammerten sich, ließen sich los. Finger berührten sich, lösten sich.

Wiedersehen, Liebling.

Bis bald, mein Schatz.

Ich bin bald wieder da, Liebes, wirst schon sehen.

Er küßte mich noch einmal heftig, drehte sich um und ging davon; er drückte mir noch den leeren Pappbecher in die Hand, flüsterte mir «Ich liebe dich, Mollie» ins Ohr, drehte sich um und tauchte in ein Meer aus Männern ein. Ich stand mit den anderen Frauen da und sah zu, wie mein Mann verschwand.

Ich stand lange da, und als mir bewußt wurde, daß er fort war, wirklich fort, konnte ich kaum glauben, daß ich ihn überhaupt gesehen hatte. Erst als ich merkte, daß ich den Pappbecher in der Hand hielt, wurde alles real. Vielleicht weil «Julius Orange» auf dem Becher stand. Es stand «Julius Orange» darauf, und ich hatte gerade meinen Julius in den Krieg ziehen lassen müssen.

Ich ging durch den Rundbau zurück und wartete am Bahngleis auf die Abfahrt meines Zuges nach St. Louis. Ich sah die anderen Menschen nicht mehr, ich sah nur noch Jules' Gesicht.

Ich habe nie einen Fuß vor die Grand Central Station gesetzt. Gilliana fragt mich immer: «Mom, warum bist du denn nicht rausgegangen? Wolltest du dir nicht New York ansehen? Das Empire State Building? Den Times Square? Wolltest du dir denn gar nichts ansehen?»

Was wußte ich denn schon? Ich wollte nichts sehen, nur Jules' Gesicht. Ich habe die Grand Central Station keinen Augenblick verlassen, habe keinen Hauch New Yorker Luft geatmet, und das einzige Souvenir, das ich mitnahm, war ein zerdrückter Pappbecher.

Mittwoch

Gilliana

Als wir heute vom Arzt zurückkamen, bin ich die Sachen meiner Mutter durchgegangen. Handtaschen – Regale voller Handtaschen, alle noch in bestem Zustand, fast wie neu; manche stammen noch aus der Zeit, als man einen kleinen Spiegel und ein Portemonnaie mit dazu bekam – heute ist in neugekauften Taschen nur noch das Preisschild.

Und Handschuhe – so viele Handschuhe hatte ich noch nie auf einem Fleck gesehen – schwarze Satinhandschuhe mit kunstvollen Mustern aus aufgenähten schwarzen Glasperlen, Handschuhe aus schwarzem und weißem Leder, kurze und lange, mit Pelz gefütterte, marineblaue und graue, baumwollene und Spitzenhandschuhe. Meine Mutter hätte gut und gern ein Handschuhgeschäft aufmachen können.

Und Hutschachteln voller Briefe von Leuten, von denen ich noch nie etwas gehört habe, und Bilder von Leuten, die ich noch nie gesehen habe. Und von Leuten, die ich durchaus schon gesehen habe. Jede Menge Fotos von Dell und Nat: Nat hat den Arm um sie gelegt, sie sieht zu ihm hoch – Nat in seiner Marineuniform während des Krieges, Nat in Anzug und Schlips und sie in einem Cocktailkleid auf irgendeiner Party; sie hat sogar einen Martini und eine Zigarette in der Hand und trägt einen Hut mit Schleier, Dell und meine Mutter in weißen Badeanzügen, wie sie auf irgendeinem See beinahe aus einem Ruderboot kippen… wahnsinnig jung und schön und ausgelassen… Dell ist vor zwölf Jahren gestorben; sie hatte einen Herzanfall, einen, der es in sich hatte, er überraschte sie bei einer ihrer Lieblingsbeschäftigungen. Sie war in einem Kaufhaus in St. Louis, dem Famous Barr, und stöckelte in der Schuhabteilung herum, während Nat auf einem Stuhl saß und Zeitung las; sie machte gerade einen «Probelauf», wie sie es nannte, mit einem Paar schwarzen Wildlederpumps. «Du mußt die Schuhe anziehen und mindestens fünf Minuten darin herumlaufen, Gillian, hörst du? – *fünf Minuten* –, mach's nicht wie deine Mutter, sie verliebt sich in ein Paar Schuhe, nimmt sie mit nach Hause, und wenn sie dann damit ausgehen will, kann sie darin nicht laufen, aber für kein Geld der Welt würde sie sie zurückbringen.» Sie zwinkert mir zu. «Stimmt's, Mol?» sagt sie zu meiner Mutter, und beide lachen. Ich habe nie ein Paar Schuhe gekauft, ohne nicht mindestens fünf Minuten darin herumgelaufen zu sein, bevor ich meine Kreditkarte zückte.

Ich betrachtete ein Foto von Dell und mir vor einem blühenden Pfirsichbaum in irgendeinem Garten. Ich bin etwa fünf Jahre alt, wir sind im Partnerlook und stehen da wie Mannequins am Ende des Laufstegs, bevor sie sich umdrehen, die Hände in den Hüften, die Füße im rechten Winkel, das Kinn in die Luft gereckt und die Wangen eingezogen, damit unsere Gesichter aussehen wie die von richtigen Models; schade nur, daß wir in die Kamera schielen.

Ich habe nie darüber nachgedacht, aber jetzt wird es mir klar: Dell war die erste Komikerin in meinem Leben. Ich bin gerührt.

Ich traf meine Mutter und Nat in St. Louis zur Beerdigung. «Sie wußte nicht, wie ihr geschah, Mollie», sagte Nat und stützte sich auf meine Mutter. «Sie spazierte in diesen Schuhen herum, und plötzlich lag sie auf dem Boden – ich dachte, sie macht einen Scherz.»

«Genauso möchte ich eines Tages gehen, Lew», sagte meine Mutter später, als wir zurück waren. «Schnell, damit ich nichts davon merke.» Lew sagte, er wolle sehen, was er tun könne.

Schnell. Das ist wirklich zum Lachen.

Sie können sie in ein Altenheim geben, sagten die Ärzte. Dann wäre es leichter, sagten die Ärzte. Sie stellten Lew und mich vor die Alternative. Sie können sie zu Hause behalten, mit einer Pflegerin rund um die Uhr, oder Sie können sie in ein Heim geben, was natürlich einfacher wäre. Einfacher für wen?

Ich sah diesen Typen an, diesen blasierten Affen, und plötzlich tauchten hinter ihm George Segal und Ruth Gordon aus «*Wo is' Papa*» auf und sangen: «Gib niemals deine Mutter in ein H-E-I-M, gib niemals deine Mutter in ein Heiiim», während er in epischer Breite erklärt, wie sich Mollies Zustand zusehends verschlechtern wird. Sie wird immer weniger wissen, bis sie schließlich überhaupt nichts mehr weiß, und als er dann bei den Windeln angelangt war, stand ich auf; das heißt, es hat mich wohl eher aus dem Stuhl katapultiert.

Meine schöne Mollie mit ihren roten hochhackigen Riemchenschuhen, meine tanzende, elegante Mutter, die Meisterköchin des Mittleren Westens, die tadellos gepflegte, gelassene, lächelnde, atemberaubende Hausfrau, die nie laut wurde, die einen Brunch für fünfzig Leute zaubern und Glasperlen in einer perfekten Reihe aufnähen konnte, die meinen neuen Rock säumte und mir erlaubte, lange aufzubleiben, um mit ihr Kürbiskerne zu essen und fernzusehen, die mich zum Lachen brachte und mich zudeckte, die sich meinen Kummer anhörte und mir beibrachte, wie man eine Jacke so einpackt, daß sie beim Auspacken nicht verknittert ist, die genausogut steppen konnte wie Ginger Rogers und Poker spielte wie ein Profi und mehr Wörter auf einer einzigen Postkarte unterbrachte als ein Setzer auf einer Seite der *Washington Post*, die Schokoladen- und Kokosplätzchen in meinem Kleidersack versteckte, wenn ich ins Sommercamp fuhr, die mir Rattenschwänze machte und mich in die Welt hinausschickte und mir sagte, daß ich alles erreichen könnte, was ich wollte, dieselbe Mutter sollte vergessen, wie man kaut und schluckt, wie man auf die Toilette geht und aufsteht. Nicht unbedingt in dieser Reihenfolge. Es konnte schnell oder langsam gehen. Es konnte schon morgen soweit sein oder noch Jahre dauern, sagte der Arzt. Man könne das nicht genau sagen, sagte der Arzt. Bei jedem Patienten sei das anders, sagte der Arzt. Am liebsten hätte ich ihm einen Kinnhaken versetzt, ihm in die Eier getreten und geschrien.

Statt dessen entschuldigte ich mich höflich bei meinem Stiefvater und den Ärzten – es waren drei –, lächelte huldvoll wie eine Dame, verließ ihre piekfeinen Büros, ging den Gang hinunter zum Fahrstuhl, drückte auf «E», durchquerte die Empfangshalle, trat durch die Tür auf den Parkplatz und schrie. Die Leute sahen mich nur groß an.

Es schneite. Ich bemerkte es nicht sofort, weil ich so mit Schreien beschäftigt war, aber dann merkte ich, daß es Schneeflocken waren, die in meinem Gesicht schmolzen. Irgendwann ging ich dann wieder hinauf, um weiter zuzuhören. Lew sagte ich, ich sei auf der Toilette gewesen.

Lew sagte, er würde sie nicht in ein Heim geben. Niemals. Okay, das ist mir recht. Jetzt sind es zwei, die sie nicht in ein Heim geben wollen. Niemals. Also müssen wir uns um eine Pflegerin kümmern – wieviel wird das kosten? Alles, was wir haben, stimmt's? Also werde ich schneller schreiben. Ich werde versuchen, mich an alles Lustige zu erinnern, was je in dieser Familie passiert ist. Vielleicht bleibe ich einfach hier und krame in den Schränken und Schubladen meiner Mutter.

Sie beobachtete mich heute, während ich ihre Sachen durchsah. Sie saß in ihrem Sessel im Schlafzimmer und beobachtete mich lächelnd. Sie hatte keine Ahnung, was ich machte, sie hatte auch keine Ahnung, daß die Sachen ihr gehörten. Entweder sitzt sie in dem Sessel, in den man sie gesetzt hat, oder sie liegt im Bett. Sie ist sehr pflegeleicht. Natürlich weiß sie auch manchmal nicht mehr, wie man läuft, und so besteht durchaus die Chance, daß sie nirgendwohin geht; selbst wenn man sie stundenlang allein gelassen hat, kann man sicher sein, daß sie sich keinen Zentimeter von der Stelle gerührt hat.

Darf ich das? Darf ich Witze darüber machen, daß sich Mollie nicht mehr daran erinnert, wie man geht? Wie kann ich so etwas machen? Wie viele Witze werde ich mir aus den Fingern saugen müssen, um eine Vierundzwanzig-Stunden-Kraft zu bezahlen? Werde ich mir wieder die Seele aus dem Leib schreien müssen?

Als wir vom Arzt zurückkamen, wollte ich eigentlich ein paar Sachen aus den Regalen feuern, um mich abzureagieren, aber ich konnte es nicht; schließlich ist es das Haus meiner Mutter. Statt dessen machte ich einen Spaziergang, nahm ein Bad und genehmigte mir dann einen schönen, großen Wodka. Es war zwar erst vier Uhr, aber ich fand es okay. Es mochte in Kansas City zwar erst vier sein, aber in New York war es schon fünf, mit Sicherheit Zeit für einen Cocktail, immerhin früher Abend, wie Dell immer sagte.

Mollie pfiff, während ich ihre Sachen durchging, sie pfiff und beobachtete mich. Und lächelte. Sie pfiff alte Songs aus den vierziger Jahren und dem Zweiten Weltkrieg. Und ich sang dazu. Ich kenne schließlich die ganzen Texte; als ich klein war, hat sie sie mir ständig vorgesungen; sie sang immer mit dem Radio mit, egal, was sie gerade tat, ob sie Staub wischte, kochte, bügelte, meine Haare flocht. Heute pfiff sie und ich sang. Wir waren großartig. Wir hätten in der Ed-Sullivan-Show auftreten können... Lebt er eigentlich noch? Wir hätten mit Sonja Henie zu Ed Sullivan gehen können. O Gott!

Wie wäre es damit?

Oh, give me something to remember you by, when you are away from me, dear... some little something meaning love cannot die, no matter where you chance to be. Though I'll pray for you, night and day for you, it will see me through like a charm, till your return, dear...

Was für ein Text! «Schenk mir ein kleines Andenken, das mir zeigt, daß unsre Liebe nicht vergeht, ganz gleich, wo du auch bist.» Was könnte das sein? Ein Anhänger für ihr Armband? Ein Foto mit einer Widmung? Ein Buch? Ein Handschuh?

Bestimmt kein Cartoon an der Küchenwand, soviel steht fest.

Und was habe *ich*? Welche kleinen Schätze habe ich in meinen Kommodenschubladen versteckt? Meine kleinen «Andenken», die mir zeigen, daß die Liebe nicht vergeht... Also, ich habe ein paar Sachen von Christopher, die mir lieb und teuer sind, und jede Menge Briefchen, in denen er sich entschuldigt. Und dann noch ein paar Ansichtskarten, die er mir schickte, als er geschäftlich in Japan zu tun hatte, während ich mit Clare schwanger war; er hat sie in seiner winzigen Schrift geschrieben und alberne kleine Zeichnungen von mir mit dickem Bauch eingefügt, ganz untypisch für ihn, aber sehr lieb. Als ich sie bekam, weinte ich und trug sie dann jahrelang in meiner Handtasche mit mir herum. Erst kamen die Zeichnungen und dann der Cartoon.

Aber Christopher war nicht der erste; ich war fast dreißig, als ich Chris heiratete.

Von meinem ersten Liebhaber besitze ich nichts. Noch nicht mal ein Foto, lediglich Erinnerungen.

Tom Johnson.

Sommersprossen. Schlaksig. Blaue Augen. Ein schiefes Lächeln. Lange, dünne Beine. Lustig. Bürstenschnitt. Ein falscher Schneidezahn, wegen einer Schlägerei nach einem Basketballspiel. Eine Frau. Zwei Kinder. Na ja. Das gehört wohl nicht hierher. Vielleicht hätte ich ein Foto von seiner Frau und seinen Kindern behalten sollen; wenn ich mich recht erinnere, hatte er immer eins in seiner Brieftasche. Aber natürlich verließ er sie, als er mit mir zusammen war. Verließ sie, war dabei, sie zu verlassen, war kurz davor, sie zu verlassen, bald ist es soweit, Gillian, ich verlasse sie ... ich habe mich schon getrennt, so gut wie getrennt, bin dabei, mich zu trennen ... ich gehe, gehe, gehe ... aber dazu kam es nie.

Zwei herrliche Jahre, Jahre voller zauberhafter Stunden und Momente, in denen ich mich heimlich mit Tom Johnson traf. Wir schmiedeten Pläne für ein gemeinsames Leben, wenn er endlich frei sein würde. Es wäre klüger gewesen, ein gemeinsames Leben im Jenseits zu planen. Daß er irgendwann das Zeitliche segnen würde, war zumindest möglich; daß er seine Familie verließ, dagegen nicht.

Tom Johnson, der erste meiner Unerreichbaren. Der erste, der mir das Herz brach. Jeder Laienpsychologe weiß, daß die Tochter eines davongelaufenen Vaters sich einen Mann suchen wird, der ihr ebenfalls davonläuft.

«Meinen Sie, Sie könnten das mal schnell für mich tippen?»

«Ich weiß nicht, Sie müssen eine Nummer ziehen.» Ich blickte nicht auf; meine Finger schlugen nur schneller auf die Tasten.

Tippen? Ich war schneller als ein Maschinengewehr, und ich konnte Steno, kannte mich mit der Ablage aus und auch mit allem andern, was man so im Büro wissen muß, eben alles, was ich laut Mollie für den Notfall lernen mußte. Unter Notfall verstand Mollie, daß ich keinen Ehemann fand und mir den Rest meines Lebens meinen Lebensunterhalt selbst verdienen mußte.

«Okay, wenn das so ist», sagte er, «dann hätte ich gern zwei gefüllte Doughnuts, ein Thunfisch-Sandwich und einen getippten Bericht. Bitte.»

Ich sah hoch. Er stand vor meinem Schreibtisch und lächelte. Er hatte sein Jackett ausgezogen, sein Schlips hing locker auf einer Seite, sein oberster Hemdknopf war offen und seine Ärmel waren hochgerollt.

«Das Bitte hat mir am besten gefallen», sagte ich.

«Also tippen Sie's mir, Gilly? Wirklich? Ich brauch's dringend.»

«Wer hat Ihnen erlaubt, mich Gilly zu nennen?»

«Jim Mayer nennt Sie doch auch Gilly.»

«Ja, aber er hat mich zuerst gefragt, und ich habe es ihm erlaubt, und außerdem ist er mein Chef.»

«Okay.» Er grinste breit, und ich sah seinen lustigen Schneidezahn. Ich hatte plötzlich das Bedürfnis, aufzustehen und ihm mit der Hand über seinen Bürstenschnitt zu fahren, aber ich tat es nicht.

«Miss Ventimiglia, wäre es Ihnen möglich, das heute noch für mich zu schreiben? Hm? Weil ich es nämlich Len Barhyde bringen muß, oder er schmeißt mich raus, und

Miss Scott ist nach Hause gegangen, weil sie die Grippe hat, und wenn ich versuche, es selbst zu tippen, wird es in diesem Jahr nicht mehr fertig. Bitte. Haben Sie bemerkt, daß ich zweimal bitte gesagt habe?»

Sommersprossen, blaue Augen. Einfach umwerfend.

«Mein Gott, Johnson, Sie sind wirklich eine Nervensäge.»

«Aber Sie machen es?»

«Okay, ich mach's. Lassen Sie's hier.»

«Sie sind ein Schatz», sagte er und legte die Seiten behutsam neben meinen rechten Ellbogen auf den Tisch.

«Ach, wirklich? Wie schön», erwiderte ich mit ausdruckslosem Gesicht.

«Also darf ich Sie Gilly nennen?»

«Auf gar keinen Fall.»

«Irgendwann einmal?»

«Nein.»

«Wir werden sehen, Miss Ventimiglia, wir werden sehen. Ich bin in meinem kleinen Kabuff, wenn Sie meine Handschrift nicht lesen können oder mich sonst irgendwie brauchen sollten. Ganz egal, was es ist, Miss Ventimiglia.»

«Jetzt ist aber genug, Johnson», sagte ich lachend.

«Ich habe Ihnen nicht erlaubt, mich Johnson zu nennen», sagte er und verschwand den Gang hinunter.

So fing alles an.

Das war 1967. Ich war einundzwanzig. Und immer noch Jungfrau. Die einzige, da bin ich sicher. Ich weiß nicht, wieso, ich meine, warum es nicht dazu gekommen war, aber so war es nun mal. Auf dem College war niemand gewesen, der mich sonderlich interessiert hätte. Irgendwie hatte es niemanden gegeben, mit dem ich es gern getan hätte. Ich war noch immer völlig intakt – nun, vielleicht nicht völlig, aber doch ziemlich, hier und da ein paar Kratzer, aber nichts Ernstes.

Es war furchtbar. Es war peinlich. Sämtliche meiner Freundinnen, ob verheiratet, verlobt, in einer festen Beziehung oder mit irgendwelchen Affären – alle waren sie entjungfert. Ich war die einzige Jungfrau. Eine Ausgestoßene. Ein Dinosaurier. Eine Schande. Ich war so verzweifelt, daß ich sogar voller Hoffnung die Pille nahm.

Wir arbeiteten für eine Werbeagentur namens Jasper-DePensa, in der Innenstadt von Kansas City – sechs Stockwerke eines großen Bürohauses an der Ecke 15th Street und Baltimore Avenue. Ganz in der Nähe gab es jede Menge Restaurants, Kaufhäuser, Bars und vornehme Hotels. Sehr praktisch. Wir arbeiteten zusammen, verbrachten unsere Mittagspause zusammen und gingen freitags nach der Arbeit mit den anderen etwas trinken. Manchmal auch in der Woche. Wir waren eine tolle Gruppe. Wir arbeiteten hart, und wir verstanden uns gut. Die Sekretärinnen waren alle unverheiratet, die Geschäftsführer, die Verkäufer, Autoren, Kopierer und was es sonst noch so an Männern gab, waren fast alle verheiratet. Mehr brauche ich wohl nicht zu sagen, oder?

Man mische zwei Tassen junger, attraktiver, aufgeschlossener Frauen mit zwei Tassen junger, aufstrebender Männer, die ihre Frauen und schreienden Kleinkinder satt haben, füge sechs Eßlöffel gemeinsame Arbeit als Gesprächsstoff sowie drei Scotch mit Wasser – mit oder ohne Zitrone – dazu und verrühre das Ganze. Irgendwer wird sich mit Sicherheit verlieben. Ergebnis: das Ende von Gillian Ventimiglias Jungfernschaft. Meine Güte.

Ich war verknallt in ihn; ich war verrückt nach ihm. Ich hatte angebissen, den Köder samt Haken geschluckt. Und ich weiß nicht einmal, wie es passiert ist. Es lag wohl an seinem verrückten Zahn oder seinem Grinsen, seinem Bürstenschnitt, oder vielleicht lag es auch daran, daß er mich zum Lachen brachte, oder vielleicht daran, daß er über mich lachte, was noch besser war – ich meine nicht über mich, ich meine, er fand mich komisch. Tom Johnson war der erste Mensch außer meiner Mutter, der mich komisch fand. Vielleicht war es das. Oder seine Sommersprossen. Wahrscheinlich eher seine Sommersprossen. Sommersprossen sind in jüdisch-italienischen Familien selten; äußerst schwer zu kriegen. Überflüssig zu erwähnen, daß ich bald nicht mehr nur seine Sommersprossen, sondern den ganzen Mr. Johnson hatte. Und ehe ich mich versah, nannte mich Tom Gilly.

Egal, wann wir uns sonst noch treffen konnten, wir hatten auf jeden Fall den Samstagmorgen. Mollie half Lew im Laden, sie verließ *mit* ihm, in *seinem* Wagen, das Haus – ausgeschlossen, daß sie zurückkam, es sei denn, der Laden brannte ab. Ich wohnte nämlich immer noch zu Hause. Und Mr. Johnson erzählte Mrs. Johnson, daß er ab sofort samstags immer ins Büro müsse, wegen irgendeiner «Mitarbeiterfrühstücksbesprechung» oder so ähnlich. Natürlich wußte ich nicht, daß Mr. Johnson immer noch zu Hause wohnte. Mr. Johnson erzählte mir, daß er sich von seiner Frau getrennt hätte und bei seinem Cousin im Gästezimmer wohnen würde, bis die ganzen Einzelheiten geklärt wären. Wahrscheinlich hätte ich da schon Verdacht schöpfen müssen. Aber ich war verliebt. Und außerdem verdiente er nicht genug, um die reizende Familie zu versorgen und gleichzeitig noch eine eigene Wohnung bezahlen zu können. Es leuchtete mir ein, daß es am besten war, wenn er bei seinem Cousin wohnte, und wie hätte er mich dorthin mitnehmen können? Er war immerhin noch verheiratet. Richtig? Es war logisch. Okay, es war nicht logisch, aber ich schluckte es. Schließlich wurde ich von einem Paar blauer Augen und einem Haufen Sommersprossen vier Stunden lang nach allen Regeln der Kunst verwöhnt, wie sollte ich da noch in der Lage sein, die Spreu vom Weizen zu trennen oder doch noch den Haken zu entdecken? Er kam jeden Samstagmorgen zu mir. Er kam und ich kam und wir kamen…

«Ich bin gleich da.»

«Wo genau bist du? Ich will's mir vorstellen.»

«Ich bin an der Ecke 45th Street und Main Street, in der Telefonzelle hinter Roy's and Ray's. Soll ich dir ein Doughnut mitbringen?»

«Auf gar keinen Fall.»

«Ein paar Zwiebelringe?»

«Es ist neun Uhr morgens. Wer ißt denn morgens um neun Zwiebelringe?»

«Kuchen?»

«Jetzt kommen wir der Sache schon näher, Johnson. Mit Blaubeeren. Ich werde die Blaubeeren rauspicken und den Guß abmachen und dich damit garnieren.»

«Hör auf, Gilly.» Er lachte. «Ich krieg gleich in der Telefonzelle einen Steifen. Und dann komm ich hier nicht mehr raus.»

«Die Leute werden denken, daß du pervers bist.»

«Du bist die Perverse, ich meine, was du da mit den unschuldigen Blaubeeren vorhast…»

«Beeil dich lieber und komm her. Ich laufe hier nackt rum, und in diesem Haus ist es schweinekalt.»

«Ich bin schon unterwegs – warum ziehst du dir nicht einen Bademantel über, bis ich da bin?»

«Das geht nicht, ich habe an meinem Tanz gearbeitet.»

«Was für ein Tanz?»

«Den, den ich dir vortanzen will. Sobald du hier bist, kriegst du eine Vorstellung auf dem Küchentisch. Miss Gilly in Fransen und Stiefeln.»

«Fransen? Hast du Fransen gesagt? O Gott, Gilly, ich komm nicht mehr aus der Telefonzelle raus, ich stecke fest.»

Wir trieben es überall im Haus meiner Mutter. Die gute Mollie, die niemals über Sex redete, weder direkt noch in Anspielungen, die schon bei zweideutigen Bemerkungen rot wurde, die für schmutzige Witze nichts übrig hatte und wie ein Luchs aufpaßte, daß ich keine ordinären Ausdrücke in den Mund nahm – Mollie wäre auf der Stelle tot umgefallen. Wenn der arme Lew auch nur die leiseste Andeutung machte, daß sie «es» taten, bekam sie praktisch einen Nervenzusammenbruch. Mollie redete nur über *Liebe*, nie über Sex. Und wir trieben es auf ihrem Eßzimmertisch, an der Wand im Flur im ersten Stock, auf ihren beiden Wohnzimmersesseln, über der Lehne ihres geliebten Chintzsofas und auf dem Küchenfußboden. Sie dachte, ich hätte samstags morgens im Museum einen Kurs über Ölmalerei, und was tat ich? War es Sex? Oder war es Liebe? Manchmal läßt sich das schwer trennen, oder vielleicht fällt es auch nur mir schwer; vielleicht war ich ja von Anfang an verwirrt.

Clare

Scott wollte gestern mit mir schlafen. Ich meine, nicht gleich, als er hier aufkreuzte oder so, aber ziemlich bald danach. Ich denke oft dran, bestimmt jeden wachen Moment.

Ich weiß auch nicht, warum ich's nicht getan hab. Es wäre gegangen. Ich wollte es auch. Mein Dad war nicht zu Hause, aber ich weiß nicht, irgendwie kam's mir nicht richtig vor, der Zeitpunkt und alles. Ich meine, was wäre gewesen, wenn er einfach reingeplatzt wäre?

Manche von meinen Freundinnen haben's getan, aber nicht viele. Alle reden groß davon, aber wenn man so mittendrin ist, und ich meine, das kann ja schon passieren – dann muß man echt überlegen. Ich meine, woher soll ich wissen, daß er der Richtige ist? Ich liebe Scott und alles, und wir passen super zusammen, und ich bin schließlich sechzehn, fast siebzehn, aber man kann's auch anders sehen und sagen, ich bin ja erst siebzehn. Stimmt beides. Und wenn ich's tue, dann war's das, dann ist es vorbei – stimmt's? Es fängt aber auch was Neues an. Es ist aber auch was vorbei. Ich weiß auch nicht. Ich meine, mit wem soll man über so was reden? Mit seiner Mutter? Also, das wär wohl das Letzte.

Meine Freundin Amy – sie ist meine beste Freundin, seit wir vier waren oder so – also, sie wäre total geschockt, wenn ich's machen würde, sie findet es bescheuert, mit einem Jungen zu schlafen, wenn man nicht schon mindestens zwanzig ist und wirklich weiß, was man will. Aber das ist mir zu intellektuell, ich meine, so geplant, so unspontan. Manchmal ist es einfach zu schwierig, sich groß Gedanken zu machen. Klar, es gibt Aids und alles, und man muß schon vorsichtig sein, aber mal im Ernst, wer denkt schon an Aids, wenn man auf einen Typen voll abfährt und man so mittendrin ist und es genauso will wie er, wer kann dann schon über irgendwas nachdenken, und dann auch noch über Verhütung oder so was? Ich meine, mal im Ernst, wollen Erwachsene, die einem die ganze Zeit erzählen, daß man aufpassen muß, etwa behaupten, daß sie mit sechzehn mittendrin aufgehört und ein Kondom vorgeholt hätten? Also, ehrlich.

Aber egal, wir haben's jedenfalls nicht getan. Ich hab gesagt, im Haus meiner Mutter kann ich nicht. Ich meine, schließlich bin ich hier quasi zur Welt gekommen. Ich bin hier groß geworden und hab hier laufen gelernt und so. Ich meine, in diesem Bett hab ich die Windpocken gehabt, und da will ich nicht unbedingt flachgelegt werden. Wenigstens nicht das erste Mal. Ich glaube, ich hätte es gern etwas romantischer.

Scott hat erst so reagiert, als wär er sauer, aber in Wirklichkeit war er nur irgendwie enttäuscht. Außerdem hab ich ihm erklärt, daß er es bestimmt auch nicht im Haus seiner Mutter tun würde, und wieso sollte das bei mir anders sein? Also haben wir uns 'ne Pizza bestellt und MTV geguckt, und natürlich ist mein Vater zehn Minuten später oder so nach Hause gekommen. Wir haben echt Schwein gehabt.

Irgendwie war's früher viel einfacher – ich meine nicht die Zeit, als es noch keine Autos gab und so, aber als meine Großmutter jung war. Sex war einfach tabu, solange man nicht verheiratet war. So war es eben. Keine Diskussionen und das Ganze. Wahrscheinlich haben's manche auch gemacht, aber das waren dann halt Nutten. Und es gab auch noch kein Aids, eigentlich überhaupt nichts, was man nicht mit Medikamenten wieder weggekriegt hätte. Das Schlimmste, was einem damals passieren konnte, war, daß man schwanger wurde; dann hätten einen vielleicht die Eltern umgebracht, aber nicht irgendeine Krankheit. Ich weiß nicht, heute darf man zwar als Teenager schon mit jemand schlafen, aber dafür muß man ganz schön viel in Kauf nehmen. Ich meine, diese ganzen Wissenschaftler mit ihren Entdeckungen... ist ja echt toll und so, aber auch ganz schön bescheuert. Jedenfalls kommt's mir so vor.

Egal, Scott ist echt spitze... ehrlich. Ich meine, ich liebe ihn, es ist nur... also, ich weiß auch nicht.

Mollie

Mollie saß in einer Ecke des rosaroten Sofas im Wintergarten im Haus ihrer Schwiegereltern. Es war elf Uhr vormittags, und der Raum war von Licht durchflutet. Es war ein Eckzimmer, das vom Wohnzimmer abging, mit Fenstern nach allen drei Seiten; Sophia hatte auf jede Fensterbank Topfpflanzen gestellt. Es war Mollies Lieblingsplatz.

Sie hatte die Beine untergeschlagen; rosa Slipper mit Keilabsatz standen nebeneinander auf dem Perserteppich vor dem Sofa; Dampf stieg von einer Tasse Kaffee auf, die neben ihr auf dem Tisch stand. Sie trug einen rosa Chenille-Bademantel über einem zerrissenen Männerunterhemd. Ein Brief lag auf ihrem Schoß. Ein Brief aus dünnem, feinem Papier, das sich zu einem Umschlag zusammenfalten ließ.

Sie faltete den Brief auf und las ihn noch einmal, lächelte, drückte ihn an die Brust, seufzte, faltete ihn wieder zusammen und steckte ihn in die Tasche ihres Bademantels.

Sie lächelte wieder, drehte den Kopf, um aus dem Fenster zu sehen, und fing an zu weinen.

Liebe Mollie,
ich liebe Dich. Ich vermisse Dich. Gestern habe ich zwei Briefe von Dir und einen von Mom bekommen. Ich habe sie mindestens achtunddreißigmal gelesen.

Hier ist alles in Ordnung. Jimmy Doogan, das ist der Typ aus Georgia, von dem ich Dir erzählt habe, der mit dem breiten Akzent, den kein Mensch verstehen kann, also der hat erzählt, daß sein Bruder bei der Marine ist und Nat kennt. Was sagst Du dazu? Sie waren zusammen in der Grundausbildung. Die Welt ist klein, was?

Ich vermisse Dich, mein Liebling. Ich denke die ganze Zeit an Dich. Ich betrachte Dein Bild und denke an uns beide. Mach Dir keine Sorgen. Ich komme bald nach Hause, und dann sind wir wieder zusammen. Genauso wie in dem Lied, das uns beiden so gut gefällt, erinnerst Du Dich? Ich weiß nicht, wo, ich weiß nicht, wann, aber wir kommen wieder zusamm'n. Stimmt's?

Mach Dir keine Gedanken, mein Liebling. Mir geht's gut. Ich liebe Dich von ganzem Herzen.

Dein Julie

Mein geliebter Julie,
ich sitze auf der Couch im Wintergarten. Die Kinder kommen gerade von der Schule heim, aber der kleine Junge von gegenüber hat die Windpocken und ist deshalb zu Hause. Er winkt seinen Freunden vom Fenster aus zu, und sie winken zurück. Es ist richtig niedlich.

Letzte Nacht hat es geschneit. Gestern fing es an, und es hat die ganze Nacht geschneit, und heute morgen lag überall hoher Schnee, und dann kam die Sonne heraus, und alles hat geglitzert. Ich bin früh aufgestanden, und alles war still und friedlich. Ich stand auf der Vortreppe und sah, daß der Schnee zu tief war für meine Überschuhe, aber ich bin trotzdem reingesprungen – es war die einzige Möglichkeit, um zum Briefkasten zu kommen. Ich habe Dir drei Briefe geschickt. Du fehlst mir so sehr. Ich ziehe Deine ganzen Hemden an. Deine Eltern finden's lustig, sie lachen immer, wenn ich morgens in die Küche komme und Deine Sachen anhabe.

Jetzt nennen sie mich tesorina. *Ist das nicht hübsch? Übrigens verstehe ich mittlerweile schon ganz schön viel Italienisch. Du wirst staunen, wenn Du nach Hause kommst.*

Ich träume jede Nacht von Dir und denke den ganzen Tag an Dich. Bitte sei vorsichtig, Lieber. Ich weiß, daß es da, wo Du bist, furchtbar ist, auch wenn Du es mir nicht sagst oder irgendwas davon erwähnst, aber ich weiß es trotzdem. Bitte paß auf Dich auf. Ich liebe Dich so sehr.

Deine Mollie

P. S. Tesorina heißt «kleiner Schatz», falls Du es nicht wissen solltest. Also dann. Ich liebe Dich, mein Liebling.
P. P. S. Ich schlafe übrigens auch auf Deiner Seite vom Bett. Wo die ganze Kraft ist, richtig?

Ich erzählte ihm nicht, daß ich auch sein Old Spice und seinen Kamm benutzte. Ich tat alles, damit er mir nah war – die Ärmel von seinem Hemd an meinen Armen, der Geruch seines Gesichts an meinem, meine Wange an seinem Kissen, mein Rücken auf dem Laken, wo er normalerweise lag. Ich schlief abends in seinen Armen ein. Ich lag wach, bis ich ihn spürte, seine Haut an meiner, seine Hand auf meiner Hüfte, sein Atem in meinem Haar. Erst dann konnte ich die Augen zumachen.

Und in der Zeit zwischen den Briefen spielte ich die Schallplatten, immer und immer wieder, richtige Platten von Jules, auf denen er von irgendwoher zu mir redet. Das Rote Kreuz hatte sie aufgenommen, sie waren verkratzt und hatten Sprünge und hüpften auf dem Plattenteller herum, aber ich hörte ihn, und das gab mir Trost. Zuerst kam der Sprecher, ein Mann mit so einer vollen, dröhnenden Radiostimme:

«Hallo. Hier ist das amerikanische Rote Kreuz, wir bringen Ihnen Ihren Mann aus Übersee.»

Und dann sagte Jules: «Hallo, Liebes. Wie geht's dir?»

Und dann fragte er, wie's den anderen ging, und ich solle sie herzlich grüßen, ihm ginge es gut und es sei alles in Ordnung – ich bin sicher, daß sie ihnen sagten, was sie nicht erzählen durften, weil manches ja auch geheim war, aber es war mir egal, was er sagte, solange ich nur seine Stimme hörte. Und am Schluß sagte er immer:

«Okay, Liebes, ich muß jetzt Schluß machen... aber ich komm bald heim. Okay? Paß auf dich auf. Ich liebe dich. Ich liebe dich, Mol.»

«Ich liebe dich, Mol, ich liebe dich, Mol, ich liebe dich, Mol», hallte es aus dem Grammophon durch Sophias Wohnzimmer.

Er war irgendwo in Europa – im «Europäischen Theater», wie sie den Krieg nannten; ich wußte nicht genau, wo, sie sagten einem ja nichts.

«E che vuol dire? Teatro Europeo? E che è questo teatro?»

Was für eine Theater? Mein Schwiegervater knallte seine Gabel auf den Küchentisch. Wer denken sich solche Namen aus? Ist doch keine Spiel. Lauter toten Männer. Was sind das für Leuten?

Ich konnte es ihm nicht erklären, ich verstand es ja selbst nicht. Ich verstand das meiste davon nicht. Ich versuchte mir vorzustellen, wie Jules im Gleichschritt marschierte und sang, in einem Schützenloch saß, wie es aussah, wie groß es war. Ich versuchte mir auszumalen, wie er in einem Zelt schlief, auf einem Feldbett, auf dem Boden, wie er aus kleinen Dosen aß, Büchsenfraß nannte er es; er machte eine Menge Witze darüber, daß die Jungs Wetten darüber abschlossen, was für Fleisch wohl in den Dosen sei. Er sagte, daß sie es manchmal nicht einmal sagen konnten, wenn sie davon probiert hatten. Ich stellte mir kleine Sardinenbüchsen vor, deren Deckel man aufrollen konnte.

Ich konnte mir einiges vorstellen, aber das Schlimmste nicht. Ich konnte mir Julie nicht mit einem Gewehr vorstellen. Wie er schoß. Jemanden tötete. Das konnte ich mir nicht vorstellen.

Mollie, meine Süße,
wir sind tatsächlich für vier Tage hier rausgekommen. Ich, Al Goldberg aus New York und ein Typ, von dem ich Dir noch nicht erzählt habe, Tommy Schneider, er wurde gerade erst hierher versetzt. Jedenfalls haben wir vier Tage Urlaub bekommen und sind in dieser wunderschönen belgischen Stadt namens Liège gelandet.

Das Beste daran war, daß wir dieses wirklich nette Ehepaar mit seinen drei Kindern kennengelernt haben, und stell Dir vor, sie haben uns alle zum Essen eingeladen. Er ist Zahnarzt. Wir hatten viel Spaß, sie waren wirklich reizend, und die Frau hat sich unsere Adressen aufgeschrieben und gesagt, daß sie Dir und Als Frau und Toms Mom schreiben wird. Er ist noch nicht verheiratet. Er ist erst dreiundzwanzig und kommt direkt aus Chicago.

Ich vermisse Dich sehr, mein Liebling. Aber ge-

stern habe ich mich gefühlt, als hätte ich beim Pferderennen gewonnen – wir kamen zurück, und vier Briefe von Dir warteten auf mich.

Ich liebe Dich, Mollie. Ich verspreche Dir, mein Liebling, daß ich Dich nie mehr verlassen werde, sobald ich aus diesem Schlamassel hier raus bin. Nie mehr.

Du hast in einem Deiner Briefe geschrieben, daß die Bäume vor Moms Wintergarten knospen. Ich verspreche Dir, mein Liebling, daß wir noch Millionen Frühlinge zusammen verbringen und zusehen, wie Millionen Knospen aufgehen. Sieh Dir den Mond an, es ist derselbe Mond, den ich auch ansehe, und ich schicke Dir meine ganze Liebe.

Dein Jules

P. S. Die Leute aus Liège heißen Helene und Willy Cole …

Er bekam zweimal Urlaub – einmal sechzehn Tage im Juni 1944 und das andere Mal zehn Tage im März 1945. Das war alles. Am schlimmsten war, zu wissen, daß er wieder weg mußte und daß er vielleicht nie mehr zu mir zurückkommen würde. Ich versuchte, jede Minute auszukosten, jeden Moment intensiv zu erleben, bis ich ihn wieder gehen lassen mußte, und so schön die Urlaube waren, so schrecklich waren sie auch. Ich durfte ihn nie begleiten – wo auch immer er sich mit seinen Kameraden traf, wenn die Zeit um war, am Busbahnhof oder Bahnhof oder vor einem Hotel –, ganz egal, wo es war, er ließ mich nicht mitkommen. «Ich möchte mich so an dich erinnern, wie du jetzt hier stehst, Liebling.» Also verabschiedeten wir uns vor dem Haus; ich herausgeputzt, mit Kleid und Stöckelschuhen und Lippenstift, als wollte ich ausgehen; ich trug etwas Hübsches, damit er mich hübsch in Erinnerung hatte, sollte er erschossen werden. Das dachte ich später – wenn sie ihn erschießen, behält er mich in diesem blauen Kleid in Erinnerung. Ich bin sicher, daß Sophia und Alfonzo ihm vom Haus aus nachsahen, aber ich stand allein davor. Ich hielt ihn umarmt, bis der Wagen kam, noch ein Soldat in Uniform, drei Soldaten, vier... irgend jemand fuhr sie zurück, noch jemand, dem das Herz blutete. Ich umarmte ihn, und er küßte mich vor der ganzen Nachbarschaft und stieg dann in den Wagen. Er lehnte sich aus dem Fenster und winkte, und als ich seine Hand nicht mehr sehen konnte, ging ich hinein.

Mein geliebter Jules,
Dell ist heute vorbeigekommen. Nat ist gestern fort, und sie war ganz niedergeschlagen. Er war einen ganzen Monat zu Hause. Ich war so neidisch – nicht wirklich, Du weißt, daß ich sie gern habe, ich wünschte nur, wir hätten auch soviel Zeit gehabt. Ich habe ihn dreimal getroffen, während er zu Hause war, er sieht müde aus, aber es scheint ihm ganz gut zu gehen. Er hat nicht viel davon erzählt, wo er war und was er gesehen hat – ich nehme an, es gibt nicht viel zu sagen. Jedenfalls haben Deine Mutter und ich Dell zum Spaghettiessen eingeladen, um sie etwas aufzumuntern. Es gab sogar Wein!

Du fehlst mir so sehr. Gestern abend habe ich Platten gehört, und Deine Mom und Dein Dad saßen mit mir im Zimmer, und dann ist was ganz Reizendes passiert. Dein Daddy ist aufgestanden, hat einen kleinen Diener vor mir gemacht und mich zum Tanzen aufgefordert. Jules, es war einfach entzückend. Er war sehr galant und tanzte mit mir durchs Zimmer, als wären wir auf einem Ball. Jetzt weiß ich, von wem Du so gut tanzen gelernt hast. Ich war ganz gerührt.

Wenn Du wieder nach Hause kommst, laß ich Dich nie mehr gehen, verlaß Dich drauf: Weder zum Laden noch um ein Päckchen Zigaretten zu kaufen oder sonstwas. Ich werde mich an Dich hängen wie eine Klette.

Ich liebe Dich, mein Schatz. Bitte paß auf Dich auf. Ich sehe den Mond an und wünsche mir, daß er Dich mir bald zurückbringt.

Ich liebe Dich,
Mollie

P. S. Er hat auch mit Deiner Mutter getanzt, und es war so schön, daß ich geweint habe; sie trug immer noch ihre Schürze.
P. P. S. Ich habe von Helene aus Liège drei Briefe bekommen. Vielleicht werde ich sie, wenn alles vorbei ist, ja auch mal kennenlernen.
P. P. P. S. Habe ich Dir schon gesagt, daß ich Dich liebe?

Deine M.

Er kam am 4. Dezember 1945 nachmittags um halb fünf nach Hause. Er war entlassen und in die Staaten zurückgeschickt worden, direkt in die Jefferson-Kaserne nach St. Louis. Ich wußte, wann er ungefähr zurück sein würde, aber nicht genau, das teilten sie einem nicht mit. Ich wußte nur, daß es irgendwann in dieser Woche sein würde.

Ich nahm ein Bad. Ich hätte es gewiß nicht so geplant, aber bestimmte Momente, vor allem die, die man als vollkommen bezeichnen würde, verlaufen ja nie wie geplant. Natürlich war es himmlisch, daß er heimkam, aber es war nicht so, wie ich es mir ausgemalt hatte. Ich hätte ihn nicht in der Badewanne empfangen. Ich hätte in meinem besten Kleid vor dem Haus gestanden und darauf gewartet, daß der Wagen vorfuhr. Aber so war es ganz und gar nicht.

Sophia und ich hatten den ganzen Tag das Haus geputzt, als würde es vor Dreck strotzen. Das stimmte gar nicht, im Gegenteil, es war blitzeblank, aber wir haben es trotzdem geputzt. Für ihn. Sie wollte, daß alles glänzte, wenn er nach Hause kam. Sie war gerade hinten im Garten und hat irgendwas gemacht. Es war ein kalter, grauer Tag, aber es lag kein Schnee. Alfonzo war nicht zu Hause. Es war etwa halb fünf nachmittags, und draußen wurde es langsam dunkel. Im Ofen backte ein Kuchen, und das ganze Haus roch danach, süß und warm. Ich lag in der Badewanne. Ich hörte, daß es an der Haustür klingelte und daß Sophia hinging – das Zuschlagen der Hintertür, das Geräusch ihrer Schritte auf dem Linoleum in der Küche, dann auf Teppichen und Holzdielen.

«Ich geh schon, *tesorina*», rief sie und murmelte noch irgend etwas auf italienisch, was ich nicht ganz verstand.

Dann hörte ich nicht mehr hin. Ich rieb mir gerade Shampoo ins Haar, als er die Badezimmertür öffnete. Als ich den Kopf drehte, bemerkte ich, daß die Spiegel alle beschlagen waren.

«Hallo, Liebling», sagte Jules von der Tür her, als kehrte er nicht aus dem Krieg zurück, sondern wäre nur kurz mal im Laden an der Ecke gewesen.

«Hallo, Liebling, ich bin wieder da.» Er sah einfach phantastisch aus, wie er in seiner Uniform in der Tür stand, die Kappe in der Hand. Ich glaube, wir haben beide gleichzeitig angefangen zu weinen... und dann war er plötzlich in der Badewanne und... dann, nun... ich hatte Glück, daß ich nicht ertrunken bin.

Gilliana

Mollie hat meine Antibabypillen entdeckt. Das war der Anfang vom Ende zwischen Tom Johnson und mir. Zwei Jahre lang war es gutgegangen. Ich war ja kein Kind mehr, schließlich war ich dreiundzwanzig Jahre alt, tippte mir die Finger wund und verdiente mein eigenes Geld, aber ich wohnte immer noch zu Hause, und damals Ende der sechziger, Anfang der siebziger Jahre herrschten noch andere Zeiten, vor allem in Kansas City. Brave jüdisch-italienische Mädchen konnten vielleicht in New York oder Los Angeles problemlos mit einem Mann schlafen, ohne verheiratet zu sein, aber in Kansas City behielten sie solche Dinge besser für sich. Und sie taten es mit Sicherheit nicht, ohne verheiratet zu sein, wenn sie jemanden wie Mollie zur Mutter hatten, soviel stand fest. Es bestand nicht die geringste Aussicht, daß Tom Johnson mich heiraten würde – immerhin, wie könnten wir das vergessen, hatte er ja bereits eine Frau. Nichts Neues an der Scheidungsfront! Ich liebte ihn über alles und wollte nur mit ihm zusammensein und redete mir auch ein, daß es dazu kommen würde und daß er eines Tages mir gehören würde. Das war der Anfang meiner lang andauernden Umnachtung.

Die Konfrontation zwischen Mollie und mir bedeutete fast das Ende.

Es war alles höchst dramatisch und im Grunde sehr komisch, aber für uns war es bitterer Ernst.

«Was ist das?»

Sie hielt die kleine, runde Plastikpackung mit den Antibabypillen in der Hand.

«Hm?»

Ich war sprachlos. In Panik. Wie eine Siebenjährige, die beim Stehlen erwischt wird, mit der Hand in der Handtasche ihrer Mutter – nur waren jetzt die Hände meiner Mutter in meiner Handtasche. Natürlich wurde kein Wort darüber verloren, daß sie offenbar meinte, es sei völlig in Ordnung, in meiner Tasche herumzuwühlen. Darüber diskutierten wir nicht.

Was konnte ich schon sagen? Das sind Vitamine? Das Lustige war, daß sie wirklich zuerst keine Ahnung hatte, denn sie hatte noch nie im Leben eine Packung Antibabypillen gesehen. Aber als sie mich zur Rede stellte, da wußte sie schon Bescheid. Sie hatte sich den Namen notiert und telefonisch bei der Apotheke nachgefragt. Sie wußte es «nur zu gut», wie sie zu sagen pflegte.

«Gilliana, was ist das?»

Ich stand wie versteinert da. Der Ausdruck in ihren Augen signalisierte mir, daß ich besser nicht behaupten sollte, unheilbar an Leukämie erkrankt zu sein und nur durch diese Tabletten am Leben erhalten zu werden. Ihr Blick verriet mir außerdem, daß sie verdammt gut wußte, worum es sich handelte. Erst als ich selbst Mutter war, wurde mir bewußt, wie genial dieser Trick war. Du fragst dein Kind etwas, auf das du bereits die Antwort kennst – die Kraft und Macht hinter diesem Wissen nimmt ihm sämtlichen Wind aus den Segeln.

«Clare, hast du deine Hausaufgaben gemacht?»

Und dabei weiß ich genau, daß sie mit Französisch noch nicht ganz fertig ist.

«Clare, hast du mein schwarzes T-Shirt, du weißt schon, das gute mit den kleinen Knöpfen hinten am Rücken?»

Ich habe genau dieses T-Shirt zusammengeknüllt in ihrem Zimmer auf dem Boden liegen sehen.

«Gilliana, was ist das?»

«Meine Antibabypillen», antwortete ich. Ihre Augen verrieten, daß es keinen Ausweg gab; ich saß in der Falle.

«Was denkst du dir eigentlich dabei?»

«Wie meinst du das?»

«Gilliana, tu mir das nicht an, du weißt genau, was ich meine.»

Ich wollte einen Scherz daraus machen. Ich hatte mindestens tausend treffende Antworten parat, die mindestens einen Lachkrampf ausgelöst hätten.

«Ich schütze mich, Mutter, damit ich nicht schwanger werde.»

Gut gemacht, Gillian, eine sehr erwachsene Antwort, sehr gut.

«Wo bist du die ganze Zeit, wenn du mir erzählst, daß du mit deinen Freunden weggehst, von denen ich noch nie einen kennengelernt habe?»

Achtung, Gillian! Es war klar, daß es um mehr ging als um eine Packung Antibabypillen.

«Ich bin mit meinen Freunden zusammen.»

«Was für Freunde?»

«Freunde... ich weiß nicht, Leute von der Arbeit... ich hab's dir doch erzählt.»

Nicht so gut. Etwas schwach, Gillian, nicht ganz dein sonstiges Niveau.

«Was für Freunde?»

«Freunde eben, Mutter. Was soll diese Frage? Soll ich dir ihre Namen nennen?»

Vorsicht, Gillian, nicht zu frech werden.

«Wie kommt es, daß ich nie einen dieser Freunde kennengelernt habe?»

Sehr gut, sie hat die Bemerkung mit den Namen ignoriert.

«Was?»

«Wie kommt es, daß ich diese Freunde nie kennengelernt habe? Wie kommt es, daß sie nie hierherkommen?»

Oh, das tun sie, Mutter, jeden Samstagmorgen kommen sie und kommen genau hier. Scheiße. Nimm dich in acht, Gillian, nimm dich bloß in acht, du könntest alles vermasseln.

Ich holte tief Luft und gab mein Bestes. «Ich weiß nicht, warum sie nicht hierherkommen. Wahrscheinlich ist es ihnen unangenehm, weil es schließlich dein und Lews Haus ist. Wenn es meine Wohnung wäre, wär's was anderes. Schließlich bin ich schon ganz schön alt dafür, daß ich immer noch zu Hause wohne. Vielleicht sollte ich mir endlich eine eigene Wohnung suchen, vielleicht ist es wirklich an der Zeit.»

«Damit du mit deinen Freunden machen kannst, was du willst? Und was ist damit?»

Sie hielt mir die kleine Packung mit den Antibabypillen hin.

«Hm.»

«Es ist nur ein Freund, stimmt's, Gillian? All diese Freunde sind im Grunde nur einer. Ein Mann. Ist es nicht so?»

«Nein.»

«Lüg mich nicht an.»

O lieber Gott, bitte hilf mir. Wieviel weiß sie wirklich?

«Gilliana?»

Ich sah sie an.

«Es ist ein Mann.» Ich seufzte.

«Er ist verheiratet, stimmt's?»

Ich rührte mich nicht.

«Gilliana?»

Sie wußte es. Woher wußte sie es? Das konnte doch nicht sein. Lüg, Gillian. Auf, los. Du kannst es. Lüg, sie kann's nicht wissen.

«Gilliana? Er ist verheiratet, stimmt's?»

O lieber Gott, hilf mir.

«Stimmt's?»

Die gute Mollie sah mich vertrauensvoll an; sie hatte dieselben braunen Augen wie ich.

O Gott, ich kann's nicht.

«Ja, er ist verheiratet», sagte ich.

Sie wurde kreidebleich. Als sie die Hand zum Gesicht hob, fiel die Packung mit den Antibabypillen auf den Teppich.

«O mein Gott», sagte sie. «Und ich habe nichts gemerkt. Ich konnte einfach nicht verstehen, warum du ihn nie mitgebracht hast.»

Wir standen da und blickten einander an.

«Ich weiß nicht, was ich sagen soll», sagte sie und ging aus dem Zimmer.

Dieses Gespräch hat sich mir unauslöschlich eingeprägt. Das ist wahrscheinlich auch der Grund, warum ich Clare nicht frage, was sie mit Scott macht. Ich hoffe und glaube, es zu wissen, aber ich bin mir nicht ganz sicher. Nicht hundertprozentig. Genauso wie es meine Mutter nicht wußte. Und vielleicht will ich es ja auch gar nicht wissen – ich sehe immer noch den Gesichtsausdruck meiner Mutter vor mir.

Ich zog nach L. A. Ich mußte einfach weg. Meine Mutter wußte alles über Tom Johnson, und Tom Johnson würde mich niemals heiraten, und ich würde nie jemand anderen in Kansas City finden, und das war's. Ich konnte mir einfach nicht vorstellen, mir hier eine Wohnung zu suchen, mir aus heruntergesetzten geblümten Laken Vorhänge zu nähen, Museumsplakate von Georgia O'Keeffe zu rahmen und an die Wand zu hängen, auf dem Flohmarkt niedliche, alte Kiefernholzmöbel aufzustöbern und den Rest meines Lebens bei Jasper-DePensa zu stenografieren. Ich konnte mir vorstellen, das irgendwo anders zu machen, aber nicht in Kansas City; in Kansas City würde ich eingehen. Es war wie eine Offenbarung – ich gehörte nicht hierher, ich mußte weg.

Entweder New York oder L. A., und New York kam mir irgendwie noch fremder vor. Zumindest, wenn man in Kansas City groß geworden ist. Irgendwas an New York wirkte unheimlicher, irgendwie düster und bedrohlich nach den weiten Ebenen und den Maisfeldern rechts und links von der Straße und Menschen, die sagten: «Komm nur bald wieder, hörst du?» Irgendwie dachte ich, daß die Leute dort so nicht redeten; irgendwie konnte ich mir nicht vorstellen, daß mein Näseln zum Broadway oder dem Village oder zu irgendeinem anderen dieser exotischen Orte in New York passen würde, von denen ich schon soviel gehört, aber die ich natürlich noch nie gesehen hatte. Irgendwie dachte ich, daß ich es nie von der East Side zur West Side schaffen würde, ohne mindestens vergewaltigt oder gekidnappt zu werden – vielleicht sogar ausgeraubt. In Wahrheit war ich zu feige, um nach New York zu ziehen, und zog deshalb nach L. A.

Zuerst verabschiedete ich mich von meinen Freundinnen; das war einfach. Sie waren alle entweder verheiratet oder verlobt oder hatten einen festen Freund – Freunde, die natürlich frei waren, Freunde, auf die zu Hause keine Mrs. Johnson wartete. Die meisten waren verheiratet und hatten Kinder, und deshalb kam ihnen die Vorstellung, einfach nach Los Angeles zu gehen und ein neues Leben zu beginnen, äußerst verlockend vor; statt dessen mußten sie sich den Kopf darüber zerbrechen, was man Aufregendes aus einem Braten machen konnte, und ständig sabbernde Babys auf dem Arm herumtragen. Es kam ihnen sogar mehr als verlockend vor; im Grunde hätten die meisten am liebsten ihren Mann und die Kinder zum Teufel geschickt und hätten sich mit mir ins Flugzeug gesetzt, aber damals machten Frauen so etwas nicht. Schließlich – es war das Jahr 1970 – konnten sich meine Freundinnen glücklich schätzen, daß sie bereits verheiratet waren; ich dagegen galt als alte Jungfer. Sie hatten das große Los gezogen; ich war diejenige, die aus Scham davonlief. Wie kam es dann, daß ich Feuer und Flamme war und es kaum erwarten konnte, daß es endlich losging, sie hingegen aussahen, als seien sie akut an Grippe erkrankt? Es war für uns alle ziemlich verwirrend.

Dann wurde es Zeit für die beiden großen Abschiede, den von Tom Johnson und den von meiner Mutter und Lew. Ich dachte, daß mir die Trennung von Tom Johnson schwerer fallen würde, aber ich täuschte mich.

«Ich gehe nach Los Angeles.»

«Warum?»

«Weil ich es hier nicht mehr aushalte, weil du mich doch nie heiraten wirst, weil du sie nie verlassen wirst und ich es leid bin, mich mit dir samstags morgens im Haus meiner Mutter oder nachts auf Jasper-DePensas Parkplatz auf dem Rücksitz von einem Dodge zu treffen.»

Stille.

«Machst du's?» fragte ich zaghaft.

«Was?»

«Dich von ihr trennen?»

«Ich glaube nicht», antwortete er kleinlaut, und das war's.

Adieu.

Abgesehen vom Sex, der natürlich bei unserem Abschied eine große Rolle spielte. Aber schließlich spielte er bei allem, was wir taten, die Hauptrolle – Sex und Lachen, das hatte mich und Johnson von Anfang an verbunden. Schockierend war nicht die Tatsache, daß ich ihn liebte – und das tat ich –, sondern daß ich glaubte, diese erste Liebe würde andauern. Daß ich glaubte, ich würde ihn heiraten und in Kansas City bleiben und bis an mein Lebensende glücklich und zufrieden in einem kleinen Haus wohnen, mit einem weißen Pfahlzaun und einem Pfirsichbaum, und in einem schulterfreien Oberteil im Garten stehen und Steaks mit Bier begießen.

Ich dachte, ich würde nie über ihn hinwegkommen, und dann kam ich nach Kalifornien, und schon bald dachte ich einen ganzen Tag lang nicht an ihn und dann eine ganze Woche nicht und dann zwei Wochen nicht und so weiter. Sein ulkiger Schneidezahn und seine Sommersprossen entlockten mir immer noch ein Lächeln, aber der Schmerz über unsere Trennung legte sich ziemlich bald – das war es, was mich schockierte. Natürlich war es meine erste Erfahrung mit der Liebe gewesen. Das erste Mal, daß ich mich verliebt und mit einem Mann geschlafen hatte, was, wenn man es genau nimmt, eine fatale Mischung sein kann. Vielleicht sollte man es sich zur Regel machen, das erste Mal auf jeden Fall mit jemandem zu schlafen, den man nicht liebt; vielleicht wäre alles für mich weniger verwirrend gewesen, wenn ich beides fein säuberlich hätte trennen können. Meiner Tochter würde ich so etwas natürlich nicht raten.

Der Abschied von Mollie war etwas ganz anderes. Nicht, daß sie den Kopf in den Herd gesteckt hätte, aber es war sonnenklar, daß sie alles andere als begeistert davon war, daß ich mutterseelenallein nach Kalifornien ging. Ich hätte ihr kaum etwas Schlimmeres antun können, außer vielleicht Tom Johnson zu heiraten oder einen Gehirntumor zu bekommen und in ihren Armen zu sterben. Vielleicht schlimmer, vielleicht auch genauso schlimm; ich weiß es nicht.

«Ich ziehe nach Los Angeles.»

«Was hast du gesagt, Liebes?»

Natürlich hatte ich dort schon einen Job. Ich arbeitete in einem Ort, der Pasadena hieß, für irgendeinen Typen, der mit jemand, den ich von Jasper-DePensa kannte, zur Schule gegangen war. Er hatte den Typen in Los Angeles angerufen und ihm von mir vorgeschwärmt, und der andere hatte erzählt, daß in etwa zwei Monaten eine Stelle als Sekretärin frei werden würde – irgendein glückliches Mädchen kündigte, um zu heiraten und zu Hause zu bleiben und sich aufregende Braten-Variationen auszudenken. Ich hatte keine Ahnung, wer der Typ war; was aber noch schlimmer war, ich hatte auch keine Ahnung, wo Pasadena lag. Beides Riesenfehler.

«Ich ziehe nach Los Angeles.»

«Sei nicht albern.»

«Ich bin nicht albern, Mom, ich ziehe nach Los Angeles. Hier gibt es nichts für mich.»

«Was meinst du damit? Was suchst du denn, was es hier nicht gibt?»

Achtung, Gillian.

«Ich brauche mein eigenes Leben.»

«Und das hast du hier nicht? Was tust du denn die ganze Zeit? Ist das kein Leben?»

«Nein, nicht für mich.»

«Warum nicht?»

«Ich weiß nicht. Es hat was mit Tom Johnson zu tun, daß es vorbei ist oder so, ich muß irgendwohin, wo mehr Platz ist und es mehr Möglichkeiten gibt.»

Mehr Möglichkeiten? Was zum Teufel soll das heißen? Wovon rede ich überhaupt?

«Was meinst du mit mehr Möglichkeiten? Wofür?»

«Ich weiß nicht, Mom.»

Das ist wirklich prima, Gillian. Du hörst dich an wie ein Volltrottel.

Meine Mutter wischte sich die Hände an ihrer Hose ab, rieb mit den Handflächen über ihre Hüfte. Sie stand am Spülstein und trocknete eine Schüssel ab. Es war das einzige Stück Geschirr auf dem Abtropfbrett, aber sie ließ nie etwas an der Luft trocknen; sie trocknete immer alles mit dem Geschirrtuch ab. Ich dagegen trockne Geschirr nur ab, wenn ich keinen Platz mehr auf dem Abtropfbrett habe; wenn ich Platz genug hätte, würde ich auch ein Zwölf-Personen-Service samt Töpfen, Pfannen und Gläsern so trocknen lassen.

«Warum ausgerechnet Kalifornien? Wenn du nicht weißt, was du tun willst, warum mußt du dann so weit weg?»

«Warum sollte ich denn überhaupt weg, wenn nicht, um nach New York oder L. A. zu gehen?»

«Keine Ahnung. Deshalb frage ich ja.»

«Ich weiß nicht, Mom. Ich muß einfach.»

Sie runzelte die Stirn. «Es gefällt mir nicht.»

«Ich kann hier nicht bleiben.»

«Warum nicht?»

«Was gefällt dir nicht, Mol?» fragt Lew, der gerade in die Küche kommt. Er öffnet den Kühlschrank und wirft einen Blick hinein.

«Was suchst du denn?» fragt meine Mutter.

«Ich weiß nicht.»

«Willst du etwas Saft?» fragt sie ihn leicht ungehalten.

Er geht in die Hocke und schiebt ein paar Sachen in einem Fach hin und her.

«Lewis, was suchst du denn? Wir essen bald.»

«Okay», sagt er und schließt die Tür wieder. «Was machen denn meine beiden Mädchen? Sprecht ihr euch aus?» Er legt seine Hand zärtlich auf meine Schulter und tätschelt sie ein paarmal.

«Willst du ein Sandwich?» fragt sie.

«Nein, es ist schon gut.»

«Er hat Hunger», sagt sie zu mir.

«Nein, wirklich nicht», sagt er.

«Er hat Hunger – ich weiß genau, wann er Hunger hat», sagt sie zu mir.

«Also, was ist los?» fragt Lew und sieht uns beide an.

«Sie zieht nach Kalifornien.»

«Wer?»

«Ich, Lew», antworte ich.

«Na, das sind ja aufregende Neuigkeiten.»

Vielen Dank, lieber Gott, ich danke dir, daß du mir Lew geschickt hast.

Ich lächle. Mollie nicht. Sie wirft ihm einen vorwurfsvollen Blick zu.

«Es gefällt mir nicht», sagt sie.

«Nun, das würde mich auch schwer wundern, schließlich ist sie dein kleines Mädchen, Mol.»

Ihre Augen werden feucht. «Das stimmt», sagt sie.

«Aber sie ist vierundzwanzig, Liebling, du mußt sie gehen lassen.»

«Ich bin fünfundzwanzig, Lew.»

«Mein Gott, das ist ja noch schlimmer», sagt er mit todernster Miene.

Ich könnte ihn küssen. Er versucht sie zum Lachen zu bringen. Dafür werde ich ihm mein Leben lang dankbar sein.

«Es ist mir egal, ob sie fünfundzwanzig ist, ich will nicht, daß sie nach Kalifornien geht.»

«Wir können sie ja besuchen. Es gibt schließlich Flugzeuge, Mol, wir werden ihr dort schon auf den Wecker gehen. Wir werden bei ihr wohnen, und du kannst dann ihre Schubladen umräumen.» Er legt den Arm um sie.

«Ja, Mom, du kannst sogar mein Geschirr abtrocknen, gleich, wenn ich es gespült habe. Okay?»

Sie sieht mich an.

«Sogar noch bevor ich es aufs Abtropfbrett stelle.» Ein Versuch.

«Komm schon, Mollie, gib dir einen Ruck», sagt Lew. Er küßt sie auf die Wange.

«Ich will mir keinen Ruck geben», sagt sie. «Warum muß sie so weit wegziehen?»

«Warum?» fragt er. «Was wäre anders, wenn sie nach Chicago ziehen würde? Da müßten wir auch hinfliegen.»

«Wir könnten auch fahren.»

«Also schön, dann fahren wir eben nach Kalifornien.»

«Das ist zu weit.»

«Ach, Mollie, gib deinem Herzen einen Stoß. Gillian tut, was sie tun muß. Warum mußt du es ihr noch schwerer machen?»

«Ich kann nichts dafür, ich bin eine Mutter, dazu bin ich da.»

Lew und ich fangen schallend an zu lachen. Schließlich stimmt Mollie mit ein. Zugegeben, es war wirklich witzig.

Und so zog ich nach Kalifornien. Ich verabschiedete mich von meinen Freundinnen und Tom Johnson und meiner Mutter und Lew und ging. Ich wußte nicht, warum ich fortging. Ich weiß es bis heute nicht, deshalb konnte ich es ihr auch nicht erklären. Seien wir doch mal ehrlich – keiner, der noch ganz bei Trost ist, würde nach Los Angeles ziehen, es sei denn, man würde ihm eine Pistole an den Kopf halten.

Mollie

Ich dachte, daß wir ein normales Leben führten. Ein ganz normales Leben.

Der Wecker klingelt, und du kochst Kaffee, während er duscht. Die Kleine sitzt in ihrem Kinderstuhl, lacht und schlägt mit ihrem Löffel auf das Brettchen. Dein Mann zieht seinen Anzug und seinen Schlips an, ißt etwas Toast und zwei Spiegeleier, gibt dir zum Abschied einen Kuß und verläßt das Haus, um Schmuck zu verkaufen. Du wischst Staub und schrubbst eure kleine Wohnung, bis man vom Küchenboden essen kann. Die Kleine macht ihr Schläfchen, während du seine Hemden bügelst und Radio hörst; Kragen und Manschetten sind tadellos gestärkt. Die Kleine wacht auf, du ziehst sie an und fütterst sie – pürierte Erbsen aus kleinen Gläschen, Apfelmus ohne Klümpchen und kleine Hot-dog-Stückchen, die sie auf den Boden fallen läßt. Du schiebst sie in ihrem Sportwagen in den Park, wo du dich mit anderen Müttern über zahnende Babys und Kochrezepte unterhältst. Du gehst nach Hause, und während sie auf dem Küchenboden neben deinen Füßen spielt, stehst du an der Spüle und mißt die Mengen für die gefüllten Muschelnudeln ab. Du badest und ziehst für ihn etwas Nettes an, kein Kleid, aber irgend etwas Hübsches. Du schminkst dir die Lippen und wartest am Fenster auf ihn. Wenn er hereinkommt, riecht es in der ganzen Wohnung nach Abendessen. Er küßt dich und umarmt dich, sieht dir in die Augen, und du weißt, daß er dich liebt. Die Kleine jauchzt vor Freude und streckt ihm ihre dicken Ärmchen entgegen, er hebt sie hoch und wirbelt sie im Wohnzimmer in der Luft herum. Du hörst sie lachen, während du die Soße umrührst. Er wäscht sich und liest die Abendzeitung, ihr eßt zusammen zu Abend, dann badest du die Kleine; wenn sie eingeschlafen ist, schleichst du dich auf Zehenspitzen aus dem Zimmer. Ihr erzählt euch von eurem Tag. Ihr geht die Rechnungen durch. Ihr schmiedet Pläne. Vielleicht geht ihr ins Kino, während die Nachbarin euer Kind hütet; im Sommer, wenn es draußen heiß ist, sitzt ihr vielleicht auf der Treppe vor der Haustür oder hinten im Garten, vielleicht macht ihr einen Spaziergang oder fahrt mit dem Auto irgendwohin, vielleicht zur Pevelry Dairy, wo ihr im Wagen sitzt und einen Eisbecher eßt, dem Baseballspiel im Radio zuhört und den Springbrunnen betrachtet, der ständig die Farben wechselt. Im Winter sitzt ihr vielleicht am Küchentisch, eßt Chili und spielt Karten. Samstags, wenn er nicht arbeitet, macht ihr gemeinsam Besorgungen, geht in den Supermarkt und schiebt den Einkaufswagen vor euch her und kauft irgend etwas Verrücktes, was ihr euch eigentlich nicht leisten könnt, vielleicht einen Rinderbraten oder Lammkoteletts mit kleinen, gekräuselten Papiermanschetten am Knochen. Samstags abends macht ihr euch fein und geht tanzen, vielleicht kauft ihr euch auch eine Flasche guten Scotch und geht mit Nat und Dell oder John Padrelli und einer seiner Freundinnen ins Jefferson-Hotel tanzen. Sonntags fahrt ihr zum Mittagessen zu Sophia und Alfonzo, und ihr eßt wie immer viel zuviel. Oder du sitzt in der Abenddämmerung im Heman Park und schaust Jules, Nat und den Jungs beim Softballspielen zu. Oder du sitzt auf der kleinen Veranda vor dem Haus, während die Kleine in der Wohnung in ihrem Bettchen schläft, und siehst deinem Mann zu, der die orangeroten Blätter, die vom Ahornbaum fallen, im Garten zu einem großen Haufen zusammenrecht. Es ist frisch draußen, und du trägst einen Pullover; du beobachtest, wie sich die Muskeln in seinen Armen bewegen. Er lächelt dich an. Du lächelst zurück, während der Wind dir die Haare in die Augen weht; Tage, Wochen, Monate vergehen... du bist glücklich, manchmal bist du auch traurig, es gibt gute und schlechte Tage, es gibt Höhen und Tiefen... aber meist ist es eine Mischung aus beidem, und die Jahre vergehen. Du liebst ihn, du liebst dein Kind, und du liebst dein Leben.

Ich dachte, daß wir ein normales Leben führten – ein verheiratetes Paar mit einem kleinen Kind und einem normalen Leben... aber was wußte ich damals schon? ...Drei Jahre lang glaubte ich, daß wir so ein Leben führten – bis ich die Lampen kaufen ging.

Jules war drei Jahre zuvor aus dem Krieg heimgekehrt. Wir wohnten die ersten vier Monate bei Sophia und Alfonzo, bis er sich wieder in seinem alten Leben zurechtfand; dann zogen wir in unsere eigenen vier Wände, in ein kleines Haus, das wir von Vinny Ventimiglia, einer Cousine von Alfonzo, gemietet hatten. Es war ein sogenanntes «Durchschußhaus»; wenn man mit einem Gewehr durch die Haustür geschossen hätte, wäre die Kugel durch drei Zimmer hindurch und zur Hintertür wieder hinausgesaust, ohne auf ein Hindernis zu treffen. Es war in der Shaw Street, gerade noch am Hill, dem italienischen Viertel. Ich war die einzige Jüdin in der Nachbarschaft, die überbackene Ravioli machen konnte; ich war überhaupt die einzige Jüdin in der Nachbarschaft. Sophia machte das nichts aus. Sie behandelte mich wie ihre eigene Tochter. Ich glaube, es lag daran, daß ich

Sandy verloren hatte. Sophia hatte vor Jules' Geburt drei Kinder zur Welt gebracht, die alle gestorben waren. Ich glaube, daß das die Verbindung zwischen uns war, das und unsere gemeinsame Liebe zu Jules; aber Sophia und ich sprachen nie über unsere Gefühle oder irgendwelche Herzensangelegenheiten. Das war nicht ihre Art; ich glaube, daß sie nicht einmal mit Alfonzo über solche Dinge sprach, warum also mit mir. Weil ich kochen konnte, hatte ich auch bei Alfonzo einen Stein im Brett. Er sagte, ich sei ein «gutes Mädchen», für Alfonzos Verhältnisse ein großes Kompliment.

Jules bekam bei seinem Freund Arnold einen Job als Schmuckverkäufer. Sie waren eine Zeitlang zusammen in Frankreich stationiert gewesen, bis Arnold verwundet wurde und man ihn heimschickte. Er hinkte ein wenig, aber sonst fehlte ihm nichts. Als Arnold das Juweliergeschäft seines Onkels Sherman übernahm, gab er Jules einen Job; es störte ihn nicht, daß Jules keine Ahnung von Schmuck hatte.

Jules war zu Hause und hatte Arbeit. Es ging uns gut. Aber ich konnte es einfach nicht glauben. Ich beobachtete ihn ständig – ich sah ihm beim Essen zu, beim Rasieren, beim Schlafen, ich hätte ihm sogar auf der Toilette zugeschaut. Es fiel mir schwer, ihn nicht ständig zu beobachten, denn ich konnte nicht glauben, daß er wirklich da war. Es fiel mir schwer, ihn allein irgendwohin gehen zu lassen, denn ich hatte Angst, daß etwas Schlimmes passieren und ich ihn nie wiedersehen würde.

Und dann wurde ich schwanger. Und wie so vieles im Leben kam es anders, als ich erwartet hatte. In den glücklichsten Momenten konnte es passieren, daß ich plötzlich Sandy tot vor mir sah. Ich pendelte hin und her zwischen Freude und Angst, und als das Kind anfing, sich in mir zu bewegen, war es am schlimmsten. Wahrscheinlich deshalb, weil mir diese Anzeichen von Leben sagten, daß es wirklich stimmte. Es würde tatsächlich ein Kind aus mir herauskommen, aber was würde dann geschehen? Würde es wieder genauso sein wie bei Sandy? Würde auch dieses Baby nach acht Monaten sterben? Ich versuchte, diese Gedanken zu verdrängen, aber Gedanken lassen sich nicht so einfach beiseite schieben; wenn man nicht aufpaßt, überfallen sie einen hinterrücks. Als ich dann Blutungen bekam, ging es mir in gewisser Weise besser; es war, als würde das Damoklesschwert, das die ganze Zeit über mir geschwebt hatte, endlich auf mich niedersausen. Ich würde das Baby verlieren – das schien nur recht und billig –, man soll schließlich nicht zuviel vom Leben verlangen; es reichte doch, daß ich Jules wiederhatte, wieso sollte ich auch noch ein Kind haben? Aber Gilliana war nicht Sandy, sie war von Anfang an zäh. Ich hatte keine Fehlgeburt, ich verlor sie nicht, mein kleiner Dickschädel hielt durch und kam kerngesund zur Welt; sie erzählten mir, daß sie nicht einmal schrie, als sie sie herauszogen, sondern daß sie dem Arzt direkt in die Augen sah.

Am 7. September 1946 kam meine Gilliana auf die Welt – fast auf den Tag genau neun Monate nachdem Jules aus dem Krieg heimgekehrt war; er scherzte, daß wir sie aus Dankbarkeit Harry Truman Ventimiglia nennen sollten, aber ich meinte, daß ein Mädchenname wohl angemessener wäre, und so gaben wir ihr den Namen von Sophias Schwester, die noch in Sizilien lebte – Gilliana Ada Ventimiglia, fünf Pfund und 420 Gramm schwer, 51 Zentimeter groß und so braun wie ein Affenbaby. Und häßlich. Ich weiß, es ist furchtbar, so etwas zu sagen, und sie blieb natürlich nicht häßlich, sondern wurde sogar sehr hübsch, aber als sie geboren wurde, war sie schon ein bißchen häßlich. Man konnte es an den Blicken unserer Besucher ablesen. «Ach, du meine Güte», sagten sie dann, «guck dir dieses Baby an...» Mehr sagten sie nicht. Sie waren sprachlos. Ich wußte, warum. Ihre Haare waren dunkelbraun und viel zu lang für ein Neugeborenes, ihre Augen waren dunkelbraun und zu groß für ihr Gesicht, ihre Haut war dunkel, ziemlich dunkel, auf jeden Fall nicht blaß oder rosig oder weiß. Sie brabbelte nicht vor sich hin, sondern brüllte aus Leibeskräften; sie war kein samtweiches Bündel, sondern schien nur aus Ellbogen und Knien zu bestehen; sie schloß nicht die Augen und schmiegte sich einem an die Schulter wie ein sanftes Engelchen, sondern wand sich und zappelte und versuchte den Kopf zu drehen, um zu sehen, was hinter ihr vorging. Es war mir egal, ich war entzückt. Ich war so erleichtert darüber, daß sie nicht wie Sandy aussah, und hielt sie für das schönste Baby der Welt.

Und ich glaubte, daß sich in meinem Leben alles zum Guten gewendet hätte. Daß Gott, nachdem er mir meine Mutter und Sandy genommen hatte, mir Julie und Gilliana lassen würde. Als könnten die Menschen mit Gott handeln. Ich hätte es mittlerweile besser wissen müssen; schließlich war ich schon sechsunddreißig, aber sechsunddreißig war damals noch sehr jung. 1949 war man mit sechsunddreißig genauso jung wie heute mit zweiundzwanzig. Nachdem Jules aus dem Militärdienst entlassen worden war, lebte ich drei Jahre lang in einer Traumwelt, weil ich glaubte, wir würden ein normales Leben führen. Und dann ging ich zur Bank, um Geld abzuheben und die Lampen zu kaufen.

Es waren zwei Lampen, für jede Sofaecke eine. Sie standen bei Möbel-Lambert im ersten Stock. Sie hatten zierliche, cremefarbene Porzellanfüße, mit handgemalten grünen Efeuranken verziert, unten am Sockel war ein dünner mattgoldener Rand, und auf der Unterseite klebte grüner Filz, damit der Tisch nicht verkratzte. Sie hatten elfenbeinfarbene Seidenschirme mit mattgoldenen, tropfenförmigen Abschlußknaufen, mit denen man die Schirme oben festschraubte. Ich wußte nicht, daß sie Abschlußknaufe heißen, aber Mr. Finney, der Verkäufer, erklärte es mir, als ich zum drittenmal dort war. Ich hatte die Lampen seit Januar im Auge, seit Jules und ich sie zum erstenmal im Laden gesehen hatten. Draußen hatte es in Strömen geregnet, und es war so kalt gewesen, daß der Regen allmählich in Schnee übergegangen war.

«Jules, Liebling, vielleicht sollten wir heimgehen, bevor das Wetter noch schlechter wird.» Ich strich mit der Hand über die seidig glänzende Oberfläche eines Mahagonitischs. Er antwortete nicht, und ich sah auf. «Julie? Was meinst du?»

«He, Schatz, guck mal», sagte er und beugte sich vor, um eine der beiden Lampen anzuknipsen.

Sie waren an eine Steckdose angeschlossen, wie in einem richtigen Wohnzimmer und nicht wie in einem Möbelgeschäft. So als könnte man sich einfach hinsetzen und es sich bequem machen, als bräuchte man nie mehr heimzugehen. Zwei angeschlossene Lampen auf zwei Beistelltischchen rechts und links neben einem mit blaugrünem Brokat bezogenen Dreisitzer.

«Die sind aus England», sagte er lächelnd. «Sind die nicht schön?»

Sie waren wirklich schön. Es waren die schönsten Lampen, die ich je gesehen hatte.

Seitdem hatte ich ein wachsames Auge auf die Lampen und wartete darauf, daß sie herabgesetzt wurden. Und Ende Mai, am Memorial Day, war es dann soweit. Nur noch 39,50 Dollar pro Stück. 39,50 Dollar waren damals viel Geld. Mit der Mehrwertsteuer kosteten beide Lampen fast hundert Dollar; soviel hatten Jules und ich noch nie für irgend etwas ausgegeben. Beinah unsere ganze Wohnungseinrichtung bestand damals aus Möbeln, die irgendwelche Familienmitglieder ausrangiert hatten. Aber inzwischen verdiente Jules recht gut. Wir hatten sogar ein Auto; es war zwar nur ein alter Packard, mit Klebeband an den Fenstern und Zeitungspapier auf dem Fußboden, aber er gehörte uns. Wir tauften ihn *cocchina*, Schätzchen; Jules meinte, daß das Auto eindeutig weiblich sei, man würde es an der Fahrweise merken, an der Art, wie sich der Wagen auf der Straße bewegte. Nicht so gut wie ich, meinte er, aber auf jeden Fall weiblich.

Ich wollte die Lampen für ihn. Ich wollte sie für mich. Ich wollte ihn überraschen. Ich wollte sein Gesicht sehen, wenn er eines Abends heimkam und sie auf den Tischchen neben unserem Sofa standen, hell erleuchtet wie bei Lambert.

Ich hatte gespart. Mehr als das, ich hatte gegeizt und geknausert, wo es nur ging, hatte Cents und Nickels vom Haushaltsgeld abgezwackt. Ich sammelte Coupons und durchforstete die Zeitungen nach Sonderangeboten, ich lief meilenweit, um irgend etwas billiger zu bekommen, ich nahm sogar einmal die Straßenbahn, weil sich das Lebensmittelgeschäft, das Pampers im Angebot hatte, in einem völlig anderen Stadtteil befand. Ich kaufte mir keine Nylonstrümpfe, sondern betupfte jedes Löchlein mit Nagellack, damit keine Laufmasche entstand. Ich hob auch die kleinsten Seifenrestchen auf und verknetete sie zu einem neuen Stück. Ich suchte in Jules' Taschen und unter den Sofakissen nach Münzen. Ich nahm jeden Cent, den ich in die Finger bekam, und versteckte ihn in einem kleinen Portemonnaie unter den Handtüchern, bis ich genug Geld beisammen hatte, um es zur Bank zu bringen. Ich sparte und sparte, und dann wurden endlich die Lampen heruntergesetzt. Ich hatte dreihunderteinundsechzig Dollar und siebzehn Cent auf meinem Sparkonto.

Ich wollte den richtigen Moment abwarten; ich wollte sehen, ob sie die Lampen noch weiter heruntersetzten, aber dann erzählte mir Mr. Finney von einer Dame, die sie sich angeschaut hätte und schon zweimal dagewesen wäre. Daß sie ein sehr teures blaues Seidenkostüm mit farblich abgestimmten Schuhen und passender Handtasche getragen hätte. Daß sie die Lampen liebevoll in der Hand gehalten und ihm haarklein erzählt hätte, wie wunderbar sie in ihr Wohnzimmer passen würden. Daß sie ihrem Mann davon erzählen würde und wahrscheinlich am Nachmittag wiederkäme.

Gilliana malte auf ein paar Einzahlungsformularen herum, während ich am Bankschalter anstand.

«Hallo, Mrs. Ventimiglia, wie geht es Ihnen denn heute?»

«Danke, gut, Mr. Thurman, und Ihnen?»

«Bestens», antwortete er und lächelte mich an. «Ich kann mich wirklich nicht beklagen.»

«Wie schön», erwiderte ich und reichte ihm mein Auszahlungsformular. «Ich brauche hundert Dollar, bitte.»

«Natürlich, Mrs. Ventimiglia», sagte er und drehte sich weg, um zu den Aktenschränken zu gehen. «Ich bin gleich wieder da.»

Ich lächelte; ich stellte mir vor, was Jules für ein Gesicht machen würde, wenn er die Lampen entdeckte, wie er sich freuen würde. Und ich würde Steaks mit grünen Paprika machen, sein Lieblingsessen, und eine Flasche Wein kaufen. Ich lächelte. Daran erinnere ich mich noch. Ich schaute zu, wie Gilliana mit einem roten Wachsmalstift ein Strichmännchen zeichnete, einen Menschen mit einem zu groß geratenen Kopf.

«Hallo, Mommy», sagte sie, als sie spürte, daß ich sie beobachtete.

«Hallo, mein Schatz», antwortete ich.

«Ja, also, wir haben da ein kleines Problem, Mrs. Ventimiglia.»

Mr. Thurman lächelte nicht mehr.

«Ach, wirklich? Was denn?»

«Nun ja, nichts Weltbewegendes, eben nur ein kleines Problem», sagte er und versuchte zu lächeln, aber es gelang ihm nicht ganz, und er räusperte sich. «Ja, also, ähm, Ihr Konto, ähm, scheint leer zu sein.»

«Was?»

Gilliana zog mich am Rock, und ich sah zu ihr hinunter.

«Was ist, Schatz?»

«Ich brauch Grün», sagte sie und streckte die Hand aus.

Ich gab ihr die ganze Schachtel mit den Wachsmalstiften und sah wieder Mr. Thurman an.

«Was?» fragte ich noch einmal.

«Es ist leer, Mrs. Ventimiglia, das gesamte Guthaben wurde abgehoben.»

«Wie kann das sein? Ich habe nichts abgehoben.»

«Nun ja, das stimmt, das sehe ich hier, Sie haben nichts abgehoben, natürlich nicht.»

Wir blickten uns an.

«Ja, und?»

«Bitte?» fragte er.

«Ja, und wie kann das Konto dann leer sein?»

«Guck mal, Mommy», sagte Gilliana und hielt mir das Einzahlungsformular hin. «Du und ich und Daddy. Mommy, guck doch.»

Drei Strichmännchen: Das größte, ganz in Rot, war Jules, das zweitgrößte, türkisfarbene war ich, und das bunte Männchen in der Mitte war Gilliana, mit einem breiten lila Lachen mitten im grünen Mondgesicht.

«Wunderschön, mein Schatz.»

«Gehn wir jetzt?»

«Noch eine Minute, laß Mommy noch eine Minute, okay, Schatz?»

Ich bemerkte, daß die Hand, in der ich das Bild hielt, zitterte. Ich sah Mr. Thurman an.

Er blinzelte und versuchte es wieder mit einem Lächeln.

«Ich verstehe nicht ganz, Mr. Thurman.»

«Ihr Mann, Mrs. Ventimiglia. Ihr Mann hat das Geld abgehoben.»

«Mein Mann», sagte ich und stand da wie vom Donner gerührt.

«Ja, Ma'am», sagte er, «sehen Sie, hier...», er drehte das Hauptbuch herum, damit ich es lesen konnte, «...da... Julius Ventimiglia... sehen Sie?»

«Julius Ventimiglia» stand dort schwarz auf weiß. Julius Ventimiglia hatte alles abgehoben, dreihunderteinundsechzig Dollar und sogar die siebzehn Cent.

Ich stand wie angewurzelt da.

«Tja», sagte Mr. Thurman und versuchte wieder zu lächeln.

Ich starrte ihn an.

«Ja», sagte ich und stand immer noch da. Ich war sprachlos. Ich mußte nach Hause.

«Ist alles in Ordnung, Mrs. Ventimiglia?»

«Natürlich, Mr. Thurman. Ich habe nur...»

«Sie haben es bestimmt vergessen», sagte er beherzt, «das kommt ständig vor; die Männer zahlen ein, und ihre Frauen heben ab, die Frauen zahlen ein, und ihre Männer heben ab... Da kann man leicht den Überblick verlieren... Das kommt vor... Ich habe es sogar meiner Frau gesagt, Margaret, paß auf, habe ich gesagt, verlier nicht den Überblick... Ich sage es ihr ständig...»

«Ja, natürlich», erwiderte ich. Ich beugte mich hinunter und hob die Kleine hoch. Sie legte die Arme um meinen Hals.

«Gehn wir jetzt, Mommy?»

«Auf Wiedersehen, Mr. Thurman», sagte ich.

«Bis nächste Woche, Mrs. Ventimiglia», antwortete er und hob die Hand an die Stirn, als ob er sich an den Hut tippte. Er hatte es aufgegeben zu lächeln; jetzt sah er eher aus wie ein frisch Verstorbener.

Ich weiß nicht mehr, wie ich nach Hause kam, aber ich weiß noch genau, daß ich große Angst hatte. Ich wußte, daß ich mehr verloren hatte als nur zwei englische Lampen; ich fürchtete, daß ich viel mehr verloren hatte. Ich ahnte damals natürlich noch nicht, daß ich es an Rennpferde verloren hatte. Rennpferde, Basketball und Buchmacher – woher hätte ich das auch wissen sollen?

Clare

Ich hab da mal was aus der Zeitung ausgeschnitten, als ich bei meinen Großeltern war – nicht Mollie und Lew, sondern meine anderen Großeltern, die Eltern von meinem Vater, Marilyn und Kent. Sie wohnen im Osten, in Connecticut – Wilton, Connecticut, in so einem gigantischen verschachtelten Haus mit weißen Holzschindeln und riesigen Rasenflächen drum herum. Ernsthaft, es ist, als ob man in einem Nationalpark wohnt oder so. Sie hätten wohl gern, daß man das besonders cool findet, aber in Wirklichkeit ist das doch echt affig. Ich meine, sie haben sogar Krockettore im Garten aufgestellt, oder vielmehr im «Park», sie nennen ihn echt so.

Na, jedenfalls war ich da mal im Sommer zwei Wochen und bin fast durchgedreht; das war vor zwei Jahren, als ich vierzehn war, eigentlich schon fast fünfzehn, und den Sommer wie immer im Camp in Connecticut verbracht habe, aber nicht in derselben Gegend, wo meine Großeltern wohnen; und dann sind elf von uns aus dem Lager rausgeflogen, weil sie uns beim Marihuanarauchen erwischt hatten, und bevor ich nach Hause mußte, haben sie mich erst mal zu Marilyn und Kent geschickt. Ich bin nie dahintergekommen, ob das eine Strafe sein sollte. Ich meine, herumsitzen und zusehen, wie so ein Haufen alter Leute in hellblauen Golfhosen Cocktails trinken und sich mit viel zu grell geschminkten Lippen anlächeln und Krocket spielen und versuchen, sich mit dir über dein Leben zu unterhalten, obwohl sie keinen blassen Schimmer haben, wer du überhaupt bist, das war für mich wirklich eine Strafe. Nicht, daß ich Marilyn und Kent nicht gern hätte, aber irgendwie sind sie eben nicht wie richtige Großeltern. Ich meine, keiner backt für einen Plätzchen, außer Cynthia, der Köchin, und die werden einem dann von Beverly, dem Dienstmädchen, serviert. Ich könnte wetten, daß Marilyn noch nie in der Küche war, außer, wenn jemand frei hatte und sie dringend einen Wermut brauchte. Wenn man bei ihnen zu Besuch ist, ist es ganz anders als bei Mollie und Lew – es ist wie in so einem Roman, *Der große Gatsby* oder so. Meine Mutter meint, daß sie sich bei meinen Großeltern vorkomme wie in einer Lacoste-Werbung. Ich meine, ich sag noch nicht mal Großmutter und Großvater zu ihnen; seit ich sprechen kann, nenne ich sie Marilyn und Kent.

Egal, jedenfalls hat mir Kent einen Vortrag übers Potrauchen gehalten; es war echt zum Totlachen. Ich meine, was weiß denn dieser geschniegelte achtundsiebzigjährige Spießer schon über Pot? Er hat das Zeug wahrscheinlich noch nie in seinem Leben gesehen; wahrscheinlich hat er noch nie irgendwas in seinem Leben gesehen, so spießig wie der ist. Soweit ich weiß, geht er mit Golfhosen ins Bett und sie mit angemalten Lippen.

«Dieses Marihuana kann schlimme Folgen haben, mein Fräulein, Folgen, die du nicht mehr kontrollieren kannst.»

Also echt, kann man mit einem Mann, der einen «mein Fräulein» nennt, überhaupt ein ernsthaftes Gespräch über Pot führen? Das ist doch das Letzte. Was der über Grasrauchen weiß, hat er wahrscheinlich aus irgendwelchen alten Schwarzweißfilmen über Jazzmusiker. Und das Größte ist, daß er während seiner Moralpredigt einen Martini nach dem andern abkippt. Wahrscheinlich schon sein dritter vor dem Abendessen. Ich meine, wie war das noch mit den Süchten und der Flucht vor dem Alltag? Nein danke, sag ich da nur. Jedenfalls, wie meine Großmutter Mollie immer sagt, sind Kent und Marilyn wirklich nett, aber wenn man mit ihnen ein ernsthaftes Gespräch führen will, muß man das vor der Cocktailstunde tun, weil sie danach zu «beduselt» sind. Genau das hat sie gesagt – beduselt. Witzig, oder? Gefällt mir, das Wort. Beduselt.

Na, jedenfalls bin ich bald verrückt geworden vor lauter Langeweile; die andern waren alle in die Stadt gefahren, um Kuchen oder so was zu kaufen, und ich hab hinterm Fliegengitter auf der Veranda gesessen und den Bienen zugehört, und dann hab ich mir das Lokalblättchen geschnappt und drin rumgeblättert und mich über die neusten weltbewegenden Ereignisse in Wilton, Connecticut, informiert, und da ist mir diese Anzeige aufgefallen, und die hat mich irgendwie beschäftigt. Ich hab sie ausgeschnitten und mit nach Hause genommen und in meiner braunen Sammelmappe unter dem Teppich unter meinem Bett versteckt, wo ich meine ganzen wichtigen Sachen aufhebe. Ich will echt nicht riskieren, daß meine Mutter sie findet; das fehlt mir noch, daß ich irgendwann abends den Fernseher anmache und dieses Arschloch von Andy meine persönlichsten Sachen ausquatscht.

Es ist so 'ne Art Werbung, aber auf der Seite mit den Todesanzeigen. Mit Pietät und so. Was für ein Wort. Ich hab's sogar nachgeschlagen; kommt aus dem Lateinischen. Interessant, was? Wahrscheinlich hat vor Urzeiten irgend so ein Typ mit Toga und Sandalen mal gesagt:

«Nennen wir es doch Pietät, mein Kaiser. Ich habe mir das Wort heute morgen ausgedacht, als ich zusah, wie die Löwen die Christen in Stücke rissen.»

Na ja, jedenfalls stand da:

Grabstätten für Paare
Mountain View 1,
Rose Hill Memorial Park
Town of Putnam Valley
$ 8700. Tel. 914 485-6644

Unglaublich, was? Ein Grab für zwei. Das hat mich umgehauen. Ich meine, das ist doch tragisch, oder? Wie können denn Leute, die das kaufen, wissen, ob sie gleichzeitig sterben? Klar, man kann es natürlich nie wissen – ich weiß schon, man kauft es für zwei, und dann stirbt einer von beiden und wird da beerdigt, und dann stirbt der andere und wird auch da beerdigt. Aber was passiert in der Zwischenzeit, und was ist, wenn der, der übrigbleibt, jemand anderen heiratet?

Also, was ist zum Beispiel, wenn der Mann zuerst stirbt und alle glauben, daß die beiden sich wirklich geliebt haben, aber in Wirklichkeit hat sie ihn gehaßt, weil er ein fieses Schwein war, und dann heiratet sie eines Tages einen anderen, den sie wirklich liebt, und dann stirbt sie irgendwann – wo soll sie jetzt beerdigt werden? Bei ihrem ersten Mann? Oder kauft der zweite Mann auch so ein Doppelgrab und läßt sie da beerdigen? Und wenn der dann stirbt, wird er neben ihr beerdigt, so daß die beiden zusammen sind, richtig? Aber was passiert dann mit dem ersten Mann – der bleibt allein und wartet umsonst in seinem Grab, oder? Ich meine, nicht, daß er es anders verdient hätte, aber irgendwie ist das schon komisch. Ich meine, wenn ich mir das so plastisch vorstelle: diese ganzen grünen Hügel überall in Amerika, voll mit diesen Doppelgräbern, und überall liegt nur auf einer Seite jemand. Das kommt mir so… ich weiß nicht… so ungerecht vor, so einseitig und irgendwie trostlos und traurig.

Ich meine, zum Beispiel meine Großmutter und mein Großvater. Nicht Marilyn und Kent, die sind ja beide noch in ihrer ersten Ehe und haben dieses Problem nicht; ich meine Mollie und Lew, weil Mollie zum drittenmal verheiratet ist und Lew zum zweitenmal – was würden die denn machen? Ich meine, zum Glück wird's bei ihnen wahrscheinlich gutgehen, weil das mit ihrem ersten Mann ja wohl nix war, ich meine, sie waren nicht lange verheiratet, und Kinder gab's auch keine, aber ihr zweiter Mann war mein richtiger Großvater, der Vater von meiner Mutter. Jules Ventimiglia oder «Black Bart», wie meine Mutter ihn nennt. Ich hab ihn nie kennengelernt; anscheinend war er nicht gerade ein Gentleman, aber sie waren sehr lang verheiratet und haben Mom gekriegt und so. Was ist, wenn sie sich so ein Grab für Paare gekauft haben und er irgendwo in St. Louis liegt und auf sie wartet? Nicht, daß sie schon tot wäre oder so, Gott bewahre… und Lew war, bevor er meine Großmutter geheiratet hat, mit einer Frau namens Bess verheiratet, und die hatte Krebs und ist vor Jahren gestorben, und soweit ich weiß, war sie ein ganz toller Mensch, und die ist ja auch irgendwo beerdigt, oder? Deswegen mach ich mir ja über das alles so viele Gedanken. Ich meine, Mollie ist doch so krank, und es sieht gar nicht gut aus, und da muß ich an Lews erste Frau denken, wo sie wohl begraben ist und was wäre, wenn sie irgendwo in Kansas City liegt und auf Lew wartet. Ich meine, wo wird er denn Mollie beerdigen lassen? Neben Bess?

Es ist wie mit diesen Grabsteinen auf dem Friedhof, wo auf der einen Seite ein Name mit Geburtsdatum und Todestag steht und auf der anderen auch ein Name und ein Geburtsdatum, aber dann kommt ein Strich und eine Lücke, weil diese Person nämlich noch lebt. Die warten also echt, bis sie das Todesdatum draufschreiben können. Ich meine, das kann einem doch an die Nieren gehn, oder?

Ich glaube, was mir so zu schaffen macht, ist die Sache mit der Treue. Ich meine, wie kann man denn so eine Verpflichtung eingehen? Wie kann man denn wissen, ob es überhaupt hält? Kann man nicht. Nichts hält ewig. Das weiß man doch schon, wenn's anfängt. Man liebt jemanden, und irgendwann ist's eben einfach wieder vorbei – und das weiß man von Anfang an. Ich zum Beispiel – ich liebe Scott. Echt. Aber was ist, wenn ich mit vierunddreißig irgendwann morgens aufwache, ihn angucke und merke, daß ich ihn nicht mehr liebe? Was ist, wenn er mit einer andern was hat? Was ist, wenn er mich verläßt? Was ist, wenn ich ihn eines Tages angucke und er mich nicht mehr anmacht? Meine Mutter hört gern Country-music, und ich zieh sie deswegen immer auf, weil die so schmalzig ist und so, aber ich hab da mal so ein Lied gehört, als ich mit ihr im Auto gefahren bin; sie hat gesagt: «Laß mich mal dieses Lied hören, Clare», und was sollte ich da machen, es war ja schließlich ihr Auto. Na, jedenfalls hab ich dieses Lied im Radio gehört, und ich weiß, es ist bescheuert, aber ich hab mir echt den Text aufgeschrieben, weil er irgendwie so romantisch war. Und dann hab ich ihn auch in meine braune Mappe gelegt:

«Do you still get a thrill when you see me comin' up the hill? Do ya? Do you whisper my name just to bring a little comfort to ya? Do you still like the feel of my body lyin' next to yours? Well, I guess what I'm askin' is, do you still love me?»

Das trifft's doch irgendwie, oder? Ich meine, irgendwie ist doch alles so unklar.

Ich weiß nicht. Die ganze Sache macht mich noch wahnsinnig. Ich hab mir überlegt, ob ich meinen Dad fragen soll, wo Bess beerdigt ist, aber wahrscheinlich weiß er es gar nicht, wahrscheinlich weiß er gar nicht mehr, wer Bess ist – ich meine, warum auch? Sie ist ja nur die Frau, mit der der Stiefvater seiner Frau vor Ewigkeiten mal verheiratet war.

Na, auf alle Fälle hab ich mir darüber Gedanken gemacht, und eins steht fest: Ich werde mir auf keinen Fall so was kaufen. Kommt nicht in Frage – und wenn ich einen Mann noch so liebe und meine, daß wir ewig zusammenbleiben. Ich hab wirklich keine Lust, irgendwo tot rumzuliegen und drauf zu warten, daß sich jemand auf die andere Seite von so einem bescheuerten Doppelgrab legt.

Mollie

Jules Ventimiglia band seiner Tochter die rote Haarschleife neu.

«So, mein Schatz, jetzt ist wieder alles okay.»

Sie drehte sich um und sah ihn an. «Gehn wir jetzt zu den Pferdchen, Daddy?»

Fat Solly Rubinek lachte. «Dein hübsches Töchterchen ist wohl eine kleine Pferdenärrin, was, Jules?»

«Nicht *die* Pferde, Solly, sie meint die Ponys im ‹Kinderland›.»

«Ach, die... die hab ich ganz vergessen... klar, die Pferdchen im Kinderland, die kenn ich auch.»

Gilliana rutschte von Jules' Schoß hinunter. Sie hielt ihre Puppe im Arm und blickte zu dem dicken Mann hinauf, der auf einer Leiter stand und Zahlen auf eine Tafel schrieb. «Die gehn immer im Kreis rum.»

«Jawoll, Kindchen», sagte er und lachte wieder, «genau wie unsere Pferdchen.»

«Aber ich komm immer bei Daddy an, weil sie ja nur im Kreis rumgehen.»

«Ist ja prima», sagte Sally.

«Ja», erzählte Gilliana weiter, «da kann ich mich nicht verlaufen, und Daddy kann mich immer sehen.» Sie lächelte Jules an, und er zwinkerte ihr zu.

«Ich bin mit meinem Kleinen auch immer ins Kinderland gegangen», sagte Fat Solly in verändertem Tonfall, und Jules sah auf.

«Wirklich?» fragte Gilliana und lächelte den dicken Mann an.

«Klar doch. Samstags, wenn die Rennbahn zu war, bin ich manchmal mit ihm hingegangen. Klar doch.»

«Und jetzt nicht mehr?»

«Na ja, Kindchen, er ist jetzt schon groß. Er ist aus dem Alter raus, weißt du.»

«Also, mir macht's noch Spaß, aber ich bin ja erst vier.»

Fat Solly lachte. «Na, du hast's ja faustdick hinter den Ohren mit deinen vier Jahren, Kindchen. Nichts für ungut, Jules.»

«Wo ist denn dein kleiner Junge jetzt?»

«Er ist schon erwachsen, Gilly», mischte sich Jules ins Gespräch, «er...»

«Schon gut, Jules», sagte Solly, «ich erklär's ihr schon. Er sitzt im Kittchen, Kindchen, in Joliet, hat noch sechs Jahre, genauer gesagt, im Oktober sind's noch sechs Jahre. Außer er kommt wegen guter Führung früher raus, aber so wie ich meinen Sohnemann kenne, wird das wohl nicht passieren.»

Gilliana sah den fetten Mann auf der Leiter prüfend an. «Ist es schlimm in Joliet?»

Fat Solly lachte. «Na ja, ist nicht gerade ein Zuckerschlecken...»

«Was zum Teufel machst du da eigentlich, Sol, du hängst mit Saratoga hintendran, und die Phillies sind um zwei Punkte zurückgefallen.» Morris Lapinsky stürmte aus dem Hinterzimmer herein und wedelte mit einem Haufen Zettel in der Luft herum. Sein Gesicht war rot und verschwitzt.

Fat Solly drehte sich zur Tafel um und fing an zu schreiben. «Ach, du Scheiße, tut mir leid, Moish, ich...»

Jules stand von seinem Platz auf und nahm Gillians Hand. «Es ist meine Schuld, Moish, wir haben uns unterhalten … tut mir leid.»

«Das hier ist kein Kaffeekränzchen, Jules.»

«Ich weiß. Entschuldige.»

Morris sah Gilliana an. «Sie haben ja heute eine hübsche Schleife im Haar, Miss Ventimiglia.»

Gilliana kicherte. «Danke, Mr. Lapinsky.»

«Und wie geht's denn Miss Sweetie Pie heute?»

Gilliana sah ihre Puppe an. «Oh, besser, danke, sie hat noch Schnupfen, aber kein Fieber mehr.» Sie hielt ihre kleine Hand an die Porzellanstirn ihrer Puppe und sah zu Morris auf. «Siehst du», sagte sie, «ganz kalt.»

«Tatsächlich?» sagte Morris und grinste Jules an.

Jules lächelte seine Tochter an; sie klang genau wie Mollie, wenn sie Gillians Stirn fühlte.

«So», sagte Morris und sah Gilliana durchdringend an, «wie wär's jetzt mit einem Schokoladenriegel?»

«O ja, gern, Sir.»

«Na, dann hol ihn dir.»

«Ich darf *ganz allein* hinter die Theke gehen?»

«Jawohl, Ma'am», antwortete Morris, «weil Sie heute so eine hübsche Schleife im Haar tragen.»

«Danke, Mr. Lapinsky.» Sie ließ Jules' Hand los. «Ich hol mir einen Schokoriegel, Daddy, ja? Halt bitte Sweetie Pie solange für mich. Gehn wir dann?»

«Klar, Kleines.»

«Also dann, bis nächsten Samstag, Miss Ventimiglia», sagte Morris.

Gilliana lächelte Mr. Lapinsky an, drückte Jules ihre Porzellanpuppe mit den roten wolligen Haaren in die Hand und lief ins Vorderzimmer des Wettbüros, das offiziell ein Süßwarenladen am DeBoliver Boulevard war. Jules gab Morris

Lapinsky die fünfzig Dollar, die er ihm vom letzten Rennen schuldete, verabschiedete sich von Fat Solly und ging mit seiner Tochter ins Kinderland.

Ich wußte lange Zeit nichts davon und erfuhr es schließlich erst durch Gilliana, aber ohne daß sie es mir direkt erzählte. Es begann damit, daß wir uns eines Tages einen Fernsehapparat leisteten. Damals war das noch etwas ganz Besonderes, und wir hatten lange dafür sparen müssen; eines Abends kam also Jules mit einem riesigen Apparat von Dumont herein, einem mit Rädern, so daß wir ihn im Wohnzimmer herumrollen konnten. Ich war so überrascht, daß ich fast in Ohnmacht gefallen wäre.

Damals kam jeden Freitagabend Boxen im Fernsehen, und jeden Freitagabend kamen Sophia und Alfonzo, um sich mit uns die Kämpfe anzuschauen. Alfonzo war ein begeisterter Boxfan. Manchmal kamen er und Sophia schon zum Abendessen, aber meist kamen sie erst nach dem Essen zu Kaffee und Kuchen. Wir setzten uns dann alle um den Fernseher herum, und Alfonzo und Jules sahen sich die Kämpfe an, während Sophia und ich ihnen dabei zuschauten.

Gilliana hüpfte von einem Schoß zum anderen, von Jules' auf Alfonzos, dann auf meinen und auf Sophias, sprang auf, um ihre Puppe zu holen, kam mit etwas anderem zurück, rannte hinaus und wieder herein, hin und her, spielte neben uns auf dem Fußboden, aß Cannoli von einem Papierdeckchen aus der Gebäckschachtel, und Sophia servierte ihr in einer geblümten Porzellantasse Kaffee mit viel Milch und Zucker, wie einer «großen Dame», sagte sie. Sie durfte immer lange aufbleiben, mit vier Erwachsenen, die alle vernarrt in sie waren. Gilliana liebte diese Freitagabende, sie liebte Boxkämpfe und alles, was damit zu tun hatte.

«Sei nett, nimm Gillette», sang sie mit ihrem Großvater, «lalala… sauber und adrett, nur mit Gillette.»

Ich erinnere mich nicht mehr an den Text, aber unsere Kleine konnte ihn auswendig, und Alfonzo sang mit seinem starken italienischen Akzent mit, und dann sagten beide gleichzeitig mit dem Ansager: «Und nun sehen Sie unsere Liveübertragung aus dem Madison Square Garden in New York City – präsentiert von Gillette.»

«Che vuoi? I pantaloncini bianchi o quelli neri, topina mia?»

«Du sollst nicht immer Maus zu mir sagen, Großvater, ich bin keine Maus.»

«Okay, okay, ich sag nix mehr Maus zu dir… also, was willst du, *gioia mia, bianchi o neri*? Äh?»

So entschieden sie, wen sie anfeuern würden, nach der Farbe der Boxershorts; jeden Freitagabend wählten Gilliana und ihr Großvater zwischen den schwarzen und den weißen. Erst Jahre später dämmerte es mir, daß die Satinshorts wahrscheinlich bunt gewesen waren: rot oder blau mit gelben Streifen, in allen möglichen Farben, aber damals, im Schwarzweißfernseher, waren die Shorts entweder schwarz oder weiß, und so wählten sie *bianchi* oder *neri*, jeden Freitag.

Der Abend, an dem ich es erfuhr, war eigentlich sehr schön. Sophia und Alfonzo kamen schon am späten Nachmittag, und während Alfonzo auf dem Sofa ein Nickerchen machte, kochten wir Frauen das Abendessen, Garnelen und Brokkoli nach Sophias Spezialrezept, dazu Polenta mit Butter und Käse und dann noch einen Kuchen, einen wunderbaren gelben Kuchen, der mit heißer Milch angerührt wurde. Nachdem Alfonzo aufgewacht war, tranken er und Sophia ein Gläschen Wein, dann kam Jules nach Hause, trank einen Whiskey mit Wasser und mixte mir im Shaker einen Whiskey sour; dann aßen wir zu Abend, und es schmeckte köstlich, und dann spülten Sophia und ich das Geschirr. Kaffee und Kuchen sollte es später während des Boxkampfs geben.

«Hallo, Liebling.» Er trat von hinten an mich heran und legte die Arme um mich, während meine Arme bis zu den Ellbogen im Spülwasser steckten. Er küßte mich auf den Nacken und knabberte an meinem Ohr. Vor den Augen seiner Mutter.

«Jules...»

Sophia lachte und sagte etwas auf italienisch, was ich nicht verstand, und dann lachten beide.

«Was?» fragte ich und lachte auch. «Was hat sie gesagt? Was hast du gesagt, Sophia? Nun sagt doch schon.»

«Nein, das war zu ordinär», sagte Jules lachend, «meiner Mutter ist heute was ganz Ordinäres rausgerutscht.»

«Wieso ordinär? Ich hab nix ordinär gesagt, Julius, du machst es in deine Kopf ordinär. Du bist wie deine Vater.»

«Was hast du denn gesagt, Sophia?»

«Ich sage dir später», antwortete sie und lächelte verschämt. Sie legte das Geschirrtuch weg und ging hinaus.

Jules drehte mich zu sich herum und küßte mich. Meine Hände waren voller Schaum, und ich hielt sie zur Seite, damit ich sein Hemd nicht naß machte.

«Was hat sie gesagt, Schatz?»

«Ich erzähl's dir später», sagte er mir ins Ohr, «ich *zeig's* dir später.»

«He...»

«Komm, Schatz, gleich fangen die Kämpfe an, Papa möchte, daß du dich zu uns setzt.»

«Warum denn? Er weiß doch, daß ich sie mir sowieso nicht angucke, ich schaue nicht gern zu, wenn sich Männer gegenseitig die Köpfe einschlagen, das weißt du doch.»

«Weiß ich, aber du kannst dich doch trotzdem dazusetzen. Na, komm schon.» Er küßte mich wieder und drückte mich an sich, preßte seinen Körper an meinen. Ich hielt ihn fest; ich konnte nicht anders, ich legte meine nassen, seifigen Hände auf seinen Rücken und hielt ihn fest. Wir waren seit acht Jahren verheiratet, und ich empfand noch genausoviel für ihn wie am Anfang, vielleicht sogar noch mehr. Ich habe immer so für Jules empfunden, ich wollte ihn, so war es eben.

An diesem Abend suchten sie sich die weißen Shorts aus. Der Boxer war schwarz, aber seine Hose war weiß. Natürlich sagte man damals noch nicht «schwarz», sondern «farbig». Sie suchten sich den Farbigen mit den weißen Shorts aus, und in der vierten Runde versetzte er dem Weißen einen Schlag unter die Gürtellinie. Ich paßte nicht richtig auf, aber Alfonzo meinte, das sei ganz übel. Der Ringrichter erteilte dem Farbigen eine Ermahnung, und dann stieg sein Manager in den Ring und dann der Manager des anderen Boxers, und dann wurde heftig diskutiert, und ich nehme an, daß der Farbige versprach, es nicht wieder zu tun, und dann gingen sie zurück in ihre Ecken, die Glocke läutete, und der Kampf ging weiter.

Ich schnitt den Kuchen in Vierecke und legte die Stücke auf einen geblümten Porzellanteller. Gilliana saß auf Alfonzos Schoß, und Alfonzo brüllte den Farbigen im Fernseher an, daß er sich jetzt gefälligst zusammenreißen solle. Ich verteilte die Schlagsahne, in die wir einen Schuß Marsala gerührt hatten, auf den Kuchenstücken, nur auf Gillianas tat ich einen Klecks normale Sahne.

Und dann schlug der Farbige wieder zu, aber diesmal traf er den Weißen in die Nieren, was Jules als Tiefschlag bezeichnete und was offenbar ganz, ganz übel war.

Alfonzo sprang auf. «Du verdammte Aschloch!» brüllte er. Er war außer sich, und Sophia versuchte ihn auf italienisch zu beruhigen. Gilliana beobachtete ihren Großvater. Der Manager des Weißen und die anderen Männer, die mit ihm in einer Ecke gestanden hatten, sprangen in den Ring, und die Männer des Farbigen sprangen auch in den Ring, und in der Mitte stand der Ringrichter, und alle brüllten sich an, und dann muß irgend jemand etwas Falsches gesagt haben, denn ganz plötzlich boxte der Farbige dem Weißen mit voller Wucht ins Gesicht, traf ihn genau zwischen die Augen, so daß der Weiße wie tot umfiel – selbst ich sprang auf, so entsetzt war ich –, und dann warf sich der Manager des Weißen auf den Farbigen und schlug auf ihn ein, und dann war, wie man so schön sagt, die Hölle los.

Jeder prügelte auf jeden ein, während gleichzeitig ein paar Männer versuchten, den weißen Boxer auf einer Trage aus dem Ring zu tragen, und Alfonzo brüllte auf italienisch den Farbigen an, daß er ein fieses Schwein sei, und Jules brüllte auf italienisch seinen Vater an, daß er sich nicht so aufregen solle, und Sophia brüllte auf italienisch beide an, daß sie sofort ruhig sein sollten, und plötzlich sagte die Kleine laut und deutlich: «Wenn der nicht aufhört, dieser böse Mann da, dann kommt er ins Kittchen, nach Joliet, wie der Sohn von Mister Solly. Stimmt's, Daddy?»

«Was sagst du da, Schatz?» fragte ich. Die Schüssel mit der Schlagsahne in meiner Armbeuge fühlte sich kalt an.

«Na, Joliet, Mommy, da schicken sie alle bösen Jungs hin, sie sperren sie ins Kittchen.»

Sie benutzte genau den richtigen «Fachjargon», meine vierjährige Tochter. Sie beherrschte ihn deshalb so perfekt, weil sie jeden Samstagmorgen mit ihrem Vater ins Wettbüro ging.

«Was soll das heißen – das Geld ist weg?»

«Ich hab's halt ein bißchen übertrieben.»

«Was meinst du damit?»

«Ich meine, daß ich ein bißchen zuviel riskiert habe.»

«Wieviel schuldest du ihnen?»

«Es ist nicht soviel, Schatz.»

«O Gott, Jules…»

«Nein, bitte, wein doch nicht… es ist halb so wild, wirklich, Liebling, ich schulde ihnen gar nicht soviel.»

«Was ist gar nicht soviel?»

«Das spielt doch keine Rolle, oder?»

Das spielt doch keine Rolle… Wieviel… Wieviel ist es diesmal… Warum gibt es überhaupt ein «diesmal»… Wann hörst du endlich auf damit… diesmal, das nächste Mal, niemals. Wie lange würde es noch dauern, bis ich begriff, daß die Antwort niemals war? Die Antwort würde immer niemals sein, ich wußte es nur noch nicht.

«Du hast es mir versprochen.»

«Ich versprech es dir jetzt, Mol, bitte! Ich werde damit aufhören.»

«Das hast du mir schon das letzte Mal versprochen.»

«Ich liebe dich, Schatz, wein doch nicht, bitte.»

«Du hast es mir versprochen. Du hast gesagt, es ist vorbei.»

«Es tut mir leid. Ich liebe dich, Mollie. Ich versuch es. Gott, ich versuch es doch.»

Er versuchte es. Er versuchte es und ich weinte und die Jahre vergingen. Und es ging immer so weiter, seit der Sache mit den Lampen, den schönen weißen Porzellanlampen mit den handgemalten grünen Efeuranken bei Lambert. Lügen und Versprechungen. Immer wieder, immer wieder aufs neue. Ein Basketballspiel in Boston, ein Footballspiel in

Chicago, die Rose-Bowl-Meisterschaft, irgendwelche Entscheidungsspiele, eine Rennbahn irgendwo im Osten, die «Big A» genannt wurde und die, wie ich später herausfand, in New York war und «Aqueduct» hieß. Versprechungen und Lügen. Das Geld, das ich gespart hatte, um neues Geschirr zu kaufen, das Geld, das ich gespart hatte, um einen neuen Wohnzimmerteppich zu kaufen oder sogar einen neuen Anzug für ihn. Pferderennen, Basketball und Baseball – im Laufe der Jahre lernte ich einiges dazu. Jede Art von Wettkampf war ihm recht, wichtig waren nur die Gewinnchancen und der Wetteinsatz. Aber diesmal war es anders.

«Wie konntest du sie nur dahin mitnehmen?»

«Es ist doch gar nicht so schlimm da.»

«O Jules, bitte, du weißt genau, wie es da zugeht.»

«Ja, ich weiß... aber... ich meine, da passiert doch nichts weiter, da spielen nur ein paar Leute Karten, und die anderen schließen Wetten ab, wer gewinnt...»

«Ich will davon nichts wissen, sei bitte still...»

«Mol, bitte, ich liebe dich doch.»

«Sie ist erst vier Jahre alt.»

«Sie sind alle nett zu ihr, die Jungs sind ganz vernarrt in sie... sie...»

«Wer ist vernarrt in sie? Ganoven? Und da bringst du deine Tochter jeden Samstag hin? Damit sie sich mit Gangstern anfreundet... damit sie lernt, wen man alles ins ‹Kittchen› sperrt? – O mein Gott...»

«Bitte, Mollie, hör auf zu weinen, bitte, Liebling, ich liebe dich doch so, bitte hör doch auf.»

Ich redete mir ein, daß er sich diesmal ändern würde. Diesmal würde es anders werden, wegen der Kleinen, weil er sie mitgenommen hatte und solche Schuldgefühle hatte; es war ihm so peinlich, und er schämte sich so sehr, daß er sich bestimmt ändern würde, daß er mit dem Spielen aufhören würde, daß er mit dem Spielen aufhören *könnte*. Ich redete mir ein, daß es diesmal klappen würde.

Aber das war nicht alles. Ich redete mir nicht nur ein, daß es klappen würde, ich tat noch etwas anderes, etwas, das ich noch keinem Menschen erzählt habe. Ich ging in die Kirche und redete mit Maria. Ja, wirklich. Ich ging zur Saint-Ambrose-Kirche auf der Wilson Avenue, redete mit ihr und zündete ihr eine Kerze an. Kaum zu glauben, nicht? Ausgerechnet ich, ein braves jüdisches Mädchen. Meinen Vater hätte der Schlag getroffen, wenn nicht noch schlimmer.

Und ich war nicht nur einmal da, sondern oft. Zuerst hatte ich Angst, daß ich den Priestern auffallen würde, daß mich jemand ansprechen oder es weitererzählen würde, aber nichts dergleichen geschah; sie ließen mich in Ruhe. Irgendwie fand ich es nur logisch, zu Maria zu gehen und sie um ihre Hilfe zu bitten, schließlich war sie auch eine Mutter; ja sogar die heiligste aller Mütter, ob man nun daran glaubte oder nicht – keine der Mütter im Alten Testament konnte Maria das Wasser reichen – nicht einmal Sara, die Abrahams Sohn Isaak geboren hatte, als sie schon neunzig war, oder Miriam, die Schwester von Moses, oder Rebekka oder Lea oder Rahel oder Debora, die auch die Mutter Israels genannt wurde – keine von ihnen schien mir die Richtige zu sein, und außerdem war es Jules' Glauben und Jules' Kirche.

Und dann, nachdem ich das erste Mal dort gewesen war und über das, was ich getan hatte, richtig nachgedacht hatte, fand ich es absolut logisch. Schließlich war Maria Jüdin. Maria war Jüdin und Mutter und Ehefrau wie ich, sie würde mich besser verstehen als irgend jemand sonst. Und so betete ich zu Maria, um Jules vor seiner Spielsucht zu retten. Maria würde sich schon darum kümmern, sagte ich mir.

Und? Was soll ich sagen. Das war ein riesiger Irrtum.

Gilliana

Es ist halb sieben. Es kommt mir vor, als wäre es mitten in der Nacht, und dabei ist es erst halb sieben Uhr abends.

Ich wasche ab. Mollie und Lew sehen fern. Ich muß mich korrigieren – Lew sieht fern, Mollie sieht ihren eigenen Film. Wir haben schon gegessen, lächerlich früh, aber er meinte, er hätte Hunger.

Mollie hat das meiste aufgegessen, das muß man ihr schon lassen, aber es war für uns alle drei ziemlich schwierig, weil sie eigentlich gar nicht wußte, was sie mit dem Essen anfangen sollte. Wie sie es in ihren Mund bekommen sollte, meine ich, wie sie es kauen sollte, *wie man ißt*, meine ich. Ich habe während des Essens fast nur getrunken; es ist erst das vierte Mal, daß ich dieses Desaster mit dem Essen erlebt habe, und ich habe mich noch nicht ganz daran gewöhnt.

Ich glaube, Lew und ich befinden uns in einem ähnlich verwirrten und apathischen Zustand wie Mollie, aber ich spüre, daß Lew darauf wartet, daß ich den ersten Schritt mache. Vielleicht weil er dieses Geheimnis so lange gehütet hat, weil er ihren allmählichen Verfall so lange vor mir geheimgehalten hat, und jetzt, wo ich es weiß, jetzt, wo die Katze aus dem Sack ist, ist er sozusagen aus dem Schneider; er kann die Last eine Weile auf meinen Schultern abladen. Aber das macht nichts, ich habe Lew sehr lieb.

Ich habe ihn wirklich sehr lieb. Ich bin so kaputt, daß ich vom Stuhl rutschen könnte, auf den Boden fließen und mich in einer Pfütze auflösen... Hier kann man wirklich zerfließen, wir sind ja schließlich in Kansas. Ich löse mich auf... oder muß erst ein Haus über einem zusammenbrechen, damit man sich auflöst? ...nein, Moment mal, es war Wasser. Das hat die Oberhexe umgebracht, und nicht das Haus, das über ihr eingestürzt ist; Dorothy schüttete ihr einen Eimer Wasser über den Kopf. Verdammt, wo ist diese Dorothy eigentlich, wenn man sie braucht? Wahrscheinlich bei Ed Sullivan und Sonja Henie, bei dem Glück, das ich habe.

Sieh mal einer an, ich heule ins Spülwasser. Lachen und weinen. Wo ist da der Unterschied, Gillian?

Ich weiß nicht, was ich machen soll. In meinem Kopf schweben Fragen herum. Ich kann sie richtig sehen – Worte mit Fragezeichen am Ende, in mein Gehirn getippt, herumschwebende Fetzchen eines Telexstreifens oder eines Glücksspruchs.

Kann er sie allein versorgen? Nein. Diese Frage kann ich mir selbst beantworten.

Kann ich hierbleiben und ihm helfen? Nein. Ich kann noch ein bißchen bleiben, aber nicht für immer. Ich kann nicht zurück nach Kansas City ziehen und mit Mollie und Lew zusammenleben; ich bin schließlich erwachsen, ich habe mein eigenes Leben, ich muß mich um meine Tochter und meinen Mann kümmern... oha, mein Mann... habe ich denn einen Mann?

Moment mal... laß das jetzt, Gillian...

Verdammt, wo war ich stehengeblieben? Hilfe...

Hilfe... Genau... das war's... Gut, Gillian... Können wir uns eine Hilfe leisten? Ich weiß es nicht. Lew bestimmt nicht, da bin ich mir sicher. Was haben sie denn schon an

Geld? Ihre Rente und was noch? – Ich weiß noch nicht mal, wieviel Geld sie haben.

Warum weiß ich das nicht? Bin ich eine schlechte Tochter, weil ich das nicht weiß? Komm nicht vom Thema ab, Gillian. Bleib bei den wesentlichen Fragen, mach jetzt keinen Scheiß.

Können wir uns eine Hilfe leisten? Ich weiß es nicht.

Ich werde Christopher anrufen müssen, richtig?

Oje, ich muß Christopher anrufen...

Ja, klar doch, natürlich...

Ich starre die ganze Zeit auf Joe und Dorothy LaPaglias Küchenfenster gegenüber dem Küchenfenster meiner Mutter, die Gardinen sind fest zugezogen. Was machen sie wohl da drinnen, abends um halb sieben, bei heruntergezogenen Rolläden, aus denen kein Fünkchen Licht dringt? Sie sind im selben Alter wie Lew und Mollie – liegen sie vielleicht schon im Bett? Wann essen sie zu Abend? – nachmittags um halb vier?

Ich versuchte mich daran zu erinnern, was mit den Ansichtskarten passiert war, die mir Christopher während meiner Schwangerschaft aus Japan geschickt hatte; ich versuchte mich daran zu erinnern, seit wann ich sie nicht mehr in meiner Handtasche herumtrug. Hatten sie zu sehr gelitten? Waren sie einfach vergilbt wie die Seiten einer alten Zeitung? Aber Postkarten vergilben doch nicht, oder? Vielleicht waren die Ecken abgeknickt, vielleicht hatte ich sie ja in irgendeine Schublade gelegt, um sie zu schonen. In welche Schublade? Wohin?

Oder sollte ich die Unverfrorenheit besessen haben, sie einfach zu verlieren, als ich meine Handtaschen wechselte? Wie kann einem etwas so wichtig sein und dann plötzlich gar nicht mehr? Warum kann ich mich nicht daran erinnern, was mit den verdammten Postkarten passiert ist?

Ich faltete das Geschirrhandtuch ordentlich zusammen und legte es auf den Abtropfständer.

Ich erinnere mich allerdings noch daran, daß ich nicht lange nach unserer Hochzeit eine schlimme Lebensmittelvergiftung hatte, von einer verdorbenen Muschel; es war so schlimm, daß ich vierzig Fieber hatte und phantasierte, während ich zwischendurch alles, was ich in mir hatte, anfallartig durch sämtliche Körperöffnungen von mir gab, und ich hatte Schüttelfrost und Schweißausbrüche, und Christopher las mir die ganze Zeit über vor, saß ruhig an meinem Bett, hielt mir die Hand und las mir aus *Der Löwe, die Hexe und der Schrank* vor, und der weiße Löwe und die Schneekönigin standen leibhaftig in meinem Zimmer, spazierten geradewegs aus meinem Schrank heraus, als wären sie schon immer dort gewesen. Und falls es kein weißer Löwe und keine Schneekönigin gewesen sind, will ich es gar nicht wissen, denn so hab ich es in Erinnerung, und so soll es auch bleiben. Die Schneekönigin hatte rotgeschminkte Lippen und sah ganz so aus, als wäre sie mit der bösen Stiefmutter verwandt, die die sieben Zwerge losschickt, um Schneewittchen töten zu lassen, vielleicht war sie ja sogar die Schwester, und der Löwe hatte riesige Pranken und war so weiß, daß er funkelte, und das alles spielte sich in meinem Zimmer ab, absolut realistisch, so anschaulich und lebendig las Christopher vor... der Schnee türmte sich bis an mein Bett, Eiszapfen hingen am Stuhl und den Vorhängen und sogar an Christopher, kleine Schneeflocken an seinen Wimpern und Haaren, und ich schielte mit fiebrigen Augen nach der düsteren Schranktür, während er vorlas... aber so etwas passiert nur, wenn man krank ist, richtig? Verheiratete Leute sitzen nicht zusammen und lesen sich aus Kinderbüchern vor, wenn sie schon eine Weile verheiratet sind... oder?

Ich sehe das Geschirrtuch auf dem Abtropfständer an und

lege es links neben die Spüle, dorthin, wo es meine Mutter immer hinlegt. Hinlegte.

O Gott. Meine Mutter. Ich muß eine Pflegerin für meine Mutter finden, da war ich doch stehengeblieben...

Und wo soll ich anrufen, um diese phantastische Hilfe aufzutreiben? Bei einem Vermittlungsdienst? Und wo soll ich im Telefonbuch nachschlagen? Unter der Rubrik «Leute, die Ihnen helfen, wenn sich Ihre Mutter nicht mehr zurechtfindet»?

Und wie soll ich herausfinden, ob die Agentur etwas taugt? Wie soll ich wissen, ob die Person, die sich um meine Mutter kümmern soll, meine Mutter überhaupt mag? Wie soll sie durch ihren kleinen Körper hindurchsehen und erkennen, daß darin eine außergewöhnliche Frau eingesperrt ist? Woher soll ich wissen, ob die Person, die ich aussuche, dafür sorgt, daß meine Mutter nicht in der Badewanne ertrinkt oder an einem Hühnerknochen erstickt?

Ich setze mich auf einen Küchenstuhl und nehme einen Schluck Wodka. Diese ganze Sache macht mich unglaublich müde.

Ich sehe auf die Uhr. Zehn vor sieben. In Los Angeles ist es erst zehn vor fünf. Ich muß noch zwei Stunden warten, bis ich Christopher anrufen kann, wenn ich ihn zu Hause erreichen will. Zwei Stunden...

...und dann kann ich sagen: He, Christopher, hast du ein paar Minuten Zeit für mich, bevor du mich verläßt? – Ich muß noch ein paar Dinge mit dir besprechen. Hast du vielleicht eine Idee, was ich mit Mollie machen soll? Und...

Also... verdammt... was wollte ich noch sagen? ...Ach ja, jetzt weiß ich's wieder: Was fällt dir Mistkerl eigentlich ein, mich ausgerechnet jetzt zu verlassen, da meine Mutter in diesem Zustand ist?

Ich stehe auf und gehe zurück ans Fenster.

Ich kann jetzt nicht darüber nachdenken. Ich kann nicht. Denk nicht darüber nach, was mit Christopher wird, Gillian, verzettle dich nicht, konzentriere dich auf das Wesentliche. Auf Mollie. Mollie ist im Moment am allerwichtigsten.

Vielleicht sollte ich mich etwas hinlegen... nein, das ist ja lächerlich, ich lege mich tagsüber nie hin... ich habe mich noch nicht mal hingelegt, als ich schwanger war...

...und schließlich konnte Christopher ja nicht wissen, daß Mollie ausgerechnet in der Woche, die er sich ausgesucht hat, um mich zu verlassen, in die Knie geht... mein armer Christopher, was für ein beschissenes Timing, was für ein verdammtes Pech. Aber wenn er mir nicht gesagt hätte, daß er mich verläßt, wäre ich gar nicht erst nach Hause gefahren, und wenn ich nicht nach Hause gefahren wäre, wüßte ich nicht, daß Mollie auf dem besten Wege ist, ein Schatten ihrer selbst zu werden. Oh, das ist gut, Gillian, ein Schatten ihrer selbst...

Hör auf, Gillian.

Was sagte Scarlett, als Rhett ihr eröffnete, daß er sie verlassen würde? «Ich denke morgen darüber nach», sagte sie. Genau. Ich werde morgen darüber nachdenken. Aber ich will morgen nicht darüber nachdenken, ich will niemals darüber nachdenken.

Ich trinke einen Schluck Wodka und blicke aus dem Fenster auf den Rasenstreifen neben dem Haus.

«Du hast immer noch das Land, Scarlett.»

Ich lächle das Fenster an. Wenn ich einfach nach Tara zurückkehren könnte, dann wüßte ich vielleicht, was ich tun sollte...

Ich drehe mich um, gehe zum Kühlschrank, hole den Wodka heraus und schenke mir nach.

Donnerstag

Gilliana

Ich habe Christopher eine Nachricht hinterlassen, aber er hat mich nicht zurückgerufen. Okay, das ist geschwindelt. In Wahrheit habe ich ihm eine Nachricht hinterlassen und gesagt, daß es zwar nicht zum Besten steht, aber daß er mich nicht zurückrufen soll, weil ich früh ins Bett gehen würde und ihn dann morgen, also heute, anrufen würde. So war das…

Die Sprechstundenhilfe gab mir eine Liste mit Adressen. Man mußte sich nicht mal durch die Gelben Seiten quälen, alles wurde einem abgenommen. Man konnte getrost die Hände in den Schoß legen, wie Mollie sagen würde.

Wir hatten ein kleines Problem mit dem Schlafengehen gestern abend. Es scheint, als würde Mollie nicht unbedingt ins Bett gehen wollen, wenn es Schlafenszeit ist, weil Mollie nicht weiß, wann Schlafenszeit ist, weil Mollie nämlich keine innere Uhr hat.

Lew hat es so ausgedrückt: «Woher soll sie wissen, wieviel Uhr es ist? Sie hat doch keine Uhr im Kopf.»

Das sagte er zu mir, als er sie nicht dazu bewegen konnte, sich hinzulegen.

Und heute morgen, als wir gerade beim Frühstück saßen, kam Dorothy LaPaglia von nebenan vorbei und brachte eine Liste mit Namen und Telefonnummern mit. Besser gesagt, ich trank Kaffee und schluckte ein paar Aspirin, Lew frühstückte richtig, sein normales Frühstück, das er jeden Tag zu sich nimmt; ich hatte sogar am Abend vorher den Tisch gedeckt, damit morgens alles für ihn bereitstand, so, wie es meine Mutter auch immer gemacht hatte; das Schälchen für die Cornflakes, die Banane... Ich hoffte, er würde sich dann ein bißchen besser fühlen.

Als er den gedeckten Tisch sah, fing er an zu weinen. Nein, er weinte nicht, er schluchzte. Das hatte ich weiß Gott nicht gewollt, das war ganz bestimmt nicht meine Absicht gewesen, aber er brach regelrecht zusammen, als er sah, daß alles schon bereitstand, und natürlich konnte ich dann auch nicht mehr an mich halten, und Mollie saß nur da und sah uns zu, als hätte sie keine Ahnung, was los sei... was natürlich stimmte... und genau in diesem Moment kam Dorothy mit einem Kuchen vorbei. Es war nicht irgendein Kuchen; sie hatte ihn frisch gebacken und gerade erst aus dem Backofen genommen, er war noch ganz warm und duftete nach Honig, Zimt und Pekannüssen. Vielleicht machten sie deshalb so früh das Licht aus – sie essen um halb vier zu Abend, damit sie um halb sieben ins Bett gehen und um halb fünf wieder aufstehen können, damit sie einen Kuchen backen kann. Ich frage mich nur, was Joe in aller Herrgottsfrühe macht. An seinem Auto herumbasteln?

Aber egal, jedenfalls brachte sie eine Liste mit Leuten mit, die wiederum Leute kannten, die dasselbe Problem hatten, Freunde von ihr und Joe, die auch eine Hilfe suchten; sie gab mir ihre Namen und Telefonnummern. Sie mußte die Liste schon eine ganze Weile mit sich herumgetragen haben, denn sie war ganz zerknittert, als sie sie aus der Tasche ihres Hauskleides zog. Die gute Dorothy kam einfach in ihrem Hauskleid herüber, mit ihrer Daunenjacke und den Schneestiefeln und dem warmen Kuchen in der Hand. Ich verschlang sofort drei Stück. Als Lew aus dem Zimmer ging, erzählte sie mir, daß sie mich schon oft hatte anrufen wollen, um mir zu erzählen, daß es Mollie immer schlechter ging, aber daß Lew dagegen gewesen sei. Er habe nur gesagt: «Wir werden sehen.» Weiß der Himmel, was er dachte, was passieren würde – vielleicht, daß es Mollie wieder bessergehen würde? Keine Ahnung.

Ein paarmal verfiel Dorothy wieder in ihre Muttersprache; als sie mir weinend erzählte, wie schlecht es meiner Mutter ging und wie sehr es sie mitnahm, redete sie italienisch. Natürlich verstand ich kein Wort, oder sagen wir, so gut wie keins, vielleicht hier und da einen Brocken... das bißchen, was ich von meinen Großeltern noch wußte, Black Barts Mutter und Vater, Sophia und Alfonzo, und von Black Bart selbst, aber das war alles schon Jahre her. Sophia und Alfonzo starben in dem Jahr, als Mollie Lew heiratete und wir nach Kansas City zogen – er bekam einen Herzanfall, und sie starb zwei Wochen später, woran, das blieb unklar.

«Zwei Herzanfälle», erzählte mir meine Mutter. «Glaub mir, sein Herz ist geplatzt, und sie ist an ihrem gebrochenen Herzen gestorben.»

Und Julius, mein charmanter und allseits beliebter Vater, machte sich kurz danach aus dem Staub, und das war das Ende meines Italienischunterrichts.

Bis auf das Italienisch, das ich von Anthony lernte.

Anthony, mein lieber Anthony...

Anthony war meine zweite große Liebe, das heißt, wenn ich sie zählen würde und Tom Johnson als meine erste bezeichnen würde... aber im Grunde war Anthony meine erste Liebe. Tom Johnson hatte vielleicht eine Tür geöffnet, aber Anthony knipste das Licht an.

Er war Italiener. Das reichte mir schon. Nein danke!

Und er war verheiratet, und gerade ich sollte es doch wirklich besser wissen! Ich hatte nicht vor, mich wieder mit einem verheirateten Mann einzulassen. Nein danke, auf gar keinen Fall, ich bin schon weg, die Rechnung bitte, *njet*. Ich hatte kein Interesse und sagte nein. Nein.

Mit Nachdruck.

Nein, nein und nochmals nein.

Als ich ihn im Dezember 1970 kennenlernte, sagte ich zum erstenmal nein. Damals arbeitete ich für Harry Witzer. In Pasadena bei diesem Werbefritzen hatte ich es nur drei Monate ausgehalten, denn seine Texte waren einfach zum Kotzen. Pasadena war auch zum Kotzen, besser gesagt, *ich* fand es dort zum Kotzen. Ich machte mich so schnell wie möglich auf Jobsuche und bekam die Stelle bei Harry Witzer über eine Anzeige in der *L.A. Times*, was einfach unglaublich ist, wenn man bedenkt, was für ein toller Job es war.

Harry Witzer war ein Original, ein New Yorker Theateragent, der nach L.A. gekommen war und eine eigene kleine, aber feine Künstleragentur aufgebaut hatte, die Varietékünstler vermittelte. So nannte man es damals. Varietékünstler waren vor allem Sänger, Tänzer und Komiker, oder wie es Harry mir erklärte: «Ich geb mich nicht mehr mit Tingeltangel ab... verstehste?»

Seine Agentur galt als besonders exklusiv.

Ich arbeitete vor allem für Harry. Es gab noch sieben andere Agenten in seinem Büro, aber er war der Boß. Ich stenografierte für ihn, tippte seine Briefe und nahm seine Telefongespräche entgegen. Außerdem lachte ich viel – Harry war einer der lustigsten Menschen, denen ich je begegnet bin. Er spielte zum Beispiel Mundharmonika in seinem Büro. Im Ernst. Immer, wenn er nicht gerade telefonierte oder Papierkram erledigte, spielte er Mundharmonika. Und er hätte berühmt werden können; die Leute behaupteten, er würde genausogut spielen wie Toots Thielemans, der als *der* Jazzharmonikaspieler schlechthin galt, er war besser als Johnny Puleo, der damals bei der «Ed-Sullivan-Show» spielte und als «Johnny Puleo and His Harmonica Wildcats» bekannt war, er war sogar noch besser als Little Walter oder Larry Adler. Natürlich kannte ich diese Namen nur von Harry; ich hatte vorher noch nie etwas von irgendwelchen Mundharmonikaspielern gehört. Aber er meinte, er sei lieber Agent, weil er keine Lust hätte, ständig unterwegs zu sein.

«Du kannst dir gar nicht vorstellen, Mädchen, in was für Löchern man da haust, da gibt's Seifenstücke, die sind kleiner als ein Nietnagel nach der Maniküre.»

Harry hatte drei wirklich große Künstler unter Vertrag, die seine ganze Zeit in Anspruch nahmen; die übrigen Agenten kümmerten sich um den Rest. Der berühmteste unter ihnen war Tony Ronzoni, damals der größte Komiker in diesem Geschäft. Ihm gab ich einen Korb.

«Es ist doch nur ein Abendessen.»

«Nein danke.»

«Aber es ist doch Heiligabend.»

«Das weiß ich.»

«Wir sind auch nicht allein; da sind eine Menge Leute. Es ist eine Riesenparty.»

«Das ist wirklich ganz reizend von Ihnen, aber ich möchte doch lieber nicht mitgehen.»

«Was machen Sie statt dessen?»

«Ich weiß nicht... meinen Baum schmücken... Plätzchen kaufen und sie für den Weihnachtsmann auf den Kaminsims legen...»

«Plätzchen kaufen? Sie wollen keine backen?»

«Mit Sicherheit nicht. Ich backe nicht.»

Er lachte. «Und Sie haben wirklich einen Kaminsims?»

«Natürlich.»

«Und Sie haben wirklich einen Baum?»

«Natürlich.»

«Mit Lametta?»

«Natürlich mit Lametta. Was denken Sie denn? – daß ich nicht weiß, wie man einen Baum schmückt?»

Er lachte wieder; es war ein volles, tiefes, kehliges Lachen. «Ach, nun kommen Sie schon, Gilliana, gehen Sie mit mir zu Barney Fields Party; ohne Sie würde ich mich langweilen. Ich verspreche Ihnen, daß wir uns amüsieren werden.»

«Warum lassen Sie nicht Ihre Frau und Ihre Kinder aus New York kommen? Es würde ihnen bestimmt gefallen.»

«Weil sie Weihnachten am liebsten mit ihrer Familie verbringt und ich jeden Abend außer Heiligabend arbeiten muß und weil die Kleine die Grippe hat.»

«Das tut mir aber leid, sagen Sie ihr bitte, daß ich ihr gute Besserung wünsche. Wie alt war sie noch mal?»

«Zwei, Gilliana, ich will nichts von Ihnen, ich verspreche es. Sehen Sie, es ist Ihr erstes Weihnachten hier... ich bin hier und Sie sind hier, und Sie kennen hier nicht allzu viele Leute, und ich muß zu dieser dämlichen Party. Warum kommen Sie nicht einfach mit? Es ist doch keine große Sache.»

«Für mich schon. Ich gehe nicht mit verheirateten Männern aus.»

«Wir gehen doch nicht aus; es ist doch nur eine Weihnachtsparty, kein Tête-à-tête. Da sind alle möglichen Leute. Vielleicht lernen Sie ja jemanden kennen. Wär das nichts? Warten Sie, ich hab's – Sie nehmen Ihren eigenen Wagen.

Wie wär's? Dann können Sie jederzeit gehen, wenn ich Ihnen auf die Nerven falle.»

Jetzt lachte ich.

«Wirklich, Tony... bitte... ich kann nicht... wirklich nicht.»

«Wirklich nicht?»

«Nein... es tut mir leid... aber es geht nicht.»

Ich sagte nein.

Und im Juli 1971, als er in L. A. im Hollywood Palace und bei Johnny Carson war, sagte ich wieder nein.

«Was ist los mit Ihnen? Gefällt Ihnen das Jack's at the Beach nicht? Selbst Johnny Carson geht da hin.»

«Das ist ja das Problem. Mir gefällt das Jack's at the Beach, aber Johnny Carson gefällt mir nicht. Ich kann ja wohl schlecht den ganzen Abend auf dem Klo verbringen, nur damit ich ihm nicht über den Weg laufe, oder?»

«Wissen Sie, Gilliana, Sie sind wirklich witzig. Sie sollten Gags schreiben, statt für Harry Witzer zu tippen.»

«Oh, jetzt verstehe ich, worauf Sie hinaus wollen. Sie versuchen, sich an mich ranzumachen, indem Sie mir einen Job anbieten.»

«Das ist doch gar keine schlechte Idee.»

«Ich könnte nie für Sie arbeiten, ich könnte den Job nicht ernst nehmen, ich komme ja nicht mal über Ihren Namen hinweg.»

«An meinem Namen ist nichts Ungewöhnliches.»

«Nichts Ungewöhnliches. Ihr Name ist zum Totlachen. Es ist der lächerlichste Name, den ich je gehört habe.»

«Es ist ein guter italienischer Name. Genauso wie Ihrer.»

«Aber mein Name ist nicht lustig und Ihrer schon. Deshalb sind Sie wahrscheinlich auch Komiker geworden. Wo doch alle Welt weiß, daß Italiener Sänger sind und keine Komiker.»

«Wollen Sie mich mal singen hören? Kommen Sie schon, wir machen einen Deal – Sie kommen mit mir ins Jack's at the Beach, und ich mach mich in der Pianobar zum Trottel und singe für Sie.»

«Nein danke.»

«Sie kommen nicht mal mit, wenn ich in der Pianobar singe?»

«Nein.»

«Auch nicht, wenn ich Ihnen einen Hummer spendiere?»

«Nicht mal, wenn Sie mir zwei Hummer spendieren würden, Tony Ronzoni.» Ich lachte. «Sehen Sie, was passiert, wenn ich Ihren Namen sage? – ich fange an zu lachen.»

Er lächelte mich an. «Wie wär's mit zwei Hummern und einer Languste?»

Und ich lachte wieder. «Nein... auf gar keinen Fall. Nein.»

Ich sagte nein.

Und Anfang November desselben Jahres, als er von New York nach L. A. kam, um ein paar Papiere zu unterschreiben und sich mit Harry zu treffen, bevor er nach Vegas ging, um drei Wochen lang im Sands als Stargast aufzutreten, sagte ich wieder nein. Diesmal sagte ich bei einem Cheeseburger nein. Ich war gerade im Bistro im Foyer unseres Bürogebäudes und nahm an der Theke einen Imbiß zu mir, als er hereinkam, um sich einen Becher Kaffee zu holen.

«Kommen Sie, setzen Sie sich mit mir an einen Tisch.»

«Nein.»

«Sie wollen sich nicht mit mir an einen Tisch setzen? Mein Gott, Gilliana, was könnte ich Ihnen denn vor all diesen Leuten schon tun?»

«Keine Ahnung, Sie sind wahrscheinlich berüchtigt dafür, daß Sie am hellichten Tag in aller Öffentlichkeit Frauen verführen.»

«Nun, dann muß ich wohl hier neben Ihnen stehen bleiben und meinen Kaffee im Stehen trinken.»

Er stand da und lächelte mich an. Er nahm einen Schluck Kaffee aus dem Pappbecher, den er in der Hand hielt. Er verlagerte sein Gewicht.

Alle beobachteten uns. Es war Mittagszeit und wie immer um diese Zeit sehr voll im Bon-Aire, und alle sahen zu uns herüber – die Gäste, die Kellnerinnen, die Kellnerlehrlinge, die beiden Empfangsdamen und der Kassierer; sogar die drei Köche, die hinter der Theke Hamburger brutzelten und Thunfisch-Sandwichs zurechtmachten, grinsten mich an.

Ich nahm meinen Cheeseburger und ging mit Anthony zu einem freien Tisch an der Wand. Alle Blicke folgten uns, während wir den Raum durchquerten. Alle wußten, wer er war; das ließ sich nicht ändern. Alle wußten, wer Don Rickles war, sie wußten, wer Buddy Hackett war, und natürlich wußten sie, wer Tony Ronzoni war, denn er war nicht nur genauso berühmt wie die beiden anderen, sondern sah auch noch gut aus, verdammt gut, so gut, daß einem das Herz stehenblieb. Er sah aus wie der italienische Sänger, der immer vor dem Komiker auf die Bühne kam, wie ein richtiger Filmstar. Schwarzes, lockiges Haar, große, braune Augen mit langen, schwarzen Wimpern, breite Schultern, ein drahtiger Körper und ein unglaublicher Mund – ein Mund zum Küssen –, ich kann es nicht richtig erklären, es war die Form seiner Lippen, die einen irgendwie reizte. In meinen Augen war er beinah vollkommen; die einzigen beiden Dinge, die seine Vollkommenheit vielleicht ein wenig einschränkten, waren seine Größe – er war nur etwa eins fünfundsiebzig groß – und seine abgekauten Fingernägel. Abgesehen davon war er vollkommen.

«Kann ich eine von Ihren Pommes frites haben?»

«Bitte.»

Er nahm sich eine von meinen Pommes und zog sie durch den Ketchupklecks auf meinem Teller. Ich sah ihm nicht beim Essen zu; ich versuchte, so schnell wie möglich fertig zu werden und endlich wegzukommen.

«Und? Haben Sie inzwischen einen Freund?»

Ich sah auf. «Was?»

«Einen Freund. Haben Sie schon einen Freund? Hat in diesem seichten, verschwenderischen Land endlich jemand entdeckt, wie außergewöhnlich Sie sind?»

«Mögen Sie L. A. nicht?»

Er lachte. «Sie wechseln das Thema, Miss.»

«Ich weiß. Warum mögen Sie L. A. nicht?»

«Nun, hauptsächlich, weil's nicht New York ist.»

«New York ist toll, hm?»

«Moment mal, Sie wollen mir doch nicht erzählen, daß Sie noch nie in New York waren?»

«Nein, noch nie.»

«Mein Gott, dem armen Kind hat man ja wirklich einiges vorenthalten.»

«Ich bin kein Kind mehr.»

«Okay, wie alt sind Sie?»

«Ich bin fünfundzwanzig.»

«Sie sind noch ein Kind, glauben Sie mir.»

«Okay, und wie alt sind Sie, Sie Neunmalkluger?»

«Dreiundsiebzig.»

«Das glaub ich nicht.»

«Doch, ich bin dreiundsiebzig, aber ich habe mich gut gehalten, weil ich ein sehr gesundes Leben führe. Ich rauche nicht, ich lüge nicht, und ich bin strikter Vegetarier.»

«Ach, wirklich?»

«Ja, Ma'am.»

«Dann wollen Sie wohl nicht mal von meinem Cheeseburger probieren, was?»

«Aber liebend gern würde ich von Ihrem Cheeseburger probieren.»

«Sie sind keine Dreiundsiebzig und auch kein Vegetarier.»

«Okay, Sie haben mich entlarvt.»

«Und Sie lügen.»

«Nein, Gilliana, das ist das einzige, was wahr ist. Ich lüge nie.»

Ich wollte ihn nicht ansehen, und so biß ich in meinen Cheeseburger, aber es fiel mir schwer zu kauen und noch schwerer zu schlucken – kaum zu glauben, daß ich, die Cheeseburger-Königin, ich, die ich an keinem Cheeseburger vorbeigehen konnte, den Appetit verloren hatte.

«Also, wo waren wir stehengeblieben?» fragte ich. «Moment mal – das heißt also, daß Sie rauchen, richtig?»

«Nein, ich hab aufgehört.» Er grinste mich an. «Letzten Donnerstag.»

Ich lachte. «Moment mal, jetzt bin ich ganz durcheinander... wo waren wir gerade?»

«Keine Ahnung, ich hab auch den Faden verloren... Außerdem ist es mir ziemlich egal, worüber wir reden, Gilliana. Ich wollte nur endlich mal Gelegenheit haben, neben Ihnen zu sitzen und in Ihre Augen zu blicken.»

«Großer Gott», sagte ich und lachte. «Das ist ja wohl das einfallsloseste Kompliment, das ich je gehört habe. Ist das alles, was Sie zu bieten haben...?»

«Nein, ich dachte nur, am besten bring ich es schnell hinter mich, damit Sie endlich begreifen, daß ich Sie nicht anmachen will und Sie in Ruhe zu Ende essen können.»

Ich sah ihn an. «Sie meinen's also wirklich ernst?»

«Ich denke schon, aber verraten Sie's keinem, das wäre nicht gut für meinen Ruf – ich bin Komiker, wissen Sie. Dafür zahlen sie mir einen Haufen Kohle.»

«Einen Haufen Kohle» – diesen Ausdruck habe ich seitdem immer mit Anthony verbunden. Mein Gott. Das war 1971.

«Also werde ich Sie wohl nach New York mitnehmen müssen.»

Ich lachte. «Aha! Der nächste Annäherungsversuch. Darauf habe ich nur gewartet.»

«Das ist kein Annäherungsversuch; es ist mir Ernst. New York muß man einfach gesehen haben. Das ist ein Muß, das ist äußerst wichtig für die eigene...»

«Die eigene was?»

«Entwicklung. Man muß New York einfach gesehen haben, bevor man ganz ausgewachsen ist.»

«Das ist aber seltsam ausgedrückt.»

«Ich kann's nicht ändern. Ich bin Italiener, wie Sie wissen.»

Ich lachte wieder. Er war köstlich, das mußte man ihm lassen, wirklich köstlich. Köstlich und witzig und attraktiv... und mit einer katholischen Italienerin verheiratet, mit der er zwei katholische Kinder hatte.

Ich wischte mir mit der Serviette den Mund ab und schob meinen Stuhl so schnell zurück, daß er beinah umkippte, griff nach der Rechnung und stand auf.

«Sie wollen schon gehen? Wir haben uns doch gerade so nett unterhalten.»

«Ja schon, aber ich muß wieder arbeiten.»

«Es ist doch erst halb zwei. Ich dachte, Sie müßten erst um zwei wieder arbeiten.»

«Stimmt, aber ich gehe trotzdem.»

«Warum?»

«Ich weiß nicht. Ich habe das Gefühl, daß ich mir unbedingt die Hände waschen muß oder die Nase pudern oder mich übergeben oder sonstwas.»

«Mache ich Sie nervös, Gilliana?»

«Ja, es fällt mir schwer, vor den Augen eines Vegetariers einen Cheeseburger zu essen. Sie könnten davon Alpträume bekommen, und dafür will ich nicht verantwortlich sein.»

«Ich bin kein Vegetarier», sagte er lächelnd.

«Ich weiß», sagte ich lächelnd.

«Werden Sie mit mir nach New York kommen?»

«Nein.»

«Werden Sie heute abend mit mir essen?»

«Nein.»

Er blickte auf die Rechnung in meiner Hand. «Darf ich Sie zu Ihrem Cheeseburger einladen?»

«Nein.»

«Werden Sie noch nett zu mir sein, wenn ich Harry Witzer anrufe, um etwas Geschäftliches zu besprechen?»

«Ich bin immer nett zu Ihnen, Mr. Ronzoni.»

«Ja, das sind Sie... Sie sind sehr nett, Miss Ventimiglia, sehr, sehr nett.»

Er blickte mir direkt in die Augen. Dieser Blick ging mir durch Mark und Bein, und meine Füße, die vorgehabt hatten, sich in Bewegung zu setzen, wußten plötzlich nicht mehr, wie.

Ich lachte, um diese peinliche Lähmungserscheinung zu überspielen.

«Also dann», sagte ich. «Viel Spaß in Vegas. Ich bin sicher, Sie werden wie immer ein voller Erfolg sein. Applaus, Applaus – wie immer...»

«Wollen Sie kommen?»

«Nein danke.»

«Ich kann Ihnen einen Tisch in der ersten Reihe besorgen; im Ernst, ich bin ein einflußreicher Mann.»

Ich lachte. «Nein.»

«Auch ohne die geringste Verpflichtung? Ich versprech's.»

«Ich kann nicht, Tony... wirklich... nein.»

«Also wieder nein, hm?»

«Ja.»

«Ja?» fragte er, grinste mich an und stand auf. «Haben Sie ja gesagt?»

«Hören Sie auf», sagte ich lachend. «Nein, ich meine nein.»

Nein. Ich sagte wieder nein. Und alle im Bon-Aire konnten dieses Nein hören.

Das Flugticket nach New York traf zwei Wochen später ein, während er noch in Vegas auftrat. Ich habe keine Ahnung, wie er meine Adresse herausgefunden hatte, aber irgendwie war es ihm gelungen; wahrscheinlich hatte er eine der Sekretärinnen unter Druck gesetzt oder Harry Witzer beschwatzt. Natürlich fand Harry nichts dabei, wenn ich mit Tony ausging. Harry war seit hundert Jahren Agent; er hatte schon viel gesehen.

«Was ist schon dabei, Mädchen? Ronzoni ist doch ein netter Kerl.»

«Danke, Harry.»

Es war ein Erster-Klasse-Ticket: L. A. – New York, Hinflug direkt nach Weihnachten und Rückflug am Neujahrstag.

«Du mußt es unbedingt machen», beschwor mich Carole Rose, meine Mitbewohnerin, und kippte vorsichtig die Wermutflasche, damit nur ein kleiner Schluck in ihrem Ginglas landete. «Wir brauchen unbedingt einen Shaker.»

«Was meinst du damit – ich muß es machen?»

«Ich geh morgen zu Geary's und kauf uns so einen Martinishaker aus Sterlingsilber.»

«Wir haben kein Geld für einen Martinishaker aus Sterlingsilber, und außerdem trinke ich überhaupt keinen Gin.»

«Macht nichts, ich bezahl's mit meiner Karte.»

«Was meinst du damit – ich muß es machen?»

«Ich meine damit, daß du's einfach machen mußt. Wie viele Frauen kennst du, die einfach so ein Erster-Klasse-Ticket nach New York geschickt bekommen, einschließlich einer Suite im Plaza, was man wahrlich nicht als die letzte Absteige bezeichnen kann? Und dabei hast du nicht mal mit diesem Typen geschlafen?»

«Carole, ich bin noch nicht mal mit diesem Typen essen gegangen.»

«Essen, schlafen – ist doch egal.»

«Mir ist es nicht egal. Komm schon, Carole, hilf mir da raus, sei bitte mal ernst.»

«Ich bin todernst. Wer könnte schon New York in der Weihnachtszeit widerstehen? Im Rockefeller Center wird wieder der Baum stehen, du kannst den Schlittschuhläufern zugucken und heiße Schokolade trinken und die Fifth Avenue entlangspazieren und dir die Schaufenster ansehen, vor allem die von Lord & Taylor, die haben nämlich diese ganzen beweglichen Sachen in ihren Fenstern, tanzende Puppen und hämmernde Zwerge, und Saks hat ganz elegante Schaufenster, und aus einem Lautsprecher kommt Musik, Weihnachtslieder mitten auf der Straße... und du mußt auf einen Drink in die Oak Room Bar... und zum Brunch ins Algonquin, Tatar mit einem Ei darauf und eine Bloody Mary, und du mußt dir unbedingt bei Bloomingdale Unterwäsche kaufen... und mach auf jeden Fall eine Kutschfahrt durch den Central Park, mit einer Felldecke über den Beinen, und dann siehst du ihm in die Augen... er hat tolle

Augen, das mußt du zugeben... ach, wie ich New York vermisse...»

«Carole, ich fliege nicht hin.»

«Du bist bescheuert.»

«Na und?»

Sie nippte an ihrem Martini und legte die Füße auf den Beistelltisch. Ich wollte schon eine Bemerkung machen, daß sie die Schuhe ausziehen soll, aber es war ihr Beistelltisch, und außerdem hatten wir klare Regeln aufgestellt, die vorschrieben, daß ich mich in dem gemeinsamen Teil unserer Wohnung mit meinem Ordnungsfimmel zurückhielt. Mein Schlafzimmer und Bad hätten von irgendeiner Architektur-Zeitschrift prämiert werden können, während Caroles Schlafzimmer und Bad aussahen, als müßte das Gesundheitsamt einschreiten. Nein, das ist unfair; es war nicht schmutzig, ihre Sachen lagen nur so wild verstreut in der Gegend herum wie nach einem Tornado. Der Rest der Wohnung war «neutrales Terrain», und wir versuchten, uns nicht gegenseitig in die Quere zu kommen. Unser Modell der friedlichen Koexistenz funktionierte ganz gut; immerhin waren es bald sieben Monate. Wenn sie allerdings kochte, konnte ich mich nur schwer beherrschen; sie hatte eine Vorliebe für aufwendige Dinnerpartys und benutzte dazu jeden Teller, jeden Löffel, jeden Topf und jede Schüssel in der gesamten Küche, und dann ließ sie beim Kochen sämtliche Schranktüren sperrangelweit offen. Einmal kam ich in die Küche, als sie gerade kochte, und versuchte, unbemerkt ein paar Schranktüren zuzumachen, und es hätte nicht viel gefehlt und sie hätte mir den Pyrexmeßbecher, den sie in der Hand hielt, an den Kopf geworfen.

«Hör auf damit, Gillian.»

«Ich will doch nur nicht, daß du dir den Kopf an einer Schranktür stößt.»

«Wenn du diese Schranktüren anfaßt, knall ich dir den Becher an den Kopf.»

«Es tut mir leid, Entschuldigung, ich bin ja schon weg.»

«Schüttel ein paar Kissen auf oder so was. Kauf ein paar Küchenrollen.»

Ich kaufte immer zu viele Küchenrollen. Aus irgendeinem Grund fand sie das überaus komisch.

Sie nahm wieder einen Schluck von ihrem Martini und sah mich an. «Also, was hast du sonst noch so am Laufen?»

«Was meinst du damit?»

«Ich meine, was gibt's sonst noch so in deinem Leben?»

«Das weißt du doch… nichts Aufregendes… es sei denn, du bezeichnest Alan Steiner als aufregend, was ich nicht tue.»

«Ich auch nicht», stimmte sie mir zu.

«Und dann treff ich mich noch ab und zu mit Bill.»

«Der ist doch nur was fürs Bett.»

«Carole.»

«Was? Komm schon, sei ehrlich… das mit dir und Bill ist doch nichts Ernsthaftes, oder?»

«Nein, ich denke nicht…»

«Sag ich doch.» Sie lachte. «Natürlich haben wir da noch ‹die Gottesanbeterin›. Den wollen wir doch nicht einfach unter den Tisch fallen lassen.»

Ich hatte mich ein paarmal mit einem Anwalt getroffen, der wirklich äußerst unattraktiv war, um es milde auszudrücken. «Nenn ihn nicht Gottesanbeterin; er kann schließlich nichts dafür, daß er so aussieht, und er ist sehr nett und klug.»

«Oh, vielen Dank, daß du mich daran erinnerst… also, fassen wir mal zusammen… wen haben wir denn so in deinem Liebesleben? Da ist zunächst einmal Alan Steiner:

‹Liebling, warum kochst du uns nicht einfach was, und wir bleiben zu Hause und sehen fern›, und dann William Kazinsakis: ‹He, Baby, wie wär's mit 'nem guten Fick; I love you, sorry, aber ich muß jetzt weg›, und natürlich die Gottesanbeterin, wenn es uns mal nach was Schlauem gelüstet. Was ist also schon dabei, wenn du dich mit Tony Ronzoni in New York triffst?»

«Er ist verheiratet, Carole Rose.»

«Ja, das weiß ich.»

«Alle Welt weiß es.»

«Und?»

«Nichts. Ich hab nur keine Lust, mich noch mal mit einem verheirateten Mann einzulassen.»

Sie stellte ihr Glas auf dem Beistelltisch ab und zündete sich eine Zigarette an.

«Lies mir den Brief noch mal vor.»

Ich nahm den Brief, der zusammen mit dem Ticket gekommen war. Er hatte zusammengefaltet in einem Umschlag in der American-Arlines-Hülle gesteckt. Es war dikkes, cremefarbenes, teures Briefpapier mit einem dünnen, schwarzen, kühnen «AR» oben auf der Seite. Carole Rose und ich hatten den Brief bestimmt schon tausendmal gelesen. Sie hatte bereits das Papier untersucht und mir gezeigt, daß es von Tiffany stammte – wenn man es gegen das Licht hielt, sah man das Tiffany-Wasserzeichen. Carole Rose kannte sich in solchen Dingen aus. Sie kam aus New York, sie war kultiviert, sie wußte, was man bei Cocktailpartys servierte und was man dazu trug. Und wenn ein bestimmtes hohes Tier von einer der großen Fernsehgesellschaften – wo Carole Rose arbeitete – einmal im Monat nach Los Angeles kam, um sich mit seinen Lakaien zu treffen, fuhr immer eine lange schwarze Limousine vor, die sie zu seinem Bungalow beim Beverly-Hills-Hotel fuhr und wieder zurückbrachte.

Ich las vor:

Liebe Gilliana,
das ist ein Ticket nach New York, wie Du leicht erkennen kannst. Betrachte es als erzieherische Maßnahme – wie besprochen. Oder betrachte es als Weihnachtsgeschenk von Deiner Großtante Maude. Wenn Du keine Großtante Maude hast, dann betrachte es als Geschenk vom Weihnachtsmann. Oder als Neujahrsgeschenk von der Freiheitsstatue. Niemand wird Dir einen Strick daraus drehen. Halte das Ticket doch mal hoch und schau es Dir an. Siehst Du? Kein Strick. Ich hoffe bei Gott, daß Du jetzt lachst. Ich versuche verzweifelt, witzig zu sein. Gilliana, es ist doch bloß ein Ticket nach New York. Ich möchte es Dir schenken. Das Geschenk schließt mich selbst nicht ein. Oder kannst Du mich irgendwo entdekken? Es ist mein Ernst. Ich möchte, daß Du New York kennenlernst. Das muß nicht mit mir sein. Ich werde Dich nicht anrufen. Die Telefonnummer von meinem Büro ist: Eldorado 5-6801. Wenn Du willst, ruf mich an. Meine Sekretärin heißt Irene McCaffey, und sie weiß immer, wo ich zu erreichen bin. Eine Limousine holt Dich ab und bringt Dich zum Flughafen von L.A., und eine weitere Limousine holt Dich vom Kennedy Airport ab und bringt Dich zum Plaza, und am Neujahrstag holt sie Dich am Nachmittag wieder ab und bringt Dich zum Kennedy Airport, und dann holt Dich eine andere Limousine vom Flughafen in L.A. ab und fährt Dich nach Hause. Ganz schön viele Limousinen, was? Ich will nur nicht, daß Du ein Taxi nehmen mußt oder so was.
Ich habe schon dem Portier im Plaza Anweisungen

gegeben: Dein Wunsch soll ihm Befehl sein. Er heißt Jones. Ein diskreter Name, findest Du nicht? Wie es sich für einen Portier gehört. Du findest ihn in der Hotelhalle, an der mit Blattgold verzierten Rezeption. Er hat eine Nelke im Knopfloch. Rot, wenn mich nicht alles täuscht. Unglücklicherweise sieht er ein bißchen so aus, als hätte er Verstopfung, aber das hat sich ja vielleicht gelegt, bis Du ankommst.

Gillian, Du brauchst mich nicht anzurufen. Ich will nur, daß Du Dich amüsierst; ich will nur, daß Du New York kennenlernst. Okay? Okay.

Fröhliche Weihnachten und ein Glückliches neues Jahr wünscht Dir der Mann, dessen Namen Dich zum Lachen bringt…

Anthony

Ich faltete den Brief wieder zusammen und steckte ihn in den Umschlag. Den Umschlag schob ich wieder in die American-Airlines-Hülle. Ich sah Carole an. Sie sah mich an.

Sie nahm einen Zug von ihrer Zigarette und blies den Rauch durch Mund und Nase.

«Willst du denn nicht mal rausfinden, ob Mr. Jones immer noch verstopft aussieht?» fragte sie lächelnd. «Vielleicht wäre das ja noch interessanter als die Droschkenfahrt durch den Central Park.»

Irgendwie gab das den Ausschlag. Ich weiß nicht, warum, aber so war es. Jedenfalls, um es mit Carole Roses Worten zu sagen: «Kurz und gut», ich habe es getan.

Das Szenario war filmreif.

Ich ging zum Brunch ins Algonquin, und er rief mich nicht an. Ich sah mir die ganzen Weihnachtsdekorationen an, und er rief mich nicht an. Ich ging auf einen Drink in die

Oak Room Bar, und er rief mich nicht an. Ich schlenderte durch Tiffany und tat so, als wäre ich Audrey Hepburn, und er rief mich nicht an. Ich sah den Schlittschuhläufern im Rockefeller Center zu und trank eine bescheuerte heiße Schokolade, und er rief mich nicht an. Ich lief mir in der eisigen Kälte auf der Madison Avenue die Füße wund, und er rief mich nicht an. Ich ging in die St. Patrick's Cathedral und ins Metropolitan und ins Museum of Modern Art und ins Whitney und sogar in die Frick Collection, die die meisten Touristen überhaupt nicht kennen, und er rief mich nicht an.

Am vierten Tag rief ich ihn nachmittags so gegen halb fünf an. Miss McCaffey meldete sich: «Toni Ronzonis Büro, guten Tag», und ich legte auf. Ich schnappte meinen Mantel und rannte aus dem Plaza, als wäre ein Feuer ausgebrochen.

Ich ging zu Bergdorf, um mir Unterwäsche zu kaufen. Ich weiß, daß Carole Rose gesagt hatte, ich solle zu Bloomingdale gehen, aber der gräßliche Graupelschauer draußen schreckte mich ab. Und es war auch schon fast dunkel, und Bergdorf war nur ein paar Häuser weiter.

Ich kaufte ein Nachthemd. Schwarze italienische Seide. Es war zwar nicht durchsichtig, aber eng anliegend, schräg geschnitten, hochelegant und dezent, wie aus einem Schwarzweißfilm aus den vierziger Jahren, etwas, was Ingrid Bergman in einem Film mit Cary Grant getragen hätte, in dem es um Romantik und Intrigen ging. Es war mir nicht aufgefallen, daß es aus Italien war; die Verkäuferin machte mich darauf aufmerksam, und da mußte ich lachen. Und dann tat ich etwas, was selbst ich seltsam fand – ich ließ es als Geschenk einpacken. Ich wußte auch nicht, warum, außer daß es so edel aussah und es irgendwie nicht gepaßt hätte, es nur zusammenzufalten, in ein popeliges Stück Seidenpapier einzuwickeln und in eine Einkaufstüte zu stopfen.

Er wartete am Fifth-Avenue-Eingang des Plaza-Hotels

auf dem Rücksitz einer Kutsche. Es war sechs Uhr abends und dunkel; der Graupel hatte sich in Schnee verwandelt, und ich ging ziemlich schnell, als er plötzlich meinen Namen rief.

Das Pferd war schwarz und hieß Brian, der Kutscher hieß Mike und hatte einen irischen Akzent, die Decke über unseren Knien war schwarzweiß kariert und ein bißchen kratzig. Die Fahrt durch den Park dauerte nur fünfundzwanzig Minuten, weil wir sie aufgrund des Schnees abbrechen mußten.

Der Taxifahrer hieß Mohammed, und seinem Englisch nach zu urteilen war er wohl am selben Tag erst aus Jordanien gekommen; keine Ahnung, wie er so schnell an einen Taxiführerschein gekommen ist. Der Oberkellner bei Frankie and Johnnie hieß Nick, der Barkeeper George, der Kellner Phil. Das Steak war medium, der Wein samtener Burgunder, und auf den Rahmspinat war Muskatnuß gestreut. Als wir Richtung *uptown* gingen, blieb der Schnee an unseren Schuhen kleben, und ich hielt mich an seinem Arm fest. Der Kellner im Russian Tea Room hieß Marty, und er versicherte uns, daß der *crème-de-menthe*-Cocktail einfach göttlich sei.

Jeder wußte, wer Tony war, überall, außer Mohammed, dem Taxifahrer, und Brian, dem Pferd.

Sein Vater hatte auf dem Bau gearbeitet, und seine Mutter hatte als Hausfrau gekocht und geputzt; er lebte noch, sie nicht mehr. Er hatte zwei Brüder, die ebenfalls auf dem Bau arbeiteten, verheiratet waren und Kinder hatten und in New Jersey wohnten. Er war siebenunddreißig Jahre alt, seit vierzehn Jahren mit Mrs. Sowieso verheiratet – sie war die erste Frau in seinem Leben, sagte er. Sein Sohn war acht und seine Tochter drei.

Daß er sexy war und gut aussah, wußte ich schon. Jetzt

fand ich noch mehr heraus: Er war wortgewandt, geistreich, ungemein witzig, zärtlich, reizend und lieb. Er sagte, daß ihm bisher noch nie jemand ein so schön verpacktes schwarzes Seidennachthemd von Bergdorf Goodman überreicht habe. Er sagte auch, ich sähe darin viel besser aus als Ingrid Bergman; ich wußte, daß das übertrieben war, aber es ging mir runter wie Öl.

Das schwarze Seidennachthemd aus Italien ist eins der Schätze, die in meinen Kommodenschubladen versteckt sind. Wenn mir je etwas zustoßen sollte, wird Clare es finden. Vielleicht wird sie denken, daß ich es für ihren Vater trug, aber das stimmt nicht, das habe ich nie getan.

Mollie

Du liebst einen Mann. Du liebst ihn wirklich. Und du glaubst an ihn. Und du willst ihn. Wie soll ich sagen – körperlich, ich weiß zwar nicht, wie man heutzutage dazu sagt, aber das ist vielleicht auch nicht so wichtig – und er will dich auch. Und so sollte es auch sein, darauf hast du dein ganzes Leben gewartet. Ich bin sicher, daß es bei den jungen Leuten heutzutage genauso ist, daß sie trotz ihres ganzen Geredes genau das wollen. Männer und Frauen werden sich in diesen Dingen nie ändern, soviel meine ich zu wissen.

Ihr findet euch also; du hast Glück und findest ihn, einen unter Millionen, die Nadel im Heuhaufen, du hast ja solches Glück. Und dann baut ihr euch ein gemeinsames Leben auf, erlebt gemeinsam schlechte Zeiten, schwere Zeiten: Ihr beerdigt gemeinsam euer Kind, ihr durchlebt gemeinsam einen Krieg – Zeiten, die euch stärker machen, Zeiten, die euch einander näherbringen, weil ihr sie überlebt habt, Zeiten, in denen du glaubst, es wird immer so bleiben.

Ich und Jules – gab es ein idealeres Paar? Wir waren alles füreinander. Die Leute beneideten uns sogar um die Blicke, die wir uns zuwarfen; wir waren nach all den Jahren noch immer verliebt ineinander. Wie konnte das sein, fragten sie sich. Wieviel Glück wir doch hatten, dachten sie. Aber sie täuschten sich. Wir waren keineswegs vom Glück verwöhnt; unsere Ehe stand von Anfang an unter keinem guten Stern. Was man für seine Glückwunschkarte hält, stellt sich manchmal als gut getarntes Toilettenpapier heraus.

Er war ein Spieler, mein Julie. Gott steh ihm bei; er war ein Spieler, und ein Spieler ändert sich nie. Das ist leider die traurige Wahrheit. Ganz egal, was du glaubst oder worauf du hoffst, ganz egal, wie sehr er sich bemüht, ganz egal, wie sehr er dich liebt, all das ändert nichts. Und die, die mir das vor der Hochzeit gesagt hatten, behielten recht; alle, auf die ich nicht hören wollte, wußten Bescheid.

Ein Spieler kann sich nie ändern, er kann nur alles andere verändern – alles, was du dir erhofft hast, alles, wovon du geträumt hast, und alles, was dir lieb und teuer war – er verwandelt alles in Scheiße. Eigentlich sage ich so etwas nicht, ich kann gut auf ordinäre Ausdrücke und schmutziges Gerede verzichten, es ist mir zuwider, aber mir liegt daran, richtig verstanden zu werden, und wenn ich so zurückblicke, ist es das einzige Wort, das paßt; deshalb benutze ich es hier, weil er alles, was schön zwischen uns war, in etwas Schmutziges verwandelt hat.

Dell stand am Herd und beobachtete die Kaffeemaschine. «Wenn er den Mund aufmacht, lügt er wahrscheinlich schon», sagte sie. «Wahrscheinlich ist er gerade auf der Rennbahn.»

«Sag das nicht, Dell, er bemüht sich.»

«Das tut er mit Sicherheit; seine ewigen Versprechungen kommen dir ja schon zu den Ohren raus.»

Mollie sah sie an.

«Okay... war nicht komisch. Tut mir leid, Mol. Komm schon, du weißt doch, daß ich Jules sehr mag, wirklich. Aber ich fürchte, daß es hoffnungslos ist. Das ist es wirklich, Mollie, er kann einfach nicht damit aufhören.»

Das Lämpchen war ausgegangen. Sie nahm die Kaffeemaschine vom Herd und trug sie zum Küchentisch hinüber, schenkte in jede Tasse etwas Kaffee und sah Mollie an.

«Iß doch was von dem Stollen.»

«Ich hab keinen Hunger.»

«He, der Krümelkuchen da ist vom Lake Forest; ich bin extra den ganzen Weg nach Clayton gefahren, um ihn für dich zu kaufen.»

«Ich kann wirklich nicht, er bleibt mir im Hals stecken. Ich hab keinen Hunger, Dell.»

«Du siehst ja aus wie der leibhaftige Tod, weißt du das? Du bist viel zu dünn.»

Mollie lächelte sie an. «Danke.»

«O Mist», sagte sie. Sie seufzte und tätschelte Mollies Schulter, ging hinter ihr vorbei und stellte die Kaffeemaschine wieder auf den Herd. Sie kam zurück zum Tisch und setzte sich, rührte etwas Zucker in ihren Kaffee und nahm einen Schluck. Dann stellte sie ihre Tasse hin, lehnte sich zurück und sah Mollie an.

«Du brauchst wahrscheinlich mehr Eisen oder so was. Kriegst du genug Eisen?»

Mollie sah sie an.

«Du solltest mehr Spinat essen... mehr Grünes... Blattgemüse.»

«Okay.»

«Herrgott, ich hör mich ja an wie meine eigene Mutter.»

Mollie schüttete ein bißchen Milch in ihren Kaffee, rührte ihn um und trank einen Schluck.

«Okay», sagte Dell. «Warum akzeptierst du es nicht einfach?»

«Was?»

«Daß es so ist.»

«Was meinst du damit?»

«Akzeptiere einfach, daß er immer so sein wird, euer ganzes Leben lang, und finde dich damit ab, du weißt schon, so, als würde mit ihm etwas nicht stimmen, als hätte er im Krieg ein Bein verloren oder so was. Wie Hildy Espositos Mann, der seit Iwo Jima eine Platte im Kopf hat und immer mal wieder einen Anfall bekommt.»

«Aber Jules hat keine Platte im Kopf, Dell.»

«Ich weiß, aber du könntest so tun, als ob, Mollie.»

«Das kann ich nicht.»

«Warum nicht? Okay, er hat also keine Platte im Kopf – statt dessen fehlt etwas in seinem Kopf. Das ist dasselbe.»

«Ist es nicht.»

«Okay.» Sie nahm einen Schluck Kaffee. «Du weißt, daß er verrückt nach dir ist.»

«Ich weiß.»

«Das ist er wirklich, Mol, du müßtest mal sehen, wie er dich ansieht.»

«Ich weiß.»

«Und er kümmert sich um dich und die Kleine. Es ist ja nicht so, daß er nicht für dich und Gilliana sorgen würde. Das tut er doch. Er verdient Geld und alles.»

«Ich weiß.»

«Und du bist verrückt nach ihm.»

«Ich weiß.»

«Also?» Sie sah Mollie an, aber Mollie erwiderte nichts.

«Bist du sicher, daß du nicht doch ein Stück Stollen willst? Vielleicht ein winziges Stückchen?» Sie nahm das Messer, schnitt ein keilförmiges Stück ab und legte es auf Mollies Teller neben ihre Kaffeetasse. «Na los, Mol, du siehst aus, als hättest du Hunger.»

Mollie schwieg.

«Okay. Erzähl mir mal, was das Schlimmste daran ist.

Erzähl's mir ruhig, ist schon gut, Liebes. Mol?» Dell legte zärtlich ihre Hand auf Mollies.

Ein Schluchzer, und dann brach es aus ihr heraus: «Ich hab Angst, Dell. Was ist, wenn er sich zu sehr mit diesen Gangstern einläßt, was ist, wenn er ihnen Geld schuldet, das wir nicht zurückzahlen können? Was werden sie mit ihm machen?»

«Aber, Mol, Liebes, beruhige dich, sie werden ihm schon nichts tun.»

«Das weißt du doch gar nicht... und ich würde es nicht ertragen, Dell. Ich würde es wirklich nicht ertragen, wenn Jules irgendwas zustoßen würde, das er sich selber zuzuschreiben hätte, wegen der Spielerei. Verstehst du? Es ist etwas, was man kontrollieren kann, nicht wie bei Al Esposito, der aus heiterem Himmel ein Stück Schrapnell in den Kopf gekriegt hat, oder Tante Ginnie Cocuricci, Gott hab sie selig, die vom Bus überfahren worden ist, weißt du, von der du mir erzählt hast, die ahnungslos an der Ecke stand mit ihren Einkaufstüten und ihrer Handtasche im Arm, und eh sie sich versah, war's passiert. Diese Dinge sind einfach passiert; es war nichts, woran sie selber schuld hatten. Wie das Baby, Dell, als sich seine kleinen Nieren einfach aufgelöst haben...»

«Ach, Mol, wein doch nicht so, mach dich doch nicht verrückt.»

«Nein, hör zu, ich muß es dir erzählen... ich frag mich immer, warum kann er denn nicht aufhören, er weiß doch, wie schrecklich es ist; er weiß, daß es uns ruiniert, warum hört er denn nicht auf? Sieht er denn nicht mein Gesicht, wenn ich merke, daß schon wieder Geld fehlt, weil er es verwettet hat, obwohl er immer wieder versprochen hat, es nicht zu tun, obwohl er am Küchentisch geheult hat, mit den Händen vorm Gesicht, er hat geschworen, er würde nicht mehr spielen, Dell, er hat es sogar bei Gillianas Namen geschworen, dem Namen unseres einzigen Kindes – wie kann er das tun und mir noch ins Gesicht sehen?

Oder wenn er sagt, er wäre mit John Padrelli kurz was essen gegangen, weil John mit ihm sprechen wollte, und bevor ich nur ein Wort sagen kann, bevor ich nur den Mund aufmachen kann, erzählt er mir ellenlang – in allen Einzelheiten, Dell – was John sagte und was er sagte und hin und her, er erzählt mir all das, bevor ich auch nur zu Wort komme, und wenn er dann fertig ist, muß ich ihm auf den Kopf zusagen, daß John angerufen hat, weil er ihn gesucht hat, und zwar zur selben Zeit, als angeblich dieses Gespräch stattfand, und spätestens dann schlägt mein Herz so wild und ich bin so benommen, daß ich meine, ich kippe gleich um, weil ich weiß, daß er auf der Rennbahn war oder bei irgendeinem Buchmacher oder Karten gespielt hat.

Und was dann passiert, Dell, ist noch schlimmer... dann kommt nämlich immer wieder die alte Litanei: Er wollte es nicht, es tut ihm leid, er hatte es eigentlich gar nicht vorgehabt, es tut ihm leid, er liebt mich, es tut ihm leid... genau dasselbe wie beim letztenmal. Wieder und immer wieder. Verstehst du nicht, Dell, es ist wie ein Tanz, ein schrecklicher Tanz, den wir immer weitertanzen müssen, weil wir uns aus irgendeinem Grund nicht hinsetzen können.»

«O Gott, Liebes...»

«Sieht er mein Gesicht nicht, Dell? Sieht er mich denn nicht an? Wie kann er mich ansehen und trotzdem weitermachen? Ich sage mir immer wieder, wenn er mich genug lieben würde, würde er aufhören... O Dell», sagte Mollie schluchzend. «Ich bin es so leid, ich weiß nicht, ob ich das noch länger ertrage.»

Aber ich begriff es immer noch nicht. Spielen hat nichts

mit Liebe zu tun, Spielen hat nur etwas mit Tricks und Lügen und Verrat zu tun. Die Spielerei kann Menschen dazu bringen, Dinge zu tun, die sie sich in ihren schlimmsten Träumen nicht vorstellen können.

«Was meinst du damit, die Polizei kommt? Was ist überhaupt los?»

Ich versuchte, Alfonzo zu verstehen, aber er war sehr aufgeregt und beantwortete meine Fragen auf italienisch, wechselte so schnell zwischen Englisch und Italienisch hin und her, daß ich nicht mitkam. Aber natürlich habe ich trotzdem gewußt, daß etwas nicht stimmte. Alfonzo telefonierte sonst nie. Das Telefon war etwas für den Notfall; ansonsten existierte es nicht.

«Ich komme, Alfonzo, bin sofort da», sagte ich, legte den Hörer auf und nahm meine Tasche.

Ich ließ Gilliana, wo sie war – sie spielte zwei Häuser weiter mit ihrer besten Freundin Claudia im Sandkasten. Ich sagte Claudias Mutter Hazel, daß ich so schnell wie möglich zurück sein würde – ich fuhr mit dem Bus zu Alfonzo und Sophia, was etwa zehn Minuten dauerte –, der Streifenwagen stand vor dem Haus, als ich die Stufen zur Veranda hochrannte.

«*Ladri in casa, ladri in casa*», stöhnte Sophia auf dem Sofa, schüttelte den Kopf und nestelte an einem nassen Taschentuch herum.

«Was ist im Haus? Was sagt sie?» fragte ich.

«Wir wissen es nicht, Lady, das ist ja das Problem», sagte der jüngere der beiden Polizisten zu mir. «Sprechen Sie Italienisch?»

«Ein bißchen... aber eigentlich kaum. Was ist passiert, Alfonzo?»

«Sie sprechen kein Italienisch?» sagte der Polizist. «Großer Gott… ich glaub's nicht, Frank», sagte er zu dem anderen Polizisten.

«*E stato rubato*», schrie Alfonzo, «*non l'hai perso!*»

«Ich glaub, sie hat irgendwas verloren», sagte ich zu dem Polizisten. «Stimmt das, Alfonzo?»

«*Non l'ho perso, Mollie, e stato rubato!*» brüllte Alfonzo mich an.

Der andere Polizist, der neben Sophia saß, stand auf. «He, immer mit der Ruhe, Alter.»

«Nenn mich nix Alter, selber Alter! Du sollst ihm lieber finden!»

«Wen?» fragte ich.

«Keine Ahnung, Lady», sagte der andere Polizist. «Das ist ja das Problem. Irgendwas fehlt, und wir wissen nicht, was es ist und ob es jemand geklaut hat; wir haben keine Beschreibung oder so was. Alles, was wir haben, ist dieses italienische Kauderwelsch, verstehen Sie, Lady?»

Das, was fehlte, war der Diamant von Sophias Urgroßmutter. Es gab zwei davon – in jedem Ohrring einen. Sophia hatte einen dieser Ohrringe von ihrer Urgroßmutter bekommen und ihre Schwester Gilliana, die in Sizilien geblieben war, den anderen. Gilliana war im vergangenen Oktober gestorben, und ihr Diamant war an ihren Sohn John gegangen, dessen richtiger Name Giuseppe war und der in Cleveland wohnte, für seine Tochter Lucia, genannt Lucy, die ihn an ihrem sechzehnten Geburtstag bekommen sollte. Sophias Diamant war für unsere Gilliana bestimmt, wenn sie sechzehn wurde. Als das passierte, war Gilliana gerade erst sechs geworden, ich war neununddreißig, und Sophia war zweiundsiebzig.

Der fehlende Diamant war das Ende meiner Ehe. «*Ladri in casa*» heißt: Diebe im Haus. Das wußte ich nicht, weil ich nie das italienische Wort für Dieb gehört hatte. Aber viel schlimmer war das, was ich wußte – irgendwann bei diesem ganzen Geschrei und Geweine, diesem Hin und Her zwischen Englisch und Italienisch, den Sorgen und der Angst wurde es mir plötzlich klar. Ich sagte kein Wort, aber in meinem Innersten wußte ich – der Dieb war Jules.

Gilliana

WIE DU ES VERMEIDEST, ZUSAMMEN MIT IHM – DEM BERÜHMTEN, VERHEIRATETEN ITALIENISCHEN KÜNSTLER – IN HOTELHALLEN GESEHEN ZU WERDEN:

Steh ganz still da. Vielleicht bemerkt dich ja keiner an seiner Seite.

Tu so, als wärst du eine Palme – strecke die Arme hoch über den Kopf, am besten im rechten Winkel zueinander –, funktioniert gewöhnlich nur, wenn du was Grünes anhast.

Verhalte dich so, als würdest du zu den Leuten gehören, die zufällig in deiner Nähe stehen. Sag irgendwas zu einem von ihnen und mische dich einfach unter sie. Es macht nichts, wenn sie dich ansehen, als hättest du nicht mehr alle Tassen im Schrank; lächle nur und weiche ihnen nicht von der Seite.

Gib vor, für das Hotel zu arbeiten. Das erfordert natürlich, daß du schnell in den «Hoteljargon» umschaltest: «Die Dusche wird morgen früh sofort repariert, Mr. Ronzoni; wir haben keine Ahnung, warum sie tropft...» oder: «Wir haben Ihren Rückflug nach New York umgebucht, ganz wie Sie es wünschten, Mr. Ronzoni, und wir haben auch für Sie das vegetarische Essen bestellt, genau so, wie Sie es wünschten.»

Tu so, als wärst du eine Verwandte. Das ist sehr schwierig und erfordert ein Höchstmaß an Konzentration, es sei denn, du tust so, als wärst du gerade mit dem Schiff aus Italien gekommen und sprichst kein Wort Englisch. Aber du kannst dich damit auch ganz schön in die Nesseln setzen, wenn die Leute, die sich mit ihm unterhalten wollen, Italienisch sprechen. Dann fällst du am besten in Ohnmacht.

Ohnmächtig werden ist sehr gut, denn dann kann er dir zu Hilfe eilen und aussehen wie ein barmherziger Samariter, der sich um eine Wildfremde kümmert. Sehr gut für seinen Ruf. Paß aber auf, wo du hinfällst; du könntest dir den Kopf an einer Tischkante anschlagen, und das wäre nicht so gut.

Spaziere nicht mit ihm zusammen in der Gegend herum. Geh überall allein hin.

Geh überhaupt nirgendwohin. Bleib zu Hause und hör zu, wie witzig er am Telefon ist, wenn er dich aus allen Ekken der Welt anruft.

Geh überhaupt nirgendwohin. Nein, dafür war es zu spät. Wie könnte ich? Mit ihm zusammenzusein bedeutete mir alles; es war mein Lebensinhalt. Ich tippte, stenografierte, erledigte die Ablage und wartete darauf, daß Anthony anrief. Ich aß, schlief, weinte und wartete darauf, daß Anthony anrief. Und zwischendrin flog ich zu ihm. Nach New York, Las Vegas, Atlantic City, San Francisco und einmal sogar nach Indianapolis… ganz egal, wohin. Ich flog, wenn es schneite. Ich flog, wenn es regnete. Ich flog mitten am Tag und mitten in der Nacht; tagsüber nach Las Vegas und Boston, nachts nach New York… Hauptsache, wir waren zusammen.

«Hallo.»

«Howdy, Darlin'.»

«Aha, du bist also in Texas.»

«Schlaues Kind.»

«Nicht nur schlau, sondern auch attraktiv, du alter Mafioso.»

«Nenn mich nicht Mafioso.»

«Warum nicht? Ich bin doch auch einer.»

«Nur die eine Hälfte von dir.»

«Ah ja.»

«Mit welcher Hälfte sprech ich?»

«Der oberen.»

«Oh, das ist die jüdische Hälfte.»

«Wirklich? Woher weißt du das?»

«Dein Mund ist jüdisch, Gilliana.»

«Und was ist mit dem Rest von mir?»

«Das kommt darauf an, von welchen Körperpartien wir reden.»

«Was ist mit meinem Allerwertesten?»

«Entschuldigen Sie, Miss, wovon reden Sie, bitte?»

«Du hast schon wieder Probleme mit deinem Englisch.»

«Ich kann's nicht ändern; Mafiosi haben eben andere Qualitäten.»

Lachen.

«O Gott, Anthony, du fehlst mir. Du fehlst mir so sehr.»

«Freitag. Nur noch drei Tage, Miss. Am Freitag im schönen Nevada, in der Gartenstadt Las Vegas, in der atemberaubenden Star-Suite des Sands-Hotels werde ich Sie untersuchen, Miss, und wir werden jede Ihrer Körperpartien kennzeichnen, damit wir in Zukunft diesbezüglich keine Probleme mehr haben werden.»

«Wie wollen Sie das anstellen, Sir?»

«Mit meinem Mund, *cara mia*, mit meinem Mund und meinem Atem und meiner Zunge.»

Er war einfach hinreißend.

Normalerweise stand ich hinter dem Posaunenbläser. Das heißt, wenn Anthony in Vegas ein Engagement hatte. Sein Vertrag mit dem Sands war natürlich für den großen Saal, und es gab immer eine große Band, die den Sänger begleitete, der vor ihm auftrat. Die Band befand sich seitlich von der Bühne, etwas tiefer, und während Anthonys Auftritt hatte sie kein Licht – die Beleuchtung war ausgeschaltet, bis auf die Spotlights. Manchmal stand ich in den Kulissen und sah ihm zu, aber dann konnte ich ihn nicht von vorn sehen, sah nicht seine Mimik und Gestik, und so stand ich gewöhnlich hinter dem Posaunenbläser.

Die Band war begeistert von ihm; sie lachten sich bei jeder Vorstellung halbtot, auch noch, als sie seine Gags schon auswendig kannten. Weil er nämlich immer anders war – anders und neu und vor allem persönlich. Deshalb konnte er dem Publikum auch stehende Ovationen entlocken, wann immer er es wollte. Er war nicht nur witzig, er war auch ehrlich und charmant und zeigte seine Gefühle; das machte ihn einzigartig. Er war der Schwarm aller Frauen, und jeder Mann sah in ihm seinen besten Freund – er erzählte Geschichten über das Leben, und irgendwie erkanntest du dich darin wieder, sein Humor sprach dich an. Ganz egal, wer du warst, er sah das Leben, wie du es sahst, und wenn du über ihn lachtest, lachtest du über dich selbst – das machte seinen Erfolg aus. Die Leute brüllten und tobten. Und applaudierten, bis sie rote Hände hatten. Sie wollten ihn nicht von der Bühne lassen, und an manchen Abenden, vor allem bei der Spätvorstellung, blieb er und machte weiter, bis sie vor Lachen nicht mehr konnten.

Ich konnte mir seine Nummern hundertmal ansehen und krümmte mich vor Lachen, als wäre es das erste Mal. Ich beobachtete ihn genau und wußte trotzdem immer noch nicht, wie er es anstellte, so gut war er. Wie ein Zauberkünstler, der statt Kaninchen Lacher aus seinem Hut zaubert.

Und natürlich war ich in ihn verliebt. So sehr, daß ich an nichts anderes denken konnte. Aber die meiste Zeit mußte ich ohne ihn auskommen. Er war in New York mit «ihnen» zusammen, ich war in L. A., allein mit mir. Es war schrecklich.

Das ist die Seite, von der sie dir nichts erzählen – das Alleinsein. Du hörst immer nur von der romantischen, aufregenden Seite einer Affäre – die Telefonate, die Terminabsprachen, Flugzeuge, die mitten in der Nacht auf fernen Flughäfen landen, eine Fahrt in einer Limousine zu einem noblen Hotel, der Versuch, im Morgengrauen unauffällig die Lobby zu durchqueren – du und die Frauen mit ihren Staubsaugern schlagen die Augen nieder –, den Aufzug hinauf und einen Flur entlang zu seinem Zimmer, die Nummer hast du dir auf einem Fetzen Papier notiert, den du in der Faust hältst, du drückst die Tür auf – er hat eine Streichholzschachtel ins Schloß geklemmt –, stellst leise dein Handgepäck ab, läßt deine Kleider auf den Boden fallen, schlüpfst neben ihn ins Bett, in seine Arme, du riechst nach der abgestandenen Luft im Flugzeug und er nach Schlaf.

Wenn er auf Tournee war, konnte ich zu ihm fliegen, aber nur wenn Mrs. Sowieso nicht bei ihm war. In den Ferien war es besonders schlimm, weil sein Sohn dann keine Schule hatte und es gut sein konnte, daß sie mit beiden Kindern zu ihm flog.

Las Vegas war ideal für mich – wenn er in Las Vegas gastierte, dann war es gewöhnlich für drei Wochen, und sie fand es dort so furchtbar, daß sie nie mitkam. Sie hatte für Glücksspiele nichts übrig, weil sie streng katholisch war; sie setzte sich nicht in die Sonne, weil sie leicht einen Sonnenbrand bekam, und wenn sie die Kinder mitbrachte, erzählte er, weigerte sie sich, sie mit einem wildfremden Babysitter im Zimmer allein zu lassen, und schlief deshalb im selben Zimmer, ging mit ihnen zu Bett und stand mit ihnen auf; ich konnte nicht verstehen, wie man erst seinem Mann hinterherfliegen konnte und sich dann seine Show nicht ansah, aber ich hielt meinen Mund. Anthony gab zwei Vorstellungen pro Abend, und da er danach immer erst abschalten mußte, ging er nie vor dem Morgengrauen ins Bett und schlief bis gegen drei Uhr nachmittags. Wenn sie also nach Las Vegas kam, bekam sie ihn kaum zu Gesicht – weshalb sie ihn dort nie besuchte. Was mir natürlich nur recht sein konnte.

Ich pendelte ziemlich oft zwischen Las Vegas und L. A. hin und her. Nicht jeden Tag, aber freitags direkt nach der Arbeit und montags früh wieder zurück, und dann für gewöhnlich einmal abends während der Woche. Harry Witzer meinte, ich sollte doch einen Teilzeitjob als Stewardeß bei P. S. A. oder Western annehmen oder als Kellnerin im Garden Room des Sands.

«Denk nur mal an das Trinkgeld, Mädchen. Du könntest schon ein Haus in Bel Air besitzen.»

Es war unmöglich, vor Harry Witzer etwas geheimzuhalten, er wußte von Anfang an Bescheid; er hätte einen sechsten Sinn, behauptete er.

«Also hat dich Ronzoni in New York schließlich doch noch rumgekriegt, hm, Gillian? Also, ich muß schon sagen, du hast ihn ja ganz schön zappeln lassen.»

Er sagte, er wisse es, weil mein Lächeln sich verändert habe.

«Es ist jetzt irgendwie schief», sagte er lachend. «Ich hab's – dein Lächeln ist jetzt italienischer … irgendwie verschmitzter … gar kein Zweifel.»

Anthony und ich redeten nie über Mrs. Sowieso – ob er sie liebte, ob er sie mochte, nichts. Er hatte kein Bild von ihr am Spiegel seiner Garderobe, er rief sie in meiner Gegenwart nicht an, er erwähnte noch nicht mal ihren Namen. Und das tat auch sonst niemand, keiner der Musiker und auch niemand hinter der Bühne. Es war fast so, als würde sie überhaupt nicht existieren. Es war fast so, als wäre ich diejenige, die zu ihm gehörte – außer natürlich in Hotelhallen.

Außerdem war es noch viel zu früh, um über irgend etwas Wichtiges zu reden – vergessen wir nicht, es lief immer noch Gillian und der Berühmte Verheiratete Italienische Komiker – erster Akt.

Clare

Amy hat heute was total Cooles gesagt.

Wir haben über Zuneigung geredet – also wie man seine Zuneigung zeigt oder so. Ich meine, was man halt so macht. Es hat alles mit diesem Artikel heute morgen in der Zeitung angefangen, der in der *New York Times* über die beiden Chaoten in New York, die ins Whitney Museum sind und auf diesem Bild von Roy Lichtenstein, das «Curtains» heißt, rumgeschmiert haben. Ich hab's nie gesehen, aber immerhin ist's ein echter Lichtenstein, und der Typ – ich meine, ich weiß natürlich nicht genau, ob's der Typ war oder das Mädchen, weil sie's in der Zeitung nicht erwähnt haben, aber irgendwie denk ich mir, daß es der Typ war, weil er seinen Namen auch zuerst hingeschrieben hat, und außerdem ist es mehr was, was ein Typ machen würde, Eindruck schinden oder so – aber egal, der Typ nimmt also seinen schwarzen Filzschreiber und schreibt «REGGIE UND CRYSTAL» mitten aufs Bild. Ich meine, ist doch Wahnsinn, oder? Mitten auf den Lichtenstein. In der Zeitung stand auch, daß er unter ihre Namen noch irgendwas Obszönes geschrieben hat – keine Ahnung, was da stand, die *New York Times* hat sich dazu ausgeschwiegen, aber ist ja schließlich auch egal – auf ein Bild zu schreiben ist schon obszön genug.

Egal, Amy und ich haben also heute morgen drüber geredet. Ich hab's ihr am Telefon vorgelesen, weil wir die *New York Times* kriegen und sie nicht – ich meine, meine Mutter muß schließlich alle Zeitungen und Zeitschriften, die's so gibt, lesen, weil sie ständig auf der Suche nach Material für die Nummern von diesem Arschloch ist – wenn ihr nämlich zu ihrer eigenen Familie nichts mehr einfällt, richtig? Ha, ha. Also, Amy und ich haben so geredet, und dann sind wir irgendwie in diese blöde Diskussion reingeraten. Sie hat gesagt, daß dieser Reggie wahrscheinlich gemeint hat, daß es eine *pièce de résistance* ist, wenn er was auf einen Lichtenstein schreibt – das ist auf französisch so was wie 'ne ganz tolle Leistung – Amy und ich reden nämlich manchmal französisch; wir haben beide in der Schule schon seit Ewigkeiten Französisch, also reden wir manchmal französisch... wahrscheinlich ist es ganz grausiges Französisch, keine Ahnung; ich war nur einmal in Frankreich mit meinem Dad, als ich noch ganz klein war, und ich weiß nur noch, daß das Essen furchtbar war und daß ich die ganze Zeit gekotzt hab und daß in diesem blöden Apartment, in dem wir gewohnt haben, das Klo in der Küche war, wirklich bescheuert. Total merkwürdig. Aber egal, jedenfalls hab ich gesagt, daß Reggie bestimmt auf was anderes aus war, als er das auf den Lichtenstein geschrieben hat, daß es wohl eher ein *coup d'éclat* war – ein *coup d'éclat* ist was echt Abgefahrenes – und daß er wahrscheinlich gedacht hat, daß Crystal dann so von ihm beeindruckt wär, daß «sie ihm endlich zu Willen sei», und Amy hat sich halbtot gelacht über diesen Ausdruck, und dann haben wir mit diesem ganzen Französisch um uns geschmissen und sind mit unseren Verben ganz durcheinandergekommen, und dann hab ich so was gesagt wie, das Ganze wär ein *coup de foie gras*, was überhaupt nichts heißt, weil *foie gras* dieses scheußliche Zeug ist, das sie in Frankreich essen, diese Pampe aus zermatschter Leber oder Gans, von der ich bestimmt auch damals gekotzt hab, weil mir mein Vater bestimmt was davon gegeben hat – das war, bevor ich Vegetarierin geworden bin – aber egal, jedenfalls haben wir beide so gelacht, daß ich mir fast in die Hose gemacht hätte. Also, jedenfalls haben wir drüber geredet, womit man jemand beeindrucken kann, den man toll findet, und dann ist daraus irgendwie eine Diskussion über Zuneigung geworden und was die Leute in der Öffentlichkeit davon zeigen und so.

Ich meine, es gefällt mir, in aller Öffentlichkeit Scotts Hand zu halten, und ich mag es, wenn er seinen Arm um mich legt, aber dann haben Amy und ich drüber geredet, wie's ist, wenn man seine Eltern dabei beobachtet und wie widerlich das ist. Das heißt, wenn *ihre* Eltern so was machen; ich hab Glück, meine Eltern machen so was nicht. Aber dann hab ich ihr von meinen Großeltern erzählt – ich meine Lew und Mollie, nicht Kent und Marilyn –, wie zärtlich die zueinander sind und daß es mich überhaupt nicht stört. Schon komisch. Irgendwie ist's in einem bestimmten Alter okay, und dann ist's nicht okay, und dann ist's wieder okay. Ich hab ihr erzählt, daß sich Lew wirklich um Mollie kümmert, daß man richtig sieht, wie lieb er sie hat. Und dann hab ich Amy erzählt, wie er war, als das mit Mollies Auto passiert ist.

Was ich so toll fand, war, daß sich Lew überhaupt nicht aufgeregt hat, ich meine, daß er's runtergespielt hat, als wär's was ganz Alltägliches oder so, dabei war's das kein bißchen; es war praktisch eine Katastrophe. Ich meine, wenn man seinen Führerschein mit sechzehn macht und sein ganzes Leben lang Auto fährt, dann ist es mit Sicherheit eine Katastrophe. Nicht, daß Mollie ihren Führerschein mit sechzehn gemacht hat. Sie hat ihn erst gemacht, als sie Lew geheiratet hat und nach Kansas City gezogen ist – davor ist sie nie gefahren, also war sie schon über vierzig, als sie ihn gemacht hat, aber als das passiert ist, war sie schon über siebzig, also ist sie schon 'ne ganze Weile gefahren, und deshalb war's auch ein ganz schöner Hammer.

Es war nämlich so – meine Großmutter hat einfach vergessen, wie man Auto fährt. Sie hat einfach vergessen, wie man's anläßt. Ich war zwar nicht dabei oder so, ich hab's nur von meiner Mutter gehört, als sie es meinem Vater und mir erzählt hat, aber dann hab ich meinen Großvater gefragt, als ich da war, und er hat's mir in ihrem Beisein erzählt – ich meine, sie kam ins Wohnzimmer, als er's mir gerade erzählt hat, und hat sich direkt neben ihn auf die Couch gesetzt, und er hat einfach den Arm um sie gelegt und weitererzählt.

Sie wollte nachmittags zum Markt, um was zum Abendessen zu kaufen; sie zieht also ihren Mantel an und sagt ihm und dem Hund tschüs und geht in die Garage, und er liegt auf der Couch und guckt Fernsehen, das heißt, eigentlich schläft er und tut nur so, als würde er gucken, wie er's nachmittags immer macht. Sie gibt ihm einen Kuß – sie geben sich immer einen Kuß, wenn einer von ihnen weggeht, einen richtigen Kuß, nicht nur so flüchtig oder so – ehrlich –, und er hört, wie die Garagentür aufgeht, und er liegt so da und nickt irgendwie ein, macht sein Nickerchen, und dann wacht er auf, macht irgendwas, und dann geht er in die Küche und macht die Tür zur Garage auf, wahrscheinlich, um da draußen irgendwas zu machen, er bastelt immer irgendwie in der Garage rum – und jedenfalls ist sie immer noch da – sitzt hinter dem Lenkrad von ihrem Oldsmobile mit ihrem Mantel an und allem. Der Motor läuft nicht, die Garagentür ist offen, damit sie rückwärts rausfahren kann, und sie sitzt einfach so da. Meine Großmutter sitzt da, weil sie vergessen hat, wie man den Motor anläßt. Das hat mich echt fertiggemacht. Diese Frau, die seit über dreißig Jahren Auto fährt, sitzt mit dem Schlüssel in der Hand da, weil sie vergessen hat, was sie mit dem Schlüssel machen soll, weil sie vergessen hat, wo das Zündschloß ist, weil sie vergessen hat, wie man ein Auto anläßt. Wahnsinn.

Jedenfalls war's furchtbar, aber er hat's ganz locker genommen. Ich meine, er hat so getan, als wär's egal, als müßte sie gar nicht weg.

«Wo muß sie schon hin?» fragt er mich und hat den Arm um sie gelegt. «Zum Lebensmittelladen, zum Schönheitssalon? Ich fahr sie hin. Wo ist das Problem?»

Dann lächelt er sie an und sagt zu mir: «Ich hab deine Großmutter sowieso lieber bei mir, dann kann ihr auch nichts passieren... schließlich laufen da draußen genug Typen herum, die gern die Bekanntschaft meiner Mollie machen würden, ist es nicht so?»

Und dann zwinkert er ihr zu, als wäre sie noch siebzehn und seine Freundin, und beugt sich über sie, und während er ihre Schulter tätschelt, küßt er sie direkt auf den Mund. Es war einfach schön. Echt.

Ich hab Amy erzählt, daß ich aus dem Wohnzimmer gegangen bin, weil ich nicht wollte, daß sie sehen, wie ich weine. Und ich sage zu Amy, daß das echte Zuneigung ist, stimmt's? Und Amy sagt zu mir, daß das genauso ist, wie wenn mein Großvater «LEW UND MOLLIE» auf so einen verdammten Lichtenstein geschrieben hätte, nur daß er's mit unsichtbarer Tinte getan hätte.

Mollie

Mollie nahm eine Haarsträhne, die ihr in die Stirn gefallen war, und steckte sie wieder unter die Haarklammer, die die Locke über ihrem rechten Auge festhielt. Sie tupfte sich mit dem Handrücken die Oberlippe ab, schnitt die Selleriestangen von der Knolle ab und hielt sie unter den Wasserhahn. Sie spülte sie ab, schüttelte das Wasser ab und legte sie nebeneinander auf das Schneidebrett; dann spritzte sie sich etwas kaltes Wasser ins Gesicht. Obwohl alle Fenster offenstanden, war es in der Wohnung drückend heiß – es war erst Mittag und schon 33 Grad. Die zwei kleinen, schwarzen rotierenden Flügel des Ventilators schienen nur den Thunfischgeruch mit der heißen Luft zu verquirlen.

Mollie nahm das Hackmesser, schnitt den Sellerie geschickt in kleine hellgrüne Würfel und warf die Stücke in eine große, weiße Schüssel, in der sich bereits Thunfisch aus der Dose befand. Sie wischte sich die Hände an ihrem Baumwollhauskleid ab und ging die drei Schritte zum Kühlschrank; ihre hohen Absätze klapperten über den Linoleumboden. Sie trug neue Schuhe, nagelneue, rote hochhackige Tanzschuhe aus Eidechsenleder mit Knöchelriemchen, die sie zwei Wochen zuvor mit Dell gekauft hatte. Vor der Katastrophe, vor dem verschwundenen Diamanten, bevor ihr Leben aus den Fugen geraten war. Sie hatte die Schuhe für einen besonderen Anlaß gekauft, und heute abend sollte es soweit sein.

Sie nahm ein Glas Miracle Whip aus dem Kühlschrank, drehte sich um, um zur Spüle zurückzugehen, und hielt abrupt inne, als wäre plötzlich alle Kraft aus ihr gewichen. Mollie sah auf ihre roten Stöckelschuhe hinab, ließ sich auf einen Stuhl am Küchentisch fallen und begann zu schluchzen, drückte das kalte Mayonnaise-Glas an sich.

Das Telefon klingelte. Sie stand auf, stellte das Glas auf den Tisch, zog ein Taschentuch aus dem Ärmel ihres Hauskleides, putzte sich die Nase und ging zum Telefon.

«Hallo?»

«Hallo, Mol», sagte Dell.

«Oh, hallo.»

«Na... was machst du gerade?»

«Ich mach gerade Thunfischsalat.»

«Na, wenn das nicht produktiv ist. Du klingst, als hättest du gerade geweint.»

«Nein.»

«Nein?»

«Nein.»

«Na, gut. Also, wie geht's dir?»

«Gut», sagte Mollie und fing wieder an zu weinen.

«O Gott, ich wußte es. Also, was ist los?»

«Nichts. Ich mach nur Thunfischsalat, und den eß ich dann mit der Kleinen, und dann steig ich in die Badewanne und mach mir die Nägel, dann zieh ich mich an, und dann kommt er heim.»

«Und?»

«Und dann gehn wir tanzen.»

«Und?»

«Und was?» fragte Mollie und wischte sich mit ihrem Taschentuch die Tränen ab.

«Und es wird bestimmt 'ne Wucht», sagte Dell.

«'ne Wucht», wiederholte Mollie.

«Ja, bestimmt», sagte Dell, «du wirst drüber wegkommen, glaub mir.»

«Ja.»

«Na gut, dann kommst du eben nicht drüber weg. Das Ganze ist 'ne fürchterliche Katastrophe, und nichts wird mehr so sein wie früher.»

«Ich muß Schluß machen.»

«He, komm schon, Mol, ich mach doch nur Spaß... natürlich wirst du drüber wegkommen.»

Mollie lachte. «Nein, wirklich, ich muß jetzt auflegen, ich muß der Kleinen was zum Mittagessen machen.»

«Na, sieh mal einer an – ich hab dich zum Lachen gebracht. Bin ich nicht 'ne prima Freundin?»

«Du bist wirklich eine prima Freundin, Dell», sagte Mollie und hörte sich an, als würde sie gleich wieder in Tränen ausbrechen.

«He, jetzt reicht's aber. Schluß mit dem Geheule. Wir wissen ja beide, wie prima ich bin, aber das ist noch lange kein Grund zum Heulen, kapiert?»

«Kapiert.»

«Ich finde, du hast wirklich genug geheult. Also, ihr beiden geht jetzt erst mal schön zusammen tanzen, und du wirst sehen, das Leben geht weiter, und alles wird sich wieder einrenken. Überleg doch mal, Mollie, jetzt kann's doch eigentlich nur noch bergauf gehen. Nat meint, daß die ganze Geschichte für Jules im Grunde ein Segen ist – er meint, daß jemand, der seine eigene Mutter beklaut, der den Diamanten versetzt, den sie seiner Tochter vererben wollte, der kann ja wohl nicht mehr viel tiefer sinken, der muß sich doch einfach ändern, oder? Nat hat mich jedenfalls überzeugt, und ich bin schließlich die Oberskeptikerin, richtig?»

«Ja.»

«Und Nat ist nicht gerade auf den Kopf gefallen. Hab ich recht?»

«Ja.»

«Okay. Also, ich sag dir, alles wird gut ...»

Mollie antwortete nicht.

«Na», fragte Dell, «hast du deine neuen Schuhe an?»

«Ja.»

«Läufst sie ein, was? Damit sie nicht drücken. Gute Idee. Jules wird von den Schuhen ganz entzückt sein.»

«Ich weiß.»

«Sie sind sehr sexy ... okay ... du bist also okay, ja?»

«Ja, ja.»

«Okay, Mol, dann viel Spaß heute abend. Alles kommt wieder in Ordnung. Denk einfach an das, was Nat gesagt hat, und ruf mich morgen an, okay?»

«Ja.»

«Okay, also dann tschüs.»

«Tschüs.»

Mollie legte den Hörer auf. Sie ging aus der Küche, den engen Flur entlang, am Badezimmer vorbei, in das kleine Schlafzimmer am anderen Ende der Wohnung. Sie setzte sich ans Fußende des Betts und blickte aus dem Fenster in den Garten, wo ihre Tochter spielte. Sie beugte sich vor und rief durch das offene Fenster:

«Alles in Ordnung, Gilliana?»

«Jaah, Mommy, ich mach Hannesbeerkuchen.»

«Fein. Und ich mach uns Thunfischsalat.»

«Mit Gurken?»

«Natürlich mit Gurken.»

«Es ist so heiß, Mommy.»

«Ich weiß. Nach dem Essen darfst du in die Badewanne und dich schön abkühlen.»

«Mit viel Schaum?»

Mollie lächelte. «Klar.» Sie stand auf. «Ich ruf dich, wenn das Essen fertig ist.»

«Okay.»

Mollie ging durch die kleine Wohnung zurück in die Küche. Sie nahm das Mayonnaiseglas vom Tisch, stellte es auf die Arbeitsplatte, schraubte den Deckel ab, holte mit einem großen Löffel einen dicken Klecks Mayonnaise heraus und ließ ihn auf den Thunfisch und den Sellerie in der Schüssel plumpsen.

Dann seufzte sie, legte den Löffel hin und schloß die Augen.

«Bitte, Maria», sagte sie ins Leere hinein, «wenn es nicht zuviel verlangt ist, dann laß es bitte so sein, wie Nat gesagt hat... ein Segen... ja?»

Immer noch mit geschlossenen Augen flüsterte sie «danke» in den Raum.

Sie pfiff gerade «Blue Moon» und hackte die Senfgurken klein, als sie den Schlüssel im Türschloß hörte. Sie fuhr herum und sah Jules in der Tür stehen. Auf der Küchenuhr war es zwanzig nach zwölf; normalerweise kam er immer erst kurz nach sechs nach Hause.

Sie hielt ihn mit ihrem Blick fest, während er ihr sagte, daß er sie verlassen würde, daß er wohl nie mit dem Spielen aufhören würde, daß er es vielleicht nicht könne, daß er vielleicht nicht stark genug sei, daß er ihren Blick nicht mehr ertragen könne, daß sie es vielleicht auch wüßte, daß es ihn fast umbringe, zu sehen, was er ihr antue, daß er nichts tauge, daß er sie liebe, daß er sie immer lieben würde, mehr als sein Leben, daß er es aber einfach nicht mehr aushielte und sie deshalb verlassen würde. Während Jules ihr das sagte, ließ Mollie nicht das kleine Obstmesser fallen, mit dem sie gerade die Gurken kleingeschnitten hatte – auch nicht, als er Alfonzos alten Koffer aus dem Schrank holte und seine Sachen hineinwarf und sich der Ärmel seines braunen karierten Hemdes im Schloß verhedderte, auch nicht, als die Kleine ins Zimmer kam, auch nicht, als die Kleine sich an sein Bein klammerte und er ihre kleinen Hände wegreißen mußte, und auch nicht, als er zur Tür hinausging – Mollie ließ das kleine Obstmesser nicht fallen, sie tat keinen Schritt, sie rührte sich nicht einmal.

Gilliana

Also, die Abende hier sind wirklich zum Totlachen. Die Tage auch. Ich weiß gar nicht, wie ich die Tage beschreiben soll. Wenn die Nächte schon so komisch sind, wie sind dann erst die Tage – zum Schreien?

Christopher hat mich heute morgen zurückgerufen. Am liebsten hätte ich zu ihm gesagt: «He, kannst du nicht den anderen Christopher ans Telefon holen, den, der mich mal witzig fand, den, der nicht mein Mann ist, den, der mich nicht verläßt – könnte ich den bitte sprechen?»

Ich wette, der andere Christopher weiß, wo ich die Ansichtskarten hingetan habe. Ich habe die schreckliche Angewohnheit, alle wichtigen Sachen wegzuräumen, nicht gerade zu verstecken, aber an einem sicheren Platz unterzubringen, wo weder Feuer noch Einbrecher ihnen etwas anhaben können: der Brief, in dem mir Mollie und Lew geschrieben haben, wo ihr Tresorfach, ihre Rentenunterlagen, ihre Versicherungspolicen, ihr Testament und solche Sachen sind – der war wichtig und mußte in Sicherheit gebracht werden – und der Diamant von meiner Urururgroßmutter väterlicherseits, den ich zu meinem sechzehnten Geburtstag geschenkt bekam und den ich Clare zu ihrem sechzehnten Geburtstag geschenkt habe, aber weil ich Angst hatte, daß sie ihn bei der erstbesten Gelegenheit verlieren würde, nahm ich ihn lieber gleich wieder in Verwahrung, und dann der kleine Lederbeutel von meinem Großvater mit den Silberdollars, von dem ich glaubte, daß er in dem Karton mit meinen schwarzen Bruno-Magli-Schuhen wäre, aber als ich nachschaute, war er nicht da und... ich weiß nicht... das Schlimme ist, daß ich mich noch nicht einmal daran erinnern kann, was ich alles weggeräumt habe. Und deshalb passiert es mir immer wieder, daß ich plötzlich irgend etwas davon brauche und nicht die geringste Ahnung habe, wo ich es hingetan habe. Man könnte mir eine Million Dollar bieten, und es würde mir nicht einfallen. Ich habe nicht den kleinsten Schimmer. Ich muß Christopher fragen, nur Christopher weiß, wo ich meine ganzen Sachen hingeräumt habe...

«Chris, weißt du, wo das Armband mit den Anhängern von meiner Mutter ist?»

Bis ich es über mich bringe, ihn zu fragen, habe ich meist schon zwei Schränke auf den Kopf gestellt. Ich ärgere mich wahnsinnig darüber, daß es mir nicht mehr einfällt, wo ich es hingetan habe, aber ich weiß einfach nicht mehr, wo ich noch suchen soll.

Er blickt von seinem *Wall Street Journal* auf und lächelt: «Was gibst du mir, wenn ich's dir verrate?»

Ob er mir wohl verrät, wo meine ganzen Sachen sind, bevor er geht?

Als er mich anrief, war er nicht besonders gut auf mich zu sprechen; er sagte, daß ich seine Mutter gestern am Telefon tief gekränkt hätte. Kann sein, daß ich ein bißchen zu weit gegangen bin, aber ich komme mit Marilyn einfach nicht klar – sie hat so eine gezierte Art zu sprechen und sagt ständig «meine Liiebe» zu mir, als wäre sie geradewegs einem Gurney-Stück entsprungen; sie braucht nur den Mund aufzumachen, und schon geht es mit mir durch, wie gestern, als sie hier anrief. «Wie geht es denn unserer liieeben Mollie?» und «Gibt es irgend etwas, das Kent und ich für euch tun können?» Das reichte schon, um mich in die böse Hexe aus Hänsel und Gretel zu verwandeln, und ich antwortete ihr, daß ich gerade beschlossen hätte, meine Mutter nicht in ein Heim zu geben, sondern sie und Lew zu ihnen nach Connecticut zu schicken, gleich jetzt, per Federal Express, mit einem Krankenbett, einem Rollstuhl und zwei Lastwagenladungen Windeln.

«Es fällt mir schwer, deine Art von Humor zu begreifen, Gillian, es muß wohl daran liegen, daß du im Moment viel Kummer hast, meine Liiebe.»

Na gut, sie fand es also nicht komisch. Ich glaube, ich habe es selber nicht komisch gefunden. Aber ich bin ja auch nicht mehr komisch.

Wenn ich noch einen Sinn für Komik hätte, könnte ich alles, was hier passiert, als Material verwenden – ohne Kürzungen, ohne Überarbeitung; Andy könnte es genauso bringen, wie es hier passiert; ich brauchte nur Mollie, Lew und mir mit einem Stift in der Hand zu folgen und mir alles zu notieren. Aber wahrscheinlich werde ich von jetzt an nur noch Tragödien schreiben, weil meine Wut jedes bißchen Komik an dieser Situation erstickt.

Nachdem Christopher angerufen hatte, um mir vorzuhalten, daß ich rüde mit seiner Mutter umgegangen sei, rief Carol Rose an. Seit ich hier bin, hat sie jeden Tag zweimal angerufen, um zu fragen, ob sie irgend etwas für mich tun könne. Ich sagte ihr, daß es nichts zu tun gäbe, außer daß sie schon mal anfangen könnte, irgendwo Witze für mich auftreiben, weil es ganz so aussähe, als wären die lustigen Zeiten für mich endgültig vorbei. Sie rief mich drei Minuten später zurück und erzählte mir einen Witz über eine Brezel, den sie von Rob Sills hatte, und sagte, daß er mir den Witz wegen der Sache mit Mollie für nur einen Dollar zehn überlassen würde und daß die zehn Cents ihre Provision wären. Sie meinte, daß sie mit diesem neuen Job wahrscheinlich mehr Geld verdienen würde als mit der Produktion ihrer Fernsehshow. Wenigstens hat sie mich zum Lachen gebracht – in Zukunft sollte ich es lieber Carole Rose überlassen, andere Leute zum Lachen zu bringen. Dann rief Andy aus Aspen an. Er wolle mich nur daran erinnern, daß am Donnerstag Weihnachten ist, und fragte, ob ich nicht doch noch kommen könne.

«Ich laß euch einfliegen, Gill, nur für einen Tag. Dich aus K. C. und die Kleine und deinen Göttergatten aus L. A. Nur für einen Tag, dann kannst du gleich wieder nach Haus... schließlich ist Weihnachten, hörst du?»

Weihnachten. Hatte ich ganz vergessen. Ich hatte sogar vergessen, welcher Tag heute ist... «Heute ist Donnerstag, Gillian, was ist los mit dir – soll das ein Witz sein? Etwas, woran du gerade arbeitest? Etwa eine neue Nummer?» Ganz aus dem Häuschen war er, der arme Andy. Ich brachte es nicht übers Herz, ihm zu sagen, daß ich wahrscheinlich nie wieder Gags schreiben würde, daß es wohl eher so aussehe, als müßte er sich jemand Neuen suchen, der ihn mit witzigen Sprüchen versorgt. Aber als er erfuhr, wie schlecht es Mollie geht, bot er mir gleich seine Hilfe an. So ist Andy eben.

«Wer ist der beste Arzt für so was, Gill? Ich besorg ihn dir, mach dir keine Sorgen. Wo ist er? In New York? Ich laß ihn einfliegen.»

Andy, der immer nur irgendwen einfliegen lassen will – sein Allheilmittel für sämtliche Wehwehchen.

Ich versuchte ihm zu erklären, daß wir keine Ärzte mehr brauchten, daß Ärzte nichts mehr tun könnten, außer die

Hände über dem Kopf zusammenzuschlagen und die Flucht zu ergreifen.

«Was brauchst du dann, Gill? Hm? Was kann ich für dich tun?»

Er verblüfft mich immer wieder. Ich konnte ihn ja wohl schlecht darum bitten, herzufliegen und sich mit den Leuten zu unterhalten, die sich morgen bei mir vorstellen wollten, das ist wohl kaum seine Aufgabe. He, Andy, wie wär's, wenn du vorbeikommst und dich mit ein paar Leuten unterhältst, die sich um arme Schweine kümmern, die nicht mehr ganz richtig im Kopf sind? Ich konnte ihn ja wohl kaum darum bitten, sich mit mir zusammen ein paar «Heime» anzusehen. Andy, der Komiker, in einem Heim für Leute, die vergessen haben, wie man lacht – ich kann's mir lebhaft vorstellen...

...Trommelwirbel...

«Und nun, Ladies and Gentlemen, begrüßen wir zu unserem ähm beliebten bunten Abend im hübsch geschmückten Spei... ähm Speisesaal unseres schnö... ähm schönen Seniorenheims ‹Zur letzten Ölung› den großen Andy Minkoff mit seiner gruslig-komischen Gruftinummer...»

«...und als ich neulich seh, wie meine alte Mutter mit zittrigen Händen ihre Radieschen im Garten gießt, denk ich plötzlich, meine Güte, nächstes Jahr sieht sie sich die vielleicht von unten an...»

Trommelwirbel und scheppernde Becken...

Mein Gott.

Ich bin so wütend.

Heute abend war die «Waschlappennummer» dran. Tagsüber die «*Orecchiette-al-Pomodoro*-Nummer» und abends die «Waschlappennummer», und zwischendurch habe ich meine Schwiegermutter angerufen, um mich bei ihr zu entschuldigen. Sie hat sich sehr anständig verhalten. Sie verhält sich immer anständig; Marilyn ist die Liebenswürdigkeit in Person, und es ist wirklich unmöglich von mir, ihr so zuzusetzen... wofür bestrafe ich sie eigentlich?

Das waren also die Ereignisse des Tages: ein Anruf bei Marilyn und zwei seelische Tiefschläge. Ich weiß nicht, welcher Tiefschlag schlimmer war, schwer zu sagen, aber ist das wichtig?

Meine Mutter badet jeden Abend, oder sagen wir besser, sie hat jeden Abend gebadet, als sie noch wußte, was Baden ist. So schloß sie immer ihren Tag ab; es war ihr sehr wichtig, es war ein Ritual, das sie genoß und auf das sie nie verzichtete. Egal, wie spät sie nach Hause kam oder wie früh sie aufstehen mußte, Mollie nahm ihr Bad, da mochte kommen, was wollte, und deshalb badete ich sie auch heute abend.

«... hört euch das an, Leute, da verwandelt sich die Tochter in die Mutter... schwuppdiwupp, wie durch Zauberhand tauschen sie die Rollen...»

Wie oft, frage ich mich, hat mich meine Mutter, als ich klein war, gebadet? Wie oft? Christopher hat Clare immer gebadet, weil ich Angst hatte, sie könnte mir ertrinken. Heute habe ich also zum erstenmal in meinem Leben meine Mutter gebadet. Ich dachte, es würde ihr guttun, ich hatte keine Ahnung, daß es mir das Herz brechen würde.

Anfangs ging alles gut. Ich muß zugeben, daß es mir irgendwie unangenehm war, meine Mutter nackt zu sehen; ich habe sie noch nie völlig nackt gesehen; sie ist nie nackt herumgelaufen, so wie ich; sie war immer teilweise bedeckt – von einem Handtuch, einem Hüfthalter und Nylonstrümpfen oder einer Duschkabinentür –, sie zeigte sich nie völlig nackt. Heute abend war es ihr nicht peinlich, sondern sie genoß es sichtlich, in die Wanne zu steigen, aber ich wußte, daß es ihr unangenehm gewesen wäre, wenn sie gewußt hätte, daß sie sich vor mir so entblößte, und deshalb war es mir unangenehm. Wir brachten also den ersten Teil glücklich hinter uns, und sobald sie im Wasser saß, war alles okay. Sie wußte, was man in einer Badewanne macht, daß man sich badet. Sie nahm den flauschigen weißen Frotteewaschlappen vom Haken und ihre handgemachte französische Seife und schrubbte sich Knie und Ellbogen ab, und ich denke: «Sieh mal einer an, diese Ärzte haben wirklich keine Ahnung, die sind doch total unfähig. Sie kommt doch wunderbar zurecht.» Ich verlasse meinen Posten auf dem Boden neben der Badewanne und setze mich auf den Klodeckel. Ich öffne das Schränkchen unter dem Waschbecken und nehme eine Sandpapiernagelfeile heraus. Ich feile mir die Nägel, wobei ich sie im Auge behalte. Ich spreche mit ihr. Manchmal antwortet sie mir, manchmal nicht. Manchmal ergeben ihre Antworten einen Sinn, manchmal nicht; ich beschließe, die konfuseren einfach zu ignorieren. Die meiste Zeit über sagt sie aber gar nichts, und dann fängt sie an zu pfeifen, ihr schönes Pfeifen, nicht das zwischen den Zähnen. Sie pfeift «Ain't She Sweet». Und ich fange an zu singen. Warum nicht? Mir geht es eine Minute, zwei Minuten, drei Minuten lang gut, also singe ich, feile an meinen kurzen Nägeln herum und singe:

«Ain't she sweet, see her comin' down the street,
now I ask you very confidentially, ain't she sweet...»

Ich singe und feile, und Mollie pfeift und schrubbt.

«...ain't she nice, look her over once or twice...»

Sie legt sich den Waschlappen auf den Kopf. Den triefnassen, seifigen Waschlapppen, klatscht ihn sich mitten auf den Kopf.

«Mom?»

Sie pfeift immer noch, für sie hat sich nichts geändert: Es läuft ihr kein Seifenschaum übers Gesicht, tropft ihr kein Wasser von der Nase, es geht ihr gut, sie pfeift.

«*Mom?*»

Sie sieht mich nicht an.

Ich lasse die Feile fallen und rutsche auf den Knien zum Badewannenrand.

«Mollie, was machst du da?»

Sie starrt geradeaus und pfeift. Sie hat sich in sich selbst zurückgezogen, sie ist weit weg. Es geht so schnell; gerade war sie noch hier bei mir, und jetzt ist sie weg.

«... sehen Sie sich das an, Ladies and Gentlemen ... wie diese Frau verschwindet und wieder auftaucht, schneller als eine Lokomotive, schneller als der Schall ...»

Ich versuche, ruhig zu bleiben, was mir nicht leichtfällt, aber ich versuche es trotzdem. Ich nehme ihr den Waschlappen vom Kopf und wringe ihn vor ihren Augen aus. Ich wische ihr den Schaum vom Gesicht, tupfe ihr die Nase ab; sie sieht mich an; es ist, als wäre ich gar nicht da. Ich sehe sie an.

«Mommy?»

Das Wort «Mommy» rutscht mir einfach heraus, weil ich solche Angst habe, aber ich dringe nicht zu ihr durch; als ich sie Mommy nenne, hört sie mich; sie dreht den Kopf und sieht mich an, und dann erkennt sie mich, als wäre ich eben erst vor ihren Augen aufgetaucht.

«Oh, Gilliana», sagt sie lächelnd, «ich bin so froh, daß du da bist. Du fehlst mir; L. A. ist so weit weg.»

Es dauerte nicht lange, nur ein Moment des Wiedererkennens, und dann verschwand sie wieder. Nahm mir den Waschlappen aus der Hand und fing an, sich die Füße zu waschen.

Weg.

Sie war weg.

Es brauchte nur einen Moment. Einen Moment, mehr nicht.

Ich fehle ihr, ich bin so weit weg? Was, verdammt noch mal, mache ich eigentlich in L. A.? Was mache ich da in weiter Ferne, während sie hier vor die Hunde geht?

Nur ein kleiner Moment, lange genug, um mich in die Knie zu zwingen, als hätte mir jemand mit voller Wucht in den Magen geboxt. Bum, der erste Tiefschlag.

Egal, ich gehe jetzt ins Bett...

Oh, beinahe hätte ich es vergessen... die *orecchiette*. «*Orecchiette al pomodoro*» – wie konnte ich das nur vergessen?

Orecchiette ist eine Nudelsorte; es sind diese kleinen Nudeln, die auch «Öhrchen» oder «Bischofsmützen» genannt werden. Man muß den Teig zu einer Rolle formen, die Rolle in kleine Scheiben schneiden und dann jede Scheibe zu einem «Ohr» formen; dabei drückt man mit dem Daumen auf die Mitte der Scheibe, legt den Teig um den Daumen herum und drückt ihn fest an, so daß ein kleines Ohr entsteht oder eine kleine, runde Bischofsmütze. Seit ich ein kleines Mädchen war, haben Mollie und ich diese Nudeln zusammen gemacht, weil ich sie lustig fand und sie in allen Variationen verschlang: mit Tomatensoße, mit Käse und Butter, nur mit Butter, mit Olivenöl, ganz egal. Und wenn Mollie sie mir in einer Schale mit warmer Milch servierte, wo sie fröhlich herumtanzten, aß ich sie auch. Ich war eine pingelige Esserin; deshalb machte Mollie eine Menge *orecchiette*, um mich zum Essen zu animieren. Jetzt fällt mir auch wieder ein, daß ich sie zum erstenmal mit Mollie und meiner Großmutter Sophia in St. Louis gemacht habe; und Mollie muß noch mit Black Bart verheiratet gewesen sein, denn ich war noch sehr klein, glaube ich... ist ja auch egal, jedenfalls war ich ganz versessen auf diese Nudeln, und ich liebte es, sie mit Mollie zusammen zu machen; am schönsten war es, wenn wir sie zum Trocknen auf bemehlten Handtüchern in der ganzen Küche ausbreiteten. Ich fand sie lustig, die vielen klitzekleinen Hütchen auf den Handtüchern, als hätte man sie kleinen Zwergen vom Kopf gezogen... na ja, ich fand es jedenfalls lustig, ich war schließlich noch klein...

Wir sitzen also heute in der Küche, Mollie, Lew und ich. Ich will ein paar «Heime» anrufen, um Besuchstermine zu vereinbaren, aber dann überlege ich es mir anders: Wie kann ich das nur in ihrer Gegenwart tun? Obwohl ich nicht glaube, daß sie irgend etwas davon mitkriegen wird – und wenn doch? –, beschließe ich, vom Gästezimmer aus zu telefonieren. Ich stehe auf, schiebe den Küchenstuhl an den Tisch zurück und wende mich zum Gehen.

«O Gilliana», sagt Mollie lächelnd, streckt die Hand aus, umfaßt meine Finger und sieht mich an, wie sie es immer getan hat, «geh heute nicht in die Schule, Schatz, bleib daheim bei mir. Wir machen zusammen *orecchiette*, ja?»

Ganz normal, ganz die alte Mollie, so, wie sie immer war. Bleib zu Haus und spiel mit mir.

Ich war bestimmt das einzige Mädchen auf der Welt, das eine Mutter hatte, die wollte, daß ich die Schule schwänzte und bei ihr blieb, um mit ihr «Öhrchen» zu machen, mir im Fernsehen Dione Lucas' Kochstudio anzusehen, in den Park zu gehen und Enten zu füttern, all ihren Schmuck anzuprobieren, das Wohnzimmer blaugrün zu streichen, ihren Wagen in der Auffahrt zu waschen, mit dem Gartenschlauch und einem Eimer voller schaumigem Wasser... schaumig wie in der Badewanne.

O Gott, wie furchtbar...

Das war alles, nichts Besonderes, nichts Weltbewegendes, nur zwei Tiefschläge. Zwei Momente, in denen ich miterlebte, wie meine Mutter auftauchte und wieder verschwand. Wie eine professionelle Verwandlungskünstlerin.

Freitag

Clare

Keine Ahnung, was mit meiner Mutter in Kansas City los ist; sie hört sich an, als wär sie ein bißchen abgedreht. Auf jeden Fall erzählt sie mir nichts über meine Großmutter. Ich meine, als sie heut morgen angerufen hat, hab ich ihr ganz konkrete Fragen über Mollie gestellt, und sie hat nur um den heißen Brei rumgeredet. Als würde sie mir kein bißchen vertrauen.

Ich weiß ja, daß meine Mutter und ich unsere Probleme haben, aber sollte man nicht zusammenhalten, wenn's drauf ankommt? Sollte man nicht wenigstens dann mal über seinen Schatten springen? Ich meine, warum kann sie nicht mit mir reden? Hat sie Angst, daß ich sie nicht verstehe? Ich bin doch kein Kleinkind mehr.

Also, manchmal versteh ich die Leute nicht. Ich meine, wie kann man nur solche Angst davor haben, offen zu sein und sich jemandem anzuvertrauen? Na ja, vielleicht ist das bei anderen Leuten ja anders, vielleicht hat das nur was mit meiner Mutter und mir zu tun. Vielleicht ja auch nur mit meiner Mutter.

Zum Beispiel ist uns da vor ein paar Wochen was passiert, meiner Mutter und mir, das war einfach unglaublich – ich meine, die Chancen, daß einem so was überhaupt passiert, sind eigentlich gleich null, aber uns ist es passiert, und es hat uns irgendwie verändert, ich meine die Art, wie wir miteinander umgehen, und dann, nach einer Stunde war wieder alles wie vorher, und es war, als hätte ich mir die ganze Sache nur eingebildet. Jedenfalls hab ich dann mal richtig über sie nachgedacht, obwohl ich wirklich nicht viel Zeit hab zum Nachdenken, wegen der Schule und Scott und allem, schon gar nicht, um mir über die Probleme von anderen Leuten und besonders die von meiner Mutter den Kopf zu zerbrechen, aber ich konnte nicht anders. Ich meine, wenn man so was Schockierendes mit eigenen Augen gesehen hat, dann muß man das als 'ne Art Wink des Schicksals sehen, etwas, mit dem man sich auseinandersetzen muß. Ich will damit nicht sagen, daß man daraus was lernen soll oder daß man irgendeinen tieferen Sinn darin finden muß, der das ganze Leben verändert oder so. Ich finde bloß, daß man mal drüber nachdenken sollte.

Ich meine, da ist so ein Typ mitten im Supermarkt tot umgefallen. Echt, ich mach keine Witze; ich hab direkt daneben gestanden. Ich hab mit meiner Mutter in der Schlange vor der Kasse gestanden. Normalerweise wär ich gar nicht mit ihr im Laden gewesen – eigentlich wollte ich im Wagen auf sie warten, aber dann ist mir eingefallen, daß ich ja diese neue Wimperntusche ausprobieren wollte, diese rosa-grünen Dinger. Ich hab gelesen, daß die wirklich super sein soll, also bin ich reingegangen, und meine Mutter hat schon in der Schlange vor der Kasse gestanden, und da hab ich ihr die Wimperntusche gegeben, und dann sagt sie: «Paß bitte mal auf den Wagen auf. Ich hab den Mozzarella vergessen.» Also stell ich mich an, stütz mich auf den Einkaufswagen und blätter in einer *Elle* rum, mit lauter so Winzklamotten und superschlanken Models, eins dürrer als das andere. Also ernsthaft, die können doch unmöglich irgendwas essen; die müssen sich doch von Kaugummi oder Salat oder so was ernähren. Oder wenn sie was essen, kotzen sie's nachher wieder raus, ich meine, Bulimie und so – also, Bulimie ist weiter verbreitet, als man denkt, nicht nur bei Models und so, sondern überall, ernsthaft. Allein in meiner Klasse – und die ist wirklich klein im Vergleich zu den Klassen in anderen High-Schools in Los Angeles, weil's eine Privatschule ist –, also, allein in meiner Klasse gibt es drei Mädchen, von denen ich sicher weiß, daß sie alles, was sie essen, wieder rauskotzen. Und wenn's noch sowenig ist. Also drei sind's auf jeden Fall. Und dann gibt's da noch zwei, bei denen ich mir nicht ganz sicher bin, aber ich könnte wetten, daß sie's auch machen. Eine davon, ich meine, eine von denen, bei denen ich mir sicher bin, hat so dünne Arme, daß man durch sie durchgucken kann; man kann durch die Haut die ganzen Adern und Knochen sehn. Also echt, wenn die im Licht steht, sieht sie aus wie ihr eigenes Röntgenbild. Und ihre Eltern, die sich für besonders schlau halten und meinen, sie hätten den absoluten Durchblick, die schicken sie nicht etwa zu einem echten Profi, einer richtigen Therapeutin, die sich mit so was auskennt, mit Magersucht und Bulimie und so, sondern zu einer Ernährungsberaterin, damit die ihr beibringt, was sie essen soll. Dabei kotzt sie sich bei jeder Gelegenheit die Seele aus dem Leib. Das muß man sich mal vorstellen! Ich meine, was ist nur mit diesen Eltern los – merken die nicht, wie sie aussieht? Die wollen es anscheinend nicht wahrhaben... ich meine, manche sterben sogar dran, ernsthaft. Und was sagen diese Klugscheißer, wenn sie stirbt? – daß sie eine Allergie gegen Milchzucker gehabt und zuviel Hüttenkäse gegessen hat? Da könnte man doch glatt ausrasten, oder? Ich meine, die Blödheit von Erwachsenen kann einen doch manchmal echt wahnsinnig machen.

Na, jedenfalls kommt meine Mutter mit dem Mozzarella wieder, und ich will gerade gehn, ich meine, zum Auto zurück und da auf sie warten, und genau in dem Moment kippt der Typ um. Er steht im Gang neben uns, aber weiter vorn; er ist gerade dabei, seine Sachen aufs Band zu legen. Ich hab ihn erst gar nicht gesehen, weil ich nicht auf ihn geachtet hab, aber als ich die *Elle* in den Ständer zurückstell, seh ich aus den Augenwinkeln, wie er nach hinten wegkippt und sein Kopf auf die Metallstange knallt, ich meine diese Stange, mit denen die Reihen abgetrennt sind, und es macht so richtig laut «boing», und da liegt er schon auf dem Boden. Einfach so, wie meine Großmutter immer sagt, und dann ist es ein paar Sekunden ganz still im Laden, und dann bricht eine Riesenhektik aus. Ich meine, von allen Seiten stürzen die Leute auf den Mann zu, um ihm zu helfen, und dann geht der Filialleiter oder so jemand ans Mikrophon und fragt, ob ein Arzt im Laden ist, und dann taucht tatsächlich einer auf, so eine total aufgedonnerte Frau, und die kniet sich hin und hämmert auf der Brust von dem Mann rum, mit Stöckelschuhen und hochgerutschtem Rock, und die Haare hängen ihr wirr im Gesicht herum, und dann kommt ein Typ, der irgendwo hinter dem Mann, der zusammengeklappt ist, gestanden hat, und macht Wiederbelebungsversuche, und überall ist Blut, von seinem aufgeschlagenen Kopf, aber es ist ganz klar, daß die Kopfwunde nicht das Problem ist, das Problem ist, daß der Typ tot ist.

Dann kommen die Sanitäter reingerannt, ich meine, gleich 'ne ganze Mannschaft, rennen rein und stürzen sich alle auf den Mann, und dann drücken sie ihm diese Metalldinger auf die Brust, wie im Kino, und brüllen «Achtung!», aber da war's schon vorbei, da war nichts mehr zu machen, weil er schon tot war, ja, ernsthaft, er war hinüber. Es ist irgendwie schwer zu beschreiben, aber die ganze Sache war echt unglaublich.

Sie brachten ihn auf einer Trage raus, ganz zugedeckt,

und alle im Supermarkt stehen einfach nur da. Ich meine, einfach alle: die Typen von der Fleischabteilung mit ihren weißen Schürzen, die total mit Hühnerblut bespritzt sind, und die Typen vom Lager in ihren Kitteln und die Ärztin auf dem Boden mit dem Beatmungstypen und die Kassiererinnen in ihren Uniformen und die Einpacker und die Leiter von den verschiedenen Abteilungen mit ihren kurzärmligen Hemden und den dämlichen Schlipsen und den Kulis in der Brusttasche von ihren bekloppten Lederdingern und die Typen mit ihren Schürzen, die immer die Regale auffüllen, und die Frauen, die einen in der Brotabteilung bedienen, und die Leute von der Feinkosttheke und die Typen von der Gemüseabteilung und die Sushi-Jungs mit ihren komischen Hüten und die Parkplatzwächter und dann noch die ganzen Leute im Supermarkt, ich meine die Kunden: Mütter mit ihren kleinen Kindern im Einkaufswagen, alte Leute und junge Leute, Babys und Hausfrauen und Schwule, Leute, die gerade zur Arbeit gehen, und Leute, die gerade von der Arbeit zurückkommen, Leute in Jeans, reiche Leute und arme Leute, Leute mit gefärbten Haaren und Nasenringen, stinknormale Leute und verrückte Leute, einsame Leute, fröhliche Leute und traurige Leute – diese ganzen Leute stehen da und gucken zu und gehören alle irgendwie zusammen – es ist, als wären wir uns plötzlich ganz nah, als ob wir uns kennen würden, als wären wir eine Familie, diese ganzen Leute im Supermarkt, alles Fremde, und plötzlich ist es, als würden wir uns kennen. Ein paar Leute fangen an zu weinen, und irgendwelche anderen beruhigen sie: «Ist schon gut, ist ja gut», und eine Frau muß sich hinsetzen, und ein anderer Mann hilft ihr dabei, und die Leute trösten sich gegenseitig, und irgend jemand ruft, daß jemand ein Glas Wasser braucht, und dann läßt jemand, wahrscheinlich einer von den Leitern, ein paar Einkaufswagen mit Wasser, Orangensaft und Limo nach vorn bringen, für alle – ich meine, umsonst –, und die ganzen Leute unterhalten sich und sind irgendwie zusammengeschweißt, weil sie gesehen haben, wie dieser Mann gestorben ist. Und der Mann, der alle zusammengebracht hat – der tote Mann – ich meine, wir wissen überhaupt nichts über ihn –, hatte er ein schwaches Herz, oder war er kerngesund, hat er zum Frühstück massenweise Speck gegessen oder nur Cornflakes, war er allein oder verheiratet, hat er Kinder gehabt oder eine Freundin oder einen Hund, hat er einen Job gehabt, war er ein netter Typ oder ein Arschloch? Ich meine, wir wissen nichts über ihn, rein gar nichts. Wir wissen nur eins: Er hat an der Kasse vom Supermarkt gestanden, und dann, bums, war er tot. Und wir haben's gesehen, das ist alles, was wir wissen.

Da haben also diese ganzen wildfremden Leute dieses Unglück miterlebt und sind sich auf einmal ganz nah, aber ich weiß genau, daß sie in dem Moment, in dem sie aus dem Laden gehen, wieder Fremde sind, hundert Prozent. Ich meine, sie werden sich ja wohl nicht anrufen oder treffen oder zusammen essen gehen, oder? Natürlich nicht. Wir sind schließlich in Los Angeles; und deshalb werden sie sich alle brav auf den Heimweg machen, in ihre Autos steigen und wieder allein sein. Aber zuerst verabschieden sich alle voneinander, als sie aus dem Laden gehen, wie an Thanksgiving oder so, als wärn wir alle zusammen drei Tage bei irgendeiner Großmutter gewesen und müßten jetzt wieder nach Hause fahren, und die Leute gehen zusammen auf den Parkplatz, und manche umarmen sich sogar oder winken sich zum Abschied oder hupen sich zu, bevor sie wegfahren...

Und meine Mutter und ich – ich meine, wir hatten gerade zusammen diese schreckliche Sache erlebt – gehn doch echt Arm in Arm aus dem Laden, und dann, auf der Heimfahrt, bestimmt, weil wir noch so geschockt waren – so wie manche Leute, die eine furchtbare Katastrophe erlebt haben und dann irgendwelche Witze darüber machen –, hab ich gesagt: «Eigentlich doof, daß dieser Typ nicht in der Post abgekratzt ist, da hätt er doch wenigstens seinen Geist aufgeben können», und meine Mutter ist vor Lachen bald zusammengebrochen, und ich hab gedacht, gleich kippt sie aus dem Wagen. Und dann hat sie mir von so einem alten Ausdruck erzählt, den ein Freund von ihr aus New York immer benutzt, wenn einer stirbt, der sagt nämlich: «Er hat ein Taxi genommen», und dann hat meine Mutter gesagt, daß dieser Typ «einen Wagen genommen» hat, also einen Einkaufswagen... wirklich, ich hab mich nicht mehr eingekriegt vor Lachen... ich weiß nicht... wir waren wohl ziemlich geschockt, aber wir haben gelacht und waren uns irgendwie ganz nah. Ich meine, wir waren uns plötzlich wieder so nah, wie als ich noch klein war. Wir hätten richtig reden können. Ich hätte ihr Sachen von mir erzählen können und sie mir Sachen von sich. Ich meine persönliche Sachen, private Sachen, Sachen, auf die's wirklich ankommt. Wir hätten wahrscheinlich sogar drüber reden können, was zwischen ihr und meinem Vater abläuft, daß es in letzter Zeit immer schlimmer geworden ist. Ich frag mich, ob sie überhaupt gemerkt haben, wie schlimm es in letzter Zeit geworden ist. Ich meine, wenn's einen selber angeht, sieht man manchmal die krassesten Sachen nicht, nur die Leute um einen herum sehen's. Besonders ich – ich hab ja schließlich keine Tomaten auf den Augen; ich meine nicht, daß sie Zoff haben oder so; das gibt's bei denen nicht. Sie machen sich auf die sanfte Tour fertig; es ist, als würden sie mit zusammengebissenen Zähnen lächeln und sich dauernd Sachen sagen, die irgendwie doppeldeutig sind. Sie fragt ihn zum Beispiel: «Also, wollen wir hingehen, Christopher?», und er antwortet:

«Klar, wenn du willst.» Und dann fragt sie: «Aber was willst *du* denn?» Und er antwortet: «Ist mir egal, Gillian, mir ist alles recht.» Sie sind beide so was von höflich, daß ich losbrüllen könnte, weil ich genau weiß, daß sie sich trotz ihres ganzen Getues am liebsten an die Gurgel gehen würden. Ich bin mir sicher, daß in Wirklichkeit keiner von beiden mit dem andern *irgendwohin* gehen will.

Manchmal denke ich, daß sie einfach Schluß machen sollten – ich meine, sich trennen. Ich geh sowieso nächstes Jahr weg, und wenn sie sich nicht mehr verstehn, warum sollen sie dann zusammenbleiben? ... aber dann stell ich mir vor, wie ich am nächsten Thanksgiving von Amherst, oder wo ich halt bin, nach Hause komme... und dann? Einen halben Truthahn bei ihr und die andere Hälfte bei ihm? Oder wenn ich mir vorstelle, daß sie sich womöglich einen Freund zulegt oder er sich eine Freundin und ich so 'ne Art Stiefkind sein soll... also, ich weiß nicht, ich meine, ich weiß, daß es sich wahrscheinlich ziemlich cool anhört, wie ich drüber rede, aber ich fänd's echt gar nicht so schlimm, wenn ich nicht wüßte, wo ich meinen Koffer auspacken soll oder meinen Kürbiskuchen esse, ich fänd's viel schlimmer, daß sie nicht mehr zusammen sind. Also, irgendwie weiß ich nicht, wie ich wirklich drüber denke. Vielleicht bin ich gerade deshalb so cool, weil ich in Wirklichkeit ganz schön Angst hab. Ich meine, ich will natürlich nicht, daß sie sich scheiden lassen, ich will halt nur, daß es ihnen gutgeht. Na ja, jedenfalls haben meine Mutter und ich an dem Tag nicht drüber geredet, über was anderes auch nicht, weil das Ganze nämlich verpufft ist. Echt, in dem Moment, wo wir unsere Auffahrt raufgefahren sind, war alles vorbei. Als hätte sich in dem Moment, wo das Garagentor hochgegangen ist, diese Vertrautheit zwischen uns irgendwie in Luft aufgelöst, und plötzlich waren wir wieder mitten in unserem normalen

Leben, ruck, zuck, schneller als der Typ im Laden gestorben war, denn meine Mutter sagt doch tatsächlich zu mir:

«Clare, vergiß nicht, mit dem Hund rauszugehen.»

Also, ehrlich. Ich hab sie nur angeguckt.

Mit dem Hund rausgehen? Eben gerade haben wir beide miterlebt, wie dieser Typ tot umgefallen ist, und statt daß wir zusammen reingehen, uns in die Küche setzen und ein bißchen reden, fällt ihr nichts Besseres ein, als mich an den blöden Hund zu erinnern. Als ob ich nicht jeden Tag mit dem Hund rausgehen würde...

Ich konnte es einfach nicht fassen. Plötzlich mußte sie wieder die Mutter spielen, konnte es wohl nicht abwarten; also spielte ich wieder die Tochter, und das war's dann. Beim Abendessen sind wir uns dann wie immer auf die Nerven gegangen und haben natürlich nicht geredet, jedenfalls nicht darüber, was wir wirklich gedacht haben, nicht über Gefühle und so. Es war, als wär die Tür, die bei dem Unglück aufgegangen ist, wieder zugeschlagen – und alles war vorbei – und obwohl wir ja eigentlich eine Familie sind, meine Mutter und ich, waren wir plötzlich wieder Fremde.

Ich meine, was bringt es denn, eine Familie zu sein, wenn die Momente, die wirklich wichtig sind und die irgendwas verändern könnten, einfach so verpuffen, ohne daß irgendwas übrigbleibt, einfach so, bevor man's richtig gecheckt hat?

Und warum redet sie nicht mit mir? Kapiert sie denn nicht, daß ihre Mutter, der es so schlecht geht, zufällig auch meine Großmutter ist? Meine Großmutter, die ich wahnsinnig gern hab, die ich wahnsinnig vermissen werde, wenn sie stirbt?

So will ich nicht werden, das steht fest. Ich will nicht so zu und so gleichgültig sein. Ich will offen sein und mich andern anvertrauen. Okay, vielleicht bin ich naiv, vielleicht kann es zwischen Müttern und Töchtern nie so sein, vielleicht wär das ja einfach zu schmerzhaft. Vielleicht hätte ich ihr, wenn sie weiter so nett zu mir gewesen wäre, die Tür vor der Nase zugeschlagen, weil ich es nicht ausgehalten hätte. Die Tür zu meinem Herzen, meine ich.

Oder vielleicht bin ich ja wirklich naiv; vielleicht ist jeder am Anfang offen, und dann trampeln sie auf deinen Gefühlen rum, und du kriegst es mit der Angst.

Gilliana

März 1972 – Las Vegas

«Was bedeutet denn das große ‹R› da, mein Schlafmützchen?»

Tony beugte sich vor und malte mit dem Finger ein «R» auf Gillians Brust. Sie stand nackt neben ihm an der Tür ihrer Hotelsuite – er wollte gerade hinuntergehen, um mit dem Beleuchter zu sprechen, weil es am Abend zuvor bei der zweiten Vorstellung Probleme mit den Scheinwerfern gegeben hatte. Nachdem Tony aufgestanden war, um zu duschen, war sie gleich wieder eingeschlafen; sie waren erst um acht Uhr morgens ins Bett gegangen, und jetzt war es halb drei am Nachmittag.

«Was für ein ‹R›?» fragte Gillian und beugte den Kopf vor, um auf ihre Brust zu sehen, wobei ihr ein paar dunkelbraune Locken ins Gesicht fielen.

«Na, das hier», sagte er und fuhr mit dem Finger über ihre Haut.

«Ach, das da», sagte sie lächelnd, als sie nichts auf ihrer Brust entdeckte, «das steht für ‹Ronzoni›. Ich bin ronzonisiert worden, weißt du.»

«Das ist auch gut so», sagte Tony und legte eine Hand auf ihre Brust, während er mit der anderen ihre Taille umfaßte.

«Jawohl, Sir», sagte Gillian und ließ sich gegen ihn fallen.

«Was machen Sie eigentlich splitternackt in meinem Hotelzimmer, junge Frau?» fragte er. Seine Lippen glitten unter ihren Locken zu ihrem Ohr, dann über ihr Gesicht zu ihrem Mund.

«Die Hotelleitung hat mich geschickt, Mr. Ronzoni, um Ihnen Ihren Aufenthalt zu versüßen.»

«Dich haben die Götter geschickt, Gilliana, und ich werde dich nicht mehr fortlassen.»

Seine Lippen wanderten von ihrem Mund zu ihrem Hals, dann zu ihrer rechten Brust hinunter; er fuhr mit der Zunge zart über ihre Brustwarze, während ihre Finger seinen Gürtel öffneten.

«Einen Moment, junge Frau», sagte Tony und schob sie sanft zwei Schritte zurück zur Couch.

«Ich dachte, Sie hätten eine Verabredung mit dem Beleuchter, Mr. Ronzoni», sagte Gillian, während seine Hand zwischen ihre Beine glitt und sie den Reißverschluß seiner Hose öffnete.

«Der kann warten», sagte Tony, legte sich auf die Couch und zog sie auf sich.

«Ich aber nicht», sagte Gilliana lächelnd und setzte sich rittlings auf ihn, «Mr. Ronzoni.»

Und ich dachte, ich hätte Tom Johnson geliebt. Ich hatte ja keine Ahnung.

Man weiß nichts über die Liebe, bis man sie nicht selbst erlebt hat, und wenn man sie erlebt, dann begreift man, daß alles, was vorher war, keine richtige Liebe war, daß es nichts bedeutet hat. Und selbst wenn es etwas bedeutet hat, war es bestimmt keine Liebe. Nicht diese Art von Liebe.

«Ich kann nicht nach Indianapolis kommen, Anthony», sagte Gilliana und hielt sich den Hörer ans andere Ohr.

«Was? Warum nicht?»

«Weil ich keinen Anschluß kriege; ich schaff's am Freitag auf keinen Fall, vor sieben am Flughafen zu sein, und das heißt, daß ich in Chicago umsteigen muß, weil von hier ab drei Uhr kein Direktflug mehr geht...»

Carole Rose steckte den Kopf in Gillians Zimmer. «Willst du 'ne Pizza?»

«Ja, 'ne Mafioso.»

«Mit Peperoni?»

«Hey, hast du mich gerade Mafioso genannt?» fragte Tony lachend am anderen Ende.

«Nein, Carole Rose bestellt uns Pizza.»

«Mit Peperoni?» fragte Carole Rose noch einmal.

«Ja, mit Peperoni.»

«Ich mag keine Peperoni», sagte Tony.

«Na und? Du wirst ja auch keine essen.»

«Ach, wirklich? Woher willst du das denn wissen?»

«Weil du auf dem Weg nach Indianapolis bist... Wo bist du überhaupt? In New York?»

«Auf meine Hälfte bitte keine Peperoni.»

«Tony...»

«Sag ihr, daß ich keine Peperoni will.»

«Tony...»

«Sag's ihr, Gilliana. Mach die Peperoni rückgängig.»

«Hör mal... ich hab dich drei Wochen lang nicht gesehn, und jetzt kann ich nicht nach Indianapolis kommen, weil ich so spät ankommen würde, daß ich höchstens noch zwanzig Minuten Zeit mit dir hätte und dann schon wieder zurückfliegen müßte, und du machst Witze darüber, daß du vorbeikommst und mit mir Pizza ißt... ich fang gleich an zu heulen.»

«Ich bin gerade in Los Angeles gelandet, Liebling. Ich nehm mir gleich ein Taxi und komm zu euch. Würdest du also bitte Carole Rose sagen, daß ich verdammt noch mal keine Peperoni will?»

«Ist das wahr? O mein Gott, Anthony, bist du wirklich hier? Wirklich?»

«Ja, ich bin hier, Baby. Ich kann zwar nur bis morgen abend bleiben, aber ich bin hier.»

«O Gott. Ich liebe dich.»

«Ich bin in einer halben Stunde da. Gilliana?»

«Was denn, Lieber?»

«Ich komm aber nur, wenn auf meiner Hälfte kein einziges von diesen scharfen Dingern ist.»

«Hauptsache, Sie bringen *Ihr* scharfes Ding mit, Mr. Ronzoni.»

«Bin schon unterwegs», sagte Tony und hängte lachend auf.

Mein Gott, wie ich ihn geliebt habe.

«Was ist das für ein Geräusch?» fragte Gilliana ihn.

«Hier schüttet es, Baby. Der Regen trommelt gegen die Telefonzelle.»

«Wo bist du?»

«65th Street, Ecke Madison Avenue», antwortete Tony. «Vor meiner Zelle steht eine verdächtig aussehende Frau, von oben bis unten in schwarzes Lackleder eingepackt – sieht aus wie Himmler in Frauenkleidung –, und winkt nach einem Taxi, und am Zeitungskiosk lehnt ein völlig durchweichter Schluckspecht und säuft. Es gibt nur uns drei hier draußen, alle andern New Yorker haben sich in Sicherheit gebracht.»

Gilliana schleuderte ihre Schuhe weg und legte die Füße aufs Sofa. «Du bist verdammt nah bei euch zu Haus, oder?»

«Macht nichts... ich führ den Hund aus.»

«Hast du einen Schirm?»

«Nein, nur einen Regenmantel.»

«Hat der Hund auch einen Regenmantel?»

«Nein, der hat einen Schirm... ein niedliches Ding, sag ich dir... Gilliana?»

«Ja?»

«Du fehlst mir.»

«Du fehlst mir auch.»

«Du fehlst mir mehr.»

Carole Rose ging durchs Wohnzimmer in die Küche; sie gab ihr ein Zeichen, als sie am Sofa vorbeikam.

«Nein, du fehlst mir mehr. Carole Rose läßt dich grüßen. Ist der Hund mit dir in der Telefonzelle?»

«Nein, ich wollte nicht, daß er mich belauscht; womöglich kann er seinen Mund nicht halten und tratscht in der ganzen Nachbarschaft herum, wie sehr ich dich liebe. Und außerdem hat er keine Freundin. Ich will ihn nicht neidisch machen. Grüß sie zurück.»

«Anthony, was ist, wenn dich jemand sieht?»

«Jeder kann mich sehen, Liebling. Ich bin schließlich in New York.»

«Ich meine, jemand, der dich kennt, ... warum solltest du von einer Telefonzelle aus telefonieren, wenn du so nah bei euch zu Haus bist?»

«Weiß nicht... Wenn mich jemand fragt, erzähl ich einfach, daß ich meinen Buchmacher anrufe.»

Gillian wollte schon etwas sagen, überlegte es sich dann aber anders.

«Gilliana?»

«Hmm?»

«Wo warst du eben, Schatz?»

«Ich hab an einen Buchmacher gedacht, den ich mal kannte ... einen großen, fetten Mann ...»

«Was für einen Buchmacher», fragt Tony. «Du kennst doch keine Buchmacher.»

«Mein Vater hat mich immer mitgenommen, als ich klein war.»

«Wohin?»

«In so ein Wettbüro, samstags morgens.»

«Du machst wohl Witze.»

«Nein, wirklich. Er dachte wohl, daß ich mehr davon hätte als vom Kinderland.»

«Hm.»

«Fand ich auch. Jedenfalls war's viel lehrreicher.»

«Du sprichst nie über deinen Vater.»

«Ich weiß. Er ist so eine Art *persona non grata*. Ist das eigentlich italienisch?»

«Gott, wie ich dich liebe.»

«*Persona non grata*», sagte Gillian, «wieder so eine von diesen neumodischen exotischen Früchten – eine Mischung zwischen Persimone und Granatapfel.»

Tonys Lachen wurde von einem lauten Grollen im Hintergrund übertönt.

«Meine Güte», sagte Tony.

«Was war das?»

«Es hat gedonnert. Jetzt geht's erst richtig los. Und – ach, du liebes bißchen – guck dir das an, der Hund ist gerade ertrunken.»

Gillian lachte. «Ach, was du nicht sagst.»

«Doch. Er liegt gurgelnd in einer Riesenpfütze, mit der Leine am Hals.»

«Hör auf», sagte Gilliana, «du nimmst mich doch auf den Arm.»

«Ich leg jetzt lieber auf. Ich muß sofort einen Hundebestatter anrufen.»

«Du bist so komisch. Ich liebe dich.»

«Gott sei Dank, dafür zahlt man mir schließlich –»

«Einen Haufen Kohle», vollendete Gilliana seinen Satz. Er lachte.

«Okay, Schatz. Ich ruf dich morgen nach der Beerdigung an.»

«Tony?»

«Ja, Liebes?»

«Wann sehn wir uns wieder?»

«Bald. Ich versprech's dir, Gilliana. Ich laß mir was einfallen. Entweder ich komme oder du kommst – bis jetzt sind wir doch immer gekommen, oder? Nein, im Ernst, zur Not treffen wir uns eben auf halber Strecke. Ich versprech's dir.»

«Ich geh hier langsam ein.»

«Geh bloß nicht ein, hörst du? Woran soll ich mich sonst festhalten? Willst du ein Foto vom Hund?»

«Tot oder lebendig?»

«Ganz wie du willst.»

«Dann lieber tot. Im Sarg. Und mit dunklem Anzug, ja?»

«Natürlich, mit Nadelstreifen. Gilliana?»

«Was?»

«Erzählst du mir noch mehr über deinen Vater?»

«Was willst du denn wissen?»

«Ich meine, wenn wir uns das nächste Mal sehn. Erzählst du mir dann alles?»

«Eigentlich gibt's da nicht viel zu erzählen...»

«Aber du erzählst es mir?»

«Okay, aber nur, wenn ich ein Bild von eurem Hund kriege.»

Tony lachte. «Mach's gut, *cara mia*. Ich liebe dich.»

«Tschüs, Anthony. Komm bald, aber nicht zu früh.»

Er schickte mir ein Farbfoto von seinem Hund. Und er trug nicht nur einen anthrazitfarbenen Nadelstreifenanzug aus Gabardine, sondern auch ein weißes Hemd, einen schwarzen Schlips, einen schicken grauen Hut und eine rote Nelke im Knopfloch. Ich weiß nicht, wie Anthony ihn dazu gebracht hat, die Augen zu schließen und sich so stocksteif hinzulegen; der Hund muß schon sehr gut erzogen gewesen sein, um sich auf Kommando totzustellen. Es muß schon ein außergewöhnlicher Hund gewesen sein, denn er hat sich eine Menge gefallen lassen müssen – zum Beispiel seinen Namen: obwohl er ein Rüde war, hieß er Samantha. Anthonys Sohn hatte ihn so getauft, bevor er lernte, daß es da einen «kleinen Unterschied» gibt; seine Eltern hatten versucht, ihm den Namen Sam schmackhaft zu machen, aber er hatte sich nicht davon abbringen lassen, seinen Hund Samantha zu nennen – wie das kleine rothaarige Mädchen, in das er sich verliebt hatte, als sie ihm im Park Sand ins Gesicht geworfen hatte. Er war damals gerade erst zwei.

Carole Rose war von dem Foto so begeistert, daß ihr Anthony einen Abzug schickte. Sie hat ihr Bild immer noch, aber meins ist spurlos verschwunden. Soviel zu den Schätzen in meinen Schubladen. Aber ich habe das Bild noch genau in Erinnerung, und darauf kommt es doch an, oder?

Dezember 1972 – Los Angeles

«Wie groß ist dein Baum?»

«Nicht so groß wie der im Rockefeller Center.»

«Ist es kalt bei euch?»

«Saukalt und Schneeregen, fürchterlich.»

Gillian seufzte. «Ich wünschte, wir hätten Schneeregen. Weißt du noch, wie wir uns im Rockefeller Center den Baum angesehen haben?»

«Natürlich weiß ich das noch, ich erinnere mich an alles, was wir je zusammen gemacht haben, Gilliana. An alles.»

«Wirklich? Erinnerst du dich noch an das erste Mal, als du mir gesagt hast, daß du mich liebst?»

«Wie bitte? Ich soll gesagt haben, daß ich dich liebe? Da mußt du dich irren.»

Gillian klemmte sich den Hörer zwischen Kopf und Schulter, strich sich die Locken aus der Stirn und fuhr sich mit der Hand über das feuchte Gesicht. Es war drei Tage vor Weihnachten, und in Los Angeles waren es 33 Grad. Ein heißer, trockener Wind hatte Wolken von Sand und Staub aufgewirbelt, die sich in drei gelblichbraunen Smogschichten über die Stadt gelegt hatten.

«Gilliana?»

Sie hängte noch einen Strang Lametta in den Baum.

«Baby, ich hab nur Spaß gemacht.»

«Ich weiß», sagte sie.

«Ich erinnere mich noch ganz genau daran, wann ich dir zum erstenmal gesagt habe, daß ich dich liebe. Es war am zweiten April, abends etwa um Viertel vor neun in Washington, D.C., und wir waren in diesem extrem teuren, superfeinen französischen Laden, der Klassen schlechter war als sein Ruf, und du hast dich mit dem Kellner angelegt, weil du irgend etwas *en nature* bestellt hast. Du hast ihm erklärt, daß du keinen Tropfen Soße wolltest und daß du, falls du irgendwelche Soße auf deinem Teller entdecken würdest, vor seinen Augen auf die teure, weiße Damasttischdecke kotzen würdest, und das alles hast du in sehr würdevollem, damenhaftem Ton gesagt, ohne eine Miene zu verziehen – vor allem das mit dem ‹Kotzen›.»

Gillian lächelte, hängte das Lametta ein wenig weiter nach links und trat zurück, um den Baum zu begutachten.

«Stimmt's?»

«Stimmt genau.»

«Und der Kellner lief knallrot an, und genau in dem Moment habe ich dir gesagt, daß ich dich liebe.»

«Und was hab ich gesagt?»

«Du hast gesagt, daß du trotzdem keine Soße willst, auch wenn ich dich liebe.»

«Stimmt», sagte Gillian grinsend.

«Siehst du», sagte Tony, «ich erinnere mich noch an jedes Wort.»

«Stell dir vor, hier ist so eine Bullenhitze, daß ich nur Shorts anhabe.»

«Shorts? Und was noch? Ein Bikinioberteil?»

«Nein, nur Shorts.»

«Oh, là, là! Wo bist du denn gerade? In deinem Schlafzimmer?»

«Ich bin im Wohnzimmer und hänge Lametta an meinen Riesenbaum.»

«Und wenn dich jemand sieht?»

«Wer denn?»

«Keine Ahnung... irgend so ein Perverser im Garten, der durch dein Fenster schielt.»

«Im Garten ist kein Mensch.»

«Okay, dann zieh die Shorts aus.»

«Na, hören Sie mal, Mr. Ronzoni, was fällt Ihnen ein», sagte Gillian. «Ich wußte gar nicht, daß Sie ein Perverser sind.»

Tony lachte. «O doch, Miss Ventimiglia, das wissen Sie sehr wohl.»

Zu Weihnachten schickte er mir einen dicken, ovalen Anhänger von Tiffany, an einer kostbaren, schweren Goldkette. Er hatte das Päckchen an «Miss Ventimiglia – Die Jungfrau von Los Angeles» geschickt. Junge Frau vielleicht, aber Jungfrau? Auf einer Seite war ein schlichter jüdischer Stern eingraviert, auf der anderen ein Kreuz. Er sagte, daß er alle Seiten von mir abdecken wolle. Man sollte es nicht für möglich halten – aber sie liegt immer noch in meiner Schmuckschatulle, in eines seiner Taschentücher eingeschlagen.

Januar 1973 – Las Vegas

Gillian steckte sich Wattebällchen zwischen die Zehen, stellte die Füße auf die Ecke des Schreibtischs und öffnete mit den Zähnen ein Fläschchen mit rotem Nagellack.

«Du wirst dir noch einen Zahn abbrechen, *cara*», sagte Anthony, der ausgestreckt auf dem Bett lag.

«Ich weiß... erzähl Dr. Melford nichts davon...»

«Hm?»

Sie sah ihn an, aber er war schon wieder intensiv damit beschäftigt, etwas auf einen Notizblock zu kritzeln.

«Ich hab gesagt, du sollst es nicht Dr. Melford erzählen. Meinem Zahnarzt.»

Er antwortete nicht. Sie fing an, sich die Fußnägel zu lackieren.

«Was?» fragte er.

«Hm?»

«Ich dachte, du hättest was gesagt.»

«Nein, nein, schon gut...»

«Hm-hm...» Er starrte auf die Seite, die er gerade beschrieben hatte, riß sie ab, zerknüllte sie und warf sie neben sich auf den Boden.

Der Teppich war mit Papierknäueln übersät. Gillian lächelte. «Ist wohl 'ne schwere Geburt, was?»

«Hm?»

«Ich meine den Gag, die Szene...»

«Was, Baby?» fragte er und sah sie stirnrunzelnd an.

«Ich hab gesagt, Sie produzieren heute aber eine Menge Papierknäuel, Mister.»

«Oh.» Er sah sich um. «Ach ja…»

«Also, worum geht's?»

«Was?»

«Anthony», sagte Gillian lachend, «worum geht's in deiner Nummer?»

«Ach so, die Jungs haben sie immer noch nicht fertig; sie kriegen sie einfach nicht richtig hin. Wir arbeiten jetzt schon seit Wochen an diesem verdammten Ding… ach, was sag ich, Monate.»

«Erzähl mal.» Sie hielt den kleinen Pinsel in die Luft und blies auf ihre Zehen.

«Okay», sagte er. Er stand vom Bett auf und baute sich in seinen Boxershorts vor ihr auf, als stünde er auf der Bühne. Sie fing an zu lachen.

«Also», sagte er, «ein Farmer geht auf der Landstraße zum Markt…»

«Ja…»

«Er trägt unter einem Arm ein Schwein, unter dem andern ein Huhn, und auf dem Kopf balanciert er einen Eimer, in dem er später die Milch nach Hause tragen will.»

«Aha.»

«Und dann trifft er unterwegs so ein phantastisch aussehendes Mädchen vom Land – also, eigentlich sieht sie dir sehr ähnlich, mein süßer Schatz…»

«Weiter», sagte Gillian.

«…und er fragt sie nach dem Weg, und sie erklärt ihm alles, weißt du, so ellenlang und umständlich: zwei Meilen geradeaus, an der großen Eiche links, dann am Erdbeerfeld rechts ab und nach fünf Meilen… na, du weißt schon…»

«Hm-hm.»

«Und dann sagt sie: ‹Ich könnte Ihnen eine Abkürzung durch das Maisfeld zeigen, aber wahrscheinlich würden Sie die Situation ausnutzen.› Und der Farmer sagt: ‹Ich? Wie könnte ich die Situation ausnutzen? – mit einem Schwein unter einem Arm und einem Huhn unterm anderen und einem Eimer auf dem Kopf.›» Anthony runzelte die Stirn.

«Und das Mädchen klappert mit den Augen und sagt: ‹Na ja, wir könnten ja das Huhn in den Eimer setzen, und ich könnte das Schwein halten.›»

Tony starrte sie entgeistert an. «Was? Was hast du gesagt?»

«Na ja, ich hab gesagt: ‹Wir könnten ja das Huhn in den Eimer setzen, und ich könnte das Schwein halten.›»

«Es ist nicht zu fassen», sagte Anthony lachend und hob Gillian vom Stuhl hoch. «Ich liebe dich, mein kleines Luder. Du hast diesen verdammten Witz hingekriegt.»

Er brachte den Witz noch am selben Abend in der zweiten Vorstellung. Ich hatte keine Ahnung, daß er das vorhatte; er hatte mir nichts davon gesagt. Ich stand wie immer hinter dem Posaunenbläser und lachte Tränen. Die Szene war nicht nur gut, sie war ein Knüller, und die Leute brüllten vor Lachen. Es lag nicht nur an der Pointe, sondern auch an der Art, wie Anthony den schwerfälligen, tumben Farmer spielte und wie er als Bauernmädchen mit den Wimpern klimperte. Als er den letzten Satz gesagt hatte und das Publikum tobte, drehte er sich um und warf mir eine Kußhand zu.

«Aber Gillian, wir wollen ins Chasen», sagte Carole Rose aus der Badewanne. «Was hast du gegen das Chasen? Oder ernährst du dich vielleicht täglich von Krabben, Knoblauchbaguette und Schmetterlingssteaks mit Senfsoße? Gib mir bitte mal das Badezeugs, ja? Und außerdem sind wir eingeladen.»

Gillian gab Carole Rose das Badeöl. «Ich weiß.»

«Also?»

«Ich bin nicht in der Stimmung.»

«Wie kann man nicht in der Stimmung für das Chasen sein? Vielleicht sitzt ja Frank Sinatra mit seinem ganzen Gefolge an der Bar. Wir könnten versuchen, ihn auf uns aufmerksam zu machen. Komm schon.» Sie nahm eine Handvoll Badeschaum und blies ein paar Flocken in Gillians Richtung.

Gillian setzte sich auf den Kachelboden und lehnte den Kopf gegen den Wäschekorb.

Carole Rose sah sie an. «Du kannst dein neues kleines Schwarzes anziehen, das du dir bei Saks gekauft hast. Das steht dir prima.»

Gillian antwortete nicht.

«Du magst doch David, oder?»

«Ja.»

«Und Eric und Jeffrey … alles gute Freunde, mit denen wir einen anregenden Abend verbringen werden, bei sündhaft teurem Rotwein und vielleicht sogar einem von Chasens berühmten Bananentörtchen; und alles auf Davids Spesenkonto bei der *New York Times*. Gibt es eine bessere Art, ein langes Wochenende einzuläuten?»

«Ach, ich weiß nicht. Ich bin einfach nicht in der Stimmung, glaub ich.»

Carole nahm den Waschlappen und die Seife.

«Du bist nicht in der Stimmung, weil du auf einen Anruf von Mr. Spaghetti wartest, stimmt's? Wo treibt sich der Typ überhaupt rum?»

«Weiß ich nicht.»

«Was soll das heißen, weißt du nicht? Der macht doch sonst keinen Schritt, ohne daß du's weißt. Willst du etwa damit sagen, daß er verschollen ist?»

«Ach, komm, Carole Rose.»

«Langsam übertreibst du's ein bißchen, Gillian. Du gehst überhaupt nicht mehr aus. Du sitzt nur noch in der Wohnung rum und wartest, daß er anruft. Das tut dir wirklich nicht gut. Das ist doch kein Leben.»

«Ich liebe ihn.»

«Das weiß ich.»

«Aber?»

«Glaubst du, daß er sie jemals verläßt?»

«Ich weiß es nicht.»

«Redet ihr überhaupt darüber?»

«Nein.»

«Liebt er dich?»

«Ja. Ich glaub schon. Er sagt es jedenfalls.»

«Sagt er auch, daß du abends nicht mehr mit Freunden ausgehen sollst?»

«Nein, natürlich nicht.»

«Hör mal, das sind doch bloß ein paar Freunde. Keiner von denen wird dich anmachen oder so... Ich meine, du glaubst doch nicht, daß es David auf dich abgesehen hat, oder?»

«Nein, natürlich nicht, ich will nur –»

«– hierbleiben, damit du Tonys Anruf nicht verpaßt... stimmt's?»

«Hm-hm.»

«Du machst dir Sorgen, weil du länger nicht mit ihm gesprochen hast, stimmt's?»

«Ja.»

«Wie lange denn?»

«Nur zwei Tage.»

«Meine Güte … du bist also fest entschlossen, hierzubleiben, egal, was ich sage?»

«Ja.»

«Also gut», sagte Carole Rose und seufzte, «ich geb's auf.»

Gillian stand auf. Sie betrachtete eingehend ihr Gesicht im Spiegel über dem Waschbecken. «Was ziehst du denn an?» fragte sie Carole Rose, ohne sie anzusehen.

«Weiß noch nicht, wahrscheinlich das Dunkelgrüne und die Wildlederschuhe.»

«Klingt doch gut», sagte Gillian. «Genau das Richtige fürs Chasen.» Sie drehte sich um, um aus dem Bad zu gehen.

«He, du, ich bring dir was mit», sagte Carole Rose aus der Badewanne.

«Vergiß es. Im Chasen packen sie dir nichts ein.»

«Wart's ab. Ich nehm eine große Handtasche mit.»

Er war bei ihr, er war bei mir, er war bei ihr, ich war allein. Ich war die meiste Zeit allein – halt, das nehme ich zurück: Ich war fast immer allein, zehrte von seinen Anrufen und meinen Tagträumen. Er war bei ihr, und ich stellte mir vor, daß er neben ihr lag, mit ihr schlief, *sie* ansah und nicht mich, während ich am Fenster stand, *eine Palme* ansah und mir das alles ausmalte. Sah er sie genauso an wie mich? Berührte er sie auf dieselbe Art wie mich? Tat er dies, tat er das – all die Dinge, die ich ihn nie fragen würde, sondern für mich behielt. Ich verbrachte viel Zeit damit, ans Meer zu fahren und stundenlang am Strand auf und ab zu laufen. Sehr theatralisch, sehr trostlos, sehr hilflos. Ich hatte mir einen Mann ausgesucht, der nicht mir gehörte und der dreitausend Meilen entfernt war – keine sehr kluge Wahl.

April 1973 – Indianapolis

«Und Frühlingsrollen, ich will jede Menge Frühlingsrollen, mindestens hundert», sagt Gillian hinter ihrer leuchtendroten Speisekarte.

«Hundert Stück? Wie wär's mit sechs?»

«Na gut, sechs... und Pekingente und Kung-pao-Huhn, aber mit Cashewnüssen, nicht mit Erdnüssen, und Garnelen in Hummersoße, oder mag ich die Schwarze-Bohnen-Soße lieber?»

«Du magst die Hummersoße lieber. Du willst das alles *und* noch das Rindfleisch mit Brokkoli? Du wirst platzen», sagt Tony lachend.

«Bestimmt nicht. Ich bin am Verhungern.»

«Hast du diese Woche nichts gegessen, Liebling?» fragt er sie, streckt die Hand aus und drückt die Karte herunter, um ihr Gesicht zu sehen.

«Nein», sagt Gillian, «ich wollte warten, bis wir zusammen essen.»

«Ach, tatsächlich?»

Er beugt sich vor und küßt sie auf die Nase.

Sie küßt ihn auf die rechte Wange und hält ihre Lippen an sein Ohr.

«Ich muß mich korrigieren... Ich glaube, ich bin gar nicht so scharf darauf, mit dir zusammen zu essen; ich bin eher scharf darauf, von dir vernascht zu werden», flüstert Gillian.

«Aha. Na, wenn das so ist, Miss Ventimiglia – stets zu

Ihren Diensten – hätten Sie es gerne vor oder nach den Garnelen mit Hummersoße?»

«Lieber danach, Mr. Ronzoni. Falls Sie in Indianapolis nicht für Schlagzeilen sorgen wollen: ‹Paar treibt wilde Sexspiele mit Huhn Chow-Mein im Happy Dragon.› Oh, Mist, Tony, ich hab vergessen, daß ich auch das Huhn Chow-Mein wollte. Jetzt muß ich irgendwas anderes weglassen.»

Er nimmt ihr die Karte aus der Hand, legt sie auf den Tisch und nimmt ihre Hände.

«Gott, Sie machen mich so glücklich, Miss Ventimiglia.»

«Wirklich?» sagt sie und grinst. «Heißt das, daß ich mir das Huhn Chow-Mein bestellen kann?»

Er war wunderbar, er war lustig, er war köstlich, er gehörte mir. Nun ja ... nicht ganz.

Juni 1973 – Miami Beach

«Sie kommen rüber», sagte Gillian und strich sie noch mehr Mayonnaise auf ihr Sandwich.

«Ach was», sagte Tony mit geschlossenen Augen. Er lag auf einer Liege neben dem Hotelpool. Gillian beobachtete, wie sich ihnen ein Paar näherte.

«O doch, sie haben entschieden, daß du's wirklich bist ... und ... ja ... da kommen sie schon.»

«Mist», murmelte Tony immer noch mit geschlossenen Augen. «Sag ihnen, daß ich schlafe.»

«Und wer bin ich, der Boy? Ich werd ihnen gar nichts sagen. Ich gehe.» Sie stand auf.

«Komm schon, Baby, geh nicht weg.»

«Sie sieht sehr italienisch aus, sehr aufgedonnert, viel Haar und viel Gold.»

Tony lächelte und sah sie mit einem Auge an. «Wieso ist

sie deswegen gleich eine Italienerin und keine Jüdin, *cara*?» fragte er und drehte sich auf der Liege um.

«Ich weiß nicht, nur so ein Gefühl. Vielleicht, weil er so stämmig ist; er sieht aus wie jemand, der Leute mit Lastwagen über den Haufen fährt. Ich gehe jetzt nach oben, Mr. Ronzoni. Wenn Sie Ihren Fanbesuch verabschiedet haben, können Sie mich gern besuchen.»

«Gilliana, laß mir wenigstens ein halbes Sandwich da.»

«Kommt nicht in Frage, Mister. Mein Sandwich und ich sind unzertrennlich. *Arrivederci.*»

Sie schnappte sich den Zimmerschlüssel, drehte sich um und ging mit dem Sandwich davon. Im selben Moment stellte sich das Pärchen neben Tony.

«Entschuldigung, Mr. Ronzoni?» fragte die Dame mit dem üppigen Haar und tippte Tony auf die Schulter, «Sie sind es doch, oder?»

Soviel zum Thema «unsichtbare Geliebte».

Juli 1973 – Los Angeles

«Es klappt nicht, Baby. Deshalb hol ich dich so früh aus dem Bett.»

«Warum denn nicht?» Gilliana spricht leise; auf ihrer Uhr am Bett ist es erst fünf Uhr siebzehn, und sie will Carole Rose, die in ihrem Zimmer auf der anderen Seite des Flurs schläft, nicht wecken. «Ich hab schon gepackt und mit Harry alles geregelt und … Tony? Was ist passiert?»

«Ich hab was vergessen.»

«Was denn?» Draußen vor ihrem Fenster ist es noch dunkel. Sie hält die Hand vor den Mund und gähnt. «Was hast du vergessen, Schatz?»

Der New Yorker Verkehr braust vorbei. «Einen Geburtstag», antwortet Tony und seufzt in den Münzfernsprecher auf der Fifth Avenue, Ecke 62nd Street.

Gilliana dreht sich auf die rechte Seite und streicht sich die Haare aus dem Gesicht. «Welchen… ach, herrje… willst du etwa damit sagen, daß du *ihren* Geburtstag vergessen hast? Wie konntest du den vergessen?»

«Ich weiß auch nicht.»

«Was ist los? Du klingst so komisch.»

«Nichts.»

«Hast du irgendwas?»

«Nein, wir müssen es eben einfach noch mal um eine Woche verschieben. Ich spreche mit Harry, wenn du willst.»

«Ärgerst du dich, weil du ihren Geburtstag vergessen hast?»

«Nein, ich ärgere mich höchstens, weil ich jetzt noch eine ganze Woche warten muß, bis ich dich wiedersehe.»

«Du könntest mich sehen, wann immer du willst… wenn du es wolltest… vierundzwanzig Stunden am Tag.»

Tja.

Stille.

Stille in der Leitung. Bis auf drei Busse, dreizehn Taxis, sieben Autos und acht Lastwagen. Keiner von beiden sagt etwas.

Gillian sitzt nackt im Bett in ihrem dunklen Zimmer und lauscht dem Verkehr am anderen Ende der Leitung. Das Laken ist ihr von den Brüsten in den Schoß gerutscht. Ihr Gesicht ist bleich; sie hat Angst. Sie hatte es nicht sagen wollen; es war ihr einfach so herausgerutscht.

«Anthony?»

Autohupen.

«Anthony, es tut mir leid. Ich hätte das nicht sagen sollen.»

«Doch, hättest du.»

«Es tut mir leid. Ich hab dich einfach so lange nicht mehr gesehen.»

«Es braucht dir nicht leid zu tun, Gilliana. Du hast ein Recht, das zu sagen. Du hast das Recht zu sagen, was immer du willst.»

Sie fängt an zu weinen. «Es ist nur, daß du mir so schrecklich fehlst, und dann diese langen Wochen, und an manchen Tagen bin ich stark und an anderen kann ich es kaum ertragen.»

«Was mach ich bloß mit meinem Leben?»

«Was? Was hast du gesagt? Ich hab's nicht verstanden.»

«Ich hab gesagt: ‹Was mach ich bloß mit meinem Leben?› Was mach ich mit dir? Das ist nicht bloß ein Spiel für mich, hörst du, ich liebe dich. Das weißt du doch, oder?»

«Ja.»

«Ich liebe dich, Gilliana. Ich möchte dir nicht weh tun.»

«Du tust mir nicht weh.»

«Doch, doch. Ich tue allen weh.»

«Anthony...»

«Oh, verdammt», unterbricht er sie. «Das darf nicht wahr sein... es ist schon halb neun. Warum hab ich bloß diesen blöden Termin zugesagt... Ich sollte schon längst bei CSB sein, statt dessen stehe ich hier auf der 62nd Street herum... ich ruf dich nachher noch mal an... okay?»

«Nachher bin ich im Büro.»

«Dann ruf ich im Büro an.»

«Ich kann da nicht richtig mit dir reden, und wenn dann noch dauernd das Telefon klingelt, kriegt Harry einen Anfall und...»

«Ich ruf dich nach der Arbeit an.»

«Ich bin aber nicht vor sieben, halb acht zu Hause.»

«Ich ruf dich an.»

«Aber dann ist es bei dir halb elf. Wie willst du da noch von zu Hause wegkommen?»

«Mach dir keine Sorgen; ich ruf dich schon an.»

«Tony, ich liebe dich.»

«Ich muß Schluß machen, Schatz. Leg dich wieder schlafen, tschüs ...»

Lastwagen, Autos und Busse, und dann brach die Verbindung ab. Stille. Gilliana hängte ein, legte sich wieder hin, deckte sich mit dem Laken und der Decke zu und versuchte so leise wie möglich in ihr Kissen zu weinen, um Carole Rose nicht zu wecken.

Trauer. Streß. Endlose, einsame Wochenenden. Gebrochene Versprechen. Freude. Tränen. Kummer. Wer seinem Leben ein bißchen Würze geben will, braucht sich nur in einen verheirateten Mann zu verlieben.

Juli 1973 – Los Angeles

«Also, sie weiß Bescheid», sagte Tony.

Gillian schloß ihre Zimmertür und setzte sich mit dem Telefon in der Hand ans Fußende ihres Betts.

«Gilliana?»

«Ja, ich bin dran.»

«Sie weiß Bescheid.»

«Mein Gott, was ist denn passiert?»

«Eigentlich nicht viel, nichts Dramatisches. Sie stand an der Spüle und räumte das Geschirr vom Abendessen weg, und ich habe mir eine Cola aus dem Kühlschrank geholt, und als ich die Schublade neben ihr aufgezogen habe, um den Flaschenöffner herauszuholen, drehte sie sich einfach um, sah mich an und sagte: ‹Ich weiß Bescheid.›»

«Mein Gott, Anthony, mein Herz klopft wie wild.»

«Gott sei Dank klopft dein Herz noch.»

«Mach keine Witze.»

«Das war kein Witz.»

«Und was ist dann passiert?»

«Ich fragte sie, wovon sie denn redet, und dann hat sie es mir gesagt.»

«Was hat sie gesagt?»

«Sie sagte, daß sie wüßte, daß ich eine Affäre hätte, daß sie zwar nicht wüßte, mit wem, aber daß ihr das egal sei, daß es ihr aber nicht egal sei, ob ich die Kinder im Stich lassen würde, daß sie darum betete, daß ich es nicht täte, daß sie mit Vater Maynard darüber gesprochen hätte und daß er mit ihr zusammen gebetet hätte. Ich konnte Vater Maynard noch nie leiden, diesen verdammten... ich hätte wissen müssen, daß man einem Priester mit Schnauzer nicht trauen kann.»

«Anthony...»

«Und dann sagte sie, daß sie im anderen Zimmer schlafen würde, bis wir das Problem gelöst hätten. Als ob wir zusammen geschlafen hätten, ich meine, wir schlafen zwar zusammen, weißt du, aber natürlich ohne zusammen zu schlafen... ach, ist ja auch egal... jedenfalls hat sie ‹gelöst› gesagt, als wäre das Ganze eine simple Rechenaufgabe.»

«Meine Güte, Anthony.»

«Gott, vielleicht hat sie ja recht... ein Mann plus zwei Frauen plus zwei Kinder minus eine Frau und einen Mann... klingt doch wirklich sehr nach Mathematik...»

«Anthony, geht's dir auch gut?»

«Ja, ich weiß nicht, vielleicht auch nicht. Mein Mittagessen bestand aus Bloody Marys.»

«Bloody Marys? Seit wann trinkst du Bloody Marys?»

«Seit heute mittag.»

«Wo bist du?»

«Im Büro.»

«Und was ist dann passiert?»

«Nach den Bloody Marys?»

«Anthony, hör auf damit. Ich meine, nachdem sie das gesagt hatte.»

«Oh, mal überlegen... ach ja, ich stand da und hielt die Cola-Flasche in der Hand.»

«Und du hast nichts gesagt?»

«Nein, ich stand einfach da wie so eine dämliche Statue, wie das Denkmal vom Großen Feigling, denn genau das bin ich – ein Feigling, Gilliana. Ich stand da wie angewurzelt und kriegte den Mund nicht auf. Ich sagte nichts von dem, was ich ihr schon seit langem sagen wollte, kein Wort von dem, was ich mir seit Monaten zurechtgelegt hatte, wie ‹Ich liebe dich nicht, und ich liebe dich schon lange nicht mehr, und das weißt du auch, und so können wir beide doch nicht weiterleben, und wir haben beide Anspruch auf ein bißchen Glück, und wozu lebe ich denn überhaupt, und ich liebe eine andere Frau, und ich gehe weg› ... ich habe nichts davon gesagt... nicht mal ‹piep› hab ich gesagt...»

«O Anthony...»

«Ich stand die ganze Zeit so da, bis sie sich die Hände am Geschirrtuch abwischte und hinausging. Oh, und bevor sie hinausging, sagte sie noch, daß sie für mich beten würde. Das hat sie gesagt... jawohl, daß sie für mich beten würde, hat sie gesagt, genau, jawohl.»

«O Schatz, du bist betrunken.»

«O ja, das glaube ich auch. Ich glaube, ich bin betrunken.»

«Was hast du heute mittag zu den Bloody Marys gegessen?»

«Hm, warte mal... ich habe... den Sellerie gegessen, genau, ich habe den Sellerie im Glas gegessen. Jawohl.»

Gillian hielt den Hörer fest umklammert.

Beide sagten eine halbe Minute lang nichts.

«Scheiße», sagte Tony.

«Was?»

«Ich weiß nicht. Einfach Scheiße.»

Gillian hörte seinem Atem zu.

«Anthony?»

«Was ist nur los mit mir, *cara*? Wann hab ich mich in einen Feigling verwandelt? Hm? Ist dir je aufgefallen, daß ich ein Feigling bin?» Und dann schnappte seine Stimme über. «Ich liebe meine Kinder, *cara*. Hab ich dir das schon mal erzählt? Hab ich dir je erzählt, wie sehr ich meine Kinder liebe?»

«Ja, Anthony, das hast du.»

Und dann saß Gillian mindestens fünf Minuten lang auf ihrem Bett, ohne sich zu rühren oder etwas zu sagen, und hörte zu, wie Tony weinte.

Ziemlich unfair, daß Mrs. Sowieso auch noch den lieben Gott auf ihrer Seite hat. Aber wen interessiert das schon.

September 1973 – Chicago

Gillian klopfte ein paarmal auf ihr Kissen, stopfte es sich in den Rücken und setzte sich auf.

«Kannst du nicht schlafen?» fragte Tony.

«Ich bin nicht müde.»

«Okay», sagte er und drehte ihr den Rücken zu.

Gillian saß ruhig da.

«Willst du das Licht anmachen?»

«Nein.»

«Willst du vielleicht was lesen?»

«Nein.»

«Es stört mich nicht, wenn du das Licht anmachst.»
«Nein danke.»
«Du willst also einfach im Dunkeln dasitzen.»
«Ja.»
«Macht es dir was aus, wenn ich schlafe?»
«Nein.»
«Willst du den Zimmerservice anrufen?»
«Es ist drei Uhr morgens.»
«Sie haben hier einen Vierundzwanzig-Stunden-Service.»
«Ich hab keinen Hunger.»
«Manchmal hast du um drei Uhr morgens Hunger.»
«Ja, aber heute nicht.»
«Du könntest dir einen Cheeseburger bestellen.»
«Nein danke.»
«Du magst Cheeseburger doch so, Gilliana; vielleicht machen sie hier ganz leckere Cheeseburger. Wir sind schließlich im Ambassador East; immerhin haben sie oben den Pump Room.»
«Ich will keinen.»
«Okay, Ma'am, also keinen Cheeseburger.»
Sie starrte vor sich in die Dunkelheit.
«Bist du sauer?» fragte er.
«Nein.»
«Bist du gekränkt?»
«Nein.»
«Was bist du dann?»
«Nichts.»
Er drehte sich zu ihr um und sah sie an. «Willst du darüber reden?»
«Nein.»
«Du willst also nicht darüber reden.»
«Nein.»

«Gilliana?»

«Was?»

Sie sah ihn nicht an.

«Also gut», sagte er und drehte ihr wieder den Rücken zu, «wenn du dich unbedingt deswegen verrückt machen willst, mach dich verrückt, aber das tust du dir ganz allein an. Ich liebe dich. Vergiß das nicht.»

«Ja.»

Keiner von beiden rührte sich.

«Der Wecker tickt», sagte er.

Sie antwortete nicht.

«Herrgott, ist der laut», sagte er.

«Ist nicht meine Schuld.»

«Aber was mit uns passiert, das ist meine Schuld, stimmt's?»

«Das hab ich nicht gesagt.»

«Ich hab doch nur gesagt, daß ich noch ein bißchen Zeit brauche.»

«Schön.»

«Es ist nicht einfach, seine Kinder zu verlassen.»

«Das weiß ich.»

«Weißt du nicht», sagte er, und dann sagte er nichts mehr.

Gillian biß sich auf die Lippe.

«Also dann, macht's gut, Kinder, tschüs. Ich muß euch leider verlassen. Natürlich hat euch euer Daddy lieb, aber er muß leider gehn. Das versteht ihr doch, oder? Ich meine, ihr seid zwar erst fünf und zehn, aber ihr versteht das schon. Klar doch. Was seid ihr doch für gescheite Kinder, ihr zwei beiden, so supergescheit.»

Gillian hielt den Atem an.

«Dieser verdammte Wecker macht einen Höllenlärm, Gilliana.»

«Es ist nicht mein Wecker; er gehört zum Hotel.»

«Es ist nicht dein Wecker», murmelte er in sein Kissen, den Rücken ihr zugewandt. «Es ist nicht dein Wecker, und es sind nicht deine Kinder.»

«Stimmt», sagte sie leise.

«Ich liebe dich», sagte er, «das weißt du doch, oder? Du weißt doch, wie sehr ich dich liebe.»

«Ja.»

«Ich brauch einfach noch ein bißchen Zeit.»

«Ja.»

«Es ist nicht leicht, Gilliana.»

«Ja.»

«Okay, okay», sagte er lauter. «Gib mir noch ein bißchen Zeit, ja?»

«Okay.»

Er drehte sich abrupt um, griff über ihren nackten Körper hinweg nach dem Radiowecker, riß ihn aus der Steckdose und schleuderte ihn gegen die Wand.

«Okay», sagte er, «danke.»

«Gern geschehen», brachte sie mühsam heraus.

Man hätte einen tollen Gag daraus machen können, mit «ein bißchen Zeit» und «gib mir noch ein bißchen Zeit» und «hier hast du ein bißchen Zeit», während der Wecker durchs Zimmer fliegt, aber irgendwie entging uns das Komische an der Situation, irgendwie war uns jeder Sinn für Humor abhanden gekommen.

September 1973 – Los Angeles

«Ich sag dir, er wird sie nie verlassen», sagte Carole Rose, während sie sich die Zähne putzte. «Er ist Italiener, und Italiener verlassen ihre Frauen nicht. Zu große Schuldgefühle.»

«Ich versteh kein Wort, wenn du die Bürste im Mund hast. Wie kannst du dir nur die Zähne putzen, wenn du schon fix und fertig angezogen bist? Was machst du, wenn du dir dein Kleid mit Zahnpasta bekleckerst?»

Carole Rose drehte sich vom Waschbecken weg und sah Gillian an, die auf dem Badewannenrand saß. «Ich hab gesagt, daß er sie nie verlassen wird. Italiener verlassen ihre Frauen nicht; die haben zu viele Schuldgefühle.»

«Ach, wirklich… und was ist mit meinem Vater?» fragte Gillian.

Carole Rose stand mit der Zahnbürste in der Hand da. «Stimmt, deinen Vater hab ich vergessen… aber, Moment mal, der war ein Spieler. Das ist was anderes. Und außerdem war er nicht mit einer Italienerin verheiratet. Das Ganze ist schwieriger, wenn sie mit einer Italienerin verheiratet sind, wegen diesem ganzen katholischen Scheiß.»

«Na, großartig. Jetzt geht's mir gleich viel besser. Danke, daß du mir das gesagt hast.»

«Ach, Scheiße. Was weiß ich denn schon.»

«Ich weiß nicht. Ich hab immer gedacht, daß du 'ne Menge weißt.»

«O ja, klar, ich weiß alles über Männer – deshalb bin ich auch verheiratet und hab drei Kinder.»

Sie lächelte Gillian an. Gillian saß nur da.

«He, komm schon, Gillian. Ich weiß gar nichts; ich weiß noch nicht mal, wie man sich die Zähne putzt, stimmt's?»

Aber Carole Rose war schon immer schlauer als ich. Ich war vielleicht witziger, aber in allen wichtigen Dingen kannte sie sich viel besser aus als ich, vor allem, was Männer anbetraf.

«Wie geht's dir denn?» fragte Tony.

«Mir geht's gut. Und wie ist es in Philadelphia?»

«Wie immer. Du weißt doch, ich wäre lieber tot als –»

«... in Philadelphia», kam Gilliana ihm zuvor.

«Du sagst es.»

«W. C. Fields. Hab ich von dir.»

«Ich weiß.»

Gillian umrundete zum zweitenmal das Sofa, drehte das Telefonkabel zwischen den Fingern.

«Also ...», sagte sie.

«Dir geht's also gut», sagte er.

«Hm-hm.»

«Das ist schön.»

«Wie lange bleibst du?»

«Also, meine Benefizvorstellung ist heute abend, und morgen früh fahr ich dann zurück.»

«Ah ja. Na, das ist schön.»

Gillian setzte sich aufs Sofa und stand wieder auf. Sie ging um den Couchtisch und den Ohrensessel herum. Sie verfing sich mit dem Fuß im Telefonkabel und setzte sich wieder auf das Sofa.

«Also ...», sagte sie wieder.

«Ich liebe dich», sagte er.

«Ich dich auch.»

«Das ist nur eine vorübergehende Krise, Gilliana.»

«Ich weiß.»

«Die stehen wir schon durch.»

«Ich weiß.»

«Ich liebe dich.»

«Ich dich auch, Anthony.»

«Also dann. Ich ruf dich von New York aus an.»

«Okay.»

«Morgen. Ich ruf dich morgen an.»

«Okay.»

«Bist du dann zu Hause?»

«Ja, ich bin da.»

«Aber es ist Sonntag, vielleicht willst du ja zu einem Brunch oder so...»

«Ich bin da.»

«Also gut. Ich liebe dich, *cara*.»

«Ich dich auch, Anthony.»

«Okay, ... also dann, bis morgen.»

«Okay, tschüs und viel Glück heut abend.»

«Danke, tschüs.»

Gillian legte gerade den Hörer auf, als Carole Rose ins Zimmer kam. «He, guck mal, ich hab die neue *Vogue* mitgebracht. Wollen wir mal reinschauen und uns lauter tolle Sachen aussuchen, die wir uns nicht leisten können?»

«Ja.»

«Sag mal, was ist dir denn für eine Laus über die Leber gelaufen?»

«Anthony wird sie nie verlassen.»

«Himmel, hat er das etwa gerade gesagt?»

«Nein. Ich weiß es einfach.»

«Ach, red keinen Unsinn.»

«Doch, ich weiß es.»

Soviel zum Thema Vorahnung, Intuition, Gefühle und Zeichen.

«Ich tu's, Gilliana. Ich werde sie verlassen. Ich hab mich entschieden. Ich bin mir ganz sicher.»

Gillianas Zähne schlugen gegen den Rand ihrer Kaffeetasse. Sie saß fertig angezogen im Bad auf dem Klodeckel, trank einen Kaffee und sah Tony beim Rasieren zu.

Sie nahm die Tasse vom Mund, während ihr die Tränen in die Augen stiegen. Sie konnte nichts sagen; es hatte ihr die Sprache verschlagen.

«Ich tu's», sagte er.

Er ließ den Rasierer sinken und sah sie an. Er war nackt und noch naß von der Dusche, und die Wassertropfen liefen an seiner Brust herunter.

«Ich tu's, Gilliana. Ich kann an nichts anderes mehr denken.» Er lächelte sie an, mit einem offenen, liebevollen Gesichtsausdruck; er sah aus wie sechzehn. «Ich halte das einfach nicht mehr aus – ich will nicht, daß du immer wieder weggehst. Ich will mit dir zusammensein. Schließlich liebe ich dich doch – worauf warte ich eigentlich noch?»

«O Gott», sagte Gillian und fing an zu schluchzen.

Tony legte den Rasierer aufs Waschbecken, nahm ihr die Tasse aus der Hand und stellte sie dazu. Er nahm ihre Hände, zog sie hoch und schloß sie in die Arme.

«Es wird schon gutgehen mit den Kindern; ich kann sie doch die ganze Zeit sehen. Du wirst doch nach New York kommen, oder? Ich meine, du hast doch nichts dagegen, in New York zu leben, *cara*? Ich möchte nicht so weit weg von den Kindern sein.»

«O Anthony», schluchzte Gillian, während er sie küßte und ihr dunkelgraues Kostüm naß wurde und der Rasierschaum auf ihrer rechten Wange und ihrer Nase zerfloß.

Ich verpaßte meinen Flug. Und er verließ sie nicht. Nun ja, er verließ sie schon, aber nicht richtig – es gab da ein kleines, unvorhergesehenes Problem, das seine Pläne durchkreuzte, gerade als er die Koffer packen wollte.

Dezember 1973 – New York City

«Ich liebe dich, meine *cara*», sagte Tony vom Fenster her und betrachtete Gillians Rücken.

«Was haben Sie gesagt, Mister?» fragte sie, drehte sich um und legte ihre Handtasche auf den Couchtisch aus Mahagoni. «Ich habe Sie nicht verstanden. Meine Güte, diese Suite ist ja traumhaft – soll das mein Weihnachtsgeschenk sein?»

Er sah sie wortlos an.

Sie lächelte und zog ihren Mantel aus. «Ich meine, ich habe nichts dagegen, wenn du mir fünf Tage in einer Luxussuite zu Weihnachten schenkst, aber irgendwie hatte ich mit einem Auto gerechnet und Diamanten und Smaragden und einer Jacht und einer Italienreise und einem Nerzmantel...»

«Was für ein Auto?»

«Anthony, warum guckst du so ernst? Ich hab doch nur Spaß gemacht; ich will überhaupt nichts.»

«Ich weiß. Was für ein Auto?»

«Ich habe ein Auto.»

«Du hast einen alten Ford Falcon, der schon bei der kleinsten Steigung schlappmacht.»

«Ich hänge aber an meinem Auto.»

«Du brauchst ein neues.»

«Okay, irgendwann kauf ich mir ein neues. Warum stehst du da drüben am Fenster?» fragte sie und ging zu ihm.

«Ich hab mir die Aussicht angesehen.»

«Von wegen, du hast mich angesehen.»

«Na gut, ich hatte vor, mir die Aussicht anzusehen, aber dann hab ich dich zuerst gesehen.»

«Ich liebe dich», sagte sie und schlang die Arme um ihn.

Sie blickten hinaus in die dunkle New Yorker Nacht, auf blinkende Ampeln und den Central Park.

«Was hast du vorhin zu mir gesagt?» fragte Gillian und küßte ihn auf die Schulter. «Warum ziehst du denn deinen Mantel nicht aus?»

«Wann vorhin?»

«Als wir reingekommen sind, hast du irgendwas gesagt...» Sie drehte sich zur Seite und sah ihn an. Er stand regungslos da und sah aus dem Fenster. «Was ist los, Anthony? Was hast du? Warum siehst du mich nicht an?»

«Ich kauf dir ein neues Auto.»

Gillian lachte. «Ich will kein neues Auto. Ist es das, was dir zu schaffen macht? Mein Auto?»

Er schloß kurz die Augen und starrte dann in den nächtlichen Himmel.

«Anthony?»

«Und wir fliegen nach Italien, bevor alles vorbei ist. Das machen wir. Ich lad dich ein.»

«Okay, wir fliegen nach Italien. Bevor was vorbei ist? Was ist denn los?»

Er antwortete nicht.

Er drehte sich um und sah sie an.

«Ich habe ein Melanom, *cara*. Ich habe ein tiefsitzendes großes schwarzes Melanom am Rücken unter dem linken Schulterblatt, und ich werde wahrscheinlich daran sterben.»

Na dann, fröhliche Weihnachten, Gillian. Vielleicht begreifst du jetzt, daß man von verheirateten Männern besser die Finger läßt; vielleicht hast du jetzt endlich deine Lektion gelernt.

Clare

Meine Mutter hat angerufen und mich gefragt, ob ich an Gott glaube. Ich raff's nicht. Erst will sie nicht mit mir reden, und dann ruft sie an und will sich über Theologie unterhalten. Ich sage: «Hallo?», und sie sagt: «Clare, glaubst du an Gott?» Ich meine, ich war überhaupt nicht drauf vorbereitet.

Ich weiß schon, worum's ihr geht: Sie versucht, ihren Frieden mit der Welt zu machen oder so was – wegen meiner Großmutter und so –, und eigentlich wollte ich schon ja sagen, weil ich wußte, daß es ihr dann bessergehen würde, aber mal ehrlich, wie kann irgend jemand an Gott glauben, bei dem, was alles passiert? Ich glaube an das mit Adam und Eva, daß er die Welt erschaffen hat und so, und vielleicht auch uns, und natürlich sag ich manchmal auch so blödes Zeug wie, bitte, lieber Gott, mach, daß Scott anruft, oder bitte, lieber Gott, mach, daß ich eine Eins kriege – aber das hat nichts mit Glauben zu tun, schließlich gibt's ja niemand, an den man sich sonst wenden kann, oder?

Aber beim Tod hört's auf. Ich meine, wie kann irgend jemand an Gott glauben, wenn's um den Tod geht? Es macht überhaupt keinen Sinn. Ich meine, wie entscheidet er denn, wer als nächstes drankommt, wenn er wirklich da oben sitzt? Die Engel bringen ihm 'ne Liste, und er zählt ab:

eene, meene, muh und raus bist du. Oder er guckt von seinem Thron auf seiner großen weißen Wolke runter und sagt: «Ah, prima, der da sieht gut aus, den nehm ich», und dann schickt er Blitz und Donner, und das war's, der Typ ist hin. Ich meine, das ist doch die totale Willkür. Er nimmt ja nicht bloß die Schlechten. Irgendwie kommen die sowieso immer davon, und die Guten müssen dran glauben. Wenn ich mir überleg, wen ich alles so kenne, der schon tot ist, und ich bin ja erst siebzehn... ich meine, es macht überhaupt keinen Sinn.

Der erste, den ich gekannt hab und der gestorben ist, war zusammen mit mir auf der Schule, also, das war in der Siebten, vielleicht auch in der Achten. Es hat ihn beim Radfahren erwischt. Mal ehrlich, warum würde Gott gerade ihn haben wollen, hm? Ich meine, gibt's dafür irgendeinen Grund? Er war gerade mal – vierzehn? Hat Gott ihn für irgendeine spezielle Aufgabe gebraucht, oder was? Egal, jedenfalls ist er von so einem Scheißtypen überfahren worden, der sich einfach verpißt hat, und er ist einfach neben seinem Fahrrad krepiert. Sie haben nie rausgekriegt, wer's war. Er hatte so einen langen, komplizierten israelischen Namen wie Elliyahoo oder so, aber wir haben ihn immer El genannt, und er hat dunkle Haare und dunkle Augen gehabt und war ein richtiger Draufgänger, nicht, daß ich damals mit elf oder zwölf schon gewußt hätte, was ein Draufgänger ist, aber so hab ich ihn in Erinnerung, und er konnte echt toll radfahren. Er war aus dem Valley. Das ist der Teil von L. A., der hinter dem Berg liegt; man muß den Mulholland Drive überqueren – der Mulholland Drive ist ziemlich bekannt, weil da immer die ganzen Chaoten auf diesen steilen, kurvigen Straßen rumrasen; wahrscheinlich stürzen sie auch haufenweise runter; ich kenn allerdings keinen – aber egal, jedenfalls liegt auf der anderen Seite das Valley. El hat in so einer Gegend im Valley gewohnt, wo es total flach ist und jeder schon Fahrrad fährt, wenn er grade mal laufen gelernt hat, und El ist praktisch von morgens bis abends nur radgefahren; er und sein Rad waren irgendwie eins. Jedenfalls war er der erste, den ich gekannt hab, der gestorben ist, und es hat mir schon was ausgemacht; aber als es passiert ist, hatte ich ihn schon drei Jahre nicht mehr gesehen, weil er drei Klassen über mir war und wir damals schon auf verschiedene Schulen gegangen sind. Mir hat's was ausgemacht, klar, aber nicht so wahnsinnig viel. Ich war nur irgendwie verblüfft, glaub ich. Ich meine, erst ist jemand da und dann plötzlich nicht mehr, einfach so. Irgendwie schockt's einen, wenn man drüber nachdenkt, und nicht nur beim ersten Mal. Es macht keinen Sinn. Aber bei El hab ich zum erstenmal richtig drüber nachgedacht. Ich hab damals versucht, ein paar besondere Erinnerungen aus meinem Gedächtnis zu kramen, aber ich hatte kaum welche. Immerhin war ich erst elf oder so, ich meine, was hat man mit elf schon groß erlebt?

Und dann ist die Mutter meiner Freundin gestorben, was ganz schön merkwürdig war, weil sie nämlich auch von so einem Scheißtypen überfahren wurde, der sich anschließend aus dem Staub gemacht hat, und dann war's auch noch im Valley. Ganz schön merkwürdig. Irgendwie hab ich gedacht, daß das ganze Valley voll ist von so Typen, die in andere reindonnern und sich dann verpissen. Echt. Und ich bin damals im Valley zur Schule gegangen. Jedenfalls haben sie diesen Typen geschnappt. Er war besoffen, so besoffen, daß er gar nicht gemerkt hat, daß er jemand überfahren hat; er hat gedacht, er hätte irgendwas angefahren, ein Schild oder so was, aber nicht die Mutter meiner Freundin Karen. Wie besoffen muß man da eigentlich sein?

Jedenfalls war das meine erste Beerdigung. Ich bin mit

meinen Eltern hingegangen. Es war in so 'ner Art Kapelle im Valley, und erst wurde gebetet, und dann sind ein paar Leute aufgestanden und haben was über sie gesagt; meine Mutter ist sogar aufgestanden und vorgegangen, weil sie die Mutter meiner Freundin schon gekannt hat, bevor sie beide verheiratet waren, Ewigkeiten bevor Karen und ich geboren wurden – sie haben irgendwo zusammen als Sekretärinnen gearbeitet. Zum Glück war's nicht peinlich, was sie gesagt hat, sie hat nur vom Podium aus meiner Freundin Karen irgendwie Mut gemacht und ihr gesagt, wie sehr ihre Mutter sie geliebt hat; war echt okay. Am schwierigsten fand ich, Karen anzugucken, weil ich auch nicht wußte, was ich sagen sollte; also hab ich sie nur gedrückt und ihr auf die Schulter geklopft. Ich meine, was hätte ich denn sagen sollen? «Es tut mir leid, daß deine Mutter tot ist?» Jedenfalls bin ich nicht mit zum Friedhof gegangen, sondern zurück in die Schule.

Ich war erst einmal auf einem Friedhof, und das war mit meiner Mutter, als wir Harry Witzer besucht haben. Sie hat früher für diesen Typen gearbeitet, und er hat ihr echt viel bedeutet – sie hat für ihn getippt, als sie nach L. A. kam, bis sie angefangen hat, Gags zu schreiben. Jedenfalls war er wichtig in ihrem Leben und hat ihr viel geholfen, und sie hat ihn echt geliebt. Ich meine, sie hatten keine Beziehung oder so, er war immerhin viel älter, aber er fehlt ihr. Sie hat lauter Bilder von ihm in ihrem Büro, und sie erzählt auch ständig von ihm. Neulich hat sie mich gefragt: «Weißt du noch, wie Harry früher immer rückwärts auf dem Po die Stufen im Wohnzimmer hochgerutscht ist, um dich zum Lachen zu bringen?» Was ich natürlich nicht mehr wußte, schließlich war ich damals erst eineinhalb, aber ich kann mich noch dran erinnern, daß wir irgendwann mal in einem italienischen Restaurant essen waren und ich neben ihm stand – er hat gesessen – und meinen Arm um seine Schultern gelegt hab, und er war so dünn, daß seine ganzen Knochen rausstanden, und ich hab mich erschreckt. Das ist alles, was ich noch weiß. Ach ja, und daß er Mundharmonika gespielt hat – zumindest glaub ich, daß ich mich daran noch erinnere, aber vielleicht kommt das auch nur daher, weil meine Mutter es mir hunderttausendmal erzählt hat. Auf jeden Fall muß er ein echt witziger Typ gewesen sein. Ich meine, sogar mein Dad sagt, daß er was auf dem Kasten hatte, und ich glaub, meiner Mutter tut's echt leid, daß er nicht mehr da ist und sie nicht mehr mit ihm über ihre Arbeit reden kann. Weil er nämlich an sie geglaubt hat – daß sie's mal zu was bringen würde –, und deshalb geht sie manchmal auf den Friedhof und redet mit ihm. Ich meine, sie ist nicht verrückt oder so, ich glaub, sie geht einfach nur hin, weil es da so friedlich ist und sie sich konzentrieren kann und weil er sie früher immer aufgebaut hat; irgendwie hilft es ihr, abzuschalten und einen klaren Kopf zu kriegen. Manchmal braucht man Abstand, weil einem alles übern Kopf wächst. Jedenfalls geh ich ab und zu mit ihr hin. Ich mache seinen Grabstein sauber, und manchmal stellen wir auch Blumen hin. Vor allem ans erste Mal kann ich mich noch genau erinnern.

Er liegt auf so einem winzigen Friedhof, der zwischen die ganzen Hochhäuser in Westwood eingequetscht ist – das ist der Teil von L. A., wo die ganzen Bürotürme und Kinos und Geschäfte und Restaurants und so sind – direkt neben der Uni, deshalb laufen da auch überall Studenten rum. Egal, jedenfalls ist mittendrin dieser kleine Friedhof versteckt. Echt irre. Rasen und Bäume mit raschelnden Blättern und blühenden Blumen, und das mitten in diesem ganzen Verkehr und andern Scheiß. Marilyn Monroe ist auch da begraben. Das heißt, eigentlich ist sie nicht begraben, sie liegt in einer Art Schublade in einer Marmormauer mit lauter anderen Toten. Aber vor ihrer Schublade steht immer so eine langstielige rote Rose, die ihr dieser berühmte Baseballspieler jeden Tag frisch hinstellen läßt. Joe Dimaggio. Jedenfalls bildet sich der Friedhof was darauf ein, daß da Marilyn Monroe in einer Schublade aus Marmor liegt.

Egal, Harry liegt jedenfalls nicht in einer Schublade, sondern unter der Erde, zumindest seine Asche. Natürlich hab ich das nicht gewußt, als ich das erste Mal da war. Also, das war echt komisch; ich bin mit meiner Mutter aus dem Auto ausgestiegen, und sie sagt: «Da drüben liegt er» – es sieht da wirklich ganz nett aus; er liegt unter so einem niedrigen, buschigen Pfefferbaum, echt schön –, und ich gehe hinter ihr her und sage: «Aber Mom, müssen wir wirklich auf all den Leuten rumtrampeln, um zu seinem Grab zu kommen? Dann bleib ich lieber im Wagen.» Und sie fängt an zu lachen; aber es stimmt, es gibt auf diesem Friedhof keine hochstehenden Grabsteine, sie liegen alle flach auf dem Boden und ziemlich eng zusammen, so daß man auf Zehenspitzen drum herum gehen muß, damit man auf keinen drauftritt. Ich gehe also hinterher, und dann dämmert's mir, daß diese Leute ja wohl ziemlich klein gewesen sein müssen, oder wie würden sie sonst da reinpassen? Ich meine, die Steine sind so eng zusammen, und wenn man sich anguckt, wie die Gräber angeordnet sind, dann muß Harry Witzer entweder ein Liliputaner gewesen sein oder aber die Frau vor ihm hat ihre Füße auf seiner Nase. Und ich krieg einen Lachkrampf, ich kann nicht anders, und meine Mutter fängt auch an zu lachen, sie kann auch nicht anders. Jedenfalls war das bestimmt einer der schönsten Momente, die ich mit meiner Mutter erlebt hab, seit ich Teenager bin. Vielleicht auch nicht, aber ich glaub schon; jedenfalls brechen wir zwei an Harrys Grab fast zusammen vor lauter Lachen. Ich meine, wir haben uns auf dem Rasen gewälzt vor Lachen und konnten nicht mehr aufstehen. Bestimmt haben's die Leute vom Friedhof mitgekriegt, aber meiner Mutter war das egal. Sie hat sogar gemeint, daß es Harry bestimmt gefallen hätte. Also, jedenfalls sind die Gräber deshalb so klein, weil nur die Asche in einer Urne unter dem Gras liegt, nicht der ganze Körper, deshalb brauchen sie auch so wenig Platz.

Ich glaub, das Beste daran war, daß sie es nicht benutzt hat. Also, wie ich meine Mutter kenne, hätte sie auch irgendeinen Gag für dieses Arschloch draus machen können, und das hätte ich ihr echt übelgenommen, aber sie hat's nicht getan; sie hat sich Gott sei Dank beherrscht.

Grade hab ich seinen Namen in den Mund genommen – ich habe: «*Gott* sei Dank» gesagt, aber das rutscht einem so raus, ohne daß man groß drüber nachdenkt, ich meine, das heißt ja nicht, daß man an ihn glaubt, oder? Man versucht, irgendwie seinem Glück nachzuhelfen oder so was.

Ich meine, es ist doch so: Wie kann man an Gott glauben, wenn man sieht, was jeden Tag in der Welt passiert? Wenn man sich nur die Nachrichten anguckt. Die ganzen Menschen, die damals in Ruanda umgekommen sind, einfach reihenweise umgekippt, wie wenn man eine Ameisenstraße mit DDT besprüht – als wär's nichts. Und der ganze Scheiß in Bosnien, beide Seiten beschießen sich seit Ewigkeiten wie die Idioten – und wofür? Ich meine, ist doch egal, wer recht hat und wer nicht. Ist doch jetzt wirklich scheißegal, wo kaum noch einer übrig ist. Schießen auf Kinder, die nur einen Schluck Wasser trinken wollen, auf Babys auf dem Arm ihrer Mütter, die anstehen, um einen Krümel Brot zu ergattern. Meine Güte, ich meine, steckt Gott etwa hinter diesem ganzen Scheiß?

Und was ist mit Krebs? Kinder, die an Krebs sterben – was haben die getan? Haben die irgendwas verbrochen, bevor sie zur Welt kamen? – die Engel angeschielt oder so was? Ich meine – was haben sie denn getan?

Und was ist mit den ganzen Gangs, die einfach so um sich ballern? – ich meine, ein kleines Kind spielt vielleicht ganz unschuldig auf einem Spielplatz, und irgendeiner rast mit dem Auto und einer Knarre vorbei, und peng, das Kind ist tot. Ein Vierjähriger liegt platt auf dem Spielplatz, hat den Ball noch in der Hand, und das Blut spritzt aus seinen Eingeweiden, und seine Turnschuhe sind schon ganz rot.

Und was ist mit Flugzeugabstürzen? Plötzlich, beim schönsten Sonnenuntergang, tauchen von irgendwoher irgendwelche Winde auf, und so eine große silberne DC-10 zerfetzt es in tausend Stücke, einfach so. Überall auf dem Boden liegen Metallsplitter rum, und die Körperteile von zweihundert Toten hängen in den Bäumen oder liegen in irgendwelchen Vorgärten oder Einfahrten – Leute, die sich gerade eben noch in der Luft einen Film angeguckt und vegetarische Lasagne gegessen haben. Ich meine, wie kann man an jemand glauben, der so was macht? Ist das der liebe Gott? Also, wenn er's ist, dann ohne mich.

Vielleicht muß man auch als Katholik zur Welt kommen; dann wird es einem von Anfang an eingetrichtert: Vater, Sohn und Heiliger Geist. Ich meine, das hört sich echt gut an, aber natürlich versteh ich nichts davon. In meiner Schule sind welche, die katholisch sind, und manche gehen auch in die Kirche, aber ich kenn, glaub ich, niemand, der jeden Sonntag hingeht, so, wie's früher üblich war. Okay, vielleicht an Weihnachten und am Ostersonntag, wenn man Christ ist, und an Jom Kippur, wenn man Jude ist, und keine Ahnung, was Buddhisten machen; ich kannte mal einen Typ, der Buddhist war, und ich glaub, er hat auch Weihnachten gefeiert, aber seine Familie ist nirgendwohin gegangen – ich meine in die Kirche oder so. Vielleicht geht ja heute überhaupt keiner mehr in die Kirche. Ich meine, von den ganzen Glaubensrichtungen. Vielleicht ist das ja überhaupt das Problem.

Vielleicht müßte man den Leuten einfach vorschreiben, in die Kirche zu gehen. Natürlich wäre es dann mit dem ganzen Sex vorbei, weil man ja nur mit jemand schlafen darf, wenn man verheiratet ist, und man kriegt auch keine unehelichen Kinder, und Schwule gibt's offiziell auch nicht, und irgendwie wär alles ganz anders – Alkohol und Drogen und Musik und wie wir uns anziehen und was wir sagen und was wir machen – man müßte sich ganz schön viel abschminken. Ich weiß auch nicht, ist alles ziemlich verwirrend.

Vielleicht gab's ja früher, als die Leute noch in die Kirche gingen, weniger Brutalität und so, vielleicht konnten sie ja deshalb noch an Gott glauben. Ich meine, ich will niemandem seine Freiheiten nehmen oder alte Moralvorstellungen wieder einführen oder so was, aber in unsrer Welt heute, mit der ganzen Gewalt und so, läuft mit Sicherheit einiges schief. Vielleicht könnte sich die Welt ja ändern. Es wär doch toll, wenn man einfach die Zeit zurückdrehen könnte: Jeder geht wieder in die Kirche und glaubt wieder an Gott, und der bringt dann vielleicht alles wieder in Ordnung, und die Welt wird wieder so wie früher. Aber wie soll man die Leute dazu bringen, daß sie freiwillig auf soviel verzichten? Ich meine, mal ehrlich... das wär doch unmöglich. Die meisten Leute finden ihr Leben ja so schon schwierig genug.

Also, jedenfalls glaube ich eigentlich nicht an Gott, und deshalb hab ich auch nein gesagt, als meine Mutter mich gefragt hat.

Mollie

Ich setzte meinen Hut auf, zog meine Handschuhe an, nahm den Bus in die Stadt und suchte mir eine Stelle.

Allerdings nicht sofort – zuerst versuchte ich so zu tun, als wäre Jules im Ausland; ich versuchte, einfach so weiterzumachen wie damals, als er im Krieg war, aber das funktionierte nicht lange, weil er Gilliana sehen wollte. Wie konnte ich mir Jules in Uniform vorstellen, beim Sturmangriff in Deutschland, während er wie ein Fremder in unserem Wohnzimmer vor mir stand und mich ansah? – oder mich auch nicht ansah – keiner von uns sah den anderen an; ich blickte an ihm vorbei oder auf meine Füße, oder wir sahen beide nur Gilliana an, damit wir uns nicht in die Augen blikken mußten. Es fiel mir alles so schwer.

Deshalb beschloß ich, daß es besser wäre, wenn er Gilliana bei Sophia abholen würde. Ich würde sie hinbringen, und er könnte sie dort abholen und wieder zurückbringen, und dann würde ich sie wieder mit nach Hause nehmen. So würde ich ihn nicht sehen müssen. Was für ein *meschugas*! Jules und ich schieben Gilliana hin und her, als wäre sie eine Figur auf einem Schachbrett. *Meschugas* ist jiddisch und heißt soviel wie Tollheit oder Verrücktheit. Mir wurde klar, daß ich mich wie eine Verrückte aufführte und daß ich unbedingt damit aufhören mußte.

Ich versteckte mich hinter einem Ahornbaum vor dem Haus der Costellos, nicht weit von Sophias Haus entfernt, und beobachtete Jules und Gilliana, starrte auf seinen Rükken, während er sie in den Wagen hob, sah seine Hand auf ihrer Schulter, seine Hand, die die Tür hinter ihr zuschloß, sah, wie er um den Wagen herumging, seine Schultern, seinen Rücken, hielt den Atem an, während ich sie von meinem Versteck aus beobachtete, schaute durch die grünen Blätter wie Mata Hari durch ihren grünen Schleier. Und als ich mich umdrehte, starrte mich Georgina Costello von ihrer Haustür aus an; sie hatte die Arme vor der Brust verschränkt und sah mich an, als hätte ich den Verstand verloren. Was hätte ich denn sagen sollen? – Ich bin jetzt Spionin? In diesem Moment begriff ich, daß ich mich wie eine Verrückte aufführte und daß sie mich in eine Zwangsjacke stecken würden, wenn ich nicht damit aufhörte ... Gleich am nächsten Morgen also, es war ein Montag, setzte ich meinen Hut auf, zog meine Handschuhe an und nahm den Bus in die Stadt.

Ich fand eine Stelle, wo ich genau dasselbe machte wie vor unserer Hochzeit – ich arbeitete als Buchhalterin in einer Kleiderfabrik. Der Unterschied war nur der, daß ich es früher kaum erwarten konnte, daß mein Arbeitstag zu Ende ging und ich endlich den ganzen Zahlen entkommen konnte, und jetzt waren sie das reinste Gottesgeschenk für mich. Wenn man mit Zahlen zu tun hat, dann kann man an nichts anderes denken; man muß sie deutlich mit schwarzer Tinte in die Spalten des Hauptbuchs eintragen, die Verbindlichkeiten und die Forderungen, und man muß genau darauf achten, daß alles stimmt und sich die Beträge nachher ausgleichen; alles, woran man denkt, sind Zahlen, was natürlich bedeutet, daß man nicht darüber nachdenken kann, daß man von seinem Mann verlassen wurde. Daran kann man nur die restliche Zeit über denken.

Wenn ich mich anzog, wenn ich meine Strümpfe am Hüftgürtel befestigte, wenn ich Lippenstift auflegte und die rote Farbe mit dem Finger verrieb, wenn ich Gilliana etwas zu essen machte, die Kruste von ihrem Erdnußbutter-Marmeladen-Brot abschnitt, ihr Haar bürstete, ihr eine Geschichte vorlas, wenn ich im Bus saß und in die Stadt fuhr, wenn ich das Abendessen kochte, die Lachskroketten in der Pfanne wendete, das Fett zischen hörte, die Kartoffeln zerstampfte, zusah, wie die Butter in der weißen Masse gelb zerschmolz, wenn ich ein Bad nahm oder in einer Zeitschrift blätterte, sah ich nur sein Gesicht, sah in den Gängen im Lebensmittelladen, wie er die Straße überquerte und auf mich zukam, sah seinen Kopf auf dem Kissen neben mir im Bett. Jules.

So verging ein Monat nach dem anderen, und bald war es schon ein Jahr, und langsam begann ich mich zurechtzufinden. Ich las die Scherben auf, wie Dell sagen würde. Natürlich liebte ich ihn immer noch, das hatte nichts damit zu tun – man lebt nicht so lange mit einem Mann zusammen und empfindet für ihn soviel, und dann ist es einfach zu Ende –, aber nach und nach wurde ich stärker. Obwohl ich ein großes Loch in mir hatte, machte ich weiter. Und als er mich dann fragte, ob er zurückkommen könne, wußte ich, daß es besser für mich war, wenn alles so blieb, wie es war, und ich sagte nein.

Wer hätte gedacht, daß es je dazu kommen würde? – Jules fragt mich, ob er zurückkommen kann, und ich sage nein? Niemand hätte gedacht, daß ich so etwas tun könnte, nie im Leben; jeder hätte gewettet, ich würde ihn wieder aufnehmen. Selbst ich hätte gewettet, daß es so sein würde. Selbst mein Jules hätte darauf gewettet; er hätte geschworen, daß diese Wette eine todsichere Sache sei. Aber er hätte sich getäuscht, wie alle Spieler, weil sie vergessen, daß man sich selbst mit einer todsicheren Sache in die Nesseln setzen kann.

«Ich liebe dich, Mol», sagte Jules.

Mollie starrte auf seine Hände am Lenkrad, seine dunkle Haut, die wie sonnengebräunt aussah, seine kantigen, kurzen Nägel, seinen Ehering. Sie drehte den Kopf weg. Draußen war es fast dunkel; die Straßenlaternen gingen gerade an, die Häuser waren plötzlich in bernsteinfarbenes Licht getaucht.

«Ich weiß», sagte sie. Sie sah ihrem Nachbarn Mr. Spano dabei zu, wie er die letzten Blätter zu dem großen Haufen rechte, den er mitten in seinem Vorgarten aufgetürmt hatte. Er trug eine Arbeitshose und Stiefel und ein Unterhemd – er hatte sein Hemd ausgezogen und es über den Holzzaun gelegt, der die beiden Grundstücke voneinander trennte. Mollie hielt den Blick starr auf Mr. Spanos blaugrün kariertes Hemd gerichtet, das im herbstlichen Dämmerlicht flatterte.

«Ich werde dich immer lieben», sagte er.

«Ich werde dich auch immer lieben.»

Er legte seine Hand auf ihr Knie. «Mollie, sieh mich an.»

Sie drehte ihm den Kopf zu.

«Ich will zurückkommen; es wird alles anders.»

«Nein, Jules, das wird es nicht.»

«Doch, ganz bestimmt; ich hab's dir doch gesagt, Liebling, ich spiele nicht mehr.»

«Vielleicht im Moment nicht, aber du wirst wieder damit anfangen.»

«Nein …»

«Doch, Jules, das weißt du ganz genau. Es ist nur eine Frage der Zeit.»

«Ich fang nicht wieder an, ich hab's dir doch versprochen.»

Mollie blickte auf Jules' Hand auf ihrem Knie. Ohne es zu merken, drehte sie mit der rechten Hand an ihrem Ehering.

Er beugte sich vor und küßte sie auf den Mund, aber sie erwiderte seinen Kuß nicht. Es war das erste Mal in ihrem Leben, daß Mollie Jules' Kuß nicht erwiderte.

Er zog den Kopf zurück, und in seinen Augen standen Tränen. Mollie wandte sich ab.

«Ich vermisse dich, Mol, ich kann ohne dich nicht leben.»

Mollie sah, wie Mr. Spano den Blätterberg anzündete, sie sah, wie die Blätter Feuer fingen und brannten, dunkelorange Flammen züngelten vor dem dunkelblauen Himmel. Sie beobachtete die Flammen gemeinsam mit Mr. Spano, der sich schwer auf seinen Rechen stützte und sich Gesicht und Nacken mit einem weißen Taschentuch abwischte.

«Mollie?»

«Ich kann's nicht noch mal versuchen, Jules; ich hab zuviel Angst.»

«Ich spiele nicht mehr, ich versprech's.»

«Du kannst nichts dafür; du wirst wieder damit anfangen.»

«Nein, bestimmt nicht.»

«O Julie. Du versprichst, daß du's nicht tust, und dann tust du's doch, und wir streiten uns, und du versprichst es wieder und tust es doch wieder. Und jedesmal wird es genauso sein wie mit den Lampen.»

«Was für Lampen?»

«Und irgendwann werde ich dich hassen. Ich will dich nicht hassen, ich würde es nicht ertragen, dich zu hassen.»

Er lehnte sich zu ihr hinüber und nahm sie in den Arm. Er drückte sie an sich. «Du könntest mich nie hassen, Mol», sagte er, sein Gesicht war ganz nah an ihrem. «Du wirst mich immer lieben. Und ich werde dich immer lieben. Wir sind füreinander bestimmt. Weißt du das denn nicht?»

Er sah sie mit seinen braunen Augen an. Er küßte sie noch einmal, und sie erwiderte seinen Kuß. Sie spürte, wie sie eins mit ihm wurde, wie all die alten Gefühle wieder wach wurden.

«Weißt du noch, wie wir die Sache mit Sandy gemeinsam durchgestanden haben? Weißt du noch, wie ich nach dem Krieg zu dir zurückgekommen bin? Wir gehören zusammen, Mol», flüsterte Jules in ihr Haar. «Es muß so sein.»

Es war, als ob sie plötzlich eine sanfte Brise umgab, ein unsichtbares Kissen, das sie vor dem Rest der Welt beschützte, so, wie sie Jules' Liebe immer empfunden hatte – sie fühlte, wie sie sich um sie legte und sie umschlang wie seine Arme ihre Taille. Sie liebte ihn, und er liebte sie – vielleicht würde es ja diesmal gutgehen, sie wußte, es könnte gutgehen...

Mollie küßte Jules leidenschaftlich und schmiegte sich an ihn, und dann, als sie merkte, wie sie mit ihm zusammen auf den Sitz sank, sah sie plötzlich Sophias Gesicht vor sich, an jenem Abend, als der Diamant verschwunden war.

Sie machte sich aus Jules' Umarmung frei.

«Ich kann nicht», sagte sie.

«Ich spiele nicht mehr, Mollie.»

Sie rutschte auf den Beifahrersitz und öffnete schnell die Wagentür.

«Bitte, Mollie, tu's nicht.»

Sie riß die Tür auf, setzte einen Fuß aufs Pflaster und rannte los.

«Mollie, ich liebe dich!» rief Jules hinter ihr her.

Sie machte nicht einmal die Wagentür zu, sie durfte nicht stehenbleiben; immer einen Fuß vor den anderen setzend, rannte sie in ihren neuen braunen Wildlederpumps quer durch Mr. Spanos Vorgarten, hastete in ihrem neuen kakaobraunen Pullover und Rock durch den grauen Rauch, spürte die Wolle durch die Strümpfe an ihren Knien, dann über den Rasen in ihrem eigenen Vorgarten, den Weg zum Haus entlang, die drei Stufen hinauf und hinein. Sie blickte sich nicht einmal um.

Dell stand am Wohnzimmerfenster und sah zu Jules' Auto hinüber, als Mollie die Haustür aufschloß, sie zuwarf, zusperrte und atemlos dastand.

«Und, was war denn los? Warum mußte er dich denn so dringend sprechen?»

«Er wollte zurückkommen. Wo ist Gilliana?»

«Jules hat gefragt, ob er zurückkommen kann?»

«Hm-hm. Wo ist die Kleine?»

«Im Schlafzimmer, sie bastelt irgendwas mit Unmengen von Klebstoff. Mollie, warte doch mal – er hat wirklich gefragt, ob er zurückkommen kann?»

«Hm-hm.»

«Und du hast nein gesagt? Du, die seit einem Jahr auf diesen Tag gewartet hat? Die sich komplett neu ausstaffiert hat, ohne es sich überhaupt leisten zu können? Die sich seit heute mittag die Lippen mit ‹Bravo› schminkt? Du siehst aus, als würdest du gleich kotzen. Du hast wirklich nein gesagt?»

«Hm-hm.»

«Herrgott, Mollie, ich dachte, du wolltest ihn zurückhaben?»

«Das wollte ich ja auch.»

«Warum hast du's denn dann gemacht?»

«Ich weiß nicht... ist er noch da?»

Dell drehte sich um und sah aus dem Fenster. «Er sitzt in seinem Wagen hinter dem Steuer.»

«Ich helf der Kleinen.»

«Herrgott, Mollie, du läßt ihn einfach so da draußen sitzen?»

«Ich helfe jetzt Gilliana bei ihren Hausaufgaben.»

«Mollie...»

«Laß mich, Dell. Ich muß es tun.»

Mollie drehte sich um und ging schnell aus dem Zimmer.

Dell stand am Fenster und beobachtete sechsundvierzig Minuten lang Jules' Plymouth, der vor dem Haus der Spanos im Leerlauf lief. Sie starrte wie gebannt auf den Rauch, der aus dem Auspuff quoll. Sie rauchte drei Zigaretten und kaute zwei Fingernägel an ihrer rechten Hand ab, und dann, endlich, parkte Jules mit Schwung aus und fuhr davon. Sie schenkte sich einen großen Scotch ein, trank ihn in vier Schlucken, ging ans Telefon und rief Nat an, damit er sie abholte.

Ich würde also von nun an allein sein; es war besser so. Und außerdem war ich nicht allein, ich hatte ja Gilliana.

Wir hatten nur ein Schlafzimmer, in dem Gilliana geschlafen hatte, während Jules und ich auf der Kippcouch im Wohnzimmer geschlafen hatten; aber als ich sicher war, daß Jules nicht mehr zurückkommen würde, zog ich ins Schlafzimmer um. Wir wurden Bettgenossinnen, meine Gilliana und ich. Vielleicht war es ein Fehler, daß ich mein kleines Mädchen mit meiner ganzen Liebe überhäufte, vielleicht war es zuviel für sie, aber ich wußte es einfach nicht besser.

An meinem vierzigsten Geburtstag wurde ich geschieden. Und war zum zweitenmal eine *schandeh*.

Gilliana

Meine Haare müßten dringend wieder gefärbt werden. Die grauen nehmen plötzlich wieder überhand... das muß heute passiert sein.

Ich habe mir heute morgen drei verschiedene Heime angesehen. Das erste, was ich dabei gelernt habe, ist, daß es nicht «Heim» heißt; sie nennen es wie auch immer, nur nicht Heim: eine «Pflegeeinrichtung», ein «Rekonvaleszenzzentrum», «eine Seniorenresidenz»; eins hieß doch tatsächlich «Gästehaus», was wirklich die reinste Ironie ist – als wäre man dort zu Gast und könnte jederzeit wieder gehen, wenn der Urlaub zu Ende ist –, und als schmückendes Beiwerk gaben sie ihnen noch so hübsche Namen wie «Park» oder «Hain» oder den Namen einer Blume. Das war zum Beispiel der «Fontänenpark», das erste «Heim», das ich besuchte, wo immerhin *ein* Springbrunnen in der Mitte der «Anlage» war, besser gesagt, er war an drei Seiten von einem handtuchbreiten braunen Hof umgeben. Die verantwortliche Dame machte mich stolz auf den Springbrunnen aufmerksam, der natürlich zur Zeit nicht angestellt war, weil es zu kalt ist.

Als nächstes sah ich mir die «Pflegeeinrichtung Roteichenhain» an; also hier hatten sie es doch tatsächlich geschafft, einen Baum in ihrem Namen unterzubringen und nicht nur eine schnöde Eiche, sondern sogar eine Roteiche, was vermutlich noch besser ist oder zumindest den Leuten, die hier einziehen, eher ins Auge sticht – sofern sie überhaupt in der Lage sind, es zu bemerken. Was es allerdings mit dem Hain auf sich hat, ist mir schleierhaft.

Und dann gab es noch das «Mariposa-Gästehaus». Irgendwie klang das nach einem Blumennamen. Oder war es eher ein Schmetterling? Keine Ahnung. Morgen gehe ich zur «Schalom-Residenz»; es macht ihnen nichts aus, daß ich an Weihnachten komme, was bei diesem Namen eigentlich auch kein Wunder ist.

Das zweite, was ich lernte, war, daß es mehrere Möglichkeiten gibt, sich von diesen «Heimen» zu verabschieden; solange man dort ist, benimmt man sich wie eine Dame, was nicht schwer ist, weil man wie betäubt ist, aber wenn man geht, hat man die Wahl: man kann entweder kotzen oder schreien. Und auch hier hat man die Wahl, man kann es tun, bevor man in seinen Wagen steigt oder während der Fahrt zum nächsten «Heim», das ist egal. Oh, wie dumm von mir, man hat natürlich drei Wahlmöglichkeiten, ich habe das Weinen und Schluchzen vergessen, was im Grunde ein und dasselbe ist und mit einem Querstrich oder Bindestrich geschrieben werden sollte, weil es ziemlich schwer ist, zu weinen, ohne zu schluchzen, und umgekehrt. So etwas macht man natürlich besser, wenn man alleine ist. Zum Glück war ich alleine.

Morgen ist Weihnachten, Mollies Geburtstag. Soll ich einen Kuchen backen? Wird sie wissen, was ein Kuchen ist?

O Gott.

In meiner Erinnerung verschwammen die drei «Heime» zu einem, und nur ein paar Dinge stachen hervor: der ekelerregende Geruch nach schlechtem Essen und Urin und alten Leuten – der war in allen gleich, ganz egal, wie sauber es aussah oder wie einladend die Eingangshalle wirkte, was natürlich sehr wichtig ist, weil sie einem einen ersten Eindruck vermittelt; sie geben sich wirklich große Mühe mit ihren Eingangshallen, statten sie mit Unmengen von bequemen Sofas und Sesseln und Zeitschriften und Gummibäumen aus. Die Eingangshallen haben alle diskret geschlossene Türen, an die sich lange Korridore anschließen, in denen der Spaß erst beginnt.

Im Mariposa erklärte mir der zuständige Herr, ein gewisser Mr. Billingsly, der ein etwas peinliches Problem mit seinem klappernden Gebiß hatte, das ich vorgab, weder zu sehen noch zu hören, daß sie *ihren* Gästen gestatten, ihre eigenen Möbel mitzubringen, damit sie sich «ganz wie zu Hause» fühlten. Man kann also seine monströse Mahagonikommode und seinen dick gepolsterten Ohrensessel mitbringen und beides für 117 Dollar am Tag in ein Einzelzimmer quetschen oder für 95 Dollar am Tag in ein Doppelzimmer. Das heißt, es kostet 22 Dollar extra am Tag, wenn man keinen gesteigerten Wert darauf legt, sein Zimmer mit jemandem zu teilen. Ich konnte Mr. Billingsly leider nicht fragen, wie sie zu ihren Zahlen kommen, weil ich im entscheidenden Moment gerade die Hand auf den Mund preßte.

Er war so gnädig, mir zu zeigen, wovon er redete. Mrs. Annie Moskowitz, die mich für ihre Tante Soochie hielt, war es gelungen, einen Großteil ihres ehemaligen Wohnzimmers und Schlafzimmers um ihr Krankenbett zu versammeln: einen schmuddeligen olivgrünen Klubsessel und eine Ottomane, beides gehörte Michael (Mr. Moskowitz, nehme ich an), wie sie betonte, eine schwere Kommode mit sechs Schubladen und Klauenfüßen, zwei Beistelltischchen, auf denen Porzellanlampen mit schmutzigen Fransenschirmen standen, und etwa hundert gerahmte Fotos. Auf jedem nur erdenklichen freien Fleck des Zimmers befanden sich Fotos. Da Mrs. Moskowitz der Meinung war, ich sei ihre Tante Soochie, bin ich sicher, daß sie nicht die geringste Ahnung hatte, wer die Leute in den Rahmen waren. Ich fing an zu schreien, als ich das Mariposa verließ.

In der «Pflegeeinrichtung Roteichenhain» («Einrichtung» klingt irgendwie nach Anstalt, oder? – eine Irrenanstalt mit Roteichen) gibt es zwei getrennte Abteilungen, wie mir Mrs. Boyer, die Anstaltsleiterin, erläuterte. Oh, Verzeihung, ich meine natürlich die Heimleiterin. Eine Abteilung für die wirklich Kranken und eine zweite für die nicht ganz so Kranken. Der Unterschied besteht wohl darin, daß die einen an ihrem Stuhl festgebunden sind und die anderen nicht. Im Roteichenhain konnte ich die Qualität der Küche testen. Und als ich dann nach Hause kam, konnte Lew nicht begreifen, warum ich keinen Appetit mehr hatte. Dummer Lew. Ich bin anschließend bei Winstead vorbeigefahren, um mich etwas aufzumuntern und mir einen Cheeseburger zu gönnen – wie damals in der High-School –, aber irgendwie wollten meine Beine nicht so recht, und ich bin einfach im Wagen sitzen geblieben.

Und dann rief ich Christopher aus einer Telefonzelle an, aber unglücklicherweise war Clare am Apparat. Ich sage unglücklicherweise, weil ich versucht habe, mit ihr zu reden, aber meine Stimmung war nicht gerade die beste, und ehe ich wußte, wie mir geschah, hatten wir einen Riesenstreit über Gott. Das hatte ich natürlich nicht beabsichtigt, aber leider läuft so vieles zwischen mir und Clare nicht so, wie ich es mir wünsche. Es scheint, als würden wir verschiedene Sprachen sprechen. War es zwischen mir und Mollie auch so?

Wir werden Mollie zu Hause behalten. Es ist mir egal, was es kostet, und wenn ich meine Seele verkaufen müßte. Oder das Haus. Oder Andy um Geld bitten. Oder sonst jemanden – was soll's...

Und dann lernte ich heute nachmittag Mrs. Minnie Jane Jones Pomerantz kennen, die der «Erste-Wahl-Heimpflegedienst» schickte. Ein richtiger Zungenbrecher. Wahrscheinlich beschäftigt der «Erste-Wahl-Heimpflegedienst» nur die «Erste-Wahl-Krankenschwestern» der Stadt.

Mrs. Pomerantz ist eine dieser Krankenschwestern. Sie kann Blutdruck messen, Spritzen geben, Medizin verabreichen, sie badet, bekocht und füttert ihre «Damen» – so nennt sie ihre Patientinnen, weil sie, wie sie erklärte, «keine Herren mehr pflegt» – sie wechselt auch die Windeln ihrer «Damen» und kümmert sich um die Wäsche. Sie hält ihre «Damen» sauber, sagte sie. Sie macht für niemanden sonst etwas im Haushalt. «Nix für wen sonst», erklärte sie kategorisch. Als sie das sagte, blickte sie Lew an, der aber nichts erwiderte. Ebensowenig wie ich. Mrs. Pomerantz hatte das Wort «nichts» gerade genau so ausgesprochen wie meine Mutter; ich saß wie angewurzelt auf meinem Stuhl.

Mrs. Pomerantz ist eine kräftige zartbitterschokoladenbraune Frau mit tiefliegenden braunen Augen und grauen Zöpfen. Die Zöpfe sind um ihren Kopf gewickelt, ähnlich wie die von Prinzessin Leia in *Krieg der Sterne*, nur daß überall krause graue Härchen herausstehen und Mrs. Pomerantz' braunes Gesicht umgeben wie eine Art silberner Heiligenschein. Ihre Hände sind riesig. Ich bin sicher, daß sie mit einem Minimum an Anstrengung Mollie hochheben und gegen die Wand klatschen könnte. Sie trug eine weiße Uniform, weiße bequeme Schwesternschuhe und weiße Strümpfe. Sie hätte nicht viel Zeit, sagte sie, wegen Weihnachten und so weiter.

Man kann Mrs. Pomerantz entweder über den Pflegedienst engagieren oder direkt. Wenn wir sie über den Pflegedienst engagieren, bekommt sie wochentags 13,50 Dollar die Stunde und nachts und am Wochenende 14,50 Dollar.

Wenn wir sie nicht über den Pflegedienst engagieren, macht sie uns einen «Sonderpreis», aber nur, wenn wir bar bezahlen. Vorausgesetzt natürlich, daß ihr die «Dame» sympathisch ist.

Ich versuche, im Kopf die 13,50 Dollar und 14,50 Dollar zu addieren, auszurechnen, wieviel das bei acht oder zehn oder gar vierundzwanzig Stunden am Tag ist, aber es geht nicht; ich brauche dazu ein Blatt Papier, weil es doch nicht sein kann, daß man jemandem 400 Dollar pro Tag bezahlt, nur damit er sich zu Hause um die eigene Mutter kümmert... wieviel wäre das die Woche? Zweitausend pro Woche ohne Wochenende? Das kann doch nicht sein.

«Aber klar, Missus», erklärt mir Mrs. Pomerantz, «darum müssen se ja auch endlich was ändern, weil nämlich die Krankenkasse nix bezahlt. Im Krankenhaus, da bezahlen se, aber daheim nich.»

Ich kralle mich an meinem Stuhl fest, damit ich nicht herunterfalle. Mrs. Pomerantz lächelt mich an. Lew ist leichenblaß. Ich lächle zurück.

«Und wie würde Ihr ‹Sonderpreis› aussehen?» erkundige ich mich beherzt.

«Kommt drauf an, wieviel Stunden es sind und wie krank die Dame is», antwortet Mrs. Pomerantz.

«Ich verstehe.»

Bis zu diesem Moment ist Mollie von Dorothy LaPaglia im Schlafzimmer festgehalten worden. Ich beschließe, daß es an der Zeit ist, daß die beiden sich kennenlernen. Ich habe Mrs. Pomerantz ins Herz geschlossen. Ich weiß, es liegt daran, daß Mrs. Pomerantz «nichts» genauso ausgesprochen hat wie meine Mutter, und ich weiß auch, daß das der blödsinnigste Grund der Welt ist, aber ich kann es nicht ändern. Ich weiß, daß es eigentlich nicht sein kann, daß Mrs. Pomerantz tatsächlich die Richtige ist. Die erste Person, die durch unsere Tür spaziert, kann doch unmöglich der Engel sein, den uns der Himmel geschickt hat. Ich weiß, daß es ein Ding der Unmöglichkeit ist, aber zum Teufel damit...

Ich stehe auf. «Vielleicht sollten Sie meine Mutter einmal kennenlernen, Mrs. Pomerantz.»

Mrs. Pomerantz steht auf. «Vielleicht wär das nich schlecht, Missus, und dann sehn wir weiter.»

Das meiste von dem, was dann kam, ist mir nur noch dunkel in Erinnerung, aber ich weiß noch genau, wie es anfing. Mrs. Pomerantz und ich gingen in Mollie und Lews Schlafzimmer. Lew begleitete uns nicht; er blieb in seinem Sessel sitzen. Vielleicht wurde er ja auch ohnmächtig, ich bin nicht sicher. Dorothy LaPaglia saß am Ende des großen Betts, und meine Mutter saß in einem Sessel. Wohlgemerkt, sie war nicht festgebunden, sie saß einfach so da, und plötzlich hatte ich das unwiderstehliche Bedürfnis, lachend und singend im Zimmer herumzutanzen, aber ich konnte mich gerade noch beherrschen.

Mrs. Pomerantz ging direkt auf meine Mutter zu; sie baute sich vor ihr auf und sah sie an, bis Mollie den Kopf hob.

«Hallo», sagte meine Mutter sehr höflich zu der kräftigen braunen Fremden.

«Hallo, Mommy», sagte Mrs. Pomerantz zu meiner Mutter und streckte ihre Hände aus. «Wie wär's mit 'nem kleinen Spaziergang?»

Mollie lächelte, legte ihre Hände in die von Mrs. Pomerantz und erhob sich.

«Wohin?» fragte sie.

«Vielleicht 'ne Runde ums Haus?»

«Ja gut, Jules», stimmte meine Mutter freudig zu.

O nein, Mollie wird alles vermasseln; sie hat Mrs.

Pomerantz Jules genannt ... ich gehe einen Schritt auf sie zu, als könnte ich Mollie irgendein Zeichen geben, daß sie sich normal verhalten soll, aber keiner von beiden schenkt mir die geringste Beachtung.

«Is schon okay, wenn de mich so nennen willst, Mommy», sagte Mrs. Pomerantz liebevoll zu meiner Mutter. «Ich heiße zwar Minnie Jane Jones Pomerantz, aber für dich bin ich gerne auch Jules.»

Wir werden mit Mrs. Pomerantz einen Sonderpreis aushandeln; es ist mir egal, selbst wenn sie eine Serienmörderin wäre, wir werden uns schon irgendwie einigen.

Als ich Christopher endlich ans Telefon bekam, versuchte ich, ihm zu erzählen, was heute alles passiert war, aber er hatte große Probleme, mich zu verstehen – das kommt davon, wenn man schluchzt und weint und gleichzeitig redet.

Clare

Mein Vater will, daß ich mit ihm in die Kirche gehe. Ich meine, ich geh schon mit, es ist ja Heiligabend. Er hat mich so lieb gefragt, da konnte ich nicht nein sagen, und ich hätte auch nicht nein gesagt, ich sag fast nie nein zu ihm. Wir müssen früh da sein, weil's sonst voll ist – sonst geht kein Schwein in die Kirche, und an Weihnachten meint jeder, er müßte hingehen. Mein Vater ist anders, er geht immer mal wieder in die Kirche. Es macht mir nichts aus hinzugehen, ich mag die Weihnachtslieder. Erst die Weihnachtslieder und dann der Gottesdienst, weil die Episkopalisten nämlich großen Wert drauf legen, daß man erst nach Mitternacht zur Kommunion geht, weil es dann schon Weihnachten ist. Ich geh sowieso nicht zur Kommunion. Ich find das irgendwie doof. Also, jedenfalls geh ich schon ab und zu in die Kirche.

Ich find's echt interessant, wie gut es zwischen meinem Vater und mir läuft, wo ich doch mit meiner Mutter überhaupt nicht klarkomme. Irgendwie scheinen wir verschiedene Sprachen zu sprechen. Ich meine, ich weiß schon, daß es teilweise die Hormone sind, Stimmungsschwankungen und so, aber das ist nicht alles. Ich hab da meine eigene Theorie.

Ich denke, daß viel davon Neid ist. Ich meine, ist doch

ganz logisch: ich fange gerade mit meinem Leben an, und sie hat schon fast alles hinter sich. Nicht, daß sie schon jenseits von Gut und Böse ist, nein, das nicht, es ist nur so, daß meine Hormone wie wild in meinem Körper rumrasen und ihre wahrscheinlich in ihren Eierstöcken ein Nickerchen machen. Klingt doch ganz plausibel, oder?

Das ist wahrscheinlich der Grund für diesen ganzen Schwachsinn, der zwischen Müttern und Töchtern abgeht – die ganze Geschichte mit dem Neid und so. Ich meine, ich weiß, daß es nur eine Theorie von mir ist, aber es macht doch Sinn – die eine kriegt ihre Periode, während die andere in diese gräßlichen Wechseljahre abdriftet. Also echt, da muß doch Neid mitspielen. Ich weiß, daß man Müttern eigentlich nicht unterstellen soll, daß sie neidisch auf einen sind; wenn sie mit einem schimpfen, weil man irgendwas nicht tun soll, oder einem verbieten, irgendwohin zu gehen, dann wollen sie einen doch nur beschützen und nicht den Freiraum ihrer Töchter einengen oder so was; aber es könnte doch ein kleines bißchen Neid dabei sein. Nehmen wir mal ein Beispiel: Die Tochter will unbedingt mit diesem Jungen ausgehen und ist ganz aufgeregt, weil sie weiß, was alles zwischen ihr und dem Jungen abgehen kann, aber die Mutter sagt nein, weil sie auch weiß, was zwischen ihrer Tochter und diesem Jungen alles abgehen kann. Ich meine, wo hört die Beschützerei auf, und wo fängt der Neid an? Ist doch gut möglich, daß die Mutter einfach neidisch ist. Ich meine, mal ehrlich, wie viele Mütter über vierzig gibt's, die über beide Ohren verliebt sind? Die total aufgeregt sind, weil sie eine Verabredung haben? Oder irgend jemand küssen? Oder anfassen? Die müssen doch neidisch sein, ist doch vollkommen logisch.

Und dann die Geschichte mit der Unabhängigkeit. Mütter haben Riesenprobleme, wenn ihre lieben Kleinen flügge werden, wie's so schön heißt. Irgendwie hätte man das anders organisieren müssen, weil die Mütter eigentlich ideal sind, solange die Töchter klein sind – ich meine, irgendwie finden sie's doch ganz toll, gekochte Erbsen zu zermanschen und ihre Töchter mit kleinen Löffeln zu füttern, Pampers zu wechseln und die Haare ihrer süßen Kleinen mit Babyshampoo zu waschen und aufzupassen, daß sie nichts in die Augen kriegen, und Bilder auszumalen und dieselbe Geschichte hunderttausendmal vorzulesen und sie jahrelang in die Schule zu fahren und wieder abzuholen und ihnen Hexenkostüme für Halloween zu nähen und ihre Zimmer aufzuräumen – die ganze Bemutterei eben. Aber dann kommt die Teenagerzeit, und plötzlich drehen die Mütter durch. Ich finde, da sollten nur Väter was zu sagen haben. Ich meine, ehrlich, mein Vater würde mich überall hingehen lassen. Im Ernst. Ist ihm egal. Ich meine, ich weiß schon, daß es ihm nicht egal ist, was mit mir passiert, er akzeptiert es halt; er weiß, daß ich sowieso gehe, ich weiß es auch – warum also das ganze Theater?

Es ist immer dasselbe, wenn ich weggehen will und beide da sind; sie sagt nein und er sagt ja, und dann streiten sie sich, jeder wirft mit Argumenten um sich, als wäre ich gar nicht dabei, als wären sie vor Gericht ... total nervig. Ich geh dann einfach in mein Zimmer. Ist doch irre. Wenn ich irgendwohin gehen will, bricht bei denen der dritte Weltkrieg aus. Ich meine, ich sag ja nicht, daß Eltern es leicht haben. Ich seh ja ein, daß sie nicht wollen, daß ihr Kind mit irgendwelchen Chaoten loszieht oder irgendwo Scheiße baut, aber irgendwie hab ich den Eindruck, daß sie alles nur verkomplizieren, wenn sie sich darüber in die Haare kriegen. Jedenfalls, wenn ich Glück hab, kann ich's so drehen, daß ich zuerst meinen Vater frage, und dann ist es okay; dann hat sie nichts damit zu tun. Ich meine, wenn er ja sagt, kann sie schlecht nein sagen. Na ja, sie könnte schon, aber dann würden sie nicht so ein Drama draus machen.

Manchmal denke ich, es liegt daran, daß sie mir nicht traut, als wüßte sie, was ich alles tun könnte, woran ich überhaupt noch nie gedacht hab, und dann denke ich manchmal wieder, daß sie überhaupt nichts weiß, daß sie vom Leben überhaupt nix mitgekriegt hat. Ich meine, ich weiß, daß sie auch gelebt hat. Ich weiß sogar, daß sie diesen Liebhaber hatte, der gestorben ist, bevor mein Vater und meine Mutter sich kennengelernt haben, und daß ihre Beziehung ganz schön lang ging und alles ganz tragisch war, aber obwohl ich einiges drüber weiß – Gott sei Dank keine Einzelheiten –, obwohl ich einiges drüber gehört hab, kann ich mir absolut nicht vorstellen, daß das *meine* Mutter gewesen sein soll. Ich meine, wie kann die Frau, die immer meinen Krempel in meinem Zimmer rumräumt und alles an die falsche Stelle legt und dann noch behauptet, daß sie's nicht war, und einen Tanz aufführt, wenn ich ihr kostbares Auto haben will, die bei irgendwelchen Diskussionen einfach wegrennt und mit Sachen schmeißt und dabei so ein verkniffenes Gesicht macht und die meinen Vater manchmal anguckt, als würde er ihr nicht mehr bedeuten als ein dämliches Stück Käse – ich meine, wie kann das dieselbe Frau sein, die früher mal so eine Wahnsinnsaffäre hatte?

Ich meine, kann es sein, daß sie früher genauso empfunden hat wie ich heute? Ich meine, daß sie ihr Leben richtig genossen hat? So wie ich mit Scott? Körperlich und so? Ich weiß nicht... so richtig mit Kribbeln im Bauch... ich meine, das kann doch nicht sein. Meine Mutter, die so was von abgebrüht ist und immer nur coole Sprüche draufhat – hat die echt mal dasselbe gefühlt wie ich, wenn Scott anruft oder an der Tür klingelt oder wenn er mich küßt? Wie kann das sein?

Also, ich kann's mir einfach nicht vorstellen. Ich hab viel drüber nachgedacht. Wenn sie nämlich wirklich dasselbe gefühlt hat, was ist dann mit ihr passiert? War das alles so schlimm für sie, daß sie einfach zugemacht hat? Ich weiß nicht... vielleicht liegt's ja auch an meinem Vater. Ich meine, vielleicht ist sie ja nie über diesen anderen Typen weggekommen.

Gilliana

Manche Menschen sterben schon mit neununddreißig. Und bevor sie sterben, verfallen sie langsam. Das ist die härteste Tatsache, die ich je akzeptieren mußte; es blieb mir nichts anderes übrig, als sie zu akzeptieren, weil ich es genau so erlebte, das heißt aber nicht, daß ich es wirklich glaubte, ich akzeptierte es nur – ich werde nie wirklich glauben können, daß Anthony tot ist. Selbst nach all den Jahren, die seit seinem Tod 1974 vergangen sind – in meinem Kopf ist er nicht tot, er ist einfach nur auf Tournee.

Was ich außerdem akzeptieren mußte, war, daß jemand sterben kann, egal, wie sehr man ihn liebt, egal, wie sehr man glaubt, daß einen die Liebe vor der profanen Wirklichkeit bewahren kann. So kann man sich täuschen.

Du siehst zu, wie er vor deinen Augen dahinschwindet, und du kannst nichts dagegen tun; du bist hilflos – ein lustiger, energiegeladener, lebensprühender Mann verwandelt sich in einen lustigen, schwachen, todkranken Mann, und du kannst es nicht verhindern. Egal, wie sehr du Gott beschwörst, egal, wie sehr du bettelst und flehst und versuchst, mit ihm zu handeln, er hört dich nicht. Er ist nicht erreichbar; er ist geschäftlich in Jerusalem; er ist gerade zu Tisch.

Dein eigenes Leben schwindet mit diesem Mann dahin,

dem Mann, der dich nur zu umarmen, anzusehen oder mit dir zu sprechen brauchte, damit du strahltest wie das Chrysler Building und wußtest, daß ihr füreinander bestimmt wart. Und jetzt stehst du wie vom Donner gerührt da und versuchst mit deinem Spatzenhirn zu begreifen, daß es wirklich geschieht und daß du es nicht aufhalten kannst. Es gibt nichts, aber auch gar nichts, was du tun kannst.

Na gut, das nehme ich zurück – es gibt ein paar Dinge, die du tun kannst: Du kannst dich über seine Witze kaputtlachen, weil ihn das vielleicht aufmuntert – falls er nicht zu große Schmerzen hat –, und du kannst das strahlende Lächeln eines hochbezahlten Covergirls aufsetzen, wenn er dich ansieht, weil er dann vielleicht denkt, daß es ihm bessergeht, und die übrige Zeit kannst du seine Hand halten. Selbst wenn er schläft, kannst du seine Hand halten, und dann wird dir irgendwann klar, daß du seine Hand nicht etwa umklammerst, damit *er* sich besser fühlt, sondern damit *du* dich besser fühlst, weil dir vor Angst ganz schlecht ist. Du kannst dich außerdem in der Krankenhaustoilette am Waschbecken festhalten und dir Wasser ins Gesicht spritzen, weil du fürchtest, daß du jeden Moment umkippst; du kannst viel Zeit damit verbringen, dein Gesicht mit Rouge vollzukleistern, damit er sich bei deinem Anblick nicht zu Tode erschreckt, und du kannst versuchen, die Wunde, die du dir in die Backe gebissen hast, nicht noch größer zu machen. Ansonsten kannst du nur weinen und ins Leere starren und nach irgendeiner aberwitzigen Erklärung suchen, weil es keine vernünftige gibt, oder du kannst beten. Aber wer schafft es schon, zu beten, ohne mit Gott zu handeln… ich bin nicht weit damit gekommen. Immerhin bin ich zehn Tage aus Manhattan herausgekommen, weil Tony darauf bestand, daß wir zusammen nach Italien reisten, aber es war eine ziemlich nervenaufreibende Zeit; drei Tage verbrachten wir allein in Rom im Krankenhaus – nicht gerade die romantische Reise, von der wir geträumt hatten.

Als sie das Melanom und große Teile des umliegenden Gewebes aus Anthonys Rücken entfernten, waren bereits die Lymphknoten befallen – das war's dann wohl, wie meine Mutter sagen würde. Sie schnitten ihm ein Stück Fleisch aus der Unterseite seines Oberschenkels und nähten es an die Stelle unter seinem linken Schulterblatt, wo seit der Operation ein riesiges eiterndes Loch klaffte. Ein Höllenschlund, dachte ich jedesmal, wenn ich den Verband wechselte.

«Wie sieht es aus, Schatz?»

«Gut… schon viel besser… sieht gut aus, Liebling…»

Ich sah ihn erst wieder an, wenn ich sicher war, daß ich wieder etwas Farbe im Gesicht hatte.

Sie schnitten ihm auch die Lymphknoten heraus – keine Ahnung, was sie damit gemacht haben. Ich hab mir tatsächlich irgendwann ausgemalt, daß sie in einem großen Mayonnaiseglas herumschwimmen wie die schwarzweißen Hirnproben in Dr. Frankensteins Versuchslabor.

Nachdem sie ihm die heimtückischen Lymphknoten und den halben Rücken weggeschnitten hatten, gaben sich die Herren Spezialisten die Klinke in die Hand; aber einer nach dem andern zogen sie nach ausgiebigem Kopfschütteln, Stirnrunzeln und Herumdrucksen wieder ab, was soviel bedeutete wie: «Tut uns schrecklich leid, Mr. Ronzoni, aber es gibt nichts, was wir noch für Sie tun können. Sie müssen leider sterben.» Die Ärzte schienen alle sehr betroffen zu sein, und natürlich hatten sie allen Grund dazu: Endlich hatten sie den berühmten Tony Ronzoni kennengelernt und hätten bei seiner nächsten Vorstellung sicher die besten Plätze bekommen, wenn es nicht sonnenklar gewesen wäre, daß er nie mehr auftreten würde – das muß sie gefuchst haben.

Man überlegte, es mit Bestrahlung zu versuchen, was irgend jemand doch tatsächlich als «Wärmebehandlung» bezeichnete – unglaublich –, und dann überlegte man, es mit Chemotherapie zu versuchen, aber schließlich war man sich einig, daß es zu spät war, um überhaupt noch etwas zu versuchen.

Ich verstehe nicht, wie es so schnell zu spät sein konnte. Er hatte seit seiner Geburt ein Muttermal gehabt, ein süßes braunes Muttermal, das ich immer berührte, wenn er tief in mich eindrang und ich ihn umklammerte, das ich einseifte, wenn ich ihm unter der Dusche den Rücken wusch, dasselbe geliebte Muttermal, das ich mit Babyöl einrieb, wenn ich nackt auf seinem Rücken saß und ihn massierte. Eines Tages erwachte das Muttermal und beschloß, Anthony zu töten, und plötzlich war alles zu spät.

Nachdem die Diagnose gestellt war, hatten wir noch sechseinhalb Monate Zeit, von Dezember bis Ende Juni – mehr Zeit blieb uns nicht für den Abschied. Und so führten er und ich und Mrs. Sowieso ein Leben wie in einem Schauerroman, vielleicht auch eher einem Zukunftsroman, denn so eine Dreiecksgeschichte hatte es wohl noch nie gegeben... Anthony hatte für uns beide eine Wohnung gefunden, in die wir einziehen wollten, sobald er seine Frau verlassen hätte, aber als uns das Melanom einen Strich durch die Rechnung machte, mußten wir sie aufgeben. Wie konnte er als Todgeweihter seine Familie verlassen? Wie konnte er da ausziehen? Und natürlich wollte er soviel Zeit wie möglich mit seinen Kindern verbringen, was bedeutete, daß er auch viel Zeit mit ihr verbrachte, aber schließlich waren sie seit sechzehn Jahren verheiratet, und obwohl er beschlossen hatte, sie zu verlassen, liebte sie ihn immer noch... was konnte ich da schon sagen? Wollte ich denn überhaupt etwas sagen? Ich fand, daß er so lange bei seinen Kindern bleiben sollte, wie er konnte – sosehr ich mir auch wünschte, ihn für mich allein zu haben. Im Angesicht des Todes verändern sich eben die Prioritäten.

Anthony mietete mir eine Suite im Wyndham-Hotel, und so begann unser neues Leben. Er und ich und Mrs. Sowieso – die wir ihn beide liebten, uns beide höflich und fair dabei abwechselten, ihm beim Sterben zuzusehen –, wir gaben wohl das unmöglichste Trio ab, das man sich vorstellen kann. Wir hätten genug Stoff für eine abendfüllende Show geliefert, und wahrscheinlich hätte es auch noch für einen Groschenroman gereicht – *Ein Mann, seine Frau und seine Geliebte ringen in Zimmer 701 mit dem Tod* –, aber ich hätte ihn nicht schreiben können; ich war viel zu beschäftigt damit, es zu erleben, viel zu beschäftigt damit, irgendwie durchzuhalten. Schließlich gab es ja noch die winzig kleine Chance, falls wir durchhielten und schnell genug rannten, dem Krebs davonzulaufen. Ha, ha, ha.

Januar 1974

«Weil ich kündige», sagte Gillian zu Tony, der ihr gegenüber am Tisch im Rose Room des Algonquin saß. Er runzelte die Stirn und neigte sich auf seinem Stuhl ein wenig zur Seite. «Sitzt der Verband an deinem Bein nicht richtig?»

«Doch, sitzt wunderbar», antwortete er. «Alles okay.»

Sie sah ihn prüfend an – er grinste und trank zwinkernd einen Schluck Kaffee. «Es ist alles okay, Liebling. Hör auf, mich anzusehen, als würde ich unterm Mikroskop liegen.»

«Ich kündige, Anthony.»

«Nein, kommt gar nicht in Frage», sagte Tony. Er nickte einem Paar, das ihn erkannt hatte, lächelnd zu. «Ißt du deinen Schinken nicht?»

«Nein.»

«Warum nicht?»

«Ich hab keinen Hunger.»

«Du hast noch nie deinen Schinken liegengelassen. Bist du etwa krank?» Er streckte die Hand über den Tisch und berührte ihre Stirn. «Hast du Fieber?»

«Anthony, bitte. Ich versuche, etwas mit dir zu besprechen...»

«Schon gut», sagte er und zeigte mit seiner Gabel auf den Schinken. «Bist du sicher, daß du das nicht mehr willst?»

«Ich will diesen Scheißschinken nicht, und außerdem werde ich kündigen.»

«He, he, he... was haben Sie denn für einen Ton am Leib, Madam?» sagte er und spießte den Schinken auf. «Was ist los mit dir? Willst du etwa, daß der gute Witzer einen Herzanfall kriegt? Es ist schon schlimm genug für ihn, wenn er erfährt, daß ich sterbe und er seine zehn Prozent verliert; und wenn du auch noch aufhörst, gibt ihm das den Rest. Ohne dich ist er hilflos wie ein Baby; er kann noch nicht mal eine Nummer allein wählen oder seine Schuhe finden...»

«Bitte sag so etwas nicht. Ich ertrage es nicht, wenn du so was sagst.»

«Was? Daß Harry seine Schuhe nicht findet?»

Sie ließ den Kopf sinken und fing an zu schluchzen.

«Gilliana, dein Toast wird ganz naß.»

«Ist mir egal.»

«Also, ich finde es nicht sehr schön, wenn dein Toast durchweicht; er kostet mich schließlich ein Vermögen.»

Gillian sagte nichts. Tony legte seine Gabel auf den Teller, streckte die Hand über den Frühstückstisch und hob sanft ihr Kinn an.

«Ich werde sterben, *cara*, ob ich es nun sage oder nicht.»

«Ich ertrage es einfach nicht, das ist alles.»

«Okay, wenn es dich aufregt, werde ich es nie mehr sagen. Wie sollen wir es denn dann nennen?»

«Du wirst nicht sterben. Du wirst es schaffen.»

«Okay.»

Sie sah ihn an und er lächelte.

«Ich schaffe es nur, wenn du dein Frühstück ißt; ich mache mir Sorgen, wenn du nichts ißt, und du willst doch nicht, daß ich mir Sorgen mache, oder?»

Gillian seufzte und wischte sich das Gesicht mit der großen weißen Algonquin-Serviette ab. «Na gut, dann esse ich eben mein Frühstück», sagte sie und biß in ihren Toast.

«Du kannst nicht kündigen. Du mußt an deine Zukunft denken... Wie wär's, wenn wir Harry bitten, dich ins New Yorker Büro zu versetzen? Dann kannst du hier arbeiten... Teilzeit, solange du dich um mich kümmerst... Was hältst du davon?»

«Warum kann ich nicht einfach kündigen?»

«Weil du später wieder arbeiten mußt... hinterher... wenn ich...»

«Wenn du auf Tournee bist», kam ihm Gillian zuvor, «wenn du wieder auftrittst.» Sie sah ihn an.

«Genau», sagte Tony und lächelte sie an, «ja, gut, Schatz... okay... du wirst später wieder arbeiten müssen, wenn ich auf Tournee bin.»

Und so fing die Sache mit der Tournee an. Selbst heute noch blicke ich manchmal zum Himmel hinauf, sehe die Sterne und denke: Heute abend bringt Anthony sie in Botswana zum Lachen; sie werden toben vor Begeisterung.

«Ich bin heilfroh, daß ‹Melanom› kein italienisches Wort ist.»

«Anthony, fang nicht schon wieder damit an. Ich will nicht darüber reden. Wir sind in Rom und wollen uns amüsieren. Wo sind deine Handschuhe? Es ist kalt draußen.»

«In meiner Manteltasche. Deswegen komme ich ja drauf... weißt du, Rom... Italien... Italienisch. Es ist eigentlich ein neulateinisches Wort und kommt ursprünglich aus dem Griechischen, von *melas*, was schwarz bedeutet...»

«Du suchst doch die ganze Zeit nach irgendeinem Witz, den du über Melanome machen kannst, gib's zu.»

«Ich? Witze? Red keinen Unsinn.»

Als sich die Aufzugstüren zur Hotellobby öffneten, machte er eine schwungvolle Handbewegung.

«Nach Ihnen, Madam. Ich hab doch nur gesagt, daß es einen großen Unterschied zwischen Latein und Italienisch gibt ... und das ist gar nichts im Vergleich zu Griechisch, denn das Wort stammt ja aus dem Griechischen...»

«Anthony, wenn du nicht sofort mit diesem Melanomscheiß aufhörst, dann vergeß ich mich.»

«O ja», sagte er, legte einen Arm um sie, beugte sich vor und küßte sie auf den Hals, dort, wo ihre Haare den Kragen ihres roten Wollmantels berührten.

Gillian sah erschrocken zu ihm auf. «Meine Güte, deine Lippen sind ganz heiß. Hast du Fieber?»

«Nein, ich hab ganz einfach heiße Lippen, das weißt du doch.»

«Komm her», sagte sie und streckte die Hand aus. «Laß mich mal fühlen.»

Er wich zurück. «*Cara*, laß das. Es geht mir prima, und deshalb fahren wir jetzt mit der Kutsche zum Petersplatz.»

«Bist du verrückt? Es ist viel zu kalt in der Kutsche. Draußen schneit's.»

Er blieb abrupt stehen, wandte sich zu ihr um und legte ihr die Hände auf die Schultern.

«Hör bitte auf, Gilliana. Behandle mich nicht wie ein Baby. Ich fahre mit dir in der Kutsche zum Petersplatz, weil ich Lust dazu habe und weil wir beide, ob wir es nun offen aussprechen oder nicht, genau wissen, daß ich bald keine Gelegenheit mehr dazu haben werde; und es ist mir scheißegal, ob da draußen ein Schneesturm wütet oder nicht. Verstehst du mich?»

Sein Gesicht war weiß. Aber sonst sah er eigentlich aus wie immer, immer noch wahnsinnig attraktiv, vielleicht ein wenig schmaler und angespannter, was seine Augen noch größer erscheinen ließ, diese tiefbraunen Augen, die sie gerade anblickten.

Also hielt ich meinen Mund, und wir fuhren mit der Kutsche zum Petersplatz, was im Februar, mitten in einem Schneesturm, schon eine beachtliche Leistung war; ich möchte nicht wissen, was er dem Kutscher zahlte, damit er uns mit seinem halberfrorenen Pferd schlingernd über die eisbedeckte Piazza San Pietro fuhr, aber es war richtig, daß Anthony darauf beharrt hatte – es war ein atemberaubendes Erlebnis; es war einer der schönsten Tage meines Lebens. Wie nicht anders zu erwarten, bekam er nach unserem Ausflug Fieber, und wir verbrachten die nächsten zwei Tage im Fate-Bene-Fratelli-Krankenhaus, dessen Namen Anthony übrigens sehr lustig fand, weil «Fate Benne Fratelli» so etwas wie «Brüder der guten Tat» heißt; ich fand, daß es sich eher wie der Name einer drittklassigen Komikertruppe anhörte.

«Es kann mir doch keiner erzählen, daß das Kaffee sein soll», sagte Gillian.

Sie ließ den Löffel klirrend auf die Arbeitsplatte fallen, nahm den Becher mit dem Instantkaffee und ging damit ins Wohnzimmer ihrer Suite. Tony saß auf dem Sofa am Fenster; vor dem grellen Hintergrund des klaren, strahlenden New Yorker Himmels konnte sie sein Gesicht kaum erkennen; sie sah nur seine Silhouette – ein dunkelgrauer Schatten im gelben Licht. Sie reichte ihm die Kaffeetasse und ließ sich neben ihn aufs Sofa plumpsen. Tausende von Staubpartikeln stoben von den Sofakissen auf und wirbelten durch das Sonnenlicht. «Meine Güte», sagte sie und fächelte sie mit der Hand weg, «hier sollte mal jemand Staub wischen. Ich kann unten anrufen und uns richtigen Kaffee bringen lassen, wenn du willst. Du mußt dieses Gesöff nicht trinken.»

«Ich mag dieses Gesöff», erwiderte er. «Versuch nicht, vom Thema abzulenken. Warum mußt du immer das Thema wechseln, wenn wir über dein Leben reden?»

«Weil das langweilig ist.»

«Hör mal, Gilliana, ich meine es ernst. Du bist wirklich witzig; du könntest Gags schreiben.»

«Und ich sage dir, daß das Schwachsinn ist – komisch sein heißt noch lange nicht, daß man Gags schreiben kann. Nur weil du mich liebst, glaubst du, daß ich alles kann – ich habe nicht die geringste Ahnung vom Gagschreiben; ich hab nur Ahnung vom Tippen. Wie wär's, wenn ich Gags abtippe?»

«Siehst du, du bist schon wieder komisch.»

«Ach, Quatsch.»

Er verzog das Gesicht und rutschte auf dem Polster herum.

«Was ist los?»

«Nichts.»

«Geht's dir gut?»

«Menschenskind, Gilliana. Lenk nicht schon wieder vom Thema ab. Ich sag dir, du kannst sehr wohl Gags schreiben.»

«Kann ich nicht. Ich hab nicht die geringste Ahnung vom Gagschreiben.»

«Und was ist mit dem Farmerwitz?»

«Weiß nicht, das war Glück – weil ich aus dem Mittleren Westen komme. Ich hab eben einen Draht zu Farmern.»

«Ach ja? Und was ist mit dem Maria-Magdalena-Witz? Hat der auch was mit dem Mittleren Westen zu tun? Und der mit der Frau, die Weihwasser gurgelt? Und der über den Schnurrbarttypen im Lastwagen?»

«Ich weiß nicht...»

«Ich sag's dir noch mal, Gilliana Ventimiglia: Du kannst Gags schreiben.»

«Also gut, dann schreib ich eben Gags. Muß ich gleich damit anfangen, oder können wir erst ins Bett gehen?»

Er lachte und verzog dann wieder das Gesicht. Sie küßte ihn.

«He», flüsterte er, «ich durchschaue dich. Du lenkst schon wieder vom Thema ab.»

«Oh, ist aber doch eine nette Ablenkung, findest du nicht?» fragte sie und hielt ihr Gesicht dicht vor seins. «Also ...?»

«Na gut», sagte er, beugte sich vor und stand auf. «Du hörst mir nicht zu, aber es ist mir Ernst. Es ist wichtig.»

«He, wo gehst du hin?»

«Ich muß mich woanders hinsetzen, Liebling. Das Sofa ist mir zu weich.»

Er ging langsam zum Schreibtischstuhl hinüber und setzte sich; er war dünner geworden, und das Laufen fiel ihm manchmal schwer. Gillian verfolgte jeden seiner Schritte, hielt den Atem an und biß sich auf die Lippen.

«Komm her, *cara.*»

Sie stand auf, ging zu ihm an den Schreibtisch und sah ihn mit einem strahlenden Kameralächeln an. «Also, was willst du? Papier? Schreiben wir jetzt Gags?»

Als sie vor ihm stand, blickte Tony auf und sah ihr fest in die Augen, während seine Hände unter ihren schwarzen Gabardinerock glitten und an der Rückseite ihrer Oberschenkel hochfuhren; er zog sie an sich und drückte sein Gesicht unter die Wölbung ihrer Brüste.

«Ich glaube nicht», sagte er, während er ihren schwarzen Kaschmirpullover mit dem Mund hochzog und ihren nackten Bauch mit den Lippen berührte, «das hängt von dir ab.»

Gillian erschauerte. «Gott, ich weiß nicht... ich wollte schon immer Gags schreiben, weißt du... ich habe mein Leben lang davon geträumt... und du hast gesagt, daß du's mir beibringen willst... und...»

«Und?» fragte Tony; seine Lippen fuhren über ihren Bauch, wanderten tiefer, während er den Strumpfhalter von ihrem rechten Strumpf löste, mit den Fingern an ihrem Oberschenkel entlangglitt, bis er den seidenen Stoff ihres Slips zwischen ihren Beinen fühlte. «Und?» fragte er noch einmal.

«Und...», sagte Gillian mit stockendem Atem, «und...»

«Und?» fragte Tony, senkte den Kopf und zog ihr mit Lippen, Zähnen und Händen den Slip herunter.

«Und... ich glaub, ich falle gleich, Anthony...»

Und sie dachte, er hätte «Ich halte dich» geantwortet, aber sie war sich nicht sicher, weil ihr Slip plötzlich nicht mehr da war und er sie mit den Lippen berührte und sanft seine Zunge bewegte; sie hielt sich an seinem Hinterkopf fest und beugte sich zurück, während er ihren Po mit beiden Händen umfaßte und sie feucht wurde und Tony sie küßte und sanft an ihr saugte und sie alles um sich herum vergaß.

Gott segne das Wyndham. Anthony pendelte zwischen mir und Mrs. Sowieso und den Kindern hin und her – von der 58th Street West zwischen der Fifth und Sixth Avenue zur 62nd Street East zwischen Madison und Park Avenue und zurück. Nachts und vormittags war er bei mir, den restlichen Tag über bei ihr; wenn er bei seiner Familie ankam, ruhte er sich aus, bis die Kinder von der Schule heimkamen, dann verbrachte er mit ihnen gemeinsam den Nachmittag, aß mit ihnen zu Abend, las der Kleinen eine Geschichte vor, half dem Großen bei den Hausaufgaben, und wenn die Kinder im Bett lagen, kam er zu mir zurück. Nachmittags ging ich in Harrys New Yorker Büro und arbeitete, oder tat zumindest so; eine beachtliche Leistung, wenn man bedenkt, daß ich schon allein mit dem Anziehen Schwierigkeiten hatte. Anthony stellte einen wunderbaren Fahrer namens Mr. Smith ein, einen muskulösen Schwarzen, der in seiner Jugend einmal Preisboxer gewesen war und jetzt mit Anzug, Krawatte und goldenen Manschettenknöpfen sehr elegant aussah; jeden Tag fuhr er Anthony in einem mitternachtsblauen Lincoln Continental hin und her – so behutsam wie ein Soufflé.

März 1974

Gillian rannte die Fifth Avenue entlang, bog links in die 53rd Street ein, wobei sie immer wieder Passanten auswich; sie war bereits zwanzig Minuten zu spät. Als sie am Park ankam, entdeckte sie die beiden sofort – ein kleines Mädchen in einem marineblauen Mantel, das mit dem Rücken zu ihr vor einem Wasserfall stand, und Anthony, der auf einem weißen Plastikstuhl neben ihr saß. Der Park war fast menschenleer; es war kurz vor halb fünf, und es wurde langsam dunkel. Gillian ging auf sie zu. Als Anthony sie entdeckte, lächelte er und drehte sich wieder zu seiner Tochter um. Sie ging weiter, bis sie direkt neben ihnen stand, und setzte sich einen Stuhl weiter.

«Ich will doch nur einen Hot dog, Daddy», sagte das kleine Mädchen und drehte sich um.

«Ich weiß, mein Schatz, aber es gibt bald Abendessen.»

«Na und?»

«Wie willst du denn dein Abendessen schaffen, wenn du dich jetzt mit einem Hot dog vollstopfst?»

«Dann geb ich eben Samantha mein Abendessen.»

«Ach, was du nichts sagst!»

«Doch», sagte sie lächelnd. «Joey macht das auch immer.»

«Das stimmt nicht.»

«Doch, natürlich, immer, wenn Mommy nicht hinguckt.»

Sie war bildhübsch. Sie hatte wie Anthony dunkle Haare und einen hellen Teint, aber ein herzförmiges Gesicht und blaue Augen.

«Bassets sollen aber nicht unser Abendessen fressen. Sie bekommen ihre eigene Hundemahlzeit.»

«Ich weiß aber, daß Samantha unser Essen viel lieber mag als sein Hundefutter, Daddy.»

«So, weißt du das?»

«Ja.»

Gillian mußte laut lachen. Das kleine Mädchen sah sie an und lächelte. Gillian lächelte zurück.

«Und?» fragte sie ihren Daddy.

«Und was?»

«Und kann ich jetzt einen Hot dog haben, bitte?»

«Nein, vielleicht nächstes Mal; aber du kannst dir eine Cola kaufen.»

«Okay, abgemacht.»

Sie streckte die Hand nach dem Geld aus und hüpfte zu dem Erfrischungswagen hinüber.

«Hallo», sagte Tony zu Gillian.

«Sie ist ja bildhübsch, Anthony.»

«Joey hat heute Basketball; das hatte ich ganz vergessen.»

«Macht nichts, vielleicht nächstes Mal.»

Er nahm ihre Hand und drückte sie.

«Ich liebe dich», sagte er. «Ich wollte einfach, daß du sie mal siehst.»

«Oh, Anthony ...»

Er ließ ihre Hand los.

«Hallo», sagte das kleine Mädchen zu Gillian.

«Hallo.»

Sie setzte sich auf den Stuhl zwischen Anthony und Gillian, nahm einen Schluck Cola und wippte mit den Beinen.

«Du hast hübsche Schuhe an», sagte Gillian.

Das kleine Mädchen sah zu ihr auf. «Das sind Schnürschuhe.»

«Ich weiß. Solche hatte ich auch mal.»

«Wirklich? Warst du auch auf der Marymount-Schule?»

«Nein.»

«Wenn man auf die Marymount-Schule geht, muß man entweder Schnürschuhe oder Slipper tragen, aber Mommy sagt, daß Slipper nichts für mich sind, weil meine Knöchel noch zu wacklig sind.»

«Aha.»

«Wenn ich älter bin, darf ich Slipper anziehen, hat sie gesagt.»

«Na, das ist doch toll.»

«Hattest du auch wacklige Knöchel?» Sie beugte sich vor und inspizierte Gillians Knöchel.

«Nein. Ich fand Schnürschuhe schön.»

«Ehrlich? Also, ich find sie blöd. Ich muß auch eine Schuluniform tragen. Guck mal.»

Sie schlug die obere Hälfte ihres Mantels zurück und klopfte sich auf ihr dunkelgraues Trägerkleid. «Die große Schwester von meiner Freundin Mary findet Uniformen doof; *très dofff*, sagt Lea immer; sie spricht nämlich Französisch.»

Gillian lachte.

«Das ist mein Daddy», sagte sie und zeigte auf Anthony. «Sonst könnte ich mich auch nicht mit dir unterhalten. Ich darf nämlich nicht mit Fremden sprechen, weißt du.»

Anthony grinste Gillian über den Kopf der Kleinen hinweg an.

«Ich heiße Rosie», sagte sie.

«Ein schöner Name.»

«Eigentlich heiß ich Rose, aber Rosie gefällt mir besser.»

«Mir auch.»

«Ehrlich?»

«Na, klar.»

Rosie lehnte sich zu Gillian herüber. «Man kann sich hier Hot dogs kaufen, aber leider gibt's bald Abendessen.»

«Ich weiß. Deswegen kaufe ich mir auch keinen. Ich will mir nicht den Appetit verderben.»

«Oh, ich auch nicht», sagte Rosie.

Anthony stand auf. «Also... wo wir gerade vom Abendessen reden... wir müssen jetzt wirklich gehen...»

Rosie stand auf und schob ihre Hand in Anthonys.

«Wiedersehn», sagte sie zu Gillian.

«Wiedersehn», antwortete Gillian.

«Vielleicht hab ich das nächste Mal Slipper», sagte Rosie.

«Ja, bestimmt», antwortete Gillian.

Tränen stiegen ihr in die Augen, aber sie lächelte weiter, während sich die beiden umdrehten und weggingen. Als sie den Park verließen und in die 53rd Street einbogen, warf ihr Anthony, ohne sich umzudrehen, eine Kußhand zu.

Mit Joey habe ich nie ein Wort gewechselt. Ich habe ihn ein paarmal von weitem gesehen, aber nie aus der Nähe. Sosehr ich mir auch wünschte, ihn kennenzulernen, so war es wohl besser, daß es nie dazu kam – Erwachsene können vielleicht einer Sechsjährigen vormachen, daß sie sich nicht kennen, bei einem Elfjährigen bin ich mir nicht so sicher. Ich weiß nicht mehr, wie spät es war, als ich an jenem Tag im Park schließlich aufbrach, aber ich weiß noch, daß es sehr dunkel und sehr kalt war und daß ich ein heißes Bad nahm, damit meine Hände wieder auftauten. Aber trotz des kochendheißen Wassers konnte ich einfach nicht aufhören zu zittern.

April 1974

Gillian stand vor dem Apartmenthaus. Der Portier tippte an seine Mütze und wollte ihr die Tür aufhalten.

«Oh, nein danke... ich warte nur auf jemanden», sagte sie lächelnd.

«Jawohl, Ma'am», sagte er, lächelte zurück und begab sich wieder auf seinen Posten.

Sie drehte sich um und ging Richtung Madison Avenue. Als sie das Ende von Anthonys Apartmenthaus erreicht hatte, machte sie wieder kehrt und ging zurück Richtung Fifth Avenue; als sie an der Eingangsmarkise vorbeikam, lächelte ihr der Portier wieder zu.

«Möchten Sie, daß ich jemandem Bescheid sage, Ma'am? Wär mir ein Vergnügen.»

«Nein, vielen Dank.»

«Jawohl, Ma'am», sagte er. Er trug eine frisch gebügelte jagdgrüne Uniform mit gold-weißen Litzen auf den Schultern und an der Mütze und weiße geknöpfte Handschuhe; quer über der linken Brust stand in schwungvollen Goldbuchstaben sein Name, «Whitney», mit einem Schnörkel am Anfang des W und einem Schnörkel am Ende des Ypsilon. Er sah sehr offiziell aus.

Gillian drehte sich um und ging zurück zur Madison Avenue. Als sie zum zweitenmal am Eingang vorbeikam, half Whitney einer alten Dame in einem zartblauen Kostüm in ein Taxi. Ihre Schuhe, ihre Handtasche und ihr Hut waren ebenfalls zartblau, und sogar ihre Haare, bemerkte Gillian und lachte.

«Na, was gibt's denn da zu lachen?» fragte Anthony.

Gillian drehte sich um.

«Hallo», sagte sie. Er trug ein hellbraunes Sportjackett und eine hellbraune Freizeithose, die ihm mittlerweile ein wenig zu weit war, und ein beigefarbenes Hemd, dessen eine Kragenhälfte hochgeklappt war.

«Hallo», antwortete er. Sie standen eine Minute regungslos auf dem Bürgersteig und sahen sich an.

«Und», fragte sie, «ist alles in Ordnung... oben?»

«Ja.»

«Möchten Sie ein Taxi, Mr. Ronzoni?» fragte Whitney.

«Nein, vielen Dank, Whitney», antwortete Tony, ohne den Blick von Gillian zu wenden.

«Du willst kein Taxi?» fragte Gillian. «Du hast mir doch gesagt, ich soll Mr. Smith ausrichten, daß wir ihn bis fünf Uhr nicht brauchen.»

«Nein... ich will keins und Mr. Smith auch nicht. Ich

glaub, ich hab einfach Lust zu laufen», sagte er und grinste sie an. Er nahm ihre Hand, und sie gingen los, Seite an Seite. Als sie seinen Blick spürte, drehte sie sich zu ihm um.

«Was ist los?» fragte sie. «Anthony, warum guckst du mich so an?»

«Weil du so schön bist», antwortete er, «du bist so schön, *cara*, und ich kann nicht fassen, daß du mir gehörst...»

Und dann fiel sie ihm in die Arme, mitten auf der Madison Avenue, Ecke 66th Street, nicht weit von dem Haus, in dem er mit Mrs. Sowieso und seinen Kindern die eine Hälfte seines Lebens verbrachte; Tony Ronzoni und eine unbekannte junge brünette Frau küßten sich auf der Straße, ganz ineinander versunken, ohne von dem Lärm und Treiben in New York Notiz zu nehmen.

Es war ein wunderbarer Tag, zartblau und blaßgelb, sehr frühlingshaft; es wehte eine leichte Brise, und die bauschigen weißen Wolken sahen aus wie auf den Himmel gemalt. Es ging ihm gut, und weil es ihm gutging, fühlte ich mich wie im siebten Himmel. Wir gingen tatsächlich mehrere Häuserblocks weit und blieben nur stehen, um ein Yes und einen Hotdog zu kaufen; trotz meiner Proteste hatte Anthony darauf bestanden, sich bei dem Stand mit dem rotgelben Sabrett's-Schirm auf der Madison Avenue, Ecke 55th Street, einen Snack zu kaufen. Anthony meinte, daß es doch mittlerweile allgemein bekannt sei, daß man nur bei Sabrett's etwas Genießbares kaufen könne und daß die Ratten einen Riesenbogen um sämtliche Karren machen würden, weil sie genau wüßten, daß ein Hot dog von Sabrett's ganz frisch und absolut koscher wäre. Ich war so froh, daß es ihm gutging, daß ich mit allem, was er sagte, einverstanden war. Als er mir allerdings erzählen wollte, daß Whitney, der Portier, mit dem Erfinder der Baumwollentkörnungsmaschine verwandt sei, protestierte ich.

Mai 1974

«Ich seh zum Kotzen aus. Ich möchte wissen, warum ich mir das antue.»

«Du siehst phantastisch aus», sagte Gillian und warf Mr. Smith im Rückspiegel des Wagens einen Blick zu. «Sieht er nicht phantastisch aus, Mr. Smith?»

«Sie sehen sehr gut aus, Mr. Ronzoni, wirklich.»

«Siehst du?» sagte Gillian, schob ihren Arm unter Tonys und schmiegte sich an ihn. «Mr. Smith meint auch, daß du sehr gut aussiehst, also.»

«Ihr seid beide verrückt. Ich seh zum Kotzen aus – meine Haut ist quittegelb, verdammt noch mal – und was soll ich eigentlich mit einem Haufen Komiker, die mich feiern wollen? Im Ernst, muß ich mir das antun? Ich könnte dem verdammten Witzer, der mich zu diesem Theater überredet hat, den Hals umdrehen. Und dir auch, *cara*... verdammt noch mal.»

Gillian lächelte ihn an. Sein Hemdkragen war ein bißchen zu weit für seinen Hals; sie versuchte es zu ignorieren und rückte ihm den Schlips zurecht. «Und außerdem gefällt mir dein Schlips», sagte sie und küßte ihn aufs Kinn.

«Er gefällt dir nur, weil du ihn mir gekauft hast.»

«Ich hab ihn dir nicht gekauft.»

«Doch, natürlich hast du das; du hast ihn mir letztes Jahr zu Weihnachten bei Sulkas gekauft.»

«Hab ich nicht, Schatz», sagte sie.

«Gilliana, verarsch mich nicht. Du hast mir diesen verdammten Schlips gekauft. Ich erinnere mich noch genau an das glänzende Weihnachtspapier und die grüne Schleife und die Schachtel, verdammt noch mal.» Er schob ihre Hände weg, fingerte an dem Knoten seiner eleganten weinroten Seidenkrawatte herum und sah aus dem Fenster.

Sie hatte die Hände in den Schoß gelegt und schwieg.

Mr. Smith lenkte den Lincoln an den Straßenrand, sprang hinaus, lief schnell um den Wagen herum und öffnete Tony die Tür.

«Der Friars' Club, Sir», sagte er und streckte die Hand aus.

Tony drehte sich zu Gillian um. Seine Augen waren voller Zärtlichkeit und Schmerz. «Es tut mir leid, *cara*», sagte er.

«Ist schon gut, Liebling.»

Er runzelte die Stirn. «Bist du sicher, daß du mir diesen Schlips nicht gekauft hast? Lüg mich nicht an. Sag mir bitte die Wahrheit. Hast du ihn gekauft oder nicht?»

«Ich lüge dich nie an, Anthony», sagte sie leise. «Nein, ich hab ihn nicht gekauft.»

«Na, ist ja toll», sagte er, während er nach Mr. Smiths Hand griff; der Chauffeur half Tony aus dem Wagen. Gillian rutschte hinüber und folgte ihm. Als Tony sich gerade aufrichtete, entwich ihm ein leises, aber hörbares Stöhnen. Gillian blickte starr auf den Bürgersteig, als hätte sie dort irgend etwas entdeckt, damit er nicht bemerkte, daß sie es gehört hatte. Mr. Smith ließ Tonys Hand los, blieb aber dicht neben ihm stehen, wie eine verläßliche, aber unsichtbare Stütze.

Tony sah Gillian mit einem grimmigen Grinsen an. «Na, ist das nicht toll, Schatz? Ist das nicht wunderbar? Jetzt verliere ich zu allem Überfluß auch noch den Verstand.»

Er war wirklich gelb. Manchmal war er weiß, manchmal gelb, manchmal sogar grünlich. Ich versuchte es zu ignorieren. Manchmal machte er Witze darüber, schreckliche Chinesenwitze: daß er seinen Namen jetzt in Tony Wang ändern und auf der East Side ein chinesisches Restaurant eröffnen würde – Wangs sonniger Tempelgarten zum melanomen Glück ... unglaublich, was ihm alles einfiel.

Er wurde vergeßlich, brachte Dinge durcheinander, bekam immer wieder schreckliche Kopfschmerzen und Sehstörungen. Einmal hatte er solche Kopfschmerzen, daß er in der Kitchenette unserer Suite mit der Faust gegen den Schrank schlug und das Holz zersplitterte. Er meinte, der einzige Vorteil an seiner verschwommenen Sicht sei, daß sein Spiegelbild statt einem zerhackten Picasso immer mehr einem romantischen Monet ähneln würde. Die Wunde, die ich mir in meine Wange gebissen hatte, wurde immer größer; egal, was ich aß, ich schmeckte nur noch Blut.

Juni 1974

«Ich liebe dich, Gilliana», sagte er. Er wachte auf, döste wieder ein, sagte etwas, schlief weiter, sagte wieder etwas.

«Ich liebe dich, Anthony», sagte sie hinter ihm. «Komm, schlaf wieder ein; es ist schon bald Morgen.»

Er lag auf der rechten Seite; seine «freie Seite», wie er sie nannte, weil dort keine Melanome waren. Obwohl er so krank war, arbeitete Tony an seiner Melanomnummer weiter; den ganzen Tag hatte er nach Worten gesucht, die sich auf «Melanom» reimten, aber Gillian hatte sich geweigert, ihm dabei zu helfen. Sie erinnerte ihn daran, daß er krank sei, worauf er erwiderte, daß das allerdings stimme; dann sagte sie, daß sie es so nicht gemeint habe, und dann mußten beide lachen, und er lachte so sehr, daß er sich vor Schmerzen krümmte.

Gillian lag hinter ihm im Bett; ihre Knie berührten seine Kniekehlen, und ihre rechte Hand lag auf seinem Haar, aber mit ihrem übrigen Körper berührte sie ihn nicht. Schon wenn ihre Brustwarzen seinen Rücken streiften, bereitete ihm das Schmerzen.

«Ich liebe dich seit dem Moment, in dem ich dich zum erstenmal gesehen habe. Du hast am Schreibtisch vor Witzers Büro gesessen und telefoniert, du hattest etwas Orangefarbenes an... und dann hast du dich über den Schreibtisch gebeugt, um nach einem Bleistift zu greifen, und ich konnte deine Beine bis hoch zu den Oberschenkeln sehen, und ich dachte: die oder keine.»

«Wie? Ich soll Orange getragen haben?»

«Sag ich doch. Du hast Orange getragen.»

«Niemals.»

«Doch, natürlich; es war ein orangefarbenes Kleid oder so was, ich erinnere mich noch...»

«Anthony, ich hab noch nie im Leben ein orangefarbenes Kleid besessen. Ich kenne noch nicht mal jemanden, der ein orangefarbenes Kleid hat; kein Mensch auf dieser Welt trägt Orange.»

«Ach ja?»

«Ja, wirklich.»

«Dann muß es deine Aura gewesen sein.»

«O Liebling, meine Aura ist also orange?»

«Ja... ich glaub schon... bist du nachher noch da?»

«Natürlich bin ich hier. Wo soll ich denn sonst sein? Bei Bloomingdale? Schlafen Sie jetzt lieber, Mr. Ronzoni, sonst muß ich Ihnen noch den Hintern versohlen.»

«Und dann warst du im Foyer...»

«Was für ein Foyer?»

«Ich war mit Witzer zum Lunch verabredet, und wir sind zusammen durchs Foyer gegangen, als du durch die riesigen Glastüren hereinkamst; und du standst direkt im Licht, so daß ich durch dein Kleid durchgucken konnte...»

Gillian lachte. «Quatsch.»

Er klopfte mit der Hand sanft auf ihren linken Oberschenkel. «O doch, du warst ein schlimmes Mädchen... das hast du absichtlich gemacht... du bist an allem schuld.»

«Nein, du! Du hast mich schließlich dauernd zum Essen eingeladen.»

«Stimmt», sagte er. «Ich hatte eben Hunger... Findest du meinen Namen immer noch so komisch?»

«Es ist der albernste Name, den ich je gehört habe, und ich schreibe gerade einen Sketch darüber, wenn du es genau wissen willst; aber ich kann ihn dir nicht erzählen, weil er so unanständig ist. Also, schlaf jetzt endlich.»

«Einen unanständigen Sketch? ...Mensch, tolle Idee... braves Mädchen... über Tony oder über Ronzoni?»

«Über beides natürlich. Hast du mir nicht beigebracht, daß ich alles verwenden soll?»

«Siehst du? Hab ich dir nicht immer gesagt, daß du Gags schreiben kannst?... Ronzoni... Makkaroni... Peperoni...», murmelte er, und dann zuckte er leicht zusammen.

«Anthony?» fragte sie, aber er antwortete nicht; er war wieder eingeschlafen.

Sie lag mit weit geöffneten Augen im Dunkeln; Tränen rannen ihr übers Gesicht, aber sie gab keinen Laut von sich. Der Wecker auf dem Nachttisch zeigte 4:14. Sie wußte, daß es eine der letzten Nächte war, die sie mit ihm verbrachte, es sei denn, man würde sie im Sloan-Kettering-Krankenhaus zu ihm ins Bett steigen lassen. Sie wußte, daß er es nicht mehr lange aushalten würde und daß man ihn bald Tag und Nacht unter Morphium würde setzen müssen. Sie strich ihm über den Nacken und sog seinen Geruch ein.

«O Anthony», flüsterte sie, «wie soll ich ohne dich weiterleben?»

«Hmm», fragte er, «was?»

«Ich hab gesagt, daß du zum Friseur mußt.»

«Oh», sagte er, «ja, gut...» Dann war er wieder ruhig.

Sie versuchte, sich jedes Detail einzuprägen, damit sie sich immer daran erinnern konnte: die Breite seiner Schultern, seine seidige Haut auf ihrer, die Finger seiner linken Hand auf ihrem Oberschenkel, die kleine, wulstige Narbe an seinem Daumen, wo man ihn genäht hatte, nachdem er sich als Vierjähriger an einer Colaflasche geschnitten hatte...

«*Cara*», flüsterte Tony, «sag mir die Wahrheit – weinst du?»

«Natürlich nicht, weshalb sollte ich denn weinen?»

«Ich weiß nicht... Ich dachte, daß der Sketch über meinen Namen vielleicht so lustig ist, daß du Tränen lachst.»

Und dann versuchte er sich umzudrehen und schrie auf: «Aah, gottverdammte Scheiße, tut das weh!»

Am 8. Juni war es dann soweit. Wir waren seit mindestens einer Stunde abfahrbereit – Mr. Smith stand an der Tür und wachte über «seinen» Mr. Ronzoni wie ein bewaffneter Leibwächter –, aber ich konnte Anthony nicht dazu bewegen, unsere Suite zu verlassen. Er sagte immer wieder: «Ich will mich nur noch ein bißchen umsehn.» Ich war kurz davor, mich aus dem Fenster zu stürzen.

Juni 1974

«Möchten Sie, daß ich Ihnen etwas hochbringen lasse?» fragte Mrs. Sowieso leise von der Tür des Krankenzimmers aus.

Gillian wandte sich vom Fenster ab. «Was? Entschuldigung...»

«Ich habe gefragt, ob Sie etwas aus der Cafeteria möchten, bevor ich gehe.»

«Oh, nein danke. Bevor ich noch einmal was aus der Cafeteria esse, verhungere ich lieber.»

Mrs. Sowieso lächelte.

«Sogar der rote Wackelpudding war ungenießbar», sagte Gillian.

«Ich bin sicher, daß Mr. Smith Ihnen gerne einen Hamburger besorgt. Soll ich ihn fragen? Er könnte mich zuerst nach Hause fahren und Ihnen dann einen vorbeibringen.»

«Oh, nein danke... wirklich...»

«Er könnte bei P. J. Clarke einen holen.» Sie sah Gillian einen Augenblick an und runzelte leicht die Stirn.

«Verzeihen Sie, aber ich dachte, sie schmecken Ihnen dort am besten.»

«Ja, ja... doch...»

«Tony hat es mir erzählt... ich weiß auch nicht mehr, warum... es tut mir leid...»

«Schon gut. Es macht doch nichts, wenn Sie wissen, wo ich gerne Hamburger esse.»

«Also, möchten Sie einen?»

«Nein danke, wirklich, ich habe keinen Hunger... vielen Dank.»

Mrs. Sowieso sah zu Tony hinüber, der in seinem Bett schlief, und dann wieder zu Gillian.

«Sie rufen mich an, wenn irgend etwas –»

«Natürlich. Das wissen Sie doch.»

«Also, gut... bis morgen früh dann.»

«Ja... grüßen Sie die Kinder... ich meine... von ihrem Vater.»

«Natürlich, ja», sagte sie. Sie sah noch einmal Tony an, trat einen Schritt zurück, winkte Gillian kurz zu und ging zur Tür hinaus.

Gillian drehte sich um. Sie legte die Hand auf den Mund und holte tief Luft.

«O mein Gott, ist das wirklich alles wahr?» flüsterte Gillian dem Fenster zu.

Sie ging zu Anthony ans Bett und sah ihn an. Er lag auf dem Rücken, die Wangenknochen standen weit hervor, und unter seinen Augen waren blaßlila Flecken. Sie ordnete die roten Rosen in der Vase auf dem Nachttisch. Sie rupfte ein Blatt ab, riß es in kleine Stückchen, die sie zu Boden flattern ließ. Sie blätterte kurz in einer Zeitschrift und legte sie wieder hin. Sie sah ihn an. Sie zog den Kragen seiner Schlafanzugjacke glatt; er weigerte sich, Krankenhauskleidung zu tragen – wenn er nicht seine eigenen Schlafanzüge tragen dürfe, hatte er gedroht, würde er das Krankenhaus wechseln und im Columbia Presbyterian Hospital sterben und sie um die kostenlose Publicity bringen. Gillian lächelte, als sie sich daran erinnerte. Sie setzte sich auf den Stuhl neben dem Bett und biß sich auf die Lippen. Dann legte sie ganz sanft ihre Hand auf seine, die auf der Decke lag. Sie beobachtete ihn etwa zwanzig Minuten lang und döste dann ein.

«He, Baby, hast du mich etwa beobachtet?» fragte Tony undeutlich, mit einem sehr breiten puertoricanischen Akzent.

«Überhaupt nicht», sagte sie und blinzelte schlaftrunken. «Bist du gerade aufgewacht?»

«Ich weiß nicht, ich glaub schon – hab ich was verpaßt?»

«Nein», sagte Gillian und gähnte. «Außer der kleinen Nummer vorhin, die die Schwestern so auf die Palme gebracht hat.»

«Was?» Er versuchte sie anzusehen, aber er stand so unter Drogen, daß ihm immer wieder die Augen zufielen.

«Ach, du weißt schon ... ich weiß nicht, warum sie sich so aufgeregt haben – wirklich, es war doch wirklich nichts weiter.» Gillian beugte sich vor und küßte ihn: «Ich hab dir nur unter der Decke einen geblasen.»

Er versuchte zu lachen. «Was soll das heißen, *nichts weiter*, Madam?»

Sie nahm seine Hand. «Wie fühlst du dich, Schatz?»

«Ach, einfach großartig», nuschelte er, «aber ich glaub, ich bin drogensüchtig.»

Sie lachte.

Er kniff angestrengt die Augen zusammen. «Müssen Morphiumsüchtige zu den Anonymen gehen wie die Alkis?»

«Aber sicher.»

«Oh, Mist, dann muß ich wohl das Sieben-Stufen-Programm durchmachen.»

«Es sind zwölf Stufen, Anthony.»

Er sah ihr direkt in die Augen. «Für zwölf Stufen hab ich keine Zeit, *cara*. Sei mir nicht böse, aber ich glaub, ich schaff noch nicht mal vier.»

Mir taten die Zähne weh vom ständigen Zusammenbeißen. Wir wechselten uns ab, Mrs. Sowieso und ich: Sie ging zu den Kindern und las ihnen Geschichten vor – oder was Mütter eben so mit ihren Kindern machen; ich hatte damals keine Ahnung von solchen Dingen –, und ich ging nach Hause ins Wyndham und bekam unter der Dusche Schreikrämpfe. Mir wurde klar, daß ich es in gewisser Weise gut hatte – ich mußte mich vor niemandem zusammenreißen. Ich war allein. Dann wurde mir klar, daß sie es in gewisser Weise auch gut hatte – sie hatte die Kinder, die ein Teil von Anthony waren – etwas, was ich nie haben würde – und außerdem war sie nicht allein. Und dann kam ich zu dem Schluß, daß wir es beide gleich gut oder vielmehr gleich schlecht hatten: Sie liebte ihn, ich liebte ihn, und wir würden ihn beide verlieren.

«Es dauert jetzt nicht mehr lange», sagte Dr. Okuma zu den beiden Frauen, die ihm gegenübersaßen.

«Was soll das heißen?» fragte Gillian und funkelte ihn an. «Soll uns das vielleicht aufmuntern? Ich verstehe nicht, was Sie damit sagen wollen.»

«Er will uns doch nur helfen», sagte Mrs. Sowieso.

«Ah, ich verstehe... wie dumm von mir, das nicht zu kapieren», sagte Gillian und erhob sich von dem schwarzen Ledersofa. «Hören Sie, dann lassen *Sie* sich doch von ihm helfen. Ich bin offenbar zu blöd für diese Art von Hilfe.»

Sie riß die Tür des Arztzimmers auf und lief hinaus; sie drückte am Fahrstuhl auf den Knopf, wartete, bis sich die Tür öffnete, ging hinein, drückte auf die Sieben, stieg aus, ging hastig den Gang entlang, griff nach der Klinke an Anthonys Zimmertür und hielt inne. Was hatte sie vor? Ihm alles zu erzählen? «Er hat gesagt, daß es nicht mehr lange dauert, Liebling, und dann bist du tot. Ist das nicht wunderbar? Ist das nicht großartig?»

Gillian ging den Flur zurück zur Damentoilette. Sie saß auf dem Kachelboden unter dem Handtuchhalter, als Mrs. Sowieso hereinkam.

«Geht es Ihnen nicht gut?» fragte Mrs. Sowieso.

«Doch, doch...»

«Sie können mir ruhig sagen, wenn es Ihnen nicht gutgeht.»

«Natürlich geht es mir *nicht* gut. Wie könnte es mir gutgehen? Geht es Ihnen etwa gut?»

«Ich glaube schon», antwortete sie, ohne Gillians Blick auszuweichen.

«Sind Sie nicht wütend?» fragte Gilliana.

«Nein.»

«Wie können Sie nicht wütend sein? Sie lieben ihn doch. Ich weiß, daß Sie ihn lieben; das sehe ich doch.»

«Ich habe meinen Glauben.»

«Sie haben Ihren *Glauben*? Aha, auch nicht schlecht... der hilft Ihnen sicher über 'ne Menge weg... Na, dann kann ja Anthony ruhig draufgehen – Sie haben ja noch Ihren Glauben.»

«Und hilft es Ihnen weiter, sarkastisch zu sein?»

«Ach, Scheiße», sagte Gillian. Sie legte den Kopf auf die Knie. «Es tut mir leid, ich wollte Ihren Glauben nicht runtermachen», murmelte sie zwischen ihren Beinen hervor.

«Wie bitte?»

Gillian hob den Kopf. «Ich habe gesagt, daß ich Ihren verfluchten Glauben nicht runtermachen wollte! Oh, Scheiße», sagte sie und ließ wieder den Kopf sinken. «Es tut mir leid, wirklich, ...ich komme einfach nicht klar damit.»

«Wir können nichts tun. Wir müssen ihn lieben und es akzeptieren.»

Gillian hob den Kopf. «Wen? Den Herrn da oben oder unseren hier unten?»

Ein schwaches Lächeln huschte über Mrs. Sowiesos Gesicht. «Ich denke, beide.»

«Aha... nun ja, Sie können den im Himmel ja gerne lieben, aber bei mir funktioniert das nicht... und mit dem Akzeptieren habe ich auch meine Probleme. Ich kann einfach nicht akzeptieren, daß Anthony stirbt.»

«Möchten Sie mit mir in die Kapelle gehen?»

«Machen Sie Witze?»

«Nein.»

Gillian sah sie an. «Nein danke.»

«In Ordnung.»

Mrs. Sowieso stand mit der Schulter ihres leichten rosafarbenen Chanelkostüms dicht an der Wand des Waschraums, ohne sie jedoch zu berühren; sie trug eine beigefarbene Lederhandtasche und beigefarbene Pumps, die akkurat im rechten Winkel zueinander standen, wie bei einem Mannequin am Ende des Laufstegs; Gillian saß mit ihrer weißen Marlene-Dietrich-Hose auf dem schmutzigen Kachelboden, mit ihrem T-Shirt berührte sie die Wand, und ihre Leinenschuhe standen inmitten von zerknäulten Papiertüchern, die den Abfalleimer verfehlt hatten. Etwa eine Minute lang sagten beide nichts.

«Wollen Sie wissen, was Dr. Okuma gesagt hat?»

«Nein, ich würde ihm sowieso kein Wort glauben.» Gillian lachte. Dann fing sie an zu weinen. «Anthony hat gesagt, daß man einem Onkologen, der noch nicht mal den Namen von diesem Ding richtig aussprechen kann, nicht trauen kann.»

«Wie?»

«Na, das verdammte Killermal.» Gillian lachte, während ihr die Tränen übers Gesicht liefen.

Mrs. Sowieso sah Gillian verständnislos an. «Tut mir leid, aber ich verstehe Sie nicht.»

«Das Muttermal», sagte Gillian lachend und rang um Atem, «das Muttermal, das auf Anthonys Rücken war... der berühmte Okuma kann das Wort nicht richtig aussprechen... verstehen Sie?» Gillian ließ sich auf dem schmutzigen Kachelboden zur Seite kippen und lachte hysterisch los, «Okuma sagt zu dem verdammten Ding ‹Merranom›.»

Sie kapierte es nicht – oder vielmehr, sie kapierte es, aber sie fand es nicht komisch. Ich weiß nicht, ob sie jemals irgend etwas komisch gefunden hat; ich habe sie nie lachen sehen. Ich habe auch nie verstanden, was Anthony eigentlich an ihr fand; ich habe ihn nie danach gefragt.

Jedenfalls ging ich nicht mit ihr in die Kapelle. Ich ging zum Plaza Hotel. Zuerst verbrachte ich eine ganze Stunde damit, Mike, den Kutscher, und Brian, sein Pferd, zu suchen; ich dachte, ich könnte mit ihnen durch den Park fahren und beten, aber sie schienen sich in Luft aufgelöst zu haben. So blieb mir nichts anderes übrig, als mich allein in die Oak Room Bar zu setzen und zu beten.

Wahrscheinlich war es dort genauso still wie in einer Kapelle, denn es war erst morgens zehn vor neun. Ich saß an der Bar, bestellte mir einen Kaffee und zwei Cocktails und war sofort betrunken, und dann betete ich darum, daß sie ihn endlich holen würden. Ich betete nicht zu Gott oder Jesus oder Buddha oder irgendeinem anderen von diesen Typen, sondern zu den Komikern. Zuerst versuchte ich nur, mit den Toten zu sprechen, doch dann sagte ich mir, daß es darauf eigentlich nicht ankäme; außerdem konnte ich mich in meinem benebelten Zustand nicht mehr daran erinnern, wer noch lebte und wer schon tot war. Und dann dachte ich, daß Anthony bestimmt wollte, daß ich zu den besten von ihnen betete – all jenen, von denen er mir soviel erzählt hatte, von denen er soviel gelernt hatte und die er für genial hielt. Spielte es denn überhaupt eine Rolle, wo sie waren? – ein Komiker war ein Komiker, ob tot oder lebendig.

Ich sagte zu ihnen... habe ich eigentlich irgend etwas davon laut gesagt? Ich glaube nicht – aber man kann ja nie wissen; eigentlich bin ich mir ziemlich sicher, daß ich es nur gedacht habe, denn der Barkeeper sagte keinen Ton. Andererseits haben sich Barkeeper wahrscheinlich oft genug das Gebrabbel von Frauen anzuhören, die schon vor dem Mittagessen ihren ersten Cocktail trinken, und reagieren gar nicht mehr darauf.

Ich sagte ihnen also, daß ich eine Nachricht für sie hätte, daß sie nun an der Reihe wären, daß ich das Handtuch werfen würde, daß ich Anthony nicht retten könnte, auch mit meiner ganzen Liebe nicht. Ich erzählte ihnen, daß er in der Nacht zuvor vor Schmerzen aufgewacht war, sich im Bett aufgesetzt hatte und mich mit einem so schmerzerfüllten Blick angesehen hatte, daß ich dachte, *ich* müßte sterben, und daß er dann mit klarer, deutlicher Stimme, ohne jedes Morphiumgenuschel, gesagt hatte: «Okay, Jungs, jetzt reicht's; ich find das Ganze nicht mehr lustig.»

«Jetzt hängt's von euch ab», sagte ich zu ihnen. «Er hat bestimmt mit euch gesprochen – er ist doch einer von euch – also, holt ihn da raus.»

Ich war über mich selbst überrascht. Ich flehte die Komiker an, Anthony beim Sterben zu helfen. Wenn mir irgend jemand gesagt hätte, daß ich je so etwas tun würde, hätte ich ihm wahrscheinlich den Hals umgedreht. Und nun bat ich sie nicht nur, ihm beim Sterben zu helfen, sondern ihm zu helfen, *jetzt* zu sterben.

Ich betete zu allen, von denen ich wußte, daß er sie besonders bewunderte: Ben Blue und Joe E. Brown, Jack Benny und Ed Wynn, Ed Brophy und Laurel und Hardy, Abbott und Costello und Billy DeWolfe, Harold Lloyd, Bert Lahr, Gene Baylos, Jules Munshin und Fred Allen, Phil Silvers und Myron Cohen, Ernie Kovacs und Red Skelton, Henny Youngman und Bob Hope, Lucille Ball und Bea Lillie, Milton Berle, Chaplin und Harpo, Chico, Zeppo und Groucho und sogar zum fünften Marx Brother – zu ihm betete ich besonders innig, weil Anthony mir einmal erzählt hatte, daß sich nur deshalb niemand mehr an seinen Namen erinnern könne, weil er ständig «nicht da», «unterwegs» oder «auf Tournee» gewesen sei.

«Gilliana», sagte Tony vom Bett aus, «wo ist meine Hose? Ich muß weg.»

Sie setzte sich abrupt auf; sie hatte auf dem Stuhl am Fenster geschlafen. Es war früher Morgen. Am Horizont stieg gerade die Sonne auf und malte ein gewaltiges abstraktes Gemälde an den Himmel, goldene und rote Streifen auf schwarzblauen Grund.

«Was ist?» fragte sie und ging zu ihm ans Bett.

«Ich muß mir die Bühne angucken...»

«Was für eine Bühne, Liebling?»

«Ich will was von dem neuen Material bringen... weißt du... ich will's mal ausprobieren... vor der Abendvorstellung. Willst du mitgehen?» Sein Blick wanderte suchend durchs Zimmer. «Wo ist meine Hose?»

«Anthony, guck mal – es ist Morgen.»

«Oh», sagte er und drehte den Kopf zum Fenster. «Mein Gott, schau dir das an», sagte er und blickte den rotgefärbten Himmel an, «... wie schön...» Dann nahm er ihre Hand.

«Ja», sagte sie, aber jetzt betrachtete Anthony nicht mehr den Sonnenaufgang, sondern sie.

Sie wandte den Kopf vom Fenster, und ihre Blicke begegneten sich.

«Gefällt dir das neue Material?» fragte er.

Sie rückte das Kissen unter seinem Kopf zurecht, strich ihm das Haar aus der Stirn, beugte sich hinunter und küßte ihn auf die Nase. «Und wie», antwortete sie.

«Gut.»

Sie sahen sich an.

«Willst du etwas Wasser?»

«Ich will, daß es dir gutgeht.»

«Es geht mir gut. Willst du etwas Wasser?»

«Ich will, daß es dir immer gutgeht.»

«Das willst du wirklich, hm?»

«Ja ...»

«Na gut, abgemacht.»

«Ich danke Ihnen, Madam.»

«Ich danke *Ihnen*, Mr. Ronzoni.»

«Ich danke *Ihnen*, Madam», sagte er und lächelte Gillian an, «... und zwei hartgekochte Eier, bitte.»

Er starb drei Stunden später, ohne noch irgend etwas zu sagen.

Ich war verblüfft. Ich hatte viel mehr Dramatik erwartet – siebenundzwanzig Geigen, die hinter einem Vorhang auftauchen; eine Sterbeszene, die die berühmte Szene aus *La Bohème*, in der sich Rodolfo über Mimis toten Körper wirft, bei weitem überboten hätte; Anthonys letzte Worte, in denen er mir versicherte, wie sehr er mich liebt und daß er den Boden, auf dem ich laufe, anbetet – aber eigentlich paßte es viel besser zu meinem Anthony, daß seine letzten Worte aus einem Sketch der Marx Brothers stammte. Und gerade das liebte ich an ihm.

Nach all den Schmerzen und Qualen und dem Leid schloß mein Geliebter die Augen, schlief ein und starb. Ich konnte es nicht glauben. Ich merkte es nicht einmal, als es passierte; ich dachte, er schliefe nur, bis die Schwester hereinkam und es mir sagte.

Übrigens warf ich mich nicht über seinen Körper, ich weinte nicht einmal. Ich saß wie ein Zombie auf dem Stuhl und wartete auf Mrs. Sowieso. Als sie kam, saß ich immer noch da, und als sie ging, blieb ich sitzen, und dann holten sie ihn, und ich saß immer noch da...

Am 29. Juni 1974 hörte mein Leben auf.

Witzer war es schließlich, der zu mir durchdrang; er war

in New York, seit sich Anthonys Zustand so verschlechtert hatte, und kam sofort ins Krankenhaus – ich weiß nicht einmal, wer ihn angerufen hatte. Irgendwoher wußte Witzer, daß am 29. Juni Peter und Paul ist, und er erzählte mir, daß der heilige Petrus, der die Schlüssel zum Himmelreich hätte, an seinem Festtag bestimmt bester Laune sei.

«Mach dir keine Sorgen, Mädchen – er hat's geschafft, dein Anthony, der gute Petrus wird noch nicht mal seinen Ausweis sehen wollen; er wird die Himmelstore öffnen und ihn einfach reinwinken. Ich meine ja nur, falls du an so was glaubst», sagte Witzer.

Sein letzter Satz riß mich aus meiner Erstarrung, und ich fing an zu weinen, und Witzer hielt mich, bis ich aufstehen konnte.

Ich ging nicht zur Beerdigung. Ich hatte ihm versprochen, nicht hinzugehen. Er wollte keine Beerdigung. Er sagte, daß es ihm lieber wäre, wenn alle ins Carnegie Deli gingen und sich bei einer Cola und einem Salami-Sandwich darüber unterhielten, wie komisch er gewesen sei, aber er schaffte es nicht, Mrs. Sowieso davon zu überzeugen. Sie wollte ein Hochamt und ein Tiefamt und weiß Gott was noch alles. Er meinte, daß es ihr und den Kindern wohl helfen würde, leichter darüber hinwegzukommen, und daß er es ihr nicht ausreden könne.

Ich mußte ihm außerdem versprechen, nicht zum Friedhof zu gehen.

«Wie kannst du mich auf dem Friedhof besuchen, wenn ich unterwegs auf Tournee bin, *cara*?»

Also ging ich nie hin.

«Gillian, komm ganz schnell her!» schrie Carole Rose von der Wohnungstür.

Gillian rannte aus ihrem Zimmer; sie war barfuß und hatte nur eine Unterhose und eins von Anthonys alten T-Shirts an. «Was ist denn los?»

«Ich hab jemanden angefahren!»

«Um Gottes willen, ist dir was passiert?»

«Nein, nein, komm schnell ... hilf mir.»

«He, warte einen Moment», sagte Gillian, hüpfte auf einem Bein herum und versuchte, ihre Jeans anzuziehen. «Was ist denn passiert?» Sie zwängte ihre Füße in ein Paar Tennisschuhe, rannte aus der Wohnung und folgte Carole Rose durch den Hausflur zum Aufzug.

«Hast du einen Menschen oder ein Auto angefahren?»

«Ein Auto, ein Auto», sagte Carole Rose und hämmerte auf den Fahrstuhlknopf. «Mist. Los, los, macht schon!» schrie sie die Türen an, bis sie sich schließlich schlossen und sich der Aufzug in Bewegung setzte.

Sie rannten durch die Eingangshalle nach draußen.

Es war kein Unfall; es war nur ein Trick von Carole Rose, um mich hinauszulocken. Da ich mich kaum noch anzog, geschweige denn aus dem Haus ging, konnte man mich wahrscheinlich nur noch mit irgendwelchen Schreckensmeldungen dazu bringen, mich vom Fleck zu rühren.

Er stand auf einem Sattelschlepper vor unserem Haus. Er war rundherum in weißes Geschenkpapier eingewickelt, mit Goldband und Goldsternchen verziert und hatte eine riesige goldene Schleife auf dem Dach. Carole Rose und der Fahrer des Sattelschleppers halfen mir, das Papier abzureißen, weil ich so heftig schluchzte.

Es war ein Stingray, Baujahr 1974, ein nagelneuer Corvette Stingray mit blitzenden Stahlfelgen und einer edlen, rehbraunen Lederausstattung und einem hypermodernen Verdeck. Der Wagen war mit sämtlichen Extras ausgestattet, die es damals gab.

Außerdem hatte er eine Sonderlackierung. Ich schätze, es war der einzige Corvette Stingray, den man jemals in der Farbe von irgend jemandes Aura gespritzt hatte – er war orange. Auf der Karte auf dem Armaturenbrett stand in Anthonys Schrift:

Geliebte cara,
wirf den Ford Falcon auf den Schrott.
Ich werde Dich immer lieben.
A.

Mollie

«Ach, *tsatskeleh*, was soll ich das in Worte fassen», sagte meine Mutter sanft, «man kann es einfach nicht erklären... es ist so» – sie zuckte mit der Schulter –, «es gibt *diese* Liebe, und es gibt *jene* Liebe.» Sie lächelte mich so ratlos an, daß ich wußte, daß sie es wirklich nicht erklären konnte.

Ich saß im FeeFee-Road-Sanatorium auf einem Stuhl, den ich dicht an das Bett meiner Mutter gezogen hatte; ich trug Wollhandschuhe, hatte meinen Mantel bis oben zugeknöpft, einen Schal um den Hals geschlungen und einen Topfhut über beide Ohren gezogen; wir unterhielten uns flüsternd, damit uns die anderen Frauen nicht hören konnten, während wir kleine weiße Wölkchen ausstießen – wie Dampflokomotiven. Im Sanatorium waren immer sämtliche Fenster geöffnet, egal, wie kalt es war – damals glaubte man, daß Tuberkulosepatienten frische Luft brauchten, um besser atmen zu können, auch im Winter; wenn man jemanden besuchte und nicht erfrieren wollte, mußte man sich warm anziehen. Und so waren alle dick eingepackt – Patientinnen sowie Besucher –, während Eiszapfen an den Fensterbrettern hingen und ein eisiger Wind durchs Zimmer fegte. Es wäre richtig lustig gewesen, wenn nicht alle so krank gewesen wären. Es war das Jahr 1929. Ich war sechzehn und meine Mutter vierunddreißig. Sie war erst vierunddreißig Jahre alt und würde bald sterben. Natürlich wußte ich das nicht. Ich konnte mir einfach nicht vorstellen, daß sie je sterben würde. Wenn man sechzehn ist, kann niemand sterben, vor allem die eigene Mutter nicht, schon gar nicht, wenn man sie so liebt wie ich – diese Möglichkeit existierte in meinem Kopf einfach nicht.

Das Sanatorium war eigentlich nur ein großes altes Steinhaus inmitten von Feldern, weit außerhalb von St. Louis. Die weiblichen Patienten waren im Erdgeschoß und die männlichen im ersten Stock untergebracht. Meine Mutter lag in einem Zimmer, das wahrscheinlich einmal das Eßzimmer gewesen war; sie teilte es mit neun anderen Frauen – ich hatte sie gezählt –, manche von ihnen lagen im Bett, manche saßen aufrecht, manche husteten, manche schliefen; alle waren so bleich wie meine Mutter, und alle starben an TB.

Mein Vater hatte sie vor einer Woche dorthin gebracht, und es war das erste Mal, daß ich sie dort besuchte, weil ich jeden Tag Schule hatte. Das Sanatorium war so abgelegen, daß ich drei verschiedene Straßenbahnen nehmen und dann noch einen Kilometer laufen mußte, bis ich endlich dort war. Es war ein Samstag, und ich hatte mich bei Tagesanbruch auf den Weg gemacht.

Mein Vater hatte sich wie ein Verrückter aufgeführt, als ihm die Ärzte sagten, daß er meine Mutter unbedingt in den Westen schicken müsse. Im Westen sei die Luft sauberer, sagten sie, im Westen könne meine Mutter wieder richtig atmen.

«*Wos mejnstu* West?» brüllte mein Vater und marschierte wütend in der Küche auf und ab, «*ich hob nischt kejn gelt*!»

Er habe kein Geld für den Westen, schrie er im Beisein

meiner Mutter – als sei nicht sie der Grund für seine Probleme, als sei nicht sie es, die krank war und sterben würde. Meine Mutter lag regungslos unter ihren Decken auf der Schlafcouch in der Küche, sah ihm zu, wie er herumtobte und mit Sachen um sich warf, und versuchte vergeblich, ihn zu besänftigen. Sie lag ganz still da und redete beruhigend auf ihn ein, während er immer weiter wütete – sein Gesicht hochrot, ihres schneeweiß. Ich saß wie erstarrt am Küchentisch. Es kam mir vor, als würde mein Vater nichts anderes tun als herumbrüllen, mit den Füßen stampfen und Türen knallen; aber meine Mutter wußte irgendwie, daß er nicht anders konnte, und ließ sich von seinen Tiraden nicht beeindrucken.

Ich fragte sie, wie sie so jemanden lieben könne, wie sie meinen Vater lieben könne, wo er doch so gemein zu ihr sei, und sie versuchte es mir zu erklären, aber ich verstand es nicht. Ich war schließlich erst sechzehn – wie sollte ich das damals verstehen?

«Er ist nun mal so.»

«Aber er ist furchtbar zu dir.»

«Nein, Malja; er ist furchtbar zu sich.»

«Nein, er ist furchtbar zu dir, Mama.»

«Ich liebe ihn, *klejna*.»

«Aber warum nur? Warum hast du dir ausgerechnet Papa ausgesucht, wenn er doch so gemein zu dir ist?»

Ich ergriff mit meinen kirschroten Handschuhen ihre zartrosa Fingerhandschuhe und schüttelte ungläubig und mißbilligend den Kopf. Wie konnte man nur jemanden lieben, der einem nicht guttat?

«Wie ich schon sagte... es gibt *diese* Liebe, und es gibt *jene* Liebe...», sagte sie und tätschelte meine Hand. «Du wirst es eines Tages verstehen, Malja, ich versprech es dir – wenn du erwachsen bist.»

Nach zwei Jahren in Trennung wurden Jules und ich geschieden. Ich versuchte einen Tag nach dem anderen hinter mich zu bringen; es war, als tappte ich durch einen dichten Nebel. Ich ging zur Arbeit, ich kam heim, ich spielte mit Gilliana, ich traf mich mit Nat und Dell, und einmal die Woche gingen Gilliana und ich zu Sophia und Alfonzo zum Essen; das war alles – ein Tag nach dem anderen –, Hauptsache, ich schaffte es irgendwie, weiterzumachen; und außerdem, wie Dell mich immer wieder erinnerte, waren Jules und ich schon seit zwei Jahren getrennt, und ich lebte immer noch. Mach einfach weiter, Mollie, sagte ich mir, wie ein Pferd mit Scheuklappen, dreh dich nicht um, geh einfach weiter. Ich befand mich damals in einer Art Trance; ich lebte, ohne irgend etwas zu empfinden, als befände ich mich mitten in einem riesigen Wattenebel.

«Ich glaube, ich genehmige mir einen», sagte Dell.

Sie lief auf dem Rasen in Mollies kleinem Garten hin und her. Mollie, die sich in einem Liegestuhl sonnte, öffnete die Augen.

«Was, einen Drink?»

«Genau.»

«Was ist denn mit dir los? Es ist erst vier Uhr.»

«Ja… aber in New York ist's schon fünf, früher Abend, Zeit für einen Cocktail, meine Liebe, und außerdem…»

«Ja?»

«…brauch ich jetzt einen.»

«Was ist denn los?»

«Ich muß dir was sagen, aber ich brauche erst mal einen Scotch, um mir Mut anzutrinken.»

«Aber du hast mir doch schon gesagt, daß du's mir erzählst.»

«Ich weiß. Weil ich mindestens schon seit zehn Minuten

hier bin und Geheimnisse nie lange für mich behalten kann, das weißt du doch.»

Mollie lachte. «Willst du es mir nicht sagen, bevor du reingehst?»

«Nein. Aber ich bring dir auch einen Drink mit. Scotch mit Wasser?»

«Warum erzählst du es mir nicht einfach, Dell?»

Dell blieb auf dem Rasen stehen, eine Hand in die Hüfte gestemmt.

«Okay. O Gott, wie ich das hasse. Okay. Julie hat jemand anderen.»

Mollie sagte nichts. Sie hob das Kinn ein wenig und zog die Schultern hoch, ansonsten rührte sie sich nicht.

«Eine Rothaarige», sagte Dell und schürzte die Lippen. «Sie arbeitet in so einem schnieken Fotoladen. Mehr weiß ich nicht.» Sie starrte Mollie an. «Ist alles in Ordnung mit dir?»

«Ja.»

«Tut mir leid, Mollie, aber Nat hat's von Jack Rubin erfahren, als er bei Protzel *bagels* holen war, und er hat's mir erst vor einer Stunde erzählt. Ich hab ihn gefragt: ‹Warum hast du mir das nicht gleich heut morgen erzählt, gleich als du's erfahren hast?›, und er hat gesagt, daß er es vergessen hätte und warum ich mich überhaupt so aufregen würde, ihr beide wärt doch schon geschieden. Ist das zu fassen? Ich wundere mich immer wieder darüber, wie borniert Männer doch sind.»

«Ist schon gut.»

Dell seufzte. «Schon gut. Menschenskind, wie ich das hasse.»

Sie sahen sich an.

Dell lachte. «Also, wollen wir jetzt einen trinken, oder sollen wir mal hinfahren?»

«Wie?»

«Es ist erst vier Uhr. Wir könnten sie uns doch mal angucken. Ich meine, zum Fotoladen fahren… mal reinspazieren und uns ein bißchen umschauen…»

«Das können wir doch nicht machen, Dell.»

Dell stemmte auch die andere Hand in die Hüfte.

«Das können wir nicht machen? Warum zum Teufel sollen wir das nicht machen können? Ich hab doch ein Auto.»

Sie hatte rote Haare, genau unterhalb der Ohren abgeschnitten, in der Mitte gescheitelt, und über den Augen waren zwei Locken. Sie trug einen weiten grünen Rock, eine cremefarbene Bluse und schwarze Stöckelschuhe und hatte sich einen rosa mit Perlen verzierten Pullover lässig über die Schultern geworfen, wie ich es nie hingekriegt hätte. Ihr Lippenstift paßte genau dazu.

«Rosa und Grün mit schwarzen Schuhen… Was soll das denn sein? Haute Couture? Ich sag dir was, meine Liebe, die sieht ja aus wie ein Zirkusgaul.»

Seit wir den Laden verlassen hatten, redete Dell wie ein Wasserfall.

«Und kannst du dir vorstellen, einen Haufen Geld für eine Nasenkorrektur auszugeben, und dann kommt so was dabei raus? Lang und spitz und mit diesem kleinen Höcker oben drauf, ist der dir aufgefallen? Dieser kleine Höcker? Sie hätte diesen Pfuscher verklagen sollen, bis er am Stock geht, und meine Güte, ihre Augen sind vielleicht klein, was? – viel zu klein für ihr Gesicht», lästerte Dell, während sie uns heimfuhr und den Kopf ständig hin- und herdrehte, um gleichzeitig mich und die Straße im Auge zu behalten. «Also, sie hat doch richtige Knopfaugen, findest du nicht, Mol?»

Ich wußte nur, daß ihre Augen blau und ihre Wimpern lang und perfekt getuscht waren – als hätte sie jede Wimper einzeln angemalt, und wenn sie die Augen auf- und zumachte, sah es aus, als wippten kleine Spinnenbeinchen auf und ab.

Der Fotoladen befand sich im Kaufhaus Scruggs, Vandervoort & Barney; es war eins von diesen Ateliers, wo man diese schrecklichen bunten Porträtaufnahmen von sich machen lassen kann, die wie schlechte Ölgemälde aussehen, und die man für einen Haufen Geld x-mal vergrößern und aufwendig rahmen lassen kann, um sie sich ins Wohnzimmer über den Kamin zu hängen. Dell ließ sich die Preise für Porträtaufnahmen in sämtlichen Größen und Ausführungen sagen.

Ich sagte nicht viel, während wir im Laden waren; vielleicht sagte ich auch gar nichts; ich weiß jedenfalls noch, daß ich auf der Heimfahrt keinen Ton von mir gab. Ich war viel zu sehr damit beschäftigt, meine Fassung nicht zu verlieren; ich sah die ganze Zeit Julie vor mir, der diese Wimpern und diese roten Haare anlächelte.

«Und wie die redet», sagte Dell. «Bea Carducci kommt garantiert aus der Bronx, bestimmt nicht aus Manhattan, Mollie; da kann sie sagen, was sie will ... Manhattan, daß ich nicht lache.»

Sie hieß Bea Carducci und war natürlich Italienerin. Das tat am meisten weh. Es war, als hätte man mir ein großes Loch durch den Körper gebohrt, als hätte man mir in den Unterleib geschossen und als würden meine Eingeweide gleich aus mir herausquellen und die grauen Polstersitze in Dells Wagen ruinieren.

Der Trancezustand war vorüber. Es war, als ob Jules gerade erst zur Tür hinausgegangen wäre, nicht schon vor zwei Jahren, sondern gerade eben in diesem Moment. Die Erkenntnis, daß er wirklich fort war, traf mich mit solcher Wucht, daß es mich beinah umwarf. Und dann konnte ich nicht mehr aufhören zu weinen. Ich meine, es war kein normales Weinen mehr, es war schon chronisch. Ich weinte zwei Monate lang, jeden Tag, wirklich – seit dem Tag, an dem Dell es mir erzählt hatte und wir in den Fotoladen gefahren waren, um sie uns anzusehen. Ich weinte in der Badewanne, im Bus auf dem Weg zur Arbeit und wieder zurück und nachts in meinem Bett; ich weinte an meinem Schreibtisch, bis mir die Zahlen vor den Augen verschwammen; ich weinte, während ich meinen Einkaufswagen durch den Lebensmittelladen schob, und ich weinte, während ich die Wäsche in die Waschmaschine stopfte; ich konnte nicht damit aufhören; ich weinte ständig, jedenfalls immer dann, wenn mich Gilliana nicht hören oder sehen konnte. Es war mir egal, ob mich jemand dabei hörte oder sah, ich nahm andere Menschen überhaupt nicht mehr wahr. Ich war kurz davor, den Verstand zu verlieren. Ich weinte sogar mehr als nach Sandys Tod, aber vielleicht weinte ich ja auch um sie, vielleicht weinte ich um alles, was mir je genommen worden war – meine Mutter, meine kleine Tochter und Jules. Ich verstand selber nicht, daß ich, nur weil eine Rothaarige aufgetaucht war, nicht aufhören konnte zu weinen, aber so war es nun einmal. Die Existenz einer dritten Person veränderte alles, denn sie machte mir endgültig klar, daß es zwischen Julie und mir aus war; es war vorbei, und ich war allein. Es war, als hätte mir jemand die Scheuklappen von den Augen gerissen, als hätte sich der Nebel schlagartig gelichtet, und auf einmal konnte ich wieder fühlen. Es tat so weh, daß ich mich kaum bewegen konnte.

«Hallo», sagte Mollie leise ins Telefon.

«Meine Güte, Mol, bist du aber früh auf», sagte Dell. «Ist irgendwas?»

«Nein. Was machst du denn gerade so?»

«Also, es ist früh am Morgen, ich mach mir gerade Wasser heiß», antwortete Dell und blickte auf den Kessel auf dem Herd. «Ich schätze, ich muß mich entscheiden: Entweder krieg ich ein Kind, oder ich mach mir eine Tasse Tee.» Sie lachte.

Mollie sagte nichts.

«Okay ... meinetwegen auch 'ne Tasse Kaffee, hm?»

Dell wartete.

«Das war ein Witz, Mol. Du hättest eigentlich lachen sollen.»

«Oh.»

«Oh? Das ist alles? Oh?»

«Ich bin wieder die ganze Nacht in der Wohnung rumgerannt.»

«Na, das tut dir doch gut, ist gesund. Was machst du jetzt?»

«Ich sitze am Küchentisch.»

«Aha ... Wo ist Gilliana?»

«Sie schläft.»

«Aha.»

Stille in der Leitung.

«Ich finde, das geht nun schon lange genug so, Mollie. Meinst du nicht, du solltest endlich mal was dagegen tun?»

«Ich weiß nicht ...»

«Willst du denn ewig so weitermachen?»

Mollie antwortete nicht.

«Weinst du noch?»

«Ja.»

«Viel? Ich meine, so wie in den letzten Wochen?»

«Ja.»

«Menschenskind, Mol, das kann doch nicht so weitergehen.»

«Ich kann irgendwie nicht aufhören, Dell. Ich weiß auch nicht, warum.»

«Schon gut, schon gut... Mollie, hör mal – willst du Jules zurückhaben?»

«Nein... ach Gott, ich weiß nicht... ich glaub eigentlich nicht, und dann wieder denk ich...»

«Hört sich nach eindeutiger Unentschiedenheit an.»

«Ach, Dell.»

«Okay, also hör mir mal zu, Mol; du könntest Jules wiederhaben, wenn du willst.»

«Wie kommst du denn darauf?»

«Willst du das?»

Mollie starrte auf den Küchentisch. Sie fegte ein paar Toastkrümel neben ihrer Kaffeetasse zu einem kleinen Häufchen zusammen.

«Das hängt ganz allein von dir ab, Mol. Überleg dir, was du willst.»

Was du willst... Was man will, ist nicht unbedingt das, was man braucht oder was gut für einen ist; aber das weiß man vorher nicht. Anfangs nimmt man einfach alles in Angriff, so unerschrocken wie ein Feuerwehrmann, der einen Brand löscht. Aber wenn man ein schmerzendes Loch in sich hat, muß man sich alle Konsequenzen klarmachen und die Vor- und Nachteile sorgfältig abwägen; und dann will man es manchmal trotzdem nicht wahrhaben. Was Jules anging, so wollte ich nie irgend etwas wahrhaben. Wäre es anders gewesen, hätte ich auf das gehört, was mir alle von Anfang an sagten. Warum liebt man jemanden, obwohl man genau weiß, daß dieser Jemand einem nicht guttut? Diese Frage hatte ich meiner Mutter vor vielen Jahren gestellt, und nun wußte ich, warum. Man liebt diesen Menschen, weil man nicht anders kann, weil man nichts dagegen tun kann, weil sich diese Liebe einfach nicht unterdrücken läßt, egal, was man versucht. Meine Mutter konnte auch nicht anders; sie hat meinen Vater geliebt, ganz gleich, wie gemein er zu ihr war; und auch ich konnte nicht anders, als Jules zu lieben. Wenn man diese Art von Liebe erlebt, dann gibt es keine Erklärung, keine Fragen, keine Logik – sie reißt einen mit wie ein Sturm.

Ich weiß nur, daß ich wahrscheinlich nie mehr aufgehört hätte zu weinen, wenn mir nicht diese «Sache» passiert wäre, und daß mich diese Liebe um den Verstand gebracht hätte. Aber ich hatte Glück; diese «Sache» befreite mich von dem Bann. Es passierte zwei Tage nachdem ich mit Dell telefoniert hatte. Ich weinte immer noch.

Gilliana war zu Hause; deshalb weinte ich unter der Dusche, hatte die Hände vors Gesicht geschlagen, während mir das Wasser auf den Kopf trommelte, und suchte verzweifelt nach einem Ausweg. Was sollte ich tun? Ihn anrufen? Mich mit ihm treffen? Würde es doch nur so sein wie immer? Und dann war ich plötzlich nicht mehr in mir. Ich weiß nicht, wie ich es sonst ausdrücken soll, aber ich war nicht mehr in mir, sondern über mir – von einem Moment zum andern. Gerade hatte ich noch weinend unter der Dusche gestanden, und dann schwebte ich plötzlich über mir und sah auf mich hinunter, als wäre ich jemand anders. Es war wie Zauberei, wie eine Kraft aus dem Jenseits; ich weiß nicht, wie ich es anders beschreiben soll. Ich habe es noch so deutlich vor Augen, als wäre es gestern passiert.

Ich konnte mich weinend unter der Dusche stehen sehen. Ich schaute mir zu, und plötzlich war mir alles klar. Ich wußte, daß ich an einem Wendepunkt angelangt war, daß mich meine Liebe zu Jules zerstören würde, daß sie mich in den Wahnsinn treiben würde. Wenn ich zu Jules zurückkehrte, würde ich nur noch weinen, nur noch Angst haben und mich nie mehr sicher und geborgen fühlen. Es war, als säße ich hoch oben auf einem Fahnenmast und müßte jeden Moment hinunterfallen; aber ich erkannte, daß es immer zwei Richtungen gibt, in die man fallen kann – man vergißt das so leicht, wenn man in etwas verstrickt ist; man vergißt, daß man immer eine Wahl hat. Wenn ich mich in die eine Richtung fallen ließ, würde ich mir keine Gedanken mehr machen müssen, weil ich dann verrückt wäre und man mich in einem Krankenwagen abholen und irgendwohin bringen würde, wo ich den ganzen Tag auf einem Stuhl am Fenster sitzen und in den Himmel starren würde – das würde passieren, wenn ich zu Jules zurückginge. Wenn ich mich in die andere Richtung fallen ließ, würde ich nicht verrückt werden, aber ich würde ganz allein zurechtkommen müssen, ich würde ohne Jules leben müssen; ich würde ihn endgültig aufgeben und einen neuen Anfang machen müssen, und zwar allein. Es war auf einmal so sonnenklar, daß ich mir aussuchen konnte, in welche Richtung ich fiel.

Es war wie eine plötzliche Erleuchtung.

Das Ganze dauerte nur einige Augenblicke, und dann war ich wieder in meinem Körper.

Ich wollte mich natürlich in die andere Richtung fallen lassen. Ich wollte, daß man mich abholte und ich mir um nichts mehr Sorgen machen mußte – wer wünscht sich das nicht – welch ein verlockender Gedanke, sich um nichts mehr Sorgen machen zu müssen. Aber wenn ich mich für diesen Weg entschied, würde ich verrückt werden, und ich wußte, daß das nicht passieren durfte, weil ich Gilliana hatte. Ich war schließlich Mutter, und das war wichtiger als alles andere. Ich mußte mich um Gilliana kümmern, und das würde ich wohl kaum tun können, wenn ich irgendwo am Fenster saß und in den Himmel starrte.

Also hörte ich auf zu weinen, stieg aus der Dusche, und

das war's, wie man so schön sagt. Ich gab Jules endgültig auf und begann ein neues Leben.

Und als ich später darüber nachdachte, wurde mir bewußt, daß es *doch* Maria gewesen war, die mich gerettet hatte. Ich hatte all die Jahre hindurch zu Maria gebetet, daß sie meinem Mann helfen möge, von seiner Spielleidenschaft loszukommen, aber ich hatte vergessen, daß Maria doch vor allem eine Mutter war – sie war zwar mit Josef verheiratet, aber das war nicht das Wichtigste für sie; für sie war es am wichtigsten, Jesu Mutter zu sein. Und genau das hat sie mir schließlich gezeigt, nachdem ich so lange zu ihr gebetet hatte. Sie hatte meine Seele aus meinem Körper schlüpfen und über ihm schweben lassen, damit ich es begriff: In meinem Leben zählte nicht nur meine Liebe zu Jules, sondern auch meine Liebe zu meinem Kind. Meine Liebe zu Gilliana sollte für mich am allerwichtigsten sein. Auch wenn es meine Mutter vielleicht anders gemeint hatte, stimmte der Satz trotzdem: Es gibt im Leben jedes Menschen *diese* Liebe und *jene* Liebe; das Schwierige daran ist nur, daß jeder für sich allein herausfinden muß, welche Liebe ihm am wichtigsten ist.

Samstag

Clare

Fröhliche Weihnachten, liebe Grandma Mollie und liebes Jesuskind.

Ich hab von meiner Mutter ein paar tolle alte Kaschmirpullover gekriegt – so richtig alte, wie ich sie immer anziehe. Ich war total überrascht, daß sie wirklich losgezogen ist und welche aufgetrieben hat; man kann nämlich nicht einfach zu Bullock in die Pulloverabteilung gehen, man muß schon in die Melrose oder die Third Street fahren und diese ganzen Secondhandläden abklappern, um so was zu finden. Ich hab keine Ahnung, wann sie das gemacht hat, aber es muß gewesen sein, bevor sie nach Kansas City geflogen ist, und dann hat sie die Schachtel die ganze Zeit in ihrem Kleiderschrank gehabt, echt schön eingepackt mit altem Band und tollem Weihnachtspapier und dazu so 'ne Kunstpostkarte von Mary Cassatt mit zwei dunkelhaarigen Frauen drauf, Mutter und Tochter, genau wie wir – jedenfalls sind die Sachen echt schön. Kaum zu glauben, daß sie die gefunden hat … eine schwarze Jacke mit kleinen schwarzen Perlmuttknöpfen und zwei Pullover, ein grauer und ein hellblauer und ganz weich, genau, wie ich sie mag.

Dad hat mir so ein Buch geschenkt. Ich pack's aus, und er steht direkt hinter mir und guckt mir zu, und ich denke: O Gott, das les ich doch eh nie, warum schenkt er mir so was?

Was ist das überhaupt? Und er hat so ein Grinsen im Gesicht, und dann kapier ich erst, daß es überhaupt kein Buch ist, sondern eine wunderschöne antike Lederschatulle, die wie ein Buch aussieht; und es ist so ein kleines, goldenes Schloß dran, das man erst gar nicht sieht. Er sagt: «Ich hab mir gedacht, wenn du mal etwas Besonderes aufheben willst, ein Andenken oder so, von Scotti vielleicht –»

«Scott, Dad, nicht Scotti.»

«Richtig, Scott», sagt er und zieht eine Grimasse.

Ich muß lachen und drück ihn.

Scott wär stolz auf mich. Er hat mir – Scott, meine ich, oder Scotti, wie mein Vater ihn nennt, wenn er mich aufziehen will...

Ist doch interessant, oder? Ich meine, wenn mein Vater so was macht, dann find ich's irgendwie witzig, aber wenn meine Mutter es macht, dann geht's mir tierisch auf den Geist, und ich bin stocksauer. Ich meine nicht, daß sie Scott Scotti nennt, sondern wenn sie irgendwas anderes macht. Das find ich dann absolut nicht komisch... merkwürdig, oder?

Aber egal, jedenfalls hat Scott mir so eine Schmetterlingskette geschenkt. Ich weiß, das klingt komisch, aber sie ist echt schön. Lauter winzige handbemalte Emailschmetterlinge an einer dünnen Goldkette, und sie ist schon so alt, daß die Farben ganz matt und verblaßt sind. Echt Wahnsinn. Ich glaub, sie kommt aus China. Er ist ganz früh heut morgen vorbeigekommen, hat mich praktisch aus dem Bett geschmissen und hat sie mir geschenkt, und dann haben Scott, ich und mein Dad zu dritt ein Weihnachtsfrühstück gemacht, und Dad hat ihn die ganze Zeit Scotti genannt. Scott ist's egal, er findet's lustig, und weil wir die ganze Zeit beim Eierbraten und dem ganzen Zeug soviel Spaß gehabt haben, fand ich's auch irgendwie witzig.

Jedenfalls ist heute Weihnachten. Wir haben im Kamin Feuer gemacht, obwohl's draußen 28 Grad sind. Ich meine, irgendeine Tradition muß man doch haben, auch wenn man in L.A. wohnt, und ein Feuer bei offenen Fenstern ist irgendwie schön, und Dad hat den *Messias* von Händel aufgelegt, aber es hat mich nicht gestört, irgendwie hat es gepaßt.

Manchmal denk ich, mein Vater ist irgendwie lockerer, wenn er mit mir allein ist, als wenn meine Mutter dabei ist, irgendwie fühlt er sich wohler. Wenn meine Mutter da ist, ist er total verkrampft, und weil er sowieso kein besonders lockerer Typ ist, ist's dann echt schlimm. Und dann macht sie ständig irgendwelche Witze. Irgendwie haben sie nicht dieselbe Wellenlänge. Ich meine, wie kann man mit jemand verheiratet sein und nicht dieselbe Wellenlänge haben? Ob das schon immer so war?

Manchmal kapier ich echt nicht, warum sie überhaupt zusammen sind. Ich meine, sie sehen ganz okay zusammen aus, das ist es nicht; es ist nur, daß man genau merkt, daß irgendwas zwischen ihnen fehlt. Und dann diese ständigen Spannungen. So, als würde einer dem anderen am liebsten an den Kopf schmeißen, daß er ihn mal am Arsch lecken kann. Einfach so, ohne mit der Wimper zu zucken. Das tun sie zwar nicht, aber manchmal denk ich, daß es besser wäre, wenn sie's täten, statt sich ständig gegenseitig nur Druck zu machen. Sie sollten sich lieber mal richtig fetzen. Ich weiß nicht, irgendwie schein ich die einzige zu sein, die diese ganze Scheiße mitkriegt... aber ich werde bestimmt nicht zu ihren Freunden gehen und drüber diskutieren, ob sie's auch gecheckt haben.

Die Eltern von den meisten von meinen Freunden haben sich getrennt. Amys nicht, die sind noch zusammen... und Chads auch... aber Lisas Eltern haben sich scheiden lassen, als sie noch ganz klein war. Dann ist es natürlich leichter – sie kennt es gar nicht anders, als von einem zum anderen geschickt zu werden: Weihnachten bei ihrer Mutter, Ostern bei ihrem Dad. Aber die meisten stört das ganze Hin und Her gar nicht so sehr; sie finden's viel krasser, wenn ihre Eltern jemand Neuen kennenlernen oder wieder heiraten – dann fängt die ganze Scheiße erst an. Peters Mutter hat wieder geheiratet und von ihrem neuen Typ noch ein Kind gekriegt. Echt, letztes Jahr, als Peter nach Stanford gegangen ist, hat sie ihm die Koffer gepackt und sich gleichzeitig den Rotz von dem Baby von der Schulter gewischt. Ich war da und hab's selber gesehen. Peter hat das Baby gehalten und Bier getrunken. War schon irgendwie merkwürdig. Natürlich nicht total furchtbar, aber schon irgendwie peinlich. Aber meine Freundin Susan hat echt Pech gehabt – ihr Dad hat so 'ne Tussi geheiratet. Ohne Scheiß, so 'ne dünne, blonde, vollbusige Tussi, wie in diesen Blondinenwitzen, die jedem erzählt, daß sie früher Tänzerin war, aber wenn man sie fragt, wo sie eigentlich getanzt hat, fängt sie an blöd zu kichern und guckt ihn hilflos an. Und Susans Vater ist schließlich schon zweiundfünfzig, eigentlich müßte der doch mehr Grips haben. Susan hofft immer, daß sie die Grippe kriegt oder so, wenn sie am Wochenende zu ihm und der Tussi soll. Und Julia Regan hat diesen echt unmöglichen Stiefvater am Hals. Ich meine, ihre Mutter hat doch echt einen Clown geheiratet. Ich meine, einen richtigen Clown, der Buffo heißt und bei Kindergeburtstagen auftritt; aber am schlimmsten ist, daß er immer irgendwas von seinem Clownszeug anhat, seine rote Nase oder seine orangen Haare, kombiniert mit seinen normalen Klamotten, und dann macht er immer irgendwelchen Scheiß, zum Beispiel läßt er irgendwelche Sachen aus der Keksdose rausfliegen, wenn man den Deckel hochhebt; oder wenn er dir die Tür aufmacht, sagt er, du sollst an der Blume an seinem Revers riechen, und dann machst du's halt, weil du ja schlecht nein sagen kannst, und dann springt dir so ein großer widerlicher Gummikäfer ins Gesicht – er findet's echt komisch, aber Julia würde am liebsten sterben, und ihre Mutter will noch nicht mal mit ihr drüber reden; die ist so in ihn verliebt, daß sie überhaupt nix mehr checkt. Ich meine, das letzte, was ich gehört hab, ist, daß Julias Mutter jetzt seine Assistentin ist und mit zu diesen Kinderpartys geht und ihm seinen Zylinder hinhält und seine Kaninchen und so was. Julia sagt, wenn irgend jemand ihre Mutter «Mrs. Buffo» nennt, zieht sie aus.

Also, ich wollt damit sagen, daß man zwar ganz schön drunter leidet, wenn sich die eigenen Eltern trennen, aber daß das Schlimmste erst noch kommt, wenn sie sich jemand Neuen suchen... ich meine, bei meinem Glück würde meine Mutter bestimmt auch einen Clown heiraten. Oder noch schlimmer... sie könnte ja auch dieses Arschloch von Andy heiraten! O Gott, genau so wird's kommen, das Arschloch läßt sich von seiner vierten Frau scheiden und kann ohne meine Mutter nicht leben – und dann heiratet er sie.

Vielleicht sollte ich sie ja irgendwie zusammenbringen. Ich meine meine Eltern. Ob das geht? Keine Ahnung, wie man so was macht. Was sollte ich denn sagen? «Mom, findest du nicht, daß Dad unheimlich süß ist?»

So was könnte ich nie im Leben sagen.

Ich versuch, mich dran zu erinnern, wie's war, als es zwischen ihnen noch gut lief, als sie sich noch liebten oder so. Ich meine, nicht daß ich mir unbedingt reinziehen muß, wie sie sich lieben – das muß ich mir echt nicht antun –, aber daß sie sich angucken oder so was. Aber egal, ich kann mich sowieso nicht dran erinnern. Ich mein, daß sie sich lieb hatten, einfach so, nicht erst, wenn irgendwas Furchtbares passiert. Wenn irgendwas passiert, hält man immer zusammen, aber das meine ich nicht. Ich meine, daß man quer durchs Zimmer den anderen anguckt, weil man ihn liebt. Ich weiß nicht, aber ich kann mich nicht dran erinnern, daß sie so was jemals gemacht haben. Aber vielleicht war ich ja einfach noch zu klein.

Gilliana

DIE RELIKTE DER AFFÄRE ZWISCHEN GILLIANA VENTIMIGLIA UND DEM BERÜHMTEN VERHEIRATETEN ITALIENISCHEN KOMIKER:

Eine fünfzehn Zentimeter große Porzellanfigur eines kleinen Mädchens mit Zöpfen und Schleifen im Nachthemd und mit Teddybär, die er mir in irgendeinem kleinen Laden auf der Madison Avenue gekauft hat – ein Arm ist etwas krumm, weil Clare ihn hastig geklebt hatte, damit ich nichts merkte, wenn ich nach Hause kam. Murray, unser Hund, war seinem Tennisball hinterhergehechtet und dummerweise mit dem Tisch zusammengestoßen, auf dem sie stand.

Eine goldene, ovale, zerkratzte St.-Christophorus-Münze, die er mir im Petersdom in Rom geschenkt hat.

Ein schwarzes Nachthemd von Bergdorf Goodman – wie bereits erwähnt.

Eine Goldkette von Tiffany – wie bereits erwähnt.

Ein kobaltblauer weicher Strohhut mit einer breiten Krempe, der sich oben schon etwas auflöst und den wir zusammen bei De Pinna gekauft haben, bevor De Pinna einging.

Sein alter grauer Kaschmirrollkragenpullover von Sulka,

den ich immer anzog, wenn es mir kalt war. Clare hat zwar inzwischen die Ärmel und den Rollkragen abgeschnitten, aber das Sulka-Etikett ist noch unversehrt.

Eine gerahmte, dreispaltige überschwengliche Kritik seines Auftritts im Sands im Mai 1972, die in Variety *erschienen war.*

Ein runder goldener Manschettenknopf mit einem eingravierten «R», den ich noch immer in meinem Portemonnaie mit dem Kleingeld herumtrage.

Ein Karton mit tausend postkartengroßen schwarzweißen Hochglanzfotos, die an seine Fans verschickt wurden. Er trägt darauf einen Smoking, ein gerüschtes Smokinghemd, eine seidene Fliege und hat ein breites Grinsen im Gesicht.

Eine Geburtstagskarte, auf der steht: «Ich liebe Dich, cara, bis in alle Ewigkeit, Dein Anthony», und siebzehn Karten von Blumenläden, auf denen mit kleinen Abweichungen immer dasselbe steht, aber in siebzehn verschiedenen Handschriften.

Eine Locke von ihm. Eine wunderschöne schwarze Locke von seinem Kopfhaar, die ich abschnitt, als wir im Bad des Bungalows des Beverly-Hills-Hotels herumalberten. Sie liegt in einem schlichten weißen Briefumschlag in meiner Frisierkommode, in der dritten linken Schublade von unten, zusammen mit anderen Umschlägen, in denen ich Clares Milchzähne aufbewahre.

Ein großes, klaffendes Loch in meinem Magen.

Ich ging also zurück nach L. A., aber ich blieb nicht in der Wohnung, die ich mir mit Carole Rose teilte, und ich arbeitete auch nicht mehr für Harry Witzer. Ich konnte es nicht. Wohin ich auch sah, alles erinnerte mich an Anthony. Ich mußte weg. Ich mietete eine kleine, sonnige Wohnung – mit wunderschönen Holzdielen – in einem kleinen Haus in der Straße hinter Saks und I. Magnin in Beverly Hills, und Harry besorgte mir einen Job als Nachwuchs-Gagschreiberin für die «Carol Burnett Show». Das war nicht ganz einfach gewesen, weil erstens noch nie jemand etwas von mir gehört hatte und ich zweitens erst Mitte Zwanzig war und jeder in Hollywood davon überzeugt war, daß man nur Gags schreiben konnte, wenn man steinalt war und Unmengen von Lebenserfahrung mitbrachte, und drittens, weil ich eine Frau war. Das war am schlimmsten. Damals gab es so gut wie keine Frauen, die Gags schrieben. Nein, halt, es gab schon ein paar – vielleicht drei oder vier, aber nicht in Hollywood. Ein «junges Ding», das Gags schreiben kann? Ein «junges Ding» mit den ganzen «Jungs»? So ein «junges Ding», das unter Dreißig ist und so was noch nie gemacht hat? Willst du mich verscheißern? Aber da gab es den Farmerwitz – inzwischen kannte alle Welt Ronzonis Farmerwitz – und den Maria-Magdalena-Witz und alles mögliche andere Material, das Anthony verwendet hatte und das von mir stammte. Ich hatte allerdings keine Ahnung, daß Harry und Anthony alle Hebel in Bewegung gesetzt und Gott und die Welt darüber informiert hatten, daß das Material von mir war.

Ein Witz ist eine Überraschung, er muß die Leute überrumpeln – wenn man es schafft, zwei Dinge zusammenzubringen, die eigentlich nicht zusammenpassen, und alle lachen darüber, dann hat man seinen Witz. Und aus irgendeinem Grund konnte ich das, und Anthony wußte es. Er liebte mich nicht nur, er glaubte auch an mich. Das müßte also auch zu der Liste hinzugefügt werden: daß ich meinem geliebten Anthony mein neues Leben verdanke. Ich würde Gagschreiberin werden, komme, was wolle.

Ich hatte einen neuen Job als eine von den «Jungs» und

eine neue Wohnung. Ich hatte keine Möbel, kein Geld, nur einen superschicken orangefarbenen Corvette. Ach ja, und das Loch im Magen, das hatte ich auch.

Ich lernte Christopher William Hall acht Monate später bei einer noblen Wohltätigkeitsveranstaltung im Ballsaal des Beverly-Wilshire-Hotels kennen, wo ich nur landete, weil wir die Karten hatten und keiner aus unserem Team gesteigerten Wert darauf legte hinzugehen; ich war nun einmal die unterste in der Hierarchie, und weil den letzten die Hunde beißen, schickten sie mich hin. Christopher William Hall war der Unbekannte zu meiner Rechten. Zu meiner Linken saß niemand, weil ich allein gekommen war – besser gesagt, mich hingeschleppt hatte. Er hatte eine zu seiner Rechten sitzen, die er mir vorstellte, aber sie interessierte mich genausowenig wie die Kellner und die Band. Er hatte irgend etwas mit Geld zu tun, irgend etwas, was ich nicht richtig verstand. Er hatte strohblondes Haar und helle Augen – vielleicht grüne, vielleicht blaue, keine Ahnung –, er war ein bißchen steif, aber sehr höflich und aufmerksam, obwohl ich ziemlich schnippisch war.

«Das Huhn ist gut», bemerkte er.

«O ja, sie kriegen das Gummihuhn hier wirklich gut hin», sagte ich und schob eine tote Hühnerbrust mit dem Messer auf meinem Teller herum.

«Was?» fragte er lachend.

«Gummihuhn, haben Sie noch nie Gummihuhn gegessen?»

«Ich glaube nicht.»

«Nun, Sie sollen es ja auch nicht essen; bei Wohltätigkeitsveranstaltungen gibt's immer Gummihühner, weil die nämlich nichts kosten; die müssen sie bloß hinterher abwaschen und wieder auf die Teller legen, und das können sie dann so zwei-, dreimal die Woche wiederholen.»

Er lachte wieder.

«Sie wollen es doch nicht etwa essen, oder?»

Er lachte immer noch.

«Wo sind Sie aufgewachsen?»

«Connecticut», antwortete er mit einem strahlenden Lächeln.

«Das erklärt alles. Huhn ist viel zu gewöhnlich für Connecticut. In Connecticut servieren sie bei Wohltätigkeitsdinners wahrscheinlich Gummifasan oder kleine Gummiperlhühner.»

Er hörte gar nicht mehr auf zu lachen. Ich sah ihn genauer an. Ganz egal, was ich sagte, dieser Mann lachte darüber. Ich hatte geglaubt, ich würde nie wieder witzig sein, aber er fand mich urkomisch. Mr. Hall fand mich urkomisch, drollig und hinreißend, obwohl ich absolut nicht sein Typ war. Sechs Monate später heirateten wir.

Er war wahnsinnig verliebt in mich; was ich war, weiß ich nicht.

Ich brachte meine irdischen Besitztümer in Christophers Wohnung – es war nicht viel: nur ich, eine kleine geblümte Couch mit dazu passendem Ohrensessel, die ich mir von meinem ersten Geld, das ich bei der «Carol Burnett Show» verdient hatte, bei W & J Sloane kaufte, ein stilvolles, antikes Eisenbett mit Blätterknäufen aus Messing und weißen Porzellanverzierungen, die mit kleinen lila und gelben Stiefmütterchen bemalt waren – ich hatte es Ita und Saulie Hermann abgekauft, als sie nach New York zogen und es sich nicht leisten konnten, es mitzunehmen –, zwei Garnituren zartblauer Laken, drei Garnituren zartblauer Handtücher, ein portugiesischer pastellfarben geblümter Wandbehang mit Petit-point-Stickerei, den Carole Rose mir unbedingt für mein «neues Leben» kaufen wollte, als das Design Center einen Ausverkauf veranstaltete, vier Lampen, die ich aus chinesischen Ingwergläsern gebastelt hatte, drei Kochtöpfe, zwei Sauté-Pfannen und ein paar Küchenutensilien, ein schlichtes weißes Service, Marke Gaststättenbedarf, ein ebenfalls schlichtes Besteck-Set, meine Kleider, Make-up, Haarbürste, Zahnbürste und die oben erwähnten «Überbleibsel». Christophers Wohnung war größer als meine und noch sonniger, und es gab noch mehr Holzdielen. Ich parkte meinen Corvette auf einem seiner zwei Stellplätze, machte über alles und jeden Witze, ließ mich von ihm auf Händen tragen und versuchte, nicht nachzudenken.

Kann man sich im Koma befinden und trotzdem funktionieren? Vielleicht. Das Ganze ging rasend schnell – es war eine regelrechte Wirbelsturm-Werbung. Ach ja, ich war auch schwanger, schwanger mit Christophers Kind, vom ersten Mal, als wir miteinander geschlafen hatten: Ich hielt die Luft an und kniff die Augen zu, damit ich nicht Anthonys Gesicht sah, und Christopher sagte, ich sei die phantastischste Frau, mit der er je zusammengewesen sei. Komisch, das hatte ich beinah vergessen.

Was mich anging, so wäre die Sache mit dem Loch im Magen damit erledigt – ich würde das Loch mit Holzdielen und Sonnenschein und einem Baby füllen. Warum auch nicht?

«Natürlich mag dich Christopher; er lacht eben nur nicht bei allem, was du sagst, weil er es nicht versteht. Er versteht eben nicht deine Art von Humor, das ist alles. Wo bleiben eigentlich unsere Drinks?» Gillian sah sich in der Polo Lounge nach dem Kellner um und verspeiste die Olive, die sie auf einem Zahnstocher in ihrer Hand hielt.

«Wie kann er deine Art von Humor verstehen und meine nicht? Wir haben genau dieselbe Art von Humor, verdammt noch mal», sagte Carole Rose. «Was ist los mit ihm?»

«Keine Ahnung... gar nichts, er ist eben nur anders als wir.»

«Das kannst du laut sagen. Und du bist auch nicht mehr dieselbe, seit Tony tot ist – das weißt du genau, stimmt's?» Sie wandte sich von Gillian ab, als der Oberkellner an ihrem Tisch vorbeiging. «Dino, würden Sie diesem Schwachkopf von Kellner bestellen, daß er uns noch eine Runde Drinks bringt? Und einen von diesen Käsedips mit Kräckern?»

«Selbstverständlich, Miss Rose», sagte Dino lächelnd und nickend, und dann bemerkte er Gillian.

«Aah, Miss Gilliana, aah, ich habe Sie ja so lange nicht mehr gesehen... *come va*?»

«Danke, Dino, mir geht's gut, und Ihnen?»

«Danke gut, Miss Gilliana.» Er runzelte die Stirn. «Es tut mir ja so leid, Miss Gilliana... das mit Mr. Ronzoni... Sie wissen, wie sehr ich ihn mochte, so ein netter Mann, so ein –»

«Ja, ich weiß, vielen Dank», unterbrach ihn Gillian.

«Was für eine Tragödie, was für ein Gentleman, so jung, so charmant, so überaus –»

«Ganz recht», unterbrach ihn Carole Rose, die beobachtet hatte, wie Gillians Augen feucht wurden. «Wie wär's also mit etwas von diesem überaus köstlichen Käse, Dino, hm?»

«Aah, der Käse, ja, Miss Rose, kommt sofort.»

«Großartig.» Als Dino den Tisch verlassen hatte, wandte sie sich wieder Gillian zu. «Du erzählst Dino besser nicht, daß du diesen zugeknöpften Typen heiratest, sonst wirft er sich noch vor einen Zug.»

Gillian blickte auf ihr leeres Glas und schob mit dem Finger einen Eiswürfel hin und her.

Carole Rose schüttelte den Kopf. «Du solltest es wirklich nicht machen... es gibt nicht den geringsten Grund, diese

Schlaftablette zu heiraten. Es ist mir egal, wie nett er ist, er ist absolut nichts für dich, und wenn Tony nicht gestorben wäre und du nicht durchgedreht wärst, hättest du nicht mal einen Blick an Mr. Hall verschwendet.»

«Carole Rose...»

«Nein, es ist mir todernst. Du machst einen Riesenfehler, Gillian, ich schwör's dir.»

«Vielen Dank für deinen Zuspruch... es ist immer gut zu wissen, daß die beste Freundin hinter einem steht, wenn man im Begriff ist, eine der wichtigsten Entscheidungen im Leben zu treffen.»

«Jetzt hör mal gut zu, wenn *ich's* dir nicht sage, wer sonst? Witzer? Deine Mutter? Witzer würde keinen Ton zu dir sagen, weil er Angst hat, daß du zusammenklappst, und deine Mutter ist so froh, daß du heiratest, daß ihr sogar ein Gorilla recht wäre. Ich sag dir, er ist nichts für dich, Gillian, wirklich nicht. Du solltest das Kind abtreiben lassen und ihm den Laufpaß geben. Schreib ihn ab. Er hat dich doch nur gekriegt, weil du blind warst vor Kummer.»

Sie nippte an ihrem leeren Glas. «Wo bleibt eigentlich mein verdammter Martini?»

Sie blickte Gillian stirnrunzelnd an. «Du bist noch nicht über Tony hinweg, Gillian – glaub mir, das ist nicht der richtige Zeitpunkt zum Heiraten.»

Gillian faltete die Cocktailserviette in winzige Vierecke. «Christopher ist sehr nett. Er ist sehr gut zu mir.»

«Großer Gott... das ist ja wunderbar, *gut* zu dir – na ja, ich verstehe.»

«Ich werde nicht abtreiben, Carole Rose.»

«Okay, das kann ich verstehn, du willst keine Abtreibung, also läßt du's. Krieg das Kind und zieh es groß. Ich helf dir, alle werden dir helfen... aber heirate bloß nicht diesen Typen.»

«Warum nicht?»

«Weil du noch nicht soweit bist, Gillian. Du kannst dich doch noch gar nicht auf einen anderen Mann einlassen.»

«Vielleicht werde ich das nie wieder können.»

«Schon möglich.»

Gillian starrte Carole Rose an. Dann nahm sie einen Schluck von ihren geschmolzenen Eiswürfeln und stellte das Glas wieder hin.

«Also schön, dann laß ich mich eben ein. Du wirst schon sehen. Ich heirate ihn und bekomme sein Kind und führe ein geordnetes Leben... wie alle andern auch... ein geordnetes Leben, geordnet und regelmäßig – keine hochfliegenden Träume und keine romantischen Spleens und keine Herumfliegerei und keine albernen Rendezvous und kein Herzklopfen und nichts von dem, was dich fertigmacht und innerlich auffrißt, okay? Ich lerne, eine ordentliche Hausfrau zu sein – bügeln und nähen und Kuchen backen und was weiß ich noch alles... Marmelade einkochen... Wie wär's damit? Ich koche meine eigene dämliche Marmelade ein, fülle sie in kleine Gläser ab, klebe kleine Schildchen drauf, auf denen ‹Aus Gillians Küche› steht, und kipp sogar noch Alkohol drauf. Mit Alkohol kenn ich mich jedenfalls aus. Ich könnte ja auch eine Schürze umbinden, was meinst du? Stell dir vor, ich in einer beknackten Schürze mit kleinen Rüschchen und einer großen Schleife...»

Carole Rose beobachtete, wie Gillian vor ihren Augen in der roten Ledernische zusammenbrach und schluchzend die Hände vors Gesicht schlug.

«Ist ja gut, Gillian», sagte Carole Rose ruhig. «Beruhig dich, Gillian, ist ja okay.»

Es gab eine Menge wunderbarer Dinge an Christopher, abgesehen davon, daß er gut zu mir und sehr nett war;

leider fiel mir bei unserem Gespräch nichts davon ein. Das einzige, was mir in diesem Moment einfiel, war eine Begebenheit, die ich Carole Rose nicht unbedingt erzählen wollte – es war eins von den Dingen, die verlieren, wenn man sie in Worte faßt, eins von den Dingen, die man selbst erlebt haben muß, um ihren Reiz nachvollziehen zu können.

Es war auf einer Wiese. Wir waren unterwegs nach Ojai, wo wir das Wochenende verbringen wollten, ein netter, kleiner Ort an der Küste nördlich von L. A., und ich hatte ihn gebeten, anzuhalten, weil mir übel war; er stieg mit mir aus, und wir standen nebeneinander auf einer Wiese am Straßenrand.

«Alles in Ordnung?» fragte er und sah mich an.

«Klar», antwortete ich und lächelte.

«Gut.»

«Mir geht's gut; es wird bestimmt schön.»

Er sah mich an. «Wunderschön», sagte er ernst. Er lächelte nicht, sein Gesicht war ganz feierlich, und plötzlich fing er aus heiterem Himmel an zu singen:

«Now someone said they just came back from somewhere,
a friend of mine that I don't even know,
He said there's lots of fun if we can get there,
if that's the case, that's the place, the place we want to go …»

Ich starrte ihn an. Christopher William Hall sang, einfach so, mitten auf einer Wiese.

«We gotta get goin, Where we goin, Whatta we gonna do.
We're on our way to somewhere, the three of us and you …»

Es war «Cuanto le Gusta», ein Lied, das Carmen Miranda immer mit Bananen auf dem Kopf gesungen hatte und das meine Mutter immer geträllert hatte, wenn sie im Wohnzimmer Staub wischte.

«What'll we see there, Who will be there, What'll be the big surprise,
There may be caballeros, With dark and flashing eyes...»

Ich war sprachlos. Er tanzte einen Samba um mich herum. Ich konnte mich kaum halten vor Lachen.

We're on our way, pack up your pack, and if we stay, we won't come back, How can we go, We haven't got a dime,
But we're going, And we're gonna have a happy time – sing, Gillian – cuanto le gusta, le gusta, le gusta...»

Ich sang mit. Wir sangen und tanzten Samba auf der Wiese. Im Gegensatz zu mir kannte er nicht nur sämtliche Strophen, sondern sogar die letzte Zeile, die der Chor singt: Ich nehm den Zug, und du nimmst das Schiff, und ich nehm das Flugzeug und du reitest auf 'ner Ziege. Es war einfach unglaublich. Christopher sang mitten auf einer Wiese «Cuanto le Gusta». Das konnte ich Carole Rose nicht erzählen; irgendwie dachte ich, sie würde es nicht verstehen. Nein, das stimmt nicht... sie hätte es schon verstanden, sie hätte wahrscheinlich angefangen zu weinen. Ich erzählte es ihr nicht, weil es irgendwie zu persönlich war.

Carole Rose war meine Brautjungfer und Harry mein Brautführer. Beide trugen Dunkelblau, und während der gesamten Zeremonie – sofern man dieses eher nüchterne Intermezzo so nennen kann – zerrupften sie Unmengen von

Kleenextüchern. Ein Freund von Harry traute uns an einem Sonntag im September um zwölf Uhr mittags im Salon von Harry und Lil Witzers geräumigem Haus in Bel Air. Die gesamte Hochzeitsgesellschaft paßte zwischen Lils Flügel und die Brokatklubsessel vor ihren Verandatüren: ich, Christopher, Carole Rose, die Witzers und Richter Isenberg. Es gab keinen Bischof, keinen Pfarrer, keinen Rabbi, «kein gar nix», wie meine Mutter sagen würde. Meine Mutter, Lew und Christophers Eltern waren nicht eingeladen. Christopher hatte mich gefragt, ob es mir recht sei, wenn wir die ganze Angelegenheit möglichst diskret über die Bühne bringen könnten. Ich sagte, «diskret» sei mir recht – es war so diskret, daß ich es, milde ausgedrückt, selbst kaum mitbekam.

Das einzige, was ich von meiner Hochzeit noch in Erinnerung habe, ist, daß die weiße Bibel, die mir meine Mutter geschickt hatte, in meinen Händen zitterte und daß hinter dem Richter und den Verandatüren ein Eichhörnchen in einem Avocadobaum einen Heidenlärm veranstaltete, daß die Vorspeisen verkocht und ungenießbar waren, daß die Torte zu süß war und die Sprinkleranlage während Harrys Toast anging und sich nicht mehr abstellen ließ. Die Klempner kamen, als wir bereits am Gehen waren. Das war's auch schon, und ich war plötzlich mit einem Mann verheiratet, den ich kaum kannte.

Gillian spürte, daß Christopher sie beobachtete. Sie saß auf der kleinen geblümten Couch und hatte die letzten drei Seiten immer wieder gelesen, um seinem Blick nicht begegnen zu müssen. Sie lehnte sich leicht gegen die Kissen, die sie sich in den Rücken geschoben hatte.

«Wie fühlst du dich?» fragte er.

«Bestens», sagte sie lächelnd, ohne aufzublicken, als wäre

alles in bester Ordnung. Aber das war es nicht. Das war es ganz und gar nicht. Sie hatte leichte Blutungen. Das heißt, es war wohl eher ein Sturzbach, denn sie spürte, daß ihre *beiden* Binden schon ganz vollgesogen waren, obwohl sie sich so gut wie nicht bewegt hatte. Sie saß seit mindestens zwei Stunden mit einem Buch auf dem Schoß auf ein und demselben Fleck auf der kleinen geblümten Couch.

«Wir könnten den Arzt noch mal anrufen, auch wenn er gesagt hat, wir sollten noch etwas warten.»

«Ich weiß.»

«Gillian?»

«Mmm?»

«Sieh mich an.»

Sie hob den Kopf. Er kniete halb vor ihr; er legte seine Hände zärtlich auf ihre Knie. «Ich liebe dich, Gillian.»

«Ich weiß.»

«Wir können noch mehr Kinder bekommen ... ich meine, wenn es mit diesem nicht klappt ... wir haben doch Zeit.»

«Ich weiß. Acht Kinder ... vielleicht zwölf ...» Sie legte den Kopf schief und sah ihn an: «Zehn? ... wie wär's mit zehn?»

«Es wird schon alles gutgehen», sagte er und lächelte sie an. Dann beugte er sich vor und gab ihr einen Kuß auf die Stirn, lehnte sich wieder zurück und sah sie an. «Ist wirklich alles in Ordnung?»

«Ja.»

«Ähm, blutest du?»

«Ja.»

«Meine Güte. Ist es stark?»

«Ich weiß nicht, ich glaub schon ... ich hab keine Ahnung, was viel ist; ich mach das zum erstenmal.»

«Mein Gott. Laß uns den Arzt anrufen.»

«Nein, wir tun, was er gesagt hat, wir warten noch, okay?

Und paß besser auf, für einen Episkopalisten nimmst du verdammt oft das Wort ‹Herr› in den Mund – du könntest Probleme mit der Kirche kriegen.»

«Gillian, bist du sicher?»

«Absolut, spätestens, wenn dir so ein paar Bischöfe hinterherschleichen, die Mühe haben, ihre wallenden Talare unter ihren Trenchcoats zu verbergen –»

«Gillian – ich meinte, ob wir noch warten sollen, bis wir den Arzt anrufen.»

«Ja, wir machen's so, wie er gesagt hat.»

Christopher sah sie an und lächelte. «Ich liebe dich. Ich liebe dich so sehr.»

«Ich weiß.» Sie schüttelte den Kopf und seufzte. «Reizende Flitterwochen, was, Christopher? – statt drei Wochen auf Maui zu schnorcheln, kannst du drei Wochen lang zusehen, wie eine Frau auf einer geblümten Couch ihr Baby verliert; ganz schön mieser Deal... wenn ich du wäre, würde ich die Ehe annullieren lassen.»

«Wir haben das Baby noch nicht verloren, Gillian.»

«Okay.»

«Vielleicht verlieren wir es ja gar nicht.»

«Ich weiß.»

«Vielleicht schafft es das Kleine ja.»

«Okay... reden wir nicht mehr darüber, ja? Okay?» Sie lächelte schwach und blickte wieder auf ihr Buch.

Christopher blieb noch ein paar Minuten vor ihr knien, aber da sie ihn nicht mehr ansah, stand er auf, ging um den Beistelltisch herum und durchquerte das Wohnzimmer.

«Möchtest du etwas Saft?»

«Nein danke.»

«Ein Glas Milch?»

Sie sah ihn an. «Ich hasse Milch, Christopher. Ich muß davon brechen.»

Er lachte. «Stimmt, tut mir leid; das hab ich ganz vergessen.»

«Schon gut.»

«Es tut mir wirklich leid.»

«Chris … bitte …»

«Okay.»

Was machte ich da nur? Ich bekam das falsche Baby vom falschen Mann, oder vielleicht war es ja das richtige Baby vom falschen Mann. Tatsächlich bekam ich nichts, was nur entfernte Ähnlichkeit mit einem Baby gehabt hätte, weil es nämlich überhaupt kein Baby mehr war. Es hatte sich in seine Bestandteile aufgelöst; Klümpchen, Gewebe und Blut fanden sich in meiner Unterhose wieder. Es war das furchtbarste, abscheulichste, beängstigendste, ekelhafteste, beklommenste Gefühl, das ich je hatte. Teile von einem Baby kamen aus mir heraus; Teile von einem Baby, das mir so fremd war, als hätte es überhaupt nichts mit mir zu tun; Teile von einem Baby, das ein Mann gezeugt hatte, den ich nicht mal kannte, ein Mann, der zufällig auch noch mein Ehemann war. Mein was? Hallo, hallo. Erde an Gillian. Gillian, bitte kommen … hallo?

Und wer war eigentlich diese nette, sanfte, reizende, fügsame Person, die nur noch Witze machte? Wo war die Wilde von Borneo, die tanzende, lachende «Heilige Hure», von der Anthony behauptet hatte, man sollte sie am besten die ganze Zeit über festbinden? War sie mit ihm gestorben? War sie tot? Und wen interessierte es? Mich gewiß nicht, ich lief sowieso wie narkotisiert herum.

Natürlich verloren wir das Kind. Ich hätte es wissen müssen.

Weiße Lampen, weiße Wände, kaltes, grelles weißes Licht, frostigweiß, Stahltisch, Stahl, Metall, eiskaltes Metall, eisiges weißes, blendendes Licht, wer zog mir Strümpfe an?

«Anthony?»

«Okay, wir werden Sie jetzt hier rüberlegen», sagte die Stimme. «Kommen Sie, Mrs. Hall, rücken Sie noch ein bißchen rüber; okay, das war's.»

Mrs. Hall? Wer war Mrs. Hall? Einer packte meine Schultern und der andere meine untere Hälfte... Außerirdische, ich war von Außerirdischen entführt worden...

«Kalt», sagte ich.

«Es ist gleich vorbei, und dann haben Sie's wieder gemütlich und warm.»

Für wen hielten die mich eigentlich – eine Vierjährige? Als nächstes würden sie mir wohl Marmeladenbrot und Kakao und ein Stoffhäschen bringen.

«Okay, Gillian, gleich spüren Sie überhaupt nichts mehr, zählen Sie bitte mal rückwärts.»

Eine Männerstimme. Tief, kräftig, erwachsen... wer zum Teufel... der Kapitän des Schiffs... der Ober-Außerirdische?

«Kommen Sie, Gillian, zählen Sie... –»

«... eene meene muh und raus bist du», sagte ich.

Lachen. Irgend jemand lachte. Das hörte ich. Offenbar hatten sie hier Humor.

«Los, Gillian... einhundert, neunundneunzig, achtundneunzig – los, zählen Sie, tun Sie's für mich.»

«Wenn Sie's so gut können, dann machen Sie's doch selbst, wozu brauchen Sie mich dann noch?»

«He, die ist wirklich witzig.»

Wer sagte das?

«Kommen Sie, Gillian, sechsundneunzig, fünfundneunzig...»

«Vierundneunzig, wo ist Anthony?»

«Prima, weiter so... dreiundneunzig...»

«Zweiundneunzig...» Warum konnte dieses bescheuerte Baby denn nicht bleiben, wo's war?

«Einundneunzig...»

«Alle freuen sich.» Worüber eigentlich?

«Achtundachtzig...»

«Lacht sich? Lacht sich bestimmt ins Fäustchen...»

«Siebenundachtzig...»

«Das Baby macht sich...» Und wenn nicht? Dann kommt's in den Himmel. Oh, das ist gut, dann ist es bei Anthony... im Himmel auf Tournee... o Gott, mein geliebter Anthony...»

«Wer ist Anthony?»

«Keine Ahnung – vielleicht heißt das Baby so.»

«Kommen Sie, Gillian, weinen Sie nicht, Sie brauchen nicht zu weinen, zählen Sie nur weiter... Gillian, kommen Sie... nicht weinen.»

Kommen Sie nur zu mir herauf, meine Herrschaften, zählen Sie rückwärts, dann kommen auch Sie in den Genuß einer D und K. Dilatation und Kürettage. Brot und Butter. Dick und Doof. Wir kratzen so lange an dieser Gebärmutterwand herum, bis sie wieder wie neu ist. Noch irgendwelche Spuren von einem sich auflösenden Baby vorhanden? Nein, Sir, hier drin ist alles wie geleckt. Kein Baby mehr. Nicht die Spur von einem Baby.

«Oh, mir ist so schlecht.»

«Schon gut, Liebes, ich halte dir die Schüssel.»

«Es tut mir leid... Carole Rose... o Gott...»

«Ist ja schon gut, Gillian, wozu sind denn Freundinnen da? Okay... gut so... okay.»

«Wie geht's ihr?» fragte Christopher. Er war blaß und sah verheerend aus und hielt gebührenden Abstand zum Bett. Er war keinen Schritt näher gekommen, seit sie Gillian aus dem Aufwachraum heraufgebracht hatten. «Ist alles in Ordnung?»

«Klar», sagte Carole Rose. Sie lächelte ihn an und weinte gleichzeitig. «Ihr geht's gut, einfach prima. Sie hat nur gerade ein Baby aus ihrer Gebärmutter rausgekratzt gekriegt und kotzt sich die Seele aus dem Leib, aber sonst geht's ihr ausgezeichnet. Wir Frauen machen so was nämlich ständig.»

Carole Rose hatte recht gehabt, wir waren beide noch nicht über Anthonys Tod hinweg, aber jetzt hatte ich zwei «Babys», um die ich trauern konnte – eins, das ich immer lieben würde, und ein zweites, das ich nicht mal kennenlernen durfte. Nicht unbedingt die beste Voraussetzung für eine neue Ehe, könnte man sagen.

Mollie

Und so begann ich mein Leben wieder, und dann tauchte mein Vater auf, aus heiterem Himmel, als hätte er auf dem Linell Boulevard auf einer großen Plakatwand gelesen, daß Julie endgültig fort war. Er hatte kein Wort mit mir gesprochen, seit ich Jules geheiratet hatte. Wir waren uns nur einmal begegnet, bei Sandys Beerdigung, aber was er da sagte, weiß ich nicht, weil ich nicht hinhörte. Auch das war schon Jahre her, und seitdem hatte ich ihn nicht mehr gesehen.

Er hatte Gilliana noch nie gesehen; er hatte sich nicht einmal nach ihrer Geburt bei mir gemeldet. Was ihn betraf, so war ich für ihn gestorben, solange ich mit diesem *Taljaner* verheiratet war.

Und dann klopfte es eines Sonntagmorgens an die Tür, ich öffnete, und er stand davor. Er nahm seinen Hut ab, hielt ihn in den Händen, brummelte irgendwas, was ich nicht verstand, und blickte finster drein. Ich sagte kein Wort, mir krampfte sich der Magen zusammen, als ich ihn da so stehen sah, und dann kam Gilliana angerannt – sie war acht, sie hatte gerade ihren achten Geburtstag gefeiert –, lächelte diesen Fremden in Anzug und Schlips, der ihr Großvater war, an und fragte: «Mom, wo ist mein grüner Pullover – den ich immer zu meinen Jeans anziehe? Claudia und ich wollen ins Parkmoor und in die Show.»

«Dos kindt kickt ojs wi dem mama», sagte mein Vater leise.

«Ja», gelang es mir zu flüstern.

«Was?» fragte Gilliana und kicherte.

«Ir ojgn», sagte er und sah mich an.

Er hatte recht, Gilliana hatte die Augen meiner Mutter, große, braune Augen mit langen Wimpern und dicken Brauen. Die schönen Augen meiner Mutter lachten mich aus dem Gesicht meiner Tochter an.

«Was?» fragte sie wieder. «Was hat er gesagt?»

«Ich sage», sagte mein Vater mit seinem starken russischen Akzent zu ihr, «daß du siehst aus wie dein Großmutter, vor allem die Augen.»

«Wirklich?» Sie blickte von mir zu ihm. «Du meinst, ich sehe aus wie Sophia? Aber sie hat graue Augen, und ich hab braune.»

Sein Gesicht verfinsterte sich; er machte eine wegwerfende Handbewegung, als existierte Sophia überhaupt nicht. «Wos? Ich spreche von Awa, du hast Augen von Awa», sagte er mit Bestimmtheit.

Das war typisch für meinen Vater; er tauchte ohne Vorwarnung auf, und bevor er auch nur einen Fuß über die Schwelle gesetzt hatte, brach er schon einen Streit vom Zaun.

«Komm rein, Pa», sagte ich.

Mein Vater war also wieder da, mit seiner ganzen Rechthaberei und Verbohrtheit und seiner Unfähigkeit, einen Fehler einzugestehen. Für ihn war alles ganz einfach – das Ganze war meine Schuld, weil ich einen Italiener geheiratet hatte; deshalb mußte er sich von mir abwenden, und er hatte ja wohl recht gehabt, es war schiefgegangen. Das einzige, was ich über sein jahrelanges Schweigen aus ihm herausbekam, war ein leises, aber inbrünstiges: *«Ich bin schuldik»*, was bedeutete, daß ihm Sandys Tod «leid tat».

Natürlich tat es ihm nicht leid, daß er nicht auf mich zugegangen war, als unser Kind starb, und die Vergangenheit einfach ruhen ließ; nein, es tat ihm nur leid, daß sie gestorben war, und damit mußte ich mich zufriedengeben. Aber so war mein Vater nun einmal; ich wußte, daß ich nicht zuviel erwarten durfte, dann würde ich auch nicht so sehr enttäuscht werden.

Er war wieder da und brachte Gilliana Dame und Domino bei und kaufte ihr einen Hund. Dafür hätte ich ihn am liebsten umgebracht, aber das kümmerte ihn nicht. Er kaufte ihn einfach und brachte ihn uns, ohne mir vorher etwas davon zu sagen. Das war auch typisch für meinen Vater; es gab keine Diskussion, er tat, was er wollte, mit oder ohne meine Zustimmung.

«*Tswantsik tollah* und mit Bett, Malja – wer kennt so ein Angebot widerstehn?»

Wenigstens war es ein kleiner Hund, denn unsere Wohnung war kaum groß genug für mich und Gilliana, geschweige denn für einen Hund. Es war ein sechs Wochen altes weißes Hündchen mit braunen Flecken, das mein Vater für zwanzig Dollar einer Frau abgekauft hatte, die mit einem Karton mit sechs jungen Welpen vor A & P gestanden hatte; wie es aussah, hatte man sich nach einigem Hin und Her darauf geeinigt, daß die Frau noch ein Hundekörbchen mitlieferte. Als Pa das Hündchen kaufte, paßte es gerade in Gillianas Hand, und sie verliebte sich auf der Stelle in das Tier und taufte es Fleckchen. Das hatte mir gerade noch gefehlt, mein wieder aufgetauchter Vater und ein Fleckchen.

Wir hatten vereinbart, daß Jules Gilliana einmal die Woche sehen durfte, und wenn er sie abholte und wieder zurückbrachte, blieb ich meist im anderen Zimmer. Er sollte eigentlich jeden Sonntag mit ihr verbringen, und manchmal tat er es und manchmal nicht.

«Halt dich da raus, Mollie. Wenn er ein guter Vater sein will, dann kommt er, und wenn nicht, dann läßt er's», sagte Dell.

Wenn er sich also mit Gilliana verabredete und sich dann nicht blicken ließ, behielt ich meine Kommentare für mich. Mein Vater war da anderer Meinung.

«A richtike Schlawiner», sagte er und schlürfte seinen Tee.

«Schon gut, Pa...»

«Hab si in drerd.»

«Pa, das reicht.»

«Oh? Ich lige? Eine Mann, der keinen Zeit hat für seine Kind, is nix gut, Malja, wos?» Er trank noch einen Schluck Tee; der Löffel in seinem Glas verfehlte knapp sein Auge.

Ich sah ihn an, und er erwiderte meinen Blick. «Wos? Wos, Malja? Ich lige?»

«Laß doch gut sein... bitte, Pa, okay?»

Er schüttelte den Kopf und stellte sein Glas hin.

«No... wos is mit eine Stick Kuchen für deine alte Papa?»

Er kam drei-, viermal die Woche vorbei, immer unangemeldet; man wußte nie, wann er auftauchte und wie lange er bleiben würde, und er mischte sich bereits kräftig in mein Leben ein.

Es gab keinen Mann in meinem Leben, was mir ganz recht war. Aber hin und wieder ging ich schon aus, aber eigentlich nur, weil ich nichts Besseres zu tun hatte und mich Dell immerzu drängte.

«Du lernst bestimmt jemanden kennen.»

«Ich hab keine Lust, und außerdem muß ich mir die Haare waschen.»

«Du hast dir doch erst gestern die Haare gewaschen.»

«Dann wasch ich sie eben heute wieder.»

«Mollie...»

«Was?»

«Du kannst jemanden kennenlernen.»

«Ich hab keine Lust.»

So ging es immer hin und her. Ihrer Theorie nach war es nicht wichtig, ob einem der, den man kennenlernte, gefiel, aber er könnte einen vielleicht mit jemandem bekannt machen, der möglicherweise der Richtige war. Mir schien das alles äußerst aufwendig; wer hatte schon Lust, sich herauszuputzen, nur um jemanden kennenzulernen, der doch nicht der Richtige war? Nicht, daß ich überhaupt einen «Jemand» gewollt hätte – ganz bestimmt nicht. Aber Dell lag mir ständig in den Ohren, und so ging ich ab und zu mit – zu einem Vortrag, einem geselligen Abend, einer Tanzveranstaltung, überall, wo man Leute kennenlernen konnte. Mir war es egal, ich ging nur mit, damit ich meinen Frieden hatte. Ich saß dann den ganzen Abend mit meiner Handtasche auf dem Schoß da und wartete darauf, endlich wieder nach Hause gehen zu können.

Wenn ich gelegentlich doch jemanden kennenlernte oder mir jemand vorgestellt wurde und dieser Jemand mich einlud, selbst wenn es nur zu einer Tasse Kaffee war oder ins Kino, dann gingen bei meinem Vater schon sämtliche Warnlampen an. Ganz egal, wer dieser Jemand war oder was er machte, in den Augen meines Vaters taugte er nichts.

«Wer is diese Bursche?»

«Wer?»

«So eine Mann, hab ich gehert.»

«Pa, es gibt niemanden, hör auf.»

«Vielleicht ich hab von eine kleine Piepmatz gehert, daß du mit eine Mann zusammen warst.»

«Ich war essen, das ist alles.»

«Mit wos far Mann?»

«Mit niemand.»

«Wos? – Es war ein *schejgets, efscher*? Is das Grund, warum du mich beligst?»

«Pa, es war kein *schejgets*, es war ein netter jüdischer Mann aus Chicago, der für Barad Lingerie arbeitet.»

Er grinste hämisch. «Wos is das far Mann, der Slipfer verkauft. Hm? Sag mir. Wos far unmegliche Mann?»

Manchmal mußte ich einfach lachen; er war einfach unmöglich.

Ein Jahr verging... und noch eins... und dann lernte ich einen Mann kennen. Ich traf mich ab und zu mit ihm, das war alles. Er hieß Paul Fredericks, wohnte in Atlanta und war sehr nett und äußerst gebildet. Er war ein pensionierter Geschäftsmann, der viel herumreiste und Vorträge hielt. Ich lernte ihn eines Abends bei einem Treffen der Jüdischen Kriegsveteranen kennen, wo er an diesem Abend der Gastredner war. Daß ich ihn überhaupt kennenlernte, war ein großer Zufall. Er fragte, ob jemand wüßte, wo die ganzen guten italienischen Restaurants in St. Louis seien, und irgend jemand sagte: «Fragen Sie mal Mollie», und das tat er, und dann fragte er, ob er mich nicht einladen dürfe, und ich wollte schon nein sagen, dachte dann aber: warum eigentlich nicht? Dell würde mich endlich in Ruhe lassen, wenn ich mit ihm ausging, und so ließ ich mich von ihm ins Ruggeri einladen und aß überbackene Ravioli und verbrachte einen sehr netten Abend. Von da an ließ ich mich jedesmal von ihm ausführen, wenn er in die Stadt kam, um einen Vortrag zu halten.

«Is Fredericks jiddische Name?» fragte mein Vater. Er saß am Küchentisch und sah mir beim Bügeln zu.

Ich stellte die Sprühflasche hin. «Ich hab dir doch schon gesagt, daß ich es nicht weiß.»

«Hm.»

Ich schob das Bügeleisen um die Manschette meiner Bluse herum. «Warum stellst du nicht das Radio an?»

«Das is keine jiddische Name, unmeglich. Ich wißte es, wenn es jiddische Name wär.»

Ich hängte die Bluse auf einen Bügel an die Rückseite des Küchenstuhls und knöpfte sie zu. Dann drehte ich das Radio an und suchte einen Sender, der Musik brachte. Dann nahm ich die nächste feuchte Bluse vom Wäscheberg und breitete sie aus.

«Wahrscheinlich hat er ihn geändert, um jemanden hinters Licht zu führen.»

Nat King Cole sang «Stardust», und ich pfiff dazu, während ich das Bügeleisen auf dem Ärmel hin und her schob.

«Schejne jiddische Name… is eine *schandeh*… wos is richtige *lantsman*, gibt seine schejne Name nicht auf.»

«Hör mal zu, Pa, wie schön er singt.»

«Wer?»

«Nat King Cole.»

«Das is auch keine jiddische Name.»

«Er ist ja auch kein Jude, Pa.»

Er warf mir einen Blick zu. «Das sag ich ja, Malja. Wer hat schon mal wos von jiddische Kohl gehört? Ein Kenig meglicherweise, aber kein Kohl.»

Ich mußte das Eisen absetzen, so sehr mußte ich lachen.

Natürlich ahnte ich, daß mein Vater etwas im Schilde führte, aber ich hätte nie gedacht, daß er so weit gehen würde. Eine Woche später kam er eines Abends nach dem Essen hereingeschneit. Gilliana badete gerade.

«Wos guckst du mich so an? Weißt du nicht, wos ich rede?»

Er hob die Stimme, als könnte ich ihn besser verstehen, wenn er lauter sprach, und fuhr fort: «Eine *lantsman*, Malja, eine Freind… aus alte Heimat… aus Berditschew, meine schejne Heimat.»

«Ich weiß, was ein *lantsman* ist, Papa.»

«Wos machst du fir komische Gesicht?»

«Ich mach überhaupt kein komisches Gesicht; ich hab nur noch nie was von diesem Mann gehört.»

«Natirlich, ich kenn ihn schon ganzes Leben, ich hab oft von Freind erzählt.»

«Mir nicht, Pa.»

«Natirlich, Malja.»

«Nein, wirklich nicht.»

«Doch, Malja, ich spreche von Sam Shapeskovsky viele Male.»

Er trank geräuschvoll einen Schluck Tee und sah mich weiterhin unverwandt an. Ich schnitt ein Stück Mohnstollen ab und legte es auf seinen Teller.

«Danke schen, *klejna*.»

«Mm-hm.»

«Wos hab ich erzählt?»

«Keine Ahnung, von Sam Shapes-sowieso.»

«Shapeskovsky, Sam Shapeskovsky, meine gute, alte Freind aus schene Heimat sein Sohn.»

«Mm-hm.»

«Sein Sohn, er wohnt hier in Nähe, Malja.»

«Mm-hm.»

«Wos is? Warum sagst du immer nur ‹mm-hm›?»

«Ich hör dir zu.»

«Dos is gut. Er kommt hierher.»

«Wo kommt er hin?»

«No hier.»

«Nach St. Louis?»

«Nach St. Louis, in Wohnung in Shaw Avenue, in ‹schejne› *Taljaner*-Gegend... wo meine *klejna* wohnt... zum Kaffee. Sonntag.»

«Was?»

«Sonntag.»

«Diesen Sonntag? In meine Wohnung?»

«Mm-hm», sagte er. «Siehst de, Malja, ich kann auch ‹mm-hm›.»

«Pa, du hast ihn hierher eingeladen? Einen wildfremden Menschen?»

«*Wos mejnstu* ein wildfremde Mensch? Das is Sohn von mein *lantsman*, is kein Fremder.»

«Pa, ich will nicht, daß jemand, den ich überhaupt nicht kenne, zum Kaffee kommt.»

«Wos is, warum hast du pletzlich nächste Sonntag was vor?»

«Das hat nichts damit zu tun. Ich kenne diesen Mann überhaupt nicht.»

«Ich auch nicht. Wir lernen zusammen kennen, Malja, wir trinken Kaffee. Und du kaufst eine schejne Kuchen, Malja. Mit schejne Schokolade drauf… wos Besonderes fir Sohn von meine alte Freind.»

Ich sah ihn an. «Warum, Pa?»

«Weil er Sohn is von mein *lantsman* Sam Shapeskovsky, hab ich dir gesagt, darum. Wos is los mit dir, Malja? Verstehst du pletzlich keine Englisch mehr?»

Er hieß nicht Shapeskovsky; der Sohn vom alten Freund meines Vaters hieß Bill, Bill Shapell. Er hatte wohl seinen Namen geändert, als er nach Amerika kam. Ich habe keine Ahnung, wie er auf «Bill» kam; ich hatte noch nie einen jüdischen Bill gekannt, aber ich sagte nichts zu meinem Vater, der den Gastgeber spielte und sich in meinem Wohnzimmer sichtlich wohl fühlte.

«Noch Kaffee *efscher*, wos Bill? Malja, vielleicht will Mr. Bill noch eine Kaffee.»

Ich griff nach der Porzellankanne.

«O nein, wirklich nicht, vielen Dank, Mr. Kramer, ich bin voll.» Er legte die Hand in Augenhöhe vors Gesicht. «Bis hierhin.»

Mein Vater bekam fast einen Lachanfall. Es war nicht zu übersehen, daß er Bill Shapell äußerst witzig fand. Ich nicht. Das war ebenfalls nicht zu übersehen; ich sagte nämlich so gut wie kein Wort. Ich war wütend auf mich, weil ich mich hatte überrumpeln lassen, und auf meinen Vater, der das Ganze eingefädelt hatte, und selbst auf den armen Bill, der mir gegenübersaß und in unserer gut geheizten Wohnung schwitzte, weil er sein Jackett anbehalten hatte. Es war kariert und sicher sehr modisch, aber für meine Begriffe etwas zu aufdringlich. Das galt auch für seinen Schlips, auf dem orangefarbene Flamingos saßen. Und der protzige Goldring an seinem kleinen Finger glitzerte vor Diamanten. Seine Witze waren furchtbar, und er lächelte zuviel, und seine auf Hochglanz polierten braunen Schuhe strahlten wie zwei Glühbirnen. Bill Shapell stellte sich später als ein sehr netter Mensch heraus, aber an diesem Nachmittag hätte ich ihm am liebsten die Kaffeekanne an den Kopf geworfen.

Er wohnte weder in St. Louis noch irgendwo in der Nähe; er wohnte in einer Stadt namens St. Joseph, von der ich noch nie etwas gehört hatte. Um mich zu besuchen, mußte er erst nach Süden und dann quer durch Missouri fahren. Ich hatte keine Ahnung, was er in meinem Wohnzimmer zu suchen hatte; ich wußte nur, daß mein Vater irgend etwas vorhatte, und wie ich meinen Vater kannte, konnte das nichts Gutes sein.

«Waren Sie lange verheiratet, Mollie?»

«Ja.»

«Zu lange», sagte mein Vater. Ich sah ihn an, und er wandte den Blick ab.

«Und wo ist die hübsche Tochter, von der mir Ihr Vater erzählt hat?»

«Sie ist bei ihrem Vater.»

«Ich verstehe. Wie alt ist sie?»

«Elf», antwortete ich.

«Ihre nixnutzige Papa macht iberhaupt nix mit ihr... is reine Wahrheit... geht in Park und steht nur rum und hält Maulaffen feil.»

Ich trank noch einen Schluck Kaffee, damit mir nichts Falsches herausrutschte.

«So...», sagte Bill Shapell.

Ich starrte weiter in meine Tasse.

«So», sagte mein Vater. «Und wos machen Sie, Bill?»

«Oh, ich mache in Reifen, Mr. Kramer; ich habe eine Goodyear-Vertretung.»

«Goodyear, ja, das is gute Name.»

«O ja, Sir, Mr. Kramer, der beste.»

«Bill macht in Goodyear, Malja, wos sagst du, noh?»

«Sehr schön.»

«Besser als schejn», korrigierte mich mein Vater. «Goodyear sind Beste.»

Ich hätte meinem Vater besser die Kaffeekanne an den Kopf werfen sollen.

Bill war fünf Jahre jünger als ich und hatte nie geheiratet. Er erklärte, daß er nie «das richtige Mädchen» für eine längere Bindung gefunden hätte. Ich wollte klarstellen, daß ich nicht «das richtige Mädchen» war, aber ich hielt den Mund. Dreieinhalb Stunden lang trank er Kaffee und aß Schokoladenkuchen mit Röschen aus Zuckerguß; dann stand er auf und sagte, es sei Zeit, daß er ginge. Pa versuchte ihn zu überreden, noch etwas zu bleiben, aber als er sagte, er hätte eine lange Fahrt vor sich, zeigte mein Vater Verständnis.

«Malja geht mit zu Ihre Maschine, Bill.»
«Wie bitte?»
«Wos – wie bitte?»
«Er meint Ihren Wagen», sagte ich.
«Ach ja, natürlich, meine Maschine. Das ist russisch, stimmt's?»
«Ihre Wagen... manchmal ich vergesse meine Englisch, und dann kommen alte Wörter, aber ich bin alter Mann, wos ich kann machen?»
Bill Shapell lachte. «Sie sind doch noch kein alter Mann, Mr. Kramer.»
«Noh, ich bin nicht mehr der Jingste...»
Bill Shapell lachte noch mehr. «Nein, das sicher nicht, aber auf mich machen Sie noch einen recht rüstigen Eindruck.»
«Wie heißt es so schejn? Nicht schlecht far eine *altehkocker.*»
Wieder lachte Bill Shapell, und mein Vater lachte mit; ich stand da wie ein Türpuffer und sagte keinen Ton.

Mein Vater beobachtete uns vom Fenster aus; er versteckte sich weder hinter den Vorhängen, noch versuchte er, sich sonst irgendwie unsichtbar zu machen, er stand einfach da und beobachtete uns, wie wir an der Tür von Bills funkelndem weißem Cadillac Eldorado Cabriolet standen, das vor meiner Wohnung geparkt war. Die Reifen waren an der Außenseite weiß, und man konnte das Wort «Goodyear» darauf so deutlich lesen, als hätte er die Buchstaben mit einer Zahnbürste geschrubbt.
Ich streckte meine Hand aus, und er schüttelte sie.
«Es war schön, Sie kennenzulernen, Bill.»
«Ganz meinerseits», sagte er lächelnd.
«Und kommen Sie wieder gut nach St. Joseph.»

«St. Joe, wir nennen es St. Joe.»

Ich lächelte. «Okay, kommen Sie wieder gut nach St. Joe.»

Er lächelte. «Ich würde Sie gern mal anrufen, wenn es Ihnen recht ist, Mollie. Oder werden Sie lieber Malja genannt?»

«Nein, Mollie ist schon in Ordnung.»

«Mollie.»

Er hatte ein paar Schokoladenkrümel auf seinen Revers. Mir kam der Gedanke, daß die braunen Krümel gut zu seinen Schuhen paßten. Ich spürte den bohrenden Blick meines Vaters auf meinem Hinterkopf.

«Also, wie wär's? Kann ich Sie anrufen?»

«Bill, Sie sind ein sehr netter Mann...»

«Vielen Dank.»

«...und es ist auch sehr nett von Ihnen, daß Sie mich anrufen wollen, aber ich will ehrlich zu Ihnen sein.»

«Natürlich, und ich will auch ehrlich zu Ihnen sein, Mollie. Ehrlich währt am längsten, wie's so schön heißt. Das ist meine Devise in meinem Beruf und in meinem Privatleben.»

«Natürlich.»

Er lächelte, und ich versuchte es noch einmal. «Sehen Sie, ich –»

«Sie wollen nicht, daß ich Sie anrufe, weil Sie keine Lust haben, mit mir auszugehen?»

«Also, es ist nicht so, daß ich nicht mit Ihnen ausgehen will, es ist nur –»

«Sie denken, daß ich nichts für Sie bin.»

Mir fiel die Kinnlade herunter.

«Ich rede nicht gern um den heißen Brei herum, Mollie.»

«Ich verstehe.»

«So bin ich nun mal. Ich hoffe, ich bin Ihnen nicht zu nahe getreten.»

«Nein, natürlich nicht.»

«Wenn Sie meinen, daß ich nichts für Sie bin, kann ich gut verstehen, daß Sie nicht gern mit mir ausgehen möchten, denn dann würden Sie nur Ihre Zeit vergeuden» – er lächelte wieder – «und meine dazu.»

«Hm.»

«Also dann, hat mich sehr gefreut, Mollie.» Er lächelte wieder, schüttelte meine Hand, als hätten wir gerade ein wichtiges Geschäft abgeschlossen, und öffnete die Wagentür. Ich trat ein paar Schritte zurück, aber dann drehte er sich um und schnalzte mit den Fingern, als wäre ihm gerade eine Idee gekommen. «Mollie, mir ist gerade was eingefallen. Es wäre doch schade um so eine reizende Frau wie Sie... Wissen Sie, ich habe da zwei Freunde in Kansas City – eigentlich sind's Brüder, und beide sind alleinstehend – vielleicht würde einer von beiden Ihnen gefallen... da Sie an mir ja nicht interessiert sind.» Er lachte. «Es sind beides sehr nette Burschen... richtige Gentlemen.» Wieder lachte er. «Keine Angst, sie sind nicht steif oder so, aber sie sind echte Gentlemen... wie wär's, wenn sie Sie mal anrufen und ausführen würden?»

Ich war so entsetzt, daß ich nicht wußte, was ich sagen sollte; ich stand nur da und starrte ihn an. Ich dachte, gleich krempelt er die Ärmel hoch wie dieser Texaco-Mann in der Werbung im Fernsehen und fängt an zu singen: «Wir sind die Männer von Texaco, wir arbeiten von Maine bis Mexiko und machen, was immer Sie sagen, für Ihren Wagen.»

«Hm? Soll ich ihnen mal Ihre Nummer geben?»

«Ich...»

Und dann verwandelte sich sein Lächeln in ein breites Verkäufergrinsen. «Ist doch 'nen Versuch wert, oder, Mollie? – was haben Sie denn schon zu verlieren?»

So lernte ich die Brüder Grimm kennen. Natürlich war das nicht ihr richtiger Name, Dell nannte sie so. Sie nannte sie nur nicht Jacob und Wilhelm, sondern Dideldei und Dideldum.

Mollie schüttelte den Kopf. «Nein, Dell, so hat er sich ausgedrückt; er hat gesagt, *wir* fahren rein und machen einen Besuch.»

«Welcher von beiden?»

«Keine Ahnung, der, mit dem ich am Telefon gesprochen hab.»

«Das ist wirklich das Größte; du importierst Männer aus Kansas City und dann auch noch Brüder – das schlägt ja wirklich dem Faß den Boden aus.»

«Dell, fang nicht schon wieder damit an; es war nicht meine Idee, wie du weißt.»

«Ich weiß, ich weiß, ich mach ja nur Spaß.»

«Ich konnte ihnen doch nicht sagen, daß sie zu Hause bleiben sollen, wenn sie so tun, als wäre alles schon abgemacht. Ich sag dir eins, ich hab eine Stinkwut im Bauch; ich könnte Pa den Hals umdrehen, und was dem Ganzen noch die Krone aufsetzte, er hat mir doch tatsächlich vorgeworfen, daß ich die Sache mit Bill Shapell vermasselt hätte.»

«Was?»

«Oh, du hättest ihn mal hören sollen; er hat gesagt, ich hätte Bill bestimmt erzählt, daß ich schon zweimal verheiratet war, und hätte ihn damit vergrault.»

Dell lachte. «He, Mollie, ist doch okay; vielleicht sind die Brüder Grimm ja zwei ganz tolle Hechte.»

«Na klar, ich seh sie schon richtig vor mir.»

Ich täuschte mich.

Sie waren liebenswert, nett, klein und still und beide fast

identisch angezogen; sie trugen Hüte, die sie aber sofort abnahmen und sich auf den Schoß legten, wo sie während der ersten Stunde ihres Besuchs liegenblieben. Sie trugen dunkle Anzüge und weiße Hemden und schlichte Binder und schwarze Schuhe und sagten kaum ein Wort. Gilliana, Dell und ich versuchten, ein Gespräch in Gang zu bringen, aber vergeblich. Dell benahm sich tadellos; sie war eine perfekte Lady, aber es war für mich so offensichtlich, was sie dachte, daß ich Mühe hatte, ernst zu bleiben. Der Schalk blitzte in ihren Augen.

Sie hießen Keith und Gary Rubin, und beide hatten nie geheiratet; der eine war Kürschner und der andere reparierte Kleingeräte, wie er es nannte – und damit war der Nachmittag gerettet. Sobald er uns erzählt hatte, womit er seinen Lebensunterhalt verdiente, erzählte ihm Gilliana von unserem Toaster und was für ein Problem wir damit hatten, und Gary Rubin sagte, oh, er würde selbstverständlich gern danach sehen und herausfinden, warum der Toast nicht richtig hochsprang, und das veränderte schlagartig alles. Bevor ich einen Ton sagen konnte, lag sein Hut auf dem Beistelltisch, hing die Jacke über der Stuhllehne, hatte er den Schlips gelockert, und unser Toaster lag in tausend Einzelteile zerlegt auf dem Küchentisch. Und er erklärte der faszinierten Gilliana jedes einzelne Teil und wo es hingehörte. Plötzlich redete er. Und der andere Mr. Rubin auch, weil Dell ihm irgendeine belanglose Frage über den Pelzmantel, den sie von ihrer Mutter geerbt hatte, gestellt hatte und er sie dadurch für sich gewann, daß er ihr die Vor- und Nachteile eines Biberpelzes gegenüber einem Persianer erläuterte und ihr errötend versicherte, daß sie in beiden wie eine «Klassefrau» aussehen würde, wenn sie ihm diesen Ausdruck verzeihen wolle.

Die Rubin-Brüder waren reizende Männer; sie waren nur

nichts für mich. Das Gute war, daß sie es wußten, auch ohne daß ich es ihnen sagte, und das war für mich eine Riesenerleichterung. Wir hatten beide so sehr ins Herz geschlossen, daß es mir, als Keith, der ältere von beiden, bei ihrem dritten Besuch bei uns in St. Louis seinen Vorschlag unterbreitete, gar nicht in den Sinn kam, nein zu sagen.

«Sehen Sie, Mollie, wir hatten eine Schwester.»

«Bess», sagte Gary.

«Bess», fuhr Keith fort, «war ein wunderschönes Mädchen...»

«Rotblond», sagte Gary.

«Gary.»

«Entschuldigung.»

Keith nickte. «Ein herrliches Rotblond, wie Sie es sich kaum vorstellen können – ihr Haar war wie Gold, und sie hatte ganz weiße Haut und Sommersprossen. Sie hatte im ganzen Gesicht Sommersprossen und auch an den Händen... einfach überall», sagte er, und dann brach er abrupt ab; man sah, daß es ihm sehr schwer fiel weiterzureden.

«Keiner von uns hat Sommersprossen», fuhr Gary anstelle seines Bruders fort. «Wie Sie sehen, war das in unserer Familie eine Seltenheit.»

Ich schüttelte den Kopf; meine Augen wurden feucht, als ich an Sandys Gesicht dachte, ihre weiße Haut und die niedlichen Sommersprossen auf den Wangen und der Nase.

«Sie war die Jüngste, nach mir, und –» sagte Gary und brach ab.

Ich sah ihn an, dann Keith.

Keith zuckte die Achseln und nickte kaum merklich. «Sie war also unsre kleine Schwester, und sie rannte uns überall hinterher, und wir liebten sie sehr, und dann war sie erwachsen und heiratete...»

«Und war sehr glücklich», sagte Gary.

«Sehr glücklich, ja, sie war sehr glücklich –» Keith hielt inne; er sah seinen Bruder an.

«Und dann», sagte Gary, «... starb sie.»

«Mein Gott», entfuhr es Dell.

«Krebs», sagte Gary leise, stirnrunzelnd. «Überall... es ging ganz schnell...»

«Sie wußte nicht, wie ihr geschah», sagte Keith.

«Und wir auch nicht», sagte Gary.

Keith zuckte wieder die Achseln und zog eine Grimasse. «Ich nehme an, wir wissen's immer noch nicht so recht.»

«Und es ist im Mai schon vier Jahre her.»

«Am ersten Mai», sagte Keith und schloß die Augen.

Schweigend saßen wir zu viert da. Gilliana war schon ins Bett gegangen, und Nat mußte arbeiten; sonst wäre er auch dabeigewesen.

«Mein Gott», sagte Dell. «Was für eine Scheiße.»

Keiner sagte ein Wort, die Brüder schüttelten den Kopf.

«Verzeihung», entschuldigte sich Dell.

«Schon gut», sagte Keith. «Ich empfinde es genauso.»

«Es tut mir so leid», sagte ich. «Es ist einfach furchtbar.»

«Uff», sagte Dell, «wie wär's mit einem Drink?» Sie erhob sich. «Scotch, Keith?»

«Ja bitte, aber nur einen kleinen, mit Wasser.»

«Ich hätte meinen gern pur», sagte Gary.

«Okay», sagte ich und stand auf.

«Bleib nur, Mollie», sagte Dell, «ich mach's schon» und ging zum Wandschrank hinüber, wo ich den Alkohol aufbewahrte. Ich sah die beiden Brüder an. Keith zuckte wieder die Achseln und lächelte mich an.

«Also, Mollie, wir haben Ihnen den eigentlichen Grund, warum wir dieses Thema angeschnitten haben, noch gar nicht erzählt...»

«Ja?»

«Sprecht lauter, ich will nichts verpassen», sagte Dell und schlug mit dem Eiswürfelbehälter gegen die Spüle.

«Er hat gesagt, daß sie Hintergedanken dabei gehabt hätten, als sie uns von ihrer Schwester erzählten.»

«Bess», sagte Gary. – «Bess», wiederholte ich.

«Ach ja?» sagte Dell, ließ die Eiswürfel in die Gläser fallen und schenkte den Scotch ein.

«Ja, wir wollen, daß Mollie Bess' Mann kennenlernt.»

«Was?»

«Was?» wiederholte Dell aus der Küche. «Ich hab's nicht mitgekriegt.»

«Bess' Mann, unseren ehemaligen Schwager. Natürlich empfinden wir nicht so für ihn – ich meine, wie für einen *ehemaligen* … – wir haben immer noch ein sehr gutes Verhältnis.»

«Er ist ein prima Kerl», sagte Gary. «Wir treffen uns oft.»

«Was?» fragte Dell, die mit einem Tablett mit vier Gläsern darauf vor uns stand.

«Wir wollen Mollie unseren ehemaligen Schwager vorstellen», antwortete Keith. «Wir glauben, daß er ihr gefallen wird; wir wollen, daß Mollie Lew kennenlernt.»

Und so lernte ich Lew kennen, meinen geliebten Lew, meinen Schutzengel, wie ich ihn immer nannte, meinen dritten und letzten Ehemann, wie er sich selbst immer nannte. Alles fing damit an, daß mein Vater gegen meinen Willen den Sohn seines *lantsman* zum Kaffee eingeladen hatte, der Sohn seines alten Freundes aus seiner Heimat – nur daß nichts davon wahr war.

Mein Vater hatte gar keinen *lantsman* namens Sam Shapeskovsky aus seiner Geburtsstadt Berditschew in Rußland. Die Wahrheit war, daß mein Vater eine Anzeige in den

Jewish Daily Forward gesetzt hatte; er hatte eine Kontaktanzeige aufgegeben, in der er einen Mann für mich suchte.

Ich habe nie den genauen Wortlaut erfahren; ich habe die Anzeige nie gesehen oder erfahren, wie er sie formuliert hat. Ich erfuhr erst ein Jahr nach Lews und meiner Hochzeit davon, und Pa erzählte es mir auch nur, weil er im Sterben lag, aber er weigerte sich, mir zu sagen, was darin gestanden hatte.

«Wos is Unterschied?» sagte er und blickte von seinen Kissen zu mir hoch. «Ich hab's fir dich getan; genigt das nicht?»

Auf meinen Vater konnte man sich verlassen; man konnte sicher sein, daß er auch noch auf seinem Sterbebett dafür gelobt werden wollte, eine gute Tat vollbracht zu haben. Wahrscheinlich glaubte er, daß es nichts schaden könnte, wenn er dem lieben Gott noch eine weitere gute Tat vorweisen konnte. Er hatte Lew ins Herz geschlossen; er erzählte jedem, daß seine Malja nichts war, bevor sie Lew kennenlernte. Das war typisch für meinen Vater; er hätte sich lieber die Zunge abgebissen, als mich für irgend etwas zu loben.

Und so habe ich mich die ganzen Jahre gefragt, was wohl in der Anzeige gestanden haben mag. Wie hat er sich ausgedrückt? Meine Gilliana, die ihren Großvater kennt, vermutet, daß er schrieb:

Eine Frau mit weibliches Kind benejtigt Ehemann – kommen Sie schnell.

Weiß der Himmel, wie er sich ausgedrückt haben mag. Ich weiß nur, daß ein Fremder mit Namen Bill Shapell aus St. Joseph in Missouri auf meine Anzeige reagierte und nach St. Louis kam, um mich kennenzulernen, und daß ich ihm die Brüder Rubin aus Kansas City verdanke und daß ich ihnen wiederum das Beste verdanke, was mir je im Leben begegnen konnte: meinen geliebten Lew.

Gilliana

Es ist Weihnachten und der Geburtstag meiner Mutter. Draußen schneit es, und es ist sehr kalt. Heute morgen habe ich einen langen Spaziergang durch das Viertel gemacht.

Mollie und Lew wohnen nicht mehr im selben Viertel wie damals, als ich ein Teenager war. Als Mollie Lew heiratete und wir von St. Louis nach Kansas City zogen, wohnten wir in der 73rd Street zwischen Holmes Road und Cherry Road; ich war dreizehn, eigentlich fast vierzehn, und ging auf die Southwest High-School in der Wornall Road. Jetzt wohnen sie immer noch in einer Querstraße der Wornall Road, aber etwas weiter südlich; Mollie und Lew haben sich nicht sehr weit von ihren Anfängen entfernt, aber um sie herum hat sich alles verändert. Selbst ich. Selbst die Southwest High-School, die damals als eine der besseren Schulen galt und heute wohl eher mittelmäßig ist. Ich glaube, mittlerweile befinden sich alle besseren Schulen im Westen der Stadt, der zu Kansas gehört. Wahrscheinlich schmuggeln die «besseren» Leute ihre Kinder in einem unauffälligen braunen Bus über die Grenze nach Kansas, statt ihnen zuzumuten, eine zweitklassige Schule in Missouri zu besuchen.

Ich bin in Mollies Nerzmantel spazierengegangen. Zum Glück bin ich keinem militanten Tierschützer begegnet. Aber ich hatte sowieso keine Wahl, denn bei meinem überstürzten Aufbruch in L. A. hatte ich völlig vergessen, warme Sachen einzupacken. Typisch Gillian, kopflos, gedankenlos, herzlos? ... partnerlos? ... He, das sollte ich mir aufschreiben, daraus könnte man einen Gag machen – wenn's nicht so traurig wäre ... könnte für ein paar Lacher sorgen. Falls mir je wieder zum Lachen zumute sein sollte. Ha, ha, ha.

Wahrscheinlich hätte mein Anblick heute morgen für ein paar Lacher gesorgt. Mit den viel zu kurzen Ärmeln, die mir gerade bis unter die Ellbogen reichten, muß ich in Mollies Mantel wie ein staksiges, pelziges Ungetüm ausgesehen haben. Ich nahm mir ein Paar Handschuhe aus der Handschuhschublade. Da es Weihnachten war, suchte ich mir etwas Festliches aus, ein Paar schwarze Lederhandschuhe, die bis über die Ellbogen reichten und mit einer Art Lilienmuster aus schwarzen Glasperlen bestickt waren. Dazu trug ich meine alte Levi's, Cowboystiefel, ein fleckiges T-Shirt, einen alten Alpaka-Pullover von Lew mit seinen Initialen darauf und einen von Mollies schicken Chanel-Seidenschals – rote und weiße Pfingstrosen mit grünen Blättern auf schwarzem Grund –, den ich mir um die nassen Haare wikkelte und den der Schnee völlig ruinierte. Sehr weihnachtlich.

Ich mußte einfach mal raus.

Es fing alles damit an, daß ich heute morgen mit Mollie unser Spiel spielte; sie war drei oder vier Minuten lang völlig klar, und ich tappte in die Falle und gab mich der Illusion hin, daß dieser Zustand anhalten würde ... Komm, Gillian, geh spazieren, schnapp ein bißchen frische Luft, auch wenn du dir dabei eine Lungenentzündung holst. Lüfte mal dein Gehirn, Gillian, wach endlich auf.

Ich hatte die *Vogue* durchgeblättert, Seite für Seite, ohne richtig hinzusehen. Ich hatte sie mir eigentlich für den Flug gekauft, aber keinen Blick hineingeworfen. Mollie lag in ihrem Bett im Schlafzimmer, und ich saß neben ihr. Wir hatten gefrühstückt, die Küche war blitzsauber, die Geschenke waren alle ausgepackt, verknotetes Geschenkband und zerknülltes Papier lagen im Mülleimer... oh, Mist, wir haben die Geschenke vergessen! Wie konnte uns das nur passieren? Was ist Weihnachten ohne Geschenke? ...Halt den Mund, Gillian, halt doch endlich den Mund.

Im Haus war es ruhig und friedlich. Lew werkelte im Keller herum – weiß der Himmel, was er da machte –, und Mollie und ich waren im Schlafzimmer und taten gar nichts... Ich hatte mir die Sachen auf ihrer Frisierkommode angesehen, hatte mit den Fingern all die Dinge berührt, mit denen ich aufgewachsen war – Mollies Schätze, die sie liebevoll auf ihrer Kommode ausgebreitet hatte. Das Arrangement auf ihrer Frisierkommode war in St. Louis genau dasselbe gewesen wie in Kansas City. Meine Mutter mochte ihre Männer und ihre Wohnorte gewechselt haben, aber das Arrangement auf ihrer Kommode blieb dasselbe: die Kristallflakons auf dem geblümten Porzellantablett, die Taschentuchschachtel aus rosa Satin, die gläserne Schmuckschatulle mit den drei Fächern, den geschwungenen, filigranen Griffen und den goldenen Klauenfüßchen, schließlich die Schnappschüsse unter der Glasplatte: mein Gesicht in verschiedenen Stadien meines Lebens blickte mich durch das Glas an, unzählige Bilder von mir und nur drei von meiner Schwester Sandy – mehr ist von ihrem acht Monate kurzen Leben nicht übriggeblieben.

Ich nahm die *Vogue* und ging zum Fenster, das auf den Pfirsichbaum und das Grundstück der LaPaglias hinausgeht, lehnte mich gegen die Wand und blätterte in der Zeitschrift, während Mollie ruhig dalag. Sie hatte die Augen geschlossen, aber ich glaube nicht, daß sie schlief.

«Na, irgendwas Hübsches, Schatz?» sagte sie plötzlich.

Ich blickte auf.

«Was?»

Sie lächelte. «Hast du Lust auf unser Spiel?» fragte sie.

Mir begannen die Knie zu zittern. «Okay.»

Sie klopfte tatsächlich neben sich aufs Bett, damit ich mich zu ihr setzte. Sie legte ihre Hand auf mein Bein, während ich die Zeitschrift durchblätterte und nach etwas Passendem suchte. Es war unglaublich; ich hatte Mühe zu atmen.

Sie blickte zu mir auf.

«Also», sagte sie erwartungsvoll.

Ich sah sie an und sagte unseren Spruch auf: «Also, wenn ich alles Geld der Welt hätte, was würde ich mir kaufen?»

«Wenn ich alles Geld der Welt hätte, was würde ich mir kaufen?» sprach meine Mutter mir nach. Mollie, meine Mollie, dieselbe Mollie, die sich den Waschlappen auf den Kopf geklatscht hatte, sagte diesen Satz völlig fehlerfrei.

Sie war immer noch ganz bei sich. Ihr Blick war so wach wie früher, wenn wir das Spiel gespielt hatten. Sie nickte und wartete.

Und dann las ich mit vor Aufregung leicht zittriger Stimme vor: «‹Sportlich-klassisch mit einem Hauch von Eleganz: Kolani aus hochwertiger Schurwolle über fließendem Samtrock – Collection Calvin Klein, Rock etwa 1250 Dollar.›» Ich hielt die Zeitschrift hoch, damit sie das Foto sehen konnte.

«Ach nein, der Rock ist zu lang», sagte sie, «den klemmst du dir ja nur in der Autotür ein.»

Ich lachte. Mir traten Tränen in die Augen, aber ich lachte und blätterte die Seite um.

«Weiter», sagte sie und kniff mich mit ihren schönen Fingern sanft in den Oberschenkel.

«Okay», sagte ich, «warte mal... wie wär's denn damit,

Mom? ‹Cape aus goldfarbener Duchesse, eine extravagante Creation von Ellen Tracy...›»

Sie tätschelte meinen Oberschenkel, und ich sah sie an.

«Wir können kein Gold tragen, Gillian. Gold ist nun mal nichts anderes als Gelb, egal, wie sie es nennen, und Gelb steht uns nicht; es paßt nicht zu unsrem Teint. Wir würden wie wandelnde Leichen aussehen.»

«Wie wandelnde Leichen», wiederholte sie. Ich wußte nicht, ob ich lachen oder weinen sollte. Ich blätterte weiter.

Sie fing an, «Young at Heart» zu pfeifen.

Ich sah sie prüfend an, aber sie lächelte und zwinkerte mir zu und pfiff vergnügt weiter.

«Mom?»

«Was?» fragte sie und hörte auf zu pfeifen.

«Ach, nichts, ich... ich mag nur dieses Lied.»

«Frank Sinatra», sagte sie.

Ich hielt den Atem an. Es schien, als wäre sie während unseres Spiels wie durch ein Wunder genesen. Warum war ich Idiotin nicht selber auf diese Idee gekommen? Wenn wir schon früher unser Spiel gespielt hätten, wäre uns diese ganze nervenzehrende Angelegenheit erspart geblieben.

«Aber er kann nicht mehr singen», sagte sie.

«Findest du?»

Wir führten ein richtiges Gespräch, in ganzen Sätzen, eine Unterhaltung zwischen zwei Erwachsenen.

«Allerdings. Lew hat eine Kassette von ihm gekauft, und ich hab sie mir angehört. Seine Stimme ist hin. Ich würde sagen, er ist kurz vorm Dilirium.»

Ich lachte. «Mom, es heißt ‹Delirium›.»

Sie sah mich an. «Also, vielleicht sagt ihr bei euch in Los Angeles so; hier im Mittleren Westen sagen wir ‹Dilirium›.» Sie hielt den Kopf schief und kniff die Augen zusammen, wie sie es immer tat, wenn sie einen Witz machen wollte. «Und Säufer erkennen wir auf zehn Meilen Entfernung», sagte sie grinsend. «Und hören tun wir's auch.»

Ich fiel fast vom Bett.

«Komm, such weiter, Schatz», sagte sie und tätschelte erneut mein Bein.

Ich nahm die Zeitschrift wieder in die Hand. «Okay... he, hier ist was, Mom. Hör dir das an: ‹Hier verschwimmen die Grenzen zwischen Tages- und Abendgarderobe – schicke Wollmäntel über hauchdünnen, mit kunstvollen Volants besetzten Abendkleidern, Prada, Charivari, New York.› Na, wär das Kleid nicht was für dich, Mollie? Du liebst doch dieses kräftige, dunkle Rot.»

Ich hielt ihr die Zeitschrift hin, und sie sah sich das Kleid mit kritischem Blick an.

«Bravo-Rot», sagte sie und lächelte, «...wie eine Maraschinokirsche.»

«Richtig, wie eine Maraschinokirsche», sagte ich lachend. «Also, sollen wir's kaufen? Laß mal sehen... was kostet es überhaupt?» Ich überflog den Text... «Ist wahrscheinlich unverschämt teuer... ja, verdammt, wo steht denn der Preis?» Ich sah zu ihr hinüber; ich war so glücklich. «Ist wahrscheinlich teurer als ein Auto...»

Sie hörte mich nicht mehr. Es gab keinen Zweifel. Ihre Hand lag wie tot auf meinem Bein, die Finger schlaff und schwer wie Blei, ihre Augen wie erloschen... sie war weit weg... in ihrer eigenen Welt, zu der ich keinen Zugang hatte.

«He, Mollie, Moment mal...» Ich wedelte mit der Zeitschrift vor ihrem Gesicht herum. «Sieh mal, das hier gefällt dir bestimmt... bitte... warte doch...»

Nichts.

«Mom?»

Nichts.

«Komm schon, Mom. Wir spielen doch unser Spiel.»

Nichts.

«Mommy?»

Nichts. Ich konnte es nicht fassen.

Ich hätte sie am liebsten in die Realität zurückgeprügelt; aber ich hätte sie nicht einmal berühren können, so sehr zitterten mir die Hände – die *Vogue* flatterte vor meinen Augen herum, als führte sie ein Eigenleben. Ich hielt das Heft fest umklammert und starrte auf den Text unter dem Foto des blutroten Kleides.

Ich blickte zu meiner Mutter und wieder auf die Zeitschrift.

Komm, Gillian. Du kannst es. Hol sie zurück, so wie die Mounties.

Ich las ihr wieder die Beschreibung vor: «Hier verschwimmen die Grenzen zwischen Tages- und Abendgarderobe...» Und dann brach ich ab. «Ach, jetzt versteh ich, Mollie. Du brauchst so ein Kleid gar nicht. Bei dir verschwimmen die Grenzen zwischen Tages- und Abendgarderobe ganz von alleine, was?» Ich sagte es laut, klar und deutlich – sehr laut sogar. Und in einem gehässigen Tonfall.

Ich berührte meine Mutter an der Schulter ihres weichen rosafarbenen Flanellnachthemds.

Ich würde sie schon kriegen. Ich würde sie provozieren.

«Mit dieser kleinen Nummer schaffst du's immer, was, Mollie? Ruckzuck verschwimmen die Grenzen zwischen Tages- und Abendgarderobe.»

Gut, Gillian, weiter so...

«Und dann hast du natürlich noch den entscheidenden Vorteil, daß du sowieso nicht weißt, ob es Tag oder Nacht ist. Stimmt's, Mom?»

Ich sprach laut und überdeutlich... Damit würde ich sie kriegen... komm schon...

Nichts.

Na los, Mollie. Zeig's mir. Komm schon...

«Stimmt's? Du weißt überhaupt nichts, Mollie. Hab ich recht?»

Gut, Gillian... so kriegst du sie... nur weiter so.

«Stimmt's, Mom?»

Ich starrte ihr in die Augen. Sie blinzelte nicht; sie tat überhaupt nichts.

Komm schon... Ich schob eine Hand unter ihren Rücken und hob ein wenig ihren Oberkörper an, der auf einem Stapel geblümter Kissen lag.

Nichts. Herrgott, ich weiß, daß sie da drinnen ist... laß sie zu mir zurückkommen... Ich halte das nicht mehr aus – dieses ständige Versteckspiel. Wenn es *sie* nicht umbringt, dann bringt es mich um, Herrgott noch mal.

Ich packte sie an den Schultern und schüttelte sie.

Ja, wirklich. Ich hab meine geliebte Mollie richtig durchgeschüttelt.

Ihr Kopf baumelte hin und her. Die langen Haare, die ich ihr mit einem Band im Nacken zusammengebunden hatte, lösten sich.

«Mom? Ich brauch dich, Mom. Bitte, hör doch...»

Nichts.

«Ich rede mit mir selbst!» schrie ich durch das Schlafzimmer.

Stille. Ich ließ ihren zarten Körper wieder auf die Kissen zurücksinken, zog ihr das Nachthemd glatt, faßte ihre Haare mit dem Satinband zusammen und band ihr eine tadellose Schleife. Ich deckte sie sorgsam zu, schlug das obere Laken über die Satinborte der Decke und legte ihre schönen Hände darauf.

Und dann schleuderte ich die Zeitschrift quer durchs Zimmer. Das Heft klatschte gegen die zartrosa Wand und landete mit einem dumpfen Geräusch auf dem Teppich. Ich stand auf; ich war kurz davor, die Sachen auf ihrer Kommode zu zerschmettern, aber dann beschloß ich, doch lieber spazierenzugehen.

Ich sah mir die Weihnachtsdekorationen auf den Dächern und in den Fenstern der Nachbarhäuser an, und mir fiel auf, wie tot und künstlich alles bei Tag aussah, wenn die roten und grünen Lämpchen nicht blinkten... und ich überlegte, ob ich nicht zu Mollie und Lew zurückgehen und auf Weihnachten und Mollies Geburtstag einen Cocktail trinken sollte... und dann dachte ich, vielleicht ist es Zeit, zu Anthony zu beten, zu Anthony und Henny Youngman und Ben Blue.

Mollie

Pa bestand darauf, mein Brautführer zu sein, und ich ließ ihm seinen Willen. Was hätte ich auch dagegen tun können? Gilliana stand rechts neben mir, Pa links neben mir und Nat und Dell ein bißchen weiter am Rand; Keith, Gary und Bill Shapell standen neben Lew. Obwohl Lew und Bill sich nicht besonders nahestanden, hatte Lew sich verpflichtet gefühlt, ihn einzuladen: «Schließlich hätte ich dich ohne Bill Shapell nie kennengelernt, Mol.»

Wir heirateten im Amtszimmer eines Richters in St. Louis. Richter John Alexander Ward war ein alter Kriegskamerad von Nat, mit dem er seit ihrem gemeinsamen Einsatz im Pazifik gut befreundet war. Er war groß und dünn, hatte eine dröhnende Stimme, schlohweißes Haar und einen tätowierten Anker auf dem Handrücken. Ich erinnere mich nicht mehr an allzuviel; ich weiß nur noch, daß es ein schönes Amtszimmer war, mit Mahagonimöbeln und Regalen voller Bücher. Die ganze Angelegenheit dauerte keine zwanzig Minuten – von dem Moment, in dem wir das Amtszimmer betraten, bis zum Ende der Trauung. Mein Vater weinte die ganze Zeit.

Ich trug Terracotta, einen ins Rötliche spielenden Karamelton. Als ich Larry heiratete, trug ich Weiß, weil es das erste Mal war, und als ich Jules heiratete, trug ich Rosa, und nun trug ich Terracotta. Ein schulterfreies Chiffonkleid mit eng anliegendem Oberteil und knielangem, bauschigem Rock, dazu farblich passende schlichte Pumps aus *peau de soie*, hautfarbene Strümpfe und kein Ansteckbukett. Ich wollte keins. Ich hatte einen Strauß orangefarbener Rosen im Arm, eigentlich nicht richtig orange, eher korallenrote – er paßte sehr gut zu meinem terracottafarbenen Kleid. Es waren Tropicana-Rosen – ich erinnere mich tatsächlich noch an den Namen einer Blume. Diesmal kauften Dell und ich das Kleid nicht in einer Textilfabrik, sondern in einem kleinen Geschäft auf der Clayton Road namens «The French Corner» zum normalen Ladenpreis. Lew trug einen anthrazitfarbenen Anzug, ein weißes Hemd und eine sehr teure, dunkle, geblümte Krawatte von Countess Mara. Gilliana trug ein korallenrotes Kleid aus Baumwollsatin, das wunderbar zu ihrem Teint paßte; und es paßte auch zu meinen Rosen. Das ist in etwa alles, woran ich mich noch erinnere. Und ich weiß natürlich noch, daß ich sehr glücklich war, vielleicht zum erstenmal in meinem Leben war ich richtig glücklich.

Es war keine große Sache. Ich meine unsere Hochzeit. Wir heirateten, ließen Gilliana bei Nat und Dell und flogen für zehn Tage nach Hawaii. Ich war nicht mehr Mrs. Julius Ventimiglia, sondern Mrs. Lewis Allen.

Wir packten in St. Louis meine wenigen Sachen zusammen und zogen mit Gilliana und Fleckchen nach Kansas City in das Haus, das Lew mit Bess gekauft hatte, nachdem er aus dem Krieg heimgekehrt war. Es machte mir nichts aus, daß es ihr gemeinsames Haus gewesen war. Überhaupt nichts. Ihr früher Tod war eine schreckliche Tragödie, und ich wollte alles tun, um Lew, der soviel durchgemacht hatte, glücklich zu machen. Ich dachte mir, daß Bess – wo immer sie auch sein mochte – bestimmt sehen würde, daß ich es nur gut mit ihm meinte, und daß sie, falls sie sich noch immer Sorgen um ihn machte, nun endlich ihren Frieden finden würde. Sie hatten sich Kinder gewünscht, aber keine bekommen, und dann war sie gestorben, und Lew hatte all die Jahre allein in diesem Haus verbracht. Mein armer Lew, der in einem stillen, leeren Haus gewohnt hatte, würde sich nun an ein hektisches, aufregendes Leben mit einer neuen Frau, einer halbwüchsigen Tochter und einem kläffenden, übermütigen Foxterrier gewöhnen müssen.

Er fand es wunderbar; er sagte, daß er mich sowieso nur wegen Gilliana geheiratet habe, weil er schon immer Kinder gewollt habe, am liebsten eine Tochter, worauf ich entgegnete, daß das wohl das mindeste sei, was ich für ihn tun könne. Seit ich seinen Heiratsantrag angenommen hatte, trällerte er immer wieder dieses Lied vor sich hin: «Just Mollie and me, and baby makes three, we're happy in my blue heaven.» Es störte ihn nicht im geringsten, daß das Lied eigentlich anders anfing und daß er den restlichen Text nicht mehr wußte; damals hat er nicht nur gesummt, sondern wirklich gesungen. Er nahm mich in den Arm und sang «Just Mollie and me». Er sagte oft, daß aller guten Dinge drei seien und daß ich diesmal das große Los gezogen habe, daß er mein Schutzengel sei und daß wir eine glückliche Familie werden würden; er sah alles so positiv – wie konnte ich da widerstehen? Ich weinte immer noch, aber diesmal vor Glück. Es ist etwas ganz anderes, vor Glück zu weinen als vor Kummer. Selbst der Hund war glücklich; endlich hatte er einen richtigen Garten, in dem er herumtollen konnte, und nicht mehr nur einen handtuchbreiten Grünstreifen.

Und meine Gilliana hatte endlich einen richtigen Vater, einen, der beständig und verläßlich war; einen, der nach dem Frühstück zur Arbeit ging und zum Abendessen wieder heimkam; der sonntags zu Hause war und ihr bei den Hausaufgaben half; der ihr zeigte, wie man mit dem Rasenmäher umgeht, wie man einen Fahrradreifen flickt und wie man Softball spielt; der sie lobte und sie ermahnte, wenn es nötig war; der bis spätabends mit mir aufblieb und mir die Hand hielt, während sie die ersten Male mit Jungen ausging; der ihr Quickstep und Autofahren beibrachte; der mir beistand und mich tröstete, als sie nach L. A. zog. Einen Vater, der ihr sagte, daß sie alles schaffen könne. Der ihr sagte, daß sie witzig sei. Und intelligent. Und wunderhübsch. Der sie liebte wie seine eigene Tochter. Der immer für sie da war. Mein Lew war ein Vater für gute und für schlechte Zeiten, ein Vater wie aus den Familienserien im Fernsehen.

Und ich hatte zum erstenmal einen richtigen Ehemann, einen Mann, der sich nicht herumtrieb, sondern mich auf Händen trug und ganz für mich da war. Kein Baseball, kein Basketball und keine Pferderennen. Kein «Wie gewonnen, so zerronnen». Kein «Wo sind unsere Ersparnisse geblieben?» Und vor allem keine Lügen.

Natürlich war nicht alles ideal. Nichts ist ideal, selbst wenn man glaubt, daß es so wäre. Wir mußten uns beide umstellen und anpassen, aber wir hatten eine stabile Basis. Mein Leben war kein tägliches Vabanquespiel mehr. Ich war nicht mehr auf der Hut, nicht mehr ständig auf das Schlimmste gefaßt. Unsere Basis war nicht so leicht zu erschüttern. Ich hatte genug von großer Leidenschaft und Romantik. Ich wollte einfach nur eine verheiratete Frau sein, die mit ihrem Mann ein ganz normales Leben führt.

Und Lew war normal. Wie soll ich es erklären? Ich meine nicht langweilig, einfach oder gewöhnlich, sondern eben einfach normal; normal im Sinne von vernünftig und solide, ehrlich und verläßlich, liebenswürdig, freundlich und zärtlich, aufrichtig und rechtschaffen – wie ein ungeschliffener

Diamant. Man mußte ihn eine Weile kennen, um seine Ausstrahlung, die von innen kam, wahrzunehmen. Manchmal hält man etwas für einen Diamanten, was in Wirklichkeit nur ein Halbedelstein ist – man läßt sich von dem ganzen Gefunkel und Geglitzer blenden und merkt erst später, daß nichts dahinter ist. Diesmal war ich auf einen echten Diamanten gestoßen und wußte es auch. Nach allem, was ich durchgemacht hatte, wußte ich inzwischen zu unterscheiden. Hätte ich Jules nicht geliebt, hätte ich nicht gewußt, daß Lew ein Juwel ist.

Ich will damit nicht sagen, daß Jules nicht versucht hätte, ein guter Mensch zu sein; er hat es wirklich versucht. Aber es war hoffnungslos, weil er sich selbst immer am wichtigsten war, weil ihm sein eigenes Glück wichtiger war als alles andere, und sein Glück war eben das Spiel. Man kann kein guter Mensch sein, wenn man sich selbst am wichtigsten nimmt. Ich will damit nicht sagen, daß man nicht an sich glauben und ein gesundes Selbstvertrauen haben sollte. Ich meine nur, daß man in Situationen, in denen es darauf ankommt, Verantwortung übernehmen muß. Wenn es darauf ankommt, ist Lew für mich da; wenn es früher darauf ankam, machte sich Jules aus dem Staub.

Wenn ich also sage, daß ich damals zum erstenmal in meinem Leben richtig glücklich war, dann meine ich es wirklich so. Ich will damit nicht sagen, daß ich Jules nicht geliebt habe – ich liebte ihn mit jeder Faser meines Herzens. Aber ich wußte damals nicht, daß man mit so einem Mann nie glücklich werden kann, weil das gemeinsame Glück ständig durch Sorge, Angst und Schmerz getrübt wird. Erst durch meine Liebe zu Lew habe ich erfahren, daß wahres Glück bedeutet, keine Angst haben zu müssen.

Wir verabredeten uns ein paarmal, dann trafen wir uns regelmäßig, und dann verlobten wir uns. Er kam oft nach

St. Louis, und manchmal fuhr ich mit Dell oder mit Nat, Dell und Gilliana zu ihm nach Kansas City, manchmal nahm ich auch das Flugzeug oder die Bahn – und so pendelten wir hin und her und her und hin –, und dann kam er eines Tages nach St. Louis und machte mir einen Heiratsantrag, und ich sagte ja. Ohne nur einen Moment zu zögern.

Mit der einzigen Einschränkung, daß ich erst noch mit Gilliana reden müsse, bevor ich endgültig «ja» sagen könne.

Sie sah mich an. «Ja, ich glaub schon.»

«Du bist also einverstanden?»

«Ich weiß nicht... ich glaub schon... ich kann mir halt nicht richtig vorstellen, wie es ist, in Kansas City zu wohnen – glaubst du, daß die Kinder da Cowboyhüte tragen und mit dem Pferd in die Schule reiten?»

«Du warst doch schon da, Gilliana. Du weißt doch, daß das nicht stimmt.»

«Ich weiß schon, Mom. Ich hab nur Spaß gemacht.»

«Bitte, mach jetzt keine Späße. Es ist mir Ernst. Also, was meinst du?»

«Ich mag Lew.»

«Das weiß ich.»

«Ich werd meine Freundinnen vermissen...»

«Das weiß ich auch, Liebling; aber jetzt, wo du auf die High-School kommst, ist es doch ein guter Zeitpunkt, um umzuziehen.»

«Ich weiß nicht...»

«Du wirst dort auch Freundinnen finden.»

«Woher willst du das wissen?»

«Ich weiß es eben einfach.»

«Ach, ist das auch wieder so was, was nur Mütter wissen?»

«Genau.»

«Mom...»

«Ich glaube, es wäre gut für uns, Gilliana, für uns beide.»

«Nehmen wir Fleckchen mit?»

«Natürlich nehmen wir Fleckchen mit. Ich würde sie doch nicht hier lassen, und Lew auch nicht. Er hat gesagt, daß er uns alle drei heiratet, dich, mich und Fleckchen. Er sagt, daß er schon immer mit drei Frauen zusammenleben wollte. Außerdem hat er mir erzählt, daß er mich eigentlich nur heiraten will, weil er sich schon immer eine Tochter gewünscht hat, und daß er mich eigentlich nur deinetwegen heiratet.»

Sie sah mich an und sagte lachend: «Lew ist ganz schön clever, was, Mom?»

Und so heirateten wir ihn, wir drei. Wir zogen nach Kansas City und begannen ein neues Leben.

Der einzige Grund, weshalb mir der Abschied von St. Louis schwerfiel, war die Trennung von Nat und Dell. Dell war seit der vierten Klasse meine beste Freundin, seit dem Tag, an dem sie aus New York auf meine Schule kam und mir einen ordinären Witz erzählte. Sie war frech, unbändig und unerschrocken, und anfangs fürchtete ich mich sogar ein wenig vor ihr; aber irgendwie war es von Anfang an klar, daß wir Freundinnen werden würden. Wir verstanden uns auf Anhieb, und so verschieden wir vielleicht wirkten, so ähnlich waren wir uns doch. Dell meinte, es sei einfach Schicksal gewesen, und Nat meinte, wir seien eben aus demselben Stück Käse geschnitzt. Nat hatte schon immer eine sehr eigenwillige Art, sich auszudrücken. Als Dell sich in ihn verliebte, bekam ich einen Bruder, und wir drei waren unzertrennlich. Dell und ich waren wie die Glieder einer Kette, gemeinsam durchlebten wir alle Höhen und Tiefen des Lebens: Grundschule und High-School, Jobs und Ehemänner – einen für sie und drei für mich – und Kinder – sie bekam keine, wegen irgendeines Frauenleidens, und ich bekam zwei, von denen mir nur eins blieb. Gemeinsam beerdigten wir mein Baby und meine Mutter und ihre Eltern, die auf der Rückfahrt von einer Hochzeit in Cleveland bei einem Zugunglück ums Leben kamen; gemeinsam bangten wir um unsere Männer im Krieg und warteten sehnsüchtig auf ihre Heimkehr. Wir hatten so viele Jahre unsere täglichen Sorgen miteinander geteilt, und ich konnte mir einfach nicht vorstellen, all das zurückzulassen. Ich konnte mir nicht vorstellen, mich von meiner besten Freundin zu trennen.

Die Trennung von Nat und Dell war der einzige Wermutstropfen in meinem neuen Leben mit Lew. Obwohl wir nur dreihundert Kilometer von St. Louis entfernt wohnten, hätte ich genausogut in Timbuktu leben können. Wir telefonierten zwar miteinander – was damals eine Menge Geld kostete – und schrieben uns im Laufe der Jahre wohl Hunderte von Briefen, aber es war nicht mehr dasselbe. Man hat nicht mehr so hautnah teil am Leben der anderen, und so lebt man sich mehr und mehr auseinander. Dell blieb zwar meine beste Freundin, aber wir kamen nie ganz über die Trennung hinweg.

Der Abschied von meinem Vater dagegen fiel mir nicht sonderlich schwer. Da unsere Beziehung nicht gerade die innigste war, bedauerte ich es nicht allzusehr, daß uns bald dreihundert Kilometer trennen würden.

Und so stand mir nur noch der gefürchtete Abschied von Jules bevor.

Ich hatte Angst, daß er sich dagegen sperren könnte, daß ich Gilliana mitnahm. Auch wenn es nur dreihundert Kilometer von St. Louis nach Kansas City waren, befürchtete ich, daß Jules wegen der Entfernung Bedenken haben könnte. Ich hatte mit Lew darüber gesprochen und mir genau zurechtgelegt, was ich sagen würde: daß es für Gilliana besser sei, daß er sie jederzeit besuchen könne, daß wir sie ihm notfalls auch bringen würden. Aber ich hatte mir ganz umsonst solche Sorgen gemacht; er sprach das Thema nicht einmal an. Es kam völlig anders, als ich es erwartet hatte.

Ich sah mich in unserer winzigen Wohnung um. Es stand nicht viel darin: ein Sofa, ein paar Stühle, ein Küchentisch, eine altersschwache Schlafcouch – warum sollte ich irgend etwas davon nach Kansas City mitschleppen, wenn Lew ein komplett eingerichtetes Haus hatte? Gilliana würde endlich ihr eigenes Zimmer bekommen, und ich würde endlich eine Küche haben, in der ich mehr als zwei Schritte machen konnte, ohne ständig irgendwo anzustoßen. Also rief ich Jules an und bat ihn, vor unserer Abreise noch einmal vorbeizukommen und alles mitzunehmen, was er gebrauchen konnte. An einem sonnigen Sonntagnachmittag um zwanzig nach zwei, als ich gerade am Packen war, klopfte er an die Tür. Lew hatte Gilliana und ihre Schulfreundinnen zu einem Abschiedsessen ins Parkmoor eingeladen, und sie waren noch nicht zurück.

Er sah sehr gut aus. Er hatte sich in den vergangenen Jahren kaum verändert. Da er nicht zunahm und immer sehr auf sein Äußeres achtete, sah er immer noch aus wie Clark Gable. Selbst als er anfing, grau zu werden – zuerst die Schläfen, dann die Locke, die ihm immer in die Stirn fiel, und hier und da ein graues Haar im Schnurrbart –, sah er noch phantastisch aus. Er trug Freizeithosen, ein hübsches Sporthemd, ein Jackett und elegante Schuhe. Jules hatte schon immer eine Schwäche für elegante Schuhe gehabt.

«Hallo, Mollie.»

«Hallo, Jules.»

Er lächelte mich mit seinem charmanten Lächeln an, und

ich lächelte zurück. Ich kann nicht behaupten, daß ich ihn nicht gern angesehen hätte; es war unmöglich, Jules anzusehen und es nicht zu genießen. Ich wußte nie, ob es an der Art lag, wie er mich anschaute, oder ob ich es einfach nur genoß, ihn anzusehen, jedenfalls sah ich ihn noch immer gern an.

Er warf einen Blick auf die Kartons. «Ganz schönes Chaos, was?»

«Es macht mich noch verrückt.»

Er lachte. «Ich weiß, Mol. Ich weiß noch gut, wie sehr du Unordnung haßt.»

«Ich packe gerade die Sachen im Schlafzimmer ein – warum guckst du dich nicht um und suchst dir aus, was du gebrauchen kannst?»

«Mach nur weiter. Ich schau dir zu.»

«Nein, nein, schon gut. Ich kann nachher weiterpacken.»

Er lachte. «Nein, mach bitte weiter, Mol. Ich weiß, wie sehr du es haßt, wenn alles in der Gegend herumfliegt. Du packst ein, und ich plaudere ein bißchen mit dir.»

Ich fand es albern, daß ich in seiner Gegenwart so befangen war; schließlich hatte ich mit diesem Mann viele Jahre zusammengelebt...

«Na gut.»

Er folgte mir ins Schlafzimmer. Es sah aus, als hätte eine Bombe eingeschlagen: Auf sämtlichen Ablageflächen waren Kleidungsstücke verstreut, überall standen offene Kartons herum, und der Boden war mit Seidenpapier übersät.

«Vielleicht lerne ich jetzt endlich mal, wie man ein Jackett zusammenlegt, damit es nicht zerknittert ist, wenn man es auspackt.»

Ich lachte. Ich hatte mich früher immer darüber aufgeregt, daß er seine Jacketts nicht ordentlich zusammenlegte. «Das ist doch nicht schwer, Jules.»

«Für dich vielleicht nicht.»

Er schob ein paar Sachen zur Seite und setzte sich auf die Bettkante. Ich stand an der Kommode, holte meine Handschuhe aus der Schublade und legte sie in einen Koffer. Er hob den Deckel von meiner Taschentuchschachtel und strich mit den Fingern über die Taschentücher. Einige Minuten lang sagten wir nichts.

«Vielleicht hätten wir noch ein Kind bekommen sollen», sagte er.

Ich sah von meinem Koffer auf.

«Was? Was hast du gesagt?»

«Ein Kind, Mol. Warum haben wir nicht noch ein Kind bekommen?»

«Jules, was redest du da?»

«Wollten wir denn kein zweites?»

«Ich glaube nicht. Wir haben nie darüber gesprochen.»

«Vielleicht hätten wir noch eins kriegen sollen.»

«Warum? Das hätte doch nichts geändert.»

«Das kannst du doch gar nicht wissen.»

«Es ging nie um Kinder, Jules. Wir hatten unsere Gilliana, und sie hat auch nichts verändert. Warum willst du jetzt überhaupt darüber reden?»

Er stand auf. «Liebst du ihn?»

«Ja.»

«Das glaube ich dir nicht.»

«Was?»

Mit zwei Schritten war er bei mir an der Kommode. «Ich glaube, daß du mich immer noch liebst. Ich weiß, daß du mich noch liebst, Mollie.»

«Hör auf, Jules.»

«Warum? Es stimmt doch.»

«Ich will es nicht hören.»

Er legte seine Hände auf meine Schultern. «Warum nicht? Macht es dir angst?»

Ich wollte zurückweichen, aber ich stand mit dem Rükken zur Kommode und konnte nicht weg.

«Bitte, Jules...»

«Was denn? Ich liebe dich, Mollie. Was kümmert's mich, ob du mit ihm verheiratet bist oder nicht.»

Und dann versuchte er mich zu küssen, und ich versuchte mich ihm zu entziehen.

Ich hätte nie gedacht, daß das, was nun zwischen uns passierte, mein ganzes Leben verändern würde. Nicht, daß Jules brutal zu mir gewesen wäre; es war nicht wie diese schrecklichen Dinge, über die heute in den Talkshows so viel geredet wird. Er versuchte nicht, mich zu schlagen oder mir Gewalt anzutun, sondern er versuchte nur, mich zu küssen, und ich versuchte, mich ihm zu entziehen. Aber er versuchte es weiter, und ich wich weiter zurück, und dann konnte ich ihm nicht mehr ausweichen: Ich saß in der Falle, und er küßte mich. Er legte die Arme um mich und hielt mich genauso wie früher, aber ich spürte nur das kalte Holz der Kommode an meinen Beinen, und in diesem Moment wurde mir schlagartig etwas bewußt – es war, als hätte mir jemand mit dem Hammer auf den Kopf geschlagen.

Ich hatte mich in meiner Ehe mit Jules immer wie gefangen gefühlt, immer schon. Ich hatte es mir bloß nie bewußtgemacht – immer auf der Hut sein, immer das Damoklesschwert über sich spüren, immer mit dem Schlimmsten rechnen. Und nun sah ich ihn an und wußte es plötzlich – und was noch besser war: Ich wußte, daß ich so etwas nie mehr erleben wollte. Jules hatte keine Ahnung, daß er mich in dem Moment, in dem er mich gegen die Kommode drängte, endgültig freigab. Wer hätte das auch wissen können? Ich bin sicher, daß er dachte, er bräuchte mich nur zu küssen und ich würde wieder ihm gehören, und genau das hätte ich auch gedacht, aber so war es nicht. Falls ich je daran gezweifelt hatte, mit ihm fertig zu sein, so war ich mir jetzt absolut sicher; ich sah ihn an und wußte, daß es zwischen uns endgültig vorbei war.

Gilliana

Ich habe vergessen, für Christopher ein Weihnachtsgeschenk zu besorgen. Wie konnte mir das nur passieren? Clares Pullover habe ich rechtzeitig gekauft und schön eingepackt; ihre Geschenke hatte ich schon lange vor meiner Abreise fertig. Ich wollte für Christopher auch etwas besorgen, wußte aber nicht so recht, was... also habe ich ihm gar nichts gekauft. Wie nett von mir. Am Telefon sagte er, daß es ihm nichts ausmache, aber das sagte er wohl nur, weil ich ihm gerade erzählt hatte, was ich für einen schlimmen Vormittag mit Mollie verbracht hatte und daß ich am liebsten sämtliche Sachen in ihrem Zimmer zerschmettert hätte. Ich erzählte ihm nicht, daß ich sie geschüttelt hatte; ich habe schon genug Probleme damit, es mir selber einzugestehen.

Ich bin sicher, daß das mit dem Geschenk ihn gekränkt hat. Als ich bei Mollie und Lew ankam und meinen Koffer auspackte, entdeckte ich die blaue Schachtel von Tiffany. Ich bin sehr abergläubisch, was das Auspacken von Geschenken angeht, und öffne sie nie vor dem Tag, für den sie bestimmt sind. Obwohl ich meine Neugier kaum bremsen konnte, riß ich also erst heute morgen das rote Geschenkband ab. In der Schachtel lag das Silberarmband, das ich im Katalog entdeckt und mit einem begeisterten «Oohh» bestaunt hatte, ein schweres silbernes Kettenarmband, an dem ein Silberherz baumelte. Ich wußte gar nicht, daß Christopher mein «Oohh» gehört hatte; ich erinnere mich noch nicht einmal daran, daß Christopher überhaupt im Zimmer war...

Der einzige Haken ist, daß in das Herz nichts eingraviert ist, kein «Ich liebe dich», kein «Mon amour», kein «für Gillian von Christopher», gar nichts. Ich nehme an, daß er es gekauft hat, bevor er beschloß, mich zu verlassen. Vielleicht hatte er ja sogar vor, es zurückzugeben, und es dann aus unerfindlichen Gründen doch in meinen Koffer gesteckt, als er erfuhr, daß ich meine Mutter besuchen wollte... vielleicht wollte er bei Tiffany «Ich verlasse dich, Gillian» in Blockschrift in das Silberherz gravieren lassen, hatte dann aber keine Zeit mehr dafür... «Mach's gut, Gillian» oder einfach nur «Tschüs»... oder «Adios». Oder wie wär's mit: «Sagt dir der 19. Mai was?» Hör endlich mit den albernen Witzen auf, Gillian.

Ich erwähnte natürlich nichts davon, als ich mich am Telefon bei ihm bedankte. Ich erzählte ihm nicht, daß sich mir beim Anblick des blanken Herzens mein eigenes Herz zusammenkrampfte. Daß es mir angst machte. Daß mir die ganze Sache angst machte – die Sache mit meiner Mutter und die Sache mit ihm... davon erzählte ich nichts, ich sagte nur, daß das Armband wunderschön sei, daß es eine große Überraschung gewesen sei – danke schön – und daß es mir leid tue, daß ich nichts für ihn hätte, und er sagte, das sei schon in Ordnung.

Findet er eigentlich alles in Ordnung, was ich mache? Nein, das kann nicht sein... Wenn er alles in Ordnung fände, würde er mich wohl nicht verlassen, oder?

Warum verläßt er mich überhaupt?

Heute unter der Dusche schoß mir ein Gedanke durch den Kopf, den ich am liebsten gleich wieder mit dem Wasser den Abfluß hinuntergespült hätte. Ich hatte die Hände voller Shampoo, und es traf mich mit solcher Wucht, daß ich beinah in die Knie gegangen wäre.

Bin ich etwa eine von diesen Ehefrauen, die man nur aus schlechten Filmen kennt? Alle wissen es, nur sie nicht; alle reden darüber, nur sie ist zu dämlich, um etwas zu merken?

Hat er jemand anderen? Ist es das? Gibt es vielleicht noch ein zweites Armband von Tiffany, allerdings mit einer schönen Gravur?

O Gott, ich will es gar nicht wissen.

Aber das kann doch eigentlich nicht sein, oder?

Denk nach, Gillian, denk scharf nach... Ist das der Grund, weshalb er dich verläßt? Männer verlassen einen nicht, um *irgendwohin* zu gehen; sie verlassen einen immer, um zu einer anderen zu gehen. Ich weiß das; schließlich habe ich *Ladies Home Journal* gelesen. Ich kenne mich aus.

Hör mit den Witzen auf, Gillian. Das ist überhaupt nicht komisch. Denk lieber nach.

Wir heirateten also, dann hatte ich eine Fehlgeburt, und zwei Jahre später war ich wieder schwanger. Diesmal hatte ich keine Blutungen; ich war kerngesund und bald kugelrund. Und dann lernte ich Andy Minkoff kennen. Ich schrieb damals Gags für die Carson-Show, und er hatte bei Johnny Carson einen Gastauftritt. Andy und ich sind beide typische New Yorker, obwohl wir eigentlich aus dem Mittleren Westen kommen. Ich kann sagen, was ich will, ich werde immer für eine New Yorkerin gehalten. «Sie kommen aus Kansas City?» fragen mich die Leute dann ungläubig. «Soll das ein Witz sein? Das ist doch ein Witz, Gillian, oder?» Von wegen. Also, Andy ist in Iowa geboren und aufgewachsen. Ich weiß, das ist schwer zu glauben. Wenn man sich vorstellt, daß Andy Minkoff mit seinem ganzen New Yorker Flair eigentlich aus Iowa stammt und sozusagen noch nach Stallmist riecht – ob man es nun Dung, Mist oder Scheiße nennt, es ist und bleibt nun einmal Iowa. Vielleicht konnten wir uns deshalb von Anfang an so gut riechen... wir kamen offenbar an – zwei Hot dogs im Schlafrock.

Es war reiner Zufall, daß wir uns überhaupt begegneten. Normalerweise arbeiteten wir vom Carson-Team tagsüber, während am Spätnachmittag die Komiker, die abends ihren Gastauftritt hatten, in den Sender kamen. So liefen wir ihnen kaum über den Weg. Ich war an diesem Tag nur deshalb noch bei NBC, weil ich abends mit Christopher im Valley zum Essen verabredet war und nicht zweimal die gefürchtete Strecke über den Berg fahren wollte. Ich ging durch den Flur und kam an der Künstlergarderobe vorbei, vor der Andy Minkoff auf und ab ging und vor sich hin murmelte und so vertieft war, daß er mich glatt über den Haufen rannte. Hab ich Ihnen weh getan? – Nein, nein, schon okay... Arbeiten Sie hier? – Ich habe heute einen Gastauftritt – Ach, dann sind Sie also Andy Minkoff? Ich mag Ihre Sachen – Und wer sind Sie? – Ich gehöre zum Carson-Team – Wie gut, daß Sie gerade vorbeikommen. Ich brauche jemanden, der sich das anhört... Finden Sie das komisch? ...Das war das erste, was mich Andy fragte. Er erzählte mir einen Gag, den er sich gerade ausgedacht hatte und den er noch einbauen wollte. – Finden Sie das komisch, fragte er mich, und ich sagte nein.

Komiker sind äußerst sensibel. Wenn sie einen fragen, ob man etwas komisch findet, sollte man nie nein sagen. Nie. Man sollte es ihnen behutsam beibringen, aber niemals nein sagen. Aber ich war hochschwanger. Meine Knöchel waren geschwollen, mein Gesicht und meine Hände waren geschwollen, er war mir gerade auf die Füße getrampelt, was meine Laune nicht gerade verbessert hatte.

«Was? Sie finden das nicht komisch?» Er wurde kreidebleich und sah aus, als würde er gleich in Ohnmacht fallen.

«Nein.»

«O Gott, o Gott, o Gott...»

«Moment mal. Hören Sie, vielleicht ist es ja komisch, und es liegt nur an mir. Ich bin zur Zeit nicht gerade in Höchstform, wissen Sie.»

«Wie?»

«Na ja, ich bin schwanger – ist Ihnen das nicht aufgefallen?»

«Natürlich ist mir das aufgefallen. Sie sehn ja aus wie die *Hindenburg*.»

Ich spürte, wie mein Gesicht heiß wurde. «Sie meinen diesen Ballon? Sie behaupten, daß ich aussehe wie ein Ballon? Sie kennen mich nicht mal und behaupten, daß ich wie ein Ballon aussehe?»

«Die *Hindenburg* war kein Ballon, sondern ein Zeppelin. Ich finde, Sie sehen aus wie ein Zeppelin. Ich würde nie behaupten, daß Sie wie ein Ballon aussehen.»

Ich konnte nicht mehr aufhören zu lachen. Ich mußte mich auf den Boden setzen.

«Also *das* ist komisch», sagte ich, als ich endlich wieder Luft bekam.

«Gott sei Dank», sagte er, setzte sich neben mich in den Flur und hielt meine Hand. Ich glaube, wir beide dachten, daß ich gleich dort, an Ort und Stelle, mein Kind bekommen würde.

So fing die Geschichte mit Andy Minkoff und mir an. Anfangs schrieb ich nebenbei ein paar Gags für ihn; später stieg ich dann aus der Carson-Show aus und arbeitete ausschließlich für ihn. Wir waren zu fünft – ich und vier andere

Verrückte – und nannten uns die «Minkoff Five». Und irgendwann in dieser Zeit lernten sich Christopher und Andy kennen, was ungefähr so war, als würde sich ein Grieche, der nur Schwedisch spricht, mit einem Holländer unterhalten, der nur Französisch versteht. Oder einfacher ausgedrückt: Die beiden sind nicht nur wie Birnen und Äpfel, sondern eher wie Birnen und Stühle. Oder eher wie Pudding und Chihuahuas? Sie verstehen sich nicht, aber sie kommen miteinander aus. Das genügt mir; sie müssen schließlich keine Blutsbrüder sein, sie müssen nur miteinander auskommen.

Und bevor ich anfing, ganz für Andy Minkoff zu arbeiten, bekam ich Clare.

Es war eine Steißgeburt – gut, daß ich vorher nicht wußte, was auf mich zukam. Im Geburtsvorbereitungskurs war das Thema bestenfalls eine Randbemerkung wert…

«Ja, es gibt so etwas wie eine Steißgeburt, aber das kommt so gut wie nie vor…» Warum sollte man es also überhaupt erwähnen?

Ich dachte, ich zerbreche wie ein Hühnerknochen; ich dachte, mein Skelett bricht in der Mitte auseinander und zersplittert wie ein Schiffsmast in einem Wirbelsturm; Fockmast, Großmast, Kreuzmast, alle brechen gleichzeitig ab. Das war's dann, Jungs, ab jetzt geht's nur noch nach unten.

«Atme, Gillian, du mußt atmen.»

«Hah, hah, hah, huh, huh, huh…» Ich schürzte die Lippen, blies die Backen auf.

«Ja, so ist's gut, weiter so…»

«Leck mich doch, huu, huu, huu, ha, ha, Christopher…»

«Ja, weiter so…»

Wieder ebbte eine Welle ab und ließ mich keuchend am Strand zurück.

«Hah, hah, ich kann nicht mehr, Christopher, hah, bitte,

bitte... ich will nach Hause», japste ich wie ein gestrandeter Wal, der nach Luft schnappt.

«Das machst du wunderbar, Gillian, ganz wunderbar.»

«Das nennst du wunderbar? Ich kleb dir gleich eine... oh, nein, es kommt schon wieder...»

Die Laken flatterten wie ein Großsegel im Wind.

«Atme, Gillian.»

«Ich brech auseinander! Atme *du* doch weiter, verdammt noch mal. Ich kann nicht mehr... au, au, au, ha, ha, ha, aaiihh...»

«Gut so.»

«Sag denen, die sollen endlich das Baby aus mir rausholen, du Trottel, du, uuh, uuh, uuuauuuhhhhh...»

Ich konnte es nicht fassen. Ich staunte nur. Diese Finger, diese Zehen. Diese Wimpern. Wie sie roch. Die Geräusche, die sie machte. Ich konnte nicht fassen, daß es wirklich da war, dieses kleine Wesen, das da auf mir lag, nachdem sie es herausgezogen hatten, daß es atmete, daß es durch diese kleine Nase tatsächlich ein- und ausatmete. Ich konnte nichts davon fassen. Die kleine Kuhle im Nacken, in die gerade mal mein Daumen paßte, der zarte Flaum auf ihrem Kopf. Ihre Knie. Ihre Schultern. Ihr Mund und ihre Augen. Ich habe kein Wort über Clares Geburt geschrieben; ich habe keinen einzigen Gag daraus gemacht, keinen Witz – ich konnte es nicht, es war zu persönlich, zu intim; es war wie eine religiöse Erfahrung, es war nichts, worüber man Witze macht. Ich hatte eine Tochter, ich hatte Clare... und ich hätte wie Lew früher singen können: ... just Mollie and me and the baby makes three... Aber mir sollte bald die Lust am Singen vergehen. Während Mollie ihre Mutterschaft im Griff gehabt hatte wie ein General seine Armee, hätte ich am liebsten Fahnenflucht begangen.

Warum in aller Welt hatte ich eigentlich unbedingt ein Kind haben wollen? Ich wußte nicht, wie ich Clare halten sollte; ihr Kopf kippte von einer Seite zur anderen, als würde er jeden Moment herunterfallen. Ich wußte nicht, wie ich sie baden sollte, ohne daß sie mir ertrank. Ich wußte nicht, wie ich ihr die winzigen Fingernägel schneiden sollte. Ich wußte nicht, wie ich ihr die Öhrchen putzen sollte. Ich wußte nicht, wie ich sie dazu bringen sollte, Bäuerchen zu machen. Ich schaffte es nicht, ihr ihr Hemdchen über den Kopf zu ziehen. Ich schaffte es nicht, sie in ihren Autositz zu setzen. Ich schaffte es noch nicht einmal, ihren verdammten Sportwagen aufzuklappen. Wenn es um Clare ging, war ich absolut unfähig. Ich überließ alles Christopher. Ich hatte zuviel Angst.

«Warum läuft sie noch nicht?»

«Sie ist noch nicht soweit.»

«Sie müßte aber schon laufen, Christopher. Das steht hier in diesem Buch.»

«Kinder entwickeln sich nicht nach Plan, Gillian.»

«Aber die Typen, die dieses Buch geschrieben haben, sind immerhin von Yale.»

«Sie ist einfach noch nicht soweit, Schatz. Es ist alles in Ordnung mit ihr. Ich schwör's dir.»

Gillian schleudert das Buch durchs Zimmer.

«Gillian, hör auf.»

«Okay, aber sie wird nach Harvard gehen. Ich werd sie auf keinen Fall nach Yale lassen.»

Ich hatte ständig Angst, daß irgend etwas nicht mit ihr in Ordnung sein könnte, daß sich eines Tages die ersten Anzeichen irgendeiner entsetzlichen Krankheit zeigen würden.

«Gillian, geh nicht rein. Du weckst sie auf.»

«Aber es ist schon halb zehn. Warum schläft sie noch?»

«Vielleicht, weil sie erschöpft ist.»

«Was? Hat sie gestern so schwer mit ihren Rechenaufgaben gekämpft, oder was? Seit wann ist eine Siebenjährige erschöpft? O Gott, Christopher, irgend etwas stimmt doch nicht mit ihr.»

Christopher lacht, klopft Gillian auf die Schulter und geht davon. Gillian bleibt murmelnd vor Clares Zimmertür stehen.

Und wenn ich nicht gerade Angst hatte, daß körperlich etwas mit ihr nicht stimmte, fürchtete ich, daß ihr irgend etwas zustoßen oder daß ihr jemand etwas antun könnte.

«Aber der Junge hat sie mit Sand beschmissen. Ich hab's genau gesehen.»

«Du sollst sie in den Kindergarten bringen, Gillian. Du sollst nicht dortbleiben und sie beobachten.»

«Ich war ja gerade am Gehen...»

«Schatz, du kannst nicht ihre Schlachten schlagen.»

«Warum nicht? Sie ist erst drei.»

«Ab morgen bringe ich sie hin.»

«Na gut, dann bring du sie hin. Aber eins sag ich dir: Gleich morgen kauf ich ihr ein Schwert.»

Ich konnte es nicht lassen...

«Nein, du gehst nicht.»

«Aber warum denn nicht, Mommy?»

«Was weiß ich. Du bist eben noch zu klein.»

«Natürlich darfst du, Clare – halt dich nur gut fest.»

«O danke, Daddy!» schreit Clare entzückt, drückt ihrem

Vater ihre Zuckerwatte in die Hand und läuft mit ihren Freundinnen davon.

«Wenn ihr irgend etwas passiert, bring ich dich um.»

«Nett von dir, so was zu sagen.»

«Ach, das war doch nur ein Witz. Ich hab's nicht so gemeint.»

«Woher soll ich das wissen? Bei dir ist immer alles nur ein Witz, Gillian. Woher soll ich eigentlich wissen, was du wirklich denkst?»

Wie bitte? Woher er eigentlich wissen soll, was ich wirklich denke? Hat er das wirklich zu mir gesagt? Moment mal...

Also gut. Wir heirateten, bekamen ein Kind, und die Jahre vergingen. Und wir kamen ganz gut zurecht. Oder? Natürlich kamen wir zurecht.

Ich arbeitete jetzt nur noch für Andy, was sehr anstrengend und zeitraubend war, denn er hatte es sich in den Kopf gesetzt, über Nacht berühmt zu werden. Er reiste im ganzen Land herum: von Las Vegas zur Westbury Music Fair, von den großen Hotels in Atlantic City und Miami zu jedem kleinen Ort und jedem College, das auf der Strecke lag. Er hatte fünf Leute, die für ihn schrieben – vier «Jungs» und mich. Es ist schwer zu erklären, was es mit dem Gagschreiben auf sich hat, zu beschreiben, wie es ist, zusammen in einem Raum zu sitzen und sich gegenseitig Ideen und Gags zuzuwerfen wie Bälle... Ehrlich gesagt, glaube ich nicht, daß es etwas für normale Leute ist. Es kann eine sehr nervenaufreibende Angelegenheit sein: manchmal fühlt man sich wie ein Pilot, der mitten über dem Meer plötzlich merkt, wie ein Flügel abkippt und er die Kontrolle über das Flugzeug verliert...

Das Telefon klingelt noch einmal.

«Die sind zu groß», sagt Clare zu Gillian, die ihr das Steak in winzige Stückchen schneidet.

Gillian ruft über die Schulter: «Christopher, gehst du mal ran?» Sie blickt auf Clare hinunter. «Was meinst du mit ‹zu groß›? Das sind doch Ministückchen, winzige, klitzekleine Fitzelchen, man sieht sie ja kaum noch, diese köstlichen, nahrhaften Steakhäppchen.»

Das Telefon klingelt wieder.

«Scheiße», murmelt Gillian. Clare sieht zu ihr herauf. «Du hast ein schlimmes Wort gesagt, Mommy.»

«Danke, ich hab ganz vergessen, daß es ein schlimmes Wort ist.»

«Hast du nicht.»

Christopher kommt in die Küche. «Gillian, für dich. Andy ist dran.» Er lächelt Clare an. «Na, was ißt du denn da, kleine Maus?»

Gillian wirft schnell einen Blick auf die Uhr. «Andy? Das kann nicht sein. In Boston ist's jetzt fünf nach neun – Andy steht doch schon auf der Bühne.»

«Irrtum, er ist am Telefon.»

«Ich eß das nicht, Daddy. Das ist Fleisch.»

«Mir reicht's jetzt langsam mit dem Theater, Clare. Du ißt das jetzt; das ist gesund», sagt Gillian und greift nach dem Telefon.

«Hallo? Andy?»

Christopher grinst Clare an. «Wie wär's, wenn wir Ketchup drüberkippen? Wir tun so viel Ketchup drauf, bis es wie Spaghettisoße schmeckt.»

Clare sieht ihren Vater an. «Okay.»

Gillian schließt die Augen; am anderen Ende der Leitung hört sie Andys Erkennungsmelodie und das Johlen des Publikums.

«Andy?»

«He, Gillian!» brüllt Andy in den Hörer. «Hier schneit's wie verrückt... eine Saukälte und haufenweise Schnee...»

«Ja?» Sie nimmt einen Bleistift.

«...große Flocken... dreißig Zentimeter pro Minute...»

«Ja?»

«...ich brauch was mit Schnee.»

«Ja, hm... Schnee...»

«Ja...»

«Schnee...» Gillian dreht sich um und blickt aus dem Küchenfenster – das Licht spielt im blühenden Orangenbaum und der violetten Bougainvillea an der Gartenmauer – «ähm, hier gibt's so viel Schnee, daß, ähm... auf dem Weg zum Theater... daß mir ein Kind auf dem Weg zum Theater einen Schneeball an den Kopf geworfen hat – es war ein Volkswagen drin.»

Andy lacht. «Ein Volkswagen... ja...»

«Und es ist so kalt...» Sie kaut auf ihrem Bleistift herum.

«Ja?»

«So kalt draußen, daß... ähm... der Taxifahrer, der mich zum Theater gefahren hat, die Hand aus dem Fenster streckte... ich dachte, er will Trinkgeld, aber er wollte nur, daß ich ihm auf die Finger blase.»

Christopher lacht, während er die winzigen Stückchen von Clares Steak in Ketchup ertränkt.

Gillian wendet sich vom Fenster ab, während Clare sie beobachtet.

«So kalt... ähm... ich hab gehört, es sollen fünfundzwanzig Grad minus sein», sagt Gillian. «Aber man weiß nichts Genaues, weil sich das Thermometer nach Florida abgesetzt hat.»

«Florida, ja...», sagt Andy.

Gillian hört, wie die Stimme des Ansagers die laute Musik und den ohrenbetäubenden Applaus übertönt: «Der phantastische *Andy Minkoff*!»

Christopher lächelt Gillian zu, Gillian lächelt zurück.

«Andy?» sagt Gillian in den Hörer.

«Ja?»

«Andy, es ist so kalt draußen», sagt Gillian, «daß mir sogar ein Nerz begegnet ist, der eine fette Frau anhatte.»

Clare kichert. «Das ist lustig, Mommy.»

«Der Kleinen gefällt er», sagt Gillian zu Andy.

«Deine Kleine hat eben Grips», sagt Andy und hängt auf.

Das war es, was ich mit dem Piloten über dem Meer meinte. Obwohl die Band angefangen hat zu spielen und Andy schon auf der Bühne stehen müßte, ruft er mich an, damit ich mir einen Gag über Schnee für ihn einfallen lasse. Und das innerhalb von dreißig Sekunden. Man könnte in der eigenen Küche glatt einen Herzinfarkt kriegen. Und ich *muß* mir etwas einfallen lassen, daran führt kein Weg vorbei. Ich muß mir einen Witz über Schnee aus den Rippen schneiden, oder es gibt Ärger. Oder andersherum gesagt: Ich bin der einzige Mensch, von dem ich weiß, daß er schon 1980 einen Piepser hatte. Andy hatte darauf bestanden, daß ich jederzeit für ihn erreichbar war. Christopher fand das sehr witzig.

«Was soll das heißen, jederzeit erreichbar?» fragte er lachend. «Ihr rettet doch keine Menschenleben, vielleicht rettet ihr jemandem die Laune oder den Abend... oder die Ehe... oder...» Und er bastelt daran herum und lacht immer noch darüber, und es ist noch nicht mal gut.

«Schatz, bitte, versuch nicht, witzig zu sein, ja? Überlaß das Witzemachen lieber mir.»

Allerdings fand er mich manchmal auch nicht sehr witzig.

«Aber warum willst du kein zweites Kind?»

«Ich will einfach nicht.»

«Das ist mir zuwenig, Gillian. Schließlich geht mich das auch etwas an.»

«Warum willst du noch ein Kind? Du hast doch schon ein Kind, Christopher.»

Der Pieper auf dem Nachttisch neben dem Bett fängt an zu piepsen. Gillian streckt die Hand aus, nimmt ihn hoch und wirft einen Blick darauf. Sie greift nach dem Telefon. «Es ist Andy aus Las Vegas. Ich wußte es. Wär ich vorhin nur ans Telefon gegangen.»

«Ist das alles, was du mir zu sagen hast?»

«Ja.»

«Du würgst das Gespräch einfach ab? Du rufst ihn an, obwohl wir gerade etwas Wichtiges besprechen…»

Gillian wählt. «Du weißt, daß ich ihn anrufen muß, und außerdem ändert das doch nichts, oder?… Wir haben nichts zu besprechen. Wir haben schon tausendmal darüber gesprochen – du willst noch ein Kind, aber mit mir wirst du kein zweites bekommen. Ich kriege keine Kinder mehr. Das hab ich dir doch schon x-mal gesagt.»

Christopher schwingt die Beine aus dem Bett, steht auf und geht aus dem Schlafzimmer.

Ich hatte jede Menge zu tun. Ich arbeitete hart. Ich konnte unmöglich noch ein Kind bekommen. Schließlich war ich auf dem besten Wege, berühmt zu werden.

Na gut, nicht ich, sondern Andy. Aber es waren schließlich meine Worte, die aus seinem Mund kamen, oder? Zählt das denn gar nicht?

Also, Moment mal...

Vielleicht lag es gar nicht daran, daß ich zuviel arbeitete. Vielleicht wollte ich kein zweites Kind, weil ich Angst hatte. Schließlich kriegt man auf Kinder keine Garantie, oder?... Es konnte ja immer etwas passieren... was, wenn etwas passierte?

Natürlich würde etwas passieren. Ich wußte es. Ich hatte schließlich Erfahrung mit Geschichten ohne Happy-End. Es war sowieso schon alles zu schön, um wahr zu sein. Ich wollte das Schicksal nicht noch herausfordern – nicht nur, was die Kinderfrage anging: nur kein Aufsehen erregen, Gillian, verlange nichts, ändere nichts an deinem Leben, und halt den Mund. Vielleicht findet dich der schwarze Mann dann nicht.

Das alles erzählte ich Christopher natürlich nicht.

«Das meinst du doch nicht ernst.» Gillian blickt von ihrer Schreibmaschine auf; er steht mit dem Rücken zu ihr am Fenster.

«Chris? Du machst doch nur Spaß, oder?»

Er dreht sich um.

«Nein, ich mache keine Witze, ich meine es ernst. Es wäre eine große Chance für mich.»

«Florida? Du willst nach Florida ziehen? Und was ist mit meinen Haaren?»

«Gill, ich bitte dich. Ich möchte ernsthaft mit dir reden.»

«Ist dir klar, daß ich Ringellöckchen bekommen würde? Krause Ringellöckchen? Ich würde wie Shirley Temple aussehen, allerdings ohne ihr Lächeln.»

«Gillian.»

«Und ich kann auch nicht so gut steppen wie sie.»

«Gillian.»

«Was?»

«Es ist wichtig für mich. Es ist ein großartiges Angebot.»

«In Florida gibt's nur alte Leute mit weißen Slippern und falschen Zähnen und blauen Haaren und lauter fettes Essen. Clare würde einen kubanischen Akzent kriegen, und außerdem würden meine Haare…»

«Hör auf.»

Sie seufzte, nahm die Finger von der Tastatur und faltete die Hände im Schoß.

«Okay. Leg los.»

«Das ist eine Riesenchance für mich – es ist eine verantwortungsvolle Position. Ich würde alle wichtigen Entscheidungen selbst treffen.»

«Warum kannst du das nicht von hier aus machen?»

«Gillian, ich kann nicht das Geld von irgendeinem Konzern investieren, ohne vor Ort zu sein.»

«Warum nicht?»

«Weil ich immer verfügbar sein muß, das weißt du doch. Ich kann nicht aus zweitausend Kilometer Entfernung das Geld irgendeiner Firma anlegen. Worauf willst du eigentlich hinaus?»

«Ich kann's einfach nicht glauben.»

Er ging zu ihr an den Schreibtisch.

«Warum kannst du nicht in Florida schreiben?»

«Was denn? Rentnerwitze? Für alte Leute mit blauen Haaren?»

«Die blauen Haare hatten wir schon.»

«Sieh mal an. Ich wußte nicht, daß du meine Sachen so gut findest, daß du sie dir gleich beim erstenmal merkst.»

«Gill…»

«Hör mal, Christopher. Ich kann in Florida nicht für Andy schreiben. Ich muß hier bei den Jungs bleiben.»

«Du könntest immer noch Sachen für ihn schreiben. Du könntest ihm ab und zu dein eigenes Material schicken.»

«Was meinst du mit ‹ab und zu›?»

«Ich meine, daß du doch eigentlich gar nicht für Andy arbeiten mußt. Warum arbeitest du überhaupt noch soviel für ihn? Wir brauchen das Geld doch überhaupt nicht.»

«Ohne das Geld, das ich verdiene, würden wir immer noch in einer Zweizimmerwohnung hausen, und die Kleine würde in der Schreibtischschublade schlafen.»

Er drehte sich um und machte einen Schritt auf die Tür zu.

Sie stand von ihrem Stuhl auf. «Chris, ich hab's nicht so gemeint.»

«O doch, das hast du.»

Sie ging um den Schreibtisch herum. «Nein, hab ich nicht.»

«Vielleicht war das früher mal so, aber...»

«Ich weiß», unterbrach sie ihn, «es tut mir leid.»

«Wir hätten mit dem Geld, das ich damals verdient habe, ein Haus anzahlen können – es hätte höchstens ein oder zwei Jahre gedauert.»

«Das weiß ich. Ich hab's nicht so gemeint. Es tut mir leid.»

«Laß uns bitte darüber nachdenken, Gillian.»

Sie legte die Arme um seinen Hals, küßte ihn und schmiegte ihren Kopf an seine Brust. «Christopher, bitte zwing mich nicht, nach Florida zu gehen. Ich glaube, ich würde es nicht überleben.»

Er hob das Kinn von ihrer Stirn und sah sie an. Dann nahm er ihre Hände von seinem Hals und löste sich aus ihrer Umarmung.

«Na, dann ist die Sache wohl erledigt. Ich will doch nicht an deinem vorzeitigen Tod schuld sein.»

Er drehte sich um, ging aus ihrem Büro und schloß die Tür hinter sich.

«O Chris... warte», sagte Gillian, ging ihm aber nicht nach; sie rührte sich nicht von der Stelle.

Also gut, ich wollte nicht nach Florida gehen. Welcher halbwegs normale Mensch, der weiß, was das Wort «Luftfeuchtigkeit» bedeutet, will denn schon nach Florida? Außerdem wollte ich weiterhin für Andy arbeiten. Es stimmte zwar, daß Christopher inzwischen so viel verdiente, daß wir auch ohne mein Gehalt hätten auskommen können, aber ich arbeitete nun mal sehr gern für Andy, und ich war gut – warum sollte ich etwas daran ändern?

Na gut, ich hatte auch Angst. Veränderungen machen nun mal angst. Es ist doch ganz normal, Angst vor Veränderungen zu haben, oder? Waren da nicht noch mehr Dinge, vor denen man Angst haben darf?... Tod, Umzug, ein neuer Job...

Und außerdem ging es doch nur um einen Job. Ein Jahr später bekam er sogar ein noch besseres Angebot, hier in L. A., und das nahm er dann auch an.

Es war doch nur ein Job, und er kam darüber hinweg. Oder?

«Wir können am Wochenende danach fahren.»

«Nein, geht nicht», sagte Christopher und legte seine Gabel hin. «An dem Wochenende hat Clare ihr Faschingsfest in der Schule.»

«Dann fahren wir eben eine Woche später. Nein, wart mal, an dem Wochenende hat Andy in Las Vegas Premiere; da bin ich wahrscheinlich ein einziges Nervenbündel... Wir müssen am Wochenende danach fahren.»

«Schon gut, Gillian. Dann fahren wir eben irgendwann später mal.»

Sie sah ihn über ihren Hühnersalat hinweg an. «Ich muß

unbedingt noch an dem Autosketch feilen, und das kann ich nicht, wenn wir unterwegs sind.»

«Es ist doch bloß eine Hotelreservierung. Kein Grund zur Aufregung.»

«Aber ich möchte mit dir nach Ojai fahren, wirklich.»

Er wischte sich den Mund mit der Serviette ab und legte sie auf den Tisch.

«Chris...»

Er stand vom Tisch auf und schob den Stuhl wieder an seinen Platz zurück.

«Schon gut, Gill. Wir fahren ein andermal. Ist schon okay.»

«Chris...»

«Hast du nicht gehört, was ich gerade gesagt habe?»

Scheiße.

Gillian sitzt bei laufendem Motor am Steuer ihres Wagens und will rückwärts aus der Einfahrt stoßen. Christopher steht neben der Fahrertür.

«Verdammt noch mal, Gillian, wir müssen über Mollie sprechen.»

«Warum? Laß uns lieber über *deine* Mutter sprechen, *meiner* geht's gut.»

«Deiner Mutter geht's überhaupt nicht gut.»

«Ach, was du nicht sagst. Wir sollten vielleicht mal darüber reden, wieviel deine Mutter trinkt.»

«Hör mal, Gillian. Mit Mollie stimmt doch was nicht – hör endlich auf, dich selbst zu verarschen.»

«Aber Christopher, wie redest du denn?»

«Herrgott noch mal, Gillian...»

Sie schlägt mit der Hand auf das Lenkrad. «Meiner Mutter geht's prima. Laß mich endlich in Ruhe damit!»

«Was hatten dann die Zettelchen in ihren Schüsseln zu suchen?»

«So kann sie sich merken, wofür sie sie verwenden kann.»

«Hör mal, deine Mutter hatte einen Zettel mit dem Wort ‹Salat› in ihrer großen hölzernen Salatschüssel liegen. Was soll sie denn sonst in ihre Salatschüssel tun, außer Salat?»

«Was weiß ich, Vanillepudding... sie ist sehr erfinderisch... ich muß jetzt fahren.»

Sie tritt kräftig aufs Gaspedal, und Christopher springt hastig zur Seite. Mit quietschenden Reifen stößt Gillian zurück und brennt Gummispuren in die Einfahrt.

Gehört der geistige Verfall der eigenen Mutter auch zu den Dingen, die einem angst machen dürfen? Und wie steht es mit Diskussionen zu diesem Thema, Diskussionen mit Christopher? Darf man vor diesem immer wiederkehrenden Alptraum Angst haben?

«Gillian.»

«Was?»

«Du kannst davor nicht weglaufen.»

«Wovor denn jetzt schon wieder?»

«Wir müssen darüber reden. Über Mollies Reaktion, als du aus dem Zimmer gegangen bist.»

«Wir haben schon dreimal darüber gesprochen, Christopher. Ich will nicht mehr darüber reden.»

«Du bist aus dem Zimmer gegangen, und als Mollie es merkte, hat sie gefragt: ‹Wo ist sie denn hin – na, ihr wißt schon wer?›»

«Und?»

«‹Ihr wißt schon wer› hat sie gesagt, Gillian. Sie konnte sich nicht mehr an deinen Namen erinnern.»

«Ach, red keinen Unsinn.»

«Gillian, so kann's nicht weitergehen. Mollie ist schließlich deine Mutter. Du mußt was unternehmen.»

«Erzähl mir nicht, wie ich mit meiner Mutter umgehen muß, verdammt noch mal. Kümmer du dich gefälligst um deine eigene Mutter. Kümmer dich um die gute alte Marilyn, und laß Mollie zufrieden.»

«Wovor hast du eigentlich solche Angst, Gillian?»

«Herrgott noch mal! Du gehst mir wirklich auf den Geist!»

Nun ja, das war nicht besonders witzig, oder?

Kann es sein, daß ich seit Anthonys Tod vor allem Angst habe? Mein Gott, kann das sein?

Clare kommt hierher – Christopher hat eben noch einmal angerufen. Er sagte, daß er sie gleich morgen früh in die erste Maschine setzen würde; ich muß sie gegen zwölf abholen. Er meinte, es sei besser, wenn sie jetzt bei mir wäre. Ich brachte nur ein Okay heraus, hängte auf und fing an zu weinen. Ich bin froh, daß sie kommt. Ich wäre überhaupt nicht auf die Idee gekommen; aber ich bin froh, daß er daran gedacht hat, denn ehrlich gesagt, hätte ich sie jetzt wirklich gerne bei mir.

Ehrlich gesagt, hätte ich Christopher jetzt auch gerne bei mir.

«He, warum kommst du nicht gleich mit, Christopher?» hätte ich vielleicht fragen sollen; vielleicht hätte ich diese kleine Frage heimlich in eine Gesprächslücke schmuggeln können, und er hätte es erst gemerkt, wenn sie schon durch die Leitung geschlüpft wäre, aber ich brachte es einfach nicht fertig. Ich konnte ihn nicht bitten herzukommen, und er bot es mir auch nicht an, und so lauschten wir schweigend dem Knistern in der Leitung, während meine Hand am Hörer schweißnaß wurde und ich wie gelähmt darauf wartete, daß Christopher etwas sagte.

«Also, dann», sagt Christopher.

«Ja», sage ich.

«Also dann – mach's gut, Gillian», sagt Christopher.

«Ja... mach's gut», sage ich.

«Mr. Watson, kommen Sie her. Ich brauche Sie.» Das waren die ersten vollständigen Sätze, die der Erfinder des Telefons mit seinem Wunderwerk übermittelte. Wenn ich nur den Mut eines Alexander Graham Bell hätte.

Clare

Morgen früh flieg ich nach Kansas City. Ich hab Dad gefragt, ob ich Silvester wieder nach Hause fliegen kann, und er hat gesagt, daß er's noch nicht weiß. Er hat gesagt, daß ich erst mal hinfliegen soll und gucken, wie's meiner Mutter und meiner Großmutter geht, und daß wir uns dann immer noch Gedanken wegen Silvester machen können.

Ich weiß, daß ich sie besuchen sollte, und irgendwie will ich ja auch, aber irgendwie will ich auch wieder nicht, nicht weil ich unbedingt mit Scott zusammensein will – obwohl ich Silvester schon gern hier wär –, sondern weil ich nicht weiß, ob ich meine Großmutter wirklich wiedersehen will, ich meine, in dem Zustand, in dem sie jetzt ist. Ich glaub, ich würde sie lieber so in Erinnerung behalten, wie sie früher war. Also natürlich nur, wenn das stimmt, daß sie jetzt nix mehr checkt, wenn meine Mutter nicht total übertreibt. Bei meiner Mutter weiß man ja nie. Ich meine, Ewigkeiten tut sie so, als wär mit meiner Großmutter absolut alles okay, steckt einfach den Kopf in den Sand, und jetzt plötzlich heißt es, daß sie weggetreten ist. Amy meint, daß ich doch genau darüber was schreiben könnte – über das ganze Hickhack mit dem Besuch und über die ganze Sache mit meiner Großmutter. Sie meint, daß man dran sieht, wer ich bin, ohne daß ich's direkt sagen muß. Wir müssen nämlich fürs

College so ’ne Art Aufsatz schreiben, und den müssen wir dann mit dem ganzen Bewerbungskram mitschicken, und ich werd langsam echt nervös, weil der schon längst überfällig ist. Für die Unis in Kalifornien ist die Bewerbungsfrist sogar schon vorbei, aber ich will mich sowieso nicht an einer kalifornischen Uni bewerben; lieber würde ich sterben, als in Kalifornien zu studieren. Na, jedenfalls muß ich in den Weihnachtsferien diesen blöden Aufsatz schreiben, und ich hab keine Ahnung, worüber ich schreiben soll. Und die Sache ist echt wichtig – man kann ja nicht irgendwelchen Scheiß schreiben.

Ich kann selber kaum glauben, daß ich im Mai mit der Schule fertig bin und im Herbst aufs College soll – ich, die kleine Clare, die Jüngste in der Klasse. Also echt. Ich meine, wenn das kein Einschnitt ist. Okay, Leute, ich bin soweit. Macht’s gut.

Also, jedenfalls soll ich einen Aufsatz über mich schreiben – wer ich bin und was ich will und warum ich so anders bin als die hunderttausend anderen Bewerber. Jedes College will’s ein bißchen anders haben, aber im Prinzip geht’s überall ums gleiche. Sie wollen Sachen über einen wissen, die sie mit ihren komischen Fragebögen nicht rauskriegen können. Sie wollen nicht von dir wissen, wie du in Französisch bist oder so, sondern wie du über die Todesstrafe denkst oder Frauenrechte oder irgend so was. Also natürlich nicht genau das, aber eben was Persönliches, lauter Sachen, die halt nichts mit deinen Testergebnissen oder mit deinen Noten zu tun haben. Also, jedenfalls ist es sauschwer. Ich meine, ich hab schon mindestens zweiunddreißigmal angefangen, aber es war alles so bescheuert, daß es mir schon vor mir selber peinlich war, und so was würde ich nicht grade einer Prüfungskommission von Yale schicken. Ich meine, die Sache ist nämlich die: Ich hab echt gute Noten und bewerb mich bei lauter Superunis, und ich hab auch gute Chancen, bei mindestens drei davon reinzukommen, und deshalb ist das alles so wichtig für mich.

Aber über was soll ich schreiben? Ich meine, in meinem Kopf wimmelt es von Sachen, die mir wichtig sind, lauter Gedanken und Meinungen über irgendwelche Sachen in meinem Leben; aber ob da was dabei ist, was irgend so jemandem, der zwölf Millionen Bewerbungen liest, überhaupt auffällt? Ich meine, was wollen die überhaupt von einem wissen?

Also irgendwie erinnert mich das Ganze an diesen Miss-Amerika-Zirkus, wo diese Mädchen mit ihren superweißen Zähnen dauernd lächeln, sogar wenn sie ihre komischen Stäbe in der Luft rumschmeißen oder auf dem Klavier rumhacken, daß einem die Ohren weh tun; und irgendwie sehen sie alle gleich aus, wie riesige Barbiepuppen mit Zuckerwatte im Hirn. Und dann, nach dem ganzen Rumgehopse und dem Bikini-Wettbewerb, wo sie in ihren Tangas auf zehn Zentimeter hohen Absätzen rumstöckeln, als hätten sie noch nie was von Birkenstock gehört, dann, wenn's Ernst wird, wenn sie einzeln auf die Bühne kommen müssen und erzählen sollen, was sie mit ihrem Leben anfangen wollen, also, dann erlebt man eine Riesenüberraschung, weil dann plötzlich alle so tun, als gäb's nix Schöneres im Leben, als sich um Minderbemittelte und Sozialfälle zu kümmern oder sabbernden Kindern ohne Arme und Beine richtig Sprechen beizubringen oder nach Ruanda zu gehen und die Fliegen von den Toten wegzuscheuchen oder Mutter Theresa zu spielen. Dabei könnten die doch glatt den Telefonsex-Tussis Konkurrenz machen. Ich meine, das ist doch wirklich das Letzte.

Also Lügen kommt für mich nicht in Frage. Ich meine, ich könnte mir ja auch irgendwas ganz Tolles ausdenken, was ich mit meinem Leben anfangen will, irgendwas ganz Besonderes, was aber trotzdem ganz bescheiden und selbstlos klingt, aber das wär eben gelogen, weil ich nicht den blassesten Schimmer hab, was ich wirklich machen will. Und außerdem glaub ich, daß es ihnen eigentlich gar nicht drum geht, was man machen will, sondern eher, wie man ist – ich meine diesen privaten Kram, den man eigentlich für sich behält. Und das ist natürlich echt hart, weil das ja bedeutet, daß du deinen privaten Kram irgendeinem Fremden erzählen sollst, jemandem, den du überhaupt nicht kennst und den du auch nie kennenlernen wirst, der irgendwo hinter seinem Schreibtisch sitzt und entscheiden soll, ob du auf seine Uni kommst oder nicht. Also, irgendwie ist das doch total kraß.

Natürlich gibt's auch Leute, die sich viel lieber irgendwelchen wildfremden Leuten anvertrauen; die Barkeepern die Ohren vollquasseln oder ihrem Nachbarn im Flugzeug gleich ihre ganze Lebensgeschichte erzählen. Also ich weiß nicht... für mich ist das nix. Ich erzähl nicht so einfach meinen privaten Kram rum. Der einzige Mensch, mit dem ich richtig geredet hab, war meine Großmutter Mollie, und das ist jetzt natürlich vorbei. Ich meine, wenn's stimmt, daß sie mich noch nicht mal erkennt, denn dann versteht sie natürlich erst recht nicht, was ich ihr erzähle.

Amy schreibt über einen besonderen Moment in ihrem Leben. Für jemand anders wär's vielleicht gar nix Besonderes, aber wenn sie's selber erzählt, kapiert man sofort, worum's ihr geht. Ich meine, man kann an der Art, wie sie das Ganze beschreibt, sehen, wie's in ihr aussieht, welche besonderen Seiten sie hat und warum sie für eine bestimmte Schule geeignet wär oder so. Also, ich weiß nicht... ich glaub nicht, daß ich schon mal so was erlebt hab. Ich meine, vielleicht hat sie ja recht, und ich sollte wirklich über die

Sache mit meiner Großmutter schreiben, aber ich weiß nicht...

Ich meine, es ist ja nicht so, daß ich überhaupt noch nichts erlebt hab, aber irgendwie sind meine besonderen Erlebnisse meistens entweder komisch oder tragisch oder eher sogar tragikomisch. Die meisten haben eigentlich nicht direkt was mit mir zu tun – es ist irgendwie so, als würde ich dabei nur eine Nebenrolle spielen.

Ich hab zum Beispiel über die Sachen nachgedacht, die ich mit meiner Großmutter erlebt hab – ich meine, als es ihr noch gutging, oder wenigstens als es noch so aussah, als würd's ihr gutgehen, und dann hat sie lauter verrückte Sachen gemacht, die mich total geschockt haben. Ich meine, wie das eine Mal, als sie bei uns in L. A. zu Besuch war und meine Mutter mit uns zum Supermarkt gefahren ist; und meine Mutter hat mal wieder im Auto telefoniert, mit diesem Arschloch von Andy, der einen Riesenaufstand wegen irgendeinem größeren Auftritt gemacht hat. Ich meine, er ruft sie ständig an, tagsüber und nachts, als hätte er ihr Gehirn gepachtet. Meine Großmutter und ich sind also in den Laden gegangen, um was fürs Abendessen zu holen, und meine Mutter ist im Auto sitzen geblieben und hat weitergequasselt, was so lächerlich aussah, daß es schon peinlich war... Also, ich werd mir bestimmt kein Autotelefon kaufen, auf so was kann ich echt verzichten. Ich meine, wenn ich an diese ganzen Leute denke, die beim Autofahren rumquatschen und dann vielleicht noch jemand übern Haufen fahren – das ist doch echt das Letzte. Wir holen also die Milch und den Wein und den Brokkoli und stellen uns an der Kasse an, und sie ist absolut normal, meine Großmutter – wir reden grade über die Schule oder so was –, und dann, als wir dran sind – zack! –, stellt sie sich einfach hinter die Kasse, so als wär sie die Kassiererin. Aber da steht natürlich schon eine Kassiererin, Jean heißt sie – ich kenn sie natürlich nicht, aber auf der Tasche von ihrem Kittel ist «Jean» draufgestickt –, und lächelt meine Großmutter höflich an, aber sie hat natürlich keine Ahnung, was diese toll angezogene, attraktive ältere Frau bei ihr hinter der Kasse will. Ich meine, meine Großmutter sieht nicht gerade wie eine Pennerin aus. Sie hat einen eleganten schwarzen Hosenanzug an und eine echt schöne Anstecknadel an ihrer Jacke und tolle Schuhe – na ja, jedenfalls starrt meine Großmutter Jean richtig böse an, so als würde sie ihr im Weg stehen, als würde sie dahin gehören und nicht Jean, und bevor ich irgendwas machen kann, sagt Mollie zu Jean: «Machen Sie gefälligst mal Platz!» Mann, ihr Gesicht war echt sehenswert. Na, eigentlich beide Gesichter, weil Jean vor lauter Verblüffung der Mund offenstehn bleibt und Mollie so guckt, als würde sie Jean gleich eine runterhauen, und ich sage: «Großmutter?»; aber sie guckt mich nicht mal an, sondern schubst Jean einfach zur Seite. Und wie sie sie schubst! Jean stolpert rückwärts gegen die Stange hinter ihr, und meine Großmutter übernimmt sozusagen ihren Job an der Kasse. Sie lächelt mich freundlich an, als wäre ich irgendein fremdes Mädchen, als hätte sie mich noch nie im Leben gesehen, und dann nimmt sie die Milchtüte und hält sie über dieses Registrierding, ich meine, wie eine richtige Kassiererin, als würde sie das schon seit vierzig Jahren machen, und dann nimmt sie die Flasche Chardonnay und den Fisch und den Brokkoli und lächelt die ganze Zeit und macht fröhlich weiter, und dann ruft Jean den Leiter, und dann kommt meine Mutter rein, und das Ganze ist irgendwie vorbei. Also, das hat mich echt geschockt.

Das war doch so ein besonderes Erlebnis, oder? Ich meine, ich hab mir viel Gedanken drüber gemacht, weil's um meine Großmutter ging und ich sie gern hab und weil es irgendwie komisch und gleichzeitig auch traurig war, aber trotzdem ging's ja nicht um mich, oder? Ich meine, es war eigentlich nicht *mein* Erlebnis, ich war nur dabei.

Und dann hab ich noch über so ein Erlebnis nachgedacht, das mit meinem Vater zu tun hat... Wer die Sache von weitem mitgekriegt hat, hat sich bestimmt schiefgelacht, weil's bestimmt total komisch ausgesehen hat; aber ich hab's aus nächster Nähe miterlebt, und mir ist echt ein Licht aufgegangen. Das Ganze ist schon 'ne Weile her. Ich war mit meinem Vater nach der Schule beim Kieferorthopäden. Mein Vater geht mit mir zu allen Ärzten, weil meine Mutter keinen Nerv dazu hat, jedenfalls behauptet sie das. Sie sagt immer, daß sie solche Angst hat, daß irgendwas mit mir nicht stimmen könnte, aber ich bin sicher, daß sie sich nur nicht von ihrer Arbeit losreißen kann, weil sie grade mal wieder irgend so einen Gag schreibt. Egal, jedenfalls ist mein Vater immer mit mir zum Arzt gegangen – praktisch seit meiner Geburt. Ich weiß, das ist nicht gerade das Normalste von der Welt. Ich meine, meine Freundinnen haben mich immer damit aufgezogen, von wegen daß ich der einzige Mensch wär, der mit seinem Vater zum Arzt geht und so.

Wir sind also grade in Beverly Hills beim Kieferorthopäden gewesen und gehen auf dem Bedford Drive – das ist die Straße, wo die ganzen Praxen sind – zum Parkplatz zurück, und ich trink einen Erdbeermilchshake von so einem tollen Coffee shop, der Terry's heißt, und der echt super schmeckt, weil die richtig große Erdbeerstücke reinmachen, die dann manchmal im Strohhalm steckenbleiben; also mein Dad und ich gehen die Straße lang und unterhalten uns über irgendwas, und er hat die ganze Zeit sein Gesicht zu mir gedreht, und plötzlich kommt aus einer Bank eine Frau rausgerast und rennt mich voll übern Haufen; der ganze

Milchshake spritzt in der Gegend rum, und der Strohhalm, den ich grade im Mund hatte, bohrt sich zwischen mein Zahnfleisch und die Zahnspange, und ein Stückchen Plastik bricht ab und klemmt sich unter die neue Klammer, und ich lieg am Boden, und die Frau ist ganz aus dem Häuschen und sagt: «O mein Gott, das tut mir schrecklich leid. Hast du dir weh getan?», und mein Vater beugt sich über mich und guckt, ob mit mir alles okay ist, und dann helfen sie mir hoch, und dann guckt er die Frau an. Ich meine, mein Dad guckt sie zum erstenmal richtig an, und plötzlich erstarrt er, sein Gesicht und sein ganzer Körper. Es ist, als ob irgendwo plötzlich Musik spielt. Echt, als würde irgendwo hinter der Bank so 'ne Berieselungsmusik anfangen, irgendwas Schmalziges, fehlt nur noch so ein Sänger mit Smoking und pomadigen Haaren, der dauernd mit den Fingern schnippt. Und plötzlich weiß ich, daß mein Vater diese Frau nicht nur kennt, sondern daß da mal viel mehr zwischen ihnen war. Es ist, als ob in diesem Moment alle Leute auf dem Bedford Drive sehen könnten, daß mein Vater mit ihr geschlafen hat, als ob aus irgendeinem Lautsprecher dröhnt: «Achtung, Achtung, liebe Kunden in Beverly Hills. Wir haben eine wichtige Durchsage: Die zwei hier haben es vor langer Zeit miteinander getrieben...» Ehrlich, ich meine, ihre Blicke schrein es praktisch raus. Dieser Mann, der zufällig mein Dad ist, hat im Leben dieser Frau eine Rolle gespielt. Es ist wie in so einem kitschigen Schwarzweißfilm, und mein Vater, der's immer so mit Umgangsformen hat, bringt tatsächlich keinen Ton raus. Er steht einfach nur da und starrt sie an, und sie starrt ihn an, und ich steh da mit blutender Fresse und einem Strohhalm mitten im Gesicht – bestimmt ein reizender Anblick –, und sie beachten mich überhaupt nicht. Ich meine, sie sehen mich gar nicht – so, als wär ich Luft, als gäb's nur sie beide und dieses schnulzige Orchester und Frank Sinatra oder so, der nur für sie singt.

Also, das Ganze muß ganz schön komisch ausgesehen haben und irgendwie auch tragisch – aber das war gar nicht das Besondere dran. Das Besondere war, daß ich genau in dem Moment kapiert hab, daß mein Vater schon gelebt hat, bevor er meine Mutter kennengelernt hat. Ich meine, daß er noch irgendein anderes, früheres Leben gehabt hat – bevor er verheiratet war, bevor er mein Vater war, und daß er mit einer Frau geschlafen hat, die er nicht geheiratet hat. Ich meine, wahrscheinlich hat er mit jeder Menge Frauen geschlafen, aber ich hab noch nie vorher drüber nachgedacht, und jetzt, nach so vielen Jahren, stand eine von diesen Frauen vor ihm und guckte ihn an, als hätte es diese ganzen Jahre nicht gegeben – echt, ich meine, man konnte ihr ansehen, daß es ihr was bedeutet hat, und ich guck meinen Vater an, und er sieht plötzlich wieder jung aus. Ich meine, natürlich hat er sich nicht verändert; *ich* hab mich verändert, weil ich ihn mit andern Augen seh, mit den Augen von dieser Frau, und in ihren Augen ist er nicht verheiratet und hat auch keine Tochter, erst recht keine, die einen Strohhalm im Gesicht hat; es ist, als wär die Zeit stehngeblieben – und ich hab's ganz genau gesehen. Ehrlich, als wären sie wieder jung und verliebt oder was immer, und das direkt vor meinen Augen. Wie auf 'ner riesigen Reklametafel am Sunset Boulevard oder wie so ein Standfoto. Das hat mich total umgehauen. Ich hätte ihn am liebsten gefragt: Was ist zwischen dir und dieser Frau gelaufen? Was war sie für ein Mensch? Was warst du für ein Mensch? Warum bist du ausgerechnet an meiner Mutter hängengeblieben? Hat sie dich irgendwann mal auch so angesehen? Natürlich hab ich ihn nichts gefragt, weil wir zurück zu Dr. Harry mußten, damit er mir den Strohhalm aus dem Mund holt.

Aber das war doch ein besonderes Erlebnis, oder? Ich meine, das war doch ein Wahnsinnserlebnis.

Und genau das werd ich den Typen von Vassar oder von Amherst erzählen, richtig?

«He, alle mal herhören! Kennen Sie schon den von meinem Vater und der Frau, mit der er was gehabt hat? Also, ich stand da, mit einem Strohhalm im Hals, und blablabla...»

Ich hab also wirklich schon was erlebt, und das ist auch noch nicht alles; ich könnt noch mehr erzählen... aber irgendwie waren das nicht *meine* Erfahrungen; ich meine, es ist dabei nicht wirklich um *mich* gegangen. Aber das ändert sich ja jetzt bald.

Ich hab irgendwie das Gefühl, als hätte mein Leben noch gar nicht richtig angefangen, als würde ich drauf warten, daß es erst noch losgeht. Als wär ich die ganze Zeit in einer Art Warteschleife gewesen; als wär ich eine große, leere Boing 747 und kreiste endlos über dem Kennedy Airport und wartete drauf, daß ich endlich landen kann, um irgendwelche Leute und Sachen aufzunehmen. Ich meine, natürlich hab ich schon einiges erlebt, aber es hatte nicht wirklich was mit mir zu tun; nächstes Jahr passieren wahrscheinlich die ersten entscheidenden Sachen in meinem Leben. Immerhin geh ich nächstes Jahr von der High-School ab und zieh zu Hause aus und geh aufs College und bin ganz auf mich gestellt, und wahrscheinlich werd ich auch zum erstenmal mit jemandem schlafen – falls ich's mir nicht anders überlege, ich glaub aber nicht... ich meine, ich glaube, daß ich mit Scott schlafe, vor allem weil's nicht so aussieht, als würden Scott und ich auf dasselbe College kommen; es sieht noch nicht mal so aus, als würden wir im selben Erdteil landen, wenn ich mir so unsere Noten angucke. Ich meine, meine Testergebnisse liegen so zwischen gut und genial, so um die vierzehnhundert Punkte – das sind natürlich ihre Maßstäbe, nicht meine; ich würde mich weiß Gott nicht als genial bezeichnen –, und Scott hat bei den Tests nicht mal tausend Punkte zusammengekriegt, was nach ihren Maßstäben ziemlich mies ist, und deshalb werden wir wahrscheinlich nicht nur auf verschiedene Colleges gehn, sondern wahrscheinlich auch bald Schluß machen. Das haben mir jedenfalls die andern erzählt. Ich meine die, die schon von der Schule weg sind – die haben mir erzählt, daß es meistens ganz schnell aus ist, wenn man auf verschiedene Colleges geht –, egal, wie sehr man sich liebt und wie oft man sich schreibt oder telefoniert oder wie sehr man sich drauf freut, sich an Thanksgiving oder in den Weihnachtsferien wiederzusehen, es ist einfach unmöglich, zusammenzubleiben, wenn man so weit auseinander wohnt. Also, ich weiß nicht... aber das behaupten sie wenigstens. Jedenfalls werd ich wahrscheinlich mit ihm schlafen, bevor ich weggehe. Ernsthaft.

Und obwohl es schon schrecklich ist, nur dran zu denken, werd ich nächstes Jahr wahrscheinlich auch meine Großmutter verlieren, und das wär das erste Mal in meinem Leben, daß jemand, den ich liebhab, stirbt – ich hoffe es natürlich nicht, aber ich meine, es sieht doch ganz so aus, oder? Nicht, daß jemand was davon gesagt hätte; es ist halt nur so ein Gefühl. Also, eigentlich sind das doch alles echt wichtige Erfahrungen – College, Sex und Tod, oder? Aber wie soll ich über wichtige Sachen in meinem Leben schreiben, wenn noch nix davon passiert ist?

Ich weiß nicht... irgend jemand sollte diesen Leuten mal sagen, daß sich das mit dem Aufsatz vielleicht ganz nett anhört, daß es aber eigentlich eine beschissene Idee ist. Ich meine, ich will doch über *meine* Sachen schreiben, nicht die Sachen von andern Leuten, so wie meine Mutter, die sich aus dem Leben von andern Leuten ihre Nummern für dieses Arschloch zusammenklaut. Und irgendwie hab ich das Gefühl, als wär ich noch nicht soweit, als wär ich ein Kuchen, den man grad erst in den Ofen geschoben hat.

Ich meine, die wollen, daß ich über mich schreibe, aber ich hab das Gefühl, daß es mich noch gar nicht gibt.

Gilliana

Moment mal.

Was ist, wenn Christopher wirklich jemand andern hat? Was ist, wenn das Tiffany-Armband gar nicht für mich bestimmt war? Wenn er vorhatte, mich zu verlassen, hat er mir wahrscheinlich gar kein Weihnachtsgeschenk gekauft – warum sollte er auch? –, und als ich mich dann so plötzlich entschloß, meine Mutter zu besuchen, und er zurückkommen mußte, um sich um Clare zu kümmern, hatte er wahrscheinlich ein schlechtes Gewissen und hat das verdammte Armband für Mrs. Sowieso aus dem Schrank geholt und es in meinem Koffer versteckt. Das kann doch sein, oder? Es ist ja nichts eingraviert. Es steht nichts darauf, und eine Karte war auch nicht dabei…

O mein Gott. Ich habe gerade Mrs. Sowieso gesagt.

Ich habe nicht mehr Mrs. Sowieso gesagt, seit…

O mein Gott. Aber wenn das stimmt, dann würde das ja bedeuten, daß *ich* Mrs. Sowieso bin. Ist es das, was hier vor sich geht? Hat sich das Blatt gewendet? Fällt jetzt alles, was ich anderen angetan habe, auf mich zurück?

O Anthony, das würdest du doch nicht zulassen, oder? Ich habe immer gedacht, du würdest da oben auf mich aufpassen.

O mein Gott.

Aber ich liebe doch Christopher. Wirklich. Ich liebe ihn.

Warum habe ich ihm dann kein Weihnachtsgeschenk gekauft? Hm? Warum kommt Chris bei mir immer an letzter Stelle?

Moment mal… er würde mich doch nicht wirklich verlassen. Das würde er Clare doch nicht antun. Er liebt Clare über alles, er betet sie an… Wie könnte er ihr so etwas antun? Eine Hälfte von ihr bei mir und die andere bei ihm… Das würde er nicht tun, Christopher doch nicht… vielleicht will er mir nur angst machen, damit ich mein Verhalten ändere… wie ändere? … Was will er eigentlich von mir?

Er würde ihr dasselbe antun, was man mir angetan hat. Wenn er mich verließe. Wenn er uns verließe. Denn er würde doch uns beide verlassen. Nein, das stimmt nicht. Er würde Clare niemals das antun, was man mir angetan hat. Auf gar keinen Fall. Christopher würde sich nicht einfach aus dem Staub machen wie Jules. Er wird sich immer um Clare kümmern.

In Wirklichkeit würde er *mir* dasselbe antun, was mir schon einmal angetan wurde.

Ich wäre wieder allein, verlassen.

Und ich müßte einen Lew finden. Wie Mollie damals.

Aber Christopher ist doch ein Lew, oder? Ist Christopher nicht mein Lew?

Was ist mit meiner Wut passiert? Zwei Stunden lang lag ich wach und konnte vor lauter Wut nicht einschlafen… Jetzt habe ich plötzlich nur noch das Gefühl, als hätte mir jemand in den Magen getreten.

Sonntag

Gilliana

Schnee.

Nein, das ist es nicht, was ich höre. Ich höre eine Schaufel, die über Zement kratzt und Schnee zusammenscharrt. Ich öffne die Augen. Bin ich davon wach geworden? Der kleine Wecker auf dem Tisch zeigt 6.37 Uhr. Draußen wird es sicher schon hell, aber im Zimmer ist es noch stockdunkel. Ich liege da und lausche.

Schippt Lew auf dem Bürgersteig Schnee? Um halb sieben? Das kann doch nicht sein. Ich springe aus dem Bett, gehe zum Fenster hinüber und ziehe die geblümten Gardinen zurück.

Ja, Lew schippt tatsächlich Schnee. Ich hätte es wissen müssen. Ist doch ganz normal, um halb sieben den Bürgersteig freizuschaufeln.

Ich lächle und klopfe an die Scheibe, aber er blickt nicht auf, und so stehe ich nur da und sehe ihm zu. Ich könnte hinausgehen und ihm helfen, aber ich weiß jetzt schon, daß er es ablehnen würde – mein Stiefvater würde nie freiwillig einer Frau seine Schaufel überlassen, da müßte sie ihn schon außer Gefecht setzen. Da ist es auch egal, daß er schon auf die Achtzig zugeht – für ihn ist Schneeschippen Männerarbeit. Ein Ölwechsel ist etwas anderes – eines der ersten Dinge, die er mir zeigte, war, wie man das Öl in seinem

Oldsmobile wechselt. Reifen wechseln dagegen sei Männerarbeit, erklärte er mir. Ah, okay. Er zeigte mir auch, wie man Zündkerzen austauscht und den Filter des Heizkessels... und wie man mit einem Hammer umgeht und Nägel in die Wand schlägt – das kannst du lernen, Gillian, sagte er, ich bring's dir bei, ich bring dir das alles bei. Und das tat er wirklich, der kleine Mann, der da draußen gerade den Gehweg freischaufelt und Salz streut.

Meine Augen werden feucht, obwohl ich lächle. An meinem einundzwanzigsten Geburtstag schenkte mir Lew eine funkelnagelneue elektrische Bohrmaschine mit allem Drum und Dran und zig Bohrern, einen Stahlhammer und vier Kaffeedosen mit verschieden großen Nägeln.

«Findest du, daß das ein geeignetes Geschenk zum einundzwanzigsten Geburtstag deiner Tochter ist?» fragte Mollie angewidert.

«Ich find's prima, Lew», sagte ich und gab ihm einen Kuß.

Er lächelte und drückte mich.

Meine Mutter zuckte die Achseln. «Ich hab euch zwei noch nie verstanden», sagte sie.

Mir fällt auf, wie schick er aussieht, richtig fein – und das sogar beim Schneeschippen, wie aus dem Ei gepellt, wie sie sagen würden: Überschuhe, Bluejeans, eine große, dicke ockerfarbene Daunenjacke, eine ockerfarbene Mütze mit Ohrenklappen, braune, pelzgefütterte Arbeitshandschuhe aus Leder und um den Hals einen karierten Kaschmirschal in Braun- und Grautönen. Lew Allen, den Seiten des *Esquire* entstiegen, im perfekten Schneefegedreß. Lew und Mollie, stets das bestangezogene Paar...

«Mein Gott, sieh sie dir nur an, die passen ja zusammen wie Salz- und Pfefferstreuer, richtig niedlich», sagte Carole Rose, als sie sie das erstemal sah. Ich dachte, ich höre nicht richtig, denn «niedlich» ist ein Wort, das in Carole Roses

Wortschatz nicht vorkommt, ein Wort, das sie wahrscheinlich noch nie im Leben benutzt hat.

Mein Atem beschlägt das Fenster. Ich hauche die Scheibe an, male mit dem Finger einen Smiley drauf und wische ihn wieder weg. Quietsch, quietsch. Irgendwie fühle ich mich wohl... friedlich... wie kann das sein? Meine Mutter verliert langsam, aber sicher den Verstand, mein Mann will mich verlassen, und meine Tochter würde mich am liebsten auf den Mond schießen. Das ist nicht der richtige Zeitpunkt, um mit sich in Einklang zu sein, laß dir das gesagt sein, Gillian. Vielleicht liegt es ja an der Schaufel, die über den Zement kratzt; vielleicht gibt mir das so ein gutes Gefühl – so, wie manche Leute behaupten, daß bestimmte Nahrungsmittel bei ihnen ein Wohlgefühl auslösen, sogenannte Nervennahrung wie Braten und Kartoffelbrei und kleine grüne Erbsen, Vanillepudding und Haferbrei, Tomatensuppe mit Käse überbacken... oder vielleicht liegt es auch daran, daß ich Lew beim Schneeschippen zusehe.

Ich lehne meine Stirn an das kalte Glas und beobachte, wie sein Atem kleine Wölkchen bildet, wie eine Dampflok, während er den Schnee nach rechts und links wegschaufelt. Ich denke an all die Dinge, die mir Lew beigebracht hat:

Reiten.

Baseball; wie man einen Grundball blockt und einen Pop-Fly-Ball fängt.

Basketball; wie man von der Freiwurflinie aus wie ein Junge mit einem einhändigen Druckwurf ins Netz trifft.

Motorrad fahren, was Mollie jedesmal veranlaßte, ihr Bett aufzusuchen.

Einen Wagen mit Gangschaltung fahren; und obwohl er beim erstenmal beinahe durch die Windschutzscheibe geflogen wäre, wurde er nicht einmal wütend.

Die Kunst, ein richtig leckeres Salami-Sandwich zu machen, indem man die Brothälften mit scharfem Senf bestreicht.

Die Freude am Herumbasteln, sei es in einer Garage oder im Keller, aber da es in L. A. so gut wie keine Keller gibt, muß ich mich auf die Garage beschränken. Als Christopher und ich unser Haus kauften, baute mir Lew eine Werkbank in unserer Garage.

Klavier spielen, wenn auch nur ein Lied. Das ist kein Witz; er kann nur «Canadian Sunset» spielen, aber das spielt er so brillant wie ein Jazzpianist, und ich habe es von ihm gelernt. Gelegentlich setze ich mich also hin und spiele mit Bravour «Canadian Sunset», und dann erhebe ich mich, und alle sagen, mein Gott, Gillian, das war ja wundervoll, wir wußten gar nicht, daß du Klavier spielen kannst, spiel doch noch was, und ich sage gelangweilt, ach, nein, ich muß jetzt leider gehen, tut mir leid... so, wie es mir Lew beigebracht hat.

Ich lache vor mich hin und sehe ihm beim Salzstreuen zu.

Er hat mir sogar Quickstep beigebracht, als ich anfing, zu Tanzpartys zu gehen, und das, obwohl er nicht gerade ein begnadeter Tänzer war...

Lew bleibt stehen, stützt sich auf seine Schaufel und sieht zum Himmel hinauf.

Ich kann ihn durch die Scheibe nicht hören, aber ich weiß, daß er summt.

In diesem Moment fange ich an zu weinen, weil ich daran denken muß, daß er auch immer summte, wenn er mir etwas beibrachte, und jetzt weine ich so sehr, daß ich ihn nicht mehr sehen kann, weil die Scheibe ganz beschlagen ist.

Wo war mein Vater eigentlich die ganze Zeit? Wo war mein richtiger Vater? Mein leiblicher Vater? Wo war der gute alte Jules? Schließlich war er doch der berühmte Tänzer, oder? Er tanzte Quickstep wie ein junger Gott, der Bonvivant. Er führte Mollie immer zum Tanzen aus, hinterließ Wolken von

Old Spice in meinem Kinderzimmer, ließ seine Manschettenknöpfe aufblitzen und zwinkerte mir zu, wenn er zur Tür hinausging... aber wo war der große Charmeur, als ich ihn brauchte? Wo war er, als ich Auto fahren lernte? Oder tanzen ging? Wo war er, als ich meinen ersten Kuß bekam und meine erste Verabredung hatte und, und, und...?

Ich lasse das Ende des Vorhangs fallen und wende mich vom Fenster ab.

Vielleicht hätten wir die Mounties losschicken sollen, um meinen Vater zu suchen.

Ich gehe ins Bett zurück und ziehe die Decke bis ans Kinn.

Ich denke daran, was mir Lew alles beigebracht hat. Gerührt gehe ich die Liste in meinem Kopf noch einmal durch.

Ich überlege, was mir Jules beigebracht hat.

Großer Gott, kaum zu glauben – die Liste ist wirklich ziemlich kurz.

Was Jules mir beigebracht hat, würde ich an niemanden weitergeben wollen. Es ist auch nur eine einzige Sache. Er zeigte mir, wie man sich verabschiedet, fortgeht, sich verdrückt, einen Abgang macht, abhaut, sich verpißt, jemanden sitzenläßt und verschwindet; wie man seine Familie verläßt, sie ihrem Schicksal überläßt und sie endgültig im Stich läßt, ein für allemal. «So long, Baby, und *arrivederci*», flüstere ich.

Ich drehe mich um und drücke mein Gesicht ins Kissen.

Alles, was Jules mir beibrachte, war: adieu, adios, tschüs, good bye.

Wir zogen von St. Louis fort, als ich vierzehn war. Man hätte meinen können, daß es wenigstens anfangs Anrufe hageln würde – «Wie geht's, Kleines? Was macht die Schule? Hast du neue Freundinnen gefunden? Ist alles okay?»

Sorry, keine Anrufe. Zwei Postkarten in den ersten drei

Monaten. «Hallo, Kleines. Wie geht's? Alles Liebe, Dad.» Sieben Wörter. Keine Anrufe, keine Briefe, keine Besuche, nur: «Hallo, Kleines. Wie geht's? Alles Liebe, Dad.» Sieben Wörter – ich konnte sie auswendig. Was hatte ich doch für einen fürsorglichen Vater. Aber das war noch nicht alles: Er kam erst ein Jahr später nach Kansas City.

Gillian wartet atemlos am Fenster; sie trägt ihr neues Kleid, die neuen Schuhe, und ihr kleines Herz schlägt Purzelbäume, als sie endlich ihren Dad sieht…

Er blieb ganze drei Stunden und erklärte dann, daß er zurück müsse.

Jahre später fand ich den wahren Grund heraus, warum er gekommen war: nicht um mich zu besuchen, sondern um Geld von Lew zu leihen. Wahrscheinlich glaubte er, daß er mehr erreichen würde, wenn er persönlich auftauchte. Reizend, hm? Lew hat mir nie davon erzählt; Mollie verplapperte sich eines Tages, als sie sich über irgend etwas aufregte. Das nennt man Chuzpe – was soviel heißt wie «Schneid», worunter man aber eigentlich eine Unverfrorenheit oder Dreistigkeit versteht – dieser Mann fährt nach Kansas City, um sich vom Mann seiner Exfrau Geld zu leihen, von dem Mann, der sich nicht nur um seine Exfrau kümmert, sondern auch sein Kind großzieht – für den Fall, daß wir vergessen haben sollten, daß mein Vater meiner Mutter nie auch nur einen lausigen Penny für mich geschickt hat. Also, das nenne ich Chuzpe, eine unerhörte Dreistigkeit.

Dann kamen noch ein paar Postkarten und vielleicht ein Anruf zu Weihnachten, und dann taucht in meiner Erinnerung unweigerlich mein sechzehnter Geburtstag auf, Gilliana Ventimiglias *sweet-sixteen*-Geburtstagskatastrophe, die sie ihrem Vater Jules zu verdanken hatte.

Er sagte, er würde kommen. Hätte er das nicht gesagt, wäre alles in bester Ordnung gewesen. Es war ein Geburtstagslunch für elf Mädchen bei Eddy's geplant, einem Nachtklub in Kansas City, den man als Erwachsener besuchte, um die Four Aces oder die Four Freshmen oder die vier sonstwas zu hören. Für Kinder boten sie dort samstags einen Lunch und eine Show an, was man sich natürlich nicht alle Tage leisten konnte, aber zu besonderen Anlässen schon, zum sechzehnten Geburtstag zum Beispiel.

Er sagte, er würde kommen, und so behielt ich die ganze Zeit die Tür im Auge. Während des Frucht- oder Shrimpcocktails (man konnte wählen), während des Hamburger-Steaks oder des Hähnchens mit Pommes frites und LeSueur-Erbsen, des Vanilleeiscremes aus Bourbonvanille mit Erdbeer- oder Schokoladensoße... nichts, kein Daddy...

Während man mir ein Geburtstagsständchen brachte und während ich die Kerzen ausblies und die Torte anschnitt... kein Daddy...

Sogar während die vier Sowiesos sangen und später, als wir uns verabschiedeten und die Rechnung bezahlten... kein Daddy.

Man hätte doch annehmen können, daß ich es endlich aufgab, aber nein. Viereinhalb Stunden der Folter – mir hätte längst der Hals weh tun müssen, weil ich so unverwandt die Tür angestarrt hatte. Aber das war längst nicht alles. Nicht nur, daß er nicht zu meiner Geburtstagsfeier erschien; er rief nicht einmal an, um sich zu entschuldigen. Schließlich brachte ich Mollie dazu, ihn anzurufen, weil ich mir Sorgen machte und dachte, er hätte vielleicht irgendwo unterwegs einen Unfall gehabt. Weit gefehlt. Jules ging es prächtig – ganz im Gegensatz zu mir, als ich den Grund erfuhr, warum mein Vater nicht gekommen war: Er hatte es ganz schlicht und einfach vergessen.

Was für eine reizende Geburtstagsüberraschung...

Ich drehe mich um und boxe ein paarmal kräftig in mein Kissen. Im Zimmer ist es jetzt hell; ich liege auf dem Rücken.

Und wer war da, wenn ich weinte? Wer saß still in meinem Zimmer, während mich Mollie im Arm hielt? Lew. Wenn Jules nicht zu meinen Geburtstag erschien, mir nicht einmal etwas schickte, wenn er Sonntagmorgen für Sonntagmorgen nicht anrief, obwohl er es versprochen hatte, wenn er mich fortwährend enttäuschte, bis er schließlich ganz aus meinem Leben verschwand, wer tröstete mich dann und sagte: «Es wird schon wieder, Gillian»? Lew.

Ich ziehe die Decke bis zum Kinn.

Ich muß aufstehen und Kaffee kochen. Ich muß meinen ganzen Mut zusammennehmen und nachsehen, ob meine Mutter heute bei sich ist. Ich muß duschen und mich anziehen und zum Flughafen fahren, um Clare abzuholen. Ich muß Christopher anrufen und ihn bitten, mich nicht zu verlassen. Ich muß wieder einschlafen.

Ich drehe mich um und drücke mein Gesicht ins Kissen.

Plötzlich leuchtet mir ein, warum Mollie immer Lews Pyjama vorwärmte. Wenn wir die Mounties nach St. Louis geschickt hätten, um meinen «richtigen» Vater zu suchen, hätten sie Pech gehabt. Jules Ventimiglia versteckte sich irgendwo in St. Louis, aber mein richtiger Vater schippt draußen Schnee.

Clare

Die ganze Sache ist total verwirrend. Vielleicht ist «verwirrend» nicht das richtige Wort, aber mir fällt nichts Besseres ein.

Ich meine, ich komm hier an, und meine Großmutter hat ganz leere Augen. Ich sag was zu ihr, und sie reagiert überhaupt nicht, und erst denk ich, ich spinne, will sie mich auf den Arm nehmen? Soll das ein Witz sein? Ich weiß, daß es keiner ist, ich bin ja kein Kleinkind mehr, aber es ist irgendwie so unheimlich, wenn jemand direkt vor dir sitzt und gar nicht da ist. Sie guckt mich an, aber sie sieht mich nicht – es ist, als würde sie hinter einem Schleier sitzen und ich käm nicht an sie ran. Und sie redet auch nicht, sondern pfeift die ganze Zeit nur. Also, manchmal sagt sie schon was, aber es ergibt absolut keinen Sinn. Ich meine, da ist schon ein Sinn, aber es ist völlig zusammenhanglos; es paßt nicht zu dem, was im Zimmer passiert oder was irgend jemand gesagt hat oder so – aber meistens sagt sie ja sowieso nichts. Sie hat nur einmal was zu mir gesagt, und das war total daneben. Ich hab mich mit Mrs. Pomerantz unterhalten, der Schwester, die sich um sie kümmert; wir haben über Colleges geredet, und sie hat mir erzählt, daß ihre Tochter nach Syracuse ist, und plötzlich sagt meine Großmutter: «Ist schon gut, Dell, ich halte deine Hand.»

Meine Großmutter weiß nicht, wer ich bin, ich meine, sie hat überhaupt keinen Schimmer. Als ich angekommen bin, hat sie mich überhaupt nicht beachtet. Sie hat in einer Hutschachtel auf ihrem Schoß rumgekramt, Schwarzweißfotos angeguckt, das heißt, sie hat sie eigentlich gar nicht angeguckt, sie hat sie nur hin und her geschoben, und meine Mutter hat ständig ganz laut zu ihr gesagt: «Mommy, Clare ist hier» und: «Mommy, das ist Clare», als wäre meine Großmutter taub. Es war einfach furchtbar. Ich meine, ich wäre am liebsten abgehauen. Es war einfach schrecklich, zu hören, wie meine Mutter ihre Mutter «Mommy» genannt hat, es hat mich bald wahnsinnig gemacht. Am liebsten hätte ich ihr den Mund zugehalten, und meine Großmutter hätte ich am liebsten gepackt und geschüttelt und ihr gesagt, daß sie so sein soll wie früher... oder gar nicht. Ich weiß, es ist schrecklich, so was zu sagen, aber genau das hab ich gefühlt, und es hat auch gestimmt.

Ich bin mittags hier angekommen, und meine Mutter hat mich abgeholt. Sie sieht aus, als hätte sie nicht mehr geschlafen, seit sie von L. A. weg ist. Ohne Scheiß, sie sieht furchtbar aus, und sie hat mindestens fünf Pfund abgenommen. Meine Mutter kann es sich nicht leisten, überhaupt abzunehmen, und fünf Pfund schon gar nicht. Wir haben unterwegs bei Winstead, diesem Hamburger-Ding, angehalten, wo sie immer war, als sie auf die High-School ging, und das ihr so gut gefällt. Wenn sie da hingeht, ißt sie immer dasselbe, einen doppelten Cheeseburger, den sie innerhalb von zwei Minuten vor deinen Augen verschlingt, ohne Scheiß, aber heute hat sie ihn nur in der Hand gehalten und wieder hingelegt. Ich hab zu ihr gesagt: «Mom, du ißt ja gar nichts», und sie hat gesagt: «Was?», als wäre ich irgendeine Wildfremde.

Aber egal, jedenfalls hab ich Mrs. Pomerantz gefragt –

sie hat mir erzählt, daß sie schon früher mit so was zu tun hatte, also dachte ich, die kennt sich aus –, ich hab sie also gefragt, wie's mit meiner Großmutter weitergeht, und sie hat gesagt: «Egal, wie's weitergeht, man kann nix dagegen machen.» Und ich hab gedacht: Meine Großmutter nibbelt also langsam ab, und wir gucken einfach zu? Wie soll ich mit so was klarkommen?

Ich hab mich zu ihr an den Eßzimmertisch gesetzt, alle Fotos aus der Hutschachtel genommen, sie vor uns hingelegt und versucht, sie dazu zu bringen, daß sie mir was drüber erzählt – wer die Leute auf den Bildern sind zum Beispiel –, aber sie hat mir keine Antwort gegeben, mich die meiste Zeit nicht mal angeguckt. Sie wollte nur Häufchen machen und sie auf dem Tisch hin und her schieben, als würde sie Patiencen legen, also guckte ich mir irgendwann allein die Fotos an. Die meisten Leute auf den Fotos hab ich noch nie im Leben gesehen – ich meine, klar, ein paar kenn ich schon: meine Mutter, als sie noch klein war, und meine Großmutter und meinen anderen Großvater, der, den ich nie kennengelernt hab, nicht Lew; aber viele von den Bildern stammen aus der Zeit davor: meine Großmutter irgendwo in St. Louis, mit tausend verschiedenen Hüten und Handschuhen. Erst hab ich mir die Bilder nur oberflächlich angeguckt und gedacht, wie komisch es doch war, daß die ganzen Leute auf den Fotos so aufgedonnert waren und noch nie was von Jeans gehört hatten – wahrscheinlich hatten damals nur Farmer oder Arbeiter welche an –, und dann hab ich die Fotos genauer angeguckt und fand sie irgendwie ganz rührend. Ich meine, da steht meine Großmutter in irgendeinem Park und hat so ein dünnes Sommerkleid an, oder auf einem andern Bild ist sie ganz eingemummelt und steht mitten im Schnee; sie hat ein Kostüm an und einen Mantel mit einem Pelzkragen und so hochhackige Überschuhe, wie sie damals

Mode waren, und einen Hut mit einer Feder und Handschuhe. Aber dann hab ich ganz genau hingeguckt und gesehen, daß sie lächelt und echt jung und optimistisch aussieht, und dann gucke ich sie an, wie sie neben mir am Tisch sitzt und die Fotos *austeilt*, als würde sie mit ein paar Typen mit dicken Zigarren Poker spielen. Und erst hab ich mich ganz schrecklich gefühlt, weil sie schließlich derselbe Mensch ist, aber irgendwie auch wieder nicht, so abwesend wie sie ist. Aber dann ist was ganz Merkwürdiges passiert... ich guckte diese Bilder an, und ich hab meine Großmutter gesehen und gleichzeitig auch mich, ich meine nicht, weil wir uns so ähnlich sehen mit unseren dunklen Haaren und Augen – nein, irgendwie waren wir plötzlich dieselbe Person, ganz merkwürdig. Wie, wenn man bei den Olympischen Spielen diesen Typen bei der Staffel zuguckt, wenn sie den Stab an den nächsten abgeben, der mit ausgestreckter Hand dasteht und wartet – genauso kam's mir vor: meine Großmutter gibt den Stab an meine Mutter weiter, und meine Mutter gibt ihn irgendwann an mich ab. Ich weiß nicht... aber als ich drüber nachgedacht hab, ging's mir irgendwie besser. Natürlich kam's mir dann wieder total blödsinnig vor. Ich meine, irgendwie hat's wohl mit meiner Stimmung zu tun, weil mir sonst nie so was Abgefahrenes wie die Sache mit den Staffelstäben einfallen würde... Vielleicht such ich auch bloß was, damit's mir bessergeht, weil ich nicht wahrhaben will, was hier abgeht.

Verdrängung... wenn man nämlich drüber nachdenkt, das heißt, wenn man mal diesen blöden Staffellauf nimmt, dann ist meine Mutter in der Mitte, nicht ich. Ich meine, meine Großmutter gibt ihn an meine Mutter weiter und meine Mutter an mich. Stimmt's? Es wäre anders, wenn ich ihn von meiner Großmutter kriegen würde...

Vielleicht bin ich auch deshalb so verwirrt, weil sie sich so normal verhält. Meine Mutter, meine ich… also, sie ist schon ziemlich fertig, aber wenn sie mit mir redet und so, ist sie ganz normal. Nein, stimmt eigentlich nicht, sie verhält sich schon anders, so, als wär ich plötzlich nicht mehr ihre Tochter, sondern irgendeine andere Frau in diesem Scheißdrama. Ich meine, wir haben uns vorhin sogar richtig unterhalten, war echt toll… irgendwie richtig persönlich. Unglaublich, aber es war so. Wir waren fertig mit Essen, und ich hab das Geschirr gespült und die Küche aufgeräumt und so, richtig ordentlich, wie's meiner Mutter und meiner Großmutter gefällt, und hab mich echt wohl gefühlt. Ich hab das Geschirrtuch links über die Spüle gehängt, genau wie meine Großmutter, und den Schwamm neben die Seife in diese hübsche Schale gelegt, die neben den Wasserhähnen steht… ich weiß auch nicht – irgendwie klingt das ganz schön albern –, aber ich hab mich voll gut gefühlt, als ich mir die Küche angeguckt hab. Als wär alles in Ordnung, auch mit meiner Großmutter, was ja absolut nicht stimmt. Aber egal, mein Großvater hat Fernsehen geguckt und auf der Couch ein bißchen gedöst, wie er's immer macht, und ich bin so rumgelaufen. Nicht, daß das Haus besonders groß ist, eher im Gegenteil, es hat nur zwei Schlafzimmer… Jedenfalls dachte ich, ich guck mal, wo meine Mutter ist, und als ich am Zimmer von meiner Großmutter vorbeigekommen bin, stand die Tür halboffen, und meine Großmutter lag auf ihrem Bett und war mit so einer Patchwork-Decke zugedeckt, und meine Mutter saß auf der Bank am Fußende vom Bett und hat überhaupt nichts gemacht, hat einfach nur so dagesessen und mich angestarrt. Also bin ich reingegangen und hab mich neben sie gesetzt, und sie hat leise angefangen zu reden. Sie hat mir von diesen ganzen ätzenden Heimen erzählt, die sie sich angeguckt hat, wo meine Großmutter vielleicht hingemußt hätte, und sie hat gesagt, daß sie so froh ist, daß sie arbeitet und bei dem Arschloch so viel verdient, daß meine Großmutter zu Hause bleiben kann und nicht ins Heim muß; sie kann davon Mrs. Pomerantz bezahlen oder wer sonst meinem Großvater hilft. Und meine Mutter war irgendwie so nett, daß ich das Arschloch nicht mal Arschloch genannt hab, weil ich nicht wollte, daß sie sauer wird, und dann hat sie mir erzählt, daß das Arschloch sogar angeboten hat, ihr zu helfen, was ich total irre finde, weil er doch sonst so ein Schwätzer ist.

Und dann hat sie geflüstert: «Willst du mal sehen, was ich gefunden habe?» und hat diese Schachtel aus dem Wandschrank geholt, und die war voller Handschuhe. Ich meine, es war echt unglaublich, es waren genau dieselben, die ich mir grade erst auf den Fotos angeguckt hatte. Und dann haben wir sie anprobiert. Ehrlich.

Ich meine, meine Mutter und ich sitzen da und probieren diese ganzen Handschuhe an, lange, die bis über den Ellbogen gehen, und kurze mit kleinen Perlchen, und wir haben geflüstert, damit meine Großmutter nicht wach wird, und es war plötzlich so, als wären wir zwei Töchter, die am Bett von meiner Großmutter sitzen und ihren Spaß haben. Irgendwie blick ich überhaupt nicht mehr durch. Es ist alles total verwirrend, nicht nur, weil ich mich mit meiner Mutter so gut verstanden hab – was ja eigentlich schon verwirrend genug ist –, nein, irgendwie hat es was mit Rollentausch zu tun; ich meine, ich bin die Tochter, und meine Mutter ist die Mutter, aber gleichzeitig ist meine Mutter auch die Tochter von meiner Großmutter, und meine Großmutter ist ihre Mutter; aber dann plötzlich, peng, ist meine Großmutter für meine Mutter die Tochter geworden. Ist doch so, oder? Immerhin ist meine Großmutter ziemlich hilflos und auf meine Mutter angewiesen. Also wer kümmert sich hier um wen? Richtig, meine Mutter kümmert sich um meine Großmutter. Als hätten sie die Rollen getauscht. Aber das Unheimliche dran ist, daß mir's irgendwann auch so geht. Ich meine, ist doch so.

Irgendwann, ganz egal, ob's mir paßt oder nicht, wird meine Mutter meine Tochter, und ich bin dann die Mutter für sie. Dann bin ich diejenige, die mindestens fünf Pfund abnimmt und aussieht, als hätte sie sechs Tage nicht geschlafen, und die sich Heime anguckt. Ich meine, es ist eigentlich ganz logisch, aber irgendwie muß das Ganze doch einen Sinn haben, oder? Ich meine, wir reden hier schließlich nicht von irgendwelchem unwichtigen Scheiß. Es kann doch nicht sein, daß es bloß drum geht, daß unsre Familie nicht ausstirbt. Irgendein Sinn, den man als Normalsterblicher vielleicht nicht sieht. Wahrscheinlich muß man reifer sein, um so was zu kapieren, nicht unbedingt älter, aber geistig weiter, was ich vielleicht noch nicht bin. Garantiert geht's um mehr als so 'nen Fortpflanzungskram. Wenn das nämlich alles wär, dann müßten es nicht ich und meine Mutter und meine Großmutter sein, dann würde die Schachtel mit den Handschuhen doch völlig langen. Stimmt doch, oder?

Ich weiß auch nicht... kann sein, daß ich einfach zu müde bin... ich meine, ich versuch ständig, dieses Buch zu lesen, das wir über die Weihnachtsferien lesen sollen, aber die Wörter verschwimmen immer so, und ich kann mich einfach nicht konzentrieren. Vielleicht sollte ich mir einfach 'ne Cola Light holen und mich zu meinem Großvater auf die Couch setzen und mir 'nen Film reinziehen, aber meine Mutter ist noch da drin bei meiner Großmutter, und vielleicht guck ich lieber mal, wie's ihr geht.

Mollie

Meine Gilliana ist nach Los Angeles gezogen. Es hätte ebensogut Timbuktu sein können – sie war für mich nicht mehr erreichbar. Damit hatte ich nie gerechnet. Es war mir nie in den Sinn gekommen, daß wir je getrennt sein könnten.

Ich wußte, daß sie irgendwann aufs College gehen würde, aber danach würde sie zu mir zurückkommen. Man lebt bei seiner Mutter, bis man jemanden kennenlernt und heiratet und Kinder bekommt. Auch dann wohnt man noch in derselben Stadt. Ich malte mir aus, daß Gilliana mit ihrem Mann und den Kindern jeden Freitagabend zu uns zum Essen kommen würde und daß Lew und ich babysitten würden, wenn sie uns brauchten, und auf die Kinder aufpassen würden, wenn sie mal verreisen wollten, und daß sie uns an den Feiertagen alle besuchen würden und wir gemeinsam um den Eßzimmertisch sitzen und essen würden. Eine heile Welt. So stellte ich es mir vor; so stellt es sich jede Mutter vor, egal, was sie sagt – eine Mutter würde nie damit rechnen, daß ihr Kind, ihr einziges Kind, wenn es erwachsen ist, nach Los Angeles zieht – was für mich gleichbedeutend mit dem Mond war.

Wenn du ein Kind hast, vergißt du schnell. Du vergißt einfach, daß in deinem eigenen Leben nicht alles nach Plan gelaufen ist, und gehst wie selbstverständlich davon aus, daß für deine Tochter alles nach Wunsch verlaufen wird, obwohl du in deinem Innern weißt, daß es im Leben immer anders kommt, als man denkt. Was ich nicht wußte, war, daß der Umzug meiner Tochter nach Los Angeles noch mein geringstes Problem sein würde; zuerst mußte ich ihre Affäre mit einem verheirateten Mann verdauen.

Nein, zuerst beendete sie die High-School, dann ging sie sechs Monate lang aufs College, kam wieder nach Hause und verkündete, daß das nichts für sie sei, daß sie sich lieber einen Job suchen wolle. Okay, sagte ich. Ich hätte mir zwar gewünscht, daß sie aufs College ging, aber ich wußte, daß ich nur das Gegenteil erreichen würde, wenn ich sie drängte. Man kann niemanden zwingen, aufs College zu gehen, wenn er es nicht will, soviel wußte ich. Sie bekam eine Stelle als Sekretärin bei einer Werbefirma in der Innenstadt. Sie kaufte sich ein kleines Auto. Sie hatte eine Menge Freunde. Sie kam und ging. Sie war glücklich, ich war glücklich. Es war zu schön, um wahr zu sein. Er arbeitete im selben Büro wie sie. Als ich die Schachtel mit den Antibabypillen fand, bekam ich fast einen Herzschlag, und da wußte ich Bescheid. Und im Nu war es dann vorbei, und sie wollte wegziehen. Ich war verzweifelt, aber Lew meinte, es sei doch ein Neuanfang für sie. Er sagte, ich sollte mich besser damit abfinden, weil sie es sowieso tun würde, egal, was ich dazu sagte, also sagte ich mir: Laß sie gehen, Mollie, und alles wird gut. Wir organisierten eine kleine Abschiedsfeier. Sogar Dell und Nat kamen aus St. Louis, um Lebewohl zu sagen, und dann zog mein einziges Kind nach Los Angeles.

Der zweite Mann, in den sich Gilliana verliebte, war nicht nur verheiratet, er war außerdem noch berühmt und zu allem Überfluß auch noch ein Taljaner wie Jules.

Du ziehst ein Kind groß und bringst ihm den Unterschied zwischen Recht und Unrecht bei, und du erwartest, daß es das versteht. Und ich weiß, daß Mütter mit viel schmerzvolleren Dingen leben müssen, als daß ihre Tochter eine Affäre mit einem verheirateten Mann hat, aber ich hätte nie gedacht, daß meine Gilliana so etwas tun würde. Bis zum heutigen Tag habe ich das immer noch nicht ganz verwunden. Als ich es herausfand, versuchte ich verzweifelt, mich zu beruhigen: Gott sei Dank hat sie niemand erschossen; Gott sei Dank ist sie keine Mörderin; Gott sei Dank ist sie keine Diebin – aber es half nichts, du steckst nun einmal in deiner eigenen Haut und kannst nicht in die anderer Mütter schlüpfen.

Natürlich lagen viele Jahre zwischen unserem Umzug nach Kansas City und der Zeit, von der ich gerade spreche, aber es waren schöne Jahre, und wenn man auf eine glückliche Zeit zurückblickt, erinnert man sich nicht an die Einzelheiten, man hat die Zeit an sich in angenehmer Erinnerung. Ich weiß nur noch, daß sich das Aussehen meiner Kleinen im Laufe der Jahre veränderte: kleiner, dann größer, mit Zahnspange und dann ohne, ohne Brüste und dann mit und so weiter – sie wächst und wird älter. Und dann ist sie plötzlich kein Kind mehr. Sie ist erfolgreich, lebt in L. A. und liebt einen verheirateten Mann. Für ihre Begriffe war sie erwachsen und wußte über alles Bescheid, im Gegensatz zu mir, die scheinbar überhaupt keine Ahnung mehr hatte. So geht es einem mit Töchtern – über Nacht ist alles, was man in seinem Leben erfahren oder gelernt hat, plötzlich passé, wie die Franzosen sagen. Und man kann auch nicht mit ihr reden; dasselbe Kind, das dich immer mit großen Augen ansah, gibt dir jetzt unmißverständlich zu verstehen, daß du zum alten Eisen gehörst. Und du kannst auch nicht mit ihr diskutieren, denn ganz egal, was du sagst, immer ist ihre Antwort: «Ich liebe ihn, Mutter.» Das ist alles, was sie sagt, weil es alles ist, was sie weiß; sie sieht nicht das Gute oder

Böse, das Richtige oder Falsche, sie sieht nicht, daß es mit großer Wahrscheinlichkeit schiefgehen wird und daß sie verletzt werden wird; sie ist blind vor Liebe, aber das weiß sie nicht, das weißt nur du.

«Aber Gilliana...»

«Ich liebe ihn, Mutter. Das verstehst du nicht.»

Ich soll das nicht verstehen? Ich, die ich am liebsten mit Jules in den Krieg gezogen wäre, nur, um nicht von ihm getrennt zu sein? Die, als er fort war, immer an seinen Hemden roch? Die sich aus Liebe zu ihm beinah umgebracht hätte? Die schließlich in der Dusche über ihrem eigenen Kopf schwebte?

«Ich verstehe es ja.»

«Aber Mutter, wie kannst du das verstehen? In deinem ganzen Leben hast du so was noch nie erlebt.»

Was sollte ich tun? Ihr meine Lebensgeschichte erzählen? Ihr versuchen zu erklären, warum ich es verstand?

Aber so etwas will eine Tochter doch gar nicht hören. Für die Tochter hat eine Mutter nichts anderes als eine Mutter zu sein, jedenfalls keine Frau mit Leidenschaften und Sehnsüchten. Eine Mutter ist dazu da, einen in den Arm zu nehmen und abends im Bett schön zuzudecken, das Essen zu kochen und fürs Ferienlager die Namensschilder in die Kleider zu nähen; eine Mutter trägt ein Hauskleid und eine Spur Lippenstift; eine Mutter würde nie für einen Mann ihr ganzes Leben auf den Kopf stellen, und wenn sie es täte, würde es die Tochter nicht wissen wollen. Wollte ich etwa von meiner Mutter wissen, wie sehr sie meinen Vater geliebt hat? Bestimmt nicht.

Aber leider habe ich all das vergessen. Leider versucht man als Mutter mit seiner Tochter zu reden, wenn sie eine schwere Zeit durchmacht – und man denkt, man weiß alles darüber –, aber sie will nicht hören, und alles wird nur noch schlimmer. Unzählige schreckliche Telefongespräche, bei denen dein Herz zu schnell schlägt und keine von euch etwas sagt, bis du schließlich zuviel sagst. Als hätte ich mir nicht schon oft genug den Mund verbrannt.

«Also, wie lange willst du noch so weitermachen?»

«Bitte, Mutter, hör auf.»

«Okay, in Ordnung...»

Stille in der Leitung, bis auf das Rauschen und ab und zu ein Knacken, dann räuspere ich mich und frage: «Also, wie geht's dir, mein Schatz?»

«Gut.»

«Hm. Wie gut geht's dir denn? Hast du ihn in letzter Zeit mal gesehen?»

Ich konnte mich nicht bremsen.

«Mutter...»

«Gilliana, was ist mit seiner Frau?»

«Mutter, bitte...»

«Wie lange sind sie schon verheiratet?»

«Mutter, ich kann mit dir nicht darüber reden.»

«Warum nicht?»

Keine Antwort.

«Gilliana, bitte denk doch mal drüber nach, was du da tust... bitte denk doch mal daran, was du seiner Frau und seinen Kindern antust. Ich versteh nicht, wie du so was tun kannst.»

«Mutter... ich muß jetzt auflegen... bitte.»

Ich war immer diejenige, die zuviel redete. Lew sagte immer, ich solle mich da raushalten, aber es fiel mir so schwer. Dell sagte, es würde nichts ändern, auch wenn ich meinen Kopf in den Backofen steckte, Gilliana würde sowieso machen, was sie wollte. Ich wußte, daß sie recht hatte, aber ich konnte nicht anders. Wir stritten uns bei jedem Telefongespräch, bis es keine Telefongespräche mehr gab, weil sie nicht mehr mit mir redete. Sie redete nur noch mit Lew. Ich war außer mir. Es war das erste Mal, daß etwas zwischen Gilliana und mir stand. Ich wollte, daß sie mir zuhörte; ich wollte sie beschützen; ich wollte, daß sie begriff, daß sie aufhören mußte, ihn zu lieben, und daß sie sich jemanden suchen mußte, der frei war. Ich wollte ihn anrufen und ihm sagen, er solle mein Kind zufriedenlassen und aus seinem Leben verschwinden. Ich wollte die Sache in Ordnung bringen, bevor sie zuviel leiden mußte, aber es gelang mir nicht – niemand kann so etwas, nicht einmal eine Mutter. Statt alles in Ordnung zu bringen, konnte ich nicht einmal meinen Mund halten. Sie sah in mir eine Feindin, und zwischen uns war es aus.

Und letztlich war der Schmerz, den meine Gilliana erleiden mußte, viel größer als der Kummer, den ihr eine unglückliche Liebesaffäre bereitet hätte, denn der Mann, den sie liebte, dieser gutaussehende, talentierte Komiker – der berühmte Tony Ronzoni, Gott hab ihn selig – bekam Krebs und starb. Gilliana ist nach New York gegangen, und sie haben zu dritt die ganze Sache durchgestanden – Gilliana, Tony Ronzoni und seine Frau – eine Situation, die ich mir überhaupt nicht vorstellen konnte, die drei zusammen im Krankenhaus, seine Ehefrau und Gilliana wechseln sich an seinem Bett ab, während es ihm von Tag zu Tag schlechter geht. Natürlich erfuhr ich nie die Einzelheiten, weil sie auch damals nicht mit mir redete, nur mit Lew. Als Tony Ronzoni starb, konnte Gilliana nicht einmal mit zur Beerdigung gehen. Sie sagte, sie wolle nicht hingehen. Sie erzählte Lew, daß sie ihn so nicht sehen wolle, aber das glaube ich nicht. Ich glaube, daß seine Frau nicht wollte, daß sie kam. Wie würde das denn aussehen? Die Ehefrau beerdigt schließlich ihren Mann, nicht die Freundin.

Sie besuchte uns für zwei Wochen, bevor sie zurück nach

Los Angeles flog. Lew sagte ihr, sie solle nach Hause kommen, um zu schlafen; so hat er sich ausgedrückt, ich habe ihn am Telefon gehört.

«Komm her und schlaf dich aus. Ruh dich aus; keiner wird dich stören. Du brauchst nicht mal mit uns zu reden, Gilliana, aber es wird dir guttun, nach Hause zu kommen.»

Und sie kam. Lew erklärte mir, daß er nie mehr ein Wort mit mir reden würde, wenn ich nur einen Ton darüber verlor, wie unmöglich ich ihre Affäre mit Tony Ronzoni fand, Gott hab ihn selig. Es war ihm Ernst, meinem Lew. Der Mann, der nie etwas von anderen verlangt hatte, stellte zum erstenmal eine Forderung.

«Laß die Vergangenheit Vergangenheit sein, Mollie; sie hat ihn geliebt. Und du hältst besser deinen Mund.»

Das tat ich.

Die meiste Zeit, die sie zu Hause war, schlief sie, und wenn sie nicht schlief, dann versuchte ich sie dazu zu bringen, etwas zu essen, und die übrige Zeit erzählte sie von Anthony – sie nannte ihn nicht Tony, sondern Anthony –, und wir hörten zu, und ich sagte keinen Ton. Sie erzählte, wie witzig er gewesen sei und was für ein guter Mensch und wie liebenswert und tapfer und großzügig und daß sie noch nie jemanden gekannt habe wie ihn, daß er so gut zu ihr gewesen sei und wie sehr er an sie geglaubt habe, an ihr Talent als Gagschreiberin, und daß er ihre Karriere gefördert habe, und wie sehr er sie geliebt habe und wie sehr sie ihn geliebt habe. Ich stellte keine Fragen. Ich hörte nur zu. Ich weiß nicht, ob er je seine Familie verlassen hätte, um sie zu heiraten; wer weiß schon, wie es gekommen wäre. Ich weiß nur, daß ich ihr am Ende dieser zwei Wochen sagte, daß es mir leid täte.

«Du mußt mich mein Leben allein leben lassen, Mom.»

«Das tue ich ja.»

«Nein, das tust du nicht. Du willst mir immer vorschreiben, was ich zu tun habe.»

«Ich will dir doch nur helfen.»

«Mom, es gibt zwei Möglichkeiten: Du kannst mich fragen, wie's mir geht, und ich sag's dir, oder du kannst mich fragen, wie's mir geht, und ich lüg dich an.»

Wodurch ist meine Tochter so hart geworden?

«Nein, keine Lügen.»

«Dann mußt du auch bereit sein, meine Antwort zu akzeptieren.»

«Aber ich kann doch wohl anderer Meinung sein als du.»

«Natürlich kannst du das, aber nicht als Mutter, höchstens als Freundin.»

«Wie bitte? Findet deine Freundin Carole Rose etwa deine Affäre mit einem verheirateten Mann so toll?»

«Mom, das hat überhaupt nichts mit Carole Rose zu tun.»

«Also schön...»

«Was?»

Es fiel mir sehr schwer.

«Mom?»

«Okay.»

«Was denn?»

«Ich finde es nicht in Ordnung, aber nicht, weil ich deine Mutter bin.»

«Bist du sicher?»

«Das habe ich doch gesagt.»

«Also gut.»

Sie legte die Arme um mich und drückte und küßte mich.

«Heißt das, daß du mich von nun an Mollie nennst? Nicht mehr Mom?» Ich hörte nicht, was sie antwortete; ich mußte zu sehr weinen.

Sie ging zurück nach Los Angeles und veränderte ihr Leben von Grund auf – eine neue Wohnung, eine neue Karriere. Sie fing an, Gags für die ganzen großen Shows zu schreiben. Ich hätte mir nie träumen lassen, daß sie es so weit bringen würde.

Als sie Christopher kennenlernte und sich eine Beziehung anbahnte, riet ich ihr als Freundin davon ab. Nicht gleich zu Anfang, da sagte ich noch nichts, sondern hörte nur zu, wenn sie uns am Telefon von ihm erzählte. Ich hörte zu und war glücklich, daß sie jemanden kennengelernt hatte. Dann flogen Lew und ich zu Besuch nach Los Angeles und lernten ihn kennen, und dann sagte ich ihr, was ich von der Sache hielt, als Freundin. Ich sagte, daß er zwar sehr nett sei, aber ob es nicht noch ein bißchen früh sei? Sie sagte nein. Ich sagte, daß es mir nicht so vorkäme, als liebte sie ihn. Sie sagte, doch. Ich wandte ein, daß ich den Eindruck hätte, sie sei noch nicht völlig über Anthony hinweg. Als sie dann sagte: «Mom, das verstehst du nicht», hielt ich den Mund. Sie heiratete ihn.

Ich hatte mir immer eine Tochter gewünscht, nie einen Sohn. Ich habe noch nie Frauen verstanden, die sich einen Sohn wünschten; ich dachte immer, sie machen sich etwas vor. Was soll man mit einem Jungen anfangen? Eine Tochter kann man zumindest verstehen, wenn man auch nicht unbedingt gutheißt, was sie tut. Gilliana war mein ein und alles. Ich wollte sie auf keinen Fall verlieren. Wenn sie unbedingt Christopher heiraten wollte, dann wollte ich ihr nicht im Weg stehen. Es war offensichtlich, daß er in sie verliebt war; man sah es daran, wie er sie ansah, man sah in seinen Augen, wieviel sie ihm bedeutete. In Gillianas Augen sah man überhaupt nichts, und ich wandte mich ab. Als Lew und ich nach Los Angeles flogen, um sie zu besuchen, war er einfach wundervoll; wenn sie zu uns nach Kansas City kamen, war er auch wundervoll. Ich fragte sie am Telefon, wie es ihr ginge, und sie sagte, es sei alles bestens. Was gab es an Christopher auszusetzen? – nichts. Es war ja auch nicht so, daß ich ihn nicht wundervoll fand. Ich fragte mich nur, ob Gilliana ihn genauso wundervoll fand. Ich hatte ein ungutes Gefühl, aber ich konnte es an nichts festmachen. Was konnte ich also sagen?

Sie heirateten, und beide arbeiteten weiter – zuviel für meine Begriffe –, und dann wurde Gilliana schwanger, und sie kauften ein Haus irgendwo draußen am Meer, das sie herrichteten wie in *Schöner Wohnen*, und dann kam meine Clare zur Welt…

Mollie öffnet die Augen. Sie liegt auf dem Rücken auf ihrem Bett und blickt zur zartblauen Decke ihres Schlafzimmers hinauf. Ihre Finger berühren die Patchwork-Decke auf ihrer Brust. Sie weiß, was es für eine Decke ist, ohne daß sie hinsehen muß. Sie hebt ein wenig den Kopf und sieht am Fußende des Betts Gilliana und Clare sitzen. Sie sitzen nebeneinander auf der mit Brokat bezogenen Bank. Sie kehren Mollie den Rücken zu. Sie sieht nicht, was sie machen, aber sie hört sie. Sie lachen.

Mollie lächelt.

Sie öffnet den Mund, um etwas zu sagen, aber es kommen keine Worte heraus.

Mit der rechten Hand klopft sie leicht auf die Decke, läßt dann den Kopf wieder aufs Kissen sinken und schließt die Augen.

Gilliana

Meine Mutter war tot, und ich wußte es nicht. Wie kann ich so etwas sagen? Tot? Wie kann ich so etwas Schreckliches sagen?

Meine Mutter ist tot, meine Mutter ist gestorben, meine Mutter ist von uns gegangen... im Grunde ist es doch scheißegal, wie ich's nenne... meine Mutter ist tot. Meine Mollie. Meine liebe Mollie, meine Mommy...

Gilliana saß auf dem kalten Küchenfußboden und lehnte mit dem Rücken an der Kühlschranktür. Sie rutschte mit dem Po etwas hin und her, streckte sich und griff nach der Wodkaflasche. Sie goß ihr Wasserglas halb voll, trank es in einem Zug aus und stellte die Flasche auf ihren Schoß.

Ich fühle es nicht, daß sie tot ist; ich habe eher das Gefühl, daß ich etwas vergessen habe... daß ich etwas verloren habe... dieses Gefühl von Panik, das einen überfällt, wenn man entdeckt, daß die Autoschlüssel nicht in der Handtasche sind, während man im Supermarkt den Gang mit den Frühstücksflocken entlanggeht und nach den Cornflakes greift... oder wenn man im Geist seine Brieftasche auf der Theke liegen sieht, aus der man zum Bezahlen die VISA-Karte herausgenommen hat, nur, daß es jetzt drei Stunden später ist… und sieh nur, da liegt dein Herz auf dem Fußboden, wo es hinplumpste, als dir klar wurde, daß deine Mutter tot war; deine Tochter hatte dich darauf hingewiesen, daß sie schon seit Ewigkeiten in derselben Stellung dalag, aber du hattest es nicht bemerkt, weil du mit deinen Gedanken ganz woanders warst. Ich habe das Gefühl, daß ich irgend etwas Wichtiges vergessen habe. Dann erinnere ich mich wieder. Meine Mutter ist tot.

Gilliana nahm die Wodkaflasche und trank einen tüchtigen Schluck.

Ich wußte nicht, daß sie tot war. Ich weiß noch nicht mal, wann es genau passiert ist… sie schlief… zumindest dachte ich, daß sie schlief. Was sagte dieser Sanitäter, als er mit dem Krankenhaus telefonierte?

«Wir bitten um Erlaubnis, die Patientin für tot erklären zu dürfen.»

Scheiße, er sah aus wie zwölf.

Vielleicht mußte er die Genehmigung einholen, weil er nicht alt genug war, sie für tot zu erklären. Natürlich hätte er auch den anderen Sanitäter fragen können; der andere sah älter aus, mindestens wie dreiundzwanzig.

«Nicht ansprechbar. Keine Reaktion auf Schmerzreize.»

Die beiden in ihren Uniformen, mit ihren Schnurrbärten und Muskeln sahen aus wie in *Beach Blanket Bingo*; sie kniffen Mollie fest zwischen Hals und Schulter, kniffen einfach meine Mutter und brüllten sie an: *«He, Mollie! He, Mollie, alles in Ordnung? Mollie, können Sie mich hören? Antworten Sie mir, Mollie! He, Mollie, he!»*

He, Jungs, hört auf, meine Mutter zu kneifen – das ist meine Mutter, he…

Der Kühlschrank schaltete sich ab, und die emaillierte Metalltür hinter Gillianas Schultern hörte auf zu summen. Sie schloß die Augen.

«Keine Atemtätigkeit, kein Puls.»

Natürlich atmete sie nicht. Selbst ich als Laie, als bescheuerte Tochter, konnte sehen, daß sie nicht mehr atmete. Was zum Teufel glaubten sie eigentlich, warum ich sie geholt hatte? Weil ich dachte, sie würde noch atmen? So ein Schwachsinn.

Gilliana blinzelte.

Paß auf, was du sagst, Gilliana. Für einen Tag hast du genug geflucht. Und eine Nacht. Scheiße. Ist es noch Nacht? Es ist doch noch Nacht, oder? Bitte laß es noch Nacht sein.

Sie drehte den Kopf und schielte zum Fenster über der Spüle.

Dunkel… draußen war es noch dunkel, oder?

Ja… ganz dunkel. Für meine Begriffe ist's schwarz, Baby. Aber nicht völlig, oder?… Vielleicht eine Spur Marineblau… O Gott, es dämmerte. Laß es nicht dämmern, bitte…

Ich kann von hier aus die Uhr nicht sehen.

Sie hob die Flasche an den Mund, trank aber nicht.

«Keinerlei Herz- oder Lungenfunktion.»

Der Jüngere blies Luft in die Lungen meiner Mutter; seine Muskeln strafften sich, während er sich über meine kleine Mutter beugte, die in ihrem Nachthemd auf dem Fußboden lag… sein Mund war auf ihrem… es sah aus, als würden sie sich küssen. Ich wollte schon lachen, aber da sah ich Clares strafenden Blick.

Warum war Clare noch im Zimmer? Warum hatte niemand daran gedacht, sie hinauszuschicken? Clare hätte das nicht sehen dürfen.

«Mom, was ist los mit Großmutter?»

«Nichts, warum? Sie schläft... warum?» Wir flüsterten am Fußende ihres Bettes.

«Ich weiß nicht, Mom... Mom, guck sie doch mal an... wie lang liegt sie schon so da?»

Ich drehe mich um, schüttle sie... «Mom, Mommy? O mein Gott, nein, bitte, lieber Gott, Mollie, bitte...»

«Mom, was ist? Mom? Mom? *Mom?*» Kein Flüstern mehr. Clare schrie mich jetzt an.

He, wende dich bitte nicht an mich, Kind. Ich bin hier nicht die Mutter. Das da ist die Mutter, das ist Mollie, sie ist die Mutter, diese reizende Dame mit den geschlossenen Augen. Ich bin nicht die Mutter, ich bin Gillian, die Tochter. O lieber Gott... mach, daß meine Mutter noch lebt.

Meine Mutter hätte dafür gesorgt, daß Clare das erspart bleibt; Mollie hätte schon dafür gesorgt... zu spät, Gillian. Mollie kann dir jetzt nicht mehr helfen; sie ist tot.

Gilliana lachte und legte gleich die Hand auf den Mund. «Halt die Klappe», flüsterte sie, «du weckst ja das ganze Haus auf...» Sie nahm einen kräftigen Schluck aus der Flasche. «Will noch irgend jemand Wodka zum Frühstück?»

He, ich bin jetzt eine Waise.

Verdammte Scheiße.

Bin ich doch, oder?

Es stimmt, ich bin ein Weiser... Gillian, schön wär's – kein Weiser, eine Waise. Das heißt, wenn man Lew nicht mitzählt, und natürlich zähle ich Lew mit, aber im eigentlichen Sinn des Wortes bin ich eine Waise, weil der berühmte Jules ebenfalls tot ist.

Ha. Prost, Gillian, auf dich, du Waise.

Sie hielt die Flasche in der dunklen, stillen Küche in die Luft. Sie prostete der Herdtür zu und trank.

O Mollie, was soll ich nur ohne dich machen?

«Wir haben die Polizei benachrichtigt, Ma'am... Wo sollen wir sie hinlegen, Ma'am?» fragte der Babysanitäter.

Woher soll ich denn das wissen, Blauauge. Warum legst du sie nicht einfach wieder aufs Bett, wo ihr sie gefunden habt? Bevor ihr sie da auf dem Boden mit eurer Mund-zu-Mund-Beatmung und diesen komischen Metalldingern malträtiert habt... Mollies kleiner Körper hüpft über den zartblauen Schlafzimmerteppich... He, das ist meine Mutter, die ihr da fertigmacht; das würde ihr ganz und gar nicht gefallen, Jungs, nehmt lieber das Zeug wieder weg.

«Das EKG zeigt Asystolie an.»

«Was ist das? Was sagt er?»

«Das ist eine gerade Linie, Ma'am», sagte das Braunauge mit dem Schnurrbart über seinem perfekten Gebiß.

«Keine Herztätigkeit mehr, Ma'am», erklärte der Babysanitäter mit den blauen Augen.

«Das bedeutet aus, vorbei», flüsterte Gilliana in der Küche.

Meine Mollie, aus und vorbei?

Die Polizei? Hat er Polizei gesagt?

«Sie brauchen die offizielle Freigabe vom Coroner, Ma'am. Die Polizei muß dann erst mal mit dem Arzt Ihrer Mutter reden und ihre Krankengeschichte aufnehmen. Wenn der Arzt den Totenschein ausgestellt hat, kann die Polizei vom Coroner die offizielle Freigabe bekommen und den Leichnam an die Familie freigeben... ähm... an Sie, Mr. Allen, und... ähm... Sie, Ma'am.»

Ganz schön viele Freigaben, hm?

Aber natürlich, es war schon einleuchtend.

Was? Was war einleuchtend? Was hat er verdammt noch mal zu mir gesagt? Die Geschichte meiner Mutter? Was für eine Scheißgeschichte denn?

Und an wen sollten sie denn sonst die Leiche meiner Mutter freigeben? An die Smithsonian Institution etwa? Oder das Museum of Modern Art? Oder vielleicht an den Schlachthof?

«Und plötzlich findest du dich im Schlachthof wieder...», sang Gilliana leise.

Und der gute Lew saß neben ihr auf dem Bett, hielt ihre Hand und strich ihr übers Haar, als würde sie nur schlafen. Ich mußte aus dem Zimmer gehen.

Gilliana hob den Arm, packte den Griff der Kühlschranktür und zog sich daran hoch. «Hacke, hacke, Kuchen...» Sie umklammerte den Griff und stand auf.

«...der Schlachter hat gerufen...»

Sie beugte sich mit dem Oberkörper nach vorn, um die Wodkaflasche aufzuheben, verlor das Gleichgewicht und landete wieder auf dem Küchenboden.

«Rums... Scheiße... hallo, Gillian... scheint, als hätten wir ein bißchen Schwierigkeiten mit unseren Füßen.»

Sie packte wieder den Griff der Kühlschranktür. Kichernd versuchte sie, wieder auf die Beine zu kommen, und kippte erneut um.

«Verdammt, wo sind diese Sanitäter, wenn man sie mal braucht? Diese Lahmärsche. Das muß doch mal gesagt werden. Wo bleiben denn diese Jungs?»

Gillian krabbelte auf Händen und Knien über das kalte Linoleum, wie ein verhinderter Infanterist. Dann machte sie abrupt halt, drehte sich um und legte sich vor die Spüle auf den Rücken.

Oje... bißchen viel Bewegung... kann jemand mal die Küche anhalten...»

Sie schloß die Augen, riß sie aber sofort wieder auf und faltete die Hände vor der Brust.

Kein schönes Bild... Reiß dich zusammen, Gillian... Komm schon, Mädchen. Reiß dich zusammen.

Sie holte tief Luft.

Das kommt davon, wenn man Sachen aufmacht, die einem nicht gehören.

Komm, Gillian, find dich damit ab.

Nein, nicht mit mir.

Mollies schöne Handtaschen stehen alle in einer Reihe in ihrem Schrank. Jede einzelne riecht nach Estée Lauder; der Duft steigt einem in die Nase, wenn man den Verschluß aufschnappen läßt und hineinlugt. Und man muß lächeln, weil sie so schön sind, weil sie so sehr deiner Mutter ähneln, ein Teil von ihr sind. Und dann findest du zwischen den kleinen Spiegeln, den kleinen Geldbörsen, den kleinen Schildpattkämmen, den Taschentüchern versteckt all diese kleinen Notizzettel – ordentlich gefaltet und in Mollies tadelloser Handschrift geschrieben. Auch sie sind ein Teil deiner Mutter, allerdings nicht der schöne, nicht wie die Handtaschen, und sie versetzen dir schmerzvolle Stiche, während du liest:

«Lew sagt, ich bin so vergeßlich.»

Starker Tobak, was, Gillian?

«Ich hab vergessen, wie man Auto fährt.»

Und wie wär's damit?

«Ich weiß nicht, was mit mir los ist.»

Und damit?

«Vielleicht verliere ich ja den Verstand.»

Und damit und damit und damit...

Gillian rollte sich auf den Bauch und legte die Wange auf ihre verschränkten Arme, während ihr die Tränen über die Handrücken liefen und auf den Boden tropften.

«O Mommy… es tut mir ja so leid, daß ich nichts über dich wissen wollte.»

«Mom?» Clare stand bewegungslos in der dunklen Küche und starrte auf ihre Mutter auf dem Boden. «Mom, was machst du denn da?» Sie ging über den Linoleumboden auf sie zu und kauerte sich neben sie. «Mom?»

Gilliana öffnete die Augen und sah Clares dicke weiße Socken direkt vor ihrem Gesicht. «Verflucht… sie kommen auf leisen Socken», murmelte sie in ihre Arme.

«Was?» fragte Clare und setzte sich neben ihre Mutter. «Was hast du gesagt?»

«Nichts.»

«Hast du was von Socken gesagt?»

Gilliana gab keine Antwort.

«Mom, also wirklich, was machst du denn hier? Hast du nicht geschlafen? Mom?»

«Hmm?»

«Willst du dich nicht mal rumdrehen?»

«Glaub nicht.»

«Was? Ich versteh dich nicht, du redest so undeutlich.»

Clare legte sich neben ihre Mutter auf den Boden. «Mom», sagte sie und sah Gilliana direkt in die Augen, «Mom, bitte… was ist denn los?»

«Sie haben meine Mutter in einem Laster fortgeschafft.»

«Was? In einem Laster? Hast du Laster gesagt? Es war kein Laster. Das weißt du doch. Es war ein Leichenwagen… O Gott… was machst du denn da, Mom? Du machst doch keine Witze, oder? Bitte mach keine Witze… das halt ich nicht aus… Mom?»

Clare rückte noch näher an Gilliana heran. «He, Mom... was ist? Weinst du? He, Mom?»

Zögernd legte Clare die Hand auf den Rücken ihrer Mutter, tätschelte Gillianas Schulter und rückte immer näher, bis ihr Körper Gillianas berührte; dann legte sie den Arm um die bebenden Schultern ihrer Mutter und hielt sie fest.

«Komm, Mom, es wird alles wieder gut», sagte Clare und fing an zu weinen, während sie die schluchzende Gilliana im Arm hielt. «Ist schon gut, Mom; ich bin ja da.»

Montag

Clare

Also, als ich heut morgen aufgestanden bin, war meine Mutter betrunken. Ich meine, man kann's nicht anders nennen, schließlich konnte sie kaum stehen und hatte fast die ganze Flasche Wodka leer gemacht. Ich weiß zwar nicht, wie voll die war, als sie angefangen hat, aber als sie auf dem Küchenfußboden lag, war nur noch ein Tropfen drin. Nicht, daß ich geschockt war oder so, das war ich echt nicht. Schließlich ist es ihre Sache, wenn sie sich vollaufen lassen will, aber das Ganze war irgendwie wie so ein Trip. Ich meine, nicht nur, daß meine Mutter besoffen auf dem Fußboden lag... nein, die ganze Sache. Ich weiß ja noch nicht mal, wo ich anfangen soll.

Also, meine Großmutter ist gestorben. Ich kann noch nicht mal drüber reden oder über irgendwelche Einzelheiten nachdenken, und ich will mich eigentlich auch gar nicht dran erinnern. Ich will nicht dran denken, damit es mir nicht für alle Ewigkeit im Gedächtnis bleibt. Sie ist gestorben, und dann kam die ganze Sache mit den Sanitätern und der Polizei und den Leuten vom Bestattungsinstitut, die sie mitgenommen haben. Es war grauenhaft und gräßlich und total unwirklich, als würde das alles nicht passieren. Ich meine, ein Teil von mir hätte am liebsten die ganze Zeit nur gelacht.

Es hat alles nach dem Essen angefangen, vielleicht so um

sieben oder halb acht, und ich hab keine Ahnung, wie spät es war, als alles vorbei war. Als ich ins Bett bin, war meine Mutter in der Küche. Sie saß in ihren Jeans und einem alten T-Shirt am Küchentisch und hat was getrunken. Und ich hab sie noch gefragt, ob sie auch bald schlafen geht, und sie hat ja gesagt, und dann bin ich ins Bett. Ich hab noch überlegt, ob ich mich zu ihr setzen soll, aber irgendwie hatte ich das Gefühl, daß sie ihre Ruhe haben will, vor allem nach dem ganzen Chaos, und dann hat sie sich noch um meinen Großvater gekümmert, weil er völlig durchgedreht ist, als sie meine Großmutter weggebracht haben. Irgendwie kam plötzlich alles aus ihm raus, was er sich die ganze Zeit, als meine Großmutter so krank war, in sich reingefressen hat. Sie haben sie zur Tür rausgetragen, und er hat überhaupt nicht mehr aufgehört zu weinen. Ich meine, ehrlich. Er hat versucht, sich zusammenzureißen, aber es ging nicht. Es war schrecklich. Er hat mir echt so leid getan. Meine Mutter hat ihn schließlich dazu gebracht, daß er sich hinlegt, und wir haben uns an sein Bett gesetzt, jeder auf eine Seite, und ihn einfach weinen lassen. Er hätte bestimmt nie aufgehört, wenn er nicht irgendwann eingeschlafen wär. Jedenfalls war's ganz still im Haus, und ich hab gedacht, ich laß sie besser in Ruhe.

Ich war sofort weg; ich kann mich nicht mal mehr dran erinnern, daß ich die Augen zugemacht hab. Und als ich aufgewacht bin, war's noch dunkel, aber es war schon Morgen; irgendwie merkt man das, ohne daß man hingucken muß, es war genau die Zeit kurz bevor's dämmrig wird, und ich weiß auch nicht, warum ich aufgestanden bin, ich hätte mich genausogut umdrehen und weiterschlafen können, aber aus irgendeinem Grund hab ich's nicht gemacht. Ich wußte, daß meine Mutter nicht neben mir im Bett geschlafen hatte, weil es überhaupt nicht benutzt war, aber vielleicht hatte sie ja auf der Couch im Wohnzimmer geschlafen oder auf einem Stuhl, was weiß ich.

Ich hab sie in der Küche gefunden; sie lag auf dem Bauch auf dem Boden, und ich hab gedacht, was ist denn hier los? Schläft sie? Ich bin reingegangen, und dann ist sie vor lauter Weinen bald zusammengebrochen, was echt kraß war, weil ich meine Mutter vielleicht zweimal in meinem ganzen Leben hab weinen sehen, und dann hab ich auch angefangen, und wir haben beide geheult, und dann war mir irgendwie klar, daß sie voll war, was mich ganz schön geschockt hat. Ich meine, ich hab schon mitgekriegt, daß sie mal was getrunken hat, Wein zum Essen oder einen Drink oder so was, aber ich hatte sie noch nie auch nur beschwipst erlebt und betrunken schon gar nicht. Also hab ich mich um sie gekümmert, sie konnte ja nicht mal richtig stehen, und dann kommt raus, daß sie noch nicht mal meinen Dad angerufen hat. Ich meine, sie hat ihm nicht mal erzählt, daß meine Großmutter tot ist, echt unglaublich.

Ich hab ihr also geholfen aufzustehen, und als sie endlich am Tisch saß, hab ich sie überredet, ihn anzurufen. Sie wollte mir einreden, daß es noch zu früh ist, weil's in Los Angeles noch mitten in der Nacht war, aber ich hab gesagt, daß das wohl egal ist, bei dem, was passiert ist. Ich meine, ehrlich, mein Dad regt sich wohl kaum über die Uhrzeit auf, wenn er erfährt, daß meine Großmutter gestorben ist. Die Zeit ist da doch wohl scheißegal. Außerdem muß er sich um einen Flug kümmern, damit er rechtzeitig zur Beerdigung da ist, die ist nämlich morgen, am Dienstag. Und sie druckst so rum, daß er vielleicht ja gar nicht kommt. Und ich frag sie, wovon sie überhaupt redet, daß Daddy natürlich kommt. Und dann dreht sie richtig durch, und es war total schwer, überhaupt zu verstehen, wovon sie geredet hat; sie hat so was gesagt wie, daß sie nie jemand an sich rangelassen hat, meinen Vater nicht und meine Großmutter auch nicht – obwohl sie so krank war –, und was für eine beschissene Ehefrau sie wär und was für eine beschissene Tochter, und dann sagt sie, daß sie außerdem eine beschissene Mutter wär, weil sie nicht mal weiß, wie's mir geht. Und dann fängt sie an, mir lauter Fragen zu stellen: «Also, Clare, sag doch mal, wie geht's dir so?» und «Was empfindest du denn für Scott?» und «Wie findest du's, daß du bald aufs College kommst?» Ich meine, irgendwie war's echt komisch. Ich hab zu ihr gesagt: «Mom, du machst dich lächerlich.» Ich meine, plötzlich, nach diesen ganzen Jahren versucht sie mit mir zu reden, und dann ist sie auch noch völlig am Arsch.

Aber egal, jedenfalls hat sie Dad angerufen. Sie hatte total viel Schiß, es war irre. Ich meine, als wär sie ein kleines Kind. Es wundert mich sowieso, wie sich die Erwachsenen manchmal aufführen. Sie sitzt da mit der Hand auf dem Hörer und wählt einfach nicht. Also hab ich zu ihr gesagt, warum sagst du ihm nicht einfach, daß es dir leid tut – daß du halt Angst hattest. Und sie guckt mich groß an.

«Woher weißt du das?» fragt sie.

Und ich sage: «Also ehrlich, Mom, das ist doch offensichtlich!»

«Offensichtlich», sagt sie.

«Klar», sage ich.

Also jedenfalls hat sie ihn angerufen, und natürlich kommt er, aber das Telefongespräch war echt unglaublich. Ich meine, ich hab mich nicht grade drum gerissen zuzuhören, aber irgendwie bin ich doch froh. Nicht, daß ich die Wahl gehabt hätte, weil nämlich meine Mutter die ganze Zeit meine Hand umklammert hat; wenn ich sie weggezogen hätte, wär sie garantiert wieder wie so 'n nasser Sack auf den Küchenboden gerutscht. Ich hab meine Mutter noch nie so gesehen; sie hat immer so cool getan.

Sie erzählt ihm also, daß es ihr leid tut, daß sie ihn geweckt hat, und er sagt wohl, daß es schon okay ist, und dann fängt sie an zu heulen und sagt: «O Chris, meine Mutter hat's erwischt», was man natürlich normalerweise nicht sagt, wenn man jemandem erzählt, daß seine Mutter gestorben ist, aber den Ausdruck hat meine Großmutter immer benutzt, wenn sie davon geredet hat, daß sie irgendwann sterben wird, und mein Dad weiß das und hat schon verstanden, was sie gemeint hat.

Dann hat er wohl irgendwas gesagt, um sie zu beruhigen, wegen meiner Großmutter und so, weil sie immer wieder gesagt hat: «Ich weiß, ich weiß...»

Und dann aus heiterem Himmel fängt sie von diesem blöden Silberarmband an und ob es wirklich für sie war. Und ich denke, hm? Wovon redet die eigentlich? Aber dann kapier ich's; sie will wissen, ob dieses Silberarmband für sie oder jemand anders war, für eine andere Frau, meint sie. Also, ich hab echt gedacht, ich spinne; ich hab zwar gewußt, daß sie Probleme hatten, aber daß es schon so schlimm war, hätt ich bestimmt nicht gedacht. Ich meine, ich kann mir meinen Dad nicht mit 'ner andern Frau vorstellen, wenn er noch mit meiner Mom zusammen ist...

Und dann hat er wohl gesagt, daß er jemanden braucht, weil sie sagt: «Aber du hast doch jemanden, Christopher... du hast doch mich.»

Und dann sagt er wohl so was wie, daß er sie nicht hat oder zumindest das Gefühl hat, daß er sie nicht hat, weil sie dann sagt: «O Chris, weißt du noch, wie du immer gesagt hast, daß ich nur im Kino weine und nie im richtigen Leben? Aber das ist jetzt kein Kino, oder? Das ist echt», und dann schluchzt sie wirklich, und dann sagt sie, daß sie ohne ihn nicht leben kann, ich meine, sie sagt, daß sie ohne meinen Dad nicht leben kann.

Ich weiß nicht, was er geantwortet hat, weil er vielleicht zwei Minuten lang redet und sie zuhört und den Kopf schüttelt und weint. Und dann guckt sie mich an und sagt genau das, was ich ihr vorher gesagt hab: «Christopher, es tut mir leid. Ich hatte einfach Angst.»

Keine Ahnung, was er dazu sagt, weil er wieder redet und sie nur zuhört, und dann sagt sie: «Bitte, Chris, könnten wir's nicht noch mal probieren? Bitte? Könnten wir's nicht probieren bis» – sie kann kaum reden vor lauter Weinen – … «bis zum 19. Mai?»

Und da fängt er an zu lachen, ich meine, ich konnte ihn durchs Telefon hören, weil ich praktisch über ihr hing, so fest hielt sie meine Hand; und mein Dad lacht, und dann lacht sie mit, obwohl sie nicht aufhört zu weinen, sie weint die ganze Zeit.

Aber egal, jedenfalls kommt mein Dad her, und es ist auch egal, daß ich nicht kapier, worüber sie lachen; wichtig ist nur, daß sie's noch mal versuchen wollen. Ich meine, mehr kann ich doch nicht erwarten, oder?

Sie schläft. Endlich. Ich hab ihr drei Aspirin gegeben und mich neben sie gesetzt, bis sie eingeschlafen ist.

Dann hab ich für Großvater Frühstück gemacht und mit ihm zusammen gefrühstückt. Ich denk, er kommt drüber weg. Ich meine, ich weiß schon, daß er bestimmt eine Zeitlang unter Schock stehen wird und ohne meine Großmutter nie mehr derselbe sein wird, aber ich hab zu ihm gesagt, daß er eigentlich ein Glückspilz ist, weil er und meine Großmutter nicht nur diese unglaublich tolle Liebe hatten, von der jeder nur träumt, sondern vor allem, daß sie es *wußten*. Und ich hab gesagt, daß ich auch gern irgendwann mal so eine Liebe erleben würde und daß ich dankbar bin, daß sie mir gezeigt haben, daß es so was überhaupt gibt. Hoffentlich denk ich dran, wenn's soweit ist – falls es jemals dazu kommt; hoffentlich merk ich, wenn mir so jemand über den Weg läuft, weil ich manchmal denk, daß man noch so schlau sein kann und es trotzdem nicht weiß. Ich meine, man kriegt ja kein Zeichen oder so was. Es kann also passieren, daß man seinem Märchenprinzen begegnet und es gar nicht checkt. Oder daß man hundert Jahre mit jemand zusammen ist und einfach vergißt, wie sehr man ihn liebt und wieviel er einem bedeutet.

Wenn meine Mutter nachher aufsteht, müssen wir uns überlegen, was für Sachen wir zum Beerdigungsinstitut bringen – ich mein die Kleider, in denen meine Großmutter beerdigt wird. Ich meine, die ganze Sache ist so unglaublich, die Vorstellung, daß meine Mutter und ich Kleider aussuchen, in denen meine Großmutter beerdigt wird... aber wie ich meine Mutter kenn, wird's bestimmt lustig, weil sie halt so ist. Und, was ganz merkwürdig ist, ich hab so gedacht, daß das echt eine gute Seite an ihr ist. Ich meine, normalerweise geht's mir echt auf den Keks, daß sie immer über alles Witze machen muß, aber vielleicht geht sie halt so mit irgendwelchen Dingen um, und vielleicht ist das ja auch ganz okay. Und grade nach heut morgen denk ich, daß es vielleicht leichter ist, mit schwierigen Sachen umzugehen, wenn man drüber lachen kann.

Ich weiß auch nicht... es ist nur so, daß ich langsam kapier, daß das Leben nicht immer so ist, wie man sich's wünscht. Ich meine, ich könnt hier sitzen und alles ganz genau planen und glauben, daß ich besonders schlau bin und genau weiß, was ich will, und mich von niemand abhalten lasse, aber dann denk ich... wer weiß?

Starke Frauen

Starke Frauen, freche Bücher – scharfsinnige Geschichten mit viel Witz aus einer exotischen Welt: dem Frauenalltag.

Amanda Aizpuriete
Laß mir das Meer
Liebesgedichte
64 Seiten. Pappband
«Nichts ist gestelzt, gekünstelt in diesen Gedichten. Man spürt in jeder Zeile eine so sprachsichere Fähigkeit im unverstellten Bekenntnis, daß gerade das Subjektivste als etwas tief Gesellschaftliches verstanden werden kann.» *Süddeutsche Zeitung*

Lisa Alther
Fünf Minuten im Himmel
Roman
416 Seiten. Gebunden
Die Geschichte einer eigenwilligen Frau, die die Hoffnung auf eine erfüllende Beziehung nicht aufgibt.

Pia Frankenberg
Die Kellner & ich *Roman*
(rororo 13778)
Erzählt wird die Geschichte von Thea Goldmann, einem frechen, altklugen, rebellischen Kind, das während des Wirtschaftswunders auf der Wunderseite aufwächst.

Siri Hustvedt
Dei verzauberung der Lily Dahl
Roman
320 Seiten. Gebunden
Sie beobachten sich gegenseitig, sind magisch voneinander angezogen, und schließlich beginnen sie eine heftige Affäre: die junge Lily und der attraktive Edward Shapiro. Auf einmal gibt es zwei Tote ... ein erotischer Psychothriller.

3601/2

rororo Unterhaltung

Kathy Lette
Mein Bett gehört mir *Roman*
320 Seiten. Gebunden und als rororo 22270
Eine australische Lebenskünstlerin, hoffnungslos verliebt, folgt ihrem Auserwählten nach London. Aus Lust und Liebe wird eine gar nicht nette Katastrophe: ein sprachliches Feuerwerk liebevoll ausgedachter Gemeinheiten.
Die Sushi-Schwestern *Stories*
(rororo 13598)

Francine Prose
Jäger und Sammler *Roman*
(rororo 13793)
Martha ist unzufrieden mit ihrem Job und trauert einer mißglückten Liebesbeziehung nach. Während eines Wochenendurlaubs trifft sie mit einer Gruppe von New-Age-Frauen zusammen, die eine geheimnisvolle, archaische Zeremonie abhalten... Eine geistreiche, witzige Gesellschaftssatire.